s · Wolfgang Amadé

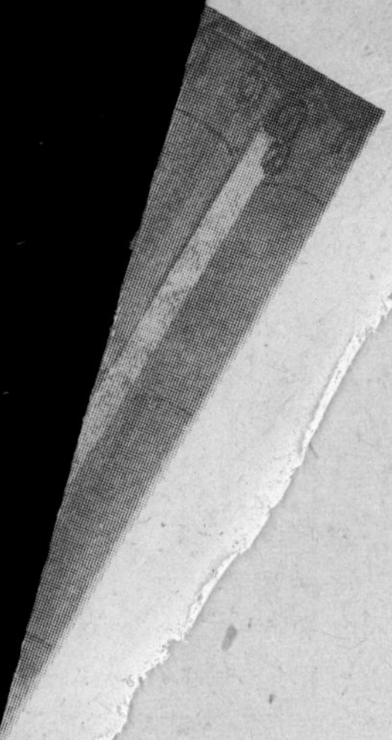

Leopold Mozart mit seinen Kindern. Stich nach L. C. de Carmontelle

VALERIAN TORNIUS

Wolfgang Amadé

Ein Mozart-Roman

Mit zeitgenössischen Illustrationen

VEB Breitkopf & Härtel
Musikverlag Leipzig

ISBN 3-7330-0019-6

UND SO REGT ER SICH GEBÄRDEND,
SICH ALS KNABE SCHON VERKÜNDEND
KÜNFTIGEN MEISTER ALLES SCHÖNEN,
DEM DIE EWIGEN MELODIEN
DURCH DIE GLIEDER SICH BEWEGEN;
UND SO WERDET IHR IHN HÖREN,
UND SO WERDET IHR IHN SEH'N
ZU EINZIGSTER BEWUNDERUNG

Goethe, Faust II. Teil, 3. Akt, Euphorionszene

Erster Teil

DER WUNDERKNABE

I

»Teuerste Freundin!

Sie werden gewiß vermuten, daß ich schon längst wieder in Wien bin. Mittlerweile sitze ich jedoch immer noch in dem entzückenden Städtchen an der Salzach, das mich mit magischen Fesseln gefangenhält. Ich kam Anfang August hierher, um zwei Tage zu verweilen, und siehe da: aus zwei Tagen wurde eine Woche, und ich fürchte fast, daß sich eine zweite anreihen wird, ehe ich heimkehre. Hören Sie, was sich begeben hat: der Magier, der mich an Salzburg bindet, ja, *bindet*, ist ein sechsjähriger Bube, ein Teufelskerlchen, ein Tausendkünstler, sage ich es deutlich – ein Wunder!

Gewiß, Sie lächeln. Sie meinen, ich wollte mir einen Scherz erlauben. Die Angelegenheit ist zu ungewöhnlich und zu ernst, um über sie zu scherzen. Der Knirps heißt mit Taufnamen Johannes Chrysostomus Wolfgangus Theophilus Mozart, aber genannt wird er von den Angehörigen und den Freunden des Hauses ›Wolferl‹ oder ›Wolfgangerl‹. Ich sagte – ein Tausendkünstler! Und mit Recht: denn er spielt das Klavier so fein säuberlich und so voll Wärme des Ausdrucks, wie ein richtiger Pianist, und erhupft sich, trotz seiner kleinen Hände, mit den Fingerchen geschickt die Oktaven, streicht sogar, ohne richtigen Unterricht erhalten zu haben, flott die Geige, ja, er soll sogar an der Orgel sich erfreulich produzieren, und er komponiert – das ist das Erstaunlichste – bereits Menuette, die sich so lieblich in die Ohren schmeicheln, als wären sie von Rameau oder Friedemann Bach. Die Musik sitzt ihm nicht nur in den Fingern, sie rollt ihm auch durch die Adern, tönt ihm aus jeder Miene seines pausbäckigen Gesichts, erfüllt sein ganzes Wesen, sie hat ihn gleich einem Dämon in ihrer Gewalt und bestimmt alles, was er fühlt, denkt und tut. Dabei ist das Bürschchen durchaus kein dressiertes Zierpüppchen, als Schaustück auf Jahrmärkten einer gaffenden Menge vorzuzeigen, sondern natürlich, unbefangen, ausgelassen, seinem Alter gemäß, aber doch verständig, empfänglich und ernst in allem, was die Musik betrifft, mit einem Wort – ein Wunderknabe.

Er hat ein Schwesterchen Marianne – ›Nannerl‹ von allen gerufen –, das ist ihm zwar an Fingerfertigkeit überlegen. Es besitzt außerdem ein reizendes Stimmchen, das spielend leicht schon zum hohen C emporklettert, und es verspricht mit seinen Anlagen eine zweite Faustina Hasse zu werden. Dafür hat Nannerl auch vor seinem Brüderchen einen Vorsprung von fünf Jahren, beginnt die kindliche Schale schon abzustreifen und sich in die Aisance eines jungen Dämchens hineinzufinden.

Der Vater Leopold verbindet ungezwungen seine bürgerliche Herkunft mit den Allüren eines gebildeten Weltmanns und scheint mir über ein gediegenes Wissen zu verfügen. Dem Vernehmen nach soll er, ehe er sich der Frau Musica verschrieb, zwei Jahre lang dem Studium der Humaniora und der Rechtsgelehrtheit an der örtlichen Universität obgelegen haben. Jetzt nimmt er die Stellung eines Hofmusikus in der erzbischöflichen Hofkapelle ein, ist entschieden ein ausgezeichneter Geiger und, wie mich dünkt, ein noch besserer Lehrmeister. Ich kenne sein Unterrichtswerk, das er bescheiden ›Versuch einer gründlichen Violinschule‹ nennt, und ich muß gestehen, daß sie alles in den Schatten stellt, was bisher auf diesem Gebiet geleistet worden ist.

Was nun Frau Anna Maria, die Mutter unserer Wunderkinder, anbelangt, so wäre in Bausch und Bogen von ihr zu sagen: ein Geschöpf aus der Hand Gottes – frisch, gesund, heiter, voll Herzenswärme, ein rechtes Gewächs des Salzburger Landes. Ihr lebensprühendes Temperament steht in angenehmem Gegensatz zu dem nachdenklichen, etwas schwerblütigen Wesen ihres Mannes. Auch durch ihre äußere Erscheinung fällt sie bemerkenswert auf: eine gut gewachsene Gestalt, schlicht und geschmackvoll gekleidet nach der Mode unserer Zeit, ohne Extravaganzen, und unter der sorgfältig gepuderten Frisur, von einem reizenden Flügelhäubchen, gleich den aufgesprungenen Deckblättern einer Rosenknospe, graziös umrahmt, ein blühendes, jugendweibliches Gesichtsoval mit einer stark hervortretenden Nase, deren Strenge durch ein liebreizend-freundlich leuchtendes Augenpaar gemildert wird. An Größe ihrem Gatten nicht viel nachgebend, macht sie neben seinem schlanken, ich möchte beinahe sagen, galanten Exterieur vorzügliche Figur, und man kann verstehen, daß die Salzburger, wenn sie beiden auf der Promenade begegnen, einander zuflüstern: ›Das schönste Paar unserer Stadt!‹

Soviel, meine liebenswürdige Freundin, über die Personalia der

Familie Mozart, die ich nicht verschweigen konnte, weil ich Ihnen wenigstens ein flüchtiges, obschon – wie mir bewußt – unzulängliches Gemälde von ihr geben wollte.

Leopold Mozart hatte mit seinen Kindern zu Beginn dieses Jahres eine Konzertreise nach München unternommen und dort vor dem Kurfürsten gespielt. Der junge Graf Pálffy, dem Gelegenheit geboten war, dem Debüt beizuwohnen, kam ganz enchantiert nach Wien zurück und wußte nicht genug merkwürdige Einzelheiten in den Salons zu berichten. Sie können sich vorstellen, wie mich leidenschaftlichen Musikliebhaber das interessierte, obgleich ich gemäß meiner durch Lebenserfahrung erworbenen Skepsis keineswegs gesonnen war, alles für lautere Wahrheit hinzunehmen, was Pálffy in Begeisterungstrunkenheit seinen Zuhörern zum besten gab. Als ich jedoch später auch von anderer vertrauenswürdigerer Seite seine Mitteilungen im großen und ganzen bestätigt fand, faßte ich den kurzen Entschluß, mich mit eigenen Augen und Ohren von der Existenz der Wunderkinder zu überzeugen. Der mir gut bekannte erzbischöfliche Hoftrompeter Andreas Schachtner, ein prächtiger Mensch und ein tüchtiger Musiker in seinem Fach, diente mir als Gutachter und zugleich als Vermittler bei der Bekanntschaft mit der Familie Mozart. Daß sie meine letzten Bedenken zerstreute, werden Sie aus dem ersten Abschnitt meines Briefes erkannt haben. Ja, ich gestehe offen, ich war vom ersten Augenblick an entflammt.

Mein Vorhaben steht fest: Ich möchte die Mozarts unter allen Umständen für eine Entreprise in Wien gewinnen. Anfangs stieß ich zwar mit meinem Vorschlag auf hartnäckigen Widerstand. Der Vater erklärte sehr bestimmt, daß er die Leistungen seiner Kinder, obgleich sie, gemessen an ihrem Alter, weit über dem Durchschnitt stünden, noch für ungenügend hielte, um sie einem erlesenen, anspruchsvollen Publikum vorzuführen. Er hätte zwar den Versuch in München gewagt, allein er möchte eine Wiederholung doch erst in Erwägung ziehen, wenn die Kinder sich weiter vervollkommnet haben würden. So vernünftig sein Einwand schien, konnte ich doch nicht umhin, ihm zu entgegnen, daß das Ungewöhnliche, Sensationelle einer beispiellosen Leistung mit zunehmenden Jahren der Debütanten sich verflüchtige und damit auch der Erfolg sich vermindere, der – frühzeitig gewonnen – ihrem Aufstieg zu Glanz und Ruhm förderlich sein dürfte. Er wurde nachdenklich, ließ sich jedoch nicht überzeugen.

Jetzt ist er bereits nachgiebiger geworden, was ich dem ermunternden Zuspruch seines Freundes Schachtner, auf den er große Stücke hält, zu verdanken glaube. Ich schöpfe wieder Hoffnung; denn mittlerweile habe ich zwei Schwächen an ihm entdeckt, bei denen ich, sofern ich das nötige diplomatische Geschick aufbringe, ihn fassen und gewinnen will. Er hat nämlich einen stark ausgeprägten Geschäftssinn, verbunden mit Ehrgeiz, sich emporzuarbeiten und seine gesellschaftliche Position zu verbessern. Daß er dieses Ansehen nur mit Hilfe eines gewissen Wohlstandes erreichen kann, ist ihm bewußt. Anscheinend leidet er unter dem kümmerlichen Bedientenlohn, den ihm sein hochfürstlicher Brotgeber zahlt, und bemüht sich, durch Violinunterricht und Komponieren das Fehlende zu erlangen, aber es ist ein sehr wenig einträgliches Bemühen. Hier also eröffnet sich ein Weg, eine Gesinnungsänderung herbeizuführen, könnte man ihm verlockende Aussichten bieten.

Wäre ich ein reicher Magnat wie Esterházy, Ulefeld, Harrach und Lobkowitz, so würde ich mir ein Vergnügen daraus machen, diese musikalische Familie unter meine Gönner-Fittiche zu nehmen und ihr den holperigen Weg der Künstlerlaufbahn zu ebnen. Aber, leider, bin ich als dritter Sohn eines keineswegs mit irdischen Gütern übermäßig gesegneten Majoratsherrn nicht imstande, mich als Mäzen zu betätigen. Was ich besitze, ist allein die tief in meiner Seele eingewurzelte Liebe zur holden Tonkunst, und ihr bin ich bereit, jedes im Bereich des Möglichen liegende Opfer zu bringen. Doch es genügt bei weitem nicht, ich brauche Helfer.

Deshalb wende ich mich an Sie, verehrungswürdige Freundin, weil ich weiß, daß niemand meine Absichten verständnisvoller durchschaut als Sie und weil uns eine aufrichtige gegenseitige freundschaftliche Gesinnung seit Jahren verbindet, die mich ermutigt, an Ihre Mithilfe zu appellieren. Ich bitte Sie, machen Sie Ihren weitreichenden Einfluß geltend, inszenieren Sie unter dem freundlichen Patronat Ihres von mir so hochgeschätzten Herrn Gemahls in Linz ein Konzert, das meinen Musikanten ein befriedigender Ansporn für ihre Weiterreise nach Wien sei, und lassen Sie Ihre bedeutenden Beziehungen auch nach der Kaiserstadt hinüberwirken, sobald ich Sie benachrichtigt haben werde, daß es Schachtner und meinen Bemühungen geglückt sei, die Entreprise zu sichern.

Indem ich schon jetzt – Ihre Zustimmung, gütigste Gräfin, voraussetzend – meine Sorge um ein begeisterungsfähiges und dankbares Publikum Ihrer rührigen Obhut anvertraue, verbleibe ich mit ergebenstem Handkuß

Ihr

Ignaz von Waldstädten

An die Gräfin Aurora Schlick
Linz an der Donau«

Salzburg, den 9. August 1762

II

Die Familie Mozart wohnt in der Getreidegasse 9, einem ansehnlichen Bürgerhause, gegenüber dem Löchelplatz. Die Wohnung liegt im dritten Stock und umfaßt drei große Zimmer, ein kleines und eine mit Marmorplatten belegte Küche. Der mittelste der nach der Straßenfront gelegenen Räume gilt als das »Prunkgemach«. Von Prunk verspürt man freilich nicht viel, außer dem Stuckornament an der Decke, dem gefälligen Kronleuchter mit glitzerndem kristallenem Gehänge für zwei Dutzend Kerzen und dem hohen, von einem verschnörkelten Goldrahmen eingefaßten Wandspiegel. Den nettesten Schmuck stellt entschieden der

Mozarts Geburtshaus (im Hintergrund links)
Lithographie nach J. A. Wenzl

kleine Flügel aus Mahagoniholz dar, den hellfarbige Intarsien-Randstreifen verzieren. Neben diesem Schaustück paradieren nur noch ein zierliches Schränkchen für die Aufbewahrung von Noten, ein ovaler Tisch, ein kleines Sofa und ein paar Polsterstühle. Alles zeugt von gutem bürgerlichem Geschmack.

An dem gedeckten Tisch hat sich ein häusliches Idyll entfaltet: Familie Mozart bei der Nachmittagsjause. Der Hausherr ist anscheinend in Gedanken eingesponnen. Er schlürft wohl hin und wieder seinen Kaffee, aber nimmt wenig und dann nur zerstreut an der lebhaften Unterhaltung teil, die hauptsächlich von der ihm gegenübersitzenden Ehefrau und dem neben ihr hockenden Söhnchen bestritten wird. Mutter Annerl muß fortwährend die Wißbegierde ihres Wolfgang befriedigen, der unaufhörlich Anlaß zu neuen Fragestellungen findet. Die bringen ihm zuweilen mißbilligende Seitenblicke seiner benachbarten Schwester ein, deren gesetztem Wesen solche Kindereien gar nicht behagen. Nannerls Aufmerksamkeit ist unentwegt auf ein vereinsamt liegengebliebenes Stück Torte gerichtet, das offenbar eine stärkere Anziehungskraft auf sie ausübt als das Frage-und-Antwort-Spiel zwischen Mutter und Sohn. Selbst dem nachdenklichen Vater entgehen nicht die stummen Gelüste ihrer Augen, und lächelnd schiebt er ihr den Kuchenteller mit dem ersehnten Labsal hin, was ein zufriedenes Lächeln um ihre Lippen weckt und sie veranlaßt, entschlossen nach dem Dargebotenen zu greifen.

Wolfgang, vertieft in die Auseinandersetzung, warum der liebe Gott nicht immer die Sonne scheinen, sondern dazwischen auch Wolken heraufziehen und regnen lasse, und unbefriedigt mit der Erklärung der Mutter, daß die Menschen ja auch nicht immer lachten, sondern hin und wieder weinten, hat das Verschwinden des Tortenstückchens nicht bemerkt. Plötzlich gewahrt er mit sichtlicher Bestürzung den leeren Teller, und schon will er auffahren und Nannerl des Mundraubes bezichtigen, als Mutter Annerl ihm den Finger auf den Mund legt, zumal der Vater einen strafenden Blick auf ihn richtet und mit ernster Miene sagt:

»Du mißgönnst wohl deiner Schwester die Torte, die ich ihr gab? Weißt du nicht, daß Neid eines der häßlichsten Laster ist?«

Wolferl schweigt beschämt. Die Strenge des Vaters tut ihm weh. Aber er ist verständig genug, sein Unrecht einzusehen. Abbitte leistend, streckt er Nannerl sein Händchen hin. Sie aber meint errötend:

»Bist mir bös, Wolferl? I hab' geglaubt, du wolltest die Torte nicht.«

Da springt er auf und umarmt sie zärtlich. Die Eltern wechseln verständnisvolle Blicke, und ein zufriedenes Lächeln erhellt ihre Gesichter.

In diesem Augenblick fegt, nein, rollt, könnte man besser sagen, ein klein gewachsenes, sehr rundliches weibliches Wesen in die Stube, um das Kaffeegeschirr abzuräumen. Dieses dralle, wie aus Klößen zusammengesetzte rotbäckige Geschöpf ist »Thresel«, das »Kuchelmensch« der Familie, oder »Kuller«, wie die Kinder es nennen, was auch zu der Art ihrer Beweglichkeit vortrefflich paßt. Thresel läßt sich ohne die Begleitung des Foxels »Bimperl«, des allgemeinen Lieblings der Familie, nicht denken. Kaum ist das schnurrige Hündchen erschienen, so wird es auch schon von den Kindern unter Obhut genommen und muß seine erlernten Künste zeigen. »Spring, Bimperl«, tönt es bald aus Nannerls, bald aus Wolferls Munde, und gehorsam hüpft Bimperl über die ihm gewiesenen Hindernisse. Dann heißt es wieder zur Abwechslung »Sing, Bimperl«, während eines von beiden eine Tonfolge auf dem Klavier anschlägt, und der angefeuerte vierbeinige Sänger fällt mit seinem Geheul ein, freilich unter schrillen Dissonanzen. Die Lustigkeit steigert sich zur Ausgelassenheit, wenn erst der Befehl »Tanzemann! Tanzemann!« erschallt und Bimperl nunmehr, mit den Zähnen sein Schwänzchen packend, einem Brummkreisel gleich, ohne jede Anwandlung von Schwindel sich behende dreht.

Eine Weile sieht der Vater dem munteren Spiel der drei lächelnd zu. Dann schickt er gütlich die herumtobenden Kinder mit dem Spaßmacher in ihr Zimmer, sie ersuchend, sich in einer halben Stunde für den Unterricht bereit zu halten.

Die Eltern sind allein. Mutter Annerl hat schon lange bemerkt, daß den Gatten etwas bedrückt. Sie ahnt auch die Ursache.

»Polderl, du bist mir in den letzten Tagen immer so vergrübelt. Sprich dich aus, was drückt dich?«

»'s ist die leidige Sache mit Wien, Annerl.«

»Hab's mir g'dacht. Was willst tun?«

»Das eben ist es, was mir Kopfzerbrechen macht. Die Avancen sind verlockend, aber ich habe keine Courage. Soll ich einwilligen oder soll ich hart bleiben?«

»Da laßt sich schwer raten, Polderl. Du mußt's selber wissen. I kann nur sagen, was i moan.«

»Und das wäre?« …

»Man sollt halt so a Angebot net schroff von der Hand weisen. Es könnt ein'm später leid tun.«

»Glaubst du?«

»Aber du müßtest dir Handgeld geben lassen. So aufs Geratewohl … nur auf Versprechungen hin … auch, wenn Schachtner dir zuredet … dürftest net eingeh'n.«

»Ja, ja, da stimmst du ganz mit mir überein. Ohne jede Garantie mach ich es gewiß nicht, mag der gute Andreas reden, was er will.«

Plötzlich schellt das Glöcklein im Flur, und Bimperl läßt seine kläffende Stimme vernehmen. Leopold murmelt vor sich hin:

»Das wird doch nicht etwa …«

»Und wenn er's is«, flüstert sie ihm zu, »laß dich net durch Schöntun einwickeln. Bleib bei dein'm Vorsatz.«

Thresel tritt herein und meldet den Herrn Baron von Waldstädten und den Herrn Hoftrompeter Schachtner. Mutter Annerl nickt ihrem Gatten bedeutungsvoll zu und verschwindet im Nebenzimmer.

Man kann sich kaum zwei in ihrem Äußeren unterschiedlichere Männer vorstellen als die beiden angemeldeten Gäste. Herr von Waldstädten: ein vollendeter Kavalier, sorgfältig gepflegt von der gut sitzenden Perücke bis zu den blitzblanken Schnallenschuhen, in jeder Bewegung von einer natürlichen, unaufdringlichen Eleganz. Seinem ausgeglichenen Gesicht entströmt das Fluidum des wohlerzogenen Aristokraten, und der auffällig fein geschnittene Mund verrät den Charme eines liebenswürdigen Plauderers, dem die Routine des Salons im Blute liegt. Er macht den Eindruck eines Vierzigjährigen, obgleich er sich bereits der Schwelle der Fünfzig nähert. Sein Begleiter verhält sich zu ihm wie eine Eiche zu einer Pappel. Er ist groß, knorrig, breitschultrig, salopp gekleidet und scheint überhaupt kein Gewicht auf Äußerlichkeiten zu legen. Auf dem beleibten Körper ruht ein mächtiges Haupt mit einer klobigen Nase, breiten Hängebacken, wulstigen Lippen und auffallend buschigen Augenbrauen, die fast die ziemlich tief liegenden wasserblauen Augen verdecken. Aber aus diesem Fleischkoloß, der vortrefflich die Trompete meistert, sprudelt ein so erquickender Quell von Wohlwollen, Herzensgüte und Heiterkeit, daß es dem kältesten Mitmenschen warm im Busen wird, wenn jener Mann den Mund auftut. Und so bricht auch jetzt Schachtners gemütlich polternde Lebhaftigkeit die durch das Erscheinen des vornehmen Gastes bei Leopold Mozart entstandene förmliche Befangenheit.

»Denk dir, Poldi, unser verehrter Herr Baron will uns morgen, leider, verlassen. Ich habe das ganze Register meiner Überredungskunst gezogen. Aber es hilft halt nix – er bleibt bei seiner Absicht. Was ist da zu machen? Willst du ihm nicht wenigstens einen Hoffnungsschimmer als Reisegepäck mitgeben? Himmelkreuzdonnerwetter, ich verstehe dich nicht, Freund und Gevatter. Das Buberl und das Madl sind, weiß Gott, schon so weit vorgeschritten, um vor einer erlauchten Gesellschaft sich zu produzieren. Du verkennst völlig die außerordentliche Ehre eines solchen schmeichelhaften Angebots. Kann es für uns armselige Musikanten eine größere Ehre geben, als vor den Majestäten zu musizieren?«

Hier schaltet von Waldstädten sich ein:

»Sie schießen über das Ziel hinaus, mein lieber Herr Schachtner, und versprechen mehr, als ich in der Lage bin zu halten. Ob die Majestäten geruhen werden, Herrn Mozart und seine Kinder anzuhören, vermag ich weder zu bejahen noch vorauszusagen. Es liegt natürlich im Bereich der Möglichkeit. Was ich jedoch mit gutem Gewissen verantworten kann, ist die Aussicht auf einige Konzerte in hochangesehenen Adelshäusern, die verdienten finanziellen Erfolges sicher sind und die darum vollauf die Reise rechtfertigen würden.«

Nach dem wohlwollend derben ermunternden Zuspruch des Freundes und den verheißungsvollen Worten des Barons geraten Leopold Mozarts Bedenken ins Schwanken. Schüchtern wagt er anzudeuten, daß es, falls er sich zu der Reise entschließen wolle, an den nötigen Mitteln zur Bestreitung der Unkosten fehle und daß dieser Umstand von vornherein den schönen Plan zunichte mache. Als habe Waldstädten nur auf einen solchen Einwand gewartet, beeilt er sich zu sagen:

»Die Reiseunkosten lassen Sie meine Sorge sein, Herr Hofmusikus. Wenn ich Sie verleite, ein solches Wagnis zu unternehmen, so müssen Sie mir auch gestatten, für die Auslagen aufzukommen.«

»Aber Sie machen durch dieses hochherzige Anerbieten mich zu Ihrem Schuldner auf Lebensdauer, Herr Baron von Waldstädten.«

»Wollen wir darüber keine Worte verlieren. Die Freude, die mir Ihre Zustimmung gewähren würde, kann nicht mit Gold aufgewogen werden.«

Solchem Edelmut sich zu widersetzen erscheint Mozart als verletzende Unhöflichkeit. Darum streckt er Waldstädten freundlich die Hand hin, und ein kräftiger Händedruck besiegelt die Übereinkunft. Schachtner schwelgt in einem Hochgefühl von Freude, als sei ihm eben selbst ein unverhofftes Glück widerfahren. Er legt Leopold seine schwere Rechte auf die Schulter und sagt:

»So ist's recht, Poldi. Wenn ich bloß zugegen sein dürfte!«

Man vereinbart die zweite Septemberhälfte für das Konzert in Wien, weil der Baron die Zeit des Herbstanbruchs für besonders geeignet hält; in Linz soll ein Auftreten eingeschoben werden, das der liebenswürdige Gast zu arrangieren verspricht. Ehe er sich verabschiedet, bittet er darum, noch einmal die Kinder sehen und vielleicht, wenn es nicht unbescheiden sei, sie am Flügel hören zu dürfen. Gern erfüllt der Vater das Anliegen und holt die kleinen Musikanten heran, die den Herrn wie einen lieben Bekannten begrüßen, Schachtner jedoch mit geradezu stürmischer Herzlichkeit.

»Der Herr Baron wünscht, daß ihr ihm etwas vorspielt, weil er morgen von Salzburg abreist«, sagt der Vater.

Gehorsam folgen die Kinder dem Befehl und spielen aus einem dicken handgeschriebenen Notenheft eine Suite von Georg Philipp Telemann, spielen sie mit einem solchen feinen Empfinden des Stimmungsgehalts der einzelnen Stücke und mit einer solchen peinlichen Akkuratesse, daß Waldstädten nur immer wieder voll Erstaunen den Kopf schüttelt. Als sie ihren Vortrag beendet haben und er sie beide an sich drückt, ertönt Schachtners tiefe Stimme:

»Nun gib uns, Wolfgangerl, eine Probe von dem, was in deinem eigenen Hirn gewachsen ist.«

Das läßt sich das Bürschchen nicht zweimal sagen. Es rückt seinen Sessel zurecht, schwingt sich hinauf und setzt, als sei es sich der Wichtigkeit des Augenblicks, nun selbständig zu schalten, völlig bewußt, eine gravitätische Miene auf, die sich gar drollig in seinem kindlichen Gesicht ausnimmt. Zuerst trägt der Kleine ein Menuett vor, das etwas schwerfällig und einförmig klingt und mehr einem Übungsstück als einem Tanz ähnelt. Aber das nächste, das er folgen läßt, ist von Beschwingtheit und echter Grazie erfüllt. Es fordert geradezu die Gliedmaßen zu gelockerter Bewegung heraus. Und Nannerl tritt auf einen Wink Schachtners in die Mitte des Zimmers und bietet mit ihren zierlichen Tanzschritten und Gebärden ein anmutiges Bild. Entzückt über den kleinen Komponisten, spendet Waldstädten ihm Lob. Da bemerkt er, daß in Wolferls Augen Tränen stehen und daß er sich Mühe geben muß, den Drang zum Weinen zu unterdrücken. Plötzlich läuft er davon. Verwundert blickt ihm der Baron nach. Schon erfolgt aus väterlichem Munde die Erklärung:

»Es ist eine seltsame Marotte meines Buben, daß ihn Beifall von Menschen, die er schätzt, nicht erfreut, sondern eher verstimmt.«

»So tut es mir aufrichtig leid, daß ich unbewußt ihm Anlaß zu einem Kummer gegeben habe«, versetzt Waldstädten.

»Ihre Annahme trifft nicht zu, verehrter Herr Baron«, entgegnet der Vater, »Wolferl spielt immer gern vor Menschen, von denen er weiß, daß sie etwas von Musik verstehen, vor anderen nicht. Da sind ihm Lob oder Tadel gleichgültig. Aber wenn ihm ein Kenner ein paar schmeichelhafte Worte über sein Spiel sagt, überkommt ihn Scham, weil er seine Unzulänglichkeit verspürt und sich des gespendeten Lobes für unwürdig hält.«

»Wodurch könnte ich ihn versöhnen?«

»Ist nicht nötig, ich versichere Ihnen, Sie haben einen unauslöschlichen Eindruck auf ihn gemacht. Sein Verhalten bezeugt es mir. Schämte er sich erst des unverdienten Lobes, so schämt er sich jetzt seiner Tränen, und weder Bitten noch Drohungen würden ihn bewegen, zum Vorschein zu kommen.«

Beruhigt über diese Erklärung, drückt Waldstädten Vater Mozart noch einmal seine Anerkennung über das Dargebotene aus und verabschiedet sich von ihm und Nannerl, wobei er nicht versäumt, sich der verehrungswürdigen Ehegattin zu empfehlen. Der Hausherr begleitet seine Gäste hinaus. Als er zurückkehrt, öffnet er den kleinen Beutel, den ihm der Baron eingehändigt hat, und zählt seinen Inhalt. Da blickt Mutter Annerl durch die Tür.

»Nun, Polderl, wie steht's mit Wien?«

»Wir reisen.«

»Also doch. Und's Handgeld?«

»Der Baron hat mir hundert Taler geschenkt – zur Bestreitung aller Unkosten. Es wird zwar nicht ganz ausreichen. Aber wir kommen ein gutes Stück damit weiter.«

III

Die nächsten Wochen gehen mit Reisevorbereitungen hin. Am wichtigsten wird die musikalische Schulung der beiden jugendlichen Virtuosenanwärter genommen. Wenigstens betrachtet Vater Leopold diese als die vornehmste Aufgabe, und er findet dabei durchaus das Verständnis und auch den erforderlichen Eifer seiner Zöglinge. Vom Morgen bis zum Abend wird, soweit es seine amtlichen Obliegenheiten gestatten, gelernt und geübt, und zwar mit Strenge und Gewissenhaftigkeit, bis das Einstudierte sozusagen selbstverständlich aus den Fingern fließt. Sogar die Mahlzeiten vernachlässigt man über dem Bienenfleiß, und oft muß die brave Thresel, die in der Küche mit nicht minder lobenswertem Eifer hantiert, bekümmert feststellen, daß ihre sonst so gerühmten Salzburger Nockerln über dem Gefiedel und Geklimper kläglich zusammengefallen sind.

Auch Mutter Annerl hat alle Hände voll zu tun; denn auf ihren Anteil entfällt die Equipierung der Reisenden. Wien – das ist in den Augen dieser vollblütigen Österreicherin so etwas wie der Wohnsitz von nur Hoch- und Edelgeborenen, die in märchenhafter Üppigkeit leben. Vor einem solchen Parkett von Fürsten, Grafen und Baronen mit ihren in kostbaren Roben prunkenden Damen sollen die drei Menschen, die ihrem Herzen am nächsten stehen, beileibe keine schlechte Figur machen. Deshalb ist sie emsig um die Anschaffung alles Erforderlichen bemüht, gerät jedoch bald in Verlegenheit, als sie gewahrt, wie das Geld, das der Gatte ihr zur Bestreitung der Auslagen gab, bedenklich zusammenschrumpft. Eines Abends gesteht sie ihm ihren Kummer.

Er runzelt erst die Stirn, aber er sieht, die Sachlage prüfend, bald ein, daß die Frau recht hat; denn auch er unterschätzt nicht den Anteil des äußeren Eindrucks am Erfolg und ist selbst stets auf gute Kleidung bedacht. ›Aber wie soll ich das Geld herbeischaffen!‹ denkt er. ›Ich kann doch nicht als Hungerleider in Wien einkehren.‹ Lange grübelt er nach und gelangt schließlich zu der Erkenntnis, daß der einzige, von dem er Hilfe erhoffen dürfte, sein Hauswirt, der Spezereiwarenhändler Johann Lorenz Hagenauer sei.

Und so begibt sich Vater Mozart am nächsten Tage zu dem vermeintlichen Retter aus der Verlegenheit, der im Stockwerk unter ihm wohnt. Hagenauer hat gerade sein Mittagsschläfchen hinter sich und sitzt im Schlafrock, die Nachtmütze auf der perükkenentblößten Glatze, das Pfeifchen im Munde bei einem Viertel Wein, das Wochenblättchen lesend. Sein gut gemästetes Bäuchlein und der melonenrunde Kopf, dem eine kecke vorwitzige Stupsnase, ein listiges Augenpaar und ein sehr angenehmer Mund eine merkwürdige Mischung von Schlauheit und Güte verleihen, sind herausfordernd dazu angetan, einen Bittsteller zu seinem Anliegen zu ermuntern. Mozart zögert darum auch nicht lange, sondern rückt, zum Mittrinken aufgefordert, nach Austausch einiger höflicher Redewendungen, mit der Sprache heraus. Während er sein Sprüchlein hersagt, natürlich unter angemessener Begründung dessen, was ihn dazu treibe, verharrt Hagenauers Gesicht in einem unveränderten Ausdruck wohlwollenden Ernstes.

»Aber natürlich, mein lieber Herr Hofkapellmeister, helf i Ihna gern«, versetzt der Hausherr. »So ein Konzert vor den allerhöchsten Herrschaften kostet halt Geld. Aber können S' denn wissen, was dabei herausspringt? – Vielleicht öffnet's das Tor zum Ruhm Ihna und den lieben Kinderln. Jesses, wenn i mir bloß vorstell' das Nannerl. Was für Augen wird's Madl machen beim Anblick aller der Herrlichkeiten, die's zu sehn bekömmt. Und wie werden die feinen Damen und Kavaliere es hofieren! Und das Zauberbuberl – da werden s' erst staunen! Nun aber sagen S' mir, lieber Freind, wieviel brauchen S' denn?«

»Fünfzig Taler«, gesteht Mozart.

»Und wie lange wollen S' fortbleiben?«

»Ein paar Wochen.«

»Fünfzig Taler für ein paar Wochen? Net mehr?«

Ein fröhliches Auflachen begleitet seine Worte.

»Nehmen S' mir net übel«, fährt er fort. »Sie sind allzu bescheiden. Mit fünfzig Talern können S' in Wien keine großen Sprünge machen, selbst wann Sie's verdoppeln und man Sie tagaus, tagein zu 'ner Gasterei einlädt. Das Vierfache moan i, wird halt's Richtige sein.«

»Wo denken Sie hin, mein lieber Herr Hagenauer? Wie sollt ich bei meinen kärglichen Einnahmen das jemals wieder zurückzahlen? Ohnehin bin ich schon beträchtlich in Ihrer Schuld.«

Hagenauer macht eine abwehrende Gebärde.

»Darüber zerbrechen S' net das Köpferl. Gott sei Dank, mir geht's gut mit meinem Geschäft. Die Gewürze sind 'ne einträgliche Ware. Ob i nun den Erlös auf die Bank trag' oder ob i ein paar hundert Maria-Theresia-Taler Ihna vorstrecke, is doch schließlich gleich. I weiß, sie sind gut bei Ihna aufgehoben, und Sie werden's mir schon wiedergeben, wann bei Ihna mal die Geldkatze anschwillt, und das wird's tun; denn Ihr Gewerbe steht auf goldenen Füßen.«

Er nimmt eine Prise und niest erst gründlich, ehe er weiterspricht.

»Freilich, bei Seiner hochfürstlichen Gnaden wird's net so ganz stimmen. Hab i recht?«

Mozart nickt ihm bestätigend zu.

»Ja, ja, der hohe Herr bezahlt euch Musikanten schlecht. Für die Gastereien in Mirabell und alle die Verzierungen an Leopoldkron fließen nur so die Dukaten, aber die lebende Kunst darf darben. Trotzdem, lieber Herr Mozart, sag' i Ihna: Sie san a Goldgrube. I bin zwar nur a simpler Spezereiwarenhändler, versteh a net viel von der Musik, hab sie aber liab, so liab, daß i mich wie im siebenten Himmel fühl, wann i Sie geigen hör. Und so was – das sagt mir mein Kaufmannsverstand – kann der gütige Herrgott net ohne klingenden Lohn lassen. Also, um's kurz zu machen, i geb Ihna hundert Taler. Und sollt's net langen, so lassen S' mich wissen. Das bind ich Ihna auf die Seele. Mangel leiden sollen S' mir in der Kaiserstadt net!«

Niemals ging Leopold Mozart so leicht beschwingt die Treppe zu seiner Wohnung hinauf wie jetzt. Mutter Annerl sieht es ihm schon an seinem schmunzelnden Munde an, daß er nicht mit leerer Tasche kommt. Sie hat es auch nicht anders erwartet.

Die Reisevorbereitungen nehmen nun ein eiligeres Tempo an. Es ist auch keine Zeit mehr zu verlieren; denn der September steht schon vor der Tür. Man spinnt sich völlig in die Häuslichkeit ein und bleibt unsichtbar für jeden neugierigen Schnüffler, deren es in einer kleinen Stadt nicht fehlt. Thresel hütet wie ein grimmiger Cerberus das häusliche Gehege. Nur Schachtner findet ausnahmsweise Einlaß. Und das ist jedesmal für Wolferl ein beglückendes Erlebnis.

Als der Hoftrompeter einmal samstags nach der Messe mit Leopold Mozart in das Zimmer tritt, sitzt der Knirps über einem beschriebenen Notenblatt, und die Finger scheinen mehr Tinte abbekommen zu haben als das Papier. Der Vater beugt sich über das Blatt und fragt:

»Was machst du da?«

»Ein Konzert für Klavier«, erwidert der Kleine stolz.

»Laß mal sehn.«

Er nimmt die Komposition in die Hand und schüttelt den Kopf.

»Wer soll denn aus dieser Schmiererei klug werden! Da sind ja mehr Tintendalken als Noten.«

Er zeigt das Blatt Schachtner. Sie blicken beide hinein, lächeln zunächst ein wenig, werden dann jedoch ernst.

»Seltsam«, murmelt Vater Mozart, »ganz nach der Regel gesetzt, und er hat doch noch gar keinen Unterricht im Notenschreiben gehabt.«

»Schau mal die Läuferpassage in Terzen«, bemerkt Schachtner und weist mit dem Finger auf eine Stelle:

»Ist das nicht kühn?«

»Das schon, aber wer soll das spielen? Du schreibst zu schwer.«

»Dafür ist's auch ein Konzert, Papa.«

»Du meinst, ein Konzert muß notwendigerweise schwer sein?«

»Ja.«

»Nun, so zeig uns, ob du es auch selber spielen kannst.«

Dazu ist Wolferl gleich bereit. Er setzt sich an das Klavier und beginnt zu spielen. Anfangs geht es ganz leidlich, aber als eine heikle Stelle kommt, verhaspeln sich seine Finger; so sehr er sich müht, nach seiner Art die Schwierigkeiten zu meistern, er gerät doch ins Stocken.

»Siehst du«, bemerkt Schachtner, »du bist noch nicht deiner eigenen Töne Herr.«

»Man muß nur gründlich exerzieren, dann wird's schon gehn.«

»Und du darfst nicht die Feder so tief in die Tinte stecken. Dann rächt sich das Teufelchen, das in der Flasche steckt, und bespritzt dir die Noten, daß du selber nicht aus ihnen klug wirst.«

Mutter Annerls Erscheinen unterbricht das Gespräch, das Wolfgang gar zu gern fortsetzen würde. Milde verlangt sie nach ihm, damit er das Galaröckchen anprobiere, das die Näherin eben gebracht habe. Der mütterliche Wunsch erstickt in der Seele des Buben jede Auflehnung, die zuweilen in ihm aufbraust, wenn er sich in musikalische Dinge vertieft hat und nicht gestört sein will. Etwas lockt auch die Eitelkeit. Zutunlich hängt er sich an die Hand der Mutter und trippelt neben ihr hinaus.

Beide Männer folgen sinnend mit ihren Blicken dem entschwindenden Knäblein. Ganz verschieden spiegelt sich der Eindruck des eben Erlebten in ihren Gesichtern: ein Anflug von Rührung schimmert in den Augen des Vaters, während der Freund über das ganze Gesicht strahlt. Plötzlich, nach kurzem Schweigen, legt er Mozart vertraulich die Hand auf die Schulter – was ihm zur Gewohnheit geworden ist, wenn das Herz vor Freude überschwillt – und sagt voll Wärme:

»Poldi, du hast ein Buberl, um das dich jeder Vater beneiden kann. Wir werden noch Wunder über Wunder an ihm erleben.«

IV

Der Tag des Aufbruchs rückt heran. Alle Vorbereitungen für die Reise sind getroffen. Noch verbleibt Leopold Mozart eine Anstandspflicht, die er bis zuletzt aufgehoben hat: die Abschiedsvisite bei seinem Brotgeber, dem Erzbischof Sigismund. Nicht, daß er sich vor dem erlauchten Herrn fürchtet – nein, ihn ängstigt allein der nun einmal zwischen einem hohen Würdenträger und seinem Untergebenen vorhandene Abstand, und sich in die Rolle eines Bedienten hineinzufinden, fällt dem Bürgerssohn der Freien Reichsstadt Augsburg schwer.

Eines Morgens werden die Kinder angeputzt, sorgsam von der Mutter in allen Einzelheiten überwacht. Und dann gehen die drei nach dem erzbischöflichen Palais, wo sie im Vorzimmer ziemlich lange warten müssen, ehe der junge Koadjutor erscheint und sie auffordert, ihm zu folgen.

In dem vornehmen, doch nicht mit überladener Pracht ausgestatteten großen Zimmer, dessen Wände einige Bildnisse in erzbischöflichem Ornat schmücken, sitzt vor einem kunstvoll geschnitzten schweren Schreibtisch der Kirchenfürst – ein Mann in mittleren Jahren, dessen energisches Gesicht auf den ersten Blick eine ihrer Würde sich bewußte Persönlichkeit offenbart. Nachdem Leopold Mozart, sich tief verneigend, die ihm entgegengestreckte schmale Hand geküßt hat und die Kinder, seinem Beispiel folgend, das gleiche getan haben – mit einem richtigen Hofknicks von Nannerl und einem strammen Kratzfuß von Wolferl begleitet –, wendet sich der hohe Prälat an seinen Hofmusikus:

»Das also sind Seine Kinder, von denen man so viele Wunderdinge erzählen hört?«

»Eure hochfürstliche Gnaden wissen, daß das Gerücht immer die Tatsachen zu vergrößern beliebt.«

Der Erzbischof nimmt Nannerl bei der Hand und sieht sie an.

»Du sollst ja eine große Sängerin sein, mein Kind. Kannst du schon das hohe C singen?«

Die Gefragte läßt verstohlen den Blick von dem freundlich sie anlächelnden Manne zu dem Vater gleiten und weiß in ihrer Schüchternheit nicht, was sie antworten soll.

»Nur Mut, mein Kind«, redet er ihr zu, »ich will doch hören, wie weit dein Stimmchen reicht.«

Als der Vater ihr ermunternd zunickt, stellt sie sich in Positur und erklimmt mit spielender Leichtigkeit in einer Tonleiter das hohe C.

»Brav, brav, kleine Nachtigall«, ruft der Kirchenfürst ihr zu. »Du hast dein Examen für Wien bestanden.« Dann zu Wolferl: »Und nun zu dir, mein Bürschchen. Durch welche Leistungen zeichnest du dich aus?«

»Singen kann ich nicht, Eure hochfürstliche Gnaden«, erwidert das Knäblein keck, »nur spielen. Aber dazu brauch ich ein Klavier.«

»Ein Klavier? Nun, dann müßten wir uns in mein Musikzimmer begeben.«

»Wie beliebt, ich bin bereit.«

Der Erzbischof lacht über die frische Aufrichtigkeit des Kleinen.

»Ein andermal«, sagt er. »Für heute sei dir's geschenkt. Aber wenn du von deiner Reise zurück sein wirst, kommst du zu mir und spielst mir vor, was du den hohen Herrschaften in Wien vorgetragen hast.«

»Das will ich gern tun.«

»Folge nur deinem Vater gut. Er wird dich schon was Tüchtiges lehren. Du hast ihn doch recht lieb?«

»Nach dem lieben Gott kömmt gleich der Papa.«

»Das ist recht. Bist ein guter Sohn.«

Und zu seinem Hofmusikus:

»Es sind aufgeweckte frühreife Kinderchen. Möge Ihm mit Seiner Suite ein schöner Sukzeß in Wien beschieden sein! Aber überanstrenge Er mir die Kleinen nicht! Und noch eins lege ich Ihm ans Herz. Vergesse Er nicht, Mozart, daß Er in meinem Solde steht. Ich hab Ihm zwar auf Seine Petition einen Urlaub von einigen Wochen bewilligt und hab es gern getan. Das heißt nun nicht, daß Er ihn nach Belieben ausdehne. Wir wollen uns an Seiner Geigenkunst ebenso erfreuen wie die Wiener. Hat Er mich verstanden?«

»Gewiß, ich bleibe meiner Verpflichtungen Euer hochfürstlichen Gnaden gegenüber wohl eingedenk.«

Der Erzbischof macht eine leichte abwehrende Bewegung mit der Linken.

»Euch Musikern ist nicht zu trauen«, sagt er schmunzelnd. »Wenn euch der Beifall den Kopf berauscht, werft ihr alle eingegangenen Konditionen über den Haufen. Allein, ich will's glauben. Er wird doch über Passau fahren?«

»Ja, das ist in meinem Reiseplan vorgesehen, hochfürstliche Gnaden.«

»Ich werde Ihm eine Empfehlung an den Bischof von Passau mitgeben. Das kann Ihm von Nutzen sein. Dort wird Er auch den Domherrn Graf Herberstein kennenlernen, der mein guter Freund ist und sich Seiner annehmen wird.«

Leopold Mozart verneigt sich, und die Kinder tun das gleiche.

»Was ich noch sagen wollte. Ich habe Ihm einen Reisezuschuß zugedacht. Mein Koadjutor wird Ihm die Referenzen und das Geld aushändigen. So, nun Gott befohlen. Glückliche Fahrt!«

Mozart verabschiedet sich ehrerbietigst und verläßt, nachdem er von dem liebenswürdigen Koadjutor die bewilligte Wegzehrung und die Empfehlungen erhalten hat, mit den Seinigen das erzbischöfliche Palais. Froh, diesen zeremoniellen Besuch hinter sich zu haben und auch nicht mit leeren Händen heimzukehren, obschon es nur fünfundzwanzig Taler sind – was bei der peinlichen Sparsamkeit seines Brotherrn in allen Angelegenheiten der Musik schon als besondere Huld anzusehen ist –, geht er heiter gelaunt und beschwingten Schrittes heim. Und auch die Kinder haben ihren vorgeschriebnen Ernst abgelegt und trippeln, munter schwatzend, neben ihm her, als kämen sie von einem vergnügten Fest. Die bevorstehende Reise spukt ihnen bereits im Blut.

V

An einem wundervollen Spätsommermorgen verläßt ein seltsames Vehikel, halb Kalesche, halb Packwagen, wo hinter dem aufgeschlagenen Halbverdeck unter einer Plane Klavier und Mantelsäcke verstaut sind, die erzbischöfliche Residenz. Zwischen seinen beiden vorsorglich – als gehe es auf eine Winterreise – in dicke Mäntel und Kapuzen eingehüllten Kindern sitzt Vater Mozart, eingesponnen in Gedanken an die bevorstehenden Ereignisse, aber immer wieder unterbrochen von den neugierigen Fragen seiner Sprößlinge, die über alles Fremdartige, das sie während der Fahrt wahrnehmen, Auskunft heischen. Er ist darum froh, wenn seine fragelustigen Nachbarn, von Müdigkeit übermannt, einschlummern. Allein dann kommen die mit Pferdewechsel verknüpften Essenspausen, und die Wißbegierde lebt von neuem auf.

Passau. Stich von J. und P. Schaffer

Am Abend des dritten Reisetages erreicht Familie Mozart Passau. Doch als ob der Wettergott nur auf ihr Eintreffen gewartet habe, öffnet er in der Nacht durch ein heftiges Gewitter die Schleusen des Himmels und gießt am nächsten und an den folgenden Tagen wahre Wasserstürze hernieder, daß sich den Ankömmlingen keine Möglichkeit bietet, die Sehenswürdigkeiten Passaus zu besichtigen.

Fünf Tage vergehen, fünf infolge des schlimmen Wetters quälend langsam dahinschleichende Tage, ehe Seine fürstliche Gnaden geruhen, die Salzburger Musikanten wissen zu lassen, daß Sie geneigt seien, den Wunderbuben – wohlbemerkt *nur* den Wunderbuben – anzuhören. Diese lakonische Botschaft wirkt so kränkend und erkältend auf Leopold Mozart, daß er in der ersten Aufwallung des Mißmuts an Abreise denkt. Der Anblick seines weinenden Töchterchens bestärkt ihn in seinem Vorsatz. Graf Herberstein, der gerade dazukommt, wendet alle seine diplomatische Kunst an, um die verfahrene Situation zu retten. Er schildert, wie das Zeremoniell am bischöflichen Hofe das Auftreten einer weiblichen Person, selbst wenn sie noch im Kindesalter sich befindet, untersage und daß sein Vorgesetzter in dieser Hinsicht auf strenge Einhaltung der Regel achte. Darum müsse man sein Verhalten verstehen, wenn er nur dem kleinen Buben die Erlaubnis zu konzertieren gebe, die selbstverständlich ihn als Vater und Lehrer mit einbeziehe. Da meldet sich Wolferl:

»Wenn Nannerl nicht singen darf, will ich auch nicht spielen«, erklärt er, als sei das selbstverständlich.

Der Domherr nimmt das Köpfchen des Knaben zwischen seine gepflegten Hände, schaut ihm mit gemachtem Ernst in die Augen und sagt:

»Du wirst uns doch nicht die Freude nehmen, auf die wir uns so gespitzt haben?«

»Verstehen denn auch Ihre Männer was von Musik?«

»Wolferl, du nimmst dir zuviel heraus«, versetzt der Vater streng.

»Aber bitt schön«, fällt Herberstein ein, »er ist halt anspruchsvoll. Das gefällt mir. Wir wollen's hoffen, daß sie deine Kunst zu würdigen wissen.« Und dann an Nannerl sich wendend: »Und du, kleine Demoiselle, brauchst nicht traurig zu sein, wenn du nicht dabei bist. Es sind lauter gesetzte Herren. In Wien wirst du dafür um so mehr Furore machen.«

Als die Akademie zur festgesetzten Stunde in dem großen mit kühler barocker Pracht ausgestatteten Saal vor dem Bischof und kaum fünfzig Personen fast ausschließlich geistlichen Standes stattgefunden hat und Vater und Sohn – jener auf der Geige und dieser am Klavier – ihr Programm gespielt haben, meldet sich nur zögernd und matt der Beifall.

Der Bischof winkt Vater und Sohn heran. Dem gestrengen, asketischen Gesicht des hohen Kirchenherrn entströmt kein erwärmendes Gefühl, auch als er nun einige lobende Wort spendet.

»Das Gerücht hat in diesem Falle einmal nicht zu viel verkündet«, sagt er in ruhiger Weise. »Der Bube leistet Außerordentliches. Ich höre, daß er sich sogar schon an die Orgel wagt.«

»Es sind erst schüchterne Versuche, Fürstliche Gnaden. Aber er scheint eine besondere Vorliebe für dieses Instrument zu haben.“

»Das freut mich zu hören.« Und, an Wolfgang sich wendend, fährt er fort: »Das ist der edelste Dienst im Reich der Frau Musica. Weihe dich ihm ganz und werde in katholischen Landen das, was der Sebastian Bach in den protestantischen war. Nimm dir meine Mahnung zu Herzen. Und zum Ansporn empfange diese Gabe.«

Dabei drückt er ihm eine eingewickelte Münze in das Händchen.

Recht kleinlaut kehren Vater und Sohn in den Gasthof zurück, wo Nannerl sie ungeduldig erwartet. Als Leopold Mozart das Papier von dem bischöflichen Geschenk abstreift, kommt ein Dukaten zum Vorschein. Ein bitteres Gefühl beschleicht ihn beim Anblick des Goldstücks. ›Das also ist das fürstliche Honorar für ein Konzert und fünf Tage unfreiwilligen Aufenthalts‹, denkt er. ›So gering schätzen die hohen Herren den Wert unserer Kunst ein. Wenn man in Wien den gleichen Maßstab an unsere Leistung legt, so kann ich mir ja schon jetzt die Schuldenlast ausrechnen, mit der ich heimkehre.‹ Die Kinder, die des Vaters Sorgen nicht ahnen, betrachten abwechselnd die blinkende Münze. Ihnen erscheint sie als eine hohe Auszeichnung. Der Vater möchte ihren Glauben nicht zerstören und mahnt sie, sich zu Bett zu begeben. Er selber bleibt noch auf und schreibt an seinen Freund Hagenauer einen Brief, in den er seinen Kummer über die erlittene Kränkung ergießt.

VI

Für die Weiterfahrt nach Linz benutzt die Familie Mozart am nächsten Morgen die sogenannte »Wasser-Ordinaire«, ein geräumiges Schiff, das außer Lasten auch Passagiere in einer Kajüte befördert. Der Wagen mit dem aufgeladenen Klavier wird dabei mitgenommen. Nach der tagelangen Verdüsterung lächelt die Sonne zwischen zerrissenen Wolkenfetzen freundlich auf unsere Reisenden hernieder.

Ehe das Schiff seinen Ankerplatz verläßt, ereignet sich ein Zwischenfall, der Wolferl in eine schreckliche Aufregung versetzt.

Ein alter, fast erblindeter Bettler hatte sich am Steg eingefunden und kratzte auf einer armseligen Fiedel eine rührende Weise, um die Aufmerksamkeit der einsteigenden Fahrgäste zu erregen und ein Almosen von ihnen zu erhaschen. Der Knabe hat ihm schon eine Gabe in die Hand gedrückt, allein ihn verdrießt das klägliche Gewimmer der Saiten, und er möchte allzugern selbst das Instrument in die Hand nehmen und für den armen Musikanten spielen. Doch der Vater verweist ihm sein Ansinnen. Indessen bleiben Wolferls Blicke unausgesetzt an dem geigenden Bettler haften. Da bückt sich dieser, um ein paar ihm zugeworfene Heller vom Boden aufzulesen, verliert dabei infolge einer ungeschickten Bewegung das Gleichgewicht und stürzt in das Wasser. Das Bürschchen stößt einen Schrei aus, so entsetzt und voll Bangen, daß alle sich nach ihm umwenden. Vater Leopold und Graf Herberstein, der sich den Reisenden angeschlossen hat, geben sich alle erdenkliche Mühe, es zu beruhigen, aber ohne Erfolg. Mittlerweile haben zwei Matrosen den Ertrinkenden aus dem Wasser gezogen und auf dem Ufer gebettet, wo er bald wieder zur Besinnung kommt. Freilich, die Geige hat der Strom entführt, und sie schaukelt schon weitab vom Schiff auf den Wellen. Nun beruhigt sich Wolferl zwar, als ihm der Domherr sagt, daß der Bettler gerettet sei.

»Aber das Geigerl!« jammert er. »Wovon soll der arme Mann leben?«

Und er bittet den Vater inständig, er möge dem Geretteten den Dukaten geben, den ihm gestern der Bischof geschenkt habe, damit er sich eine Geige kaufe. So verdrießlich das Goldstück Leopold Mozart ist und so gern er den Wunsch seines Söhnchens erfüllen will, zum Verschenken erscheint ihm die Münze doch zu hoch. Aber er opfert einen Gulden, und da auch der Graf Herberstein seinerseits einen Gulden herausrückt und andere Reisegefährten, von dem Verhalten des kleinen Bübchens gerührt, ihr Scherflein beisteuern, findet sich in Kürze ein nettes Sümmchen zusammen, für das, wie Wolferl bedeutet wird, der Bettler ein viel, viel schöneres Instrument kaufen könne als das verlorene. Eine mitfahrende blasse, schöne Dame tut das Gesammelte in einen kleinen Beutel und gibt ihn Wolferl, der an der Seite des Domherrn nochmals den Steg zum Ufer zurückschreitet und die Gabe dem blinden Musikanten mit ein paar tröstenden Worten überreicht. An der Stimme erkennt der alte Mann, daß es ein

Kind ist, welches ihm diese Freude bereitet; er tastet nach der Hand des Spenders und murmelt, sie streichelnd:

»Möge der allmächtige Gott dich segnen, daß du noch viele, viele mit deinen zarten Handerln beglückst!«

Linz. Stich von J. und P. Schaffer

Dieses Vorkommnis, das auch die Hilfsbereitschaft des kleinen Buben so reizend offenbart, erwirbt ihm die Zuneigung aller Mitreisenden, die nicht ahnen, welchen kostbaren Schatz seine Kindesseele birgt. Er wird zum Mittelpunkt allgemeiner Gunst, und jeder bemüht sich auf seine Weise während der Fahrt, ihm gefällig zu sein. Und als sich gar herumspricht, daß er selber schon ein Bewunderung erregender Jünger der Frau Musica sei, ist er bald der verhätschelte Liebling aller. Mancher möchte nun gern die Reise in Linz unterbrechen, um das Buberl bei seiner Kunstausübung zu erleben. Aber nur die schöne blasse Dame, die ihm das Beutelchen für den Bettler überreichte und deren Augen immer mit einem versonnenen Lächeln auf ihm ruhen, macht das Vorhaben wahr, als das Schiff am Spätnachmittage in Linz eintrifft.

Linz übt auf unsere Musikanten einen viel angenehmeren Eindruck aus als das ungastliche und unfreundliche Passau. Schon die Unterkunft flößt ihnen Behagen ein. Die Schwestern Kiener, zu denen man sie gebracht hat – zwei Jungfern vorgerückten Alters –, sind in echt tantenhafter Betulichkeit um das Wohlbefinden der Kinder besorgt.

Am nächsten Tage führt der Domherr seine Schutzbefohlenen

in das Haus des Landeshauptmanns, des Grafen Schlick, zur Antrittsvisite. Der Hausherr ist nicht daheim, doch die Gräfin Aurora, eine charmante Wienerin, empfängt den Besuch und entfaltet bei der schnell in Fluß kommenden Unterhaltung die sprudelnde Lebhaftigkeit ihres Temperaments. Durch alles, was sie sagt, schimmert eine feine natürliche Herzensbildung, die unmerklich den Standesunterschied überbrückt und Leopold Mozart wohltuend berührt. Der Domherr, der die Gräfin gut kennt, läßt wiederum die liebenswürdigen Seiten seiner chevaleresken Natur im besten Licht erstrahlen und erklärt die Gründe der verspäteten Ankunft.

»Unser erlauchtes Oberhaupt war, leider, wieder einmal indisponibel und verzögerte den Empfang um etliche Tage«, bemerkte er mit einem verbindlichen Lächeln. »Heute bin ich allerdings der Meinung, es wäre ratsamer gewesen, Passau überhaupt links liegenzulassen; denn die Aufnahme entsprach keineswegs der Güte des Gebotenen.«

»Ja, ja, die geistlichen Herren! Nehmen wir es ihnen nicht übel. So viele arme hilfsbedürftige Seelen stehen unter ihrer Obhut, da kommen die gottbegnadeten an letzter Stelle«, sagt Gräfin Aurora, und ein schalkhafter Ton schwingt durch ihre Worte. »Sie werden das aus Erfahrung wissen, Herr Mozart. Aber finden wir uns damit ab. Was in meinen Kräften steht, soll geschehen, um die Scharte auszuwetzen. Nur möchte ich um Nachsicht bitten, wenn auch ich Ihre Geduld auf die Probe stelle. Um ein befriedigendes Ergebnis zu erzielen, muß ich von neuem das Publikum für Ihr Konzert interessieren. Und dafür brauche ich Zeit. Ich hoffe jedoch, daß fünf oder sechs Tage genügen werden.«

Sie stellt Mozart während seines Aufenthalts ihre Wohnung zur Verfügung, besonders den Musiksalon, falls es ihm beliebe, mit den Kindern zu musizieren, und ihnen verspricht sie, die Zeit durch Zerstreuungen aufs angenehmste zu verkürzen. Als Wolferl von dem Musiksalon vernimmt, wagt er schüchtern die Frage, ob er ihn sehen dürfe.

»Selbstverständlich«, erwidert die Gräfin und führt die Gäste hin.

Ein entzückender intimer Salon, ganz auf zartes Violett abgestimmt und mit schmalen Goldleisten verziert, empfängt die Gäste. Verschiedene Instrumente – darunter ein Clavecin, ein Spinett, ein Cembalo – stehen wohlgeordnet in einer Ecke, ein Glasschrank beherbergt etliche Geigen, Flöten und Klarinetten, und in der gegenüberliegenden Ecke prangt einsam eine Harfe. Wolferl geht reihum und betrachtet aufmerksam ein Instrument nach dem andern. Am längsten verweilt er bei der Harfe. Diese ist ihm bisher noch nicht zu Gesicht gekommen. Er möchte zu gern hören, wie sie klingt. Da setzt sich Gräfin Aurora hin, präludiert erst einige gebrochene Akkorde und spielt dann eine getragene Romanze. Der Knabe folgt mit den Augen der anmutigen Bewegung ihrer Hände voll gespannter Aufmerksamkeit. Der Vater, der ihn dabei beobachtet, erkennt deutlich Wolferls Erregung. Als die schöne Spielerin ihren Vortrag beendet hat und die Rechte in den Schoß sinken läßt, ergreift der Knabe die Hand und küßt sie mit kindlicher Inbrunst. Der spontane Ausdruck dieses stummen Dankes wirkt auf die Erwachsenen so überraschend, daß alle verstummen, bis die Gräfin sich erhebt und die Anwesenden auffordert, auf die Terrasse hinauszutreten und eine Promenade durch den Garten zu unternehmen. Seitdem weicht Wolferl nicht von ihrer Seite.

Die Gräfin hält ihr Versprechen und erfreut die Mozartkinder durch mannigfaltige Unterhaltung. Bald inszeniert sie bei schönem Wetter eine Spazierfahrt, dann wieder lädt sie eine Anzahl gleichaltriger Buben und Mädchen ein, veranstaltet Spiele und Tänze zu ihrer Belustigung, bewirtet sie mit Schokolade und allerhand Backwerk und läßt zum Schluß ein prächtiges Feuerwerk abbrennen; bald bietet sie ihnen Vorstellungen eines tüchtigen Puppenspielers, regt sie zur Darstellung lebender Bilder an oder liest ihnen ergötzliche Geschichten vor. Sie selbst waltet als erfinderische Anstifterin sinniger Kurzweil und durchlebt in der Erinnerung die Kinderjahre ihrer eigenen Sprößlinge, eines Knaben und eines Mädchens, die jetzt in Wien den letzten Schliff ihrer Bildung erhalten. Zuweilen erscheint der Hausherr und nimmt eine Weile an dem bunten Treiben als Zuhörer teil, gelegentlich durch eine lustige Bemerkung die Munterkeit des jungen Völkchens anfeuernd. Die Mozartkinder haben es ihm besonders angetan, und er scheint es hauptsächlich darauf abzusehen, Nannerls Sprödigkeit zu brechen, was ihm allerdings nicht recht gelingt, während Wolferl schon alle Fremdheit abgestreift hat und sich in der ganzen Unbekümmertheit und Frische seines Wesens zeigt. Beide, die unter der strengen, fast ausschließlich auf die Pflege der Musik eingestellten väterlichen Zucht die ergötzlichen

Freuden und Zerstreuungen kindlichen Spieltriebs kaum kennengelernt haben und zu einem frühzeitigen Ernst angehalten worden sind, empfinden die ganz anders geartete Umwelt als ein wunderschönes Neuland, das ihnen fortwährend ungeahnte Reize enthüllt, zumal Gräfin Aurora es vortrefflich versteht, sie ihnen zu erschließen.

Endlich bricht der sehnlichst erwartete Konzertabend an. Gräfin Aurora hat für die Akademie, wie man eine solche musikalische Veranstaltung zu nennen pflegt, den geräumigen Saal des Rathauses gewählt. Obgleich er trotz aller rührigen Werbung nur zur guten Hälfte gefüllt ist, herrscht festliche Stimmung, und alle Augen und Ohren sind von Erwartung gespannt.

Vater Mozart hat das Programm in wohlbedachter Steigerung zusammengestellt, sich selbst dabei bescheiden im Hintergrunde haltend. Er tritt nur ein einziges Mal mit einer eigenen Violinsonate als Solist hervor und beschränkt seine Beteiligung im übrigen auf die Begleitung seines Töchterchens beim Gesang oder auf den Geigenpart im Zusammenhang mit einem Klaviervortrag des Söhnchens. Erregt Nannerl bereits durch die kristallreine Klangschönheit ihrer Stimme und die leicht aus ihrer Kehle aufflatternden Koloraturen das Staunen der Zuhörer von einer Gesangsnummer zur anderen, so geht es, als Wolferl – erst gemeinsam mit der Schwester, dann allein – sein pianistisches Können zeigt, in Verzückung über und erklimmt schließlich den Gipfel der Begeisterung bei dem Vortrag eigener Kompositionen. Er löst Beifallsstürme aus, wie sie dieser Saal noch nie vernommen hat. Ein Teil des Publikums ist aufgestanden, um über die Köpfe der vor ihnen Sitzenden genauer zu sehen, wie das Kerlchen das fertigbringt, andere wiederum sind bis zum Podium vorgedrungen und verfolgen mit Bewunderung die Technik, die er entwickelt. Ihn selbst stört die Neugier nicht. Er ist so in seine Aufgabe versunken, daß er nichts sieht, nichts hört, was um ihn vorgeht, und erst wie aus einem Traum erwacht, als er sich von einer Anzahl Damen umringt fühlt, die ihn mit Schmeicheleien und Liebkosungen überhäufen. Doch nur für eine der schönen Damen, die ihn wie bunte Falter umschwirren, hat er Auge und Sinn: die Gräfin Aurora. Sie beugt sich zu ihm nieder, drückt einen Kuß auf seine Stirn, und seine Augen strahlen.

»Auf Wiedersehen in Wien, mein kleiner Zauberkünstler«, sagt sie voll Wärme, nachdem der Schwarm der Zuhörer zerstoben ist und nur noch sie, ihr Gemahl und Mozart mit den Kindern anwesend sind.

»Oh, Frau Gräfin, wie schön!« jubelt Wolferl. »Nun wird mir nicht bange sein vor den vielen fremden hohen Herrschaften.«

»Ja, mein Buberl«, versetzt Graf Schlick. »Du kannst dich vor den Majestäten ohne Besorgnis hören lassen; denn du hast deine Probe wahrlich gut bestanden. Unser Freund Herberstein ist nun schon fort, und er wird, wie ich ihn kenne, den Boden gut vorbereiten.«

Man verabschiedet sich, und Familie Mozart kehrt mit der gräflichen Kutsche zu den Schwestern Kiener heim, denen ebenfalls die Ehre vergönnt war, der Akademie beizuwohnen, und die nun ihrer Begeisterung Ausdruck geben, indem sie die Kinder mit köstlichem Backwerk und allerhand Näschereien bewirten und dabei, sich in überschwenglichen Lobpreisungen überbietend, ihre Zärtlichkeit so auf die Spitze treiben, daß es Wolferl zuviel wird und er müde nach seinem Bett verlangt.

Der Vater überschlägt noch den Erlös, ehe er sich zur Ruhe begibt. Er ist nicht unzufrieden; denn es verbleiben ihm als Reingewinn rund vierzig Gulden.

VII

Ehe Familie Mozart mit der Wasser-Ordinaire Linz verläßt, öffnet sich, als die Kinder noch schlafen, die Tür zum Gastzimmer, wo Mozart seinen üblichen Reisebericht an Hagenauer gerade schreibt, und herein tritt die ebenfalls bei den Schwestern Kiener wohnende und in den letzten Tagen selten sichtbar gewesene schöne blasse Dame.

»Entschuldigen Sie, bitte, Herr Kapellmeister, die Störung«, sagt sie mit leiser Stimme. »Vergönnen Sie mir einen Augenblick Gehör.«

Mozart fordert sie auf, Platz zu nehmen.

»Es wird Ihnen vielleicht wunderlich vorgekommen sein, daß ich in Linz meine Reise unterbrochen habe, als ich vernommen hatte, daß Sie hier ein Konzert veranstalten würden. Das möchte ich Ihnen erklären. Ich bin früh Witwe geworden – mein Mann war österreichischer Offizier und fiel bei Leuthen –, und mein einziges Söhnchen, einen Knaben im Alter von Wolferl, verlor ich im vergangenen Jahr durch eine heimtückische Krankheit.«

Sie hält eine Weile inne, als rühre die Erinnerung an eine schmerzliche Wunde in ihrer Brust. »Das Bübchen«, fährt sie in einem von Schwermut verklärten Ton fort, »war mein einziger Trost in meiner Einsamkeit, munter, aufgeweckt, frühreif und begabt besonders für Musik. Ich sah ihn in meinem mütterlichen Ehrgeiz schon als einen Meister der Töne, der vom Podium die Herzen seiner Hörer beschwingt, genau wie Ihr Wunderknabe das gestern abend getan hat. Aber das Schicksal hat grausam alle meine Hoffnung zerstört, und mir ist nichts geblieben als die Erinnerung und das Leid. Nun werden Sie verstehen, warum ich Ihren Wolferl so ins Herz geschlossen habe.«

Sie reicht Mozart die Hand, die er ehrerbietig küßt.

»Aber noch eine Bitte möchte ich Ihnen vortragen. Ich besitze eine kostbare Geige – ein Erbe meines Gatten, der ein guter Violinspieler war, mein Ferdl sollte sie später erhalten. Ich kann mir nichts Schöneres vorstellen, als wenn sie in die Hände Ihres Wolferl gelangt, zumal er mir sagte, daß es sein Herzenswunsch sei, auch auf der Violine seinem Vater nachzueifern. Das Instrument liegt in Wien. Es ist mein innigster Wunsch, daß Sie es dem kleinen Zauberer zum Weihnachtsfest schenken. Dieser Brief ermächtigt den Empfänger, es Ihnen auszuliefern.«

Sie zieht einen Brief aus ihrem Ridikül und reicht ihn Mozart.

»Sie machen meinen Jungen und mich unendlich glücklich durch dieses kostbare Geschenk. Aber wie soll ich Ihnen meinen Dank abstatten?«

»Das ist nicht nötig. Oder doch – indem Sie einen jungen begabten Wiener Maler, dessen Adresse ich Ihnen geben werde, eine Miniatur von Ihrem Wolferl anfertigen lassen und diese dem Bewahrer der Geige übergeben. Ich werde sie in hohen Ehren halten.«

»Es soll mir eine Herzenssache sein, diesen Wunsch zu erfüllen.«

Die Dame hat sich erhoben und mit ihr zugleich Mozart.

»So empfangen Sie im voraus meinen verbindlichsten Dank«, sagt sie und reicht ihm zum Abschied die Hand.

»Aber wie soll ich meinem Sohn erklären, von wem er das Geschenk erhält, da ich Ihren werten Namen noch nicht erfuhr?«

»Oh, der Name tut nichts zur Sache. Sagen Sie ihm, es sei die Dame, die ihm das seidene Beutelchen für den blinden Bettler gab. Ich reise in einer Stunde ab zu einer verheirateten Schwester in Böhmen und werde dort länger verweilen. Vielleicht kreuzen sich noch einmal unsere Wege. Jedenfalls werde ich die Laufbahn des jungen Wolfgang Mozart mit Aufmerksamkeit verfolgen. Grüßen Sie ihn von mir, und grüßen Sie auch Ihr reizendes Töchterlein, die Nannerl.«

Während Mozart sich verneigt, nickt sie ihm freundlich zu und verschwindet so geräuschlos, wie sie gekommen war, im Nebenzimmer.

Nach einem rührenden Abschied von den geschäftigen Schwestern, denen die Tränen dabei aus den Augen rollen, begibt man sich bei Wind und Wetter nachmittags auf das Schiff. Aber in der Kajüte ist es angenehm warm. Als man schon bei Dunkelheit in Mauthausen anlangt und dort Anker wirft, bleibt Familie Mozart auf dem Schiff; denn schon bei Morgengrauen wird die Reise fortgesetzt.

Gegen Mittag erreicht man Yps, wo ein paar Stunden Aufenthalt vorgesehen sind. Zwei in Mauthausen eingestiegene Minoritenmönche und ein Benediktiner, die sich unterwegs viel mit Wolfgang abgegeben haben, äußerten ihre Absicht, in der Klosterkirche der Franziskaner der Messe beizuwohnen. Sie hörten im Gespräch vom Vater über die Fähigkeiten seines Sohnes und auch, daß er bereits sein Talent an der Orgel erprobt habe, und kaum hat der eine von ihnen, eigentlich mehr im Scherz, den Wunsch verlauten lassen, den kleinen Musikus als Organisten zu belauschen, als dieser keck ausruft:

»Ich komme mit.«

So gehen die drei Mönche mit dem Bürschchen, begleitet vom Vater, nach der nicht weit entfernten Klosterkirche, während Nannerl derweilen auf dem Schiff bleibt. Sie steigen hinauf zum Chor, wo ein Franziskaner, der die Orgel betreut, zunächst, als er das seltsame Ansinnen des Buben vernimmt, ein wenig stutzt, als habe er nicht recht gehört, dann jedoch, da alle drei Mönche ermunternd auf ihn einreden, liebenswürdig lächelnd den Kleinen in die Arme nimmt und ihn auf die Bank hebt. Ohne viel Umstände zu machen, beginnt er auf den Tasten zu präludieren, von dem Vater nur beim Registerziehen unterstützt. Und die Orgel singt und flötet, grollt und rauscht, daß sich das ganze Kirchenschiff mit ihrem Brausen füllt. Die vier Mönche stehen mit aufgerissenen Augen um den kleinen Organisten und wissen nicht mehr, ob sie wachen oder träumen. Plötzlich strömen die Franziskaner, die eben noch im Refektorium mit ihren Gästen beim Mittagsmahl saßen, angelockt von dem unerwarteten Konzert in die Kirche, schauen verwundert hinauf zu der Empore und trauen ihren Augen nicht, als sie in dem Urheber dieser melodischen Flut von Tönen ein Knäblein gewahren. Da braust der mächtige Klang des vollen Orgelwerkes durch den Kirchenraum. Er verebbt, und nur die weichen Flötenregister klingen noch weiter. Sanfte Gambenstimmen singen das Lied in keuscher Anmut zu Ende. Einige der Brüder stehen, die Hände gefaltet, und blicken in andächtigem Ernst zu Boden, andere hängen mit gebannten Blicken an dem kleinen Organisten, eine Gruppe von jungen Mönchen hat ein wenig abseits Aufstellung genommen und ergeht sich tuschelnd in erregtem Gespräch über den rätselhaften Vorgang. Unweit von ihnen lehnt an einem Pfeiler ein älterer Bruder völlig in sich versunken, die Arme über die Brust gekreuzt, und kaum merklich bewegen sich seine Lippen. Als der letzte Ton verhaucht ist, spricht er halblaut vor sich hin:

»Der klingende Garten Gottes.«

Ein Nachbar vernimmt das Wort, greift es auf und gibt es weiter. Schnell wird es zu einem Allgemeingut der frommen Brüder, und jeder von ihnen trägt beim Verlassen des Kirchenschiffes auf den Lippen:

»Der klingende Garten Gottes.«

VIII

An einem kalten nebligen Abend zu Beginn November sitzt die vereinsamte Mutter Mozart bei knisterndem Ofenfeuer und traulichem Kerzenschein in der guten Stube des Ehepaars Hagenauer, und man plaudert natürlich über die in der Ferne weilenden Musikanten. Vater Leopold, sonst gewissenhaft alle Vorkommnisse seinem Freund Hagenauer berichtend, schweigt seit zwei Wochen. Das beunruhigt Mutter Annerl, die sich Sorgen um das Befinden der Kinder macht. Da erscheint Schachtner in aufgeräumter Stimmung und bringt einen Brief von dem Baron Waldstädten und beginnt, nachdem er sich zuvor mit Punsch gestärkt, ihn den begierig Lauschenden vorzulesen:

»Mittwoch, am 6. Oktober nachmittags um drei Uhr kam Meister Mozart mit seinen beiden exzellenten Kindern auf dem Wasserwege in Wien an. Ich hatte mich, verständigt durch den Grafen Herberstein, zum Empfang eingefunden, und die Freude des Wiedersehens war auf beiden Seiten groß. Wolfgangerl wollte mich gleich in seine Arme schließen, obschon diese nur bis zu meinen Hüften reichten. Aber ich hob ihn hoch, und da drückte er mich herzlich an seine kleine Brust. Es kamen nun die üblichen Formalitäten, denen jeder in der Kaiserstadt einreisende Fremde – ob er mag oder nicht – sich unterziehen muß: die Prüfung der Personalia und vor allem die Zollvisitation. An der Schanzmaut ging sie recht schnell vonstatten, wogegen es bei der Hauptmaut längerer Präliminarien bedurfte, ehe der Dispens erteilt wurde. Insbesondere machte der Oberzollaufseher mit dem Klavier Schwierigkeiten. Augenscheinlich war es während seiner ganzen Amtszeit noch nicht vorgekommen, daß Reisende mitsamt einem solchen Instrument Einlaß in die Stadt begehrten. Auch meine Erläuterungen fruchteten nichts. Da warf sich Wolfgangerl mutig ins Mittel und erklärte voll Stolz:

›Das ist mein Werkzeug, Herr Oberzollvisitator, darauf werde ich vor der Kaiserin spielen.‹

Die mürrischen Mienen des allzu gewissenhaften Beamten glätteten sich ein wenig. Er schaute das Bürschlein durch seine große Hornbrille verwundert an und sagte:

›Das möcht' ich mal sehen, wie du Däumling dich an diesem großen Kasten produzierst.‹

Wolfgangerl, nicht auf den Kopf gefallen, erwiderte:

›Lassen Sie nur den Kasten vom Wagen nehmen, dann will ich's Ihnen zeigen. Aber wenn's zu umständlich ist, spiel ich Ihnen auch etwas auf dem Geigerl vor.‹

Und er erbat vom Vater die Violine und strich so munter darauf ein Menuett, daß es eine wahre Freude war. Sie hätten bloß den Mautner sehen sollen. All sein Mißmut hatte sich in hellen Frohsinn verwandelt. ›Nein, so a Teufelskerlchen! So a Tausendkünstler! Man hält's net für möglich‹, murmelte er in einem fort. Mit größter Zuvorkommenheit erteilte er nun den Dispens und bat sich obendrein die Erlaubnis aus, die Familie Mozart besuchen zu dürfen, zu welchem Behuf er sich ihre Wohnung im Tischlerhause in der Hierberggasse notierte.«

Ein schallendes Gelächter unterbricht Schachtners Vorlesung. Hagenauer gerät ganz aus dem Häuschen über das Vernommene. Er kann sich nicht genug tun, Wolferls Beherztheit und Verständigkeit in allen Schattierungen des Lobes herauszustreichen. Und seine Frau Josephine pflichtet ihm voll Eifer bei. Mutter Annerl sagt nichts, doch das zufriedene Lächeln ihres Mundes verrät mütterlichen Stolz. Nachdem der Hoftrompeter durch einen Schluck Punsch seine Stimme befeuchtet hat, fährt er im Lesen fort:

»Nach diesem Entree, das ich Ihnen beiläufig zum besten gegeben habe, werde ich mich nun bemühen, die Aufnahme unserer Musici teils nach meinen eigenen Beobachtungen, teils nach den Erzählungen von Augenzeugen zu schildern. Gleich nach der Ankunft, kaum daß man von ihr erfahren hatte, begannen die Einladungen in das Tischlerhaus sich zu ergießen, oft mehrere an einem Tage, und fast zu allen Nachmittags- oder Abendstunden rollten die herrschaftlichen Kutschen heran, um die Salzburger Gäste bald hier zu einer Soiree, bald dort zu einer Akademie abzuholen. Graf Herberstein und die Gräfin Schlick hatten in der Tat das Terrain ausgezeichnet vorbereitet. Wie soll ich all die Adelshäuser aufzählen, wo Wolfgangerl und die Nannerl Furore gemacht haben? Die ganze große Welt von Wien war vertreten. Nicht überall war ich – wie gesagt – als Zuhörer zugegen, doch wo ich mich befand, konnte ich immer das gleiche wahrnehmen: man war erst neugierig und zweifelnd, infolgedessen reserviert, erwärmte sich jedoch von Pièce zu Pièce immer mehr und gab dann unverhohlen seiner Begeisterung spontan Ausdruck.

Den Majestäten waren die Triumphe des einzigartigen Trios sehr schnell zu Ohren gekommen, und unsere verehrte Kaiserin verlangte dringend, die Wunderkinder zu hören. Sie wurden also zu einer Akademie im engsten Kreise der kaiserlichen Familie nach Schönbrunn bestellt. Erzherzog Leopold hat mich später genau über den Verlauf derselben unterrichtet, den ich Ihnen nicht vorenthalten möchte. Ihre Majestät waren im höchsten Maße leutselig und ließen die beiden kindlichen Debütanten ihre Huld auf die liebenswürdigste Weise verspüren. Unser Wolfgangerl zeigte dabei seine entzückende Unbefangenheit und Keckheit, indem er der Kaiserin um den Hals fiel und sie regelrecht abküßte, was ihr ein herrliches Vergnügen bereitete.

Ein reizendes Intermezzo will ich nicht verschweigen, das ich ebenfalls dem Bericht meines Gewährsmannes verdanke. Die beiden jüngsten Erzherzoginnen hatten von der Kaiserin-Mutter den Auftrag erhalten, die Mozartkinder während der Vortragspausen zu unterhalten; sie nahmen sich voll Eifer dieser Pflicht an, indem

Schloß Schönbrunn. Stich von K. Schütz

sie dieselben durch die prächtigen Säle führten und ihnen die verschiedenen dort aufgestellten schönen Dinge zeigten. Dabei glitt Wolfgangerl, der sehr lebhaft hin und her lief, auf dem glatten Boden des Parketts aus und fiel der Länge nach hin. Die zehnjährige Prinzessin Karoline brach in ein lautes Lachen aus, wogegen die siebenjährige Prinzessin Marie Antoinette dem Gestürzten beim Aufstehen freundlich Hilfe leistete. Offenbar hatte sich das Bürschlein am Knie verletzt; denn es machte ein verdrießliches Gesicht, unterdrückte jedoch tapfer Schmerz und Tränen und sagte zu seiner bereitwilligen Helferin mit komisch wirkendem Ernst: ›Sie sind sehr gütig, Prinzessin. Ich möchte Sie gern heiraten.‹ Da mußte die ältere Schwester noch mehr lachen, auch Nannerl stimmte in das Lachen ein. Marie Antoinette aber schwieg verlegen. Als die Kinder nun in den Salon wieder zurückkehrten, bemerkte die Kaiserin an Wolfgangerls hinkendem Gang, daß etwas vorgefallen sein müsse, und erkundigte sich gleich nach der Ursache. Prinzeß Karoline als die redseligste erstattete sofort in einem reizenden Wienerisch Bericht über das Geschehene und versäumte dabei auch nicht Wolfgangerls Heiratsgelüste preiszugeben, worauf Ihre Majestät sich an den kleinen Freiersmann lächelnd mit der Frage wandte: ›Wie bist du denn auf den Einfall gekommen, mein Buberl?‹ – ›Aus Dankbarkeit, Majestät. Sie war so gut zu mir‹, erwiderte er gerade heraus und mit einem Seitenblick auf die andere Prinzessin: ›Die Schwester hat dagegen g'lacht.‹ Da hoben die herumsitzenden Ehrendamen ihre Fächer, um die aufflackernde Heiterkeit hinter ihnen zu verbergen. Doch die Kaiserin zog Wolfgangerl zu sich heran, blickte ihm mit gespieltem Ernst in die Augen und bemerkte: ›Was wird denn die Frau Musica sagen, wenn du ihr abtrünnig wirst und einen solchen weltlichen Wunsch hast?‹ Einen Augenblick schwieg das Kerlchen, als überlege es, dann gab es zur Antwort: ›Sie wird sich halt damit abfinden müssen; denn ein Junggeselle, hat meine Mutter gesagt, ist nur ein halber Mann.‹«

»Na, so a Schwerenöter«, läßt Mutter Annerl plötzlich ihre Stimme laut erschallen. »Der Bub bringt die ganze Familie in Verruf. Das kommt davon, wann's Mutterl net dabei is.«

»Aber warum regen S' sich denn auf, liebe Frau Mozart«, fällt Hagenauer ein. »Dös is a G'spaß, über den unsere hochverehrte gute Kaiserin – Gott schenk ihr langes Leben – recht herzlich g'lacht haben wird. Und im übrigen: hat net die schöne Philippine Welser 'nen Erzherzog geheiratet? Warum soll net auch das umgekehrt g'schehn, daß ein Bürgerlicher eine Erzherzogin ehelicht? Dem Wolferl traue ich all's zu.«

»Recht haben Sie, Hagenauer«, bemerkte Schachtner schmunzelnd. »Ich kann mir unsere liebe, brave Mozartin vortrefflich als Schwiegermutter einer Erzherzogin vorstellen.«

»Nun aber laßt die unangebrachten Späß' beiseit'«, poltert Mutter Annerl. »Der Brief von dem Baron Waldstädten hat mir schon ohnehin den Kopf verdreht. Bringt mich net aus'm Häusel.« Aber niemand merkt, daß diese sichtliche Aufgeregtheit nur Verstellung ist; denn in ihrem Herzen zittert die Erzählung freudig nach, und am liebsten gäbe sie ihrem Wolferl ein Busserl. »Lesen S' weiter, Herr Hoftrompeter!« mahnt sie. »Bin neugierig, was der Herr Baron noch Ungebührliches berichten wird.«

»Es sind halt ein paar Sätze bloß«, sagt Schachtner und liest dann in gedämpftem Ton weiter:

»Am übernächsten Tage nach der Vorstellung bei Hof war ich gerade bei unseren lieben Musicis, als der Oberhofzahlmeister vorfuhr und im Auftrag Seiner Majestät hundert Dukaten auf den Tisch zählte. Zugleich brachte er für Wolfgangerl ein Galagewand aus feinstem violettfarbenem Tuch, Rock und Kamisol mit

Goldborten breit und doppelt eingefaßt. Dem Vernehmen nach soll es für den Prinzen Maximilian angefertigt worden sein. Und Nannerl erhielt das Hofkleid einer Prinzessin aus feinem weißem Taffet mit allerhand Garnituren. Die Kinder zogen gleich die Kleidungsstücke an und paradierten vor uns: sie saßen, wie auf den Leib geschnitten, und ihre Eigentümer waren nicht wenig stolz. Man hätte meinen können, sie seien wahrhaftig ein Prinzchen und ein Prinzeßlein. Den zufriedensten Eindruck machte Vater Leopold. Er drückte mir unzählige Male die Hand, als hätte ich Anteil an seinem Glück, und ich bin mir doch nur bewußt, den Anstoß zu der Reise nach Wien gegeben zu haben, gegen die er anfangs sich so gesträubt hat. Andrerseits bin auch ich froh, daß alles zu gutem Gelingen geführt hat, und darum können wir beide, mein lieber Herr Schachtner, uns an dem Scherflein unserer Beihilfe freuen; denn ohne Ihre ermunternde Zurede wäre es mir gewiß nicht gelungen, den Widerstand Ihres Freundes zu brechen, den ich nun bei näherem Kennenlernen recht in mein Herz geschlossen habe. Gedenken Sie meiner in Wohlwollen.

Ihr Ignaz von Waldstädten.«

IX

Mutter Annerls Besorgnisse um die Kinder waren nicht ohne Grund; denn wenige Tage nach Waldstädtens Brief meldete Leopold Mozart, daß Wolferl an einer Art Scharlachfieber erkrankt sei, welches jedoch nicht den Rachen, sondern den Körper befallen habe, daß jedoch der kleine Patient dank der ärztlichen Behandlung eines gewissen Doktor Bernhard sich schon auf dem Wege der Besserung befinde, aber an Konzerte vorläufig nicht zu denken sei. Trotz der beruhigenden Versicherung und der abratenden Worte des Ehepaares Hagenauer läßt sie sich nicht halten, setzt sie alle Hebel in Bewegung, leiht sich das nötige Reisegeld und fährt schon zwei Tage später mit der Schnellpost nach Wien.

Man kann sich unschwer die Überraschung und Freude vorstellen, als sie eines Abends vor den Ihrigen steht. Daß Wolferl ihr vergnügt entgegenspringt und die Ärmchen nach ihr ausstreckt, verscheucht im Nu das Bangen ihres Herzens, mit dem sie das Haus betrat. Sein blasses Aussehen verrät ihr zwar die Nachwirkung der überstandenen Krankheit, allein es beglückt sie, daß er wenigstens nicht mehr bettlägerig ist. Sogar das sonst zurückhaltende und wortkarge Nannerl entwickelt eine Ausgelassenheit und Gesprächigkeit, wie man sie an ihr selten wahrnimmt, und überhäuft die Mutter mit ihren Zärtlichkeiten. Und Vater Leopold? – Bei ihm hält die Überraschung am längsten an. Alles hätte er eher erwartet als das unverhoffte Erscheinen seiner Frau. Immer gewohnt, jedes Unternehmen auch gleich vom kaufmännischen Gesichtspunkt aus zu betrachten, überschlägt er in Gedanken die erwachsenen Unkosten und sieht seine Einnahmen sich erheblich vermindern. Aber er läßt es sich nicht anmerken; denn die Freude des Wiedersehens überwiegt auch seine Bedenken.

Nun geht es ans Erzählen. Jeder hat vielerlei auf dem Herzen, die Kinder natürlich am meisten. Sie werden gar nicht müde, ihre Erlebnisse vor der Mutter auszuschütten, bis der Vater ernstlich zum Schlafengehen mahnen muß. Allein geblieben, führen die Eheleute noch ein vertrauliches Gespräch. Vater Leopold berichtet von Wolferls Krankheit, die natürlich wegen des Ausfalls der Konzerte seine sonst recht befriedigenden Einnahmen beträchtlich vermindert habe, aber er hoffe doch, vor der Abreise noch diese oder jene einträgliche Akademie zu absolvieren.

Mutter Annerl legt ihre Rechte sanft auf die Hand des Gatten und sagt liebevoll:

»Du zürnst mir doch net, weil i gekommen bin? Mein Herz gab mir ka Ruh. Man denkt halt immer gleich's Schlimmste.«

»Aber nein, Annerl. Es ist mir lieb, daß du da bist. Und ich mache auch keine weite Reise wieder ohne dich. Die Nannerl ist gewiß schon ein großes Mädchen, dem man die Obhut über das Buberl anvertrauen kann. Aber du kennst ja unseres Wolferl Eigenwilligkeit. Er respektiert die Schwester nicht, und so geraten sie oft einander in die Haare. Wenn du zugegen bist, nimmt er sich in acht.«

»Wie lange willst du denn noch in Wien bleiben?«

»Nicht lange. Jeder Tag kostet, wenig gerechnet, einen Dukaten, und dazu kommen noch allerhand Nebenausgaben. Die Noblesse fürchtet sich außerdem vor der Ansteckung. Da sind denn auch die Einladungen merklich zusammengeschrumpft. Aber etwas anderes hält mich noch fest. Die ungarischen Magnaten wollen uns durchaus nach Preßburg haben, und die lassen sich nicht lumpen. Zwar ist mein Urlaub längst abgelaufen, doch mein' ich, der Erzbischof wird schon ein Einsehen haben, sobald ich ihm gewissenhaft alles darstelle.«

X

Leopold Mozart hat sich nicht verrechnet: das Auftreten in der Krönungsstadt der ungarischen Könige Preßburg verläuft zu seiner vollen Zufriedenheit, ja, die dortigen Magnaten überbieten ihre österreichischen Standesgenossen noch an Freigebigkeit und Begeisterung. Hochbeglückt verlassen unsere Reisenden am 24. Dezember bei Tagesanbruch in einer bequemen Kutsche, die der Hofmusikus erstanden hat, das gastliche Preßburg und treffen, durchgeschüttelt und durchgerüttelt von den vielen Höckern und Löchern auf der holprigen Landstraße, noch am selben Abend in ihrem Wiener Heim ein. Man ist verdrießlich infolge der strapaziösen Fahrt, der späten Stunde und so gar nicht in Weihnachtsstimmung.

Preßburg. Stich von J. und P. Schaffer

Aber Vater Mozart weiß sich zu helfen. Er läßt das einzige vorhandene kupferne Öfchen anheizen, das bald seine behagliche Wärme in die durchkälteten Glieder strömen läßt, rückt ein Tischchen heran, auf das er zwei brennende fünfarmige Wachskerzenleuchter stellt, nimmt dann ein Gebetbuch und liest eine kurze Weihnachtsandacht vor, während Mutter und Kinder, auf dem danebenstehenden Bett sitzend, mit gefalteten Händen seinen Worten lauschen. Als er geendet hat, greift er nach der Geige und spielt einen Choral, den alle mehrstimmig mitsingen.

Mittlerweile hat das Hausmädchen eine Schlüssel mit dampfendem Punsch gebracht und einen großen Teller voll Weihnachtsgebäck, und bei munterer Unterhaltung labt man sich an dem Dargebotenen. Plötzlich erhebt sich Vater Leopold, geht durch das Zimmer bis zum äußersten Ende und entnimmt dort einer Truhe einen Gegenstand. Bald kehrt er, Wolferls Menuett geigend, in gemächlichen Schritten zurück. Der Bub fährt blitzartig hoch und starrt dem Geiger entgegen. Er hat sofort erkannt, daß der Vater auf einem fremden Instrument spielt. Und schon reicht dieser ihm die Violine hin und sagt voll Wärme:

»Schau mal, Wolferl, das hat dir das Christkindlein heute gebracht als Lohn für deinen Fleiß und deine Leistungen. Halt's in Ehren!«

Stumm sieht der Kleine bald zum Vater empor, bald auf das Geschenk in seinen Händen. Schließlich stammelt er schüchtern:

»Wie soll ich dem Christkindlein danken, da ich's nicht kenne?«

»Du kennst es, mein Buberl. Du erinnerst dich doch der schönen blassen Dame, die dir in Passau das Beutelchen für den armen Bettler gab?«

»Ja, die Dame mit den traurigen Augen, die immer so lieb zu mir war.«

»Sie ist es. Dein Dank soll nur darin bestehen, das Instrument einmal so zu beherrschen und so schön zu spielen, daß die fremde Dame ihre reine Freude daran hat.«

»Das will ich, das will ich, Papa!« ruft Wolferl, und die Violine wie etwas unendlich Liebes an seine Brust pressend, jubelt er: »Mein Geigerl! Mein Geigerl!«

XI

Die Feiertage bringen den Kindern noch allerhand freudige Überraschungen. Ihr Gabentisch bricht fast zusammen unter der Fülle von Geschenken: Kleidungsstücken, Schuhen, Jabots, Bilderbüchern, Schmuckgegenständen, Spielzeug und Näschereien – alles Spenden der Adelshäuser, in denen Wolferl und Nannerl konzertiert haben. Der Bub widmet jedoch seine ganze Aufmerksamkeit der Geige. Fortan läßt er sie kaum aus den Händen, und beide Feiertage werden mit dem eifrigen Ausprobieren des Instruments zugebracht.

Auch Gäste stellen sich ein: der Zollvisitator, der den Einreisenden zunächst solche Schwierigkeiten bereitete, ehe er die Genehmigung erteilte, und er überreicht den Kindern als Weihnachtsgabe eine niedliche Marzipantorte in der Form einer Violine, jubelnde Freude damit erregend; ferner der Bruder der schönen blassen Dame und Bewahrer des kostbaren Instruments, Herr von Wallau, ein liebenswürdiger, zierlicher Mann, dem Vater Leopold als bescheidene Gegengabe für das großzügige Geschenk das versprochene Elfenbeinmedaillon mit dem Porträt seines Söhnchens zur Weitergabe an die hochherzige Spenderin einhändigt; und endlich »der gute Onkel Baron«, wie ihn die Kinder nennen, der sie öfters mit seinem Besuch erfreut und den auch Mutter Annerl wegen seines artigen Betragens, frei von allem Adelsstolz, in ihr Herz geschlossen hat. Diesem um das Wohlergehen der Familie Mozart so rührig bemühten österreischischen Kavalier ist es besonders daran gelegen, zu erfahren, ob der Herr Hofmusikus die an ihn ergangene Einladung der Gräfin Kinsky, die natürlich auf seine Befürwortung hin erfolgt war, angenommen habe, und zeigt sich hocherfreut, als Vater Leopold erwidert:

»Ich wollte zwar gleich nach Weihnachten Wien verlassen, aber dank Ihrem freundlichen Zureden, Herr Baron, habe ich meine Abreise verschoben und die Einladung angenommen.«

»Das ist sehr lobenswert von Ihnen«, sagt Waldstädten. »Sie setzen damit Ihrer Wiener Entreprise die Krone auf. Die Gräfin plant schon lange ein solennes Souper für den Generalfeldmarschall Graf Daun, den Sieger von Kolin und Hochkirch, und sie will bei dieser Gelegenheit dem erlauchten Gast die Kunst der Familie Mozart präsentieren.«

»Im allgemeinen sind die großen Herren des Schlachtfeldes den friedlichen Tönen der Lyra nicht geneigt«, bemerkt Mozart lächelnd.

»Oh, sagen Sie das nicht. Ob der Feldmarschall freilich ausübend und so musikalisch gebildet wie sein berühmter preußischer Gegner ist, das entzieht sich meiner Kenntnis.«

»Ach, wenn ich doch auch einmal die Meinigen vor einem so edelgeborenen Publikum könnt' spielen hören«, bemerkt Mutter Annerl mit einem Seufzer. »Aber uns armen Bürgerlichen is sowas halt versagt.«

»O nein, Sie werden es hören. Lassen Sie das nur meine Sorge sein.«

»Wirklich?« ruft sie halb erschrocken, halb erfreut, und ein dankbarer Blick trifft Waldstädten.

Seitdem kann sie vor Ungeduld die bevorstehende Soiree kaum erwarten. Und in der Tat verdankt sie den Bemühungen des Barons die Möglichkeit, wenigstens von dem Balkon, auf dem während der Tafel ein kleines Kammerorchester spielt, durch einen schweren Damastvorhang den Augen der Anwesenden entzogen, das Auftreten der Ihrigen klopfenden Herzens mitzuerleben.

Zum ersten Male sieht sie das bewegte, farbenprächtige Bild einer vornehmen Gesellschaft großen Stils. Der Glanz der Hunderte von Kerzen in den kristallenen Lüstern, aufgefangen und vervielfältigt von den hohen Wandspiegeln, blendet sie zunächst; sie muß ihre Augen erst allmählich an ihn gewöhnen. Dann fesselt sie die ungeheure Mannigfaltigkeit der in allen Farben schillernden Toiletten der Damen, die ihre drapierten Reifröcke mit zierlicher Anmut tragen und, ob sie sitzen oder ob sie am Arm eines Kavaliers promenieren, ihre geschminkten Lippen in lebhafter Unterhaltung rühren, die sich von oben anhört bald wie das ferne Tosen eines Wasserfalls, bald wie das sanfte Plätschern eines nahen Bächleins. ›Sie sind so lustig wie wir‹, denkt Mutter Mozart, ›aber doch auf eine andere Art; sie hüllen einen Schleier um ihren Frohsinn.‹ Auch das Groteske fehlt nicht inmitten von allem entzückenden Charme. Hier stolziert eine junonische Mondäne mit mächtig aufgebauschtem, hin- und herschwankendem Reifrock und mit einer Riesencoiffure, die von eingefügten Blumen verschiedener Gattungen strotzt, gleich einem kollernden Truthahn daher und lorgnettiert streng nach allen Seiten. Dort tut sich eine ältliche Kokette etwas auf ihr kostbares Geschmeide zugute und präsentiert es herausfordernd in verschwenderischer Üppigkeit von Agraffen, Broschen, Colliers, Spangen und Ringen an allen entblößten Stellen ihres Körpers von der Stirn bis zu den Fingern. In ihrer Nachbarschaft zeigt sich ein auffallend korpulenter Herr, dessen mit Fischbeinstäbchen rundlich abgesteifter blauer Rock eine gelbseidene, buntbestickte, über dem Schmerbauch auseinanderklaffende Weste umflattert, die seine Beleibtheit noch besonders betont. Er hofiert eine junge Schöne, die sich neben ihrem grobschlächtigen Faun-Galan wie ein allerliebstes Nymphlein ausnimmt. Alle grellen Extravaganzen der Mode, die man in Salzburg nicht kennt, betrachtet Mutter Annerl von ihrem versteckten Ausguck mit begreiflichem Staunen und spöttischem Lächeln.

Plötzlich senkt sich, durch irgendeine Stimme veranlaßt, auf diesen beweglichen summenden Menschenschwarm eine besänftigende Ruhe nieder. Wer noch umherflaniert, sucht schleunigst eine Sitzgelegenheit wahrzunehmen. Da kündigt der in Gala prunkende Haushofmeister auf französisch an, daß der fürsterzbischöfliche Kapellmeister aus Salzburg, Monsieur Mozart, die Ehre haben werde, ein Konzert zu veranstalten, in dem sein sechsjähriger Sohn, *Compositeur et maître de musique*, und seine elfjährige Tochter, *la petite grande chanteuse*, sich am Clavecin produzieren. Zum Schluß werde der kleine Compositeur eigene Werke zu Gehör bringen.

Mutter Annerl fährt ein leichter Schauer durch die Glieder. Sie erwartet das Eintreten einer atemlosen Stille im Saal. Aber keine Spur von andächtiger Sammlung macht sich bemerkbar. Im Gegenteil, die eben noch vorhandene Ruhe weicht einer lebhaften Unterhaltung, die erst ein wenig abflaut, als Mozart mit den Seinen – er geigend und die Kinder am Klavier – zum Entree eine Suite spielt. Die animierte Stimmung nach dem genossenen üppigen Mahl scheint keine gespannte Aufmerksamkeit aufkommen zu lassen. Die Musikanten bleiben jedoch davon unberührt – sie geben ihr Bestes her. Mutter Annerl dagegen möchte vor Ärger schier aus der Haut fahren; sie empfindet diese Gleichgültigkeit als eine ihr persönlich zugefügte Kränkung und würde am liebsten ihren Groll in einer geharnischten Rede über die teilnahmslose Gesellschaft da unten ausschütten. Doch als Nannerl mit ihrer zarten klangvollen Stimme eine Arie singt, verebbt das Geschwätz, und ihr rauscht dann auch nach vollbrachtem Vortrag der erste Beifall entgegen. Nun ist der Bann des oberflächlichen Interesses gebrochen und, angefeuert durch die erwachende Begeisterung der Musikverständigen unter den Zuhörern, fühlen sich jetzt auch die der Tonkunst weniger Geneigten von ihr hingerissen. Mutter Annerl fällt ein Stein vom Herzen. Die Angst, daß ihre Lieben mit ihrer Kunst keinen Widerhall in den Seelen dieser Menschen finden könnten, schnürte ihr die Kehle zusammen. Wie wird jedoch ihr Wolferl vor diesem anspruchsvollen Publikum bestehen? Das beunruhigt sie noch, ja, es regt sie geradezu auf. Es ist ihr zumute, als zerrten unsichtbare Hände sie selber an das Klavier, um sie zum Spiel zu zwingen, und als seien ihre Finger gelähmt und sie müßte vor Scham versinken. Für eine Weile schließt sie die Augen, um die peinigende Vorstellung abzuwehren.

Da dringen in ihre Ohren Töne, die ihr bekannt vorkommen. Sie schlägt die Lider auf und sieht Wolferl sicher und ohne jede Befangenheit spielen. Merkwürdig, sie hat unzählige Male diese Sonate daheim vernommen, und sie klingt doch ganz anders, dem Irdischen entrückt, gleichsam über dem Wahrnehmbaren schwebend. Und ihr in die Zuhörerreihen gleitender Blick bemerkt an dem ernsten Ausdruck der Gesichter, daß ähnliche Gefühle auch jene bewegen müssen; denn jetzt herrscht dort völlige Sammlung, man möchte beinahe sagen, das feierliche Schweigen eines Kirchenschiffs während einer gottesdienstlichen Handlung, ein Schweigen, das erst gebrochen wird, als die letzten Töne verklungen sind und der kleine Pianist sich ruhig und gemessen vor dem applaudierenden Auditorium verbeugt. Fortan wird jede weitere vorgetragene Pièce ein neuer Anlaß zu lauten Kundgebungen des Beifalls, der bei der letzten, da es um ein selbstgeschaffenes Tonstück geht, seinen Höhepunkt erreicht. Mutter Annerl traut ihren Augen nicht, als sie gewahrt, wie ein hochgewachsener älterer Offizier in Feldmarschalluniform und reichem Ordensschmuck an der Brust ihren Buben emporhebt und, ihn den Anwesenden zeigend, mit Emphase deklamiert:

Des Orpheus Künste durch Gesang
bezweifelt ich mein Leben lang.
Nun aber sehe ich es klar,
daß dies kein Märchen, sondern wahr.
Es lebe hoch der kleine Mann,
der solche Tat vollbringen kann!

Wenige Minuten später steht hinter Mutter Annerl der Baron Waldstädten, beugt sich über sie und fragt:

»Wie ist Ihnen zumute, verehrungswürdige Mutter des gefeierten Lieblings der Musen?«

»Es kommt mir wie ein Traum vor«, erwidert sie leise.

»Sind Sie nun überzeugt, daß Wien ein verheißungsvoller Anfang war, der beglückende Aussichten für die Zukunft verspricht, nachdem sogar unser berühmter Feldherr Graf Daun unter der Einwirkung des kleinen Zauberkünstlers sich in einen Poeten verwandelt hat?«

»I fürcht' nur, dieser Rausch wird meinem Buberl ins Köpferl steigen, daß wir Eltern ihm fremd werden«, sagt sie ein wenig bedrückt.

»Haben Sie keine Sorge, meine liebe Frau Mozart. Ihr Wolferl ist viel zu sehr von dem Ernst der Kunst durchdrungen, als daß ihm die äußere Anerkennung des Publikums die Sinne verwirren könnte. Sie ist ihm Ansporn, doch niemals Zweck.«

Mutter Annerl hat sich erhoben.

»Ich danke Ihnen, Herr Baron von Waldstädten, für Ihre guten Worte«, sagt sie und reicht ihm die Hand. »Nun führen Sie mich, bitte, zu meinen Kindern. I brenn' vor Ungeduld, sie zu umarmen.«

XII

Am späten Abend vor dem Tage der Heiligen Drei Könige betritt die Familie Mozart, wie angekündigt, wieder ihr Salzburger Heim. Thresel, die vorsorglich alles zum Empfang vorbereitet und auch die Stuben warm geheizt hat, entwickelt eine Geschäftigkeit, die ihre sonstige Beweglichkeit noch bei weitem übertrifft. Mit verschämtem Lächeln quittiert sie Mutter Annerls Lobesworte für das umsichtige Walten ihres Ordnungssinnes und empfängt nachträglich die in Wien für sie erstandenen Weihnachtsgeschenke. Die Kinder wiederum stopfen Thresel in die Schürzentaschen ganze Häuflein von mitgebrachten Süßigkeiten hinein, und jedes fügt neue Leckereien hinzu, wenn es glaubt, daß das andere mehr gegeben hat, bis die Beschenkte, um diesem edlen Wetteifer ein Ziel zu gebieten, plötzlich davonrennt. Ganz außer Rand und Band ist Bimperl, der zwar nach Thresels Aussage mittlerweile infolge der fehlenden Spielgefährten zu einem rechten Griesgram geworden sein soll, aber jetzt durch sein übermütiges Gebaren bekundet, daß sein mürrisches Verhalten nur eine Maske war. Ihm, dem verhätschelten Liebling, wird als besondere Belohnung ein echtes Paar Wiener Würstel zuteil.

In den ersten Tagen ist des Erzählens kein Ende. Bald sitzt man unten bei Hagenauers in der gemütlichen Wohnstube am Kamin, bald sind die lieben Hausgenossen oben im »Prunkgemach«, und selten fehlt der gute Schachtner in der kleinen Gesellschaft, wo jeder der Reisenden seine Eindrücke auspackt und sie auf seine Weise zum besten gibt, die Zuhörer jedoch zwischen

Staunen und Bewundern aufmerksam lauschen und hin und wieder ihre Fragen und Bemerkungen hineinflechten.

Die Reise der Familie Mozart nach Wien scheint in Salzburg geradezu Stadtgespräch zu sein. Wo sich der Herr Hofmusikus nur zeigt, hat er sich eines Ansturms von Fragen und Gratulationen zu erwehren, dazu oft von Leuten, die er nicht einmal dem Namen nach kennt. Die Aureole der lokalen Berühmtheit schwebt plötzlich um ihn. Das schmeichelt seinem Ehrgeiz, wenngleich er sich dessen bewußt ist, daß er den Ruf weniger seiner persönlichen Leistung als den außerordentlichen Erfolgen seiner Kinder verdankt. Er erhofft auch davon eine günstige Wirkung auf seinen Brotherrn. Als er sich zu ihm mit beklommenem Herzen begibt, wird er zwar sehr leutselig von ihm empfangen und gründlich nach allem ausgefragt, zum Schluß bleibt ihm doch die bittre Pille nicht erspart, daß ihm der Kirchenfürst wegen des so langen Ausbleibens einen Abzug von seinem Gehalt ankündigt. Allein eine Freundlichkeit, die diese Einbuße ausgleichen hilft, wird ihm doch zuteil: Der Erzbischof ernennt ihn zu seinem Vizekapellmeister mit erhöhtem Gehalt.

Voll Eifer greift der Vater nun auch in die Bildung seines Söhnchens ein. Die Erkenntnis, daß sie bisher allzu einseitig auf das Musikalische gerichtet war und daß darüber die allgemeinen Grundlagen des Wissens vernachlässigt wurden, bestimmt ihn, das Versäumte nachzuholen, zumal Wolferl gerade sein siebentes Lebensjahr vollendet und es not tut, ihm das Eingangstor zur Schulgelehrsamkeit zu erschließen. Er vertraut diese Aufgabe keinem berufenen Erzieher an, sondern stellt sie sich selbst. Und sieh: die gleiche Arbeitslust, feurige Begeisterung und völlige Hingabe, die den Buben als strebsamen Jünger der Frau Musica auszeichnen, bringt er auch den neu auferlegten Pflichten entgegen. Alles, was der Vater ihn lehrt – ob er unter seiner Leitung die Geheimnisse der Abc-Fibel enträtselt oder ob er den Anfangsgründen des Rechnens nachspürt –, wird ihm zu einer freudigen Beschäftigung, in die er sich so vertieft, daß sogar die geliebte Musik sich zuweilen mit einer Nebenrolle begnügen muß. Es ist, als diene er mit Leib und Seele dem, was er gerade tut, und kommt nicht eher davon los, als bis er es sich zu eigen gemacht hat.

Die Musik kommt trotzdem keineswegs zu kurz. Sie ist und bleibt das Hauptfach, wenn man so sagen soll. Das Notenschrei-

»Mozarts Kindheit«. Schattenriß von L. C. de Carmontelle

ben geht ihm freilich schneller von der Hand als das Buchstabenmalen. Dem Klavier erwächst nunmehr eine ernste Nebenbuhlerin in der Violine. Das »Geigerl« scheint immer mehr eine Vorzugsstellung einnehmen zu wollen, und der Unterricht des Vaters zeitigt überraschende Früchte.

Eines Tages bringt Schachtner einen jungen befähigten Geiger namens Wentzl mit, der Mozarts Urteil über einige eigene Kompositionen hören möchte. Man setzt sich, um die vorgelegten Streichtrios zu probieren: der Komponist führt die erste Violine, Vater Mozart übernimmt die Bratsche, und Schachtner wird die zweite Violine zugedacht. Wolferl steht daneben, und man merkt es seinem ganzen Verhalten an, daß er etwas auf dem Herzen hat. Der Hoftrompeter wendet sich an ihn und fragt lächelnd:

»Nun, mein Buberl, wärst gar gern der Dritte?«

»Ach, ja«, sagt er schüchtern, »das tät mir gefallen.«

»Du bist wohl närrisch«, versetzt der Vater, »wie willst du mittun, da du die Noten nur mühsam lesen kannst?«

»Fürs zweite Geigerl langt's schon«, erwidert er kleinlaut.

»Mach keine Flausen! Troll dich fort und stör uns nicht«, gebietet der Vater streng, und gehorsam tritt Wolferl mit seinem Instrument zurück, aber seine Augen füllen sich mit Tränen.

Da legt sich Schachtner ins Mittel und bittet:

»Laß ihm doch die Freude, Poldi. Wenn er nicht mitkommt, hört er schon von selbst auf.«

Vater Mozart runzelt die Stirn und brummt mißmutig etwas vor sich hin. Allein durch des Freundes Fürsprache erweicht, winkt er den Gekränkten heran und sagt immer noch ernst, doch milder im Ton:

»Setz dich zu Onkel Schachtner und spiel mit, aber so leise, daß man dich nicht hört. Sonst verhunzest du uns den ganzen Eindruck.«

Wolferl trocknet behende seine Tränen und nimmt neben dem väterlichen Freunde Platz. Die Aufregung zittert in seinem kleinen Körper noch nach, als er den Bogen ergreift und zaghaft, dem Befehl gemäß, die Saiten zu streichen beginnt, sorgsam darauf bedacht, daß er das Pianissimo beibehält. Aber allmählich wird sein Strich sicherer und vernehmlicher, und bald erkennt sein Nebenmann, daß er eigentlich überflüssig sei. Behutsam legt er seine Geige beiseite. Wolferl, so besessen von seiner Aufgabe, daß er gar nicht bemerkt, wie er jetzt allein den zweiten Violinpart bestreitet, spielt sauber und taktfest weiter, ohne auch nur ein einziges Mal aus dem Konzept zu geraten. Staunend gleiten des Vaters Blicke hin und wieder hinüber zu dem eifrigen kleinen Musikanten, und er kämpft jetzt selbst gegen eine aufkommende Rührung an. Und wie das erste Trio, so werden auch die anderen – leichte, von musikalischer Problematik unbelastete, gefällige Tonstücke – einwandfrei vorgetragen. Der Komponist-Novize hört sie erklingen und strahlt vor Glück, der kleine Geigenkünstler ist nicht wenig stolz darauf, wacker mitgehalten zu haben, Schachtner schüttelt nur immer sein mächtiges Haupt – und Vater Mozart zieht sein Söhnchen an sich und sagt mit einer Zärtlichkeit, wie sie selten seinem Munde entströmt:

»Das hast du gut gemacht. Fahr so fort, dann wirst du bald angelangt sein, wo andere erst nach jahrelangem Unterricht sind.«

Dem Buben tun die Worte wohl, ist er doch nicht durch des Vaters Lob verwöhnt. Plötzlich wendet er sich an Schachtner:

»Geben Sie mir doch bitte Ihre Buttergeige, Herr Schachtner.«

»Buttergeige?« antwortet der Angeredete mit Betonung.

»Nun ja, sie hat im Klang so was Weiches und Schmelzendes wie Butter.«

Der Hoftrompeter lacht und gibt dem Knaben die Geige, der

einige Passagen auf ihr streicht. Dann gibt er sie Schachtner zurück und bemerkt:

»Ihre Geige ist einen halben Viertelton zu tief gestimmt.«

Verdutzt blickt Schachtner den Buben an, greift nach dem Bogen und prüft die Stimmung nach.

»Weiß Gott, du hast recht«, ruft er voll Entzücken aus. »Man erlebt täglich an dir eine neue Überraschung, es sollte mich nicht wundern, wenn du noch die Sphären singen hörst.«

»Was sind die Sphären, Herr Schachtner?«

»Das sind Sonne, Mond und alle Gestirne, die sich in sausender Geschwindigkeit drehen und mit ihrem Klingen und Brausen den Weltenraum erfüllen.«

»Da muß man wohl, wenn man das hören will, so hoch in die Lüfte steigen wie die Adler?«

»Auch die Adler können das nicht vernehmen, wohl aber das menschliche Ohr, sofern es in seine Seele hineinzuhorchen vermag.«

»Jetzt verstehe ich, was Sie meinen«, bestätigt Wolferl freudestrahlend. »Manchmal abends, vor dem Einschlafen, höre ich Musik, wundervolle Musik, doch ich weiß nicht, woher sie kömmt, und am liebsten möchte ich die gleich aufschreiben, wenn ich's bloß zu Papier brächte.«

»Das Reich der Töne«, fährt Schachtner fort, »ist unendlich wie die Welt der Sterne, die du über dir siehst, und es ist voll herrlicher tiefgründiger Geheimnisse. Einmal – dessen bin ich gewiß – wird es dir ein Herzensbedürfnis sein, sie zu erlauschen und in die Notensprache umzusetzen. Aber warte, bis du die erforderliche Reife dazu hast, und zerbrich dir nicht vorher das Köpfchen über Dinge, denen du noch nicht gewachsen bist.«

Wolferl nimmt Schachtners Mahnung nachdenklich in sich auf. Er hat den Sinn nicht völlig verstanden, aber soviel begreift er, daß ihm irgend etwas Schönes bevorsteht – welcher Art, bleibt ihm unklar – und daß er auf dieses Wunderbare, das sein Leben mit Schönheit erfüllen wird, in Geduld harren soll.

XIII

Der Winter geht heuer schnell zur Neige. Noch liegt auf Geisberg und Untersberg der Schnee in weithin schimmernder Haube, aber unten im Tal blühen schon die Pfirsiche, und die Wiesen an den Hängen leuchten in ihrem von Löwenzahn und Schlüsselblumen durchwirkten grünen Gewande. Es wird in den Stuben dumpf und ungemütlich, die Lungen begehren nach dem dampfenden Odem der jungfräulichen Erde, und die Augen fordern das beglückende Farbenspiel sprießender Natur. Die reizende Umgebung des anmutigen Städtchens an der Salzach, seit Monaten kaum betreten von dem Fuße eines wackeren Bürgers, wandelt sich gleichsam über Nacht zu einem bevorzugten Spaziergängerziel.

An einem heiteren Sonntagmorgen nach der Frühmesse fordert auch Leopold Mozart seine Angehörigen zu einer Wanderung in den Frühling auf. Sie schreiten den Kapuzinerberg hinauf. Während die Kinder ausgelassen und froh herumtollen, bald links, bald rechts sich im Walde verlierend, immer natürlich von dem unzertrennlichen Freund Bimperl begleitet und sich an jedem Schmetterling, jeder Blume ergötzend, gehen die Eltern gemächlich und plaudernd auf dem Wege dahin. Schließlich gesteht Vater Leopold schüchtern, daß er sich mit dem Plan einer neuen Konzertreise trage. Mutter Annerl kommt diese Eröffnung so überraschend, daß sie stehenbleibt, ihn anstarrt und ausruft:

»Wohin denn?«

»Nun, nach Paris.«

»Um Gottes willen – so weit?«

»Man muß auch an das Ausland denken. Du weißt, wir haben in Wien einen schönen Erfolg gehabt. Von den Herren Ambassadeuren ist das offenbar an ihre Höfe berichtet worden. Denn wie soll ich mir sonst erklären, daß allerorts Anfragen an mich ergehen, ob ich nicht geneigt sei, mit den Kindern vor den Fürstlichkeiten zu musizieren? Erst vor einigen Tagen erhielt ich über unsern Salzburger Domkapitular Grafen Hohenlohe einen Brief des bayrischen außerordentlichen Gesandten, Grafen van Eyck, der mir dringend zu einem Konzert in Versailles rät. Der König und mehr noch die Königin hätten Lust bezeigt, uns zu hören, und außerdem gäb's in Paris eine große Zahl angesehener Häuser – sie nennen's dort ›Salons‹ –, wo wir uns produzieren könnten und freundlich aufgenommen würden. Der Graf hat sogar Quartier in seinem Palais angeboten, wenn wir kämen.«

»Das is mir ja alles ganz neu, Polderl, was du mir da erzählst«, sagt Mutter Annerl, während das Ehepaar seinen Spaziergang fortsetzt.

»Schau, ich habe die Sache selber erst als ein Luftschloß angesehen, bis ich den Brief des Grafen erhielt. Nun denke ich darüber anders. Man muß das Eisen schmieden, solange es glühend ist. Der Baron von Waldstädten hat schon recht, wenn er sagt, je älter die Kinder werden, desto mehr vermindert sich der Sukzeß.«

»Ach, meine lieben Kinderl! Wenn i mir vorstell, daß sie Tag für Tag woanders spielen soll'n, so ohne richt'ges Zuhause, in einem fremden Lande mit einer fremden Sprache, wird mir's schon jetzt bange ums Herz. Und i sitz derweil allein daheim.«

»Du kommst natürlich mit. Ohne dich, Annerl, ist's kein rechtes Vergnügen. Freud und Leid laß uns fortan getreulich teilen.«

»Wenn's so is, Polderl, bin i halt von der Partie. Juchhu!«

Der von Herzen kommende echte Salzkammergut-Juchzer läßt Bimperl erstaunt aufhorchen und lockt die Kinder herbei. Neugierig schauen sie die Eltern an. Da eröffnet ihnen der Vater:

»Freut euch mit uns, ihr Kinderlein! Wir gehen in diesem Sommer wieder auf die Reise, weit fort nach Paris.«

»Wo liegt das, Papa?« fragt Wolferl. »An der Donau oder am Inn?«

Nannerl bricht in helles Lachen aus.

»Warum lachst du, Madl?« weist sie der Vater zurecht. »Als du so alt wie dein Brüderchen warst, hast du's auch nicht gewußt.« Und zu dem Knaben: »Nein, Wolferl, weder an der Donau noch am Inn, sondern in einem fremden Lande, wo man eine andere Sprache als die unsrige spricht, an einem Fluß, den man die Seine nennt.«

»Versteht man denn dort unsere Musik?« fragt der Kleine weiter.

»Wir wollen's hoffen«, erwidert ernst der Vater. »Musik ist eine Sprache, die man überall versteht.«

»Dann reise ich gern«, stimmt er zu. »Aber Mutterl fährt doch mit?«

»Ja, Mutterl trennt sich nimmer von euch«, sagt sie, hebt ihren Buben hoch und gibt ihm einen herzhaften Kuß.

XIV

Der Frühling wandelt sich zum Sommer. Ehe noch das Korn auf den Feldern blüht und die Kirschen reifen, verläßt Familie Mozart Salzburg und tritt die weite Reise nach Paris an. Großmütig hat Erzbischof Sigismund seinem Vizekapellmeister den erbetenen Jahresurlaub gewährt, freilich unter Verzicht auf jedes Gehalt während seiner Abwesenheit. So bleibt die Wohnung in der Getreidegasse 9 vereinsamt; denn auch Thresel ist beurlaubt worden. Sie zieht für die Zeit der Abwesenheit ihrer Herrschaft mit Bimperl zu einer kränklichen Tante im Salzburger Land, will jedoch hin und wieder in die Stadt kommen und nach dem Rechten sehen. Beim Abschied zerdrückt das treue »Kuchelmensch« ein paar Tränen. Schwer fällt die Trennung auch den lieben Hausgenossen Hagenauer und dem wackeren Freunde Schachtner. Aber Vater Mozart tröstet sie mit dem Versprechen, recht häufig zu schreiben und alles Merkwürdige zu berichten, was ihnen begegnet. Und dieses Versprechen hält er getreu ein. Es gibt keinen gewissenhafteren Berichterstatter als ihn.

*

Im Januar des nächsten Jahres fügt es der Zufall, daß Graf Herberstein von Passau und Baron Waldstädten aus Wien kommend auf der Durchreise durch Linz im Hause des befreundeten Grafen Schlick bei der Mittagstafel zusammentreffen. Der Mahlzeit schließt sich ein Plauderstündchen in dem anheimelnden Musiksalon an. Es ist verständlich, daß der Aufenthalt in diesem intimen Raum, wo der kleine Mozart so eingehend – man möchte beinahe sagen, mit sachkundigen Augen – vor mehr als einem Jahr die verschiedenen hier aufgestellten Instrumente betrachtete, das Gespräch auf ihn lenkt. Graf Herberstein gibt den Anlaß dazu, indem er jener ihm unvergeßlichen Szene gedenkt, wo Gräfin Aurora auf die Bitte des Knaben die Harfe spielte, er mit einer alles um sich her vergessenden Andacht den Tönen lauschte und dann voll leidenschaftlicher Inbrunst ihre Hand ergriff und küßte. Natürlich kommt man im Verlauf der Unterhaltung auf die Auslandstournee der Mozarts zu sprechen, über die man in den Gazetten einige kurze Notizen gelesen hat, und Gräfin Aurora äußert, daß sie zu gern Näheres darüber wüßte. Da meldet sich Waldstädten mit der Bemerkung, ihr in dieser Hinsicht dienen zu können, weil er vor kurzem von dem Hoftrompeter Schachtner einen Brief erhalten hätte, in dem die wichtigsten Begebenheiten der Reise enthalten seien. Er habe ihn zwar nicht bei sich, aber er könne aus dem Gedächtnis immerhin einiges berichten. Gräfin Aurora hört diesen Vorschlag mit sichtlicher Freude an und bittet Waldstädten, seine Kenntnisse mitzuteilen.

»Im großen und ganzen genommen«, beginnt er seine Erzählung, »scheint die Konzertreise von gutem Erfolg bisher begleitet gewesen zu sein, obwohl sie mit einem Mißgeschick begann, das abergläubische Menschen für ein schlimmes Omen angesehen hätten. Kurz vor Wasserburg brach nämlich ein Wagenrad, und Familie Mozart mußte die letzte Wegstrecke per pedes apostolorum bewältigen. Aber der unfreiwillige Aufenthalt hatte auch sein Gutes zur Folge. Derweilen der Wagner hobelte und hämmerte, der Schmied das Eisen glühte und auf dem Amboß zurichtete, benutzte der Vater die Gelegenheit, sein Söhnchen an der Orgel in die Geheimnisse der Pedalbenutzung einzuführen, und siehe da: Wolferl erlangte in den wenigen Stunden eine Kunstfertigkeit, als hätte er sie jahrelang studiert. In der Heidelberger Heiligen-Geist-Kirche erregte er später durch sie so großes Aufsehen, daß auf Anordnung des Stadt-Dechanten sein Name an der Orgel angebracht wurde.

Nun, in München, wo man zweimal vor dem Kurfürsten musizierte, gingen die Wogen der Begeisterung hoch, nicht minder in Augsburg, Leopold Mozarts Geburtsstadt, so daß sich in diesem Fall die Redensart, der Prophet gelte nichts in seinem Vaterlande, nicht bewahrheitete. In Ludwigsburg dagegen fanden unsere Musici gar keine Resonanz. Offenbar hat der Herzog Karl Eugen mehr Neigung für Soldaten als für Musik. Allein Schwetzingen glich diese Niete wieder aus. Die Wunderkinder brachten die kleine Sommerresidenz in Bewegung, und die kurfürstlichen Herrschaften fanden an ihnen ein unbeschreibliches Vergnügen. Aber alle bisherigen Erfolge krönte das Konzert in Frankfurt, das wahre Beifallsstürme entfesselte und zweimal wiederholt werden mußte. Ich habe hier eine Anzeige aus dem dortigen Wochenblatt, daraus ich Ihnen einen Passus mitteilen möchte. Er lautet: ›Der Knab wird auch im Conzert auf der Violine spielen, zwei Sinfonien mit dem Clavier accompagnieren, das Manual oder die Tastatur des Claviers gänzlich verdecken, und auf dem Tuche so gut spielen, als ob er die Claviatur vor Augen hätte; er wird weiter in der Entfernung alle Töne, die man einzeln oder in Accorden auf dem Clavier oder auf allen nur denkbaren Instrumenten, Glocken, Gläsern und Uhren etc. anzugeben im Stande ist, genauest benennen ...‹«

Hier unterbricht Gräfin Aurora Waldstädten und sagt mit einem leichten Ton der Entrüstung:

»Ich kann es nicht verhehlen: mir mißfällt, offen gestanden, diese marktschreierische Manier, Fähigkeiten anzupreisen, die nichts mit echter Kunst zu tun haben und nur auf ein sensationslüsternes Publikum spekulieren. Mir ist das geniale Buberl zu schade für solche Machenschaften, die es entwürdigen, und ich verstehe nicht den Vater, den ich als einen klugen und kunstverständigen Mann schätzen gelernt habe, daß er derartige Mittel benutzt.«

Auch Graf Herberstein pflichtet ihr bei. Waldstädten versucht jedoch, die Absonderlichkeiten durch Leopold Mozarts Erwerbssinn tunlichst zu entschuldigen, und er findet dabei die Unterstützung des Hausherrn. Nachdem man zu keiner rechten Einigung der Meinungsverschiedenheiten gelangt ist, berichtet Waldstädten weiter:

»Von Frankfurt führte die Reise über Koblenz, Bonn, Köln nach Aachen, und überall, wo sie ihre Akademie absolvierten, strömten ihnen Bewunderung, Beifall und köstliche Präsente zu. Mozart selber schreibt, er könnte von den Tabatieren, Etuis und dergleichen Zeug bald einen Stand aufrichten. – In Aachen nahm sich die Prinzessin Amalie, die Schwester des vielgenannten Königs von Preußen, der Musikanten mit besonderer Zuneigung an und machte den Salzburgern allerhand verlockende Avancen. Aber Mozart meinte, sie habe selbst kein Geld, und ihre ganze Equipage und Hofstaat sehe der Suite eines Arztes so ähnlich als ein Tropfen Wasser dem anderen, und wenn die Küsse, die sie seinen Kindern, sonderheitlich dem Meister Wolfgang gegeben, lauter neue Louisdor gewesen wären, so würden sie wohl glücklich sein.«

Graf Schlick lacht herzhaft auf, und die übrigen stimmen in seine Heiterkeit ein.

»Da haben wir ja ein exzellentes Beispiel kaufmännischer Bedachtsamkeit unseres Vizekapellmeisters!« sagt der Domherr. »Allein ich muß aufrichtig gestehen: hier gefällt es mir.«

»Die letzten Nachrichten«, berichtet Waldstädten, »schildern die Ankunft in Paris, wo unsere Reisenden am 19. November eintrafen. Sie haben gastliche Aufnahme bei dem bayrischen Gesandten Grafen van Eyck gefunden, dessen Frau eine Tochter des Oberstkämmerers Grafen Arco aus Salzburg ist. Freilich von

Konzerten ist darin vorläufig noch keine Rede. Es scheint, als müsse der Boden erst gründlich beackert werden, ehe man mit der Aussaat beginnen könne, aber Mozart hat sich in Paris schon gut umgetan und auch die allmächtige Marquise de Pompadour zu Gesicht bekommen. Sie sei, meint er, noch immer eine schöne Person, wohlbeleibt, aber gut proportioniert, blond, erinnere ihn an die Freisauf Thresel und mit den Augen an die Kaiserin-Majestät. Doch sei sie von großem Hochmut und regiere noch zur Stunde alles.«

Hôtel de Beauvais in Paris. Stich von J. Marot

»Schade, daß der Bericht Ihres Korrespondenten, mein lieber Waldstädten, gerade da aufhört, wo man ein spannendes Moment erwartet«, bemerkt der Domherr. »Irgendwo glaube ich vernommen oder gelesen zu haben, daß noch vor Jahresschluß ein Concert spirituel in Versailles zustande gekommen sei. Wäre dies der Fall, so hätte die grande amoureuse ihren Verdiensten um die österreichische Politik auch eines um die österreichische Musik zugefügt, ehe der Stern ihres Einflusses erlischt.«

»Seien Sie nicht boshaft, Herberstein«, sagt Waldstädten belustigt, »es steht Ihrer künftigen Episcopalwürde nicht an.«

Gräfin Aurora, die inzwischen aufgestanden ist und einer zierlichen Kommode eine kleine Mappe entnommen hat, gesellt sich wieder zu den Herren und sagt mit einem Anflug von Schalkhaftigkeit:

»Wie köstlich, daß ein freundlicher Zufall mich in die Lage versetzt, den Bericht unseres Waldstädten zu ergänzen! Denken Sie sich, meine Herren, etwa vor einer Woche brachte mir der nimmermüde reisende Diplomat Pálffy aus Paris einen Brief von der Gräfin van Eyck, die – nebenbei bemerkt – meine gute Jugendfreundin ist. Also hören Sie, was sie schreibt.«

Gräfin Aurora greift zu ihrem Lorgnon und liest:

»Was Du mir über die Mozarts mitgeteilt hast, machte mich begreiflich neugierig auf sie. Und ich muß gestehen, ma très chère amie, Deine Schilderung war nicht übertrieben. Das Wolferl ist ja vraiment ein Menschlein, wie man es auf dem gesamten Erdball nicht wieder antrifft, so was Süßes, Einziges, Herziges. Ganz abgesehen von seinem außerordentlichen musikalischen Talent nimmt es schon durch sein ganzes Air für sich ein. Un enfant admirable! Auch das Nannerl gewinnt bei näherem Umgang. Wenn es erst Zutrauen zu einem gefaßt hat, legt es seine Schüchternheit und Steifheit ab und wird aufgeschlossen und gesprächig. Und die Mama erinnert mich mit ihrer lauteren Gesinnung und ihrem munter strömenden Frohsinn so an meine Salzburger Heimat, daß mir manchmal Tränen der Rührung in die Augen treten, sobald ich sie reden höre. Ein prächtiges Naturkind inmitten einer unnatürlichen Welt! Der Herr Kapellmeister trug in den ersten Wochen ein reizbares, zerstreutes und unruhiges Wesen zur Schau, das er oft hinter übermäßiger Höflichkeit zu verbergen suchte. Wie ich bald herausbekam, lag der Grund in seiner Untätigkeit: der Hof ließ nämlich auf seine Einladung warten, obwohl mein Gatte alles in Bewegung gesetzt hatte, was in seinen Kräften stand. Eine Invitation pour le concert spirituel après-souper in Versailles ist hier die Vorbedingung für die réuissite in der guten Gesellschaft. Da erhielt er in Gestalt des angesehenen Journalisten Friedrich Melchior Grimm einen feurigen Fürsprecher. Dieser Regensburger, der, seit fünfzehn Jahren in Paris lebend, französisch wie ein echter Franzose schreibt, dabei – ein zweiter Voltaire – von Geist und Charme sprühend, mit seinen gehaltvollen und witzigen Bulletins über Pariser Zustände die Potentaten Europas versorgt und sogar mit der Kaiserin Katharina von Rußland im Briefwechsel steht, dieser Mann de bon-goût und élégant esprit bekleidet das Amt eines Sekretärs bei dem Herzog von Orléans und gibt nebenbei mit dem Abbé Raynal die ›Correspondence littéraire, philosophique et critique‹ heraus, die sich in den höchsten Kreisen einer großen Beliebtheit erfreut. Monsieur Grimm betrachtete es als seine Ehrenpflicht, die Aufmerksamkeit des Publikums auf die Salzburger Musikanten zu lenken, schrieb eine rühmende notice in seinem Journal und siehe da: was alle mitgebrachten Rekommandationen fürstlicher Personen nicht vermochten, gelang seiner Feder – die Mozarts wurden eingeladen, zwischen Weihnachten und Neujahr in Versailles vor Seiner königlichen Majestät zu konzertieren.

Was soll ich Dir nun, ma chère, über das Debüt bei Hofe erzählen? Es hat, wie allerorts, viel surprise aufgewirbelt. Le roi et la reine wie auch die ganze Hofgesellschaft waren einfach enchantiert. Die Honneurs, die den Mozarts zuteil wurden, bestanden darin, daß sie bei dem grand Concert am Neujahrstage neben den Majestäten bei der Tafel stehen durften, Mozart le père und der kleine Wolfgang zu seiten der Königin und Mozart la mère nebst Nannette zu seiten des Königs. Du hättest sehen sollen, wie das Buberl munter deutsch mit ihrer Majestät plauderte, wie sie ihm immer wieder einen Teller mit Leckerbissen zuschob. Da ihr Gemahl aber kein Deutsch versteht, mußte sie ihm verdolmetschen, was der petit maître erzählte, und er lachte stets herzlich. Ganz aus Rand und Band waren die Prinzessinnen. Als sie sich nach dem Konzert in ihre Appartements zurückzogen, mußten die beiden Kinder ihnen dahin folgen, und da soll es, wie mir die Madame Dauphine später berichtete, ein kaum enden wollendes Gebussel gegeben haben, daß die Hofdamen ihre liebe Not hatten: bald überboten sich die Demoiselles königlichen Geblüts an Zärtlichkeiten, indem sie ihre deutschen Gäste fortwährend umarmten und auf Mund und Wangen küßten, bald revanchierten sich diese durch Handküsse. Dem Wolferl gefiel dieses amoureuse Spiel so, daß er, als die Marquise de Pompadour hereintrat und ihn auf einen Tisch stellte, sie ebenfalls umschlingen und abbusseln wollte. Da sie abwehrend die Hände hob, rief er zum Gelächter der Anwesenden: ›Wer ist denn die da, daß sie mich nicht küssen mag, hat mich doch die Kaiserin sogar geküßt.‹

Der Empfang in Versailles wirkte sich natürlich aufs angenehmste für die Mozarts aus. Bald konnten sie sich der Einladungen zu Matineen und Soireen in den illustren Bureaux d'esprit der Residenz kaum retten. Mit einem Wort, die Mozarts sind zur

Titelblatt des Opus 1

Zeit in Paris eine Sensation, und ich freue mich sowohl für unsere Gäste als auch für die deutsche Musik, daß sie hier reussieren.«

Damit schließt Gräfin Aurora die Lesung, und während sie den Brief zusammenfaltet, äußert Baron Waldstädten zum Domherrn:

»Sie haben den Einfluß der Marquise zu hoch eingeschätzt, mein lieber Herberstein. Auf das Reich der Musen scheint sich ihre Allmacht also doch nicht zu erstrecken. Aber es freut mich, daß der vortreffliche Grimm ihr in dieser Hinsicht den Rang abgelaufen hat. Unserer verehrten Gastgeberin fühle ich mich jedoch zu innigem Dank verpflichtet, daß sie mir mit dieser Neuigkeit, die der gute Schachtner uns noch schuldig blieb, eine Überraschung bot, die mich höchst beglückt.«

»Es ist noch nicht alles«, versetzt Gräfin Aurora und greift nach der Mappe. »Dieses Portefeuille enthält ein Geheimnis, das Sie, Freund Waldstädten, trotz allem Ihrem Scharfsinn gewiß nicht erraten werden und das ich Ihnen nun offenbaren will.«

»Meine Wißbegierde ist aufs äußerste gespannt«, bemerkt der Baron und wirft einen Blick auf die Blätter, die Gräfin Aurora der Mappe entnommen hat. »Wie – Noten?!« ruft er verwundert aus.

»Ja, es sind die beiden ersten gestochenen Sonaten für Klavier

SONATES
POUR LE CLAVECIN
Qui peuvent se jouer avec l'Accompag. de Violon
DEDIÉES
A M.E LA COMTESSE DE TESSÉ,
DAME DE MADAME LA DAUPHINE
Par J. G. Wolfgang Mozart de Salzbourg
OEUVRE II
AVEC PRIVILEGE DU ROI

Titelblatt des Opus 2

mit Violinbegleitung von Monsieur Wolfgang Mozart. Zwei befinden sich noch beim Stecher, diese hat mir meine Freundin noch vor dem Erscheinen in der Öffentlichkeit geschickt.«

Dabei überreicht sie ihm die Stücke, die er aufmerksam liest.

»Unglaublich!« sagt er nach einer Weile. »Eine Leistung, die mein Begriffsvermögen übersteigt, wenn man erwägt, daß sie ein siebenjähriger Knabe vollbrachte!«

»Könnte nicht der Vater dabei geholfen haben?« bemerkt der Hausherr.

»Nein, nein, dieser Vater nicht ... höchstens ein paar nebensächliche Korrekturen, nicht mehr. Leopold Mozart sind, wie ich ihn kenne, die schöpferischen Versuche seines Sohnes eine viel zu ernste, ich möchte beinahe sagen heilige Angelegenheit, als daß er sich an ihnen vergriffe und die Welt durch Falsifikation täuschte. Das vertrüge sich weder mit seinem rechtlichen Denken noch mit seinem starken religiösen Empfinden.«

»Wie wäre es, Waldstädten, wenn wir gleich die Sonaten probierten?«

»Aber mit Freuden, teuerste Gräfin.«

Der Baron holt aus dem Instrumentenschränkchen eine Geige, und seine Partnerin setzt sich an das Spinett, und nachdem beide

Instrumente aufeinander abgestimmt wurden, spielen sie die Sonaten – die eine in C- und die andere in D-Dur, und sie klingen so frisch und munter, keck und offenherzig, als sprudelte aus den Tönen das ganze Temperament des kleinen Komponisten. Und als sie geendet haben, erhebt sich der Domherr applaudierend und verneigt sich.

»Mein Kompliment dem abwesenden petit maître wie den ausgezeichneten Interpreten seiner Werke.« Und, der Dame des Hauses die Hand küssend: »Madame, Sie haben wieder einmal der Kunst, Ihre Gäste zu unterhalten, eine neue Nuance verliehen, die es uns schwer macht, aus Ihrer Gesellschaft zu scheiden. Ich tue es wehen Herzens, und meinem Freunde Waldstädten wird es nicht anders ergehen. Aber die Pflicht mahnt zur Trennung, ich ziehe weiter, doch mit der stillen Hoffnung, daß Sie bei unserem nächsten Wiedersehen uns neue Sensationen über den Wunderknaben enthüllen.«

XV

Der Aufenthalt der Familie Mozart in Paris nähert sich seinem Ende und zugleich auch der Winter. Leopold Mozart steht vor dem Entschluß, ob er die Heimreise antreten oder ob er einer Aufforderung, nach London zu kommen, Folge leisten soll. Der englische Gesandte, Lord Bedford, ist ihm sehr gewogen und redet ihm dringend zu:

»Sie werden es nicht bereuen, Mister Mozart. Wir Engländer haben zwar große Dichter, aber nur kleine Komponisten hervorgebracht. Allein wir lieben die Musik, und besonders die deutsche Musik. Ihr Meister Händel ist zu uns gekommen, geblieben und bei uns gestorben. Und jetzt haben wir in London den Sohn eines gewissen Bach, der sich großer Beliebtheit erfreut. Die Engländer wissen die guten Musiker zu würdigen, besser als die Franzosen, indem man sie höher bezahlt. Überlegen Sie sich, Mister Mozart, die Proposition.«

Aussicht auf gute Einnahmen ist für Mozart stets ein verlokkender Anreiz; deshalb überlegt er nicht lange und gibt dem Lord seine Zusage.

Die Trennung von Paris, das seine Erwartungen vollauf erfüllte, wird ihm nicht leicht. Viel von den Annehmlichkeiten des Aufenthalts verdankt er dem gräflichen Ehepaar van Eyck und besonders der Gräfin, die in ihrer Wohnung auf der Rue St. Antoine im Hôtel Beauvais den Gästen eine heimatliche Behaglichkeit zu bereiten verstand, daß sie das Gefühl, in der Fremde zu weilen, bald verloren. Während sie durch allerhand zarte Aufmerksamkeiten sich Mutter Annerl und die Kinder verband, machte sich der Gatte, den seine Ambassade nicht sonderlich in Anspruch nimmt, ein Vergnügen daraus, die Mozarts über die Sehenswürdigkeiten der Residenz zu unterrichten, und er tat das mit dem Gebaren eines humorvollen Fremdenführers, der dafür sorgt, daß über dem Belehrenden die Unterhaltung nicht zu kurz kommt.

Man kann danach die innige Teilnahme und aufrichtige Besorgnis ermessen, als die auf das Wohlergehen der Familie Mozart stets rührend bedachte Dame des Hauses plötzlich ernstlich erkrankte und tagelang zwischen Leben und Tod schwebte. Mutter Annerl büßte während dieser bösen Zeit völlig ihre gute Laune ein, und die Kinder, die mit abgöttischer Verehrung an der Gräfin hingen, brachen bei jeder Nachricht von der Verschlimmerung ihres Leidens in Tränen aus und beteten ständig für ihre Genesung, wie sie andererseits jedes Bulletin über eine Besserung im Befinden der Kranken freudig aufnahmen.

Diese aufregenden Februarwochen sind nun vorüber: die Patientin hat ihre schwere Krankheit überstanden und gesundet allmählich. Von Zeit zu Zeit dürfen die Mozartkinder sie besuchen, und sie fragt sie nach ihren Erlebnissen aus, die sie munter berichten. Immer wieder muß sie über die Frühreife des Knaben staunen, besonders in allem, was die Musik betrifft. Als sie ihn eines Tages fragt, ob er ungern Paris verlasse, antwortet er zustimmend, und aufgefordert von ihr, das zu begründen, erwidert er:

»Ich werde außer Ihnen, Frau Gräfin, meine beiden Freunde sehr vermissen.«

»Wer sind denn deine Freunde?«

»Monsieur Grimm und Herr Schobert.«

Johann Schobert, der Kammervirtuose des Prinzen Conti, ist in der Tat für Wolfgang ein Erlebnis mit starkem Widerhall in seiner Seele. Dieser schon in seinem Äußeren auffällige Musikant – eine hagere Gestalt mit einem von Leidenschaft zerfurchten Asketenkopf und einem unheimlich flammenden Augenpaar –, der aus der berühmten, unter dem Patronat des Kurfürsten Karl Theodor von der Pfalz stehenden fortschrittlichen Mannheimer

Schule nach Paris kam, hat auch in seinen Klavierkompositionen eine von der Überlieferung abweichende, düster gefärbte Melodik, die den kleinen Mozart in ihren Bann zieht. Stundenlang kann er mit glühenden Wangen neben dem eigenwilligen Meister des Klaviers verweilen und die Klänge gierig in sich aufsaugen, deren Wirkung auf seine eigenen Sonaten abzufärben beginnt. Vater Leopold, mit seiner eigenen Musik der älteren Schule verhaftet, sieht diesen Einfluß ungern, aber seine Einwände bleiben ergebnislos; denn allzu heftig neigt des Sohnes Begabung nach dieser Richtung hin. Darum ist Leopold im Grunde genommen froh, das Pariser Pflaster zu verlassen, und drängt zur Abreise, obwohl das Bewußtsein, mit dem Auftreten in Paris das Tor für eine europäische Geltung des Wunderkinderpaars aufgestoßen zu haben, ihn mit Stolz erfüllt.

Der andere Mann, den Wolferl als seinen besten Freund bezeichnet, ist Friedrich Melchior Grimm. Dieser Wahlfranzose, eine seltsame Mischung von Hofmann und Kritiker, ein kühler Verstandesmensch und überlegen rechnender Diplomat, betrachtete es geradezu als eine Mission, für die Mozarts in Wort und Tat einzutreten, und er führte sie so geschickt aus, daß ein gut Teil des freundlichen Entgegenkommens der Pariser auf seinen Einfluß zurückging.

XVI

London, das damals schon annähernd siebenhunderttausend Einwohner zählt, wirkt auf unsere Reisenden imponierend durch Größe und Verkehr. Es fordert sie zum Vergleich mit Paris heraus. Das Gepräge einer Residenz tritt in der britischen Hauptstadt zwar nicht so stark zutage wie dort, aber dafür übertrifft sie Paris bei weitem hinsichtlich des bewegten Lebens in den Straßen. Man spürt schon bei dem ersten Rundgang, daß sich hier die Fäden eines bedeutenden Kolonialreiches verknüpfen, daß ein ausgedehnter Handel die Lebensader des Volkes und die Grundlage eines ständig wachsenden Wohlstandes ist. Auch macht sich der Unterschied zwischen arm und reich hier nicht so bemerkbar wie drüben, wo Eleganz und Pracht einer verhältnismäßig dünnen herrschenden Oberschicht schroff mit der Dürftigkeit und Not der Massen kontrastieren. Deutlich hebt sich aus dem Gesamteindruck von London das Vorwalten eines verbreiteten wohlhabenden Bürgerstandes heraus.

»Ich glaube, Annerl, hier wird gut Weilen sein«, sagt Vater Mozart schon am zweiten Tage zu seiner Frau. »Mir sehen die Leute alle so aus, als ob ihnen die Guineen locker in den Taschen sitzen.«

»Daß du dich nur net täuschst, Polderl.«

»Seltsam, sonst war ich immer der Zweifler, der sich vor der Zukunft fürchtete, und du hast mir oft deswegen weidlich den Kopf gewaschen und mich an das Gottvertrauen gemahnt, und nun bist du diejenige, die den Kopf hängen läßt.«

»Das tu i net, Liebster. I möcht nur zur Vorsicht mahnen. Wir sind in fremdem Lande, und da weiß man nie, wie man aufg'nommen wird.«

»Schau, Annerl, wir haben viertausend Livres Ersparnisse. Damit können wir eine gut Weile leben, auch wenn die Geldkatze abzumagern beginnt.«

»Um so besser, Polderl. A Huhn auf der Tafel ist mir lieber als a schwimmende Gans im Teich, die mir net g'hört. Darum halt's Ersparte z'sammen.«

Vater Leopold nimmt sich den Rat seiner Lebensgefährtin zu Herzen. Er entläßt seinen Kammerdiener, der gleichzeitig das Amt eines Coiffeurs versah, und mietet bei einem freundlichen Franzosen, Monsieur Couzin, Perückenmacher und Friseur, im Cecil Court nahe der Martin's Lane preiswert eine bescheidene Wohnung, auf solche Weise seine persönlichen Bedürfnisse nach Verschönerung mit den Wünschen seiner Frau nach Verbilligung der Lebenshaltung verbindend.

Die Familie Mozart ist noch keine fünf Tage in London, als vom Hofmarschallamt die Einladung eintrifft, vor den Majestäten zu musizieren. Offenbar ist dieses beschleunigte Engagement die Folge empfehlender Berichte Lord Bedfords über die Wunderkinder. Das Konzert findet vor intimem Familienkreise im königlichen Palais am St. James Park statt. Eine wohltuende, fast heimatlich anmutende Stimmung, frei von aller steifen Etikette, beherrscht den Empfang. Die deutsche Herkunft des jungen Königspaares schafft sofort ein freundliches, ja geradezu herzliches Entgegenkommen gegenüber den Gästen, das alle Fremdheit überwindet, und die ganze Veranstaltung trägt mehr das Gepräge einer gemütvollen Hausmusik als eines repräsentativen Hofkonzertes.

Drei Wochen später sind die Salzburger Musikanten wieder

Gäste des Königspaares, und nun finden sie sich bereits mit viel größerer Sicherheit in die höfische Umwelt, zumal die Gastgeber sie nun wie gute Bekannte begrüßen. Ein zwangloses Musizieren setzt ein, und in der Hauptsache ist es diesmal King George, der das Programm angibt, indem er sich ein Vergnügen daraus macht, fortgesetzt Wolfgang neue Aufgaben zu stellen. Bald legt er ihm auf das Pult ein Klavierstück des großen Händel, bald eine Sonate von dem begabten, damals dreißigjährigen Johann Christian Bach, der seit einigen Jahren als Kapellmeister der Königin in London wirkt, und läßt ihn die Werke a prima vista spielen, was er mit erstaunlicher Geschicklichkeit vollbringt. Dann begleitet er Ihre Majestät zum Gesang einer Arie, akkompagniert am Klavier einen Flötenspieler und ruft schließlich durch die Improvisation einer einschmeichelnden Melodie zu der vorhandenen Baßstimme einer Händelschen Arie. höchstes Entzücken der Zuhörer hervor. King George ist außer sich vor Begeisterung und sagt zu seiner Gemahlin:

»That is very matchless!«

Und an den Vater des Wunderknaben gerichtet:

»Ihr Sohn beherrscht seine Profession so wie ein Kapellmeister von vierzig Jahren. Was wird er erst in diesem Alter können!«

Die freundliche Aufnahme bei Hofe ermuntert Leopold Mozart zu einem öffentlichen Konzert, das er am 5. Juni unmittelbar nach dem Geburtstage des Königs veranstaltet, und es wird, da die Elite der Gesellschaft anwesend ist, zum Glanzpunkt dieser Auslandstournee nicht nur hinsichtlich des künstlerischen Erfolges, sondern auch in bezug auf die Einnahme, die alle bisherigen weit übertrifft. Aus Dankbarkeit gibt Wolfgang am Peter-Paul-Tage zu hohen Eintrittspreisen ein Wohltätigkeitskonzert, in dem er sich nur an der Orgel produziert, und erregt damit noch größeres Staunen. Der Knabe Mozart ist das Tagesgespräch von London, und alle Musikkenner sind sich darin einig, daß so etwas Außerordentliches an Frühreife noch nicht gesehen wurde, seit die Welt besteht.

Aber auf das leuchtende Ereignis fällt ein düsterer Schatten. Bald nach dem Konzert erkrankt Vater Mozart an einer gefährlichen Halsentzündung, die seinen ganzen Körper in Mitleidenschaft zieht. Sorgenvolle Wochen brechen für die Familie an, und als um Sommermitte mit ärztlicher Hilfe die Krisis überstanden und der Patient fieberfrei ist, fühlt er sich so schwach und matt, daß der behandelnde Medicus eine Nachkur auf dem Lande anrät. Man zieht deshalb nach dem in unmittelbarer Nähe der Stadt an der Themse reizend gelegenen Dorf Chelsea, wo begüterte Londoner Einwohner den Sommer zu verbringen pflegen.

Die Rotunda in Chelsea. Stich

Für Wolfgang sind diese Sommermonate eine Zeit schwelgenden Schaffens. Da die Krankheit des Vaters das Musizieren verbietet, stürzt er sich mit wahrer Besessenheit auf das Komponieren. Es entstehen als Fortsetzung der Pariser Versuche ein halbes Dutzend Klaviersonaten mit Violinbegleitung, in denen man noch die Nachwirkung von Schoberts Einfluß verspürt. Allein schon drängt sich ein neuer hinein, dessen Mittler Johann Christian Bach wird. Dieser Meister, der über ein zart besaitetes, empfindsames, beinahe feminin anmutendes Naturell verfügt, hat aus Italien, wo er vor seiner Übersiedlung nach London als Domorganist in Mailand wirkte, eine starke Neigung zu einschmeichelndem Fluß der Melodien mit einem leichten Hang zum Schwermütigen mitgebracht. Beschwingte Anmut kennzeichnet die Eigenart seiner Tonschöpfungen. Der Wunderknabe hat auf ihn von der ersten Bekanntschaft bei Hofe an einen starken Eindruck gemacht, und da Wolferl ihm ein flammendes kindliches Herz und eine unersättliche Wißbegierde entgegenbringt, werden beide bald Freunde. Bach nimmt sich des strebsamen Buben liebevoll an, weist ihn, wenn sie zusammen musizieren, beratend auf gewisse technische Kunstgriffe hin, enthüllt ihm in seinen Kompositionen kleine Unbeholfenheiten oder Härten des Ausdrucks und entfacht damit einen fruchtbaren Ehrgeiz und zugleich das Bestreben, dem Lehrer nachzueifern. So enthalten die in Chelsea geschriebenen Sonaten und andere Werke ein leicht dahinströmendes elegantes Gepräge. Auch eine vierhändige Klaviersonate, eigens für ihn selbst und die Schwester zum Konzertgebrauch bestimmt, entsteht in dem Sommeridyll und findet bei Bach solchen Anklang, daß er selbst in dieser Gattung Musik sich versucht.

Kühn gemacht durch die fast spielende Leichtigkeit, mit der die Noten aus der Feder fließen, und vielleicht auch von seinem Freunde dazu ermuntert, wagt Wolfgang sich sogar an die Orchestralmusik und schreibt kurz nacheinander zwei Sinfonien für Streichorchester unter Hinzuziehung von zwei Oboen und zwei Hörnern, die Bachs Arbeitsweise deutlich verraten.

Der Herbst ist schon weit vorgerückt, als Familie Mozart das liebliche Chelsea verläßt und wieder nach der Stadt übersiedelt. Vater Leopold erhofft von dem Winter einen lohnenden Ausgleich für die während der unfreiwilligen Muße erlittene Einbuße. Aber er täuscht sich: die angekündigten Akademien üben keine Zugkraft mehr aus. Um diesen Ausfall wettzumachen, greift er zu jener marktschreierischen Methode, die Gräfin Aurora so mißfiel, lockt damit allenfalls ein paar Neugierige herbei, stößt jedoch die wahren Musikenthusiasten vor den Kopf. Zu allem Ungemach gesellt sich ein verdrießlicher Brief Schachtners, der die Nachricht enthält, daß der Erzbischof höchst aufgebracht über die willkürliche Verlängerung des Urlaubs sei und mit Kündigung gedroht habe. Leopold Mozart, ohnehin in übler Laune wegen des Ausbleibens neuer Einnahmen, gerät in Wut und äußert, höhnisch auflachend, der Kündigung werde er zuvorkommen, indem er selber sein Amt niederlege, was Mutter Annerl mit höchster Bestürzung vernimmt.

»Polderl«, sagt sie, »du redest im Zorn anders, als du denkst. Dir würd' das Herz weh tun, wenn du tätest, was du sagst. I will gar net von mir und den Kindern reden. Auch der Erzbischof faßt's nimmer so auf. Aber wir müssen endlich auch an die Heimfahrt denken. Die Fremd' ist schön, aber daheim is es noch schöner. Wenn die Engländer sagen: ›My house is my castle‹, so sag i: ›Mein Kammerl is meine Welt.‹«

In dieser ausgleichenden Weise spinnt Mutter Mozart den Faden besonnener Mahnung weiter; sie besänftigt damit wirklich Leopolds Groll und erreicht, daß er die geplante Italienreise und auch die Einladung nach Holland aufgibt. Während sich Familie Mozart bereits auf dem Wege nach Dover befindet, um von dort über Paris heimzureisen, ereignet sich etwas Unerwartetes. Der niederländische Gesandte holt sie ein, und seinen lockenden Versprechungen sowie den Bitten der Kinder, die es reizt, ein neues Land kennenzulernen, gelingt es zu Mutter Annerls Bekümmernis, den Vater schließlich doch umzustimmen, der kurz und bündig erklärt:

»Voilà, Monsieur l'ambassadeur, ich danke für ihre Invitation, wir reisen von Calais nach dem Haag.«

XVII

Über der Reise nach Holland waltet ein Unstern. Der für die Dauer von höchstens zwei Monaten vorgesehene Aufenthalt dehnt sich infolge unglücklicher Schicksalsfügungen über ein halbes Jahr aus. Schon unterwegs haben Vater und Sohn unter langwierigen Erkältungen zu leiden; kaum in Haag eingetroffen, erkrankt Nannerl an einer Lungenentzündung, die sie an den Rand des Grabes bringt, und ehe sie noch völlig genesen, fällt die gleiche Krankheit Wolferl an, die ihn mehrere Wochen quält und die Eltern in Angst und Bangen versetzt. Aber trotz tüchtiger ärztlicher Hilfe und ihrer sorgenden Obhut – viele Nächte müssen sie, in die Wachen sich teilend, an den Betten der Kinder verbringen, was auch ihre Kräfte aufzehrt – sieht man ihnen, besonders Wolferl, die überstandenen Leiden noch an, als sie am 10. Mai 1766 in Paris eintreffen und von dem »geschworenen Freunde« Grimm in Empfang genommen werden, der vorsorglich für sie ein Quartier gemietet hat. Allein so ganz ergebnislos ist die holländische Reise nicht gewesen: die Mozarts haben trotz aller widrigen Zwischenfälle in Gent und Antwerpen vor dem Prinzen von Oranien und seiner Schwester, der Prinzessin von Weilburg, mit gutem Erfolg gespielt, und Wolferl hat sogar sechs Klaviersonaten mit Violinbegleitung komponiert und sie der Prinzessin gewidmet. Voll Stolz zeigt der kleine Komponist sie seinem väterlichen Freunde

Grimm, und als er obendrein hinzufügt, daß er auch zwei Sinfonien für Orchester in London geschrieben habe, kennt dessen Erstaunen keine Grenzen.

»Wie, Sinfonien!« ruft er aus. »Ein Neunjähriger schreibt Sinfonien! Das ist ja wirklich ein einzigartiges Phänomen.«

Und er schließt Wolfgang beglückt in die Arme.

Grimm sieht nach der Schilderung der bedauerlichen Ereignisse ein, daß Schonung der jugendlichen Musikanten jetzt notwendige Pflicht sei, empfiehlt darum, sich gründlich in der guten Pariser Luft zu erholen, ehe man sich auf die Heimreise begibt, was jedoch nicht ausschließe, daß die deutschen Gäste in einigen prominenten Häusern der Musikpflege vor dem Abschied von Paris noch Akademien absolvieren. Das könne, meint er, für ihre Zukunft nur von Nutzen sein, und er wolle gern das Seinige zu ihrem Zustandekommen beitragen. Leopold Mozart wäre nicht der geschäftstüchtige Förderer seiner Kinder, wenn er dieser Lokkung widerstünde.

Die Mozartkinder stehen wieder, wie bei ihrem ersten Erscheinen, im Mittelpunkt der gesellschaftlichen Ereignisse, freilich nicht mehr mit jener unverkennbar sensationellen Note wie einst, da ihnen überall die Herzen zuflogen, sondern in dem gedämpften Rampenlicht einer kühlen verstandesmäßigen Bewunderung. Sie spielen zwar einige Male vor den Majestäten in Versailles und ernten Beifall und Geschenke, allein das Auftreten vollzieht sich im Gegensatz zu dem denkwürdigen Neujahrsempfang in einer reichlich zeremoniellen Form, und es fehlt völlig der erwärmende familiär-gastliche Ton von dazumal.

Der Clou des zweiten Pariser Aufenthalts ist entschieden die Einladung nach dem idyllischen Château La Chevrette. Dieses von den Grazien des Rokoko umschwebte Schlößchen mit seinem herrlichen Park ist um die Mitte des Jahrhunderts dank den anziehenden Eigenschaften seiner Herrin Madame Louise de la Live d'Epinay ein wahres Dorado der französischen Geistesaristokratie. Nachdem ihr verschwenderischer Gatte Unsummen vergeudet hatte und ihm das einträgliche Gewerbe eines Generalsteuerpächters entzogen worden war, sah sie sich gezwungen, ihr Buen Retiro zu vermieten, und sie fand in dem philosophischen pfälzischen Baron Holbach, einem der ständigen Gäste ihres Salons, einen guten und liebenswürdigen Nachfolger, der ihr großzügig einräumt, ihren cour d'esprit, den die verwöhnte Dame in der bescheidenen Pariser Wohnung nicht wunschgemäß pflegen kann, während der Sommermonate nach der Stätte seiner ehemaligen Glanzzeit zu verlegen.

Und nach wie vor halten die Schöngeister der in ihrer Ehe so wenig glücklichen und durch ihre Herzensaffären mehrfach enttäuschten, keineswegs schönen, aber klugen und charmanten Frau die Treue und stellen sich an den für die Empfänge bestimmten Tagen in La Chevrette ein. Da sieht man die Häupter der großen »Enzyklopädie«, jenes ersten gewaltigen, den Stand der Wissenschaft und Kunst umspannenden literarischen Unternehmens: den rührigen, ungemein vielseitig gebildeten Mathematiker und Physiker d'Alembert und seinen federgewandten Mitherausgeber, den Essayisten, Dramatiker und Romancier Diderot. Da sieht man ferner einige ihrer prominenten Mitarbeiter, wie die beiden Schöpfer der neuen materialistischen Philosophie, den Baron Holbach und den gutmütigen Helvétius, und – nicht zu vergessen – gelegentlich den Senior der französischen Aufklärung, den abschreckend häßlich aussehenden, aber an Verstandesschärfe alle übertreffenden Voltaire. Inmitten dieser Elite des Geistes tummelt sich in der Kleidung eines Abbé ein quecksilbriger Zwerg mit der Wendigkeit eines Harlekins, der nie um eine schlagfertige Antwort verlegen ist, die ergötzlichsten Anekdoten geradezu aus den Ärmeln schüttelt und die feinsten scharf zugespitzten Bonmots fortwährend in die Konversation streut, der uneigennützigste und ehrlichste Verehrer der Schloßherrin, der Neapolitaner Fernando Galiani.

An einem der ersten Julitage bringt Grimm, der jetzt im Herzen der Schloßherrin eine bevorzugte Stellung einnimmt, die Mozarts, Vater und Sohn, auch nach La Chevrette, das, im Glanz eines Hochsommertages leuchtend, seine Blumenpracht in berükkendem Farbenspiel den Gästen darbietet. Die Flügeltüren nach der Terrasse sind weit geöffnet, und balsamischer Duft flutet in die angenehm kühlen Räume, in denen eine erlesene Gesellschaft von höchstens dreißig Personen frohgestimmt plaudert und scherzt. Es ist nicht die Atmosphäre vornehm reservierter Etikette, die sich über diesen »Cercle« breitet, sondern die ausströmende Wirkung einer zwanglosen, von jeder Voreingenommenheit und Steifheit freien echten Geselligkeit. So werden die Ankömmlinge auch nicht mit sensationeller Neugier empfangen; man begrüßt sie vielmehr wie gute Bekannte, und vor allem Madame entfaltet ihre Liebenswürdigkeit in der ihr eigenen fesselnden Anmut. Darum gewinnt man von dem Auftreten der Gäste auch nicht den Eindruck eines Konzerts, das programmäßig abrollt, die einzelnen Vorträge fügen sich vielmehr gleichsam als Intermezzi in den Rahmen der Unterhaltung ein. Die Zuhörer und Zuhörerinnen ergehen sich auch keineswegs wie anderswo in überschwenglichen Lobreden über den jugendlichen Künstler, sondern man spricht sich frei und offen aus.

»Was sagen Sie, Monsieur Marmontel, zu unserem wiedererstandenen Orpheus?« fragt Madame d'Epinay ihren Nachbarn.

»Ich möchte nur ein Wort von Fontenelle zitieren, das er bei der Herzogin du Maine einmal sagte, als ihm die Frage vorgelegt wurde, welcher Unterschied zwischen einer Uhr und ihr bestünde: Die erste erinnert an die Stunden, die andere läßt sie vergessen.«

»Gut getroffen. Und was meint der Herr Abbé?«

Blitzschnell erfolgt Galianis Antwort:

»Er erscheint mir weniger wunderbar als vor zweieinhalb Jahren, obgleich er immer noch das gleiche Wundertier ist, aber er wird stets nur ein Wundertier sein, und das ist alles.«

»Witzig, doch grotesk. Und Sie, cher ami Grimm?«

»Ein Phänomen, um das sich bald die Herrscher Europas streiten werden.«

»Also, resümieren wir«, versetzt Madame mit feinem Lächeln: »ein Wundertier, das durch seine Leistungen die Zeit schneller verstreichen läßt, und bald ein begehrenswertes Objekt der Höfe. Zu meinem Teil füge ich hinzu: der charmanteste Knabe, der mir je begegnete.«

»Bravo!« ruft Galiani. »Madame, Sie haben diplomatischer als weiland Prinz Paris gehandelt, indem Sie jedem Ihrer Kavaliere ein Teilstück seines Urteils einräumten und so verhüteten, daß sie aus Eifersucht einander in die Haare gerieten.«

Mittlerweile hat sich Voltaire, der zweiundsiebzigjährige Philosoph von Ferney, zu Leopold Mozart gesellt und mit ihm ein Gespräch angeknüpft. Sie stehen beide am Flügel und neben ihnen mit gespannter Aufmerksamkeit Wolferl.

»Sie sind Preuße, Monsieur Mozart?«

»Nein, Schwabe, in Bayern geboren und in Österreich beheimatet.«

»Da sind Sie also Compatriote meines Freundes Grimm. Ich kenne Bayern nicht, aber da dort die Wiegen zweier so ausgezeichneter Männer gestanden haben, muß es nach meinem Dafürhalten ein fortschreitendes Land sein. Ich kenne, leider, nur Preußen – Potsdam, Berlin. Es sollen, wie mir Grimm erzählt, ein paar neue Poeten in Deutschland aufgestanden sein – ihre Namen habe ich vergessen …«

»Sie meinen vielleicht Klopstock, den Dichter des Messias?«

»Richtig, Messias! Wunderlicher Einfall, in unserem Jahrhundert des gesunden Menschenverstandes einen ›Messias‹ zu dichten. Wen können Sie mir noch nennen?«

»Gellert, den Verfasser von Fabeln und geistlichen Liedern.«

»Ah, ein deutscher Lafontaine, allein mit religiösem Beigeschmack.«

Der alte Herr schüttelt verdrießlich den Kopf.

»Wissen Sie, Monsieur Mozart, es ist nicht viel los auf dem deutschen Parnaß. Ihr König Frédéric sprach sich mir gegenüber auch immer recht abfällig über ihn aus, ich möchte beinahe sagen, spöttisch. Deutschland ist kein Land der Dichter. Seine Poeten verlieren sich zu sehr im Imaginären, was übrigens auch von den Denkern gilt. Die Aufklärung gibt sich bei ihnen mit abstrakten Spekulationen ab. Bei uns in Frankreich ist das anders. Wir fassen die Realitäten fester ins Auge und wirken revolutionär, weil wir überkommene barbarische Vorurteile und Gebräuche, Aberglauben, der Vernunft spottende Verschrobenheiten, Unmenschlichkeit und Mißbrauch des Rechtes bekämpfen. Das sollte auch die Aufgabe Ihrer Aufklärer sein. Statt dessen vergeuden sie ihren Verstand mit übersinnlichen Problemen, die unserm armseligen menschlichen Geist zu guter Letzt doch unfaßbar bleiben. Ich spreche zu Ihnen darüber freimütig und offen, weil mir Grimm berichtet hat, Sie seien auch ein Anhänger der Aufklärung. Sie werden mir das nicht verübeln.«

»Keineswegs. Allerdings geht, wie ich bekennen muß, unsere deutsche Aufklärung andere Wege als hierzulande. Die Kirche ist bei uns noch immer das monumentale Gebäude, an dem wir Katholiken wenigstens nicht rütteln lassen.«

Als habe er das letzte überhört, fährt der Philosoph fort:

»Nun mögen Sie aber nicht denken, daß ich alles mißachte, was nur die Deutschen schaffen. In *einer* Beziehung sind sie uns weit über – das ist die Musik. Sie stehen in einem so innigen Verhältnis zu ihr, als sei sie ihre unsterbliche Geliebte. Es war für mich immer ein edles Vergnügen, wenn le Roi Frédéric nach unsern heftigen philosophischen Debatten zur Flöte griff. Da verschwand unter dem Eindruck der Töne, die er seinem Instrument entlockte, vor meinen Augen das strenge Gesicht des tatkräftigen Regenten, und ich sah nur in den ruhigen geglätteten Mienen und klaren wasserblauen Augen den Inbegriff reiner Menschlichkeit. Nun, und haben die Deutschen nicht auch einen Titanen hervorgebracht, gegen den unsere Philidor, Duni, Monsigny winzige Zwerge sind – Händel? Was ich in London von seinen Werken hörte, hat mich tief ergriffen. Ja, Ihr garçon aimable bekräftigte mir heute von neuem meine Ansicht, daß die Deutschen prädestiniert sind für eine Vormachtstellung in der Musik. Ich beglückwünsche Sie als Vater zu diesem hervorragend begabten Sohn, von dem ich mir in Zukunft noch viel, sehr viel verspreche.«

Mit einem leichten Kopfnicken, wobei er freundlich lächelnd einen Blick auf den Knaben richtet, verabschiedet sich der betagte Philosoph von Leopold Mozart und geht zurück zu seinem Sessel. Wolferl, der dem französisch geführten Gespräch andächtig lauschte, aber bei seiner noch unzureichenden Sprachkenntnis und seinem geringen allgemeinen Wissen nur weniges verstand, fragte den Vater leise:

»Wer ist der kluge alte Herr?«

»Voltaire!« flüstert ihm jener zu. »Ein bedeutender Dichter und Gelehrter, der geistvollste Kopf des heutigen Frankreich.«

»Ob ich ihn bitten darf, sich in das Stammbuch einzutragen, das mir unser Freund Grimm geschenkt hat?«

»Versuch's, vielleicht erfüllt er deinen Wunsch.«

Und Wolferl nimmt das Büchlein, schreitet kühn zu dem würdigen Greise hin und trägt ihm seine Bitte vor.

»Eh bien, mon petit maître de musique!« erwidert er, läßt sich Federkiel und Tinte bringen und schreibt etwas in das Album hinein.

»Merci beaucoup, Monsieur le grand poète«, sagt der Knabe, verneigt sich mit Grandezza und kehrt an seinen Platz zurück, stolz dem Vater das Autogramm zeigend. Aber dieser bemüht sich vergeblich um die Entzifferung der schwer lesbaren Handschrift. Da kommt Grimm hilfsbereit hinzu, liest den Text vor und übersetzt ihn auch gleich:

»Die Musik ist die Sprache des Herzens. Da die Menschen ihre Unterschiedlichkeit mehr dem Hirn als dem Herzen verdanken, ist seine Sprache ihnen auch allen eher verständlich. Benutzen Sie, kleiner Meister, diese Ausdrucksweise, die Sie so vollendet beherrschen, und veredeln Sie, indem Sie ihnen auf ihre Art predigen, die Herzen. Voltaire«

Die Worte klingen Wolferl fortgesetzt im Ohr, als er mit dem Vater und Grimm am Spätnachmittage durch die sommerlichen Gefilde zurück nach der Stadt fährt. Die reizenden hier und da verträumt aus den Parkanlagen auftauchenden Schlößchen von Montmorency und von St. Denis mit dem Ausblick auf die dahinströmende Seine und ihre Inseln, das leicht gewellte fruchtbare Gelände, der in der Ferne am Horizont sich abzeichnende Montmartre und die beim Näherkommen im vergoldenden Sonnenuntergang immer schärfer hervortretende Silhouette der Stadt, alles ist dazu angetan, Vater und Sohn den in wenigen Tagen bevorstehenden Abschied von Paris mit Wehmut zu umkleiden.

»Vater«, sagt Wolferl plötzlich, als die beiden Männer, über die Eindrücke der verflossenen Stunden und die anwesenden Gäste lebhaft sich unterhaltend, eine Pause des Schweigens einschalten, »mir ist so traurig zumute, weil wir nun von hier fort müssen. Paris ist so schön, aber das Schönste von allem war doch der heutige Tag.«

»Warum war er denn so schön, mein Buberl?« fragt der Vater.

»Ich kann es nicht recht sagen. Vielleicht waren es die Menschen, die so klug miteinander sprachen. Wenn ich es auch zumeist nicht verstand, so las ich es doch von ihren Lippen und aus ihren Augen.«

»Du kämst wohl gern wieder nach Paris, Wolferl?« meint Grimm

»Nach Paris? Sofort, wenn der gute Papa es befiehlt.«

. XVIII

Der Winter ist bereits angebrochen, als die Familie Mozart nach fast dreieinhalbjähriger Abwesenheit ihr Salzburger Heim wieder betritt, reich an Erlebnissen vielerlei Art, Eindrücken von fremden Ländern und Menschen, Künstlern und Gelehrten, glanzvollen Opernaufführungen und bunten Volksbelustigungen, aber neben den Freuden des Daseins auch sorgenvollen Erfahrungen. Niemand ist über das »endlich zu Hause« mehr beglückt als Mutter Annerl. Sie fühlt sich wie von einem schweren Alpdruck erlöst. Und als sie nun gar die blitzblank hergerichtete Wohnung mit sachkundigen Hausfrauenaugen durchwandert und einen Blick in jeden Winkel tut, schließt sie Thresel voll Rührung in die Arme. Das brave »Kuchelmensch« hat wahrhaftig als vortreffliche Schaffnerin gewaltet und blickt gar beschämt, als von allen Seiten die Lobreden sich über sie ergießen und natürlich auch Geschenke in Hülle und Fülle in ihren Schoß fallen.

Nur ein Hausgenosse wird schmerzlich vermißt – Bimperl. Mit tränenverschleierter Stimme gesteht Thresel, daß das Hunderl, welches schon beachtliche Merkmale von Blindheit gezeigt habe, unter den Rädern eines schwerbeladenen Erntewagens verendet sei. Niemanden ergreift dieser Verlust tiefer als Wolferl, der sich um seinen treuen Spielkameraden gebracht sieht. Die Trauer lastet so niederdrückend auf ihm, daß er gar nicht mit der sonst üblichen Herzlichkeit die bald darauf erscheinenden lieben Hausgenossen Hagenauer begrüßt. Der Bub kommt dem alten väterlichen Freunde wohl inzwischen um einige Zoll gewachsen vor, zwar immer noch klein, aber auch schmächtiger als vor drei Jahren. Dagegen wirkt sein Kopf auffallend groß; er entspricht eher einem Siebzehnjährigen als einem bald Elfjährigen. Auch seine Gesichtsfarbe ist auffallend blaß, und die Augen blicken müde und matt. Alles das nimmt Hagenauer bekümmert wahr, obschon er es nicht ausspricht. Nur zu seiner Frau äußert er später, als sie allein sind, daß ihm das Aussehen des Buben Sorge mache.

Während Frau Josephine voll Entzücken all die kostbaren Geschenke betrachtet, die Wolferl eins nach dem andern auspackt, berichtet Vater Mozart, seine brieflichen Mitteilungen ergänzend, dem niemals versagenden Helfer aus früheren Notzeiten ausführlich über die finanziellen Erfolge der Tournee, deren Reingewinn er auf siebentausend Gulden schätzt, ohne die Souvenirs und Bijouterien, zu deren Besichtigung er ihn auffordert.

Hagenauer tritt an den Tisch und traut seinen Augen kaum, als er die Fülle von Tabatieren, Uhren, Medaillons und Geschmeide erblickt. Stumm nimmt er bald dieses, bald jenes Stück in die Hand und betrachtet es. Endlich löst sich seine Zunge.

»Mein lieber Vizekapellmeister, Sie sind a reicher Mann. Hab' ich's net immer g'sagt, Ihr Gewerbe hat goldnen Boden. Sie wollten's halt nie glauben. Nun können S' mit all den Kostbarkeiten ein Museum gegen Eintrittsgeld eröffnen.«

Vater Mozart lacht laut auf.

»Ein Museum? Wo denken Sie hin! Der ganze Kram wird bis auf ein paar Angebinde, deren Spender uns teuer sind, peu à peu verhökert und in gute österreichische Gulden umgesetzt.«

»Mich kannst du dabei als Makler anstellen, damit ich mir auch ein paar Kreuzer für den Abendschoppen verdiene; mit dem Trompetenblasen bringe ich es nicht zuwege«, ertönt eine tiefe Stimme von der Tür her.

»Onkel Schachtner!« ruft Wolferl und stürzt ihm in die Arme.

»So, da seid ihr ja alle gesund und munter beisammen, wie ich sehe«, sagt er und begrüßt herzlich einen nach dem andern. »Ich hatte es schon aufgegeben, euch in diesem Jammertal noch wiederzusehen.«

Schachtner hat viel zu erzählen. Hagenauers verspüren das und verabschieden sich bald. Vor allem kann er die Sorge Leopold Mozarts um seine Position wegen seines längeren Fortbleibens beschwichtigen. Der Erzbischof habe nie wieder nach jenem berichteten Vorfall seinen Unwillen geäußert. Vermutlich hätten die rühmlichen Berichte in den Gazetten und die Briefe der Gräfin van Eyck den hohen Herrn umgestimmt. Ferner berichtet er, daß das Orchester einen vortrefflichen Konzertmeister in Michael Haydn gewonnen habe, der Schwung in das Ganze bringe. Dann kommt Wolferl an die Reihe und wird von Onkel Schachtner gründlich katechisiert. Dieser legt ihm natürlich seine Kompositionen vor, die Schachtner, hin und wieder zustimmend nickend, aufmerksam Blatt für Blatt durchsieht. Schließlich sagt er mit feierlichem Ernst:

»Der Born deiner Musik ist in gutem Fluß, Wolfgangerl. Er ist früher aufgebrochen, als ich's erwartet habe. Nun sorge, daß er weiter munter ströme. Es wird dir in Salzburg nicht an Gelegenheit fehlen, dich als Compositeur zu betätigen. Da ist zum Beispiel in drei Wochen der Jahrestag unseres Erzbischofs. Du würdest dich bei Seiner hochfürstlichen Gnaden gewiß beliebt machen, wenn du für diesen Tag eine Licenza schriebst, die wir aufführen würden.«

»Was ist eine ›Licenza‹, Onkel Schachtner?«

»Eine Huldigungsmusik. Da kannst du deiner Phantasie schön die Zügel schießen lassen.«

»Soll denn das Buberl überhaupt net zur Ruhe kommen?« mischt sich Mutter Annerl in das Gespräch. »Sehen S' ihm denn net an, Herr Schachtner, daß er jetzt seine gründliche Erholung braucht. Ihr bringt mir ja den Buben vor der Zeit ins Grab.«

Aufgeregt verläßt sie das Zimmer, und besorgt um sie eilen Wolferl und Nannerl ihr nach. Die tiefe Erbitterung, die aus ihren Worten klang, hat alle erschreckt, am meisten Schachtner. Leopold Mozart benutzt die Abewesenheit der Kinder und äußert zu seinem Freunde:

»Du mußt wissen, Andreas, meine Frau ist seit Wolferls letzter Krankheit ständig in Angst um sein Leben. Diese Sorge begleitet sie wie ein Gespenst. Man kann es begreifen; denn von sieben Kindern sind uns ja nur das Madl und der Bub erhalten geblieben. Aber manchmal nimmt diese Angst schon merkwürdige Formen an. So glaubt sie, daß das Komponieren Wolferls Gesundheit aufzehre. Daß der Junge leiden würde, wenn man es ihm untersagte, will ihr nicht in den Sinn. Und ich halte da natürlich zu ihm. Kannst du einem Vogel das Singen verbieten? – Nein. Müßiggang ist für Wolferl Gift. Es würfe auch mein ganzes schönes Gebäude über den Haufen. Die Gewohnheit wird allmählich zu einem eisernen Hemd, aus dem man nicht heraus kann. Allein diese Gewohnheit fällt ihm leicht, ebenso wie das Lernen, und er wird noch vieles lernen müssen, ehe er das erreicht, was ich von ihm erhoffe. Unverantwortlich wäre es, wollte ich ihn daran hindern.«

XIX

Erzbischof Sigismund empfängt Leopold Mozart ganz, wie Schachtner vorausgesagt hat, ohne merkliche Anzeichen irgendwelchen Unmuts. Nur eine während des Gesprächs eingeflochtene, etwas ironisch gefärbte Bemerkung, der Herr Vizekapellmeister werde nun wohl nach den großen Reüssiten in Paris und London sich in dem kleinen Salzburg höchst unbehaglich fühlen, könnte als Niederschlag noch vorhandener Mißstimmung gedeutet werden.

»Euer hochfürstliche Gnaden wage ich zu erwidern, daß trotz allen ehrenden Auszeichnungen im Ausland mir und den Meinigen Salzburg der liebste Ort dieser Erde ist und bleiben wird.«

»Das hör ich gern«, sagt der Erzbischof. »So Er mir die Treue hält, will ich Ihm auch gern gestatten, seine Lorbeeren hin und wieder anderwärts zu sammeln. Den Kleinen, der so beachtliche

Fortschritte gemacht hat, daß man ihn sogar in den Gazetten rühmlich preist, will ich in meinem Orchester attachieren, sobald er in die Jahre kommt.«

Einen Augenblick hält der Erzbischof inne, dann fährt er fort:

»Der Lolli hat ja die Musici in guter Zucht, und der Haydn trägt redlich dazu bei. Aber was nutzt's, wenn die Kerle nicht gehorchen und ihren Schlendrian weitertreiben, daneben ihren Saufereien und Lumpereien anhängen und ihr letztes Hemd dem Pfandleiher hingeben, um nur ihren Gelüsten zu frönen. Er ist ja, das muß ich sagen, eine rühmliche Ausnahme, und ich wünschte bloß, die andern täten's ihm nach.«

Als Leopold von seiner Audienz heimkehrt, zeigt ihm Wolferl das fertige Rezitativ für die Licenza und findet den ermunternden Zuspruch des Vaters. In den nächsten Tagen hat er für nichts anderes Sinn als für die Arie und vergißt über der Arbeit an ihr schier die Mahlzeiten. Nachdem er sie vollendet hat, bringt er sie dem Konzertmeister Michael Haydn, der als Musikdirektor auch beim Theater mitzureden hat. Dieser gesetzte, gar bärbeißig ausschauende Mann mit leicht verquollenen Lidern, zwischen denen ein verschmitztes Augenpaar herauslugt, prüft, nachdem er erst mißtrauisch den kleinen Komponisten betrachtet hat, das überreichte Manuskript und fragt dann, ihn scharf ansehend, mit gespielter Strenge:

»Hast du alles allein geschrieben? Auf Ehre und Gewissen?«

Ohne sich einschüchtern zu lassen, antwortet Wolferl:

»Ja, trauen Sie es mir nicht zu, Herr Konzertmeister?«

»Nein. Aber da du es mir sagst, will ich's dir glauben. Bilde dir nur nicht etwa ein, was du mir bringst, sei ein Meisterwerk. Dazu fehlt noch viel. Allein man kann's brauchen. Ich führ' es auf.«

Vermutlich erwartet Haydn, der Knabe werde ihm vor Freude um den Hals fallen; seine ganze lauernde Haltung verrät es. Aber nichts dergleichen geschieht. Erstaunt über die Gleichgültigkeit gegenüber diesem für einen jugendlichen Anfänger schmeichelhaften Ereignis, fragt er:

»Du glaubst wohl, ich scherze?«

»Nein. Ich hab es gar nicht anders angenommen.«

Haydn bleibt das Wort im Munde stecken. Ein paar Sekunden verweilt sein Blick starr auf dem Gesicht des Buben. Dann klopft er ihm zärtlich mit der Hand auf die Wange und sagt:

»Närrischer Junge, du gefällst mir.«

Beim Abendschoppen im Peterskeller beugt sich Haydn zu Schachtner und flüstert ihm zu:

»Heute habe ich den Wunderknaben zum ersten Male gesprochen. Potzblitz, hat das Bürschchen Selbstgefühl! Sagt es mir rundweg ins Gesicht, daß seine Licenza aufführungsreif sei.«

Schachtner lacht ausgelassen vor sich hin. Sein Nachbar wirft verstohlen einen Blick nach ihm und fährt dann fort:

»Aber der Bub hat recht. Ich will mich fressen lassen, wenn er nicht sehr bald ein ernsthafter Nebenbuhler der Italiener auf der Opernbühne wird. Ein Prachtjunge!«

Und er leert mit einem Zuge den frisch gefüllten Becher auf das Wohl des jungen Komponisten.

Am Einweisungstage gibt eine italienische Theatertruppe ein Gastspiel. Die Gesangskräfte sind gut, aber die Oper selbst ist mittelmäßig und reichlich von Langeweile durchsetzt. Anschließend wird Wolfgangs »Licenza« aufgeführt – eine Arie für Tenor mit Orchesterbegleitung; und sie sticht von dem vorher Dargebotenen durch liebliche Melodienfülle und überlegte Tonführung so ab, daß die Zuhörer aufhorchen, auch der Erzbischof. Verwundert fragt er seinen Oberstkämmerer, den Grafen Arco, wer der Schöpfer dieser reizenden Arie sei, und erhält den Bescheid:

»Der elfjährige Wolfgang Mozart.«

»Ist's wahr?« versetzt der Kirchenfürst. »Das habe ich ihm nicht zugetraut.«

Nach der Vorstellung läßt er den Knaben rufen, mißt ihn mit prüfendem Blick und sagt:

»Von deiner Kunstfertigkeit auf dem Klavier und auf der Geige habe ich mich ja schon einmal überzeugen können, aber daß du dich nun als Compositeur betätigst, war mir bisher neu. Gesteh aufrichtig, hast du die Arie allein erdacht?«

»Es hat mir niemand geholfen, Hochfürstliche Gnaden.«

»Auch der Vater nicht?«

»Nein.«

»Nun, dann fahre so fort und sieh zu, daß du auch eine größere Sache zustande bringst.«

Als Vater und Sohn gegen Abend von der Festlichkeit heimkehren, fällt Wolferl sofort der Mutter um den Hals und schildert lebhaft den Verlauf der Vorstellung, auch seine kurze Unterredung mit dem Erzbischof. Der Vater, der mürrisch daneben steht, wartet offenbar nur darauf, seinem Unmut Luft zu machen:

»Und was war die ehrenvolle Auszeichnung? Daß man bei dem nachfolgenden Festmahl uns zwei mit den Musikanten in die Domestikenstube verwies, wogegen die italienischen Sänger, Haydn und Lolli an der Offizierstafel speisen durften. Da saßen wir unter dem lärmenden, johlenden, mit Unflätigkeiten um sich werfenden Gesinde und kamen uns vor wie Aussätzige auf einer Insel. So ehrt man bei uns Künstler, die vom Kaiser und von Königen empfangen wurden und die dafür gesorgt haben, daß Salzburg heute in aller Welt Munde ist.«

Wolferl empfindet diese Herabsetzung nicht so schwer wie der Vater; denn ihm bereitete der Schmaus in einer für ihn neuartigen Umwelt viel Vergnügen. Außerdem spukt in seinem Kopf schon der erzbischöfliche Auftrag, sich an eine größere Gesangspièce zu wagen, die ihm als Oratorium vorschwebt. Für dieses wird der Text des Priors Wimmer vom Kloster Seeon gewählt unter dem Titel »Die Schuldigkeit des ersten und fürnehmsten Gebotes«, das die Bekehrung eines lauen zu einem eifrigen Christen in drei Teilen schildert. Da der Erzbischof jedoch das Ganze als eine zu große Aufgabe für den Knaben ansieht, will er ihm nur einen Teil der Vertonung übertragen, wogegen Haydn und der Domorganist Adlgasser die beiden anderen Teile komponieren sollen. Aber es kommt noch hinzu, daß der Kirchenfürst, ungeachtet der Beteuerungen des jungen Tonschöpfers, an der Selbständigkeit seines Schaffens zweifelt und die Mithilfe des Vaters vermutet. Da erlaubt sich Graf Arco zu bemerken:

»Es käme auf die Probe an. Der Bub soll, wie meine Tochter aus Paris berichtete, außerordentlich geschwind arbeiten. Wie wäre es, wenn man ihm eine Klausur auferlegte? Dann würde sich ja zeigen, was er ohne väterliche oder andere Mithilfe vermag.«

Die Zumutung an Wolfgang, das Oratorium in Klausur zu schreiben, erregt Vater Leopold aufs höchste, sieht er doch in ihr ein Mißtrauen gegen die Begabung des Sohnes. Mutter Annerl wiederum ist empört über den »verrückten Einfall« und gibt dieser Entrüstung zum Gaudium ihrer Kinder in einer wahren Blütenlese saftiger salzburgischer Derbheiten Ausdruck. Wolfgang dagegen faßt den Arrest als ein köstliches Abenteuer auf und stimmt ihm freudig zu. Und so wandert er einige Tage später eines Morgens, mit einem Bündel alltäglichen Zubehörs und einem großen Stoß Notenpapier versehen, zu dem erzbischöflichen Palais und meldet sich bei dem Oberstkämmerer:

»Hier bin ich, Herr Graf. Bitte schließen Sie mich ein und geben Sie mir den Text. Ich will sehen, ob ich etwas Gescheites zuwege bringe.«

Dem routinierten Hofmann imponiert das wagemutige, sichere und offene Auftreten des Knaben. Es deckt sich ganz mit den Schilderungen seiner Tochter, die, in Rom weilend, sich immer wieder angelegentlichst nach dem Befinden und den Fortschritten Wolfgangerls erkundigt hat. Auch der Erzbischof vernimmt mit wohlwollendem Lächeln den Bericht über das Eintreffen seines Gefangenen, der in seiner Klause sich sofort sehr eifrig in die Arbeit vertieft habe, und sagt zu seinem Oberstkämmerer:

»Der Sohn ist vernünftiger als der Vater. Mich hält er für einen Tyrannen, und er selber ist seinem Sprößling gegenüber ein Tyrann par excellence. Sorgen Sie dafür, Graf, daß man ihn gut beköstigt, räumen Sie ihm alle zulässigen Freiheiten ein; denn er soll sich nicht als Gefangener, sondern als Gast fühlen. Und schärfen Sie vor allem den ihn bedienenden Lakaien ein, sie mögen ihre lose Zunge im Zaume halten und es an der erforderlichen Achtung nicht fehlen lassen.«

XX

Wolferl hat sich vorgestellt, in ein dürftiges kleines Gemach eingeschlossen zu werden, das einer Mönchszelle ähnele. Statt dessen wird ihm ein geräumiges, mit allem Komfort der Zeit ausgestattetes Zimmer zugewiesen, das außer einem bequemen Schreibpult zu seiner nicht geringen Freude ein fast nagelneues Klavier enthält, und im Alkoven gewahrt er eine wahrhaft fürstliche Ruhestätte. Diese Umgebung erhöht von vornherein seine Stimmung. Noch mehr ist er erstaunt über die Zuvorkommenheit der Lakaien, die in gewissen Abständen erscheinen, behutsam auf den Zehenspitzen eintreten und sich nach seinen Wünschen erkundigen oder ihm die Mahlzeiten servieren, die eine solche Fülle von leckeren Gerichten enthalten, daß er sich wie ein verwunschener Prinz im Schlaraffenland vorkommt. Was Wunder, wenn er sich mit wahrer Besessenheit seiner Arbeit widmet. Das Bewußtsein, mit zwei so angesehenen Komponisten seiner Vaterstadt, wie Haydn und Adlgasser, sich in einem Wettbewerb zu messen, gibt seinem Schaffensdrang noch einen verstärkten Antrieb. Er hat in den letzten Tagen, um in die Wesensart eines Oratoriums einzudringen, sich mit dieser Musikgattung gründlich beschäftigt und von dem Vater manchen belehrenden Hinweis erhalten und hat dabei auch in die Oratorien des vor einigen Jahren verstorbenen Domorganisten Eberlin, eines vortrefflichen Meisters auf jenem Gebiet, Einblick genommen. So geht er nicht gänzlich unvorbereitet an die schwierige Arbeit. Bei seinem außerordentlichen musikalischen Gedächtnis und seiner jugendlichen Empfänglichkeit ist es nicht verwunderlich, daß aus jenen Werken gelegentlich Reminiszenzen in sie hineinschlüpfen und daß auch manche Tonfolgen Anklänge an die Werke seines Londoner Lehrmeisters Christian Bach verraten. Doch daneben sprudelt schon der Born eigener schöpferischer Gedanken in ergiebigem Fluß. Sehr gewissenhaft nimmt er seine Aufgabe und prüft das Niedergeschriebene am Klavier nach, seine zarte Stimme bei den Gesangspartien zu Hilfe nehmend. Das tönt aus dem verschlossenen Gemach, daß die Lakaien oft lauschend vor der Tür stehen und sich nicht genug über den kleinen Virtuosen und Sänger verwundern, der in ihre einfache Vorstellungswelt als Geisterbeschwörer eingeht.

Ehe die Woche zur Neige geht, hat Wolfgang sein Werk vollendet. Er steht gerade am Fenster und blickt hinaus auf das winterliche Schneetreiben, als der Oberstkämmerer eintritt, der sich täglich zu kurzem Besuch einzustellen pflegt. Der Knabe begrüßt ihn freudig:

»Herr Graf, die Arbeit ist fertig. Hoffentlich findet sie den Beifall Seiner hochfürstlichen Gnaden.«

Darauf überreicht er ihm stolz die Handschrift, deren stattlicher Umfang den alten Herrn überrascht. Er äußert einige lobende Worte über den aufgewendeten Fleiß, ermahnt Wolfgang, nunmehr eine geraume Weile dem Köpfchen und den Fingern Ruhe zu gönnen, und entläßt ihn aus der Klausur mit dem Bemerken, daß er dieselbe hoffentlich nicht als eine Last empfunden habe.

»Nein, Herr Graf, es hat mir hier gut gefallen«, erwidert der kleine Komponist. »Sagen Sie das bitte auch Seiner hochfürstlichen Gnaden. Und wenn ich mir wieder eine größere Arbeit vornehme, stelle ich mich zu rechter Stunde ein. Sie werden mich doch aufnehmen?«

»Gewiß, du kannst davon überzeugt sein.«

Wolfgang verabschiedet sich und schreitet heim, vom wirbelnden Tanz der Flocken umspielt, daß er zu Hause wie ein Schneemann anlangt. Großes Erstaunen aller Familienmitglieder, als er plötzlich frisch und munter vor ihnen steht. Mutter Annerl, die einen halbverhungerten, blassen und abgehärmten Sohn erwartet hat, ist über sein gesundes Aussehen verblüfft, ja, bei genauer Prüfung glaubt sie sogar feststellen zu können, daß er an Gewicht zugenommen habe.

Als Vater Leopold einige Tage später die Nachricht bringt, daß Haydn und Adlgasser der Aufführung des Oratoriums zugestimmt hätten, kennt Wolfgangs Jubel keine Grenzen.

»Ich bin mit deiner Arbeit zufrieden, Wolferl«, sagt der Vater. »Du hast dich in den Inhalt des Textes gut hineingefunden. Ich wünschte nur, du schriebest die Wörter ebenso deutlich wie die Noten. Da sind dir manchmal Krakelfüße unterlaufen, aus denen kein Sänger klug wird, ganz zu schweigen von der Rechtschreibung, in der du dich mit Salzburger Küfern und Marktweibern getrost auf eine Stufe stellen kannst. Hier mußt du noch gründlich lernen und vor allem gute Bücher lesen. Überhaupt hapert's an deiner Bildung noch sehr, mein Junge. Ein rechter Compositeur muß aber auch anständig schreiben und über ein gediegenes Wissen verfügen. Wir werden uns darum täglich ein paar Stunden mit diesen Dingen beschäftigen.«

Was der Vater sagt, ist für Wolferl immer so etwas wie ein höherer Befehl, dem er gern und gehorsam Folge leistet. So macht er es sich nun zum Vorsatz, die Lücken seines Wissens auszufüllen. Er liest Gellerts geistliche Oden und Lieder, die ihm ein sächsischer Baron in Paris geschenkt hat, Salomon Gessners Idyllen – eine Widmungsgabe des Züricher Dichters – und was ihm sonst aus der Bücherei des Vaters noch in die Hände kommt. Vor allem erweitert er seine Kenntnisse in den Sprachen Französisch und Englisch, die ihm schon durch den praktischen Gebrauch während der großen Reise mit der Zeit recht geläufig geworden sind. Er treibt unter des Vaters Leitung Latein und Elementarwissenschaften und bringt für alles die erforderliche Wißbegierde und gute Aufnahmefähigkeit mit. Aber da Leopold Mozart kein rechtes pädagogisches Talent und wohl auch nicht allzu große Kenntnisse hat, bleibt das errungene Wissen lückenhaft und oberflächlich. Das Fehlen eines gründlichen systematischen Unterrichts macht sich daher in Wolfgangs Allgemeinbildung zeitlebens spürbar.

Anders und nachhaltiger wirkt sich der väterliche Unterricht auf dem Gebiet der Musik aus, nicht nur der ausübenden, sondern auch der schöpferischen. Hier ist Leopold Mozart seinem Sohn ein wohlmeinender, besonnener und gründlicher Lehrer. Er hat früh die Leichtigkeit erkannt, mit welcher der sprudelnde Quell der Töne aus der Seele des Knaben fließt, aber damit auch die Gefahr, daß er sich ins Uferlose verliert, und achtet deshalb streng auf Einhaltung vorgeschriebener Regeln.

»Mein lieber Sohn!« sagt er einmal angesichts eines in wenigen Stunden von Wolferl zu Papier gebrachten Notenmanuskriptes. »Musik ist wie ein herrlicher Blumengarten, in dem – vergleichst du die Töne mit Blumen – zarte und üppige Formen in allen möglichen Farben gedeihen. Wenn die Blumen wirr und ohne Ordnung durcheinander wachsen, verspürst du keinen reinen Genuß. Ein kluger Gärtner wird deshalb darauf bedacht sein, sie in einem schönen Nebeneinander aufzuziehen, damit das Auge seine Freude an ihnen habe. Nicht anders ist es mit der Musik. Was dem Auge billig, ist dem Ohr recht. Darum mußt du immerdar danach trachten, in die Werke, die du schaffst, einen geregelten Sinn zu bringen.«

Das Bild leuchtet Wolferl ein. Und als der Vater ihm nun, nach der Rückkehr von der großen Reise, den berühmten »Gradus ad Parnassum« des Johann Josef Fux in die Hand gibt, widmet er sich voll Eifer dem Studium des Kontrapunktes unter väterlicher Anleitung.

Mit diesen Übungen werden, bestärkt durch den Erfolg, den das am 12. März aufgeführte Oratorium errang, die Frühlings- und Sommermonate des Jahres 1767 ausgefüllt, bis wieder eine angenehme Unterbrechung eintritt: die zweite Reise nach Wien. Vater Mozart hat durch Waldstädten erfahren, daß man am Kaiserhofe die Wunderkinder gern wiedersehen würde, um sich von ihren Fortschritten zu überzeugen; außerdem stehe die Verlobung der Erzherzogin Maria Josepha mit dem König Ferdinand von Neapel im Herbst bevor, und das sei wohl eine günstige Gelegenheit zu einer neuen Wiener Konzertreise.

Vater Leopold schwankt keinen Augenblick und setzt den Termin der Abreise für Mitte September fest. Kühn unterbreitet er das Vorhaben seinem Brotherrn, im stillen befürchtend, eine abschlägige Antwort zu erhalten. Aber der Erzbischof ist guter Laune und willigt ein. Beim Abschied sagt er:

»Er möge es mir nicht verübeln, mein lieber Mozart, daß ich Seinen Reisen kein rechtes Verhältnis entgegengebracht habe. Es schien mir immer so, als wolle Er mit dem frühreifen Talent Seines Sohnes prahlen und ihn als Wunder aller Welt präsentieren. Ich sage es Ihm offen, weil mir diese Auffassung auch von anderer Seite zu Ohren gekommen ist. Nun aber sehe ich wirklich, daß in der Seele des Buben etwas Außerordentliches steckt, und ich zweifle nicht mehr daran, daß die Weltweite, welche die große Reise erschloß, eine tiefgreifende Wirkung hervorbrachte. So reise Er denn mit Gott!«

Fast um die gleiche Zeit wie vor fünf Jahren besteigt Familie Mozart den Reisewagen und fährt nach Wien, diesmal ohne Umwege auf dem kürzesten Wege zu Lande.

XXI

Auf den gepflegten Kieswegen des lieblichen Parks, der zum Gräflich-Schlickschen Besitztum in Linz gehört, schreiten an einem schönen Herbsttage in früher Nachmittagsstunde zwei Damen Arm in Arm. Ein kleines Bologneserhündchen hüpft ihnen vergnügt voraus. Die Damen sind die Gräfinnen Aurora Schlick und Angelika van Eyck. Aufgeräumt, wie zwei Jugendfreundinnen, die einander jahrelang nicht gesehen haben, es gewöhnlich sind, plaudern sie von ihren mannigfaltigen Schicksalsumständen, holen sie aus dem Schatz ihrer Erinnerungen erlebte Begebenheiten hervor und ziehen gemeinsame Bekannte in ihr Gespräch, natürlich auch Mozart.

»Es war etwas Seltsames, mir Unbegreifliches«, sagt Angelika. »Mitten in einem munteren Geplauder – du weißt ja, ma chère, wie ausgelassen und redselig er dabei ist – verstummte er plötzlich, schien nichts mehr zu hören, auf nichts mehr zu achten, rannte wie besessen fort in sein Zimmer und schrieb und schrieb, als stünde er unter dem Zwang einer geheimnisvollen Macht, und ruhte nicht, bevor er alles zu Papier gebracht hatte, was ihm seine innere Stimme gebot. Hatte der Knabe seiner Eingebung Genüge getan, so erschien er wieder heiter und gesprächig. Aber wenn man ihn aufmerksam betrachtete, konnte man in seinen flackernden Augen und dem gelegentlichen Zucken seiner Lippen wahrnehmen, daß die niedergeschriebenen Töne in seinem Gemüt noch nachzitterten und daß er sie gleichsam stumm markierend wiedergab. Ich bin nicht so musikalisch wie du, Aurora, aber ich muß bekennen: dieser Vorgang hatte für mich fast etwas Unheimliches. Ist es dir nicht aufgefallen, wie sich der Knabe im Gesicht beim Spiel seiner eigenen Werke verändert?«

»Nein. Vergiß nicht, meine Liebe, daß er erst sechs Jahre zählte, als Waldstädten ihn mir brachte, und damals spielte er als Komponist noch keine Rolle. Da bewunderten wir nur den fingerfertigen Pianisten, der, sobald er sich dankend verneigte, kaum bis zu der Klaviatur reichte.«

»Man sagt, er sei gar nicht mehr das süße Buberl.«

»Schade. Mit seinem Wachstum schwindet für mich der Nimbus, der ihn umschwebte, wenn er mit dem Ernst eines Großen in dem kindlichen Antlitz seine Pièцen vortrug.«

»Du erwähntest Waldstädten. Was hat dieser allereifrigste Chronist des Werdegangs unseres Wunderknaben neuerdings von ihm zu berichten?«

»Er hat mir merkwürdigerweise schon lange nicht geschrieben, obwohl er eigentlich mancherlei mitzuteilen hätte.«

»Ich weiß nur von meinem Vater, daß die Mozarts im vorigen Herbst in die Blatternepidemie hineingerieten, die auch die Erzherzogin-Braut hinraffte, daß infolge der Hoftrauer natürlich an Konzerte nicht zu denken war und daß sie, vor der Ansteckungsgefahr flüchtend, nach Böhmen sich begeben hätten. Allerdings habe die Kinder dort die Krankheit befallen, zwar in leichter Form. Sie sollen dann nach ihrer Genesung in Brünn bei dem Bruder des Erzbischofs, dem Grafen Anton Schrattenbach, längere Zeit zu Gast gewesen sein.«

»Ja, das ist mir bekannt, aber auch nicht mehr.«

Die beiden Damen sind, in ihr Gespräch vertieft, ziellos durch den herbstlichen Park gewandelt und treten gerade aus einem Laubhölzchen in eine Lichtung, welche die Aussicht auf das anmutige kleine Schloß im Hintergrund eröffnet. Das vor ihnen trippelnde Hündchen Chéri bleibt plötzlich stehen und kläfft; es hat bereits den vom Schloß ihnen entgegenkommenden Mann bemerkt, der beim Herannahen sich als der herrschaftliche Kammerdiener erweist und Gräfin Aurora einen Brief überbringt. Ein flüchtiger Blick auf die Anschrift genügt ihr, um zu wissen, wer der Briefschreiber ist.

»Waldstädten!« sagt sie. »Welch ein reizendes Spiel des Zufalls! Nun wird unsere Wißbegierde gleich befriedigt werden.«

Und sie zieht die Freundin zu einer in der Nähe stehenden Bank, öffnet den Brief, und beide lesen gemeinsam:

»Verehrungswürdige Gräfin!

Verübeln Sie mir, bitte, nicht das lange Ausbleiben eines Briefes. Ich habe geschwiegen, weil ich nichts Erfreuliches berichten konnte. Die Wiener sind doch ein leichtfertiges und oberflächliches Völkchen – ich erröte vor Scham, daß ich das sagen muß – ohne bon goût, ohne Empfänglichkeit für das wirklich Wertvolle, ohne ehrlichen Enthusiasmus und mehr erpicht auf Sensation als auf wahre Kunst. Leopold Mozart hat nicht unrecht, wenn er sagt, sie fänden an Harlekinaden, Taschenspielkünsten und Charlatanerien ein größeres Behagen als an den edlen Offenbarungen eines Genies.«

»Das klingt aber höchst bedenklich, was Waldstädten uns als Ouvertüre offeriert«, bemerkt Gräfin Aurora und läßt den Brief in den Schoß sinken. »Da können wir uns auf allerhand gefaßt machen.«

»Vielleicht übertreibt er.«

»Das ist nicht seine Art. Wenn ihn etwas tief bewegt, folgt er dem Grundsatz: avoir cœur à la bouche. Lesen wir also weiter.«

»Ich schrieb Ihnen in meinem letzten Brief, daß die Mozarts im Jänner in Wien eintrafen und große Mühe aufwendeten, ihre alten Beziehungen von neuem anzuknüpfen. Soweit es in meinen Kräften stand, unterstützte ich dieses Vorhaben voll Eifer, allein überall mit dem Resultat höflicher Ablehnung. Man verschanzte sich hinter der Hoftrauer, obwohl man den Karnevalsbelustigungen den üblichen Tribut zollte. Anderen lag die Furcht vor der Blatternansteckung noch so in den Gliedern, daß sie jeder Ansammlung von Menschen aus dem Wege gingen, was gar seltsam anmutete, da die Epidemie längst abgeklungen war und nur noch in den Vororten von Wien sich hier und da bemerkbar machte.

Die einzige Ausnahme eines befriedigenden Erfolges möchte ich jedoch nicht unerwähnt lassen: das große Konzert bei dem russischen Gesandten, dem Fürsten Galitzyn. Dieser Aristokrat und Kunstfreund, der die Mozarts bereits in Paris kennen und schätzen gelernt hatte, setzte seine Ehre darein, den Salzburger Gästen die Möglichkeit ihrer Wirkung auf ein erlesenes Publikum zu bieten, und beschämte durch diese der deutschen Kunst dargebrachte Ovation unsere Standesgenossen in Wien. Was mir bei der mit großem Aplomb aufgezogenen Soiree besonders auffiel, war trotz der einzigartigen vollendeten Leistung der jugendlichen Musikanten die verhältnismäßig kühle Aufnahme durch die Zuhörer, gemessen an den Beifallsstürmen, die sie vor sechs Jahren umbrausten. Ich kann mir das nicht anders erklären als durch die Einbuße des Wunderkinder-Nimbus bei dem auftretenden Künstlerpaar. Und in der Tat ist ja Nannerl schon eine vollendete Demoiselle, und Wolferl hat, ungeachtet seiner gewiß noch knabenhaften Gestalt, mit seinem schon Jünglingsreife verratenden Antlitz nichts mehr von einem herzigen Buberl. Seine Anziehungskraft strömt auch keineswegs aus der meisterhaften Virtuosität, mit der er Klavier und Geige behandelt, die man mit zwölf Jahren schon als selbstverständlich hinnimmt, sondern aus dem Inhalt des Programms, das hauptsächlich eigene Kompositionen enthalt. Mir personlich – und Sie, teuerste Freundin, werden das gleiche empfinden – waren diese schöpferischen Offenbarungen ein größerer Anlaß zur Bewunderung als die Kunstfertigkeit ihrer Wiedergabe, sind sie doch das auffälligste Merkmal seines Genies, aber anscheinend fehlte den meisten Zuhörern das Verständnis dafür.

Vater Mozart hat entschieden erkannt, wo die eigentliche Stärke der Begabung seines Sohnes liegt, ist er doch eifrig bestrebt, sie in jeder Weise zu fördern. Eine Anregung des jungen Kaisers aufgreifend, verbunden mit der lockenden Aussicht einer Aufführung, veranlaßte er Wolferl, eine Opera buffa zu schreiben, weil er annahm, die vorhandenen Sänger und Sängerinnen eigneten sich für dieses Genre besser als für eine Opera seria, obwohl sie im Dezember vorigen Jahres Glucks ›Alceste‹ aus der Taufe gehoben hatten, vielleicht auch, weil ein brauchbarer Text zu einer solchen Oper von einem ortsansässigen Florentiner gerade zur Stelle war.

Der Knabe stürzte sich mit wahrem Feuereifer in die Arbeit – die Melodien flossen ihm nur so aus der Feder –, und … Anfang Juli war die Partitur der ›La finta semplice‹ – wie die Oper heißt – fertig, und der Aufführung stand nun nichts mehr im Wege. Ja, einen blauen Teufel – um mich eines beliebten Ausrufs Leopold Mozarts zu bedienen –, man hatte nicht mit der Diplomatie hinter den Kulissen gerechnet. Der italienische Theaterpächter Affligio, der anfangs das Blaue vom Himmel versprochen hatte, vermutlich einen sensationellen Sukzeß von der Oper eines zwölfjährigen Komponisten unter dessen persönlicher Leitung erhoffend, verkroch sich hinter Ausflüchten und vertagte die Aufführung.

Als der Termin immer wieder hinausgeschoben und dieses Hinhalten Leopold Mozart zuviel wurde, verlangte er schließlich hartnäckig die Einhaltung des Versprechens, worauf der Italiener, seiner Frechheit die Krone aufsetzend, ihm erklärte: ›Va bene, ich die Opera aufführen, wenn Sie verlangen, aber Sie nicht werden Freude an ihr haben, weil ich sie werde auspfeifen lassen.‹ Diese niederträchtige Bosheit schlug dem Faß den Boden aus. Der Gekränkte forderte ungesäumt die Partitur zurück und reichte noch am selben Tage beim Kaiser eine Klage gegen den wortbrüchigen Theaterdirektor ein. Ob er etwas damit erreicht hat, erscheint mir fraglich; denn Affligio ist ja der Pächter und zahlt eine verhältnismäßig hohe Pachtsumme und hat außerdem versprochen, noch in diesem Jahr ein französisches Schauspielensemble auf die Beine zu bringen, worüber die Wiener schon jetzt vor Begeisterung Purzelbäume schlagen.

So ist ›Die verstellte Einfalt‹ das Opfer einfältiger Verstellung geworden, den Mozarts aber sind durch das monatelange ergebnislose Warten Unkosten über Unkosten erwachsen. Kein Wunder, daß Vater Leopold das einst von ihm so gepriesene Wien als Stätte seines Ruins bezeichnet.

Aber eine kleine, die viele Trübsal ausgleichende Freude will ich Ihnen doch noch zum Schluß servieren. Sie haben gewiß von dem Arzt Franz Anton Mesmer gehört, der durch seine magnetischen Wunderkuren in Wien Aufsehen erregt und einen großen Zulauf von Patienten, besonders aus der Damenwelt, hat, die alle möglichen und unmöglichen Leiden zu ihm schleppen und dann behaupten, mittels seiner geheimnisvollen Manipulationen von ihnen erleichtert worden zu sein. Dieser schnell zu Wohlstand gelangte Wohltäter besitzt ein entzückendes Anwesen vor den Toren Wiens mit einem schönen Garten und einem aus Rasenbänken und verschnittenen Hecken gebildeten Naturtheater mitten drin. Mesmer hörte Wolferl beim Fürsten Galitzyn spielen, und da er selber ein Musikfreund ist, ermunterte er den Knaben, für seine kleine Parkbühne ein deutsches Singspiel gegen gutes Honorar zu komponieren. Sie hätten das Buberl sehen sollen: es sprang vor Freude bis an die Decke hoch. ›Das ist ein Auftrag für mich‹, rief es jubelnd. ›Da kann ich zeigen, was ich gelernt habe!‹

Bastienne,
Eine
Französische Operacomique.
Auf Befehl
in
einer freyen Uebersetzung nachgeahm
von
Friedrich Wilhelm Weiskern.

WIEN,
Zu finden in dem Kraußischen Buchladen, nächst der
K. K. Burg. 1764.

Titelblatt des Librettos

Und flugs zeigte es mir ein vollgeschriebenes Heft, wie ich sofort erkannte, von des guten Schachtners Hand. Es enthielt den von ihm nach der Weißkernschen Übersetzung bearbeiteten Text zu der in Paris so populär gewordenen parodistischen Operette ›Les amours de Bastien et Bastienne‹. Ich glaube, es waren nicht drei Wochen vergangen, so legte Wolferl mir bereits die vollendete Partitur vor. Als ich ihn fragte, wie er das so schnell bewerkstelligt habe, erwiderte er: ›Oh, das ist nicht schwer. Mir summen noch jetzt in den Ohren die lieblichen Melodien, welche die Straßensänger vor den Kaffeehäusern in Paris sangen, und ich wünschte mir schon damals sehnlichst, es möchte mir gelingen, so was Ähnliches nach deutschen Worten zu komponieren.‹

Und das ist ihm gelungen. Vor einigen Tagen hat er uns das wunderliche, aneinander zweifelnde bukolische Liebespaar bei herrlichstem Herbstwetter in Mesmers Buen Retiro in reizendem Wettgesang vorgestellt, und seine Arien und Duette klangen, was ich nach Einblick in die ›Verstellte Einfalt‹ gar nicht erwartet hatte, wirklich so einschmeichelnd, daß sie es verdienen, volkstümlich zu werden. Ich wünschte, Sie wären zugegen gewesen und hätten gesehen, mit welchem Temperament der knabenhafte Dirigent mit der Notenrolle das kleine Orchester in dem Rasenbekken leitete, es würde Ihnen das Herz ebenso freudig gehüpft haben wie mir. Eins ist mir gewiß geworden: das charmante musikalische Schäferspiel dürfte der verheißungsvolle Anfang eines neuen leichten Genres unseres Opernrepertoires sein, und ich bin überzeugt, daß der kommende deutsche Pergolesi, der sich jetzt Wolfgang Amadeus Mozart nennt, uns noch manche erstaunliche Überraschungen auf diesem Gebiet bereiten wird.

Sehen Sie, teuerste Freundin, das war nach dem vielen Traurigen, welches ich Ihnen berichtet hatte, das Erfreuliche, mit dem ich meinen Brief schließen will, und Sie werden nunmehr das lange Schweigen nicht mehr verübeln

Ihrem in unwandelbarer Treue Ihnen ergebenen

Ignaz von Waldstädten.«

Gräfin Schlick faltete den Brief zusammen und fragte mit einer Stimme, leicht von Wehmut umflort:

»Nun, was sagst du dazu, Angelika?«

»Waldstädtens Brief überrascht mich nicht. Ich habe im stillen schon immer befürchtet, daß düstere Wolken dieses mit so unwahrscheinlicher Schnelligkeit aufgestiegene strahlende Gestirn verdunkeln werden. Wolferl selbst scheint es leichter zu nehmen als sein Vater. Er hat eben die beglückende Zuversicht der Jugend und den unbeirrbaren Glauben an sein Können, und das halte ich für gut. Der Dornenpfad bleibt keinem wahren Künstler erspart. Und ich zweifle auch nicht daran, daß der Compositeur Mozart den Maître de musique einmal überstrahlen wird.«

Zweiter Teil

GENIE IN DER FRON

I

Als Leopold Mozart nach der Rückkehr aus Wien – diesmal in Begleitung seines Sohnes – dem Erzbischof Sigismund den ersten Besuch macht, werden beide gegen alle Erwartung außerordentlich liebenswürdig von ihm empfangen. Aus seinen Begrüßungsworten spricht geradezu ein aufrichtiges Wohlwollen und daneben ein warmes Bedauern für die von harten Schicksalsschlägen Heimgesuchten, über die er durch die Mitteilung seines Bruders und die Briefe der Gräfin van Eyck an ihren Vater gut unterrichtet worden ist. Er erwähnt auch die trotz der Zusage unaufgeführt gebliebene Oper und äußert, daß er dem Komponisten die Freude bereiten und sie in Salzburg aufführen lassen wolle, falls der Lolli und der Haydn sie für gut befinden, worauf Wolfgang freudig ausruft:

»Oh, das wär herrlich! Ich hab zwar die Musik im Ohr, aber man möcht sie doch richtig mit Instrumenten und Sängern erklingen hören, damit man sieht, wo's noch fehlt.«

»Nun, siehst du, so kommen wir beide auf unsere Kosten: du lernst was dazu, und ich höre etwas Neues.«

Dabei klopft der Erzbischof ihm vertraulich auf die Schulter.

»Ich freue mich«, sagt er zu dem Vater, »daß der Bub trotz aller Sukzesse sein kindliches Gemüt behalten hat. Wie alt bist du jetzt?«

»Mein dreizehnter Geburtstag steht bevor.«

»Also sieben Jahre übst du schon deine Profession als Musicus aus. Und was hast du in dieser Zeit komponiert?«

»Zehn Einzelstücke für Klavier, siebzehn Sonaten für Klavier und Violine, eine Sonate für vier Hände, sechs Divertimenti, eine Serenade, neun Sinfonien für Orchester, ein Kyrie, drei Kirchensonaten für zwei Violinen, Baß und Orgel, eine Kantate mit Orchesterbegleitung, eine Messe und vier Opern.«

»Das ist ja erstaunlich. Wenn du in diesem Tempo mit solchem Fleiß fortfährst, wirst du Marcantonio Cesti noch übertreffen, der ja hundertundfünfzig Opern geschrieben haben soll.«

Im weiteren Verlauf des Gesprächs wendet er sich an den Vater und bemerkt, daß er ihm auch fürderhin Urlaub für seine Konzertentreprisen gewähre, allerdings unter Verzicht auf eine Besoldung während der Abwesenheit; wenn er jetzt von seiner Gepflogenheit abweiche, so geschehe es wegen der Krankheit der Kinder und anderer unverhoffter Kalamitäten.

»Eure hochfürstliche Gnaden können damit rechnen, daß ich mich streng an Dero Verfügung halten werde.«

»Hat Er denn die Absicht, mich wieder zu verlassen?«

»Vorerst nicht, allein Italien ist für uns noch eine Terra incognita, und dorthin möcht ich den Buben zu seinem Nutzen einmal führen.«

»Italien! Das Land der Musik! Freilich, da müßte er hin. Und ich möchte annehmen, daß er dort auch reüssieren wird. Die Italiener sind uns Deutschen in der Musica ein gutes Stück voraus, und unsere Compositeure können noch viel von ihnen lernen.«

Der Erzbischof sieht Wolfgang lächelnd an und fragt:

»Parla italiano?«

»Un poco, Monsignore! Ma voglio questa lingua cosi bene parlare come giusto italiano.«

»Ich habe schon früh darauf gedrungen, daß der Bub Italienisch lernt«, versetzt Vater Mozart. »Ihm fehlen nur noch die Feinheiten der Sprache, die er, glaube ich, an Ort und Stelle sich bald aneignen dürfte.«

»Das wäre sehr zu wünschen; denn ein Compositeur ohne Kenntnis im Italienischen ist weder Fisch noch Fleisch.«

Mit diesen Worten beendigt der Kirchenfürst die Audienz.

Einige Wochen vergehen und nichts verlautet über die Aufführung der Oper. Da faßt sich Wolfgang ein Herz und geht ohne Wissen des Vaters zu Haydn in die Wohnung. Eine anmutige junge Frau öffnet ihm die Tür und redet ihn gleich freundlich an:

»Nun, Herr Mozart junior – was gibt uns das Vergnügen Ihres Besuches?«

Wolfgang stammelt verlegen sein Anliegen, ob er den Herrn Hofkonzertmeister wohl sprechen könne.

»Ja, mein Mann ist daheim.« Und sie ruft vom Flur aus: »Michael, Herr Wolfgang Amadeus Mozart möchte dich gern sprechen«, und fordert ihn mit einer Handbewegung auf einzutreten.

Der Konzertmeister steht an seinem Schreibpult, den Federkiel hinter dem Ohr, und schaut den Gast mit großen Augen an.

»Ei, das ist ja nett, daß ein werter Kollege mich in meiner Klause besucht. Was begehren Euer Liebden?«

Schüchtern gesteht Wolfgang den Grund seines Kommens. Einen Augenblick schweigt Haydn.

»Eigentlich solltest du es durch den Herrn Oberstkämmerer erfahren. Aber ich begehe keinen Vertrauensbruch, wenn ich dir es schon jetzt verrate, sofern du dir ein Schloß vor den Mund hängst, das heißt niemandem was sagst, auch deinem Vater nicht. Hörst du?«

Er geht auf den Knaben zu, nimmt ihn beiseite, als habe er ihm ein Geheimnis anzuvertrauen, und raunt ihm halblaut ins Ohr:

»Die Oper wird aufgeführt. Sie ist zwar kein Meisterwerk – das kann man von einem dreizehnjährigen Novizen auch nicht erwarten –, aber es steckt manches Gute drin. Die Sänger werden bei den Proben zwar schimpfen, weil die Singstimmen zuweilen nicht so ganz mundgerecht sind, allein diese Klippen werden wir schon mit einigen Korrekturen überwinden. Ich kann dir auch sagen, wer die Rosine singen wird.«

Dabei weist er auf seine inzwischen eingetretene Frau, die ihrerseits lachend hinzufügt:

»Ich bin sehr stolz darauf, in Ihrer ersten größeren Oper eine so reizende Rolle zu verkörpern.«

Wolfgang errötet bis über die Ohren. Die Freudenbotschaft und das anmutige Lächeln der Frau Maria Magdalena versetzen ihn in einen Zustand glückseliger Versonnenheit, die ihm die Sprache benimmt. Sich seiner Befangenheit schämend, drängt es ihn fort. Er verabschiedet sich schnell und eilt nach Hause. Fortan trägt er ein sorgsam gehütetes Geheimnis im Busen, was bei seinem offenen Gemüt ihm schwer genug fällt. Erleichtert atmet er darum auf, als nach einer Woche ein Bote der erzbischöflichen Kanzlei die Nachricht bringt, »Seine hochfürstliche Gnaden haben geruht, die Genehmigung zur Aufführung der Opera buffa, ›La finta semplice‹ an höchstderoselbem Namenstage, dem 1. Mai 1769, zu erteilen«.

II

Nicht ohne Lampenfieber wohnt der dreizehnjährige Wolfgang als Zuhörer seiner Oper bei, zu der sich die beste Gesellschaft Salzburgs eingefunden hat. Es singen, wie es der italienisch verfaßte Theaterzettel ankündigt, ausschließlich deutsche Sänger und Sängerinnen. Seine Aufmerksamkeit ist vor allem der Hauptträgerin der Handlung Rosina zugewandt, die es durch ihre »verstellte Einfalt« zustande bringt, daß ihr verliebter Bruder Fracasso sein Ziel erreicht, nämlich die Verlobung mit der schönen Giacinta, der Schwester zweier schrullenhafter Junggesellen, die sie dem Bewerber hartnäckig verweigern. Maria Magdalena Haydn versteht es vortrefflich, ihre Schelmenhaftigkeit in die Maske naiver Unschuld zu kleiden, und zu dem Reiz ihrer Darstellung gesellt sich ihre schöne Stimme, deren Klang etwas ungemein Einschmeichelndes hat.

Wolfgang durchlebt wahre Stunden der Verzückung. Zum ersten Male erschließt sich ihm die Erkenntnis von der Magie des Gesanges, wenn er aus der Seele rinnt. Vielleicht wirkt dabei die liebliche Erscheinung der Sängerin mit. Wie gebannt verfolgen seine Augen jede ihrer Bewegungen, jede Gebärde ihrer Hände, jedes Lächeln ihres Mundes. Wenn sie von der Bühne verschwindet, flaut sein Interesse an der Aufführung merklich ab, sieht und hört er zerstreut hin, und ungeduldig harrt er des Augenblicks, da sie wieder auftritt. Kein Zweifel, der Keim einer ersten Liebe sprang in seinem Herzen auf. Und die ungewohnte erregende Süßigkeit des noch nie empfundenen Gefühls macht aus dem vor wenigen Wochen noch Frau Maria Magdalena in kindlicher Befangenheit gegenüberstehenden Knaben an diesem Tage einen wagemutigen Verehrer, der nach der Vorstellung der Darstellerin der Rosina in verzückten Worten seine Bewunderung gesteht:

»Sie haben mir das Herz bezwungen, Madame. Ich bin in Ihre Rosina verliebt.«

»Gut, daß es die Rosina ist. Ich würde sonst in arge Verlegenheit geraten«, entgegnet sie schelmisch und erregt damit unter den umstehenden Mitwirkenden ein fröhliches Gelächter.

Wolfgang entschuldigt sich verlegen, wendet sich zu den anderen Sängern und Sängerinnen und stammelt einige Dankesworte. Da läßt Schachtner seine tiefe Stimme ertönen:

»Dem Stabe der Orpheus-Jünger hast du ein Lorbeerreis gespendet, weil du sie brauchtest, um das Ungeheuer Publikum zu beschwichtigen, du kleiner Schlauberger, aber wo bleiben wir Musici, die in der Unterwelt mit unseren Instrumenten das Ganze zusammenhielten?«

Wolfgang, jetzt sich plötzlich ermannend, erwidert schlagfertig:

»Oh, das Orchester spielt so über alles Lob erhaben, daß es eine Anmaßung von mir wäre, wollte ich Gernegroß etwas zu seinem Ruhm sagen. Ich kann den Herren Musici nur danken.«

»Unser kleiner Magier läßt sich eben durch nichts aus der Contenance bringen, ausgenommen vielleicht ein schönes weibliches Augenpaar«. Schachtner schließt ihn lachend in die Arme.

»Das hätten Sie nicht sagen dürfen, Herr Schachtner«, flüstert der Knabe dem väterlichen Freunde zu, als sie beide zusammen die Stiege hinter der Bühne hinunterschreiten.

»Was?«

»Nun, das mit dem schönen Augenpaar. Ich kann doch nichts dafür, daß mir Rosina so gut gefällt.«

»Aber geh, Wolfgangerl, was ist denn schon dabei, wenn du dich in die Haydn vergafft hast? Glaubst du, die scharfsichtigen Kollegen hätten dein verliebtes Getue nicht bemerkt? Wer wie du von den Frauenzimmern betätschelt und verhätschelt worden ist, wird wohl auch das Recht haben, einmal selbst Hofmacher zu sein. Das kommt deinem Komponieren nur zugute; denn wenn ein Feuerchen im Herzen brennt, so strömen auch aus ihm wärmere Töne. Im übrigen bist du nun alt genug, um im Verkehr mit mir dein ehrerbietiges Sie abzustreifen. Verstanden?«

»Ja.«

Mit kräftigem Händedruck besiegeln sie ihre Freundschaft.

Seit Wolfgang Maria Magdalena Haydn in der Rolle der Rosina sah, die so entzückend deren Anmut, Lieblichkeit und verschleierte Sinnlichkeit verkörperte, wächst die heftige Unruhe seines Herzens von Tag zu Tag, und diese steigert seine Sehnsucht nach der Angeschwärmten. Oft unterbricht er seine Arbeit und irrt planlos suchend durch die Straßen in der Hoffnung, sie irgendwo zu erblicken. Gelingt es ihm, kehrt er versonnen heim und widmet sich nun mit größerem Eifer dem Werk, an dem er gerade schafft. Trifft es sich nun gar, daß er ihr begegnet und sie ihn anredet, ein paar nichtssagende Worte an ihn richtet, dann schwelgt er in Glückseligkeit.

Eines Tages, als die Sehnsucht nach der Angeschwärmten sich besonders stark in ihm regt, geht er zu Haydn und bittet ihn, ob er ihm nicht gelegentlich seine Kompositionen vorlegen dürfe; denn er finde diese noch höchst unvollkommen, und er wüßte niemand, der ihm mehr helfen könne, die Unzulänglichkeiten zu beseitigen, als er.

»Woran arbeitest du jetzt?« fragt ihn der Konzertmeister.

»An einer Messe.«

»Hm. Deine Waisenhaus-Messe, die in Gegenwart der Kaiserin aufgeführt wurde, soll ja recht beachtlich gewesen sein. Schade, daß ich sie nicht kenne. Ich habe nur deine Missa brevis in d-Moll im vergangenen Winter gehört. Nun, für einen Anfänger recht respektabel, einzelne Partien sogar schön, wirklich schön. Aber du klebst mir noch zu viel am Text, mein Junge, und die Melodien sind mehr Deklamation als Gesang. Das gilt auch für deine Oper. Also gut. Bring mir von Zeit zu Zeit, was du gerade fertig hast, damit ich es ordentlich zerpflücke.«

Beim Verlassen des Hauses gewahrt er Frau Maria Magdalena am Fenster, die ihm freundlich zulächelt. Beflügelten Schrittes eilt er heim, um ein neues beglückendes Erlebnis reicher.

III

Diese Sommerwochen sind für den verliebten Knaben ein Elysium. So stellt er sich wenigstens nach den Erzählungen des Vaters jenes traumhafte Gefilde der alten Griechen vor, wo die Lieblinge der Götter in ewigem Frühling ein wonnereiches Dasein genießen, von Reigen und Liedern erfüllt, zu denen der thrakische Sänger Orpheus die siebensaitige Leier schlägt. Welches reizende, zwischen schmachtendem Verlangen und unbefriedigter Erfüllung, zwischen glühender Sehnsucht und schmerzlicher Enttäuschung wechselnde keusche Liebesspiel, bei dem immer nur der jugendliche männliche Partner der Gebende und sein Gefühl Verströmende ist, während die Angeschwärmte amüsiert darüber lächelt.

»Ei, sieh, da ist unser unermüdlich fleißiger Komponist wieder einmal«, begrüßt Maria Magdalena eines Nachmittags, die Tür öffnend, mit einem verführerischen Lächeln Wolfgang, der mit einem Stoß Noten unter dem Arm vor ihr steht. »Mein Mann ist aber leider nicht daheim.«

»Oh, da muß ich wieder gehen«, sagt er sichtlich enttäuscht.

»Warum? Treten Sie nur ein. Er muß jeden Augenblick erscheinen. Die Jause versäumt er niemals.«

Zögernd folgt Wolfgang ihrer Einladung. In der Stube fordert sie ihn auf, sich zu setzen, während sie selbst ihm gegenüber Platz nimmt.

»Nun, Herr Mozart, wie weit sind Sie mit Ihrer Arbeit?«

»Ich hoffe, sie bald zu beenden, Madame. Aber ich bin nicht recht zufrieden mit dem, was ich bisher geschaffen habe.«

»Oh, Sie sind zu streng gegen sich selbst. Mein Mann sagt, es seien herrliche Stellen in dem Werk, besonders in der Sopranpartie.«

»Wirklich? Das freut mich«, versetzt Wolfgang beglückt. »Ich habe auch bei der Sopranstimme an Sie gedacht«, fügt er befangen hinzu.

»Das ist hübsch von Ihnen. Wenn ich sie nun aber nicht singe?«

»Dann würde ich sehr traurig sein.«

»Liegt Ihnen denn so viel daran?«

»Sehr viel! Ich könnte mir nichts Schöneres denken.«

Seine Augen leuchten auf. Und wieder spielt um Maria Magdalenas Mund jenes Lacheln, aus dem man alles mogliche herauslesen kann: Schalkheit, Schöntuerei, Ziererei oder freundliche Gewogenheit.

Da schellt das Glöckchen im Flur.

»Mein Mann! Jetzt folgt auf den Scherz der Ernst«, sagt Frau Maria Magdalena und geht hinaus, um mit dem Gatten wiederzukehren, der in seiner behaglich-derben Manier den Schüler begrüßt und sich gleich in die Notenblätter vertieft. Er hört gar nicht auf das, was seine Hausfrau sagt, so beschäftigt ihn die Durchsicht. Erst als sie achselzuckend mit lächelndem Augenzwinkern nach dem Gast hin ihre Frage wiederholt, ob sie den Kaffee servieren solle, nickt er ihr zu und sagt:

»Ja, in einer halben Stunde.«

Und wieder wendet er seine ganze Aufmerksamkeit dem Notenmanuskript zu. Der junge Komponist steht daneben wie ein Examinand, der das Resultat seiner Prüfung erwartet, schwankend zwischen Zuversicht und Bangen. Aber aus dem wechselnden Mienen- und Gebärdenspiel des anscheinend so strengen, doch im Herzen so gütigen Präzeptors vermag er bereits gewisse Schlüsse zu ziehen, die auf widersprechende Eindrücke deuten, und kann deshalb vor Ungeduld das abschließende Urteil kaum erwarten.

Endlich erhebt sich Haydn, geht, die Hände auf dem Rücken, einige Male gewichtig und schweigsam im Zimmer auf und ab, bleibt dann vor Wolfgang stehen und sagt, jedes Wort nochmals bedenkend:

»Ich habe es noch nicht erlebt, daß jemand mit solchen Siebenmeilenstiefeln vorwärtsschreitet wie du. Du wechselst fast in jedem Werk deinen Stil, ich möchte beinahe sagen, wie ein Chamäleon seine Farbe. In deiner letzten Messe spürt man noch die Salzburger Überlieferung, und nun spukt der Geist Hasses durch deine Musik. Du bist unbeständig, mein Junge.«

»Glauben Sie, verehrter Meister, daß ich mich zu sehr an Hasse angelehnt habe?« bemerkt kleinlaut der sich gescholten Fühlende.

»Ach was! Anlehnung an gute Vorbilder in deinem Alter ist selbstverständlich und keineswegs tadelnswert. Wer da glaubt, die Genies schössen wie die Pilze in einer Nacht aus dem Boden, ist ein Hornochse. Auch sie müssen gleich den Küchlein aus den Eierschalen schlüpfen und erst allmählich flügge werden. Im übrigen hast du schon so viel Eigenwüchsiges und so vortreffliche Einfälle in deiner Musik, daß dich der wackere Hasse darum beneiden könnte. Vor allem jedoch muß ich deine Orchesterführung loben. Das ist nicht mehr Untermalung des Gesangs, sondern selbständiges Musizieren. Wie in dem Benedictus die Sechzehntel rieseln und flimmern! Da sieht man förmlich den Heiligenschein um das göttliche Haupt funkeln.«

Und er klopft, seine Worte bekräftigend, Wolfgang auf die Schulter. In diesem Augenblick tritt Frau Maria Magdalena mit dem Kaffeegeschirr ein und macht sich am Tisch zu schaffen.

»Was mir Kopfzerbrechen verursacht, ist der weltliche Ton, der sich besonders in die Sopran- und Tenorpartien eingeschlichen hat«, fährt Haydn fort. »Sie sind zwar melodisch und sangbar, aber sie wären eher in einer Oper als in einer Messe am Platz. Ich für meine Person stoße mich nicht daran, aber ich fürchte, hier werden die gestrengen Fachleute dir am Zeuge flikken. Gesteh es nur offen ein: es ist dir ergangen wie einem Ritter, der auszog, für die Virgo Sanctissima zu streiten, und unterwegs sein Herz an Frau Welt verlor?«

Wolfgang schweigt verlegen. Was soll er antworten? Im Hintergrund kichert Frau Maria Magdalena, was seine Verwirrung noch steigert. Da legt sich Haydn ins Mittel und rettet die peinliche Situation.

»Ich sehe, die Beichte fällt dir schwer. Darum sei sie dir erlassen. Und nun wollen wir jausen. Nachher, wenn wir uns gestärkt haben, nehmen wir das Laudamus und das Credo durch.«

IV

Michael Haydns Bemerkung über den weltlichen Einschlag in der Missa solemnis hat in Wolfgang einen Gewissenskonflikt zwischen seiner Frömmigkeit und seinem künstlerischen Schaffen aufgetan, zumal auch ähnliche Bedenken schon vom Vater geäußert worden sind. Daß er, seinem Ingenium gehorchend, nicht die nötige Achtung vor dem christlichen Dogma eingehalten habe, bekümmert ihn tief, zumal da er keine Möglichkeit sieht, ohne Preisgabe von Herzblut, das er in seine Melodien verströmte, eine Änderung herbeizuführen.

In seiner Bedrängnis geht er in das Benediktinerstift Sankt Peter, zu seinem ehemaligen Spielkameraden Dominik Hagenauer, dessen Primiz im Herbst bevorsteht. Dieser Sohn des befreundeten Ehepaars war ihm, obwohl an Jahren bedeutend älter, in den Tagen früher Kindheit ein bevorzugter Gefährte, der sich viel mit ihm abgegeben und ihn auch in die Kunst des in Salzburg geschätzten sonntäglichen »Bölzelschießens« eingeführt hatte, eine Liebhaberei, die noch der ältere Mozart mit Vergnügen pflegt.

Dominik Hagenauer, ein schlanker Jüngling im Alter von etwa zwanzig Jahren mit einem ausdrucksvollen Gesicht, das als auffälliges Merkmal die Milde erkennen läßt, und dessen gemessene, sanfte, wohlklingende Sprache diesen Zug noch unterstreicht, empfängt den Gast liebevoll und führt ihn in das für weltliche Besucher bestimmte Gemach. Dort gesteht nun Wolfgang, nachdem man ein paar Fragen und Antworten familiären und lokalen Inhalts ausgetauscht hat, seine Seelennot, verschweigt auch nicht, daß eine in seinem Herzen erwachte Neigung – freilich ohne Namensnennung der Angebeteten – vermutlich die Ursache der gerügten weltlichen Stimmung in seiner sakralen Musik sei, und fragt beklommen, ob man solchen Verstoß gegen das Althergebrachte und Vorgeschriebene als sündhaft bezeichnen könne. Der Freund hört ihm aufmerksam zu, und die ehrliche Offenherzigkeit der Beichte rührt sein Gemüt. Nach kurzem Nachsinnen stellt er an ihn die Frage:

»In deinem Herzen ist also die Liebe aufgesprossen? Weiß es die Urheberin und erwidert sie deine Neigung?«

»Nein.«

»Das Blümlein blüht also im Verborgenen, und du empfindest diesen Zustand als ein beglückendes Geheimnis?«

»Ja.«

»Und keine Sinneslust heftet sich an diese Neigung?«

Wolfgang sieht Dominik verwundert an und sagt:

»Ich bin mir dessen nicht bewußt. Es ist etwas mir bisher völlig unbekanntes Schönes, das ich im Innern verspüre, wenn ich in ihrer Nähe weile und sie mit mir spricht. Und wenn ich sie nicht sehe, so bin ich traurig. Das einzige, was mir hilft, meine Trauer zu verscheuchen, ist die Musik. Ist es geschehen, bin ich wieder heiter und guten Mutes, aber nicht lange; denn bald erliege ich von neuem der Sehnsucht, die mich zu ihr treibt.«

Der schlichte Ton dieses Bekenntnisses nimmt dem jungen Novizen die letzten unausgesprochen gebliebenen Bedenken.

»Wer eine reine Liebe im Herzen trägt«, sagt er mit innigem Empfinden, »und der Allmächtige schenkt ihm die Gabe, das, was ihn beglückt oder quält, in Tönen auszusprechen, der begeht niemals eine Sünde, sondern er handelt nach seinem Gebot. Darum brauchst du dich, Wolferl, der gegen dich erhobenen Vorwürfe nicht zu schämen; denn du stehst mit unbeflecktem Gewissen vor deinem Schöpfer.«

Ein zarter Freudenschimmer verklärt das Gesicht des Knaben.

»Du spendest mir einen Trost, lieber Freund, der mir eine schwere Last von der Seele nimmt. Dafür werde ich dir mein Leben lang dankbar sein. Und nun will ich dir auch etwas verraten, was du noch nicht weißt. Diese Missa solemnis schreibe ich für dich. Sie soll an dem Tag erklingen, an dem du deine erste Messe zelebrierst.«

Ergriffen nimmt Dominik des Freundes Hand und sagt:

»Ein geheimer schöner Wunsch geht mir damit in Erfüllung. Deine Mitwirkung wird der erhabenen Stimmung dieses seltenen Festes eine besondere Weihe verleihen.«

Mit erleichtertem Gemüt geht Wolfgang an den Abschluß seines Werkes. Er ändert nichts mehr an dem Niedergeschriebenen. Die letzten Abschnitte – das »Agnus Dei« und das »Ite Missa est« – erfüllt er mit der tiefen Inbrunst eines dankerfüllten Herzens. Nur noch einmal lenkt er die Schritte zu Haydn und legt ihm das Finale vor. Keine Beanstandung kommt diesmal von des Lehrmeisters Lippen. Er sagt nur:

»Wieder eine Strecke aufwärts, und keine geringe. Weiter so im mutigen Steigen, und die Höhe wird bald erklommen sein!«

Wolfgangs stille Hoffnung, bei diesem Abschiedsbesuch Frau

Maria Magdalena zu begegnen, erfüllt sich zwar, doch nur äußerst flüchtig. Sie erscheint zum Ausgang angeputzt in einem entzückenden Gainsborough-Hütchen, mit feiner Spitzenmantille über den Schultern, in zart geblümtem Reifrock und in graziösen Stöckelschuhen, wie ein lebendiges Modekupfer von Moreau le jeune, begrüßt den Gast nur mit »Bonjour, Monsieur le petit Maître« und verschwindet, gleich einem vorüberhuschenden reizenden Farbenrausch, ebenso schnell wie sie erschienen ist, da sie es offenbar sehr eilig hat. Der Gatte blickt ihr verdrossen nach und schüttelt den Kopf:

»Ach ja, die Frauen!« seufzt er. »Wenn das Pläsier ihnen in den Gliedern steckt, haben sie für ihre Ehemänner kein Auge mehr. Ich rate dir, mein Junge, verliebe dich nicht zu früh.«

Haydns Worte haben Wolfgang nachdenklich gestimmt. Nicht nur auf dem Heimweg, sondern überhaupt in den nächsten Tagen drängt sich ihm die Frage immer wieder auf, wie eine so hübsche und liebenswerte Frau Grund zu Ärgernis bieten könne. Da bringt ein Familiengespräch ihm unerwartet eine Aufklärung, die ihn aus allen Wonnen reißt.

Nannerl hat mit ihren Freundinnen Antonia und Josefa, den beiden älteren Töchtern des erzbischöflichen Leibmedicus Silvester von Barisani, an einem schönen Spätsommertage einen Ausflug nach dem Schlößchen Hellbrunn unternommen. Angeregt von den vielen Merkwürdigkeiten dieser Frühbarock-Anlage eines baulustigen und an schrulligen Einfällen sich ergötzenden Kirchenfürsten berichtet sie, als sie bei der Rückkehr das Ehepaar Hagenauer und Schachtner daheim zu Gaste vorfindet, lebhaft über das Gesehene und fügt beiläufig hinzu:

»Ja, und denkt euch, wen wir dort angetroffen haben? – Wolferls Rosina. Wie wir gerade vom Weiler nach der steinernen Bühne wandern, sitzt sie doch, niedlich wie immer herausgeputzt, auf einem Bänkchen in einer Laube, und wer daneben? – der junge Graf Arco, zärtlich seinen Arm um ihre Schultern schlingend. Sie war sichtlich erschrocken, als sie uns plötzlich auftauchen sah, und suchte ihre Verlegenheit hinter dem Fächer zu verbergen. Aber wir hatten den Schalk im Nacken und riefen ihr im Vorübergehen zu: ›Grüß Gott, Madame Haydn‹.«

»Ei, ei, was für galante Histörchen hört man da von unserer gefeierten Hofsängerin«, sagt Lorenz Hagenauer mit verschmitztem Lächeln.

»Komödiantenblut – leichtes Blut«, bemerkt trocken seine Ehehälfte.

»Aber ich bitte Sie, liebe Frau Hagenauerin, die Tochter unseres verehrten Domorganisten Lipp!« fällt Leopold Mozart ein.

»Trotz alledem. Sie konnt' schon als junges Madl hübsch ihre Äugelchen rollen«, bekräftigt die Hagenauerin ihre Behauptung. »Seit sie mit der Braunhoferin in Italien ihre Stimme geschliffen hat und sich was auf ihren Gesang einbildet, glaubt sie, das ganze Mannsvolk müss' ihr zu Füßen liegen.«

»Ich versteh net Ihre Abneigung«, läßt sich Mutter Mozart vernehmen. »Woher haben S' nur die Nahrung für Ihre schlimmen Gerüchte?«

»Ach, wissen S', meine gute Mozartin, wenn man halt den halben Tag im Laden steht, hört man schon allerlei, was einem zu denken gibt.«

»Aber auch viel böswilligen Klatsch«, erwidert die Mozartin.

Frau Maria Magdalena war gewiß weniger bestürzt über das unverhoffte Erscheinen Nannerls als Wolfgang von dem Gerede, das wie ein Hagelwetter aus heiterem Himmel plötzlich auf ihn niederprasselt. Jedes Wort wirkt wie ein Peitschenschlag, den man seiner Seele versetzt. Unfähig diese Folter zu ertragen, steht er auf und schleicht leise aus dem Zimmer, indessen die Auseinandersetzung über die Männerfang-Gelüste der betörenden Sängerin weiter ausgetragen wird, bestritten von den beiden Frauen – der Hagenauerin als heftiger Angreiferin und der Mozartin als gelassener Verteidigerin.

Als sich die erhitzten Gemüter der beiden Frauen beruhigt haben und das Gespräch auf hauswirtschaftliche Angelegenheiten kommt sowie auch die bevorstehende Italienreise berührt, wobei Mutter Annerl entschieden erklärt, daß nicht zehn Pferde sie nach all den schlimmen Erfahrungen aus dem Gehäuse brächten, begibt sich Schachtner, der allein das Verschwinden Wolfgangs bemerkt hat, in dessen Stube. Er glaubt sich zunächst in eine Tierhandlung versetzt: an seine Beine schmeichelt sich sofort schnurrend der weiße Kater Murr, aus einem Vogelbauer zwitschert ihm ein Kanarienvögelchen entgegen, in einem Glaskasten auf dem Fensterbrett schillert eine grüne Eidechse und glotzt ihn eine Kröte an, und in einem Käfig schlägt ein Eichhörnchen seine Purzelbäume. Und bei weiterer Umschau verwandelt sich die Menagerie in ein Instrumentenmuseum: ein kleines Spinett, zwei Geigen, Flöte, Klarinette, Bandola, ja sogar eine Oboe liegen zwischen Stößen gestochener und handgeschriebener Noten etwas unordentlich durcheinander. Aber der an der Wand paradierende Glasschrank mit seinem funkelnden Inhalt von Tabatieren, Medaillons, Agraffen, Uhren, Berlocken und Bijouterien aller Art – den Trophäen der Konzertreisen – läßt keinen Zweifel über das Metier des Zimmerbewohners, der mit dem Rücken zur Tür, den Kopf in beide Hände gestützt, an einem Tisch sitzt und das Eintreten Schachtners gar nicht bemerkt. Erst als dieser von hinten seine beiden Hände ergreift, blickt er auf, doch mit einem melancholischen Ausdruck der Augen, und er sagt fast tonlos:

»Ach, du bist es.«

»Nun leg mal dein italienisches Vokabularium beiseite, Wolfgangerl, und laß uns ein ernstes Wort miteinander reden. Du bist doch aus unserem Kreise geflüchtet, weil du allerhand hörtest, was dich peinlich beruhrte?«

Wolfgang schweigt und senkt den Blick.

»Sprich dich offen aus, wie einem Freunde gegenüber.«

»Ist es wirklich wahr, daß Frau Haydn ihren Mann betrügt?«

»Dummes Gerede. Sie hat leichtes Blut und spielt gern mit den Männern, die ihr den Hof machen, wie die Damen vom Theater das tun, weiter nichts. Aber Spiel ist doch kein Betrug. Hat sie dich denn geküßt?«

»Nein, nein«, wehrt Wolfgang entrüstet ab.

»Nun sieh einer an – nicht einmal das. Und dich haben doch schon viele Frauen abgebusselt, und du hast sie wieder abgebusselt.«

»Ja, das wohl, aber ...«

»Nun?«

»Das waren doch ganz andere Küsse.«

Schachtner lacht auf.

»Aha, da liegt der Hase im Pfeffer. Du bist eben verliebt. Dein Herzchen ist geschmolzen wie Wachs in der Sonne. Nun sorg also, daß es wieder gefriert, indem du mit dir zu Rate gehst und dir sagst: Bin ich nicht ein Tor, daß ich mich in ein Frauenzimmer vergaffe, das obendrein die Eheliebste meines verehrten Lehrers ist! So, nun komm, mein Junge, sonst denken die nebenan, du seist wirklich in die Haydn vernarrt.«

V

Am 15. Oktober liest der junge Priester Dominikus Hagenauer in der St. Peterskirche seine erste Messe. Das geschmückte Kircheninnere strahlt in feierlichem Glanz, und Hunderte von Kerzen gießen ihr Licht über Altar und Chor. Halb Salzburg ist auf den Beinen und strömt, festlich gekleidet, über den Kapitelplatz nach dem Kirchenportal, vor dem sich bald die Menge staut, weil der Raum drinnen die vielen Andächtigen nicht mehr zu fassen vermag. Auch der Erzbischof mit seinem Gefolge hat sich zu der weihevollen Zeremonie eingefunden, gilt es doch, zwei jugendliche Landeskinder angemessen zu ehren.

Die feierliche gottesdienstliche Handlung beginnt. Vom Altar tönt klar, sanft und voll inniger Wärme die den lateinischen Text vorlesende Stimme des Zelebranten, dem bei den begleitenden Förmlichkeiten ältere Geistliche beistehen, während auf der Empore die Missa solemnis unter der Leitung ihres dreizehnjährigen Komponisten erklingt, der das kleine Orchester, die vier Gesangsstimmen und die Orgel geschickt zusammenhält. Die Sopranpartie wird nicht, wie es dem jungen Tonschöpfer bei der Arbeit an seinem Werk vorschwebte, von Maria Magdalena Haydn gesungen, sondern von einer anderen Sängerin, deren Stimme weder in der Klangschönheit noch in der seelenvollen Tiefe an jene heranreicht. Die Kenner hören wohl aus der Tonschöpfung die Einflüsse älterer Komponisten heraus, aber auch die kühn anmutenden Neuerungen in der Instrumentalbehandlung, und ihnen entgeht auch nicht der weltliche Einschlag in der ungebändigten Sangesfreudigkeit der hohen Koloraturen, aber die Menge der Lauschenden ist tief ergriffen, und dieser Eindruck spiegelt sich in ihren Mienen beim Verlassen des Gotteshauses.

Am nächsten Tag wird die Messe in der alten schönen Kirche des Benediktinerklosters auf dem Nonnberg wiederholt, und sie findet dort denselben Anklang. Die Mittagsstunde vereinigt die Familien Hagenauer und Mozart mit vielen Freunden und Verwandten des jungen Priesters zu einem feierlich gestimmten Beisammensein in einer Gastwirtschaft des Nonntals. Vater Hagenauer entfaltet eine wahrhaft großzügige Gastlichkeit. Nach einem üppigen Festmahl, mit den jeweils zu den Speisen passenden Getränken verbunden, und nach allen den gut gemeinten, doch nicht immer mit ciceronischer Eloquenz ausgebrachten

Trinksprüchen, in die natürlich auch der Komponist der Messe einbezogen wird, folgt gleichsam zur Erbauung des Gemüts ein musikalisches Dessert, serviert von dem Mozart-Trio. Dann greift Wolfgang nach der Bandola und singt, animiert von dem genossenen Wein, allerhand lustige Salzburger Schnaderhüpferl. So leitet er zur Fidelitas über, die nun auch der Jugend das Recht einräumt, sich ausgiebig der Tanzlust hinzugeben. Bald erfaßt eine allgemeine Fröhlichkeit jung und alt. Schachtner sorgt durch lustige Anekdötchen und schnurrige Einfälle dafür, daß das Lachen nicht ausgeht. Die lockeren Geister der Ausgelassenheit sind entfesselt, und wechselnd zwischen Schmaus und Trank, Scherz und Tanz fliegen die Stunden dahin, bis die Müdigkeit sich einstellt und die heranrückende Mitternacht zum Aufbruch mahnt.

In aufgeräumter Stimmung, unter munterem Geplauder und Singsang, geht es auf der Landstraße heim, Schachtner als Fackelträger und Vorsänger voran und ihm zur Seite Wolfgang als Begleiter, auf der Bandola spielend. So kommt man vor das geschlossene Schartentor. Der durch den Lärm aus dem Schlummer geweckte Wächter erscheint mit einer Laterne am Guckfenster und weigert sich, als er die vielköpfige Gesellschaft gewahrt, zunächst trotz aller Bitten hartnäckig, den Ruhestörern Einlaß zu gewähren. Aber Hagenauers Beredsamkeit und fürstliches Trinkgeld brechen schließlich seinen Widerstand und machen ihn weich. Mit der ernsten Vermahnung, nunmehr beim Betreten der Stadt die behördlich vorgeschriebene Rücksicht auf die Schläfer walten zu lassen, öffnet er, nachdem auch die Fackel ausgelöscht worden ist, das schwere Tor.

Behutsam im Gänsemarsch schreitet die fröhliche Schar an dem immer noch verdutzten Hüter des Einganges vorüber und schleicht auf Zehenspitzen mäuschenstill in die schlafende Stadt, es sei denn, daß ein verräterisches Kichern hin und wieder aufflackert, das jedoch sofort gebieterisch niedergezischt wird. Am Kapitelplatz trennt sich Pater Dominikus von seinem weltlichen Geleit und verschwindet hinter den Klostermauern, und der weiterziehende Gespensterzug schrumpft an jeder Straßenkreuzung nun zusehends zusammen, bis nur noch Schachtner und die Familien Mozart und Hagenauer übrigbleiben. Der Hoftrompeter läßt es sich nicht nehmen, sie bis zur Getreidegasse zu begleiten.

Vor der Haustür greift er nach Wolfgangs »Zupferl« und singt, darauf leise klimpernd, mit gedämpfter Stimme:

»Nun singen wir ein Abendlied
nach guter deutscher Art;
und wer nicht selber singen kann,
der brumm' in seinen Bart!

Verklungen ist die Festesfreud,
der Schmaus war reich und gut,
wir spüren noch den Rebensaft
in unserm frohen Blut.

Die Wirtsleut haben wohl getan,
ein Gaudi uns gemacht.
Habt Dank für eure Gastlichkeit!
Ade und gute Nacht!«

VI

Ehe die Mozarts – diesmal nur Vater und Sohn – ihre erste Italienreise Mitte Dezember des Jahres 1769 antreten, wird Wolfgang zum Erzbischof beschieden, der ihm bei der Audienz eröffnet, daß er ihn zu seinem Hofkonzertmeister ernannt habe, allerdings – wie er hinzufügt – vorläufig ohne Gehalt.

»Der Titel eines erzbischöflichen Hofkonzertmeisters wird dir in dem fremden Lande von Nutzen sein. Nun sieh zu, daß du bei den Italienern mit deiner Kunst dir Ehre einlegst und der deutschen Musik Ansehen verschaffst. Mein Oberstkämmerer wird dir die notwendigen Empfehlungsschreiben ausfertigen, die dir hier und da eine gastfreundliche Aufnahme sichern sollen.«

Von nun an ist jeder Tag des Verbleibens in Salzburg für Vater und Sohn erfüllt von Ungeduld und Ruhelosigkeit. Mutter Mozart nimmt diesen aufgeregten Zustand als persönliche Kränkung hin und meint:

»Euch brennt wohl das Pflaster unter den Sohlen, daß ihr das Ausreißen gar net erwarten könnt, derweilen wir armen Verlassenen jede Stunde halten möchten, die uns dem Abschied näherbringt, und uns schon jetzt abhärmen über die bevorstehende Trennung.«

Wohl sucht Wolfgang sie zärtlich zu trösten, aber ohne Erfolg.

Auch Nannerl teilt den mütterlichen Verdruß, freilich aus einem anderen Grunde. Sie fühlt sich zurückgesetzt, weil sie zum ersten Mal von einer Konzertreise ausgeschlossen sein soll, und das kränkt sie; denn obgleich sie schon lange weiß, daß sie nur zur »Garnitur« gehört und daß ihr Bruder allein die große Anziehungskraft ausübt, sitzt doch der Ehrgeiz, vom Podium aus die Zuhörer durch die Kunst zu fesseln, allzutief in ihrem Blut.

Aber was hilft aller Hader mit dem Schicksal, weil Mutter und Tochter daheim bleiben müssen und Vater und Sohn in die Fremde ziehen! Leopold Mozart hat es sich nun einmal in den Kopf gesetzt, daß Italien das Gelobte Land der Erfüllung für die Künstlersehnsucht sei, da ist jeder Widerspruch zwecklos.

Er hat auch nicht unrecht. Die Zeit ist nicht mehr fern, da die deutschen Dichter und Maler, von dem gleichen leidenschaftlichen Verlangen getrieben, über die Alpen fahren oder wandern werden, wie es seit geraumer Zeit jetzt die deutschen Tonschöpfer tun. Doch besteht ein Unterschied zwischen diesen und jenen: die Poeten und die Meister der Palette lockt die Landschaft, das Gesicht der alten Städte mit ihren Mauern und Toren, Palästen und Burgen, Kirchen und Tempeln, winkligen Gassen und malerischen Plätzen, lockt das bewegte bunte Volksleben und nicht zuletzt die Welt halbverwitterter Ruinen, aus denen sie die Geheimnisse einer großen geschichtlichen Vergangenheit erlauschen. Die Musiker dagegen fühlen sich angezogen von der berauschenden Macht und Vielfalt der Tonkunst, die mit ihren Feierklängen die hohen Gewölbe der Gotteshäuser durchflutet, voll weltlicher Sinnenlust in den Theatern schwelgt, herzwärmende Weisen in schlichten Serenaden und Romanzen verströmt. Denn hier ist wirklich Stadt und Land, hoch und niedrig, alt und jung von Gesang und Spielfreudigkeit tiefinnerlich durchdrungen, und zwischen gehobener Instrumentalmusik und einfachem Volkslied klafft keine Fremdheit. Unzweifelhaft löste in Italien die Musik mit dem Erlöschen der gewaltigen Renaissance die Weltgeltung der dortigen bildenden Künste ab und errang mit Palestrina auf sakralem Gebiet, Monteverdi, Scarlatti, Stradella, Pergolesi auch im weltlichen Bereich eine neue Ruhmesära, die es zu einem vielgepriesenen Lande des Sanges und Klanges machte, einer hohen Schule der Komponisten und Musikanten. Was Wunder, wenn die Sehnsucht nach diesen von den Musen gesegneten Gefilden, zu denen schon mancher werdende deutsche Meister pilgerte, um aus dem kastalischen Quell der Tonkunst an Ort und Stelle Befruchtung seines Schaffens zu schöpfen, auch die Mozarts mit übermäßiger Gewalt dorthin zieht!

VII

Während in der Getreidegasse 9 Stille eingezogen ist und zwei weibliche Wesen mit Gesichtern, die auf zehn Tage Regenwetter schließen lassen, von Stube zu Stube schleichen, fahren Vater Leopold und Wolfgang warm vermummt in einem großen Schlitten durch die verschneite Winterlandschaft gen Süden. Es ist eine von der Huld Fortunas begleitete Reise. Überall, wo sie einen Aufenthalt nehmen – in Innsbruck, Rovereto, Verona, Mantua –, schlagen Wolfgang, ob er am Klavier sich produziert oder die Orgel spielt oder ob er ihm gestellte Aufgaben in freien Phantasien löst, die Wogen der Begeisterung entgegen.

Vier Tage vor Vollendung seines vierzehnten Lebensjahres, am 23. Januar 1770, treffen die Mozarts in Mailand ein und erhalten im Augustinerkloster di San Marco ein geräumiges, aus drei Zimmern bestehendes Quartier. Auch hier finden sie einen warmherzigen Gönner, und zwar in dem Generalgouverneur der Lombardei, dem in Südtirol geborenen Grafen Carl Joseph von Firmian, der ihnen den etwa zwei Monate währenden Aufenthalt in der lombardischen Hauptstadt angenehm zu gestalten weiß. Es sind vor allem die hervorragenden Theateraufführungen, die Wolfgang den hohen Stand der italienischen Oper offenbaren. Daneben bietet die einsetzende Karnevalszeit eine Fülle von Zerstreuungen und Lustbarkeiten, die durch ihre temperamentvolle Ausgelassenheit sich auszeichnen und ihm Eindrücke von eigentümlichem Reiz hinterlassen. Zwischendurch laufen Einladungen zu intimen Hauskonzerten in vornehmen Adelsfamilien, die wie immer sich begeisterten Beifalls erfreuen.

Aber den Höhepunkt aller Veranstaltungen bildet das große Konzert in dem Gräflich-Firmianschen Palais, zu dem etwa hundertfünfzig Personen der ersten Gesellschaft geladen sind und das durch die Anwesenheit des Herzogs von Modena und seiner Gemahlin eine besondere feierliche Note erhält. Wolfgang hat zu dieser Gelegenheit in aller Eile drei Arien und ein Rezitativ nach Texten von Metastasio für kleines Orchester komponiert, unter denen die Arie »Misero pergoletto« mit ihrem erhabenen dramatischen Ernst und ihrer vollendeten Behandlung der Gesangsstimme großes Aufsehen erregt. Sie bringt ihm von dem Hausherrn außer einer goldenen Tabatiere ein Geschenk von zwanzig Dukaten ein. Aber sie hat noch einen anderen, größeren Gewinn

Der Palast des Grafen Carl Joseph von Firmian in Mailand.
Stich von M. A. dal Re

zur Folge, nämlich den ehrenvollen Auftrag, für die nächste Wintersaison eine Oper zu schreiben.

Dieser Auftrag versetzt ihn in einen so rauschähnlichen Zustand, daß er abends beim Schlafengehen keinen Schlummer findet. Unaufhörlich huschen vor seinen Augen farbenprächtige Bilder vorüber – unverkennbare Nachwirkungen erlebter Operneindrücke – und summen in seinen Ohren unbekannte Melodien, sich wandelnd und verschwimmend.

Mitternacht ist längst vorüber, als er sich von seinem Lager erhebt und im Nachtgewand, eine brennende Kerze in der Hand, das Nebenzimmer betritt, wo der Vater, wie ein zufriedenes Schnarchen verkündet, die Mühen des Tages im Schlafe vergißt. Beim Anblick des friedvollen Gesichts wird er sich der Ungehörigkeit seines Vorhabens, die Ruhe des Schläfers zu stören, sogleich bewußt, und schon will er behutsam wieder zu seiner Lagerstätte zurückkehren. Da öffnet, von dem Kerzenschimmer geweckt, Leopold Mozart seine Augen, sieht erschrocken den Sohn vor sich stehen, richtet sich halb auf und fragt besorgt:

»Bist du krank?«

»Nein, Vater, ich kann nicht einschlafen. Die neue Oper geht mir im Kopf herum. Am liebsten setzte ich mich an den Tisch und schriebe nieder, was mir gerade in den Sinn kommt.«

»Wunderlicher Bub! Glaubst du, eine ernste Oper könne man so glattweg aus dem Ärmel schütteln wie eine Serenade oder ein Menuett? Da würde etwas Schönes herauskommen! Schlag dir solche Gedanken aus dem Kopf. Du stehst vor einer Aufgabe, an die ich mich selber nie gewagt habe, und willst sie gleichsam im Handumdrehen lösen.«

Wolfgang schaut bedrückt vor sich hin. Nach kurzem Schweigen sagt er zunächst etwas schwermütig, dann mit auflodernder Leidenschaft:

»Aber was soll ich tun? Es brodelt in mir, als koche meine Seele und möchte überlaufen. Ich weiß, es wird vieles unbrauchbar sein, was an Melodien aus ihr strömt. Und doch glaube ich, ist manches nicht unwert, vielleicht sogar gut.«

Vater Mozart schüttelt den Kopf. Er hat niemals – auch nicht in jungen Jahren – jenen elementaren, dämonisch waltenden Schaffenstrieb verspürt. Er ist als Komponist ein vorsichtiger, allem Kühnen, die Grenzen des Herkömmlichen Sprengenden abgeneigter Künstler, sehr stark dem Formalen verhaftet, aber immer gefällig ohne eigentliche Tiefe in seiner musikalischen Ausdrucksweise; mit einem Wort – ein technischer Könner, doch nicht mehr. Die Vernunft – eine Grundeigenschaft seines Charakters – bestimmt auch sein Schaffen. Darum steht er dem brausenden Ungestüm seines Sohnes fremd und verständnislos gegenüber. Ja, es ängstigt ihn, wie das Talent vor dem Genie erschauert. Die Furcht, daß Wolfgang vom Gefühl sich hinreißen lassen, in einem Irrgarten sich verlieren werde, aus dem er keinen Ausweg finden würde, überwiegt in seinem erzieherischen Verhalten zu ihm alle andern väterlichen Empfindungen. So bemüht er sich, auf ihn einzuwirken, ihm nahezubringen, daß die Vernunft die einzig wahre Richtschnur des Lebens sei, der man auch in der Kunst das Vorrecht einräumen müsse, wolle man nicht den Boden unter den Füßen verlieren, was nur gar zu leicht geschehe, wenn man sich von der Einbildungskraft hinreißen lasse.

Wolfgang schleicht zurück zu seinem Lager und löscht die Kerze aus. Sein Blut fließt ruhiger, als er sich niederlegt und mit offenen Augen in das Dunkel blickt. Die Ehrfurcht vor der Meinung des Vaters ist stark genug, um den Überschwang seiner Phantasie zu zügeln. Aber überzeugt von der Verirrung seines Tuns ist er nicht. Eine Weile liegt er wach, dann trägt ihn der Schlaf auf seinen Schwingen in den Schoß des Vergessens.

VIII

Gewissenhaft und genau teilt Leopold Mozart an einem der nächsten Tage kurz vor der Abfahrt aus Mailand den Opernauftrag den Seinigen in Salzburg mit. Wolfgang hat sich erst vorgenommen, dem Bericht des Vaters ein eigenes Brieflein beizufügen – wie er das oft während dieser Reise tut –, aber zu guter Letzt begnügt er sich mit einem nichtssagenden Satz: »Ich empfehle mich und küsse die Mama und meine Schwester millionenmal und leb gesund, Gott sei Dank, addio.« Kein Wort, kein Ausdruck irgendwelcher Freude, da ihn doch sonst viel belanglosere Angelegenheiten geradezu in einen Taumel von Glücksüberschwang versetzen können, als ob diese Oper ihn innerlich gar nicht mehr berühre. Aber so ist der Bub, und je älter er wird, prägt es sich immer stärker aus; die Begeisterung fliegt ihn an wie ein niegesehener zauberhaft schöner paradiesischer Wundervogel, erhebt seine Seele in einen Zustand der Verzückung, die unter Umständen, zum Beispiel, wenn ihn der Schaffensrausch packt, lange anhält, die jedoch auch überraschend schnell erlischt, sobald eine von außen an ihn herangetragene Ernüchterung den Wundervogel in eine häßliche Krähe verwandelt.

Diese Briefe, die Leopold an seine Frau, Wolfgang an Mutter und Schwester gemeinsam, oft auch an die letzte allein, in Abständen von den verschiedenen Aufenthaltsorten ihrer Reise schreiben, sind bezeichnend für den Wesensunterschied zwischen Vater und Sohn. In den Briefen des Vaters spiegelt sich der immer praktisch bedachte, Vorteil und Nachteil erwägende Tatsachenmensch, aber auch der nörgelnde Zweifler, den die Vernunft in allen Dingen zur Vorsicht mahnt. Ihn verdrießt ein schlecht zubereitetes Mittagessen oder ein ungeheiztes Speisezimmer ebenso wie die nicht gebührende Hochschätzung seiner persönlichen Würde durch einen Domestiken. Alter Gepflogenheit gemäß vermerkt er in seinem Tagebuch die Namen aller Personen von Adel und Ansehen und gibt ihnen in den Briefen charakterisierende Randnoten, jene besonders hervorstreichend, die durch ihre Liebenswürdigkeit sich ein angenehmes Gedenken erwarben. Wo nun Wolferl konzertiert hat, wird nie zu sagen versäumt und stets unter Erwähnung der jeweils dem Sohne verliehenen Auszeichnungen, wie überhaupt der gefeierte Knabe und alles Geschehen um ihn im Mittelpunkt seiner Berichte steht. Aber auch der sparsam rechnende Hausvater meldet sich hin und wieder zu Worte. Er hat bald erkannt, daß in Italien sich wohl Lorbeeren pflücken, aber keine goldenen Früchte ernten lassen; denn die Noblesse ist hier sparsamer als in Paris und London, und die Honorare werden meistens mit »Bravo« und »da capo« statt mit Goldstücken bezahlt.

Welch ein anderer Ton in den Briefen des Sohnes! Sie sind größtenteils sehr kurz, enthalten nur wenige Sätze, selten mehr als ein Dutzend, aber es schimmert aus ihnen ein heiteres Gemüt, das allen Lebenslagen die guten Seiten abzugewinnen weiß, und zuweilen lächelt einen zwischen den Zeilen ein Schalk an, der seine Leser uzt und neckt. Nie spricht er über sich selbst, höchstens, daß er zur Beruhigung von Mutter und Schwester meldet, daß er gesund und guten Mutes sei. Doch wenn es gilt, eine Oper zu beschreiben, die er gesehen hat, wird er gesprächig, mischen sich Anschaulichkeit und Humor reizend in seine Schilderung. Manchmal, wenn er seinen Brief schlecht und recht italienisch gestammelt hat, besinnt er sich auf seinen Heimatdialekt und schreibt »Redma dafir soisburgerisch, don as is gescheida. Wir sond Gottlob gesund, da Voda und i.« Kurzum, er liebt zu spaßen, und auch die Briefabschlüsse sind voll drolliger Komik. Die Küsse spielen dabei eine große Rolle und erreichen bisweilen astronomische Zahlen, aber die Unterschrift lautet meist ganz sachlich »Wolfgang Mozart«, dazwischen auch »Wolfgango in Germania, Amadeo in Italia«.

So bleiben Mutter und Schwester in ihrem stillen Salzburger Heim stets auf dem laufenden und können aus der Ferne die Reise ihrer Lieben in Gedanken verfolgen, die nach dem vorübergerauschten Karnevalstrubel ihre Fahrt nach dem Süden fortsetzen.

IX

In seiner bescheidenen, doch geschmackvoll eingerichteten Wohnung in der Kärntnerstraße zu Wien sitzt an einem frühdunklen Januarnachmittage des Jahres 1771 der Baron Ignaz von Waldstädten, die Beine in eine Decke gehüllt, vor dem munter flackernden Kamin und liest beim Schein eines Armleuchters in einem Journal. Anscheinend fesselt ihn der Inhalt sehr; denn er bemerkt den eintretenden Diener erst, als dieser unmittelbar neben ihm steht und auf einem Tablett ihm einen Brief hinreicht.

»Ah, jemand gedenkt meiner in der Einsamkeit«, sagt er mit müder Stimme, während er den Brief nimmt und die Anschrift überfliegt, »und sogar aus Italien. Wer mag das wohl sein?«

»Befehlen der Herr Baron, daß ich noch einen Armleuchter bringe?«

»Nein, nein, nicht nötig«, winkt Waldstädten ab. »Aber du kannst mir, Franzl, noch ein paar Scheite in das Feuer werfen. Mich friert heute so.«

»Herr Baron sollten sich zu Bett legen.«

»Das macht mich nicht gesund. Ist es denn draußen noch so kalt?«

»Es g'friert Stein und Bein. Die ältesten Leute sagen, so etwas hätten s' in Wien noch nie erlebt.«

»Ich bedaure nur, daß ich das Konzert von dem Joseph Haydn mit seiner Eisenstädter Kapelle nicht hören kann. Er soll dem Vernehmen nach eine Sinfonie des jungen Mozart bringen.«

»Ist abgesagt worden, Herr Baron –, auch wegen der Kälte.«

Waldstädten hat inzwischen den Brief geöffnet und die Unterschrift des Absenders wahrgenommen.

»Ei, das ist aber ein köstlicher Sonnenstrahl an diesem kalten Wintertage! Denk dir, Franzl, ein Schreiben von der Gräfin Schlick.«

»Haben der Herr Baron noch irgendwelche Wünsche?«

»Du hast mir ja eben den schönsten schon erfüllt, Franzl. Was sollte ich noch begehren!«

Und er beginnt, während der Diener sich behutsam zurückzieht, ungeduldig von Wißbegierde, die an ihn gerichteten Zeilen zu lesen:

»Mein lieber Baron von Waldstädten! Wir sind zwei Menschen, die selten miteinander korrespondieren. Aber wenn wir – oft nach Monaten – den Federkiel zücken, so geschieht es immer unter dem inneren Zwang, uns etwas Wichtiges mitteilen zu müssen. Ich schrieb Ihnen gegen Ende des Sommers, daß es mit meinem Gatten gesundheitlich nicht zum besten stünde. Die Ärzte waren in großer Sorge um ihn. Sie hielten es für notwendig, daß er wegen seiner angegriffenen Lungen mit Anbruch der rauhen Jahreszeit ein milderes Klima aufsuche. Nun, Sie kennen ja meinen Mann und wissen, wie ungern er sich von seinen Geschäften trennt. Es bedurfte hartnäckigen Zuredens unserer Freunde und Kinder, ehe er sich zu der Reise entschloß.

Nun sind wir seit Anfang Oktober in San Remo, und ich muß sagen, die reine, weiche Luft der Riviera tut dem lieben Kranken wohl. Er hat zusehends neue Lebensfrische gewonnen, und wenn die Wintertage, die auch hier trotz Palmen und Orangen recht unangenehm sein können, bald vorüber sein werden, gedenke ich, ihn mit Frühlingsanbruch als genesen in die Heimat zurückzubringen.

In Salzburg, wo ich unsern Wolferl wiederzusehen hoffte, traf ich nur die Mama und ihre jetzt völlig erwachsene Tochter an und erfuhr von ihnen, daß Vater und Sohn sich auf einer Italienreise befänden. Wir sind dann sozusagen ihren Spuren gefolgt, die überall angenehmste Erinnerungen an das Auftreten des Signor Amadeo, wie er in Italien genannt wird, hinterlassen haben. Von Mailand sind sie nach längerem Aufenthalt über Parma, Bologna, Florenz nach Neapel gereist. In Florenz konnte Erzherzog Leopold dem ›kleinen Hexenmeister‹ neue Lorbeeren um das Haupt winden. Die Aufnahme in Neapel war weniger herzlich, obwohl die junge Königin Karoline, die einst so unartig gelacht hatte, als Wolferl auf dem Parkettboden von Schönbrunn ausgeglitten war, ihn gern spielen gehört hätte. Aber ihr Rüpel von Gemahl war nicht zu bewegen, ein Konzert des jungen Mozart zu gestatten. Trotzdem war dieser mit seinem Aufenthalt in Neapel sehr zufrieden, weil er die Opera buffa an ihrer Wiege und die berühmte de Amicis als Sängerin kennengelernt hat. Über Rom schwieg er sich ziemlich aus. Spinnen und Scorpione, von denen man so viel rede, meinte er, habe er nicht zu Gesicht bekommen, wohl aber viele Kardinäle, unter denen Pallavicini und der Kunstsammler Albani besonders freundlich sich seiner angenommen hätten. Die Mozarts trafen, aus Florenz kommend, in Rom gerade zur Karwoche ein und hatten infolgedessen Gelegenheit, die mit der Kar- und Osterwoche verknüpften, hier mit besonderem Gepränge vollzogenen Feierlichkeiten in der St. Peterskirche mitzuerleben. Den stärksten Eindruck übte auf Wolferl das Miserere von Allegri aus, das er, wie er mir heimlich gestand, gegen das Verbot aus dem Gedächtnis daheim für sich niedergeschrieben habe. Welch eine erstaunliche Leistung! Von dem Papst sind unsere Reisenden erst bei ihrem zweiten Aufenthalt in Rom empfangen worden, als sie von Neapel zurückkehrten. Es zeugt für Wolferls bescheidenes Wesen, daß er die damit verbundene Auszeichnung – die Verleihung des Ordens vom Goldenen Sporn –, die ihm zugleich den Titel eines ›Cavaliere‹ einbrachte, mit keiner Silbe erwähnte. Aber desto mehr Aufhebens machte davon der Vater, der überhaupt – darin dem Sohne ganz unähnlich – alle äußeren Ehrungen bedeutend höher einschätzt als der Empfänger selbst. So erfuhr ich auch erst durch ihn, daß Wolferl von der ›Accademia Filarmonica‹ in Bologna auf Grund einer Klausurarbeit zum Mitglied als Compositore ernannt worden sei – eine ganz außergewöhnliche Ehrung, die laut Satzung eigentlich nur über zwanzig Jahre alten Tonkünstlern erwiesen werden darf.

Eine italienische Postkutsche. Stich

Sie werden, lieber Freund, aus meinen Darlegungen erkannt haben, daß ich meine Informationen nicht bloß Mittelspersonen verdanke, sondern sie auch aus erster Hand empfing. Ja, ich habe Signor Amadeo gesehen, gehört und gesprochen. Das kam auf folgende Weise zustande: Graf Firmian erzählte mir, daß der

Knabe von der Mailänder Bühne einen Auftrag zu einer Oper gegen gutes Honorar erhalten hätte und daß diese Oper am zweiten Weihnachtsfeiertage aufgeführt würde. Dieses Ereignis durfte ich mir nicht entgehen lassen, und so war ich bei der Uraufführung zugegen. Die Oper heißt ›Mitridate, Re di Ponto‹. Inhaltlich hat sie mich gar nicht erbaut. Ich wünschte, man hätte dem jungen Komponisten eine dankbarere Aufgabe gestellt als diese von hohlem Pathos tönenden, in schwülstigen Tiraden der Eifersucht, Rache, Vaterlandsliebe, des Argwohns, Verrats und Edelmuts einander überbietenden Gestalten. Die Oper besteht vorwiegend aus Arien – eine Rücksichtnahme auf die Ansprüche der mitwirkenden Gesangskünstler. Immerhin ist es bewundernswert für den vierzehnjährigen Tonschöpfer, daß er viel Abwechslung und Schmelz in sie hineinbrachte. Sie wirkten gefällig und wurden fast durchweg da capo verlangt. Jedenfalls ist der ›Mitridate‹ ein Erfolg, wofür auch der Umstand spricht, daß die Theaterdirektion den Komponisten mit einem neuen Auftrag zu einer Oper für die übernächste Karnevalszeit auszeichnete.

Ein piccolo ragazzo ist nun Wolferl zwar immer noch, wenigstens seinem Äußeren nach, aber das ›herzige Buberl‹, das die Wiener Damen vor acht Jahren fast mit Busserln erstickten, ist er natürlich nicht mehr. Schon die Verwandlung seines hellen Knabensoprans in einen sonoren, zwar noch etwas brüchigen Männertenor, die sich hier in Italien vollzogen hat, deutet an, daß er den Kinderschuhen entwuchs. Aber eine gewisse Herzensfröhlichkeit entströmt ihm noch jetzt, wenn er den Mund auftut; denn diese scheint der unversiegbare Quell seiner Natur zu sein. Die entzückende Naivität von früher wich einer klugen Besonnenheit in allem, was er sagt; doch weiß er seine Unterhaltung mitunter durch ein treffend eingeflochtenes Scherzwort reizend zu beleben. Wie deutlich vermochte er sich aller der kleinen Vorkommnisse bei seinem Debüt in Linz und dem Aufenthalt in unserem Hause zu entsinnen und ihnen bei der Rückerinnerung eine liebenswürdige Note zu geben! Über sein eigenes Schaffen spricht er nicht gern, oder er sucht mit kurzen Bemerkungen darüber hinwegzugehen. Als ich zu ihm äußerte, daß ich es nicht begreifen könnte, wie er während der Reise es zuwege gebracht habe, außer der Oper, Kirchenmusiken und kleineren Werken, ein Streichquartett – das wir übrigens am gleichen Tage zu hören bekamen – und in Rom gar einige Sinfonien zu komponieren, sagte er mit einem verlegenen Lächeln: ›Aber ich bitt' Sie, Frau Gräfin, das sind doch alles belanglose und kaum erwähnenswerte Versuche.‹ So zurückhaltend urteilt er über sich selbst.

Im allgemeinen kommt es mir vor, als rumore in seiner Seele ein Vulkan, dessen Feuer ihn immer wieder aufschrecke und zwinge, alle Willenskraft aufzubieten, um einen Ausbruch zu verhüten. Der Vater treibt geradezu einen Kult mit seinem Sohne. Das habe ich schon in Salzburg empfunden, als man mir seine Briefe vorlas. Für ihn ist er der hervorragendste Pianist, der beste Geiger, der unübertreffliche Komponist. Es ist gewiß ein schönes Zeichen von Vaterliebe, wenn jemand mit solcher Hartnäckigkeit und Zähigkeit für sein eigen Fleisch und Blut eintritt, aber das Zuviel des Guten stößt einen ab! Ich muß immer an die Worte des alten Hasse denken, die er vor einem Jahr in Wien zu mir über die Mozarts sagte: ›Der Knabe leistet entschieden für sein Alter Unbegreifliches; er musiziert mit einer Fertigkeit, die ihn unseren besten Virtuosen gleichstellt, und was ich von seinen Kompositionen zu Gesicht bekommen habe, deutet auf eine ungemein frühreife Begabung hin. Sein Vater ist ein gebildeter und weltgewandter Mann. Nur darf er den Sohn nicht zu sehr verhätscheln und durch Beweihräucherung mit übertriebenem Lob verziehen. Das ist die einzige Gefahr, die ich befürchte.‹ Ja, und diese Gefahr scheint mir jetzt näher denn je, nicht in der Weise, wie sie der gute Hasse sieht, indem Wolfgang Amadeus zu einem eingebildeten, dem Größenwahn verfallenden Künstler sich entwickelt – davor bewahrt ihn seine naturgewachsene Bescheidenheit –, nein, indem der Zwiespalt zwischen Kindespflicht und Freiheitsdrang ihn zermürbt und sein Schaffen lähmt. Er leidet – davon bin ich überzeugt – unter dieser jahrmarktsmäßigen Zurschaustellung als Wundertier vor der Öffentlichkeit, leidet tief und schwer: ein Genie in der Fron, besser ausgedrückt, ein Vogel im Käfig, der sich in Sehnsucht nach Freiheit verzehrt. Oh, daß er sie doch bald fände!

Mit diesem innigen Wunsch, den Sie, mein lieber Waldstädten, gewiß mit mir teilen werden, lassen Sie mich meinen Brief schließen. In unerschütterlicher freundschaftlicher Gesinnung

Ihre Aurora von Schlick.

San Remo, den 12. Januar 1771«

Baron Waldstädten faltet den Brief zusammen und blickt sinnend in die knisternden Flammen des Kamins. Nach einer Weile erhebt er sich, schreitet mit dem brennenden Armleuchter zum Klavier, ergreift die darauf liegende Geige und beginnt nach einem aufgeschlagenen Notenheft ein Rondo von Mozart zu spielen. Der Diener Franzl hört im Nebenzimmer die Töne und verwundert sich, daß sein Herr, der seit Wochen das Instrument nicht berührte, so munter die Geige streicht. Er schleicht an die Tür und lauscht, schüttelt den Kopf und denkt: ›Sonderbar! Das Briefle von der Gräfin tut halt bessere Wirkung als all die Arzneien von dem Doktor Bernhard. Möcht zu gern wissen, was sie schreibt!‹

X

»Wolferl, was für eine kratzbürstige Stimme hast du aus Welschland mitg'bracht!« ruft Mutter Annerl entsetzt, als sie Ende März 1771 den Langentbehrten und Heißgeliebten in die Arme schließt. »I denk halt, da unten, jenseits der Alpen, wachsen die schönen Stimmen nur so aus dem Boden, wie bei uns die Himmelschlüsselchen auf den Bergwiesen.«

»Warten S' nur, Mutterl, ein Weilchen, da sing ich Ihnen eine Arie aus der ›Finta semplice‹ vor, daß Sie meinen, unser hochfürstlicher Kammersänger Spitzeder sei a armseliger Stümper dagegen«, sagt Wolfgang lachend, indem er sich bemüht, recht tief und volltönend zu sprechen.

»Und mager bist geworden, Herzensbuberl«, setzt Mutter Mozart ihre Kritik fort. »Gibt's denn drüben alleweil nur Fastenzeit?«

»Das grad net, Mutterl. Aber wann's tagaus, tagein – morgens, mittags, abends – immer nur Makkaroni gibt, da schrumpft ma halt selber zu so einem dünnen Röhrle zusammen. Darum freu ich mich auf Leberknödel und Sauerkraut. Die mag ich gern täglich essen. Da wird dann auch aus dem Röhrle bald ein Knöderl werden.«

»Soll mir ein Gaudi sein, dich aufzupäppeln. Und du, Polderl, sagst keinen Ton. Machst solch verdattertes Gesicht, als hättest lauter Makkaroni im Leibe. Die Meriten reichten wohl net für bessere Kost?«

Sie sieht ihn verschmitzt, doch zugleich liebevoll an.

»Ach, die Meriten waren nicht schlecht, reichten wenigstens aus. Freilich erübrigen hab ich nichts können«, sagt Vater Mozart.

»Auch keine Kleinodien oder Sächelchen fürs Auge?«

»Damit ist's in Italien schlecht bestellt. Die Leute sind sparsam und haben auch kein überflüssiges Geld. Aber der Wolferl hat doch den Orden vom Goldenen Sporn erhalten. Das wiegt mehr als alles andere.«

»Richtig. Zeig, Wolferl, wie sieht er aus?« ruft Nannerl.

Der Bruder kramt eine Weile umständlich in seiner Reisetasche, bis er die gesuchte Auszeichnung findet, und heftet sie an seinen Rock.

»Nun, wie gefall ich euch?« fragt er, sich in die Brust werfend.

»Oje!« ruft Mutter Annerl, »was für a feiner Mann bist geworden!«

»Ist er auch«, bekräftigt der Vater voll Stolz und fügt hinzu: »Ihr müßt wissen, diesen Orden hat bislang der Heilige Vater nur *einem* deutschen Musiker verliehen: Christoph Willibald Gluck. Mit ihm ist der Titel eines Cavaliere verbunden. Darum nennt er sich auch Ritter *von* Gluck. Beide sind sozusagen Ordensbrüder.«

»Schau einer an – nun gehört der Bub zu den Auserwählten mit dem blauen Hintern«, ruft Mutter Annerl und klatscht in die Hände.

»Das muß ich erst feststellen, wenn ich mich nackt im Doppelspiegel beguckt hab'. In unserer Behausung bei den Augustinern von San Marco gab es ein solches Möbel nicht.«

Mutter Annerl läßt ein herzhaftes Lachen ertönen, und die andern stimmen fröhlich ein. So reiht sich Scherz an Scherz, und die ganze Italienreise erscheint im vergnüglichen Frage-und-Antwort-Spiel als eine lustige Kette von abenteuerlichen Erlebnissen mancherlei Art. Die Neugier drängt jedoch Wolfgang in seine intime Klause, um zu sehen, ob alles noch beim alten dort ist. Er nimmt Nannerl bei der Hand und führt sie in sein Gemach. Helle Freude leuchtet in seinem Gesicht auf, als er es betritt und ein unverändertes Bild sich vor ihm enthüllt. Beglückt umarmt der Bruder die Schwester und sagt:

»Carissima sorella mia, du hast mein Tiergärtel wohlbestellt. Wie soll ich dafür danken! Hab nichts als meine Lieb. Die schenk' ich dir im Überfluß.«

»Schon gut, Wolferl. Bin auch zufrieden, wenn du mir ein Teilchen gewährst«, sagt Nannerl lachend. »Brauchst ein großes Herz, nachdem du den Orden bekommen hast. Da werden die Salzburger Madln schon die Äugelchen nach dir verdrehn.«

»Ach was! Wenn sie's nur wegen des Klunkers tun, da können's mir alle ..., du weißt schon, was ich meine.«

»Na, es gibt auch welche, die dich gar nicht erwarten können.«

»Wer denn?«

»Nun, die Resl Barisani.«

»Der Fratz? Das ist doch noch ein Kind, das nur bah! und bäh! sagen kann.«

»Du wirst staunen, was für ein hübsches Madl sie geworden ist.«

XI

Der fünfzehnjährige Ritter vom Goldenen Sporn Wolfgang Amadeus Mozart genießt plötzlich in seiner Vaterstadt ein Ansehen, das bei weitem das des Musikers übertrifft. Wildfremde Leute erweisen ihm Reverenzen und machen ihm Komplimente. Ein anderer würde vor Stolz sich wie ein Puter aufblähen, aber Wolfgang nimmt die Schmeicheleien mit kühler Gelassenheit hin und denkt in seiner burschikosen Weise: Wie nur die Leute immer nach dem Firlefanz urteilen!

Der Anstand erfordert von den Heimgekehrten den Besuch beim Erzbischof. Aber Seine hochfürstliche Gnaden sind wenige Tage vor der Ankunft der Mozarts nach Bad Gastein abgereist, um dort Ihre Gicht durch eine Badekur zu beheben. So machen sie, um dem Zeremoniell zu genügen, ihre Visite bei dem Oberstkämmerer.

Graf Arco empfängt die Besucher mit fast überschwenglicher Liebenswürdigkeit, gratuliert Wolfgang zu der hohen Auszeichnung, übermittelt die Grüße seiner Tochter Angelika, die jetzt mit ihrem Gemahl auf ihrem Gute in der Nähe des Chiemsees lebt, und flicht in den Abschied sogar die Aufforderung ein, ihm und seinen Angehörigen doch bald das außerordentliche Vergnügen ihres Musizierens bereiten zu wollen.

Die beiden Mozarts gehen nach der kurzen Unterredung sichtlich erheitert nach Hause. Unterwegs sagt der Vater:

»Vor nicht allzulanger Zeit waren wir noch nicht würdig, an der Offizierstafel zu speisen. Und nun lädt uns der stolze alte Herr sogar in seine Wohnung ein. Wie sich die Zeiten ändern!«

»Das macht alles nur der Klunker im Knopfloch, Vater. Ohne ihn wären wir armselige Musikanten, die in die Gesindestube gehören.«

Als ein paar Tage später eine Orchesterprobe stattfindet und die Mozarts erscheinen, um an ihr teilzunehmen, herrscht ein beinahe ehrfürchtiges Schweigen. Freundlich begrüßt Wolfgang jeden einzelnen mit Händedruck und setzt sich mit seiner Geige auf seinen Platz. Der hagere alte Kapellmeister Lolli – seinen Vorgesetzten gegenüber ein speichelleckerischer Untergebener, aber für die Musiker ein kleiner Tyrann – ist auch wie umgewandelt. Leicht beschwingt betritt er das Podium und verkündet in gebrochenem Deutsch:

»Wir jetzt spielen, Signori, eine Sinfonia, komponiert in voriges Jahr von unser Hofkonzertmeister Amadeo Mozart in die ewige Stadt Roma.«

Ehe er die Hand hebt, blickt er mit einem süßlich-schmelzenden Lächeln zu dem Pult des Konzertmeisters hin. Das Orchester ist gut aufgelegt, spielt gewissenhaft, präzis, flüssig, und die Sinfonie – kein Opus von Bedeutung, sondern nur das Produkt einer heiteren Laune – rollt wie am Schnürchen ab, wobei Schachtner seine Trompete mit wahrem Behagen bläst. Als sie verklungen, fordert Kapellmeister Lolli mit einer einladenden Bewegung die Orchestermitglieder auf, sich von ihren Plätzen zu erheben, und ruft, gegen den Komponisten sich verneigend:

»Evviva il Maestro, Cavaliere Wolfgango Amadeo Mozart!«

Laute Evviva-Rufe brausen durch die kleine Halle. Wie ein schüchternes junges Mädchen errötend, verbeugt sich der sonst von Beifall so verwöhnte Jüngling befangen nach allen Seiten. Er weiß nicht, wie er zu der unverhofften Ehrung kommt. Seine Verwirrung hält noch an, als man auf Weisung von Lolli eine Sinfonie von Joseph Haydn zu spielen begonnen hat. Doch je weiter das Allegro des ersten Satzes fortschreitet, kehrt Beruhigung in ihn ein und ziehen ihn die Noten immer mehr in ihren Bann. Es ist das erstemal, daß er eine Haydnsche Sinfonie erklingen hört, und der Zauber dieser leuchtenden, graziösen Musik reißt ihn mit sich fort, läßt ihn alles eben Vorgefallene vergessen und schmeichelt sich in seine Seele ein wie die Offenbarung aus einer ihm noch unbekannten Welt.

Als das Werk einige Male durchgeprobt ist und eine Ruhepause eintritt, pirscht sich Wolfgang an Michael Haydn heran, der abseits am Fenster steht und seine unentbehrliche Pfeife schmaucht.

»Ich muß dir etwas gestehen«, sagt er, dem älteren Kollegen

verstohlen die Hand drückend, »die Sinfonie deines Bruders hat mir mein ganzes Innere aufgerüttelt. Was für ein dürftiger Anfänger bin ich doch, verglichen mit ihm! Am liebsten vernichtete ich alles, was ich bisher geschrieben habe.«

»Buberl, Buberl«, wehrt jener ärgerlich ab. »Immer willst du gleich das Kind mit dem Bade ausschütten, wenn die Begeisterung für etwas Neues dich übermannt. Sie sind alle einmal Anfänger gewesen, der Bach, der Händel, der Gluck, mein Bruder. Was du aber bisher mit deinen fünfzehn Jahren geleistet hast, hat, glaube ich, in diesem Alter keiner von ihnen erreicht.«

Aber Wolfgang beruhigt sich nicht. Er behauptet steif und fest, Lolli habe seine Sinfonie nur gewählt, um ihn durch ihre Minderwertigkeit vor dem Orchester bloßzustellen.

»Nun mach aus einer Mücke keinen Elefanten«, sagt Haydn in seiner ruhigen Weise. »Die Sinfonie ist gar nicht so schlecht, wie du meinst. Du hast schlechtere geschrieben. Sie hat einen gefälligen italienischen Klang und wird den Ohren der Salzburger gefallen.«

XII

Der Lenz zieht ins Land. Aber Wolfgang scheint nichts zu merken von seinem Sprießen und Blühen. Er ist geradezu vom Arbeitseifer besessen. Wenn ihn nicht seine Konzertmeisterpflichten binden, sitzt er daheim in seiner Menagerie-Wohnstube, vom Hündchen und Kater – Thresel hat ihm inzwischen ein neues Bimperl geschenkt – umspielt und umschmeichelt und von den trällernden Gesängen seines »Kanari« umflattert, über den Notenbogen und komponiert. Die Mutter muß ihn oft ermahnen, auch an seine Gesundheit zu denken und den Fleiß nicht zu übertreiben.

»Du wirst mir noch der rechte Stubenhocker, wie der alte Sekretär Kurzweil, wenn du immer auf deinem Hintern sitzest, derweil in Mirabell der Flieder blüht. Hohlwangig siehst aus wie ein Elendsmensch, und Schatten hängen dir unter den Augen, daß Gott erbarm! Welch ein braves Madl soll sich halt je in dich vergaffen?«

Gegen solche wohlgemeinten Standreden hat Wolfgang immer nur eine Abwehr. Er fällt der Mutter um den Hals, küßt sie herzhaft und sagt:

»Nicht böse sein, Mutterl. Es bekommt mir nicht schlecht. Kannst ruhig sein. Aber erst die Arbeit – dann das Vergnügen.«

Und es ist eine sehr vielfältige Arbeit, die ihm unter den Händen wächst. Da sind kirchliche Litaneien, einsätzige Orgelsonaten mit Begleitung von zwei Violinen und Baß, viersätzige Sinfonien, die es ihm jetzt besonders angetan haben. Er bringt die Ernte der italienischen Reise in die Scheuer.

Niemandem zeigt er seine Kompositionen, ehe sie ausreifen, auch nicht dem Vater – außer Michael Haydn. Er geht jetzt mit ganz anderen Empfindungen zu ihm als vor zwei Jahren. Seine Seele hat die Verliebtheit abgestreift wie eine Nachtviole im dämmernden Morgen ihren Duft. Ihn reizt nur noch der Umgang mit dem Manne, der so scharf die Mängel seiner Werke sieht. Was Michael Haydn an den neuen Kompositionen Wolfgangs auffällt, ist das kontrapunktische Element, das bisher von ihm vernachlässigt worden war. Mit Verwunderung bemerkt er in den kirchlichen Sonaten diesen formenden Sinn.

»Du hast gut hingehorcht auf die alte italienische Musik. Man möchte meinen, Frescobaldi und Corelli seien dort deine Lehrer gewesen.«

»Nein, lieber Meister, die waren es nicht, aber ein alter Franziskanermönch in Bologna, Padre Martini, ein Mensch von edelster Einfalt und unendlicher Güte, war mir dabei behilflich. Er kennt sich in der altitalienischen Musik wie kein anderer aus, führte mich durch diesen herrlichen blühenden Garten und lehrte mich die verschiedenen Blumen darin erkennen und lieben. Und so wurden die Aufgaben, die er mir stellte, eine liebliche Beschäftigung.«

»Und du tatest recht, denn wir Neueren glauben, in den Flügeln der Phantasie läge unsere Stärke, und darum dürften wir ihrer Führung uns zuversichtlich anvertrauen und frei mit ihr durch das Reich der Töne schweifen. Das ist aber falsch. In der Bändigung des ausgelassenen Vogels Phantasie durch die vollkommene Form besteht die wahre Meisterschaft.«

XIII

An einem heiteren Sommertage fordert Nannerl ihren Bruder auf, als Kavalier an einem Ausflug teilzunehmen, den sie mit den drei Schwestern Barisani nach Maria-Plein unternehmen will.

Wolfgang ist erst wenig geneigt dazu, weil er gerade an einer Sinfonie arbeitet; außerdem reizt ihn Nannerls Begleitung nicht allzusehr. Antonia, seiner Schwester an Alter fast gleich, und Josefa, um zwei Jahre jünger, sind zwar ganz reputierliche Frauenzimmerchen, denkt er, aber das Nesthäkchen – die vierzehnjährige Therese – hat keinen sonderlich gescheiten Eindruck auf ihn gemacht. Doch gibt er Nannerls Bitten schließlich nach, schlüpft in seinen Festtagsanzug und steckt sogar den Diamantring, den ihm die Kaiserin Maria Theresia einst geschenkt hat, an seinen Finger.

Als Bruder und Schwester zur festgesetzten Stunde am vereinbarten Treffpunkt, dem Eingang zum Mirabell-Garten, sich einstellen, trippeln ihnen, jede in einer anderen Farbe, drei anmutige Rokoko-Grazien entgegen: die älteste in hellem Vergißmeinnichtblau, die mittlere in blassem Resedagrün und die jüngste in zartestem Rosenrot. Schon scharren, belästigt von Sonne und Fliegen, die Rosse ungeduldig mit den Hufen, daß der Wagenlenker Huber Alois Mühe hat, sie zu zügeln, und kaum haben die beiden älteren Schwestern und Nannerl im Fond, Wolfgang und Resl auf dem Rücksitz ihre Plätze eingenommen, als sie sich mit flinkem Trab in Bewegung setzen.

Von vornherein ist eine gute Stimmung vorhanden. Unter munterem Geplauder und fröhlichem Gelächter fährt man zum Tor hinaus in die sommerliche Landschaft, zwischen wogenden Feldern dahin, über denen der Dunst des blühenden Getreides steht. Wolfgang erheitert mit lustigen Geschichten die Mitfahrenden. Verstohlen streift zuweilen sein Blick die schweigsame, nur hin und wieder versonnen lächelnde, hübsche Nachbarin, und jedesmal erscheint sie ihm anziehender als bisher.

Schon der Beginn der Wanderung steht im Zeichen des entfesselten Frohsinns. Die fünf Ausflügler haben sich im Wirtshaus von Maria-Plein ein Körbchen mit Speisen und Getränken füllen lassen und ziehen nun lachend und scherzend zu einer Anhöhe hinauf. Da schlägt Wolfgang vor, die letzte und steilste Strecke des Weges im Wettsteigen zu überwinden, wobei er derjenigen, die zuerst die große Rotbuche auf der Bergwiese erreicht, ein Schächtelchen Zuckerkandl verspricht, das er vorsorglicherweise gekauft hat. Als Kavalier räumt er den Damen einen Vorsprung von zwanzig Schritten ein – unbeschadet dessen, daß er das Körbchen trägt. Trotz der Mittagsglut geht es im Sausegang aufwärts. Die beiden älteren Schwestern Barisani und Nannerl sind bald von ihrem Begleiter überholt, allein das rosenfarbige Sylphchen schwebt leichtfüßig vor ihm her und gelangt triumphierend als erste ans Ziel.

»Ich ahnte gar nicht, was für ein flinkes Reh mir den Rang abläuft«, sagt er, noch von der Anstrengung keuchend.

»Oh, Sie ahnen überhaupt nicht, welche Fähigkeiten in mir schlummern, Monsieur Mozart«, erwidert sie nicht ohne schnippischen Beigeschmack.

»Doch hoffe ich, sie bald kennenzulernen.«

»Vielleicht – vielleicht auch nicht.«

Sich tief verneigend, überreicht er ihr die Bonbonniere.

»Empfangen Sie, holde Siegerin, den Ehrenpreis. Hoffentlich ist er in der Sonnenglut nicht geschmolzen.«

Indessen treffen auch die drei Zurückgebliebenen ein und lassen sich erhitzt und erschöpft in dem kühlen Schatten der Buche nieder. Das Plätzchen ist wie geschaffen für ein Picknick. Die Wiese, der Hintergrund des Laubwaldes, der Ausblick auf das in der Ferne liegende Salzburg, alles gibt ihm einen anmutigen Reiz. Wie nun die Damen in ihren duftigen Toiletten, unter ihnen der jugendliche Chaperon, im Halbkreis um das Tischtuch, auf dem Schinken, Würste, Käse, Früchte, Gebäck und Wein ein einladendes Stilleben bilden, in lässiger Haltung gelagert herumsitzen und den Genüssen des Gaumens zusprechen, könnte ein Zuschauer versucht sein, an ein lebendes Tableau nach einer galanten Zeichnung zu denken.

Nachdem man sich gestärkt und erholt hat, schlägt Wolfgang, der sich in der Rolle eines Maître de plaisir gefällt, das Versteckespiel »Kuckuck ruft in den Wald« vor. Auf ihn fällt zuerst das Los des Kuckucksuchers. Die reizende Schar des bunten geflügelten Wildes verschwindet im Waldesdunkel, und bald ertönt es von dort erst vereinzelt, dann zerstreut »Coucou-Coucou« in einem anhaltenden Wettkonzert, daß es scheint, als wimmele der Wald von den Artgenossen des Vogels der Hera, der ihr Zepter krönt. Eifrig folgt Wolfgang den Lockrufen, und es vergehen keine drei Minuten, da schleppt er schon Antonia als Gefangene zu der alten Buche heran und nach kurzem Pirschgang auch Nannerl. Jetzt wird die Aufgabe jedoch schwieriger; denn obwohl zwei Opfer in seinem Netz zappeln, schallt das »Coucou« unvermindert weiter fort, und zwar merkwürdigerweise aus *drei* Richtun-

La Contredanse. Stich nach A. Watteau

gen. Es währt eine geraume Weile, ehe der von Waidmannslust glühende Jäger hinter das Geheimnis kommt: es hat sich nämlich, empört über das vielfältige Geschrei von Nebenbuhlern, ein echter Kuckuck eingestellt, der, aufgeregt von Baum zu Baum flatternd, wütend seinen herausfordernden Lockruf ertönen läßt, um die frechen Eindringlinge in seinem Gehege zu verscheuchen. Erst nachdem der gefoppte Sucher mit Händeklatschen und Holdrio den Störenfried vertrieben hat, wird das Aufstöbern leichter. Josefa ist schnell gefunden, und nunmehr schreit nur noch ein einziges verstecktes Vöglein, aber reichlich matt, sein trotzbietendes »Coucou«, bis der feinhörige Spürhund, behutsam heranschleichend, dessen Zuflucht hinter einem Strauch entdeckt. Plötzlich, wie aus dem Boden aufgeschossen, steht er vor dem überraschten Mädchen und deklamiert:

»Ei schau, da ist ja die kleine Husch-Husch
hinter dem blühenden Holunderbusch!
Wie kommt wohl das Mägdlein im rosa Mieder
hier unter den einsam duftenden Flieder?
Gib Antwort oder ich greife dich ...«

Wolfgang breitet die Arme aus, aber Resl ruft »Nie, böser Bube, erwischst du mich!« und saust wie der Wirbelwind davon, der Abgewiesene flugs hinterher, aber sie erreicht vor ihm die Buche und lacht ihn aus.

Das Spiel wird wiederholt, und das blonde Resl muß zu seinem Leidwesen erleben, daß der sie schlau irreführende Kuckuck Wolfgang ihr stets entgeht und schließlich unaufgespürt die Rotbuche erreicht. Der Erholung halber kommt nun ein Pfänderspiel an die Reihe, weil unser Maître de plaisir die Ansicht vertritt, ein Spiel ohne greifbaren Lohn oder gelinde Strafe sei überhaupt kein Spiel, und gleich proponiert er »La main-chaude«, ein Spiel, das er im Bois de Boulogne beobachtet habe und das darin besteht, mit verbundenen Augen an dem Händedruck den Vorübergehenden zu erraten. Resl soll zuerst die Feinheit ihres Tastempfindens erproben. Die Kleine sträubt sich zwar gewaltig dagegen, aber alles Sperren hilft nichts. Die andern sind davon überzeugt, daß Resl dieses schwierige Amt auf sich nehmen muß, und gegen die Einstimmigkeit des Beschlusses gibt es keine Aufsässigkeit. So muß sie sich gefallen lassen, daß Schwester Josefa ihr die Augen mit einem Seidentüchlein verbindet. Nannerl jedoch bekommt den Auftrag, die Pfänder einzusammeln, sofern solche fällig werden.

Das Defilieren vor der jugendlichen Sibylle beginnt, und siehe da, schon bei der ersten Runde hat sie an dem Händedruck ihre älteste Schwester erkannt, doch ohne daß sie es wissen darf – denn die Bestätigung ihres Erfolges bleibt vorläufig ein Geheimnis –, und Nannerl heimst als Pfand ein Armband ein. Unter strengem Schweigen vollzieht sich das Vorüberwandeln. Das Glück scheint ihr hold zu sein: bei der zweiten Runde errät sie sogar gleich zwei: Josefa und Nannerl. Die dritte Runde dagegen erfolgt ergebnislos: sie rät völlig daneben. Nun treten die vier zu der letzten Runde an, Wolfgang mit etwas bekümmertem Herzen, daß er als einziger kein Pfand werde hergeben müssen. Allein wie er zögernd seine Hand in die Resls legt, sagt sie keck:

»Monsieur Mozart!«

Niemand dürfte sich je schneller eines Pfandes entäußert haben als der Erkannte. Er streift den Diamantring ab und gibt ihn Nannerl. Josefa entfernt die Binde von Resls Augen. Neugierig sieht sie der Einlösung der Pfänder entgegen. Vorher flüstert Nannerl ihrer Freundin Antonia etwas ins Ohr. Dann greift sie in ihr Seidentäschchen und fragt, was mit der Person geschehen solle, deren Pfand sie in der Hand halte.

»Natürlich muß sie es mit einem Kuß loskaufen«, schlägt Antonia vor. »Ein Kuß ist bei Pfänderspielen regulièrement der erste Tribut.«

»Einverstanden«, tönt es von allen Seiten.

»Nun, Wolferl, dann liegt dir also diese Aufgabe ob«, sagt Nannerl und präsentiert den Diamantring.

»Für ein so kostbares kaiserliches Geschenk gewiß der einzig würdige Gegenwert«, fügt Josefa hinzu.

Der hingestreckt auf dem Rücken liegende Eigentümer schnellt gleich einer Heuschrecke hoch. Aber Resl springt ebenfalls auf. »Nein, nein«, ruft sie. »Das ist eine abgekartete Sache.«

»Aber Resl, du bist doch keine Spielverderberin«, mahnt Antonia. »Der Zufall hat entschieden, und das ist im Spiel Gesetz.«

»Mademoiselle, auch mir fällt es höllisch schwer, mich dem Schicksalsspruch zu beugen. Aber ich tu's auf höheren Befehl.«

Und schon schließt er sie in die Arme und drückt einen herzhaften Kuß auf ihre Lippen. Sie reißt sich los und ruft erzürnt:

»Sie sind und bleiben doch ein böser Bube!«

Wolfgang zieht sich mit vorgetäuscht gekränkter Miene zurück und schweigt trotzig während der Einlösung der übrigen Pfänder. Allein Resls Gesicht hellt sich auf, als sie erfährt, daß sie alle vier richtig erriet. So reicht sie am Schluß dem verwegenen Jüngling, der mit dem ersten Kuß ihre Lippen entweihte, versöhnend die Hand. Dieser greift jedoch nach seiner Laute, präduliert ein paar Akkorde und singt dann mit seinem nun bereits recht angenehm klingenden Tenor:

»Einst ging ich meinem Mädchen nach
tief in den Wald hinein
und fiel ihr um den Hals, und ach!
Droht sie, ich werde schrein.

Da rief ich trotzig, ha! ich will
den töten, der uns stört!
Still, lispelt sie, Geliebter still!
Daß ja dich niemand hört.«

»Ei, was für ein reizendes Chanson!« sagt Antonia. »Haben *Sie* das komponiert, Monsieur Amadé?«

»Leider nicht, der Komponist heißt Bernhard Theodor Breitkopf. Er ist der Sohn eines Buchhändlers in Leipzig, den mein Vater flüchtig kennt. Vor einigen Tagen bekamen wir seine Lieder zugesandt, von denen mir dieses besonders gefiel.«

»Und wer ist der Dichter?« fragt Josefa interessiert.

»Der Dichter ist auf dem Titel nicht erwähnt. Aber Herr Breitkopf schrieb meinem Vater, er sei ein sehr begabter Leipziger Student aus Frankfurt und heiße Johann Wolfgang Goethe.«

»Also auch ein Wolfgang, doch ein poesiebeflissener«, bemerkt Josefa.

»Die Texte sind schön, viel besser als die Musik.«

Der vorgerückte Nachmittag mahnt zum Aufbruch, auch schon deswegen, weil einige Wolken wie riesige Wattebäusche drohend am fernen Horizont aufziehen. Man kramt alles schnell zusammen und schreitet behende nach dem Wirtshaus, wo noch – während der behäbige Huber Alois die Pferde anschirrt – geschwind eine Jause eingenommen wird. Die Rosse scheinen das herannahende Gewitter zu spüren; denn sie rühren ohne beflügelnden Peitschenantrieb ohnehin wacker die Beine. Und wie auf der Hinfahrt, so beherrscht auch jetzt wieder der Scherz die Insassen des Wagens, nur mit dem Unterschied, daß das am Morgen schweigsame Resl munter mittut und sogar den »bösen Buben« neckt. Bei Blitz und Donner fährt man in Salzburg ein und kommt gerade noch zurecht, ehe der Himmel seine Schleusen öffnet.

»Nun, Wolferl, war der Ausflug nicht köstlich?« fragt Nannerl, als die Mozarts sich von den Schwestern getrennt haben und heimeilen.

»Ich würde mich acht Tage kasteit haben, hätte ich ihn verpaßt.«

»Und die Resl – der Fratz?«

»Ein allerliebstes Geschöpf! Das erste Salzburger Madl, an das ich mein Herz verloren hab!«

XIV

Wolfgang hat vom Wiener Hof den Auftrag erhalten, zur Vermählung des Erzherzogs Ferdinand mit der Prinzessin Marie Beatrice von Modena ein Festspiel zu komponieren. Zwar ist der Text noch nicht eingetroffen, obwohl der Termin der Hochzeit bedenklich naherückt. Als der Vater sich deswegen Sorge macht, beruhigt ihn der Sohn; er werde schon zur rechten Zeit die ihm gewiesene Aufgabe lösen, solche Festspieltexte bereiteten ihm keine Schwierigkeiten. So vergehen Wochen des Wartens. Endlich im August trifft vom Hofmarschall die Nachricht ein, das Textbuch werde direkt nach Mailand geschickt. Also rüsten sich Vater und Sohn zu der zweiten Italienreise. Ehe sie vonstatten geht, hat Wolfgang noch ein aufwühlendes Erlebnis. Während einer Orchesterprobe flüstert Michael Haydn ihm zu:

»Komm heute nachmittag zu mir. Ich habe eine Überraschung für dich.«

Wolfgang zerbricht sich den Kopf, was für eine Überraschung das wohl sein werde, und kann vor Ungeduld kaum den Nachmittag erwarten. Als er die Wohnung seines lieben Meisters betritt und Frau Maria Magdalena, hübsch geputzt wie immer, ihn mit einigen Scherzworten begrüßt und in das Zimmer des Gatten führt, sieht er neben ihm einen hageren Mann mit einem sehr ausgeglichenen Gesichtsoval, schön geformtem Munde und ausdrucksvoller Nase, der ihn, wie die dunklen Augen unter buschigen Brauen verraten, sehr freundlich, etwas prüfend betrachtet.

»Das also ist mein Bruder Franz Joseph, und das, lieber Sepp, ist der kleine Mozart«, stellt Michael Haydn beide einander vor.

So stark ist Wolfgangs freudiges Erschrecken, daß ihm selbst die üblichen Worte der Begrüßung im Halse steckenbleiben. Aber der Besucher kommt ihm zu Hilfe:

»Ich glaube, wir sind beide über dieses von meinem Bruder in die Wege geleitete Zusammentreffen außer uns vor Freude, daß wir im Überschwang unserer Gefühle uns in die Arme sinken dürfen, wie es Menschen, die sich aus der Ferne lieben, geziemt. Meinen Sie nicht auch, Herr Mozart?«

Und er breitet die Arme aus.

»Ach was«, ruft Michael, »hier wird nicht gesiezt, hier wird gleich geduzt. Wir zwei haben zwar jeder mehr als die doppelte Zahl von seinen Jahren auf unserem Buckel, aber er gehört zu uns wie das dritte Blättchen am Klee. Und damit unsere Freundschaft die rechte Weihe erhalte, so steht schon der feurige Terlaner bereit, sie zu besiegeln.«

Sie leeren alle drei die Becher, die ihnen Frau Maria Magdalena kredenzt, und bald ist ein munteres Gespräch im Gange. Der ältere von den beiden Hufschmiedssöhnen aus Rohrau bei Bruck an der Leitha hat in den vierzig Jahren seines Daseins ja vielerlei erlebt: Ernstes und Heiteres – Chorknabendienst, Hinauswurf aus der Schule, mühseligen Broterwerb als Tanzbodenmusikant und herumziehender Straßensänger, das Hauskreuz mißlicher Ehe mit einem boshaften und polternden Frauenzimmer, kümmerliches Sichdurchsetzen als Possenkomponist; kurzum eine reichliche Dosis Elend und Not hat er geschluckt, bevor ihn der Fürst Esterházy zum Kapellmeister seines Privatorchesters in Eisenstadt machte. Aber ungeachtet dieses Schmerzensweges bewahrte er sich seine Frohnatur, und so versteht er selbst allem Widerwärtigen, das ihm begegnet, ein spaßiges Mäntelchen umzuhängen. So wenig er äußerlich dem fünf Jahre jüngeren Bruder ähnelt, zeigt sich doch in seiner Wesensart, in der Heiterkeit des Gemüts die nahe Verwandtschaft, nur daß Michaels Humor eine derbere volkstümliche Note hat, wogegen durch Josephs Erzählung stets eine salongewohnte, leicht pikante Ironie schimmert.

Wolfgang lauscht den Abenteuer-Episoden dieses Künstlerlebens mit angehaltenem Atem. Wie frei von allen harten Bedrängnissen durch Kummer und Sorgen, abgesehen von den paar Krankheiten, sind doch seine Kinderjahre dahingegangen, denkt er, und aufgefordert, nun auch seinerseits aus seinen Erlebnissen einige Episoden zum besten zu geben, verspürt er zunächst Hemmungen, erscheint es doch seiner Schamhaftigkeit als ein prahlerisches Unterfangen, von Dingen zu berichten, die ihn in das grelle Licht eines Triumphators der Konzertsäle rücken. Allein das peinliche Gefühl, vor den beiden vortrefflichen Meistern als ein schüchterner Schweiger zu gelten, löst allmählich in Verbindung mit dem genossenen Wein seine Zunge; doch beschränkt er sich wohlbedacht nur auf drollige Begebenheiten, die er schlicht und witzig erzählt. Immerhin bleibt er sich der Unzulänglichkeit seiner Fabulierkunst bewußt und begrüßt darum die Aufforderung Josph Haydns, ihm vorzumusizieren, als angenehme Erlösung. Er wählt dazu seine Haager Sonaten, und Michael übernimmt den Geigenpart. Der Gast aus Eisenstadt hört aufmerksam zu und ist geradezu verblüfft, als ihm der Bruder sagt, daß es Werke eines Zehnjährigen seien. Nachdem ihm Michael auch das in Italien entstandene Streichquartett vorgelegt hat, sagt er:

»Wie ich höre, fährst du demnächst wieder nach Mailand, um eine Serenata dort vom Stapel zu lassen?«

»Ja, ein Auftrag vom Wiener Hof.«

»Sie soll wohl recht italienisch ausfallen?«

»Warum fragst du mich das?«

»Ei nun, weil ich befürchte, die welsche Luft werde auf dich ebenso berückend wirken wie einst auf den alten Hasse, der nun aus dieser Verstrickung sich nicht mehr herausfindet. Für Komponisten deines Alters ist Italien ein verführerisches Land. In diesem Quartett verspüre ich schon etwas davon. Aber, mein Junge, laß dich nicht von den Sirenen da drüben betören, wenn sie auch noch so schön singen und noch so verführerisch locken.«

Wolfgang sieht Joseph Haydn mit fragenden Augen an.

»Mißversteh mich nicht«, fährt jener fort. »Ich bin kein Verächter der italienischen Musik. Im Gegenteil, ich schätze sie hoch, und man kann viel, sehr viel aus ihr lernen. Aber man soll sich ihr nicht mit Haut und Haar verschreiben. Das kommt mir vor, als zög' ein echter Salzburger Bua Jankerl, Lederhos' und Schnürstiefel aus und stolzierte in dem Gewande eines venezianischen Gondoliere durch die Straßen unserer Stadt. Wir Deutschen brauchen uns nicht mit fremder Tracht zu schmücken. Wir haben unsere eigene Musik in der Seele, und die sollten wir hegen und pflegen. Jetzt weißt du, was ich meine«.

Der Tag ist mittlerweile verblichen. Wolfgang bemerkt es erstaunt und schickt sich zum Aufbruch an. Ihm ist auf dem Heimweg zumute, als sei ein großes Glück ihm widerfahren, das mit beseligendem Taumel sein Innerstes erfüllt.

Die Brüder aber sitzen noch eine Weile zusammen, und ihr Gespräch bewegt sich natürlich um Mozart, seine Kunst und seine Zukunft.

»Ist es wirklich so schlimm, wie man in Wien erzählt, daß der Vater das Talent seines Buben ausbeute, gleich einem geldgierigen Wucherer, der sein Opfer bis aufs Blut auspreßt?« fragt Joseph den Bruder.

»Leopold Mozart ist ein merkwürdiger Kauz«, erwidert jener, »teils ein sehr berechnender Kaufmann und rücksichtsloser Tyrann in allem, was seinen ehrgeizigen Willen anbelangt, teils ein rührender Familienvater und überschwenglicher Verehrer seines Sohnes. Mir ist noch nie ein so zwiespältiger Mensch vorgekommen wie er. Im Grunde seines Herzens hegt er gegen alle Hochgeborenen ein grenzenloses Mißtrauen, wenn nicht gar einen verbissenen Haß; und doch katzbuckelt er vor ihnen wie der unterwürfigste Lakai. Und außerdem schwelt in ihm ständig Eifersucht gegen Leute seines Schlages, wenn er argwöhnt, daß der Sohn sie schätzt. Ich bin ihm, glaube ich, in den Tod zuwider, weil er weiß, daß der Wolfgang an mir hängt. Und wenn er gar erfährt, daß er mit uns ein paar Stunden verplauderte, spuckt er gewiß Gift und Galle gegen uns.«

»Und wie verhält sich der Bub zu seinem Vater?«

»Ich könnte mir keinen ergebeneren und gehorsameren Sohn als ihn vorstellen.«

»Dann seh ich allerdings trübe für seine Zukunft, nicht was seine Kunst anbelangt, aber das Leid wird seine Seele früh zermürben, sofern er nicht den Mut findet, die Fron zu brechen und sich die Freiheit zu erkämpfen.«

XV

Das Textbuch, das der junge Tonschöpfer in Mailand vorfindet, ist langweilig und fade. Die Serenata heißt »Ascanio in Alba«, und ihr Verfasser ist der Abbate Giuseppo Parini. Sie schildert die Vermählung Ascanios, eines Enkels der Venus, mit der Nymphe Sylvia aus Herkules' Geschlecht, mit allegorischem, auf das Hochzeitspaar bezogenem Beiwerk verbrämt. Wolfgang arbeitet keineswegs mit der bei ihm üblichen Begeisterung an der Vertonung des Textes. Trotzdem liegt die aus einundzwanzig Musiknummern bestehende Partitur nach einigen Wochen fertig vor. Die Aufführung erhält durch die Mitwirkung des berühmten Kastraten Manzuoli, den die Mozarts noch von London her kennen, wo er den *petit maître* in die Geheimnisse der Gesangskunst einführte, und der nicht minder berühmten Catarina Gabrielli eine besondere Note. Die Gabrielli, die zum ersten Male dem »illustrissimo Cavaliere Amadeo« begegnet, von dem sie schon so viel vernommen hat, gerät bei der Visite, welche die Mozarts ihr machen, über den »maestro eccelente« in Verzücken – ohne eine Note von ihm zu kennen – und zwitschert ihnen gleich eine in Läufern und Trillern geradezu schwelgende endlose Koloratur vor, die Wolfgang beim Nachhausegehen die Bemerkung entlockt:

»Finden Sie nicht, Vater, daß die Gabrielli nichts weiter als eine geschickte Passagen- und Rouladenmacherin ist?«

»Du hast nicht unrecht. Aber in Italien liebt man nun mal die Seiltänzerei der Stimme, und wer reüssieren will, muß sich halt danach richten, Wolferl. Nimm dir ein Beispiel an Hasse.«

Ja, wandelt er nicht schon lange auf den Spuren dieses sächsischen Meisters, den die Italiener wie einen der Ihrigen lieben und ihn »il caro Sassone« nennen? denkt Wolfgang. Er hat eine stille Verehrung für diesen einundsiebzigjährigen freundlichen und gütigen Greis, der eine Woche später als die Mozarts in Mailand eingetroffen ist, um die Proben seiner Oper »Ruggiero« zu leiten. Aber dann hämmern wieder die Worte Joseph Haydns in seinem Hirn, der ihn mahnte, sich nicht mit Haut und Haar den Italienern zu verschreiben, und das Bild von dem in einen venezianischen Gondoliere umgemodelten Salzburger Bua taucht vor seinem inneren Auge auf. So beginnt sich ein Zwiespalt in seinem Herzen zu regen.

Am Tage nach der Hochzeit des erzherzoglichen Paares findet zunächst die Aufführung des »Ruggiero« statt. Das mit den Anzeichen der Altersschwäche behaftete Werk erringt ungeachtet der Beliebtheit des Komponisten nur einen matten Achtungserfolg. Ganz anders gehen die Wogen der Begeisterung hoch, als am nächsten Tage Mozarts »Ascanio in Alba« erklingt. Es sind vor allem die in farbiger Abwechslung einander ablösenden Männer- und Frauenchöre, die gegenüber dem »Mitridate« einen Fortschritt bedeuten und schon auf die von Gluck mit seinen Opern gewiesene Richtung hindeuten. Kein Zweifel, Signor Amadeo hat sich bei den Mailändern neue Sympathien errungen. Es zeugt für die großzügige Denkweise des alten Hasse, daß er neidlos diesen Sieg anerkennt und in einem Kreise von Musikern äußert:

»Dieser Knabe wird uns alle vergessen machen.«

Das junge erzherzogliche Paar ist über den Triumph der beiden deutschen Tonschöpfer hocherfreut – namentlich die Erzherzogin gibt ihrer Anerkennung auf die liebenswürdigste Weise Ausdruck –, und sie erhalten außer angemessenen Honoraren aus der Hand des Gemahls im Namen seiner Mutter Geschenke: Hasse eine goldene Tabatiere und Wolfgang eine goldene mit Diamanten besetzte Uhr, die auf der Rückseite ein in Emaille ausgeführtes Bildnis der Kaiserin trägt.

XVI

Der 16. Dezember 1771, an dem die Mozarts von ihrer zweiten Italienreise heimkehren, ist für Salzburg ein Trauertag: Erzbischof Sigismund hat wenige Stunden zuvor das Zeitliche gesegnet. Mit ihm verlor die Bevölkerung einen Landesherrn, der – obwohl nicht frei von herrischen Eigenheiten – immerhin ein den Nöten seiner Untertanen zugänglicher Landesherr gewesen war und darum sich allgemeiner Beliebtheit erfreut hatte. Seinen Musikern gegenüber war er zwar ein sparsamer und pedantischer Vorgesetzter, allein er war keineswegs ohne Verständnis für die Besonderheiten dieses damals vom Durchschnitt gut gesitteter Bürgerlichkeit meist abweichenden Menschenschlags.

Auch die Mozarts haben aus dieser toleranten Denkweise, besonders durch die widerspruchslos gewährten Urlaubsbewilligungen für weite Konzertreisen, ihren Nutzen gezogen und sehen darum, wie die anderen Kollegen, dem Nachfolger mit beklommenem Herzen entgegen. Bis dieser gewählt wird, bleibt vorläufig alles beim alten, und der Oberstkämmerer waltet als Betreuer der Künstlerschaft in gewohnter Weise seines Amtes. Wolfgang empfindet die Heimatluft mit Behagen. Vor allem die Aussicht, das Weihnachtsfest wieder einmal mit Mutter und Schwester zu verbringen, macht ihn glücklich und froh. Und noch etwas anderes erwärmt sein Gemüt: das Wiedersehen mit der liebreizenden Resl, die dem in der Ferne Weilenden oft durch die Träume huschte. Nannerl weiß ihm über sie allerhand Angenehmes für seine Ohren zu berichten: daß sie mehrere Male sehr eingehend sich nach ihm erkundigt habe, mit besonderem Eifer sich dem Klavierspiel widme, außerdem über ein nettes Stimmchen verfüge und von morgens bis abends zwitschere. Alle diese Enthüllungen sind nur dazu angetan, des Bruders Ungeduld auf die erwartete Begegnung zu schüren.

In den Tagen zwischen Weihnachten und Neujahr schüttet der Himmel in üppiger Fülle Schnee auf Salzburg und seine Umgebung und fordert dadurch die Jugend zu Lustpartien ins Freie heraus. Auch die Geschwister Mozart und Barisani erliegen dieser Lockung und mieten beim Fahrzeughalter Huber Alois zwei Schlitten zu einer Spazierfahrt nach Hellbrunn. In dem ersten Schlitten nehmen Nannerl, Antonia und der Herr von Mölk Platz, ein empfindsamer, schwärmerisch veranlagter Jüngling von etwa zwanzig Jahren, der nie aus dem Zustand der Verliebtheit herauskommt und jetzt, nachdem Nannerl sich gegenüber seinen Liebesbeteuerungen als unnahbar erwiesen hatte, seine Neigung dem ältesten Fräulein von Barisani zuwendet. Der zweite Schlitten ist für Josefa, Resl und Wolfgang bestimmt. Wie er das hübsche Mädchen in seinem schmucken Pelzmäntelchen erblickt und wie es ihm mit freundlichem Kopfnicken die Hand zur Begrüßung entgegenstreckt, wird ihm gar absonderlich zumute, als wolle das Herz scinen gleichmäßigen Rhythmus plötzlich heftig beschleunigen.

Die Schlittenfahrt verläuft in fröhlichem Geplauder. Aber diesmal ist es das g'schamige Resl, das besonders fleißig das Mündchen rührt und dem jugendlichen Kavalier die Zunge löst. Und Wolfgang beginnt aus dem Bündel seiner Erlebnisse allerlei schnurrige Dinge auszupacken, die der Zufall ihm in den Weg warf – ergötzliche Begebenheiten aus dem Reigen der Hochzeitsfeierlichkeiten, eigentümliche Volksbelustigungen, Auswüchse des Musikenthusiasmus – und imitiert Stimmen und Gebärden der Sänger und Sängerinnen an der Mailänder Oper.

»Sie sind ein strenger Kunstrichter, Monsieur Mozart«, bemerkt Resl. »Da muß einem ja angst und bange werden.«

»Ach, das Singvögelchen fürchtet wohl meine Kritik?«

»Singvögelchen?«

»Nun, man hört in Salzburg allerhand munkeln über den aufgehenden Stern am Opernhimmel.«

»Da hat Nannerl gewiß aus der Schule geplaudert.«

»Ich sage nur, was man hört.«

Unter solchen Neckereien vergeht im Fluge die Zeit, und man nimmt mit Erstaunen wahr, daß man das Ziel schon erreichte. Viel Salzburger Jugend hat sich eingefunden, um die Winterfreuden ausgiebig zu genießen. Der zugefrorene Weiher ist der bevorzugte Sammelpunkt. Männlein und Weiblein bunt durcheinander ergötzen sich hier an dem erst jüngst in Mode gekommenen Schlittschuhlauf, manche noch unbeholfen die Kunst ausübend, dazwischen stolpernd und stürzend, andere bereits elegante Bogen zirkelnd oder in graziösen Sprüngen sich produzierend. Wolfgang schaut eine Weile dem munterem Treiben zu, das ihm noch etwas Unbekanntes ist, und es packt ihn schließlich die Lust, auch die stählernen Kufen anzulegen. Unter Resls Führung unternimmt er die ersten schüchternen Versuche, aber sie fallen recht unbeholfen aus. Immer wieder rutscht er aus, verliert das Gleichgewicht und stürzt hin. Als stadtbekannte Persönlichkeit rückt er natürlich sehr bald in das Blickfeld der Aufmerksamkeit seiner Mitbürger, und das Getuschel »Der junge Mozart lernt aus der Fibel des Eislaufs« macht seine Runde. Die teils bemitleidenden, teils vergnügten Mienen der Vorübergleitenden verdrießen ihn, und so gibt er nach mehrmaligem Mißlingen das aussichtslose Bemühen auf und schlägt statt Eislaufen Schlittenfahren vor. Bald vor, bald hinter seiner Gefährtin sitzend, lenkt er den Handschlitten, und so schießen beide auf der eingefahrenen und bereits ziemlich glatten Bahn mehrmals die Strecke abwärts. Jede glückliche Fahrt spornt ihren Eifer zu einem neuen Start an. Überdrüssig des gewohnten Weges schaut Wolfgang nach einem schwierigeren, noch wenig benutzten Gelände aus und entdeckt es etwa fünfzig Schritte weiter. Auch dorthin folgt ihm Resl voll Wagemut. Da der Hang hier steiler abfällt, setzt der Schlitten von vornherein in schnellerem Tempo ein und entwickelt eine Geschwindigkeit, die an die Kraft des Bremsers erhebliche Anforderungen stellt. Ob nun Wolfgang ihnen nicht gewachsen ist oder ob er leichtfertig dem Schlitten die Richtung überläßt, jedenfalls verliert er die Gewalt über ihn, und einige Sekunden später landen die kühnen Fahrer Hals über Kopf in einer Schneewehe, erst ein wenig erschrocken, dann, als sie sich nebeneinander liegend in dem weichen Pfühl gewahren, in ein helles Gelächter ausbrechend. Wolfgang rappelt sich zuerst hoch, wogegen Resl sich vergeblich abmüht und immer wieder lachend in den Schnee zurücksinkt. Als Kavalier reicht er ihr hilfreich die Hand; kaum jedoch hat sie sich halbwegs erhoben, als sie abermals schwankt und sich mit beiden Händen an ihn klammert.

Das süße Antlitz dicht vor seinen Augen, zieht er es stürmisch zu sich heran und drückt auf den lächelnden Mund einen herzhaften Kuß, beglückt verspürend, wie er ohne Widerstreben geduldet wird.

Kein Wort entweiht die eingetretene Stille der heimlich aufgegangenen gegenseitigen Zuneigung zweier junger Menschen. Stumm stampfen sie, den Schlitten hinter sich herziehend, nebeneinander durch den tiefen Schnee, Resl verträumt und befangen, Wolfgang trunken vor Wonne. Nur hin und wieder begegnen sich ihre Augen, und jedesmal bricht ein verklärtes Leuchten in ihnen auf.

Über und über mit Schnee bedeckt, treffen sie bei den anderen Teilnehmern der Schlittenfahrt ein.

»Ihr kommt ja wie die richtigen Schneemänner von eurer Schlittenpartie daher«, sagt Antonia, und Nannerl ergänzt schmunzelnd:

»Gewiß seid ihr gründlich im Schnee versackt.«

»Ein kleines Mißgeschick, nicht von Belang«, versetzt Wolfgang. »Es war doch schön, mal auch so was zu erleben, nicht wahr, Fräulein Therese?«

»Und ob!« erwidert sie keck. »Das kommt nicht alle Tage vor.«

»Nun ist's aber Zeit zur Heimfahrt«, mahnt Antonia, »und damit die Abwechslung zu ihrem Recht kommt, mögen Herr von Mölk und meine Schwestern in dem einen Schlitten und wir drei in dem andern Platz nehmen!«

Resl zieht zwar ein schiefes Mäulchen, und auch Wolfgang scheint über diese Verteilung nicht erbaut zu sein, aber beide fügen sich ohne Widerrede der Anordnung. Sie tragen ja einen kostbaren Schatz in ihrer Seele – das Geheimnis ihrer erwachten Liebe –, und dieses spinnen sie unterwegs in das zarte Gewebe ihrer Träume ein.

XVII

Das übermütige Wintervergnügen hat ein böses Nachspiel: noch an demselben Abend wird Wolfgang von einem heftigen Fieber heimgesucht. Der rauhe Nordwind, der ihnen bei der Rückfahrt entgegenblies, trug dem vom eifrigen Schlittenfahren Erhitzten und in Schweiß Geratenen eine Erkältung ein. Bei seinem empfindlichen Organismus packt sie ihn gleich mit niederwerfender Gewalt und verursacht ein wochenlanges Krankenlager, von dem er sich erst an seinem sechzehnten Geburtstag erhebt.

Seine trüben Mienen hellen sich auf, als ihm Nannerl ein Sträußchen mit Grüßen von Resl überreicht.

»Was macht die Kleine?« fragt er.

»Es geht ihr gut, aber sie sorgt sich um dich. Übrigens hat auch ihre Frau Mama sich angelegentlichst nach dir erkundigt und mir aufgetragen, dir zu sagen, es würde sie freuen, wenn du einmal zu ihnen kämst und abhörtest, ob der Singsang von der Resl was tauge.«

Keine noch so gute Arzenei hätte eine bessere Wirkung erzielt als diese fröhliche Nachricht. Von Tag zu Tag nimmt die Besserung in Wolfgangs körperlichem Befinden zu, und ehe eine weitere Woche verstrichen ist, macht er sich auf zu einem Besuch bei den Barisanis. Das Hausmädchen führt ihn in den Salon. Gleich darauf erscheint die Dame des Hauses, eine stattliche Blondine mit feingeschnittenen, doch Selbstbewußtsein und Willenskraft verratenden Gesichtszügen, in Begleitung ihrer jüngsten Tochter Therese, die bei seinem Anblick leicht errötet.

»Es freut mich, daß Sie gekommen sind, Monsieur Mozart«, begrüßt ihn Frau von Barisani. »Ich habe mit Bedauern von Ihrer schweren Erkrankung vernommen. Wie leicht hätte sie gefährlich werden können, aber gottlob hat sich alles zum Guten gewendet. Ich bat Sie um Ihren Besuch, weil mir an Ihrem Urteil liegt. Sie wissen vielleicht von Ihrer Schwester, daß meine Tochter Therese eine Neigung zur Musik verspürt, die sie teils am Klavier, teils im Gesang betätigt. Ich möchte nun gern aus Ihrem Munde hören, ob mein Resl genügend Talent besitzt, um es unter bewährter Leitung weiter auszubilden. Aber ich erwarte von Ihnen ein aufrichtiges, durch keine Rücksichten gehemmtes Urteil.«

»Sie verleihen mir, Madame, ein verantwortungsvolles Amt. Ich werde mich redlich bemühen, Ihren Anforderungen gerecht zu werden.«

Resl unterzieht sich nun der über sie verhängten Prüfung. Etwas schüchtern geht sie an das Klavier und spielt zunächst eine kleine Sonate des Salzburger Komponisten Eberlin sauber und nett. Dann legt sie ein Notenheft auf das Pult und bittet den Kunstrichter, sie zu begleiten. Er erkennt beim Aufschlagen des Heftes sofort seine Handschrift und die Arie aus seinem Singspiel »Bastien und Bastienne«, die er für Nannerl niedergeschrieben hat. Ein beglücktes Lächeln umspielt seine Lippen, und als er aufblickt, glaubt er einen Widerschein in Resls Gesicht wahrzunehmen. Da beginnt sie unter seiner Begleitung zu singen

»Mein liebster Freund hat mich verlassen,
mit ihm ist Schlaf und Ruh dahin«,

und sie singt so lieblich und voll Wärme, daß er sich lebhaft an die Aufführung des Singspiels in Mesmers Gartentheater erinnert fühlt.

Nach dem Vorspielen und Vorsingen von der Mutter über seinen Eindruck befragt, ergeht er sich keineswegs in überschwenglichen Lobesergüssen, sondern deckt gewissenhaft die vorhandenen Mängel im Klavierspiel auf, hebt jedoch die guten stimmlichen Anlagen im Gesang hervor und stellt ihnen bei gründlicher Übung und inniger Verschmelzung von Stimme und Seele eine verheißungsvolle Entwicklung in Aussicht. Erfreut über diese Kritik, fragt Frau von Barisani Mozart, ob er geneigt sei, wöchentlich ein Stündchen für die weitere musikalische Ausbildung ihrer Tochter zu opfern.

»Ich bin überzeugt«, fügt sie hinzu, »daß unter Ihrer sachkundigen Leitung sich die Neigung meiner Tochter zur Musik vertiefen wird. Sie soll ja keine Konzertsängerin werden, doch schon das Vergnügen, kunstgerecht zu singen, ist eine beglückende Mitgift für das Leben.«

»Ich wüßte nicht, Madame, was ich lieber täte, als das Amt eines musikalischen Hofmeisters der Demoiselle zu verrichten.«

»Also schön. Dann werden wir bald das Vergnügen haben, Sie als ›musikalischen Hofmeister‹ bei uns zu sehen.«

Wolfgang verabschiedet sich. Die Aussicht, daß ihm eine Gelegenheit erblüht, ohne Geheimtuerei mit dem reizenden Mädchen hin und wieder zusammenzusein, erfüllt ihn schon im Vorgefühl des Kommenden mit Wonne. Er hat bei Frau von Barisani einen guten Eindruck hinterlassen; denn nach seinem Fortgang äußert sie entzückt zu ihrer Tochter:

»Der junge Mozart gefällt mir. Un giovanetto gentilissimo! würde unser Vater sagen. So offenherzig, so höflich, so bescheiden trotz der beispiellosen Erfolge!«

»Ich fürchte nur, mein bescheidenes Können wird ihn bald langweilen.«

»Warum?«

»Nun, in Sachen der Kunst stellt er die höchsten Anforderungen und ist streng, sehr streng.«

»Soll er auch. Es wird nicht zu deinem Schaden sein.«

XVIII

Drei Monate nach dem Tode des Erzbischofs Sigismund fällt nach dreizehn unentschiedenen Wahlgängen – ein Beweis für die Uneinigkeit im Domkapitel – die Nachfolge auf den Bischof von Gurk, Hieronymus Joseph Franz von Paula, Graf Colloredo. Der neue Kirchenfürst ist seinem Vorgänger sehr unähnlich, sowohl im Hinblick auf Alter und äußere Erscheinung – er zählt erst vierzig Jahre und hat eine hagere Gestalt mit ausgeprägtem Gelehrtenantlitz – wie durch Charakter und Bildung. Die auffallende Strenge seiner Gesichtszüge, die sich selten zu einem Lächeln verziehen, lassen in ihm auch einen gestrengen Herrn vermuten. Es fehlt ihm völlig jenes verbindliche Wesen, das den

Erzbischof Sigismund bei all seiner betonten fürstlichen Würde so sympathisch machte. Jeder, der mit dem Kirchenfürsten spricht, spürt zwischen sich und ihm eine unsichtbare Scheidewand. Aber der hohe Stand seiner Bildung und eine unbeugsame Tatkraft gehören zu seinen bemerkenswerten Eigenschaften. Er ist ein unverkennbarer Jünger der Aufklärung, ein kühler Verstandesmensch, abhold aller Frömmelei und allem heuchlerischen Getue, dabei sehr bedacht auf die natürlichen Menschenrechte; auch in religiösen Dingen zeichnet ihn fortschrittliche Gesinnung aus, da er das starre Festhalten am Bibelwort auflockert und die Berücksichtigung der gewonnenen Naturerkenntnisse anbefiehlt. Was ihn aber am meisten von seinem Vorgänger unterscheidet, ist die Energie, mit der er die Staatsgeschäfte angreift und reformatorisch vorgeht, indem er durch eiserne Sparsamkeit die finanziellen Nöte des Landes behebt, pflichtbewußte und tätige Beamte an maßgebende Stellen setzt, Nichtstuer und Pfründengenießer entläßt. Das sind zwar Maßnahmen, die erst im Laufe seiner Regierung Früchte zeitigen. Aber schon beim Antritt seines hohen Amtes entwirft er sein reformatorisches Programm mit nüchterner Sachlichkeit, und jedem seiner Untergebenen geht die Erkenntnis auf, daß die Tage des Dolcefarniente vorüber sind. So erwirbt er sich wohl bei den Salzburgern mit der Zeit Achtung, aber niemals Liebe.

Den Künsten scheint er – und auch hierin weicht er von dem verstorbenen Landesherrn ab – von vornherein nicht sonderlich geneigt. Er verneint zwar nicht ihre Berechtigung, aber er sieht in ihnen doch keine unbedingte Lebensnotwendigkeit, sondern nur eine schmückende Beigabe für eine Zeit des Überflusses. Allenfalls läßt er die Musik noch gelten – wohl weil er selbst schlecht und recht die Geige spielt –, freilich einseitig in der Richtung des italienischen Geschmacks.

Die Mozarts sehen unter solchen Auspizien dem Kommenden mit einigem Bangen entgegen, namentlich Vater Leopold, obwohl er im stillen eine kleine Hoffnung auf die Nachfolge des beurlaubten Kapellmeisters Lolli hegt. Als der Erzbischof mit seinem Oberstkämmerer einmal die Musikangelegenheiten seines Hofes bespricht und dabei erfährt, daß der junge Mozart als Konzertmeister kein Salär beziehe, sagt er ungehalten: »Das geht auf keinen Fall. Wir können nicht eine so wertvolle Kraft unseres Orchesters unbesoldet ausnutzen. Das schadet unsrer Reputation.

Sorgen Sie dafür, Graf, unverzüglich, daß Wolfgang Amadeus Mozart ein vorläufiges Jahressalär von 150 Gulden erhält.«

Der Oberstkämmerer benutzt den günstigen Augenblick um für Vater Mozart eine Lanze zu brechen, wobei er darauf hinweist, daß der Genannte nun bereits neunundzwanzig Jahre in erzbischöflichen Diensten stünde und lediglich das Amt eines Vizekapellmeisters versehe, obwohl er seinen Leistungen gemäß als eines der tüchtigsten, pflichteifrigsten und gebildetsten Orchestermitglieder durchaus die Anwartschaft auf den ersten Kapellmeisterposten rechtfertige. Der Erzbischof hört ihn gelassen an, kräuselt jedoch die Stirn in Falten und erklärt: »Ich habe über die Besetzung dieses Amtes schon disponiert und dafür den Dresdner Kapellmeister Domenicus Fischietti vorgesehen, wenigstens für die Dauer der Beurlaubung Lollis. Er kommt von einer renommierten Oper, und ich glaube, daß unsere Musiker bei ihm in guten Händen sein werden. Übrigens habe ich manches verlauten hören, was nicht gerade zu Mozarts Gunsten spricht: er sei eitel, eingebildet, habe an allem was auszusetzen und erfreue sich auch unter den Kollegen wegen seines hochfahrenden Wesens keiner Beliebtheit.«

Diese entschiedene Absage schließt jede weitere Erörterung der Frage aus. Für Leopold Mozart ist sie jedoch die Ursache zu neuer Verbitterung.

XIX

Wolfgang benutzt die Sommermonate zu emsigem Schaffen. Er hat sich fast ausschließlich der Sinfonie zugewandt. In kurzer Folge entstehen acht Werke, die das bisher auf diesem Gebiet von ihm Geleistete weit überragen. Seit der ersten Berührung mit Joseph Haydn geht in den Sinfonien Mozarts eine Wandlung vor: nachdem er das Unzulängliche seiner früheren Arbeiten erkannt hat, bemüht er sich, getreu der Mahnung des älteren Meisters, den italienischen Einfluß abzuschütteln und eigene Wege zu finden, freilich zunächst noch mit unvollkommenem Gelingen.

Niemand versteht dieses leidenschaftliche Ringen um eine neue Form besser als Michael Haydn, dem Wolfgang immer noch seine Arbeiten zur Durchsicht unterbreitet, und niemand unterzieht sich auch freudiger dieser Aufgabe als er, gewahrt er doch in jedem neuen Werk die schrittweise Weiterentwicklung, die Loslösung aus den Fesseln des modischen Geschmacks und die Verinnerlichung des persönlichen Empfindens.

Als ihm Wolfgang im August die letzte der in diesem Sommer entstandenen Sinfonien, eine Sinfonie in A-Dur – die achtundzwanzigste in der stattlichen Reihe der bisher geschriebenen –, in seiner bescheidenen Art vorlegt, wird sie von Haydn besonders eingehend geprüft. Aber keine Bemerkung kommt während der Durchsicht über seine Lippen. Er scheint völlig unter ihrem Bann zu stehen. Mit einer geradezu stürmischen Gebärde schlägt er das Notenheft zu, schließt den Komponisten in die Arme und sagt:

»Ich kann dir nichts mehr geben, ich kann nur noch von dir lernen. Du hast dich selbst gefunden. Deine Musik klingt über die Grenzen deiner Vorbilder hinaus. Sie predigt die Schönheit eines neuen, mir noch fremden Stils. Mein lieber Junge, der alte Hasse hat recht, wie dein Vater mir berichtete: du wirst uns alle, die wir heute leben und komponieren, Deutsche und Italiener, in den Schatten stellen! Ich habe, als er es mir sagte, im stillen gelächelt, weil ich von solchen Prophezeiungen nichts halte. Schon mancher Wunderknabe gab zu kühnsten Hoffnungen Anlaß und enttäuschte seine Mitwelt, als er älter wurde. Jetzt lache ich nicht. Wärst du ein aufgeblasener hochnäsiger Gernegroß, verzogen durch den Beifall der Menge, ich sagte dir es nicht. Aber da du ein schlichter, verschämter Hüter deiner Gaben bist und dazu mein Freund, so spreche ich es aus: Gott schütze dich vor Mißgunst und Unverstand, die sich wie elendes Geschmeiß auf die wahrhaft großen Sucher nach der erhabenen Kunst werfen!«

In einem seltsamen Zustand von Benommenheit verläßt der junge Mozart seinen teuren Meister Haydn. Seit die Liebe sich in Wolfgangs Herzen eingenistet hat, verspürt er ein ungestümes Feuer in seinen Adern, schwebt seine Phantasie mit leichterem Flügelschlag dahin, umspielt eine holdere Grazie den Reigen seiner Melodien. Der Unterricht, den er der lieblichen Schülerin erteilt, ist ihm zu einem unentbehrlichen Bestandteil des Daseins geworden. Von einer Stunde zur andern beschwingt die Sehnsucht sein Gemüt, und jeder Tag, der ihn dem Wiedersehen näherbringt, verstärkt den süßen, dunklen Herzensdrang. Diese Unterrichtsstunden sind durchaus keine nur den Liebenden vorbehaltenen Stelldicheine. Der gute Ton erfordert die Gegenwart einer Anstandsdame. Bald ist es die Frau Mama, bald eine der Schwestern. Wenn die Mutter mit einer Handarbeit dabeisitzt, wird eifrig musiziert, und nur verstohlen gewechselte zärtliche Blicke verraten schüchtern die von Frau Venus gesponnenen unsichtbaren Fäden zwischen den Seelen. Josefa dagegen ist wie ein richtiger Wachhund stets auf der Lauer, und wenn *sie* ihres Amtes als Anstandsdame waltet, fühlt sich Wolfgang entschieden während des Unterrichtes gehemmt.

So gehen die Stunden im Wechsel von ernstem Unterricht und heimlichem Liebesspiel dahin.

Eines Tages erscheint er zur üblichen Stunde. Resl empfängt ihn mit verschmitztem Lächeln und flüstert ihm zu:

»Wir sind heute entre nous. Mama ist mit Pepi in der Stadt, und Toni schreibt nebenan einen Brief.«

Überglücklich drückt er sie an sich und jubelt auf:

»Das ist ja herrlich! ...«

»Pst«, sagt sie und legt ihm den Zeigefinger auf den Mund.

Stumm treten sie Arm in Arm in das Zimmer und gehen an das Klavier.

»Nun, Monsieur Mozart, was haben Sie heute mit mir vor?« fragt Resl auffallend laut.

Wolfgang erklärt geheimnisvoll, daß sie heute drei Gesänge für Sopran, die er aus einem alten Liederbuch abgeschrieben habe, probieren würden. Zunächst liest er die Texte vor: zwei Gedichte von Johann Christian Günther »Geheime Liebe« und »Großmütige Gelassenheit«, und das dritte, ebenfalls verliebten Inhalts, von einem unbekannten Poeten. Dann spielt er sie, die Melodie vor sich hinsummend, vor. Bei der Wiederholung schaltet sich bereits Resl mit ihrer Stimme ein, und nun wird gewissenhaft mit einem Eifer ohnegleichen gemeinsam geübt, bis alle drei Lieder fest sitzen. Und siehe da: jetzt stellt sich die liebe Kleine, die bisher, hinter dem Begleiter stehend, die Hände auf seine Schultern gelegt, beim Einstudieren verharrte, anmutig in Positur und trägt die Gesänge schlicht und gefühlvoll auswendig vor.

»Ausgezeichnet«, sagt Wolfgang, steht impulsiv auf und küßt die Sängerin. »Nun kann ich dir auch etwas verraten: Die Lieder sind von mir, meine ersten und dir seien sie gewidmet.«

»Ist's wahr?« flüstert Resl außer sich vor Freude.

Und zum ersten Male wirft sie sich leidenschaftlich an seine Brust, um jedoch bald, durch ein Geräusch aufgeschreckt, sich aus seinen Armen loszureißen. Da tritt Antonia ein, bleibt an der Tür stehen und sagt:

»Ihr seid ja plötzlich so still, als ob ihr vom Üben müde wär't. Was für niedliche Liederchen habt ihr denn da in Arbeit?«

»Von Herrn Wolfgang Amadeus Mozart«, ruft Resl echauffiert. »Und denke dir, Toni, er hat sie mir zugeeignet.«

»Da kannst du stolz sein.«

»Das bin ich auch und sehr!«

Antonia muß in unmittelbarer Nähe die Lieder anhören, und Resl singt, was das Herz nur hergibt an Gefühl, man möchte meinen, beinahe zu viel. ›Was ist bloß seit Jahr und Tag in die Schwester gefahren‹, denkt Toni. ›Der schüchterne g'schamige Backfisch hat sich in eine Sirene verwandelt; sollte Pepi recht haben, daß der Wolfgang ihr das Köpflein verdreht hat?‹ Und sie beschließt, der Sache auf den Grund zu gehen.

Als die Unterrichtsstunde beendet und der musikalische Hofmeister gegangen ist, nimmt sie die Kleine ins Gebet.

»Resl, nun laß uns mal unter vier Augen ein vernünftiges Wort miteinander reden. Ihr beiden habt doch 'ne Liebelei miteinander.«

»Liebelei? Wie kommst du darauf?« fährt die Überführte hoch.

»Mir machst du nichts weis. Glaubst du, ich hätte euer Getuschel und Gebussel nicht vernommen? Auch die Wände haben Ohren.«

»Um Himmelswillen, Toni, laß es die Mutter nicht merken.«

»Ich bin doch keine Spaßverderberin. Aber eins will ich dir sagen: Treibe mir das Spiel mit dem Feuer nicht zu weit! Ihr seid beide jung, kaum den Kinderschuhen entwachsen. Der Wolfgang ist ein lieber Mensch, allein er ist Künstler, und es wird noch manches Jahr vergehn, eh er einen Hausstand gründen kann. Weiß man denn, welche unerwarteten Ereignisse seinen Weg kreuzen können, die ihn – vielleicht gegen seinen Willen – dir entfremden. Darum verhaspelt euch nicht. Es täte mir leid für dich und ihn, wenn später Enttäuschungen daraus erwüchsen.«

Resl schweigt, obwohl ihr Inneres sich gegen die Worte der älteren Schwester auflehnt. ›Gott, wie altklug und erfahren spricht Toni‹, denkt sie, ›als wär' sie meine Großmutter.‹ Aber die schwesterliche Mahnung wirkt doch etwas abkühlend auf ihr erhitztes Gemüt. Antonia spürt's und sagt:

»Ich wollte dir nicht den Kopf waschen, Resl, dir deine Schwärmerei verleiden, beileibe nicht; nur freundschaftlich warnen wollte ich, weiter nichts.«

XX

Das Hochgefühl des Geliebtwerdens beherrscht Gedanken und Sinne des Jünglings Mozart. Wie es auf seine Musik sich auswirkt, zeigt die neue Oper »Lucio Silla«, die er für Mailand schreibt. Die Handlung mit ihren entweder in Bosheit und Haß lodernden oder vor Edelmut und Verzückung triefenden Gestalten ist wenig dazu angetan, die Schwingen seiner Phantasie zu beflügeln, aber wo die Liebe zwischen Giunia und Cecilio, dem von der brutalen Rachgier des Diktators Silla verfolgten Liebespaar, aufklingt, verströmt er in die Töne aus eigenem Herzen quellendes Empfinden mit einer Leidenschaft, wie sie bisher seine Musik nicht verkündete.

In Mailand, wo Vater und Sohn im November des Jahres 1772 eintreffen, setzt die Hauptarbeit für Wolfgang erst richtig ein; denn nun gilt es, die vielen Wünsche der Sänger und Sängerinnen zu berücksichtigen, die in ihrer Künstlereitelkeit auf Wirksamkeit und Erfolg ihrer Solopartien eifrig bedacht sind, besonders die anspruchsvolle und berühmteste Primadonna Italiens, Anna Lucia de Amicis, deren Wünsche jedoch der Komponist zu ihrer größten Zufriedenheit erfüllt.

Als die sozusagen in jagender Hast fertiggestellte und ebenso überstürzt einstudierte Oper am zweiten Weihnachtsfeiertage zur Aufführung gelangt, steht sie von vornherein unter einem ungünstigen Stern; denn ihr Beginn verzögert sich um zwei Stunden, weil der Erzherzog Ferdinand noch fünf Neujahrsbriefe eigenhändig schreibt. Aber die peinlichste Situation bringt die Vorstellung selbst. Man hat an Stelle des plötzlich erkrankten Tenoristen Cordoni, der den Silla spielt, einen Kirchensänger aus Lodi engagieren müssen, der zwar über eine gute Stimme verfügt, jedoch aller schauspielerischen Begabung ermangelt und mit seinen wilden Gebärden in ernsten Szenen das Publikum so zum Lachen bringt, daß seine Partnerin, die de Amicis, in Verwirrung gerät und ihre herrliche Gesangskunst den ganzen Abend darunter leidet. Der Applaus am Schluß der Vorstellung ist infolgedessen sehr dürftig und matt. Zum ersten Male verspürt Wolfgang so etwas wie gekränkte Eitelkeit. Mißmutig äußert er sich auf der Heimfahrt von der Oper zum Vater:

»Es fehlte nicht viel, da hätt's faule Äpfel geregnet. Wir sind gerade noch mit einem blauen Auge davongekommen. Muß das

Mistvieh von Principale einen Holzknecht auf die Bühne stellen, der die Amicis aus der Contenance bringt und den ganzen Sukzeß verdirbt! Aber die meiste Schuld an der lauwarmen Aufnahme trägt der vermaledeite Text, der genauso fadenscheinig ist und steif daherstelzt wie das dürre Verfasser-Männchen Gamerra. Und darauf hat man so viel Schweiß und Hirn verwendet!«

»Du urteilst zu streng, Wolferl«, tröstet der Vater. »Warten wir die Wiederholungen ab. Die Oper ist gut, und sie wird ihren Weg machen.«

»Ich glaube nicht an die Wiederholungen, Herr Vater. Sie werden sehen, man wird sie nach der zweiten oder dritten Aufführung absetzen, und ich bin für die Mailänder fortan ein toter Mann.«

In einer Hinsicht rät Wolfgang fehl, und der Vater hat recht. Die Oper wird mehr als zwanzigmal wiederholt, und mit jeder weiteren Aufführung wächst die Schar ihrer Bewunderer. Allein, trotz dem unzweifelhaften Erfolg des »Lucio Silla« schweigt sich die Theaterleitung wegen der Scrittura zu einer neuen Oper aus. Und auch die Hoffnung, daß Wolfgang am Hofe zu Modena eine seiner Begabung entsprechende Position finde, geht nicht in Erfüllung. Der Erzherzog Ferdinand erwähnt diese vor Jahresfrist geäußerte Absicht mit keiner Silbe. Und ebenso kommt aus Florenz, von dem Bruder des Genannten, dem Großherzog Leopold, an den der besorgte Vater sich ebenfalls gewandt hat, keine Zusage, sondern im Gegenteil nach mehreren Wochen ungeduldigen Harrens eine Absage.

Aber Wolfgang hat diese Wochen nicht untätig verbracht. Er hat sechs Streichquartette geschrieben, in denen man den Einfluß des bald siebzigjährigen ehemaligen Lehrers von Gluck und hervorragenden Meisters der Instrumentalmusik, Giovanbattista Sammartini, deutlich spürt, mit dem er bereits bei seinem ersten Mailänder Aufenthalt bekannt geworden war und der ihm auch jetzt wieder sein ehrliches Wohlwollen bezeigt. Aber schon wirkt der Geist Haydns stärker in ihm nach, und so löst er mit diesem Tribut, den er dem Lande darbringt, das am frühesten vor allen andern Ländern sein schöpferisches Genie erkannte und förderte, sich aus den Zauberfesseln, in die es ihn verstrickte. Als er Anfang März mit seinem Vater die Rückreise antritt, ist Italien für ihn etwas Überwundenes, vergleichbar einer seine Sinne betörenden Liebelei mit ihrem erregenden Wechsel von beglückenden Genüssen und verdrießlichen Launen, aber doch nur eine Liebelei und keine sein Inneres aufwühlende und umwandelnde Leidenschaft.

XXI

Als eine der ersten Aufgaben betrachtet Leopold Mozart nach der Rückkehr den Wohnungswechsel, der ihm schon seit längerer Zeit vorschwebte. Das Quartier in der Getreidegasse 9 ist zu eng geworden. Vor allem braucht Wolfgang nach des Vaters Meinung mehr Raum. Es bietet sich in der Nähe des Eingangs zum Mirabellgarten, in dem sogenannten »Tanzmeisterhaus«, eine günstige Gelegenheit, Vater Mozarts Umzugswünsche zu befriedigen. Es gehört einer älteren Dame namens Anna Maria Raab, die es von ihrem Vetter, dem hochfürstlichen Tanzmeister Franz Gottlieb Speckner geerbt hat. Die Eigentümerin und der Mieter werden handelseins, und im Frühjahr kann die Familie Mozart ihre neue Wohnung im ersten Stock beziehen.

Die Wohnung am Hannibalplatz ist verglichen mit der früheren ein fürstliches Quartier. Sie umfaßt acht Zimmer, darunter einen geräumigen mit Stuckornamenten verzierten Saal, in dem einst der selige Hoftanzmeister Speckner die heranwachsenden Kavaliere und Damen der Salzburger Hautevolee in die Geheimnisse der Gavotten, Menuette und Allemanden eingeführt hatte. Nun gestaltet man ihn zu einem Musiksalon um, in dem Wolfgang Amadeus Mozart seine künftigen Klavier- und Violinsonaten, Quartette, Serenaden und Divertimenti mit einer kleinen Schar von Musikjüngern auf ihre Klangwirkung hin ausprobieren wird.

Für die vielen Räume reicht natürlich nicht das Mobiliar. Vater Mozart muß darum tief in seinen schon beträchtlich zusammengeschrumpften Geldbeutel greifen, um dem neuen Heim ein repräsentatives Aussehen zu geben. Aber in diesem Fall ist dem sparsamen Familienoberhaupt kein Tisch, kein Sessel, kein Sofa zu teuer, und Mutter Annerl schüttelt zuweilen über seinen Opfermut den Kopf und versucht auch hin und wieder seine Einkäufe zu bremsen, denn sie denkt: ›Nannerl ist schon längst im ehefähigen Alter, wo soll die Mitgift herkommen, wenn sie heiratet?‹

Das Wohnhaus der Familie Mozart am Hannibalplatz in Salzburg. Lithographie nach G. Pezold

Doch vorerst scheint solche Möglichkeit nicht zu bestehen. Nannerl zeigt jedenfalls nicht die geringste Neigung dazu. Ihren Ehrgeiz, als Pianistin und Sängerin auf dem Podium zu glänzen, hat sie längst eingesargt. Sie begnügt sich mit Stundengeben und gilt als gute Klavierlehrerin, der die begüterten Salzburger Mitbürger gern ihre Kinder anvertrauen, damit sie die Liebe zu Frau Musica in ihnen entfache. So sind drei Familienmitglieder Verdiener, und Leopold Mozart ist deswegen um die Zukunft unbesorgt, wenn man hinfort auch nach außen hin auf größerem Fuße lebt. Nur daß Wolferl keine seinen Fähigkeiten und Leistungen angemessene Position hat, bereitet ihm Kopfzerbrechen.

Mit der neuen Hauswirtin, der »Jungfer Danzmeister Mitzerl« – wie die Mozarts sie nennen –, befindet man sich von vornherein in bestem Einvernehmen. Sie wohnt im Parterre und ist ein zierliches Persönchen, das trotz seiner sechzig Jahre wie ein kokettes Meißner Figürchen aussieht: immer modisch gekleidet, sehr gepflegt, auch sehr geschminkt, stets zuvorkommend, verbindlich lächelnd und graziös in jeder Gebärde, immer den Eindruck erweckend, als sei sie bereit, zu einem Tanz anzutreten. Selbst einem oberflächlichen Menschenkenner kann es bei flüchtiger Bekanntschaft nicht entgehen, daß sie einst zu der Gefolgschaft Terpsichores gehörte und daß diese Vergangenheit als unvergeßliche Erinnerung in ihr weiterwirkt. Den hoffnungsvollen Opernkomponisten Wolfgang Amadeus hat sie gleich von Anbeginn ihrer Nachbarschaft in ihr Herz geschlossen. Geradzu verklärt ruhen ihre Augen auf ihm, wenn er mit ihr spricht, und ganz verzückt ist sie, sobald er sich ans Klavier setzt und einen seiner Tänze spielt. Dann fiebert in ihr das Blut, und jeder Nerv zuckt in den Gliedmaßen, die in dem Rhythmus der Töne beweglich werden.

Jungfer Danzmeister Mitzerl hat auch eine sehr geläufige Zunge. Daß der berühmte Sohn Salzburgs, der Stolz seiner Vaterstadt, der Ritter vom Goldenen Sporn, den sie nie anders als ›Herr von Mozart‹ tituliert, in ihrem Hause wohnt, betrachtet sie als eine hohe Auszeichnung und ist darum unaufhörlich bemüht, bei ihren Mitbürgerinnen sich in Geltung zu setzen. Das hat seine verdrießlichen Schattenseiten; denn es verbreitet sich das Gerücht, die Mozarts seien schwerreich aus Italien zurückgekehrt und hätten bei ihren Konzerten überall ausverkaufte Häuser gehabt, ja die Leute seien ganz wild gewesen und hätten doppelte und dreifache Preise bezahlt, um nur eingelassen zu werden.

Das Peinliche an dieser unsinnigen Legendenbildung ist der Umstand, daß sie hier und dort Gläubige findet, die geschäftig das Vernommene weiterschleppen. So gelangen jene Gerüchte, wer weiß durch welche Zuträger, bis zu den Ohren des Landesfürsten, der in einer Unterredung mit seinem Oberstkämmerer die Frage einflicht, ob die Mozarts in Italien so erhebliche Revenüen bezogen hätten, daß sie ihren modus vivendi hinaufschrauben konnten. Der alte Graf widerspricht dem und meint, dieses Revirement in der äußeren Lebensführung habe der Vater lediglich mit Rücksicht auf das Ansehen des Sohnes vorgenommen. Der Erzbischof kann die Bemerkung nicht unterdrücken, daß die Mozarts in ihrem Oberstkämmerer einen sehr wohlwollenden Gönner gefunden hätten, schließt jedoch das Gespräch mit der strengen Weisung:

»Ich habe mit Rücksicht auf den Sohn dem Vater gelegentlich Urlaub gewährt. Diese Vergünstigung, die mein Vorgänger allzu großmütig gehandhabt hat, muß wegfallen. Was wird aus der Disziplin, wenn ich jedem dieses Vorrecht einräume und er, die Lizenz ausnutzend, es willkürlich überschreitet, wie das auch bei der letzten Italienreise der Fall war? Ich ersuche Sie darum, den Vizekapellmeister Mozart über meinen Standpunkt privatissime zu unterrichten.«

XXII

»Wolferl, i bin halt gar net zufrieden mit dir«, sagt eines Tages Mutter Annerl. »Nun haben wir die schöne große Wohnung, und du kannst komponieren und musizieren nach Herzenslust und bist doch net frohgemut und ausgelassen wie früher, sondern bist ein richtiger Sauertopf. Was bedrückt dich? Sprich dich aus.«

Der Sohn schweigt, macht eine abwehrende Bewegung. Alle Versuche der Mutter, ihn zum Sprechen zu bewegen, scheitern. Da sagt sie es ihm auf den Kopf zu, daß er verliebt sei.

»Die Resl is a reizender Springinsfeld, ohne Zweifel. Du hast ja guten G'schmack. Aber mein Buberl, du bist erst siebzehn, sie sechzehn. Eh ihr heiraten könnt, da werden noch etliche Jährchen vergehn. Soll das arme Ding derweil warten auf dich wie a Jud' auf den Messias?«

»Wer denkt denn ans Heiraten?« sagt Wolfgang unwillig.

»Ach so! Ja, wann's nur um's Liebeln geht, da sieht die Sach schon anders aus. Aber die Resl macht sich, wie's scheint, ernste Hoffnungen. Sonst hätt wohl die Mutter ihr net so heftig ins G'wissen g'redt. Nun, und was dich anb'langt, Wolferl, so erfordert's der Anstand, solche Hoffnungen net zu wecken. Das wär Sünd' gegen ein zartes Mädchenherz. Das will i dir als Mutter g'sagt haben.«

Seit der Aussprache mit der Mutter wird ihm nun vieles klar, was er bisher nicht begriff: nämlich, daß während seiner Abwesenheit Kräfte tätig gewesen waren, Mißtrauen in die Seele der Angeschwärmten zu säen und ihre reine Liebesgemeinschaft zu zerstören. Doch auch die Mahnung der Mutter hallt in ihm nach. Kein Wunder, daß er das innigste Verlangen nach einer Aussprache mit der Geliebten verspürt.

Tagelang hängt er diesen Gedanken nach und unternimmt ergebnislose Versuche, um sie zu sehen. Da kommt ihm ein Maientag unverhofft zu Hilfe. Als er, müde vom anstrengenden Komponieren an einer Sinfonie, vom Klavier sich loslöst und an das Fenster tritt, trübsinnig durch die Scheiben blickend, gewahrt er plötzlich die Ersehnte seines Herzens, wie sie mutterseelenallein über den Hannibalplatz nach dem Eingang des Mirabellgartens wandert. Keinen Augenblick sich besinnend, stürzt er davon und holt sie am Zwergl-Garten ein.

»Resl«, ruft er dicht hinter ihr.

Sie wendet sich um und scheint über den Anblick ihres Verehrers nicht sonderlich überrascht zu sein.

»Endlich schenkt mir der Zufall die heißbegehrte Gelegenheit, dich unter vier Augen zu sprechen. Was ist eigentlich geschehen? Ich spür es an deinem veränderten Wesen, daß irgend etwas vorgegangen ist, was dich beunruhigt. Vertrau dich mir an!«

Hastig sprudelt er die Sätze heraus, während er ihre Hand ergreift und ungeduldig auf ihre Antwort harrt. Der Seufzer, der sich ihr entringt, und der Anflug von Trauer, den ihr Gesicht verrät, deuten an, daß es ihr schwerfällt zu sprechen, und daß sie nach Worten sucht.

»Hat Antonia geplaudert? Oder Josefa?« fragt er hastig.

»Nein, nein, keine von beiden.«

Und nun erzählt Resl, daß sie, als sie aus Mailand von ihm die Arie aus der neuen Oper erhalten hätte, einen langen Brief an ihn geschrieben, den die Mutter entdeckt habe, worauf ihr jeder Umgang mit ihm untersagt worden sei. Bestürzt über ihr Geständnis, sieht Wolfgang bereits das schöne Gebilde seiner jungen Liebe zerfließen. Aber Resl, sein Erschrecken gewahrend, hängt sich an seinen Arm, zieht ihn in den seitwärts abzweigenden Laubengang und weiß ihn mit zärtlichen Worten zu beschwichtigen, indem sie dem Geliebten offenbart, daß selbst das mütterliche Verbot die Stimme ihres Herzens nicht zum Schweigen bringen könne, und ihm verspricht, zum Stelldichein zu erscheinen, sobald sich nur eine Gelegenheit dazu biete.

XXIII

Heiter fließen die Sommertage für Wolfgang dahin. Resl hält ihr Versprechen, und wenn auch nur zuweilen ein Stelldichein zustande kommt, das kaum länger als eine halbe Stunde dauert, die Liebenden haben doch wenigstens Gelegenheit zu flüchtiger Aussprache und vertraulichen Zärtlichkeiten, und der Mirabellgarten wahrt das Geheimnis ihres Herzensbundes. Aber sie rechnen nicht mit der Laune des Schicksals, das gar zu gern mit Zufallstücken die Wege der Menschen versieht.

An einem Nachmittag drückt Nannerl ihrem Bruder ein rosafarbiges Billetdoux in die Hand, das dem feurigen Verehrer wieder einmal ein Schäferstündchen an dem beliebten Treffpunkt im Zwergl-Garten verspricht. Mit der gewissenhaften Pünktlichkeit des verliebten Kavaliers findet sich Wolfgang an bewußter Stelle ein. Bald erscheint auch Resl in einem entzückenden Kleid, das zu der Schlankheit ihrer Figur, dem blonden Haar und der frischen Farbe ihres Gesichts wie von einem Dichter erfunden scheint, und lacht ihm schon von fern frohgemut entgegen.

Munter plaudernd sitzt das glückliche Pärchen auf der Bank des geheimnisvollen Laubengangs. Als sie zuerst diese Zuflucht wählten, sprangen gerade die ersten Rosenknospen auf, nun leuchtet das verworrene Gerank jener kunstvollen gärtnerischen Anlage in üppiger Blütenpracht, die verschwenderisch ihren balsamischen Duft verströmen läßt. Ein Plätzchen wie geschaffen zur Enthüllung empfindsamer, in Zuneigung einander ergebener Herzen.

Wolfgang führt das Wort, und Resl lauscht gespannt, zuweilen Fragen stellend, wenn sie den Sinn eines Satzes nicht völlig verstand; denn das Temperament reißt ihn fort, und ein Gedanke löst den anderen schon ab, noch ehe er ausgesprochen wurde. Es ist gar viel, was er sich vom Herzen reden muß; die Enge der Verhältnisse, das kleinstädtische Wesen, der Frondienst in der erzbischöflichen Kapelle, seine Sehnsucht nach breiterer Wirksamkeit, vor allem nach Freiheit. Wie er das alles zum Ausdruck bringt, entflammt von der inneren Glut der Empörung und dann wieder gepackt von den heftigen Wünschen nach befriedigendem Schaffen, erregt er Resls stille Bewunderung. Aber es überkommt sie, sein Freiheitsbegehren vernehmend, auch das beklemmende Gefühl, ob sie selber diesem nicht im Wege stehe, und schüchtern wagt sie es anzudeuten. Da stößt sie jedoch auf heftigen Widerspruch. Wenn etwas ihn noch an Salzburg binde, so sei sie es, beteuert er voll Feuer, und er könne sich nichts Schöneres denken, als das Leben mit ihr zu teilen, sobald er eines Tages eine gute Position errungen haben werde. Da schmiegt sich Resl zärtlich an ihn, und wie ein Hauch schwebt es von ihren Lippen:

»O käme dieser Tag doch bald!«

Von den ernsten Erörterungen schweift man auf nebensächliche Dinge ab, und jetzt ist es Resl, die das Wort führt und anmutig über ihren ziemlich einförmigen Tagesablauf berichtet, kleine Intimitäten aus dem Leben ihrer Schwestern ausplaudert, unter anderem auch erzählt, wie der empfindsame Herr von Mölk seine Schwärmerei jetzt Josefa zuzuwenden scheine, zum mindesten in eine Zwickmühle geraten sei und nicht wisse, zu welcher der Schwestern er sich am meisten hingezogen fühle.

»Mich würde es nicht wundern, wenn er auch dich noch anhimmelte«, versetzt Wolfgang lachend. »Mölk ist ein Allerweltsschwärmer mit wachsweichem Herzen, aber ein herzensguter Junge.«

Von der Domuhr tönt die achte Stunde. Resl springt auf.

»Um Himmelswillen«, ruft sie, »die Sonne ist ja schon untergegangen. Wenn die Mutter heimkehrt und mich nicht findet! Komm!«

Sie zieht den Geliebten, schnell noch einen Kuß mit ihm tauschend, mit sich fort. Doch, o weh, unfern vor dem Eintritt in den Laubengang harrt ihrer das Verhängnis in Gestalt des zweiundzwanzigjährigen Grafen Karl Arco. Schnurstracks kommt er, natürlich mit einer Dame vom Theater am Arm, auf dem großen Promenadenweg ihnen entgegen. An ein Ausweichen ist nicht zu denken. Das Liebespaar muß an ihm vorüber. Er grüßt verbindlich, doch mit einem unverkennbar mokanten Lächeln.

»O Gott«, flüstert Resl, ganz blaß, erregt Wolfgang zu, »jetzt bin ich verloren. Nun haben unsere schönen Zusammenkünfte ein Ende.«

Und mit überstürzter Eile läuft sie davon. Einen Augenblick schwankt Wolfgang, ob er nicht umkehren, den Grafen beiseite nehmen und ihn bitten solle, über die Begegnung zu schweigen. Aber dann bäumt sich sein Stolz dagegen auf, und er geht ungehalten über diesen niederträchtigen Streich des Schicksals heim.

Eine Woche ist vergangen. Wolfgang hat Resl weder gesehen noch etwas von ihr gehört. Da tritt, während er trüber Stimmung nachhängt, Nannerl in sein Zimmer. Hastig und abgerissen berichtet sie:

»Im Hause Barisani herrscht große Aufregung. Euer Techtelmechtel ist publik. Die Mutter macht der Resl die Hölle heiß. Das arme Geschöpf vergeht vor Gram und weint sich die Augen aus dem Kopf, weil sie morgen mit Antonia zu ihrer frommen Tante Clementine nach Ischl geschickt wird. Angeblich soll sie dort ihren Fehltritt büßen und wieder zur Vernunft kommen. Das habt ihr nun von eurer Unvorsichtigkeit!«

Der Bruder schlägt mit der Faust auf den Tisch.

»Also hat der gräfliche Lump, der infame Lackl, doch geschwätzt!«

»Diesmal nicht. Die kleine Unschuld hat es vorgezogen, selbst ein Geständnis abzulegen, ehe der Tunichtgut sie verpetzt.«

»O dieses Salzburg! Dieses verruchte Klatschnest! Und in diesem Hexenkessel soll man leben und sieden!«

»Nun fahr nicht gleich aus der Haut, Wolferl, und verfluche nicht deine Vaterstadt!« mahnt Nannerl:

Aber alles Zureden hilft nichts. Der Bruder beharrt in seinem Zorn, von Verzweiflung angestachelt. Zum erstenmal in seinem Leben spürt er in seiner Seele einen Schmerz, den weder Ermahnung noch Trost zu lindern vermögen.

XXIV

Der Musiksalon des Gräflich-Schlickschen Schlößchens in Linz strahlt an einem Frühlingsabend des Jahres 1775 in festlichem Kerzenglanz. Es ist der Vorabend zum sechzigsten Geburtstag des Hausherrn, der am nächsten Tage würdig gefeiert werden soll. Die anwesende kleine Gesellschaft besteht nur aus neun Personen. Außer dem Schloßherrn, der nach seinem Genesungsaufenthalt in Italien die Gesundheit zurückgewonnen zu haben scheint, und der rührigen Schloßherrin sind zugegen ihre beiden Kinder, der achtundzwanzigjährige Rittmeister Franz Christian, ein stattlich aussehender Kavalier, mit seiner auffallend schönen, etwas fremdländisch anmutenden brünetten Gemahlin Leontine und die fünfundzwanzigjährige, ihrer Mutter in Erscheinung und Antlitz sehr ähnelnde Tochter Adelaide und ihr bedeutend älterer Gatte, der reichlich steife Fürstlich-Liechtensteinsche Haushofmeister Ferdinand Freiherr von Laudon. Ferner kamen Graf Herberstein, die scharmante Gräfin van Eyck und der jetzt dreiundsechzigjährige Baron von Waldstädten.

Zur Vorfeier hat Gräfin Aurora ein Hauskonzert arrangiert, das ausschließlich Werke Mozarts enthält, die Waldstädten in Abschriften besitzt. Zum Entree spielt ein gutes, aus tüchtigen Linzer Musikanten zusammengesetztes Ensemble eines der italienischen Streichquartette. Anschließend bieten Gräfin Aurora und Waldstädten eine frühe Violinsonate mit Klavierbegleitung, Bruder und Schwester produzieren sich in einem entzückenden Duett aus »Bastien und Bastienne«, und als Finale ertönt abermals ein Streichquartett. Das Konzert findet den Beifall des Hausherrn, und anschließend kommt das Gespräch auf den Komponisten.

»Sie genossen, lieber Waldstädten, den Vorzug, Mozart vor anderthalb Jahren wieder einige Wochen in Ihrer Nähe gehabt zu haben. Was können Sie uns über ihn berichten?« fragt Gräfin Aurora.

»Ja, ich bin oft mit ihm zusammengewesen«, antwortet der Angeredete. »Mozart kam nicht gerade in einer rosenfarbigen Stimmung nach Wien. Irgendwelche aufwühlende Erlebnisse zitterten merklich in seinem Innern nach. Der früher so vertrauensvoll in die Zukunft schauende und durch kein Mißgeschick aus dem Gleichgewicht zu bringende Knabe war jetzt, wie mir schien, als Jüngling ein Zweifler geworden. Jedenfalls spürte ich das aus der ganzen Art seines Sprechens, das von nervöser Unruhe zeugte und kaum mehr etwas von dem strahlenden Glanz seines sonnigen Gemüts verriet. Und doch hatte er als schaffender Künstler keinen eigentlichen Grund zur Unzufriedenheit. Die überraschenden Erfolge seiner ersten Opern, die ungewöhnliche Fülle von vortrefflichen Sinfonien und Streichquartetten, ferner die rührende Anerkennung seiner Leistung durch Koryphäen der älteren und neueren Schule, wie Hasse und Joseph Haydn, namentlich den letzteren, an dem Mozart mit großer Verehrung hängt und die der Ältere mit aufrichtiger Freundschaft erwidert – alles dies zusammen war eher dazu angetan, ihn zu erfreuen als zu verdrießen. So dürften die Gründe seiner Mißstimmung ganz woanders zu suchen sein, und ich glaube nicht fehlzugreifen, wenn ich sie in den lokalen Verhältnissen Salzburgs vermute, in der Strenge seines höchsten Vorgesetzten, in dem Druck einer ihn nicht befriedigenden Tätigkeit und in einem heißen Verlangen nach Freiheit. Der alte Mozart hat die Bedrängnis seines Sohnes erkannt und erstrebt nun, befürchtend, daß dessen Genie in der Enge seines jetzigen Wirkungskreises verkümmere, mit rührender Hartnäckigkeit eine Änderung. Er hat, wie er mir gestand, bei den Erzherzögen Ferdinand und Leopold in Mailand und Florenz sich um eine Anstellung Wolfgangs bemüht, aber nichts erreicht.«

»Hinsichtlich dieses Fiaskos kann ich einiges erklärend beitragen«, meldet sich Gräfin Angelika zu Wort. »Es ist Ihnen vielleicht unbekannt, daß Graf Firmian sich außerordentlich warm für ein Engagement Mozarts am Mailänder Hofe eingesetzt hat. Der Erzherzog und besonders seine junge Gemahlin seien, nach seinem Bericht, jenem Vorschlag geneigt gewesen, aber eine Antwort aus Wien habe ihren Wunsch vereitelt. Graf Firmian, dem der Erzherzog den Brief seiner Mutter gezeigt hat, teilte eine Abschrift des Wortlauts meinem Vater mit.«

Sie entnimmt ihrem Ridikül das bewußte Blatt und liest es vor: »Du fragst mich, ob Du den junger Salzburger in Deine Dienste nehmen sollst. Ich wüßte nicht warum, da Du doch nicht nötig hast, einen Komponisten oder unnütze Leute anzustellen. Wenn es Dir trotzdem Vergnügen macht, möchte ich Dich daran nicht hindern. Ich sage es Dir nur, um Dich nicht mit unnützem Volk zu belasten. Vermeide es durchaus, solchen Menschen Titel zu verleihen, als ob sie in Deinem Dienste stünden. Das diskreditiert den Dienst, wenn diese Leute in der Welt wie Bettler herumlaufen. Zudem hängt ihm eine große Familie an.«

Allgemeines betretenes Schweigen. Waldstädten bricht es zuerst.

»Jetzt ist mir vieles verständlich. Nur eines will mir nicht in den Sinn, warum Ihre Majestät nach einer solchen Wandlung Ihrer wohlwollenden Gesinnung zu den Mozarts sie bei ihrer letzten Anwesenheit in Wien überaus leutselig und gnädig empfing.«

»Sie vergessen, lieber Baron, daß Familien-Diplomatie und offizielle Aisance bei gekrönten Häuptern zwei grundverschiedene Dinge sind«, bemerkt Graf Schlick.

»Immerhin, die Mozarts als herumziehende Bettler zu bezeichnen, erscheint mir doch reichlich deplaziert«, entrüstet sich Gräfin Aurora. »Und dann die Glosse am Schluß! Vier Personen sind doch beileibe keine große Familie.«

»Du legst, meine Liebe, an die in augenblicklicher Laune niedergeschriebenen Worte einer kaiserlichen Frau und Mutter einen allzu strengen Maßstab der Wahrheit und Gerechtigkeit«, besänftigt sie der Gatte.

»Vielleicht stützte sich die Kaiserin auf Informationen aus Salzburg«, fährt Gräfin Angelika in ihrem Bericht fort; »denn als der Kurfürst Maximilian im vergangenen Herbst dem jungen Mozart den Auftrag zu einer Oper erteilte, wollte der Erzbischof partout keinen Urlaub erteilen. ›Diese Almosenjägerei an den Höfen muß nun ein für allemal aufhören‹, äußerte er zu meinem Vater, und nur auf seine Vorstellung hin, daß man eine solche Ablehnung am Münchner Hofe übel vermerken würde, gab er schließlich nach. Ich sah der Opernpremiere mit begreiflicher Neugier entgegen. Sie fand am 13. Januar in Gegenwart des Hofes statt. Was soll ich sagen: es war ein Beifallsrauschen mit Händeklatschen und Vivatrufen, wie ich es selten vernommen habe. Jede Arie mußte wiederholt werden. Der Kurfürst war ganz aus dem

Häuschen. Er sagte zu mir nach der Aufführung in seiner gemütlich-derben bayrischen Art: ›Dunnersacra, dös war mir a Labsal, wie's mir nit mal g'träumt hat. Den Bua hab i immer für a außergewehnliches Geschöpf von unser guata Herrgott g'halte, aber daß so a Himmelsstürmer und Tausendsassa in ihm steckt – da steht mir der Verstand still.‹«

Die Kritik des Kurfürsten erregt allgemeine Heiterkeit.

»Die Oper soll sehr gut sein«, versetzt Waldstädten. »Wenigstens las ich in Daniel Schubarts ›teutscher Chronik‹: ›Wenn Mozart nicht eine im Gewächshaus getriebene Pflanze ist, so muß er einer der größten musikalischen Komponisten werden, die jemals gelebt haben.‹«

»Ja, mir persönlich hat die Musik dieser ›Gärtnerin aus Liebe‹ sehr gefallen«, fügt Gräfin Angelika hinzu, »weniger allerdings der Text, der zwar viel vorgehen läßt, aber in seiner Mischung von Posse und Rührstück verworren wirkt. Ohne die reizenden Einfälle des Komponisten würde er unerträglich sein.«

Anschließend berichtet Gräfin Angelika, daß sie die Mozarts – auch Nannerl sei aus Salzburg herübergekommen – ein paar Tage später zu sich eingeladen hätte und bei dieser Gelegenheit allerdings im Gespräch mit dem ehemaligen Wunderknaben an ihm gewisse Züge von Schwermut habe feststellen können. Die Ursache dieser Melancholie sei eine Herzensaffäre, habe Nannerl ihr anvertraut. Es handele sich um eine leidenschaftliche Neigung zweier junger Menschen, die durch das energische Dazwischentreten der Eltern des Mädchens, welche ihre Tochter nicht der ungewissen Zukunft eines Künstlers anvertrauen wollen, einen empfindlichen Riß erhalten habe. Und so verzehren sich beide, gewaltsam getrennt, in Sehnsucht und Kummer.

»Also wieder einmal Gott Amor im Spiel, und das Märlein von den Königskindern, die nicht zueinander kommen können, ist um eine Variation reicher«, bemerkt Graf Herberstein.

»Was du eben erzähltest, Angelika, geht mir sehr zu Herzen«, läßt sich Gräfin Aurora vernehmen. »Bei dem ungewöhnlich zart besaiteten Gemüt Wolfgang Mozarts könnte leicht ein solches aufreibendes Erlebnis zerstörend auf ihn und seine Kunst wirken.«

»Dem wage ich zu widersprechen«, sagt Waldstädten. »Unglückliche Liebe hat meist das Schaffen der Künstler geläutert und vertieft. An Beweisen dafür mangelt es entschieden nicht.«

»Trotzdem stimme ich meiner Freundin zu«, versetzt Gräfin Angelika. »Auch ich sehe in dieser Amour eine Gefahr. Ich habe erst vor kurzem einen im vorigen Herbst erschienenen Roman von einem anonymen Verfasser gelesen, der durch die Gewalt der Leidenschaft, die ihn durchglüht, von einer hinreißenden Sprache gestaltet – mehr eigentlich ein Bekenntnisbuch in Brief- und Tagebuchform als eine fortlaufende Erzählung –, mit seinem tragischen Ausgang mich aufs tiefste erschüttert hat.«

»Meinen Sie ›Die Leiden des jungen Werther‹, Frau Gräfin?«

»Ja, den meine ich, liebe Adelaide.«

»Ein herrlicher Roman!« begeistert sich jene. »Ich habe ihn in einem Zuge gelesen. Ich konnte ihn nicht früher aus der Hand legen.«

Die Erwähnung des Romans veranlaßt Gräfin Angelika zu der Bemerkung, daß ihr auch Mozart als ein empfindsamer Wertherjüngling mit einer außerordentlich starken Reizbarkeit des Gemüts erscheine und daß sie deshalb auf Grund des Erlebten Besorgnisse um ihn hege. Ihr widerspricht Waldstädten, indem er behauptet, Mozart sei wohl ebenfalls von jener epidemischen Melancholie angekränkelt, unter der die gegenwärtige Jugend zwischen siebzehn und fünfundzwanzig leide, aber er habe nichts Gemeinsames mit dem Helden des Romans. Er glaube vielmehr, er werde diese Krise gewiß in gleicher Weise überwinden wie der Verfasser des Romans, und wie jenem die Sprache der Dichtung, so werde ihm die Sprache der Musik das befreiende Mittel werden. Der Streit kehrt von Mozart wieder zu dem Roman zurück und wird weiter ausgetragen, wobei es sich zeigt, wie die Jugend, vertreten durch die Frauen der beiden jungen Ehepaare, sich mit Temperament und Wärme für den Anbruch einer neuen Lebensanschauung einsetzt, wie die ältere Generation nicht starr, aber doch mit gewisser liebevoller Zähigkeit die überkommenen und zu ihren Wesensbestandteilen gewordenen Ansichten eines anderen Bildungsideals gegen sie verteidigt und wie Baron Waldstädten, die Rolle des klugen, auch dem Neuen aufgeschlossenen Vermittlers spielend, eine Brücke zwischen dem erlöschenden Gestern und dem aufflammenden Heute zu bauen sich bemüht.

Während dieser Kampf der Meinungen im Musiksalon lebhaft weitergeht, sind der Domherr und Graf Schlick auf die Terrasse hinausgetreten und blicken, an die Balustrade gelehnt, in den verschwiegenen dunklen Park, über dem gerade die Sichel des Mondes aufsteigt. Und als ob der holde Bewohner eines Holunderstrauchs in der Nähe des im Mondesspiegel silbern erglänzenden Weihers – ein Nachtigallenmännchen – nur auf die Ankunft der beiden gesetzten Herren gewartet habe, beginnt der nächtliche Sänger seine Serenade zu flöten. Stumm lauschen beide dem bald in heißglühender Sehnsucht, bald in verlangendem Locken, bald in seligem Jubilieren sich ergehenden Gesang. Da sagt nach einer Weile der Domherr:

»Glückliche Natur! Sie kennt nur den Wandel der Jahreszeiten, aber nicht den zermürbenden Kampf der Weltanschauungen, die der menschliche Geist gebiert. Sie bleibt sich immer gleich in dem Ausdruck ihrer Gefühle, und mögen Jahrtausende darüber vergehen.«

»Liegt nicht in dem Kampf der Fortschritt der Menschheit?«

»Finden Sie, daß die Menschheit fortschreitet? – Gewiß, hinsichtlich der äußeren Umstände des Lebens leugne ich es nicht. Wir haben geräumige Wohnungen, mit Luxus und allerhand Annehmlichkeiten ausgestattet, haben Bibliotheken, Galerien und Musiksalons, speisen gut und raffiniert, erfreuen uns an Theater und Konzert, reisen schneller und bequemer als vor hundert Jahren, aber es ist doch nur eine verschwindend kleine Zahl von Menschen, die sich das leisten kann. Und wo bleibt der sogenannte Fortschritt dessen, was wir Kultur nennen, wenn die auf uns folgende Generation die Errungenschaften, auf die wir stolz sind, als überlebt und unzeitgemäß empfindet? – Nein, lieber Freund, ich merke nicht den Fortschritt der Menschheit, trotz aller schönen Phrasen von Menschenrechten und Humanität, die unsere Aufklärer predigen. Der alte Spötter Voltaire hat recht, wenn er sagt: ›Die Menschen sind in allen Jahrhunderten immer die gleichen.‹ Und wer verbürgt uns denn, daß das, was wir als schön, edel, erhaben bezeichnen, eines Tages nicht für häßlich, roh und niedrig gehalten wird, daß Namen wie Homer, Sophokles, Dante, Michelangelo, Bach, Händel und – Mozart mit ihren Werken ausgelöscht werden, wenn in zwei oder drei Jahrhunderten, vielleicht schon früher, Barbarenhorden das alte, auf seine Vergangenheit stolze Europa überfluten, die Dome zerstören, die Schlösser niederbrennen und die Städte in Schutt und Asche verwandeln? Dann ist alle Herrlichkeit hin, und die Überlebenden stehen, wie einst die Juden jammernd an den Wasserflüssen Babylons, klagend an den Ruinen einer zertrümmerten Welt. Aber die Nachtigall, sehen Sie, wird wie heute abend unbekümmert und voll Leidenschaft ihre Liebessehnsucht dem Holunderbusch anvertrauen, als ob nichts geschehen sei.«

XXV

Drückend lastet die Fron auf Mozarts Seele. Was ihn am meisten verdrießt, sind die Aufträge, die ihm sein fürstlicher Brotherr erteilt, ohne sie besonders zu vergüten, als stünde das im Bereich seiner Konzertmeisterpflichten. Da hat er jüngst zum Empfang des auf der Durchreise befindlichen lebenslustigen jüngsten Sohnes der Kaiserin, Erzherzog Maximilian, eine Oper im Schäferspielcharakter komponieren müssen, die dem Prinzen zwar so gefiel, daß er dem Komponisten und einstigen Erben seines Galakostüms vergnügt die Hand schüttelte, aber er selbst ist gar nicht mit dieser Gelegenheitsarbeit zufrieden und äußert zu Schachtner und Haydn:

»Erbrechen könnte ich mich vor Ekel, wenn ich meine Opern betrachte. Was sind sie denn? – Aufgeplusterte Eintagsgewächse zum Gaudium eines sich feierlich gebärdenden Publikums! Unnütz vergeudete Kraft auf lahme Phantasie und hohles schwülstiges Geschwätz!«

Seine ganze Ungehaltenheit über das auftragsmäßige Schaffenmüssen hat Mozart in dieses Geständnis an die Freunde ergossen. Es ist die unsichtbare Kette, die ihn mit eiserner Notwendigkeit gegen seinen Willen noch drei Jahre an Salzburg schmiedet, drei Jahre der Fron, aber auch drei von unerhörter Produktivität. Nicht der Erzbischof allein erteilt ihm die Aufträge, nein, sie kommen von allen Seiten, aus der begüterten Bürgerschaft und sogar aus dem Adel. Niemals erfreute sich Mozart solcher Beliebtheit in seiner Vaterstadt wie gerade jetzt, da er sie als ein Hindernis für sein Fortkommen betrachtet und sie je eher desto lieber verlassen möchte. Warum er nur ein solches respektables Ansehen genießt, ist ihm selber nicht klar. Jedenfalls hofiert und umschmeichelt man ihn, überschüttet ihn mit Einladungen zu Diners, Assembleen, Bällen und Festlichkeiten verschiedener Art, als sei er der Liebling der Gesellschaft.

So fühlt sich Wolfgang in den Vergnügungstrubel der aus einem Dornröschenschlaf erwachten und ihres Residenzgepräges sich bewußt gewordenen Kleinstadt mächtig hineingerissen, in einen Taumel, der ihn selbst zu einem galanten Kavalier verwandelt. Bald weilt er zu Gast bei dem Oberstkämmerer Grafen Arco und unterhält nach genossenem Souper die Gesellschaft mit Improvisationen am Klavier. Bald umschmeichelt ihn die schöngeistige Atmosphäre des Salons der Gräfin Antonia Lodron und ihrer liebreizenden Töchter Luise und Josepha, die beide seine Schülerinnen sind. Bald musiziert er auf der Hohensalzburg mit der Gattin des Festungskommandanten Grafen Lützow vor einem kleinen Kreis andächtiger Zuhörer. Dann wieder finden wir ihn auf einer Assemblee bei dem Oberhofmeister Grafen Firmian, umschwärmt von jungen Damen, die ihn mit Neckereien und Artigkeiten traktieren und von denen manche sich glücklich preist, als seine Schülerin zu gelten. Oder er stürzt sich in das Gewirr einer Maskerade im Rathaus, treibt im Kostüm eines Friseurgehilfen mit den um ihn herumflatternden Colombinen und Pierretten ausgelassen Schabernack und tanzt bis in die frühen Morgenstunden hinein.

Aber niemals bei all diesen vielen Lustbarkeiten gelingt es ihm, war er ersehnt und erhofft, Resl von Barisani zu treffen. Er weiß, daß sie, seit sie ihm nach seiner Rückkehr aus Wien geschrieben – nur ein paar Zeilen waren es, doch sie enthielten in den wenigen Worten eine von Schmerz und Trauer erfüllte Absage an ihre Liebe –, niemals die Seinige werden könnte, wenn sie nicht ihren Eltern schweres Leid zufügen wollte, wozu sie sich außerstande fühlte. Er weiß es, und trotzdem zehrt die Sehnsucht nach ihr unvermindert an seinem Herzen, und all der Rausch des geselligen Treibens, dem er sich ergeben hat, ist nichts anderes als ein Mittel, diese Sehnsucht zu betäuben.

Und noch eines anderen Mittels bedient er sich, um die Wunde seiner Seele zu heilen: eines fast übermenschlichen Arbeitseifers. Selten wird er später wieder von einer solchen Besessenheit des Komponierens befallen werden wie in diesen Salzburger Jahren. Freilich ist sie ihm auch ein äußerer Zwang, um die mageren Konzertmeister-Einkünfte durch Nebenverdienste zu erhöhen. Die Kompositionen werden nicht hoch, aber immerhin leidlich bezahlt. Hauptsächlich sind Serenaden, Divertimenti und Cassationen – mehrsätzige Tonstücke für Streicher und ein paar Blasinstrumente – als musikalische Überraschungen zu Namenstagen, Hochzeiten, Tafeleien oder Parkfesten für solche Gelegenheitsaufträge bevorzugt. Allen diesen Serenaden und Divertimenti ist eine ungemein lebendige Einfühlung in den galanten Zeitcharakter eigen. Die spielerische Lebenslust des Rokoko flakkert hier noch einmal vor ihrem Erlöschen in reizenden Farbtönen auf. Die Musik zaubert noch einmal verschnittene Hecken und lauschige Laubengänge herauf, durch die verliebte Pärchen tändelnd und scherzend lustwandeln, während kichernde Faune und schelmische Amoretten aus Stein sie belauschen und von Rasenplätzen fröhliches Gelächter einer an Unterhaltungsspielen sich ergötzenden männlichen und weiblichen Jugend schallt.

Aber dann kommen wieder Stunden, da er seine Sinfonien und Klavierkonzerte – für die Gräfin Lodron, Gräfin Lützow und die Pianistin Jeunehomme – niederschreibt, der Ernst die Heiterkeit verdrängt und dazwischen schwermütige Stimmungen ihn befallen und diese Töne zu fragen scheinen: Wißt ihr Menschen denn, wie es in meinem Innern aussieht? Glaubt ihr wirklich, daß jenes heitere Arkadien, in das ich euch führe, meine Heimat ist? Ahnt ihr den Sturm, der in meiner Seele tobt? …

Nein, ein glücklicher Erdenbürger ist der zwanzigjährige Mozart nicht. Dieser auf Assembleen, im Tanzsaal und beim beliebten Bölzelschießen so unbefangene, heitere junge Mensch schleppt in seiner Brust eine Bürde von verheimlichten Leiden, die seine nächsten Freunde wohl dunkel ahnen, der Vater nur im Zusammenhang mit äußeren Gründen sieht und Nannerl allein in ihrem ganzen Ausmaß versteht. Denn die Schwester ist Wolfgang allmählich die wahrhafte und einzige Vertraute geworden, der er sein ganzes Herz völlig ausschüttet. War es vor nicht allzu langer Zeit das süße Geheimnis seiner Liebe seit ihrem Entstehen, Erglühen, Auflodern zu flammendem Brand und Zusammenstürzen durch hartherzige Eingriffe von außen zu schwelendem Aschenhäufchen-Dasein, das sie als Eingeweihte miterlebte, so sind es jetzt die an ihm zehrenden Sorgen seines Künstlertums, an denen er sie teilnehmen läßt.

Als er eines Abends von einer musikalischen Soiree bei der Gräfin Lodron aus Anlaß des Geburtstages der ältesten Tocher Luise heimkehrt, findet er in seinem Zimmer Nannerl vor. Sie bemerkt sofort an seinen verdrießlichen Mienen, daß er schlechter Laune ist.

»Es war wohl steif und langweilig bei den Lodrons?« fragt sie ihn.

»Keineswegs. Die Gräfin ist eine scharmante Person, und sie

fließt geradezu über vor Artigkeiten gegen mich. Und auch die Töchter sind gewiß entzückende Geschöpfe. Sie erinnern mich immer an ein hübsches im Sonnenschein spielendes Falterpärchen. Es waren einige adlige Freundinnen und Kavaliere zugegen. Ich als einziger Bürgersmann kam mir in dem ganzen Schwarm vor wie ein Spatz unter Kanarienvögeln, Grünspechten, Rotkehlchen und Blaumeisen. Sie ließen mich das nicht fühlen. Wir waren lustig, und als nach der Kaffeetafel noch tüchtig getanzt wurde, habe ich weidlich die Rolle des Spaßvogels gespielt.«

»Dann verstehe ich nicht, warum du so trübselig nach Hause kommst.«

»Das verstehst du nicht? Stellt sich nicht nach jedem Rausch ein Katzenjammer ein? – Dieses Scharmutzieren, Äugelchenmachen, Flanieren ist süßes Gift für die Sinne, aber letzten Endes doch Selbstbetrug.«

Er springt auf und tut leidenschaftlich bewegt ein paar Schritte.

»Nannerl, ich bin dieses Treibens satt. Ich muß heraus aus diesem Zaubergarten, sonst geh ich zugrunde. Und wenn mich der Großmufti nicht freiwillig entläßt, so flieh ich über die Grenze.«

»Wolferl!« ruft Nannerl erschrocken.

»Es muß geschehen, und zwar bald. Sieh, fast dreihundert Tonstücke aller Gattungen habe ich komponiert – und was kennt die Welt davon? – Soll mein Talent sich zeitlebens nur zur Unterhaltung einer kleinen Clique verausgaben? – Nein, ich muß meine Freiheit haben, ehe es zu spät ist!«

XXVI

Erzbischof Hieronymus hat die Gewohnheit, hin und wieder sich bei den Orchesterproben einzustellen und, auf dem für ihn bereitstehenden braunen Polstersessel in einer Ecke sitzend, dem Einstudieren eines Tonstücks zu lauschen und zuweilen auch, wenn ihn die Lust anwandelt, mitzuspielen. Als eines Vormittags das Orchester wieder eine Probe abhält und gerade eine der neuesten Sinfonien von Joseph Hayden geübt wird – für Wolfgang stets eine freudige Angelegenheit –, erscheint der Erzbischof, winkt, da Fischietti sich anschickt, die Probe zu unterbrechen, ihm abwehrend mit der Hand zu und nimmt seinen üblichen Platz ein. Das Orchester spielt infolgedessen weiter. Eine Weile hört der Gast aufmerksam hin, allein ohne merkliche innere Anteilnahme. Nachdem der letzte Satz – ein lebhaftes und elegant plauderndes Allegro – verklungen ist, erhält Fischietti die Weisung, ein Musikstück von Alessandro Scarlatti spielen zu lassen. Die einsätzige Sinfonie alten italienischen Stils sagt dem Kirchenfürsten anscheinend mehr zu; denn bei der von ihm verlangten Rekapitulation befiehlt er, ihm seine Violine zu geben; er setzt sich unter die Streicher, – und zwar zwischen Wolfgang Mozart und Michael Haydn – und geigt eifrig mit, freilich zuweilen auch pausierend, wenn die Passagen schwierig werden. Einmal bei Scarlatti angelangt, werden nun auch auf sein Geheiß andere ältere Italiener zweiten und dritten Ranges durchgeprobt, und als zwei Stunden auf diese Weise vergangen sind, erhebt sich der Erzbischof und sagt:

»Das ist doch wahrhaftig ein ganz anderer Genuß, als ihn manche unserer neuen Compositeure zu bieten vermögen. Hier lebt Musik in ihrer reinen Klangschönheit, in edle Form gefügt, nicht, wie man das jetzt oft hört, ausschweifend und verschwimmend in chaotischem Getön. Es ist deshalb mein Wunsch, daß diese den Ohren angenehm sich einschmeichelnde Musik vornehmliche Pflege bei uns erfahre und zu einer Meisterschaft der Wiedergabe ausgebildet werde, die schlechtweg als vorbildlich gelte.«

Mit steifer Höflichkeit seinen Musikanten zunickend, schreitet der Kirchenfürst hinaus. Wolfgang und Haydn wechseln vielsagende Blicke miteinander. Fischietti, der sich devot gegen seinen Brotherrn verneigt hat, wendet sich an sein Orchester:

»Signori haben vernommen, was hochfürstliche Gnaden zu sagen geruhten. Wir nun wollen Wünsche Ihrige fortan a nostro piacimento befolgen.«

Am Nachmittag finden sich verabredungsgemäß Schachtner, Haydn und Wolfgang zum Bölzelschießen in einer Gartenwirtschaft vor den Toren Salzburgs zusammen. Gegen mäßigen Einsatz pflegt man dabei mit Windbüchsen nach bemalten Scheiben zu schießen, die in derb komischer Manier zu Stadtgesprächen gewordene Vorfälle illustrieren. Der Kassenbestand wird danach angelegt für ein bescheidenes Zechgelage. In aufgeräumter Stimmung wird jeder Schuß, ob gut, ob schlecht, mit einer Glosse, auch bisweilen mit einem kräftigen Scherzwort begleitet. So geht der Nachmittag hin, und es erweist sich zu guter Letzt, daß der jüngste des Trios der beste Schütze war.

Nach vollbrachtem Wettschießen nimmt man zu dritt an einem runden Tischchen im Garten Platz und bestellt bei der Kellnerin Katherl ein frugales Mahl, aber dazu einen vorzüglichen Wein, den der ausgemachte Kenner eines guten Tropfens, Michael Haydn, bestimmt. Man speist und trinkt, erzählt sich allerhand lustige Schnurren und gelangt bei niedersinkender Abenddämmerung in eine so rosige Laune, daß man alle Nöte des Tages vergißt und auch auf die ringsum an den Tischen sitzenden Gäste nicht achtet. Wolfgang, dem der schwere Wein am frühesten zu Kopf steigt, beginnt sein loses Züngerl, das er in letzter Zeit, wenn der Rebensaft es gelockert hat, gern betätigt, zuerst frank und frei zu rühren.

»Was sagt ihr zu dem heutigen Sermon unseres erlauchtesten Pontifex maximus? Ist es nicht ein Hohn auf unsere Musikpflege?«

»Hast du etwas anderes von ihm erwartet?« versetzt Haydn ruhig und tut einen langen Zug aus seiner Pfeife.

»Das schlägt doch dem Faß den Boden aus. Leben wir in Italien oder in deutschen Landen? Er wird uns noch alle in Italiener umwandeln.«

»Bei mir, Potz Sapperlot, wird's ihm nimmer gelingen«, bemerkt Schachtner.

»Wart's nur ab, Andreas. Ein Hundsfott will ich sein, wenn ihm das nicht als Ziel vorschwebt«, ereifert sich Wolfgang. »Den Kastraten haben wir schon in dem neuen Theater an der Salzach, den Herrn Francesco Cecarelli. Diese Zwittergewächse hatte sein hochseliger Vorgänger Gott sei Dank von der Bühne verbannt. Nun leben sie wieder auf. Es tät mich nicht wundern, wenn man den alten Metastasio aus Wien sich verschriebe oder ihm den Auftrag machte, daß er etliche Dutzend Opern verfertige, allwo der Primo uomo und die Prima donna niemals zusammenkommen. Auf diese Weise kann der Kastrat den Liebhaber und die Liebhaberin zugleich machen, und das Stück wird dadurch interessanter, indem man die Tugend der beiden Liebenden bewundert, die so weit geht, daß sie mit allem Fleiß die Gelegenheit vermeiden, einander ihre Herzen zu offenbaren.«

»Du gehst aber tüchtig ins Zeug«, bemerkt Schachtner.

»Mir fließt die Galle über. Und dann die spitze Bemerkung gegen die ›Neuerer‹. Da hat er doch dich, Michael, und mich gemeint.«

»Das scheint mir allerdings«, sagt Haydn trocken.

»Wir aber lassen uns nicht von ihm ins Bockshorn jagen, gelt, Michael? Wir gehn unsern Weg unbekümmert weiter, trotz aller Italomanie Seiner hochfürstlichen Gnaden. Prosit!«

»Prosit, wackerer Waffengefährte!« ruft Haydn ihm zu.

Beide greifen nach dem Becher und leeren ihn mit kräftigem Schluck. Schachtner, der sich mittlerweile umgesehen hat, beugt sich über den Tisch zu den beiden Zechbrüdern und raunt ihnen zu:

»Mäßigt euren Zorn! Man hört dich, mein Junge, ja bis ans Ende des Gartens. Ich glaube, da hinter uns an einem Tisch sitzt ein Hoflakai und spitzt die Ohren.«

»Wo sitzt der Arschlecker, Andreas? Zeig ihn mir, daß ich ihm den Kopf gründlich wasche.«

»Pst! Wolfgangerl! Nun besänftige dein loses Mundwerk. Du brockst uns sonst eine Suppe ein, die uns schlecht bekommt.«

Wolfgang ist jedoch so in Rage geraten, daß es Schachtner schwerfällt, ihn zur Mäßigung zu bewegen. Er drängt darum zum Aufbruch, und die beiden Männer nehmen den unsicher auf den Beinen Stehenden in die Mitte und bringen ihn heim. Aber auch unterwegs entlädt er noch mit lallender Zunge den aufgespeicherten Groll in ein paar derben Ausdrücken.

Etliche Tage später läßt der Oberstkämmerer den jungen Mozart in sein Kabinett rufen. Der alte Herr begrüßt ihn nicht wie üblich mit gönnerhafter Freundlichkeit, sondern steif und ernst. Er wirft ihm in einer kurzen Strafrede die unziemlichen Äußerungen über die höfische Musikpflege vor, und da der Gescholtene sich zu rechtfertigen sucht, unterbricht er ihn und sagt streng:

»Sie sind alt genug, um Ihre Zunge zu zügeln und sich nicht durch leichtfertige Worte Ihre Reputation zu verscherzen, die Sie Ihrem künstlerischen Renommee und Ihrem Ansehen als Cavaliere und Inhaber des Ordens vom Goldenen Sporn verdanken. Ich erteile Ihnen darum eine Verwarnung und ersuche Sie, um Ihres eigenen Vorteils willen, hinfort Ihre Aufrichtigkeit in die gehörigen respektvollen Grenzen einzudämmen. Ich rechne damit, daß Sie sich den Rat eines wohlwollenden Gönners zu Herzen nehmen und ihm durch Ihr Verhalten nicht weitere Ungelegenheiten bereiten werden.«

XXVII

Leopold Mozart hat das Heraufziehen von Gewitterwolken über dem Verhältnis seines Sohnes zu dem Erzbischof Hieronymus geahnt, aber weit entfernt davon, Wolfgang Vorwürfe wegen des scharfen Angriffs gegen die erzbischöfliche Kunstpolitik zu machen, erkennt er jetzt deutlicher denn je die zwingende Notwendigkeit, dem Jüngling ein neues Betätigungsfeld zu verschaffen. In dieser Absicht sind Vater und Sohn durchaus einig; allein, während Wolfgang einem allgemeinen Wunschtraum nach künstlerischer Ungebundenheit nachhängt, ohne ein fest umrissenes Ziel – nur Freiheit von dieser erniedrigenden und entwürdigenden Fron –, erstrebt der nie die Wirklichkeit aus dem Auge verlierende Vater, dem jede verschwommene Ungewißheit höchst zuwider ist, eine reale Bindung an irgendeinen Hof mit einer gesicherten materiellen Grundlage.

Doch alle Bemühungen Leopold Mozarts, an den ihm bekannten deutschen Höfen für den Sohn eine seiner Begabung würdige Anstellung als Kapellmeister zu erlangen, führen zu keinem Ergebnis. Man erinnert sich wohl der Triumphzüge des Wunderknaben, doch von den außerordentlichen Leistungen des Komponisten Mozart weiß man so gut wie nichts.

So geht das Jahr 1776 ohne jede erfreuliche Aussicht für den zwangzigjährigen Tonschöpfer zu Ende, verrinnen auch in bedrückender Stimmung die ersten Monate des neuen Jahres. Da ist es Mutter Annerl, die durch resolutes Eingreifen eine Wendung herbeizuführen sucht, indem sie den Gatten beredet und herzhaft dazu ermuntert, sich mit Wolferl auf eine Konzertreise zu begeben, nicht etwa nach Wien, wo keine Lorbeeren mehr zu ernten, geschweige denn goldne Eier einzuheimsen seien, sondern nach Frankfurt, Mannheim, ja vielleicht sogar nach Paris. Sie findet für ihren Plan gleich die starke Unterstützung der Kinder. Aber der Vater erklärt von vornherein das ganze Projekt für ein Hirngespinst. Soll er das letzte ersparte und für schlimme Zeiten aufgehobene Geld opfern oder sich gar in Schulden stürzen? Und erst die hohen Reiseunkosten! – Doch auch hier ist Mutter Annerl mit gutem Rat zur Stelle; sie will derweilen ein paar Zimmer an hochmögende Herren vermieten, und mit Hilfe von Nannerls Einnahmen aus dem Stundengeben würden sie beide sich schon gut durchschlagen. Wolfgang wiederum macht den Vorschlag, man möge doch den toten Krimskrams von Kleinodien veräußern, und seine Schwester bietet sogar an, ihre Ersparnisse für die Reise beizusteuern.

»Kinder! Kinder!« mahnt Vater Mozart und schüttelt den Kopf. »Nun laßt einmal eure Großmut und Opferfreudigkeit aus dem Spiel und gebt der Vernunft Raum. So geht das nicht, wie ihr es euch vorstellt. Das muß alles sorgsam überlegt werden. Für eine Fahrt ins Blaue bin ich nicht zu haben.«

Immerhin ist Vater Leopold, nachdem Frau und Kinder ihre ganze Beredsamkeit aufgeboten haben, dem Reiseplan nicht mehr so abgeneigt, wie es anfangs schien. Er beginnt sich wenigstens Gedanken über ihn zu machen. Und da es in der Folge noch mehrere Male zu gemeinsamen Angriffen der zäh zusammenhaltenden Familienmitglieder gegen den väterlichen Widerstand kommt, willigt er schließlich ein und sucht zu Beginn des Sommers um längeren Urlaub nach. Allein, wie er im stillen befürchtete, wird er vom Erzbischof abgelehnt, doch nur für seine Person, nicht für den Sohn. Diese »ausgemachte, dreckige Schelmerei«, wie Mutter Annerl sich ausdrückt, ruft zunächst allgemeine Bestürzung hervor. Besonders Wolfgang ist zuinnerst betroffen. Die nächsten Wochen lastet auf ihm eine Niedergeschlagenheit, die ihm selbst die Lust am Komponieren verleidet; und diese weicht erst, als der Vater eines Tages ihm eröffnet, er habe sich entschlossen, ihm die Reise zu ermöglichen, doch nur in Begleitung der Mutter; denn bei seiner Unerfahrenheit in den praktischen Dingen des Lebens könne er ihn nicht allein in die Welt hinausschicken. Mutter Annerl sträubt sich zwar erst hartnäckig gegen diese Zumutung, aber die flehenden Blicke ihres Buben und das Beharren des Gatten bei seinem Vorsatz machen sie schließlich nachgiebig, was Wolfgang in einen wahren Freudentaumel versetzt. Nur eines bekümmert ihn. Er befürchtet, der Erzbischof könnte seinen Urlaub kurz befristen und dadurch bei einem Engagement, das er so dringend ersehnt, seine Hände binden. Er möchte sich ganz von seinen Pflichten in Salzburg lösen. Darum wolle er ein Entlassungsgesuch einreichen. Der Vater hat merkwürdigerweise nichts einzuwenden. Einesteils freut ihn der Wagemut des Sohnes, andernteils bangt ihm vor dessen Zukunft, wenn er ohne festen Rückhalt einen solchen Schritt tut. Da er jedoch seit Jahren für Wolfgang eine gute Position erstrebt, kann er nicht anders tun, als seinen Entschluß gutheißen.

Alsbald geht der Jüngling an den Entwurf des Entlassungsgesuchs. In seiner offenherzigen Art zu reden, die kein Blatt vor den Mund nimmt, schlägt er auch beim Schreiben einen Ton an, der gegen alle Gepflogenheit der Abfassung derartiger an höchste Personen gerichteter Schriftstücke verstößt. Vater Mozart lacht laut auf, als er den Entwurf liest.

»Man könnte meinen, du habest eine Supplik an den Innungsmeister Pfeifenholz niedergeschrieben, auf daß er dir ein Papier für die Wanderschaft ausstelle, statt eines pro memoria an den hochwürdigsten Fürsten und gnädigsten Landesherrn des Heiligen Römischen Reiches.«

»Mir fehlt halt der zeremonielle Schliff. Lassen Sie uns die Eingabe gemeinsam aufsetzen, liebster Vater.«

Und so wird das Gesuch Satz für Satz durchgenommen und sorgfältig zu Papier gebracht. Vater Mozart glättet alle verletzenden Schroffheiten, weitet die Einleitung beträchtlich aus, sie mit den erforderlichen Höflichkeitsphrasen durchsetzend, und berücksichtigt auch – sehr zum Verdruß des Sohnes – die übliche subalterne Note. Aber dort, wo sozusagen der Kerngehalt des Gesuchs beginnt, behält Wolfgang das Wort:

»Gnädigster Landesfürst und Herr! Die Eltern bemühen sich, ihre Kinder in den Stand zu setzen, ihr Brot für sich selbst gewinnen zu können. Und das sind sie ihrem eigenen und dem Nutzen des Staates schuldig. Je mehr die Kinder von Gott Talente erhalten haben, je mehr sind sie verbunden, Gebrauch davon zu machen, um ihre eigenen und ihrer Eltern Umstände zu verbessern, ihren Eltern beizustehen und für ihr eigenes Fortkommen und für die Zukunft zu sorgen. Diesen Talentwucher lehrt uns das Evangelium.«

An diesem Satz nimmt der Vater zunächst Anstoß und möchte ihn gestrichen sehen. Da bäumt sich Wolfgangs Widerstand auf.

»Unter keinen Umständen will ich auf ihn verzichten«, ruft er. »Hat nicht der Erzbischof Ihnen und andern gegenüber des öftern behauptet, daß Sie mit den Talenten Ihrer Kinder Wucher trieben, wo es doch zu unserm Besten geschah, wenn Sie uns durch die Welt führten und uns vor dem Publico excellieren ließen? Und steht nicht in der Bibel, daß die Kinder gehorsam sein sollen ihren Eltern? – Nein, der Erzbischof möge erkennen, was es für eine Bewandtnis mit diesem *Talentwucher* hat.«

Wolferl hat nicht unrecht, denkt Vater Mozart und gibt zu guter Letzt nach. Er hat auch gegen den anschließenden Text nichts einzuwenden, in dem Wolfgang sich darauf beruft, daß er vor Gott und seinem Gewissen schuldig sei, dem Vater für die ihm gewährte Erziehung seine Dankbarkeit zu bezeigen und ihn von der Sorge um ihn zu entlasten. »Eure hochfürstliche Gnaden«, schreibt er, »werden mir diese untertänigste Bitte nicht ungnädig nehmen, da Höchstdieselben schon vor drei Jahren, da ich um die Erlaubnis bat, nach Wien zu reisen, sich gnädigst gegen mich erklärten, daß ich nichts zu hoffen hätte und besser tun würde, mein Glück andernorts zu suchen.« Auch den letzten Satz läßt der Vater unverändert stehen, entspricht er doch der Wahrheit. Mit dem Anhängsel üblicher devoter Redewendungen und Beteuerungen schließend, die wiederum seine Mitarbeit deutlich verraten, erhält die Eingabe das väterliche Plazet, und Wolfgang bringt sie am selben Tage, dem 1. August 1777, zur Hofkanzlei.

XXVIII

Bei einer Besprechung höfischer Angelegenheiten im Privatkabinett des Erzbischofs, an der außer dem Oberstkämmerer auch der Obersthofmeister Graf Franz Lactantius Firmian teilnimmt – ein Bruder des Statthalters der Lombardei und wie jener ein aufrichtiger Bewunderer des jungen Mozart –, unterbreitet Graf Arco das Abschiedsgesuch seinem Souverän. Der prüft es aufmerksam, zuweilen die Stirn runzelnd oder den Kopf schüttelnd, einmal auch lächelnd, nimmt dann nach kurzem Besinnen den Federkiel, schreibt eine Bemerkung an den Rand und gibt das Schriftstück wortlos dem Oberstkämmerer zurück. Graf Arco wirft einen Blick auf den erzbischöflichen Zusatz und liest:

»Auf die Hofkammer mit dem, daß Vater und Sohn nach dem Evangelio die Erlaubnis haben, ihr Glück weiter zu suchen!«

Betroffen schaut er seinen Landesherrn an.

»Also wollen Euer hochfürstliche Gnaden auch den Vater nach vierunddreißigjährigem gewissenhaftem Dienst aus der Hofkapelle entlassen?«

»Wenn er es will!«

»In dem Gesuch steht nichts davon. Es betrifft nur den Sohn.«

»Da aber Vater und Sohn anscheinend ohne einander nicht auskommen und ich dem Vater den Urlaub abgeschlagen habe, bleibt nach meiner Meinung keine andere Lösung möglich!«

»Soviel mir bekannt, hat der Vizekapellmeister seinen Reiseplan völlig aufgegeben. Die Mutter soll den jungen Mozart begleiten.«

»Das ist mir neu. Schön. Dann gilt der Abschied vorläufig nur für den Sohn. Haben Sie, Graf Arco, heute noch etwas zur Erledigung?«

»Nein, hochfürstliche Gnaden.«

»Um so besser. Dann kann ich mich mit Ihnen, Graf Firmian, desto ausgiebiger heute unterhalten.«

Der Oberstkämmerer verneigt sich und geht.

»Na, nun hat ja der ehemalige Wunderknabe seine Rolle bei uns ausgespielt, und Fischietti muß sich nach einem neuen Konzertmeister umsehen.«

»Ich habe es, hochfürstliche Gnaden, eben mit Bedauern vernommen.«

»Warum mit Bedauern, Graf Firmian?«

»Weil ich nicht glaube, daß man einen gleichwertigen Ersatz für ihn finden wird. Mozart ist nach meiner Meinung zur Zeit der größte Pianist, jedenfalls von all denen, die ich gehört habe, ein ganz hervorragender Geiger und der hoffnungsvollste unter den jüngeren Komponisten.«

»Als Komponisten schätze ich ihn gar nicht hoch. Da müßte er erst eine Musikakademie in Neapel absolvieren. Vielleicht gelangt er dann zu einem richtigen Stil.«

»Mir scheint, daß Euer hochfürstliche Gnaden in dieser Hinsicht, mit Verlaub zu sagen, ein wenig voreingenommen sind.«

»Mag sein. Für mich ist nun einmal die italienische Schule das A und O der Musik.«

»Jedenfalls wird man in dem Kreise seiner Verehrer und Verehrerinnen den Abschied des jungen Tonschöpfers auf das lebhafteste bedauern.«

»Verehrerinnen«, betont der Erzbischof mit spöttischem Lächeln. »Vorläufig sind, wie mich dünkt, seine Siege über Mädchenherzen auf dem Parkett des Tanzbodens bemerkenswerter als die Triumphe des Musenjüngers; offenbar hat er eine Vorliebe für Töchter von Familienvätern, die zum Ressort des Hofes gehören. Erst war es die Barisani und jetzt soll er eine Liaison mit der Ältesten meines Mundbäckers haben.«

»Harmlose Tändeleien, einem jungen temperamentvollen Künstler nicht zu verübeln ...«

»… mit denen jeder leichtfertige Amant beginnt, um sich allmählich in einen Libertin wie diesen Casanova zu verwandeln, der die Hauptstädte und Residenzen Europas mit seinen anrüchigen Amouren behelligt. Ich möchte beileibe nicht Ihrem Schützling zu nahe treten, lieber Graf, und ihn als einen Casanova in spe abstempeln – mir fiel der Name dieses verwegenen Abenteurers just ein, weil ich unlängst irgendwo gelesen habe, daß unsere hochverehrte Kaiserin ihm, als er auch Wien unsicher machen wollte, den Stuhl vor die Tür setzen ließ –, nein, ich hoffe vielmehr gleich Ihnen, daß Mozart gereift und geläutert in seine Vaterstadt zurückkehrt und, wenn auch nicht mehr den Posten eines Konzertmeisters bekleidet, so doch vielleicht eine noch würdigere Position erhält. Sind Sie damit zufrieden?«

»Gewiß, hochfürstliche Gnaden.«

»Also warten wir ab, was aus dem von den ›Ketten der Fron‹ befreiten Himmelsstürmer wird. Vielleicht geben die noch künftig gesammelten Herzenserfahrungen ihm den Antrieb, einen ›Don Giovanni‹ zu komponieren, vorausgesetzt, daß er den erforderlichen guten Librettisten findet.«

Dritter Teil

KAMPF UM FREIHEIT UND GELTUNG

I

»Ja, es ist wahr, mein hochgeschätzter Baron von Waldstädten, Wolfgang Amadeus Mozart hat die Ketten der Fron, wie er das Verhältnis zu seinem Landesfürsten unter vier Augen zu nennen pflegte, abgeschüttelt«, meldet Andreas Schachtner Ende August 1777 seinem Wiener Freunde, nachdem dieser ihn in einem Brief gebeten hatte, Näheres über die Affäre Mozart mitzuteilen, weil sie in der Kaiserstadt alle möglichen Gerüchte hervorgerufen hätte. Schachtner berichtet gewissenhaft, wie es sich zugetragen hat, und fügt noch hinzu: »Ich halte diese Lösung für die beste; denn ich glaube nicht, daß zwei so grundverschiedene Menschen jemals zu einem guten Einvernehmen gelangen. Wäre Mozart zehn Jahre älter, würde ich es eher für möglich halten. Allein in einem Alter, da es in ihm braust und gärt wie in jungem Most und er zur Höhe der Meisterschaft emporklimmt, gibt es für ihn keine andere Möglichkeit. Nun zieht der Einundzwanzigjährige in die Welt hinaus, um das Glück zu erproben und irgendwo einen Unterschlupf zu finden, wo er sich nicht beengt fühlt und sich die Fittiche seines Genies freier regen können. Wir, Michael Haydn und ich, werden ihn sehr vermissen, denn wir drei bildeten, sozusagen, eine geheime Fronde gegen die Italomanie unseres hochfürstlichen Gebieters. Sie entbehrt nun ihres temperamentvollen Wortführers.

Am meisten tut mir Leopold Mozart leid. Der Kummer über die ungewisse Zukunft des Sohnes zehrt derartig an ihm, daß er eher einem Toten als einem Lebenden gleicht. Der gute Wolfgang nimmt die Sache auch wirklich zu sehr auf die leichte Schulter. Er meint, irgendwo werde er schon eine passende Unterkunft finden.

Glückliche Zuversicht der Jugend! Möge sie vor Enttäuschungen bewahrt bleiben!«

Trotz der Trauer, die Leopold Mozart wegen der bevorstehenden Trennung von Frau und Sohn beschleicht, legt er die Hände nicht untätig in den Schoß, sondern trifft mit rührender Sorgfalt alle notwendigen Vorbereitungen: arbeitet peinlich genau die einzuschlagende Route aus; stellt eine Liste aller ihm bekannten einflußreichen Personen auf und schafft die Mittel für die Reise heran, soweit es nur irgendwie in seinen Kräften steht. Dazu kommen wohlgemeinte Verhaltungsmaßregeln für den Sohn: immer darauf bedacht sein, durch Konzerte und Kompositionen Einnahmen zu erzielen und das mitgegebene Geld nur als äußersten Rückhalt zu betrachten; in allen praktischen Fragen des Lebens nicht dem Gefühl, sondern der Vernunft zu folgen; sich vor erhitzenden Getränken zu hüten und den Verkehr mit leichsinnigen jungen Burschen zu meiden; Freundschaft nur mit Menschen zu schließen, zu denen man voll Achtung aufblicken kann, und sich im Umgang mit Frauenzimmern größte Zurückhaltung aufzuerlegen.

Und wie mit dem Sohn, so führt er auch mit seiner Frau vor der Abreise ein ernstes Gespräch. Er kennt ihre Nachgiebigkeit gegenüber den Schwächen ihres Wolferl. Und darum ermahnt er sie, streng auf ihn zu achten, sein leicht entzündliches Temperament zu zügeln, seine Ungeduld zu bekämpfen, seinen Hang zur Gutmütigkeit in Schranken zu halten und seiner grenzenlosen Vertrauensseligkeit Riegel vorzuschieben.

Mutter Annerl verspricht zwar gewissenhafte Befolgung dieser Weisungen, aber ihr Gatte ist sich von vornherein darüber klar, daß die ihr gepredigten Erziehungsgrundsätze allenfalls durch gelegentliche launige Standreden, aber ohne gebührende Strenge zur Anwendung gelangen werden.

Ehe man abreist, hat Mutter Annerl noch alle Hände voll zu tun. Sie möchte das ganze Hauswesen in gutem Stande zurücklassen, damit die Zurückbleibenden sich wohl fühlen. Dann geht sie mit Thresels Hilfe an das Einpacken der Sachen und seufzt, nachdem dieses Geschäft erledigt wurde:

»I schwitz, daß mir das Wasser übers Gesicht läuft vor lauter Müh mit dem Einpacken. Hol der Plunder das Reisen! I mein, i müßt die Füß ins Maul schieben vor Müdigkeit.«

Ungeachtet aller Freude, die Wolfgangs Brust im Vorgefühl der Reise schwellt, rinnen ihm doch die Tränen, als es in der Frühe des 23. September zum Aufbruch kommt, Vater und Sohn sich umarmen, Bruder und Schwester die Abschiedsküsse tauschen und der Scheidende einen letzten Blick in sein Menageriekabinetterl wirft.

Mutter Annerl scheint dagegen merkwürdig gefaßt, ermuntert mit herzhaften Worten die Zurückbleibenden und ruft, als sie in die Postkutsche steigt, der ganz in Tränen aufgelösten »Jungfer Danzmeister Mitzerl« noch launig beim Abschied zu:

»Aber Mitzerl, warum weinen? Es is ja ka Abschied für immer. Wenn der Lenz ins Land kommt, sind wir wieder daheim. Und nun g'habt euch alle wohl!«

Für Mann und Tochter ist jedoch dieser Tag, wie Vater Leopold in seinem ersten Brief an die Reisenden bekennt, der traurigste ihres Lebens.

Nur der Abbé Joseph Bullinger – er versieht das Amt eines Instruktors im Gräflich-Arcoschen Hause und hat sich in letzter Zeit sehr an die Familie Mozart angeschlossen –, der gegen Abend erscheint, lindert mit seinem herzerfrischenden Humor bei einem ablenkenden Spiel Pikett das niederdrückende Trennungsweh.

II

»Viviamo come i principi! Uns gehet nichts ab als der Papa. Je nun, Gott will's so haben. Es wird doch alles gut gehen! Ich hoffe, der Papa wird wohlauf sein und so vergnügt wie ich. Ich schicke mich ganz gut drein. Ich bin der andere Papa; ich gebe auf alles acht. Ich habe mir auch gleich ausgebeten, die Postillione zu zahlen; denn ich kann doch mit den Kerls besser sprechen als die Mama … Der Papa möchte Achtung geben auf die Gesundheit … und gedenken, daß der Mufti H. C. ein Schwanz, Gott aber mitleidig, barmherzig und liebreich sei.«

Mit diesen Worten kündigt Wolfgang die Ankunft in Wasserburg an. Er kann sich nicht enthalten, seinem einstigen Brotherrn eins auszuwischen. Zum Schluß kommt das schüchterne Eingeständnis. »Ich glaube, ich habe zu Hause meine Dekreter vergessen« –, also das Wichtigste: seine Diplome, Zeugnisse und Empfehlungsschreiben.

In Wasserburg wird nur übernachtet. Am nächsten Tage gegen Abend treffen Mutter und Sohn in München ein. Mit einer Rührigkeit ohnegleichen befolgt Wolfgang die väterlichen Ratschläge und antichambriert bei allen hochmögenden Personen, die einen Einfluß auf den Kurfürsten haben, um durch ihre Vermittlung eine Audienz bei ihm zu erzielen. Doch ihre Bemühungen bleiben ohne Ergebnis. Da kommt ihm ein Bekannter von seinem letzten Münchner Aufenthalt, der Cellist Woschitka, zu Hilfe. Er sieht Mozarts Bekümmernis, spricht ihm tröstend zu und schleppt ihn nach Nymphenburg, wo sich der Hof gerade zu einem Jagdausflug rüstet, und heißt ihn, sich in einem Zimmer aufzustellen, durch das der Kurfürst kommen muß, wenn er sich zur Tafel begibt. Als er bald darauf erscheint, tritt Mozart kühn vor, verneigt sich tief und sagt:

»Eure kurfürstliche Durchlaucht erlauben, daß ich mich untertänigst Ihnen zu Füßen lege und meinen Dienst antrage.«

»Ja, was is denn dös? Völlig weg aus Salzburg?«

»Völlig weg, Euer kurfürstliche Durchlaucht.«

»Warum denn? Habt's z'eng g'kriegt?«

»Hab's schon lang im Sinn gehabt. Salzburg ist kein Ort für mich.«

»Mein Gott, so ein junger Mensch! Aber der Vater ist noch dort?«

»Das wohl. Aber für mich ist kein Auskommen dort. Bin dreimal in Italien gewesen, habe drei Opern dort geschrieben, bin Mitglied der Akademie in Bologna, mußte eine Prüfung machen, allwo viele maestri darüber vier bis fünf Stunden geschwitzt haben, derweilen ich in einer Stunde sie absolvierte. Das mag bezeugen, daß ich imstande bin, an jedem Hofe zu dienen. Mein sehnlichster Wunsch ist, Euer kurfürstliche Durchlaucht wollen die Gnade haben, mich anzunehmen.«

»Aber, liebes Kind, es ist ka Vakatur da. Es tut mir leid.«

»Ich versichere Euer kurfürstlichen Durchlaucht, ich werde gewiß München Ehre machen.«

»Alles ganz schön. Aber es fehlt halt a Vakatur.«

Der Kurfürst geht eilends weiter, und Mozart bleibt wie ein begossener Pudel zurück. Es besteht für ihn kein Zweifel, er hat von München nichts zu erhoffen.

Wohl erwägt der gutmütige und hilfsbereite Herbergsvater vom »Schwarzen Adler«, wo die Mozarts abgestiegen sind, zehn scharmante Mäzene zusammenzutrommeln, von denen jeder einen Dukaten monatlich zu einem Ehrensold für den jungen Komponisten stiften soll; wohl trägt dieser selbst sich mit der Hoffnung, der Graf Seeau werde ihm auf Veranlassung des Kurfürsten einen neuen Opernauftrag erteilen, der ihm zusammen mit jener Gabe ermöglichen würde, in München vorläufig Fuß zu fassen, aber weder stellen sich die generösen Mäzene ein, noch läßt der Intendant etwas von einer »Scrittura« verlauten, und so verlassen Mutter und Sohn unverrichteterdinge die bayrische Hauptstadt.

III

Auf ausdrücklichen Wunsch des Vaters ist Augsburg ihr nächstes Reiseziel, nicht etwa, damit Wolfgang hier Fuß fasse, sondern um den väterlichen Stolz zu befriedigen, der den Bürgern seiner Geburtsstadt den ehemaligen Wunderknaben als reifen Künstler präsentieren möchte.

Die Freie deutsche Reichsstadt Augsburg empfängt den berühmten Sohn ihres ehemaligen Bürgers nicht mit der ihm zukommenden Achtung, geschweige denn Bewunderung. Aufgeblasene Selbstgefälligkeit, engherziger Standesdünkel, kleinliches Spießertum oder hochnasige Steifheit begegnen ihm fast überall und fordern seine Spottlust heraus. Selbst die Akademie, die ein gewisser Baron Reling mit Mühe und Not zustande bringt, endet mit dem mageren Erlös von zwei ganzen Dukaten. Mozart spielt ein eigenes Klavierkonzert, freilich mit so schlechter Orchesterbegleitung, daß er Blut dabei schwitzt vor Angst, jeden Augenblick im Stich gelassen zu werden. Die Zuhörerschar muß sich aus merkwürdigen Leuten zusammengesetzt haben; denn er berichtet dem Vater: »Es war eine Menge Noblesse da: Duchesse Arschbörnel, die Gräfin Brunzgern und dann die Fürstin Riechgerndreck mit ihren zwei Töchtern, die aber schon an die zwei Prinzen von Musbauch und von Sauschwanz verheiratet sind.«

Das zweite Konzert, das ein anderer Musikenthusiast, Graf Wolfegg, veranstaltet, erhält ein anderes Gesicht, einesteils schon im Hinblick auf das Publikum, andernteils, weil das jämmerlich kratzende und tutende Orchester nicht mitwirkt. Mozart offeriert außer einigen Klaviersoli sein Konzert für drei Klaviere, in dem der örtliche Organist – ein kurioser Mensch, dem die Begeisterung ständig aus dem Gesicht lacht – das erste Klavier spielt und der Klavierbauer Stein das dritte. Das Publikum klatscht und tobt, der Instrumentenbauer Stein zieht nur immer Grimassen der Verwunderung, und der Graf läuft nach jeder Pièce enchantiert im Saal herum und ergeht sich in Ausrufen des Entzückens.

Die Augsburger »Entreprise« ist nicht dazu angetan, Mozart

Augsburg. Stich von J. C. Weyermann

die Geburtsstadt des Vaters in angenehmem Licht erscheinen zu lassen. Er würde gewiß nicht vierzehn Tage hiergeblieben sein, hätte nicht ein Magnet ihn festgehalten: die neunzehnjährige Kusine Marianne Thekla Mozart, »das Bäsle« – ein hübsches, gewecktes, lustiges Mädel, so recht eine Gesinnungsgefährtin, wie sie der Salzburger Vetter braucht; immer frohgemut, immer zu Scherz und Spott aufgelegt und immer voll Wärme und Offenheit. Kein Wunder, daß sich ein reizendes Liebesspiel zwischen den beiden jungen Menschen anbahnt. Aber bildet die Liebe wirklich den Grundton in diesem harmlosen Getue von Necken und Kosen? Das Bäsle mag es für Liebe halten, obwohl sie vernünftig genug ist, sie seitens des berühmten Vetters vorerst wenigstens nicht für ernst zu nehmen, sondern nur ein Produkt übermütiger Laune in ihr zu sehen. Und er? – Ihn belustigt und beglückt dieser ihm unverhofft dargebotene Flirt ohne tieferen Sinn, der ihm das langweilige und verdrießliche Augsburg erträglich macht.

Mozart hat im Verlauf der neckischen Tändelei bald herausgefunden, daß sein Bäsle keine schwerblütige Natur ist wie des Hofmundbäckers Amalie, die sich das Gebussel so zu Herzen nahm, daß sie, als aus dem Spiel kein Ernst wurde, ins Kloster ging. Gerade hier in Augsburg erhält er vom Vater die Nachricht, sie sei wieder heimgekehrt mit der Absicht, den Ungetreuen zum Bleiben zu überreden, weil sie vernommen hatte, daß er seine Heimatstadt verlassen wolle. Der Fall bereitet ihm einiges Kopfzerbrechen, bis er sich entschließt, an den Vater zu schreiben: »Wegen der Mundbäcker-Tochter habe ich gar nichts einzuwenden. Dies habe ich alles schon lange vorhergesehen. Das war eben die Ursache, warum ich so zögerte, wegzureisen und warum es mir so hart ankam. Ich hoffe, die Historie wird doch nicht schon in ganz Salzburg bekannt sein? – Ich bitte den Papa, recht verständigst zu tuschen, solange es möglich ist, und in Gottes Namen halt die Unkosten, die der Vater wegen des prächtigen Eintritts ins Kloster gehabt hat, unterdessen für mich zu ersetzen, bis ich wieder nach Salzburg komme und das arme Mädel, ganz natürlich und ohne alle Hexerei krank, dann wieder gesund mache und so völlig wieder zum Klosterleben bringe.«

Nein, eine solche peinliche Affäre braucht Wolfgang beim Bäsle nicht zu befürchten. Das ist kein Frauenzimmer, wie das Malchen mit Zuckerkandl-Gefühlen, die da schmelzen wie Butter in der Sonne, denkt er; das ist ein richtiges erdgewachsenes Madl, das Spaß versteht. Und so scheiden die neuen Freunde mit keinem anderen gegenseitigen Versprechen, als sich hin und wieder zu schreiben.

IV

Im Spätherbst treffen Mutter und Sohn in Mannheim ein. Welch andere Stimmung empfängt sie hier als in dem engherzigen, kleinstädtischen Augsburg! Es ist die Atmosphäre einer Residenz, in deren Mittelpunkt eine großzügige Hofhaltung steht, die nicht nur Pracht und Aufwand zum Dekor braucht, sondern auch den Künsten eine bevorrechtigte Stellung einräumt. Der zwar auf großem Fuß lebende genußsüchtige, aber auch den Musen wohlgesinnte Kurfürst Karl Theodor hat Mannheim dieses Gepräge einer festlich schimmernden Rokokoresidenz verliehen. Er gehört nicht nur zu den zahlreichen fürstlichen Nachahmern des Lebensstils von Versailles, sondern ist auch ein Förderer deutscher Sprache und Literatur. Das neu erbaute, gerade vor der Vollendung stehende deutsche Nationaltheater wird dem Schaffen der um Geltung ringenden jungen Dichtergeneration bald seine Tore öffnen.

Der Ruhmespreis gebührt jedoch dem Orchester. Es ist die eigentliche Attraktion Mannheims. So bedeutungsvoll sind seine Leistungen, daß sie von weit und breit Musikfreudige herbeilokken. Seinen Weltruf begründete der Böhme Johann Stamitz, indem er das Ensemble zu strenger Disziplin erzog, durch die Einführung des Crescendo und Diminuendo die Modulation der Orchesterstimmen steigerte und überhaupt einen temperamentvollen Schwung in die Wiedergabe der Instrumentalwerke brachte. Die von Stamitz geschaffene Virtuosität des Ensembles hält ihr derzeitiger erster Dirigent Christian Cannabich in getreuer Überlieferung aufrecht. Kein Wunder, wenn der sich eines guten Rufes erfreuende Kritiker Daniel Schubart es mit den Worten preist: »Kein Orchester der Welt hat es je in der Ausführung dem Mannheimer zuvorgetan. Sein Forte ist ein Donner, sein Crescendo ein Katarakt, sein Diminuendo ein in der Ferne hinplätschernder Kristallfluß, sein Piano ein Frühlingshauch.«

In dieses »Paradies der Tonkünstler« – wie man die Mannheimer Schule zu nennen beliebte – fühlt sich nun der junge Mozart versetzt, und man kann sich leicht vorstellen, welche Begeisterung die empfangenen Musikeindrücke in ihm auslösen; denn die Mitwirkenden sind fast durchweg weit über dem Durchschnitt stehende Virtuosen. Bald steht er mit ihnen auf bestem Fuße, nimmt an ihren geselligen Zusammenkünften teil und fühlt sich überaus wohl in ihrem Kreise.

Das meiste Entgegenkommen findet er bei Cannabich, worauf er nicht wenig stolz ist. Der hervorragende Kapellmeister hatte bereits den siebenjährigen Wunderknaben spielen hören; nun lernt er ihn als Komponisten kennen und empfängt einen starken Eindruck von seinem Können, als dieser ihm seine sechs Klaviersonaten vorträgt. Seitdem ist er dort ein gern gesehener Gast. Aber nicht nur die musikalische Atmosphäre dieses Hauses zieht

Mozart an, sondern auch die älteste der beiden Cannabich-Töchter, die fünfzehnjährige bildhübsche Rosa – ein ernstes, sanftes, verträumtes, ein wenig zur Empfindsamkeit neigendes Geschöpf, das auch leidlich Klavier spielt. Schon in den ersten Tagen beginnt er eine Sonate für sie zu komponieren. Als er den ersten Satz vorgetragen, bemerkt der Geiger Donner, er sei neugierig, wie er das Andante gestalten werde, und er erhält zur Antwort: »Ganz nach dem Charakter der Demoiselle Rosa.« Und in der Tat sind sich alle beim Anhören desselben darin einig, daß ihm dies vortrefflich gelungen sei, und er darf nicht früher das Haus verlassen, als bis er den Schlußsatz niedergeschrieben hat, der ebenfalls mit Beifall aufgenommen wird. Röschen jedoch, stolz auf die Widmung, macht sich an das Einstudieren und spielt bei dem nächsten Zusammensein die Sonate korrekt, doch technisch noch etwas unbeholfen vor. Dieser von dem Komponisten offen gerügte Mangel tragt ihm vom Vater das Anerbieten ein, das Töchterchen unter seine musikerzieherische Obhut zu nehmen, was er gern tut.

Bald erfreut sich Mozart auch in andern Häusern der Beliebtheit. Man kommt ihm überall freundlich entgegen und lädt ihn ein. Aber was hilft diese allgemeine Anerkennung, wenn der Zweck der Reise unerfüllt bleibt, das heißt keine würdige Position sich für ihn in Mannheim bietet?

Er hatte schon bald nach seiner Ankunft durch Vermittlung des ihm wohlgesinnten Kapellmeisters Ignaz Holzbauer eine Audienz beim Kurfürsten, der sich seines Auftretens vor fünfzehn Jahren wohl erinnerte, ihm Gelegenheit bot, in zwei Akademien bei Hof zu musizieren, und ihn wegen seines vortrefflichen Spiels lobte. Die daneben stehende Prinzessin beteuerte sogar: »Monsieur, je vous assure, on ne peut pas jouer mieux.« Aber der einzige Erfolg dieser Veranstaltung ist der Auftrag des Kurfürsten, seine aus dem Verhältnis mit einer Schauspielerin entsprossenen Kinder am Klavier zu unterrichten – eine höchst unbefriedigende Angelegenheit, weil beide Schüler über eine sehr mangelhafte Begabung verfügen. Aber Mozart läßt sich den Unterricht nicht verdrießen, weil die ihm beiwohnende ältliche Gouvernante ihm einmal geheimnisvoll gesteht, Seine Durchlaucht hätten zu ihr geäußert, Mozart würde den Winter über in Mannheim bleiben. Neue Hoffnung schwellt seine Brust, geschürt von Cannabich, der die Meinung vertritt, der Kurfürst könnte ihn zum

Kammer-Komponisten ernennen, und sich erbietet, mit dem Intendanten Grafen Savioli seinetwegen Rücksprache zu nehmen. Er tut es auch. Als Mozart nach einiger Zeit bei dem Grafen wegen seiner Anstellung anfragt, erhält er den lakonischen Bescheid: »Seine Durchlaucht haben sich noch nicht resolviert.«

Diese Antwort wird ihm auch auf wiederholte Interpellationen später zuteil. Mozart, von München her an solche vertröstende Hinausschiebungen gewöhnt und deshalb mißtrauisch geworden, dringt schließlich auf Entscheidung, weil ihm die Mittel ausgehen. Nun erfährt er, daß keine Hoffnung auf eine Anstellung bestehe. Ganz niedergeschlagen sitzen Mutter und Sohn in ihrem Gasthaus und überlegen, was zu machen sei. Das mitgenommene Geld ist schon so gut wie vertan, die letzten Nachrichten des Vaters verraten bereits deutlich einen unzufriedenen Ton, der sich von Brief zu Brief verstärkt; er sieht in der Ferne die mühsam aufgebrachten Gulden in den Händen des Sohnes schmelzen, ohne daß irgendeine Aussicht besteht, sie durch gute Einnahmen wieder zu ergänzen.

»Wir werden wohl umkehren müssen, Wolferl«, sagt traurig Mutter Annerl, während sie ihr kärgliches Abendessen im Gasthof einnehmen.

»Warum, Mutterl?«

»I seh halt net, wo wir's Geld für die Weiterreise hernehmen solln.«

»Wir werden's schon z'sammholen.«

»I hab ka Hoffnung. Es ruht halt ka Segen auf unserer Reise. Wär i lieber daheim geblieben. Du allein hättest dich schon durchgeschlagen.«

»Vertrauen wir auf Gott, Mutterl. Er wird schon weiterhelfen.«

Wolfgang holt die fünf in Mannheim erspielten goldenen Uhren.

»Schau«, sagt er, »das ist ja auch ein kleines Vermögen, das man in Münze umsetzen kann. Lieber wäre mir das Geld gewesen.« Und lächelnd fügt er hinzu: »Oder ich werd' mir in die Hose ein zweites Uhrtascherl einnähen lassen und wie unsere Stutzer zwei Uhren tragen. Vielleicht verehrt man mir dann fürderhin keine Uhren mehr.«

»Na, so weit ist's noch net, daß du die Uhren zu verkaufen brauchst. Die Nannerl hat mir heimlich ein Summerl zugesteckt. Aber das wird nimmer ang'rührt, das is nur für den Notfall.«

Die Zukunft sieht nicht gar so trübe aus, wie es scheint. Cannabich hat Mozart ein paar »gut zahlende« Schüler vermittelt, ein Hof-Kammerrat bietet ihm freien Mittags- und Abendtisch gegen den Klavierunterricht seiner Töchter an, ein reicher Holländer bestellt bei ihm drei kleine Flötenkonzerte und ein paar Qartette gegen ein Honorar von zweihundert Gulden, und schließlich eröffnet ihm der Flötist Wendling den Plan einer Konzertentreprise nach Paris für die nächste Fastenzeit.

V

An einem Januartage bringt Mozart zwei für die Frau seines Freundes, die Sängerin Dorothea Wendling, komponierte Arien zur Abschrift dem Bassisten Fridolin Weber, der sich als Theatersouffleur und Kopist Nebeneinkünfte verschafft, weil sein dürftiges Sängergehalt nicht ausreicht, um die vielköpfige Familie zu ernähren. Von den sechs aus der Ehe mit Cäcilie Stamm entsprossenen Kindern sind noch vier Töchter zwischen zwanzig und zehn Jahren am Leben. Mozart überraschen zunächst die ärmlichen Verhältnisse, in denen die Familie lebt. Aber als ihm die vier Töchter vorgestellt werden, geht ein Glanz in dieser Armseligkeit auf. Sie sind zwar keine Schönheiten wie seine Schülerinnen Rosa Cannabich und Auguste Wendling, doch immerhin hübsche Mädchen, jedes nicht ohne einen gewissen pikanten oder scharmanten Reiz. Sein Augenmerk ist beim ersten Sichkennenlernen auf die zweite Tochter, die fast siebzehnjährige Aloysia, gerichtet – eine schlanke graziöse Blondine. Sie fesselt ihn gleich so, daß er die anderen Schwestern, auch die fünfzehnjährige hübschere Konstanze, kaum beachtet, vollends als sie auf Veranlassung des Vaters ein paar Lieder vorsingt. Da klingt ein warmer, sich in die Sinne einschmeichelnder Sopran auf. Begeistert von ihrem Gesang, äußert er:

»Unbeschreiblich! Ich finde keine Worte. Sie haben eine Stimme, um die Welt zu bezaubern. Sind sie noch nie öffentlich aufgetreten?«

»Nein, nur im häuslichen Kreise.«

»Wer war Ihr Lehrmeister?«

»Ich habe ein paar Stunden bei Frau Wendling gehabt. Sonst singe ich, wie mir der Schnabel gewachsen ist.«

»Sie müssen wissen, wir sind arm und können unserm Liesel

keine angemessene Ausbildung bieten«, schaltet sich Frau Weber ein.

»Die Demoiselle kann sich vor dem respektierlichsten Publikum hören lassen, Madame. Ich will ihr dabei helfen. Ein holländischer Offizier, der mein Schüler ist, brachte mir vor kurzem eine Einladung der Prinzessin von Oranien, für die ich als zehnjähriger Knabe einige Sonaten komponiert habe. Sie hat eine große Liebe zur Musik, verfügt über ein kleines Orchester und wünscht, daß ich vor ihr musiziere. Wir werden drei meiner Opernarien zusammen einstudieren, Fräulein Aloysia, und Sie sollen sie dann vorsingen.«

»Und wer trägt die Kosten?« fragt Mutter Weber mißtrauisch.

»Für die Reiseauslagen komme ich natürlich auf. Die Entreprise wird mindestens acht Louisdors abwerfen.«

»Acht Louisdors«, wiederholt Vater Weber mit Betonung. »Das ist ja fast die Hälfte meines Jahreseinkommens.«

Im Hause Weber herrscht eitel Freude. Der Familienvater sieht endlich mal einen Lichtstrahl in das kümmerliche Dasein leuchten, die Mutter rühmt den Herrn von Mozart als einen Kavalier vom Scheitel bis zur Sohle, Aloysia schwelgt in der Vorstellung bevorstehender Triumphe, die den Beginn ihrer Karriere zur Primadonna einleiten, Josepha und Sophie, die älteste und die jüngste Schwester, teilen ihre Wonne. Nur die fünfzehnjährige Konstanze, mißvergnügt darüber, daß der berühmte Gast sie keines Wortes würdigte, fühlt sich veranlaßt, die allgemeine Freude zu verbittern mit der Bemerkung, sie halte den Monsieur für einen Aufschneider und glaube nicht an seine Vorspiegelungen, wofür sie von der Mutter gründlich gerüffelt wird.

Mozart nimmt seine übernommenen Pflichten sehr ernst. Täglich erscheint er bei den Webers und studiert gewissenhaft und genau die Bravourarien aus dem »Mitridate« und dem »Lucio Silla«, die einst die Gabrielli und die de Amicis gesungen haben, mit Aloysia ein, ist jedesmal entzückt über die Fortschritte seiner Schülerin und verspricht sich von dem Unternehmen einen großen Erfolg. Die eines Tages von Mutter Weber geäußerte Sorge, ihre Tochter verfüge, leider, nicht über die für ein Auftreten bei Hof erforderliche Toilette, weiß er dadurch zu beschwichtigen, daß er eine seiner goldenen Uhren verkauft und den Erlös zur Anschaffung des notwenigen Galakleides zur Verfügung stellt.

Gegen Ende Januar fahren Mutter Weber, ihre Töchter Josepha und Aloysia in Begleitung Mozarts in einer viersitzigen Postchaise nach Kirchheim-Bolanden, wo die Prinzessin Karoline von Nassau-Weilburg aus dem Hause Oranien residiert, und die beiden Musikanten stellen sich noch am selben Tage bei Hofe vor. Die Prinzessin zeigt sich über das Wiedersehen mit dem Wunderknaben von einst sehr erfreut. Sie erzählt, daß sie seine Entwicklung in den Gazetten eifrig verfolgt habe, begierig auf die bevorstehenden musikalischen Genüsse sei, und daß ihr Kapellmeister Rothfischer und sein kleines Orchester schon vor Aufregung fieberten, ob sie wohl den Anforderungen des Meisters genügen würden.

Am nächsten Abend findet die erste Hofmusik statt, und wie Mozart mit zwei Klavierkonzerten reüssiert, so ersingt sich Aloysia mit den Arien den begeisterten Beifall der Prinzessin. Auch in den nächsten drei Tagen wird eifrig musiziert. Der Komponist bietet aus dem Füllhorn seines Schaffens der Gastgeberin immer wieder neue Überraschungen, und beim Abschied werden ihm sieben und der mitgebrachten Sängerin fünf Louisdors als Honorar vom Hofmarschall eingehändigt. Freilich sind bei der Rückkehr nur zweiundvierzig Gulden übriggeblieben, weil man sich in Worms noch einige Tage vergnügte und der Kavalier die Kosten bestritt.

Mit einem brennenden Herzen kommt Mozart nach Mannheim zurück. Das Liebesflämmchen, das Aloysias Reize entzündeten, hat sich auf dieser Reise in eine lodernde Glut der Leidenschaft verwandelt. Die Geliebte spürt sie wohl, aber sie erwidert sie nicht mit der gleichen Inbrunst der Empfindungen. Sie gefällt sich als Angeschwärmte, spielt jedoch die Rolle einer Spröden, die zwar die Liebesbeteuerungen des feurigen Verehrers gern anhört, auch sich gelegentlich in Zärtlichkeiten einläßt, allein sie kehrt nie die Entflammte heraus und wehrt allzu ungestüme Ausbrüche des Temperaments ihres Liebhabers unter Betonung der Schicklichkeit durch Zurückhaltung ab.

Kaum nach Mannheim zurückgekehrt, greift Mozart nach dem Metastasio und wählt mit dem einleitenden Rezitativ die Arie »Non sò d'onde viene« – »Nicht weiß ich, woher mir dies zärtliche Fühlen, im Busen das fremde Bangen und Wühlen, das jäh sich schlich in die Adern mir ein« –, die in einem ganz anderen Zusammenhang das Aufkeimen einer Liebe aus Mitleid schildert, und setzt sie in Musik um. Als ein paar Tage darauf Cannabich zu Ehren seines jungen Freundes ein Hauskonzert mit dessen Werken veranstaltet, singt Aloysia außer anderen Arien auch diese, und sie trägt sie mit einem so hinreißenden Ausdruck des Gefühls vor, daß alle Anwesenden von dieser herrlichen Wunderblume aus Mozarts klingendem Garten tief ergriffen sind.

Rosa Cannabich stimmt allein in den Beifall nicht ein. Ihr schönes Madonnengesicht bleibt starr. Nur ihre Augen überzieht ein feuchter Glanz. Als ihre Mutter sie später fragt, warum sie so merkwürdig gleichgültig sich verhalten habe, bekommt sie die Antwort:

»Die Arie ist wundervoll, viel zu ergreifend, um sie zu beklatschen. Aber daß er sie für die Weberin geschrieben hat, verdrießt mich.«

»Du hast recht. Die kokette Person ist ihrer gewiß unwürdig.«

Mozart hat seinen Vater über alle Vorkommnisse auf der Reise, Bemühungen und Enttäuschungen gewissenhaft unterrichtet. Jetzt schlägt er in seinen Briefen an ihn einen andern, persönlicheren Ton an, in dem unverkennbar seine Herzenserlebnisse aufklingen. Um jedoch vorzubeugen, daß der Vater hinter seiner Verliebtheit etwa Heiratsgelüste wittert, benutzt er im nächsten Brief die Nachricht von der Hochzeit eines Salzburger Bekannten und schreibt: »Das ist halt wiederum eine Geldheirat, sonst weiter nichts. So möchte ich nicht heiraten. Ich will meine Frau glücklich machen und will mein Glück durch sie machen. Darum will ich's auch bleiben lassen und meine goldene Freiheit genießen, bis ich so gut dastehe, daß ich Weib und Kinder ernähren kann.« Dann jedoch folgt die merkwürdige Mitteilung, daß er die beabsichtigte Entreprise mit dem Flötisten Wendling und dem Oboisten Ramm aufgegeben habe, weil beide Menschen von leichtfertiger Lebensauffassung seien, mit denen er unmöglich für längere Dauer zusammensein könnte, und daß er statt dessen mit der bedrückten Familie Weber nach Italien reisen wolle. Und er bittet den Vater, er möge, seine guten Beziehungen in Italien ausnutzend, daselbst anfragen, wo sich wohl die Vakanz für eine Primadonna biete; denn die Weberin sei eine hervorragende Sängerin; er selber werde sich durch Opernaufträge durchzuschlagen wissen. Doch müsse die Mutter, die ohnehin unter den Beschwernissen der Reise leide, nach Salzburg zurückkehren.

Es ist reichlich viel, was der Sohn in diesen unverkennbar von nervöser Hast diktierten Briefen an seltsamen Entschlüssen und phantastischen Plänen dem Vater brockenweise darreicht. Was Wunder, wenn der bestürzte Empfänger, der gerade eben mit Wien wieder mal Verbindung wegen eines Kapellmeisterpostens an der Oper für Wolfgang angeknüpft hat, alle Fassung verliert und mit dem Befehl antwortet: »Fort mit dir nach Paris! Und das bald! Setze dich großen Leuten an die Seite – aut Caesar aut nihil –, der einzige Gedanke, Paris zu sehen, hätte dich vor allen fliegenden Einfällen bewahren sollen. *Von Paris aus geht der Ruhm und Name eines Mannes von großem Talente durch die ganze Welt, da behandelt der Adel Leute von Genie mit der größten Herablassung, Hochschätzung und Höflichkeit – da sieht man eine schöne Lebensart, die ganz erstaunlich absticht gegen die Grobheit unserer deutschen Cavaliers und Damen, und da machst du dich in französischer Sprache fest.*« Und er schließt sein geharnischtes, doch versöhnlich ausklingendes Mahnschreiben mit den Worten: »Mache dir Ruhm und *Geld* in Paris; dann kannst du, *wenn du Geld hast,* nach Italien gehen und allda Opern zu schreiben bekommen. Durch Briefe an die Impresarii wird es hart gehen, obwohl ich es immer probieren werde. Dann kannst du auch Mlle. Weber vorschlagen: mündlich kann man mehr tun … Wir küssen euch beide millionenmal und bin der alte redliche Vater und Mann.«

Also ist des Vaters Machtwort gefallen. Wohl geht es Wolfgang sehr zu Herzen, da es alle seine schönen Illusionen zerstört, und einige Tage liegt er, angegriffen von der Aufregung, krank zu Bett. Aber dann ermannt er sich, und als er den Brief des Vaters noch einmal gelesen und den fürsorglichen und liebevollen Ton, der alle verletzende Schärfe mildert, erkannt hat, reift in ihm der Entschluß zur Reise nach Paris. Noch steht ihm der Abschied von der Familie Weber bevor, ein Abschied, vor dem ihm graut. Am letzten Abend verbringt er zwei Stunden bei ihr. Dort herrscht eine niedergedrückte Stimmung. Besonders dem alten Weber geht die Trennung nahe; denn er sieht in dem jungen Komponisten einen Wohltäter, den Entdecker des Talents seiner Tochter. Und sie und die Eltern kargen nicht mit Worten der Dankbarkeit. Zu guter Letzt stellen sich die Tränen ein. Mozart beschwichtigt Aloysia, obwohl ihm selber nach Weinen zumute ist, so gut er kann, indem er sie auf das Wiedersehen nach einigen Monaten vertröstet, während sie wehleidig ihn anschaut, als ob sie daran nicht glaube. Und als er sich zum Fortgehen anschickt, schlingt Aloysia mit einer plötzlichen leidenschaftlichen Gebärde die Arme um seinen Hals und küßt ihn. Mozart, überrascht über diesen unverhofften Ausbruch ihrer Zärtlichkeit, weil sie immer nur die Nehmende, aber nie die Gebende war, steht einen Augenblick ganz verdutzt da, greift dann hastig nach Hut und Mantel, stammelt ein Lebewohl und entschwindet, vom Vater hinausbegleitet.

Aloysia sinkt mit dem Ausruf »Er kehrt nicht wieder« schluchzend in den Stuhl. Da tritt Konstanze an sie heran und sagt hart:

»Spiel nicht so Theater, Liesel. Mir machst du nicht weis, daß du den Mozart liebst.«

Ein giftiger Blick schießt aus den Augen der Schwester auf das vorlaute Mädchen. Die Mutter jedoch fährt es an:

»Halt deinen Schnabel, du dummdreiste Gans, sonst setzt's was.«

VI

Der Frühling beginnt sich gerade zu regen, als Mutter und Sohn in Paris eintreffen. Einst erschien dem Knaben Mozart die französische Hauptstadt als ein Weltwunder, und er liebte sie wie etwas unendlich Teures mit glühender Sehnsucht im Herzen. Und jetzt? Schon nach wenigen Wochen flößt sie ihm Abneigung, ja Ekel ein. Wie ist das zu erklären? – Das Paris, dessen Bild er in seiner Erinnerung trug, war mit seinem strahlenden Glanz des Hofes, seinen Salons, in denen Geist, Schönheit und Kunstsinn walteten, seinen winterlichen Assembleen und sommerlichen fêtes champêtres in der näheren Umgebung die Residenz des arkadischen Rokokos, freilich auch schon mit den müden Symptomen eines erlöschenden galanten Lebensstils. Dieses festlich schimmernde Paris, im Zeichen eines ungebundenen Frohsinns und von Esprit beschwingter Geselligkeit, ist nicht mehr vorhanden.

In die veränderte Umwelt tritt Mozart ein. Dort, wo er zunächst am ehesten Erfreuliches zu erwarten hofft – in Versailles, wo Marie Antoinette, die der Sechsjährige einst heiraten wollte, den Ton angibt, rührt sich für ihn keine Hand; auch der Pariser Herzensfreund, der jetzige Baron von Grimm, hilft ihm nicht. Die Königin befindet sich in anderen Umständen und hat mit persönlichen Dingen zu tun. Sie ist froh, daß der von ihr begönnerte Ritter von Gluck mit seinen Opern sich die Neigung des Publikums allmählich erobert und seinen Rivalen Piccinni aus dem

Felde schlägt. Mozart erlebt gerade diesen Zeitpunkt, aber er läßt ihn kühl. Was geht ihn der Streit der Gluckisten und Piccinnisten an? – Er trägt seine eigene Musik in der Seele, und diese ist gegen alle fremden Einflüsse gefeit. Er befolgt auch anfangs gewissenhaft den Rat des Vaters und macht Antrittsbesuche in einigen Häusern der Noblesse. Aber dieses Antichambrieren wird ihm bald zuwider, und er gibt es, weil nichts von Bedeutung dabei herausspringt, schließlich auf. »Denn die Leute machen halt Komplimente und dann ist's aus«, schreibt er dem Vater. »Bestellen mich auf den und den Tag; da spiel ich, dann heißt's: ›O, c'est un prodige, c'est inconcevable, c'est étonnant!‹ (Das ist ein Wunder, das ist unbegreiflich, das ist erstaunlich!) Und damit adieu.« Der einzig leuchtende Punkt dieser an Enttäuschungen reichen ersten Monate in Paris ist die Aufführung einer neuen Sinfonie in D-Dur, die Mozart im Auftrag des Directeurs der ›Concerts spirituels‹, Le Gros, komponiert und die, am Fronleichnamstage erklingend, großen Beifall findet.

Diese leichtbeschwingte kurze Sinfonie entsteht unter schweren Sorgen. Schon im April klagte Mutter Annerl über Zahn-, Kopf- und Halsweh, verursacht durch die kalten Zimmer in dem Logis bei einem gewissen Herrn Meyer, wozu sich auch eine ungesunde Kost gesellte. Der Sohn siedelt deswegen um nach dem »Hotel zu den vier Haymonskindern«, wo die Wohnverhältnisse besser sind und die Mutter selbst die Küche übernimmt. Obwohl die Einsamkeit sie in Paris noch mehr als in Mannheim bedrückt, kommt ihre Frohnatur doch gelegentlich bei aller Misere zum Durchbruch, vor allem, wenn sie nach Hause Briefe schreibt oder wenn Landsleute sie besuchen, wie der aus Mannheim ihr bekannte Tenorist Raaff oder der hier lebende freundliche Musiker Heina mit seiner Frau.

Aber im Juni erkrankt sie von neuem und diesmal mit sehr bedenklichen Anzeichen. Arme, Augen und Ohren werden in Mitleidenschaft gezogen. In seiner Hilflosigkeit wendet sich der Sohn an Grimm, der ihm einen tüchtigen Arzt schickt. Der Befund ergibt ein typhöses Fieber. Tagelang liegt Mutter Annerl in einem Zustand von Besinnungslosigkeit, aus dem sie nur für kurze Zeit phantasierend erwacht. Wolfgang und Heina wechseln in den Wachen ab. Nur die starke körperliche Konstitution zögert die schon früher vom Arzt erwartete Auflösung hinaus. Am Abend des 3. Juli tritt der Tod ein.

So verliert Mozart in der Fremde sein »Mutterl«, an dem er mit rührender Kindesliebe immer gehangen hat. Als man sie am nächsten Tage auf dem Friedhof St. Eustache zur letzten Ruhe bettet, steht er erschüttert an der zugeschütteten Gruft, und vor ihm tut sich zum ersten Male in seinem Leben der jähe Abgrund der Einsamkeit auf. Dem Vater und der Schwester die Trauerkunde zu übermitteln, fühlt er sich nicht stark genug. Aber er schreibt an den treuen Freund der Familie, den Abbé Joseph Bullinger, und bittet ihn, seinen Angehörigen behutsam das Geschehene beizubringen:

»Allerbester Freund!
Für Sie ganz allein

Trauern Sie mit mir, mein Freund! Dies war der traurigste Tag in meinem Leben – dies schreibe ich um 2 Uhr nachts – ich muß es Ihnen doch sagen: meine Mutter, meine liebe Mutter ist nicht mehr – Gott hat sie zu sich berufen. Er wollte sie haben – das sah ich klar – mithin habe ich mich in den Willen Gottes ergeben. Er hatte sie mir gegeben, er konnte sie mir auch nehmen. Stellen Sie sich nur alle meine Unruhe, Ängste und Sorgen vor, die ich diese 14 Tage ausgestanden habe. Sie starb, ohne daß sie etwas von sich wußte – löschte aus wie ein Licht.«

VII

Dem vereinsamten Mozart bietet Melchior Grimm in der Wohnung seiner Freundin Madame d'Epinay eine angenehme Zuflucht. Die Gastgeberin ist bestrebt, dem jungen Komponisten, der ihr einst in La Chevrette als der scharmanteste Knabe der Welt erschien, den Aufenthalt in ihrem Heim so befriedigend als irgendwie möglich zu gestalten. Er kann über seine Zeit frei verfügen, braucht die festgesetzten Stunden für die Mahlzeiten nicht einzuhalten und hat vor allem Gelegenheit, sich nunmehr ausschließlich dem Komponieren zu widmen; denn als Gast ist er aller Sorgen um Beschaffung der Mittel für Quartier und Unterhalt enthoben.

So findet er in diesen Sommermonaten, da der Schmerz um die verlorene Mutter in seiner Seele nachwirkt, den beruhigenden Trost in der Musik. Es entstehen einige Klaviersonaten, darunter die herrliche in a-Moll, die in ihrer schwermütigen Grundstimmung so recht ein Ausdruck seines Gemütszustandes ist, entsteht auch die Violinsonate in e-Moll, ebenfalls als Ausdruck tiefster Resignation. Ferner schreibt er als Tribut an die Pariser Salonatmosphäre vier brillante Klaviervariationen über französische Chansons und für Le Gros noch eine zweite Sinfonie in B-Dur.

Öfters besucht er das Theater. Aber was er sieht und hört, ist durchaus nicht nach seinem Geschmack. Mozarts Abneigung gegen die französische Oper sitzt unverrückbar in ihm fest. Er bringt deshalb kein Verständnis dafür auf, als sein alter Londoner Freund und Lehrer Johann Christian Bach plötzlich in Paris erscheint und ihm erklärt, daß er den Auftrag übernommen habe, ein solches Werk zu komponieren. Die Freude des Wiedersehens ist auf beiden Seiten groß. Der Ältere ist erfreut, seinem »Herzensjungen« im Stadium seiner Meisterschaft zu begegnen, und er spart nicht mit Lob über dessen Schaffen, das aus redlichem Herzen strömt, und der Jüngere fühlt sich beglückt, jemanden zu haben, dem er sein übervolles Herz ausschütten kann. Was jenen beunruhigt, ist die immer wieder mitten in heiterem Gespräch Mozart überfallende Schwermut, die Bach auch aus seinen Pariser Sonaten herauszuhören glaubt. Ohne Zweifel leidet des Jünglings Seele unter schwerer Bedrängnis. Ist es der Tod der Mutter, der so bedrückend auf ihm lastet? – Nein, diesen Schmerz hat er verwunden vermöge seines fatalistischen Glaubens, daß es gegen das Walten der Vorsehung keine Auflehnung gibt. Ja, wie die Briefe an Vater und Schwester zeigen, hat er mit dem Unvermeidlichen sich eher als jene abgefunden, und er erscheint dort als der aufrichtende Trostspender, der den Vorsatz »Über Gräber vorwärts« in die Worte kleidet: »Schreiten wir zu anderen Sachen; es hat alles seine Zeit.« – Sind es also die Enttäuschungen, die Paris ihm bereitet? – Auch sie; denn er fühlt mit jedem Tag stärker, daß die französische Hauptstadt kein Boden für sein Schaffen sei, daß er, mit Ausnahme von wenigen Musikenthusiasten, unverstanden bleibe, und er bittet Gott nur um das eine, standhaft durchzuhalten. Und noch dies beschattet sein Gemüt: die Liebe. Es vergeht keine Stunde, da seine Gedanken nicht nach Mannheim zu Aloysia wandern und sich mit ihr beschäftigen. Zwar schreibt er selten an sie, aber wenn er es tut, so klingen Herzenstöne auf, die von seiner schmerzlich empfundenen Vereinsamung künden und von der Ungeduld nach dem sehnlichst verlangten Wiedersehen.

Ein ganz anderer Ton schwingt in diesen Briefen keuscher Verliebtheit an Aloysia mit als in denen an das Bäsle in Augsburg, das der Salzburger Vetter keineswegs weder in Mannheim noch in Paris vergessen hat. Sie bleibt ihm in der Fremde stets der Magnet, zu dem ihn der andere Pol seiner Seele drängt: der lebensfreudige, zu Schäkereien und lustigem Getue aufgelegte Genießer und nicht sein Gegenstück – der unter den Schlägen des Schicksals leidende und in seine Innenwelt sich verkriechende empfindsame Träumer. Er braucht diese Ablenkung für seinen starken Sinnentrieb, und wenn er auch sich nur spielerisch ergötzt an dem Animalisch-Primitiven und an urwüchsiger Derbheit, die er in zügelloser Ausgelassenheit, kindisch-naiven Reimereien, erotischen Anzüglichkeiten und hanebüchenen Cochonnerien austobt. Doch »der Edle von Sauschwanz«, wie er gern seine Briefe an die »très chère Cousine« unterzeichnet, weiß genau, was er seinem »Bäsle-Häsle« zumuten kann; denn sie legt alle diese Obszönitäten nicht auf die Waage des Anstands, sondern nimmt sie als das, was sie sind, lachend hin, nämlich als Auswüchse eines tollen Übermuts, mit denen er seinen Kummer niederschlägt.

Je mehr der Sommer sich seinem Ende nähert, desto dringlicher wird für Mozart die Frage des Abbruchs seines Aufenthalts in Paris, gebietet ihm doch der Takt, die liebenswürdig ihm gewährte Gastfreundschaft bei Madame d'Epinay nicht über Gebühr auszunutzen. Außerdem hat das Verhältnis zu Grimm merklich an freundschaftlicher Wärme verloren. Der selbstbewußte und kühl rechnende Diplomat, der alle seine Bemühungen um neue Geltendmachung des einst von ihm so tatkräftig begönnerten Wunderknaben scheitern sieht und diesen Umstand der Indolenz und mangelnden Aktivität seines Schützlings zuschreibt, beginnt ihm allmählich Vorhaltungen über seine Schwächen zu machen. Eines Tages fühlt sich Grimm bewogen, in Gegenwart von Madame d'Epinay seinem Schützling ernst ins Gewissen zu reden mit der Begründung, daß er Vater Leopold Bericht erstatten müsse und seinem hochgeschätzten Freund nichts Unwahres mitteilen möchte. Er macht dem Jüngling unverblümt den Vorwurf, er habe sich nicht genügend nach Schülern umgetan, und was seine Kompositionen anbelange, so seien sie gewiß beachtlich, allein sie träfen nicht den Pariser Geschmack, und er dürfe sich in dieser Hinsicht keinen Illusionen hingeben. Die Worte treffen Mozart wie Keulenschläge und machen ihn völlig benommen. Er weiß nichts auf sie zu erwidern, verbeugt sich und geht gekränkt aus dem Zimmer. Madame d'Epinay, die diese Abkanzelung peinlich berührt hat, wendet sich zu Grimm:

»Sie vergaßen, mon cher ami, daß Sie nicht mehr den garçon charmant von dazumal, sondern einen genialen Jüngling vor sich hatten, der sich seiner Bedeutung bewußt ist, was ich sehr natürlich finde. Ihre Worte waren entschieden verletzend.«

»Wieso? Ich habe nur sein Bestes im Auge und möchte nicht, daß dieser übersensible Mensch auf der Fahrt über das Meer seiner Träume Schiffbruch erleide.«

»Immerhin halte ich die Methode, so radikal die Hoffnungen eines jungen Künstlers zu zerstören, für deplaziert.«

Die Zurechtweisung durch den einst so freundschaftlich ihm gesinnten Grimm lastet schwer auf Mozarts Gemüt. Gern zöge er zu dem liebenswürdigen Grafen von Sickingen, der sich in letzter Zeit seiner väterlich angenommen, doch das Gefühl, seine stets gleichbleibend gütige Gastgeberin dadurch zu kränken, hält ihn davon ab. Außerdem drückt ihn eine Schuld von fünfzehn Louisdors, die ihm Grimm nach dem Tode der Mutter geliehen hat und die er bisher noch nicht zurückerstatten konnte.

Da trifft ein Brief des Vaters ein, der ihm schreibt, daß durch Vermittlung der Gräfin Lodron der Erzbischof sich bereit erklärt habe, die durch den Tod Adlgassers frei gewordene Stelle des Domorganisten mit fünfhundert Gulden Jahresgehalt dem jungen Mozart zu überlassen. So wenig verlockend dieses Angebot ihm scheint, willigt er doch nach all dem erfahrenen Leid ein, nur um mit stichhaltiger Begründung Paris verlassen zu können, sosehr ihm auch vor der Rückkehr nach Salzburg graut.

Die Würfel sind also gefallen, aber er zögert noch mit der Abreise. Da sagt Grimm eines Tages sehr ernst zu ihm:

»Es geht nicht an, daß Sie die Geduld Ihres Vaters noch länger auf die Probe stellen. Sie müssen abreisen, und zwar mit der nächsten Diligence. Ich sage das zu Ihnen im Auftrag Ihres Vaters.«

»Das wundert mich, Herr Baron; denn mein Vater hat mir geschrieben, daß ich erst seinen Bescheid abwarten soll, ehe ich reise.«

»Genügen Ihnen meine Worte nicht?«

Mozart schweigt.

»Sie sind sehr störrisch, junger Freund. Haben Sie die Wohltaten und Aushilfen, die ich Ihnen zuteil werden ließ, völlig vergessen?«

»Beileibe nicht. Aber ich muß noch abwarten, bis meine Klaviersonaten gestochen sind, und außerdem habe ich noch einige Honorare von Le Gros und anderen einzukassieren; denn ich möchte meine Schuld an Sie begleichen und brauche außerdem Geld für die Reise.«

»Wann wird das sein?«

»Ende des Monats. Aber wenn Sie mir die Tür weisen, werde ich mich mit meinen Sachen zu dem Grafen von Sickingen begeben.«

»Sollten Sie das tun, so sind wir geschiedene Leute. Sie bleiben natürlich solange hier. Und die Reisekosten für die Diligence nach Straßburg bestreite ich. Abgemacht.« Nach dieser Auseinandersetzung hat der »neugebackene« Baron in Mozarts Herzen das letzte Winkelchen verloren, freilich mit Unrecht; denn Grimm handelte keineswegs aus Rankūne, weil Mozart nicht in das Lager Piccinnis überging, oder aus persönlicher Abneigung – wie der empfindliche Komponist vermutete –, sondern allein aus Verantwortungsbewußtsein gegenüber dem Vater. Die letzten Tage seines Aufenthaltes werden Mozart deshalb zur Qual. Und erleichtert atmet er auf, als er in der Frühe des 26. Septembers in die Diligence steigt und Paris nach halbjährigem Aufenthalt verläßt.

VII

Nur zögernd vollzieht sich Mozarts Heimreise. Es scheint, als wolle er seine Freiheit so lange als möglich ausnutzen, ehe die Fron ihn wieder in ihre Fesseln zwingt. Schon in Straßburg wird ein mehrwöchiger Aufenthalt genommen, allein ohne jedes lukrative Ergebnis. Es zieht ihn nach Mannheim, obwohl er weiß, daß die Familie Weber längst nach München verzogen ist, weil Aloysia dort an der Oper eine Anstellung gefunden hat; denn der Kurfürst Karl Theodor hatte bald nach dem im Januar erfolgten Tode seines Vetters Maximilian als dessen Erbe seinen ganzen Hof dorthin verlegt und damit auch die Oper. So fehlt ihm in Mannheim der eigentliche Anziehungspunkt. Trotzdem gibt er seinen Vorsatz nicht auf und fährt statt nach der Isar an den Rhein, findet bei Frau Cannabich und ihren Töchtern freundliche Aufnahme und harrt hier auf irgendeinen Anlaß zu längerem

Verweilen, nur aus Furcht vor der Rückkehr nach Salzburg, bis ein strenger Brief des Vaters ungesäumt seine Heimreise fordert. Da rafft er sich endlich auf, nimmt traurig Abschied von den Menschen, deren herzliche Gastlichkeit ihm wohlgetan, und fährt nach München, wo er am ersten Weihnachtsfeiertag eintrifft und bei einem guten Bekannten, dem Flötisten Becke, einkehrt.

Etwas beklommenen Herzens begibt er sich anderen Tages gegen Abend zu der Familie Weber. Mit echter, warmer Wiedersehensfreude wird er an der Tür von Vater Fridolin begrüßt. Der führt ihn in eine enge Stube zu den Seinigen, die bis auf Aloysia vollzählig versammelt sind. Aber der ihm hier bereitete Empfang hat bereits zu seinem Befremden ein kühles förmliches Gepräge. Das schafft eine beklemmende Atmosphäre, wiewohl Mozart sich bemüht, fast ausschließlich das Wort führend, die Unterhaltung durch Schilderung seiner Reiseerlebnisse zu ermuntern; doch man merkt an seiner zunehmenden Zerstreutheit, daß er alles Behagen am Erzählen verliert, weil die Zuhörerin, auf die es ankommt, fehlt.

Endlich nach einer Stunde, als die Unterhaltung beinahe schon einzuschlafen droht, erscheint modisch angeputzt die Vermißte, doch ohne jedes Anzeichen freudiger Überraschung beim Anblick des Heimgekehrten.

»Sie haben also doch Wort gehalten und sind nicht in Paris geblieben«, sagt sie, ihm die Hand zur Begrüßung hinstreckend.

»Glaubten Sie wirklich, ich würde mein Versprechen nicht einlösen?«

»Ach, Paris ist doch viel schöner als Mannheim, München und Salzburg. Ich hätte an Ihrer Stelle es nicht getan«, fährt sie fort, Hut und Mantel abnehmend, und dann zu den Ihrigen sich wendend: »Habt ihr nicht etwas Kaffee? Ich vergehe schier vor Durst.«

Josepha geht hinaus, das Gewünschte zu holen. Aloysia hat dem Gast gegenüber am Tisch Platz genommen. Sie sieht ihn eine Weile gleichsam musternd an, und ein spöttisches Lächeln spielt um ihre Lippen. Der rote Frack mit den schwarzen Knöpfen sticht ihr in die Augen.

»Sie tragen aber ein merkwürdiges Lakaienkostüm.«

»Die schwarzen Knöpfe verwundern Sie wohl. Sie sind in Paris ein Zeichen der Trauer.«

»Um wen trauern Sie denn?«

»Meine Mutter ist gestorben.«

Allgemeines bestürztes Schweigen. Vater Fridolin steht auf und spricht dem Gast im Namen der Familie sein Beleid aus, das die übrigen reihum mit stummem Händedruck bekräftigen. Nachdem alle wieder Platz genommen haben, setzt Aloysia das unterbrochene Gespräch fort und sagt:

»Sie haben also viel Betrübendes in Paris erfahren. Monsieur Mozart. In Ihren Briefen war davon nichts enthalten.«

»Warum sollte ich andere mit meinem Kummer beschweren? Ihnen aber, Mademoiselle, ist hoffentlich nur Erfreuliches begegnet.«

»Ja, wie Sie wissen, bin ich Sängerin an der Oper, bekomme tausend Gulden Gehalt, was zwar nicht viel ist, aber für den Anfang genügt's.

»Sei nicht unbescheiden, Liesel«, bemerkt Vater Fridolin erregt. »Ich habe mein Leben lang nie so viel bezogen. Das ist …«

»Du warst ja auch keine Sängerin von Gottes Gnaden«, unterbricht Mutter Weber den Gatten, »sondern nur ein kümmerlicher Bassist.«

»Was recht ist, ist recht. Aber daß du, Liesel, hier angekommen bist, verdankst du allein unserem verehrten Meister.«

»Das wissen wir, Fridolin«, wehrt die Gattin ab, »und Liesel ist die letzte, die nicht aufrichtigen Dank darüber empfindet.«

»Den hat sie eben nicht«, wirft Konstanze dazwischen.

»Hüte dein vorlautes Mundwerk!« herrscht die Mutter sie an.

Ein kleiner Familienstreit scheint sich anzubahnen, der Mozart peinlich berührt. Um ihn abzubiegen, versetzt er:

»Ich bitte meine Verdienste nicht zu hoch zu bewerten. Wer über eine solche holde Stimme verfügt, gelangt ohne fremde Hilfe zur Geltung.«

»Und was gedenken Sie jetzt zu tun?« fragt Aloysia ablenkend.

»Ich kehre nach Salzburg zurück – als Domorganist – allerdings nur mit fünfhundert Gulden Gehalt.«

»Schrecklich! Mit Ihrem Talent.«

»Es ist der Wunsch meines Vaters.«

»Das finde ich traurig. Aber es muß eben jeder den Weg gehen, den das Schicksal ihm vorzeichnet. Ich bleibe vorläufig natürlich in München, bis sich etwas Besseres bietet.«

Josepha hat den Kaffee gebracht, den die Schwester hastig trinkt.

»Ach Gott, ich muß ja zu einer Probe in die Oper. Fast hätte ich's vergessen«, ruft sie plötzlich, geschwind aufstehend, setzt den Hut auf und tut den Mantel um. Und ebenso eilig streckt sie dem Gast die Hand hin, lächelt ihm kokett zu und verabschiedet sich mit den Worten:

»Wenn wir uns nicht wiedersehen sollten, buon viaggio, Signore Wolfgango Amadeo! Ihre Arie bleibt mein Paradestück.«

Niemals empfand Mozart eine so heftige Herzensqual wie bei diesem flüchtigen, kaum eine Viertelstunde währenden Wiedersehen. Einen Augenblick zuckt das Verlangen in ihm auf, der Entschwundenen nachzueilen, sie zur Rede zu stellen und zu fragen, warum sie sich verstelle und ein so frevlerisches Spiel mit seiner Liebe treibe. Aber schon im nächsten Augenblick raunt ihm eine innere Stimme zu: das war keine Maske, das war echtes Gefühl. Und sich beherrschend harrt er eine Weile noch aus, antwortet kurz und trocken auf die an ihn gerichteten Fragen, bis es ihm unerträglich wird und er sich empfiehlt. Vater Fridolin und Konstanze begleiten ihn hinaus. Im Flur flüstert das Mädchen ihm ins Ohr:

»Sie tun mir leid. Meine Schwester hat es nie ehrlich mit Ihnen gemeint. Aber nehmen Sie es sich nicht zu Herzen.«

Dabei drückt sie ihm kräftig die Hand.

Ein menschliches Wesen, das mit mir fühlt, denkt Mozart, als er draußen auf die Straße tritt und in ein wirbelndes Schneetreiben gerät. Dieser ihn umspielende Tanz der Flocken erscheint ihm wie ein Symbol, das ihm der Himmel schickt; jedes Flöckchen ein koboldhaftes Spukwesen, das ihn wegen seiner Dummheit und Vertrauensseligkeit äfft.

Aschfahl im Gesicht, mit bebenden bläulich gefärbten Lippen kommt er zu Becke, der erschrocken zurückweicht, als er das verstörte Antlitz seines Gastes beim Kerzenlicht gewahrt. Auf die Frage, ob er sich krank fühle, schüttelt Mozart nur den Kopf. Schwer aufseufzend sinkt er in einen Sessel und starrt eine Weile vor sich ins Leere. Plötzlich schlägt er die Hände vor das Gesicht und weint kaum hörbar in sie hinein. Becke steht erschüttert daneben. Er fühlt, daß Mozart irgendeinen schweren Kummer erlitten haben müsse, und möchte nicht unzart durch zudringliches Fragen ihn zum Sprechen bewegen. Darum schweigt er und wartet ruhig ab, bis die Tränen das Herz erleichtert haben und er sich ihm aus eigenem Antrieb offenbart.

Nach einigen Minuten greift Mozart nach der Hand des Freundes, blickt mit feuchten Augen zu ihm empor und bittet ihn, er möge entschuldigen, daß er sich von seinen Gefühlen habe hinreißen lassen, er werde ihm auch die Ursache nicht vorenthalten, nur möchte er ihm einen heißen Trank geben; denn er verspüre eine entsetzliche Kälte in seinen Gliedern.

Becke eilt fort und kehrt bald darauf mit einem dampfenden Punsch wieder. Hastig packt Mozart das eingeschenkte Glas, wärmt erst, es umspannend, seine kalten Hände an ihm und leert es, gierig schlürfend, Schluck für Schluck. Dann enthüllt er in abgerissenen Sätzen, ohne rechten Zusammenhang der einzelnen Teile, nervös zwischendurch sich immer wieder durch einen Trunk anfeuernd, die Geschichte seiner so glücklich begonnenen und so traurig geendeten Liebe. Je mehr seine Erzählung sich dem Ausgang nähert, desto deutlicher macht sich, vielleicht infolge des genossenen schweren Punsches, jener seltsame Mittelzustand zwischen Lachen und Weinen an ihm bemerkbar, bis das Lachen, aber ein höhnisches, sich selbst verspottendes Lachen, überwiegt.

»Was wollen Sie, Becke, die Komödie ist aus! Ein niedliches Frauenzimmer entpuppte sich als betrügerischer Irrwisch. Ich aber, der verliebte Musikant, bin der Gefoppte, lalala, lalala.«

Und er schwankt zum Flügel, reißt den Deckel von der Klaviatur hoch, schlägt ein paar Akkorde an, setzt sich, improvisiert eine Weile, die Begleitung mehrmals variierend, und singt in weinseliger Stimmung:

»Leck mich das Mensch am A …, das mich nicht will.«

Plötzlich bricht er schrill auflachend ab, wirft sich Becke an die Brust und stammelt von Schluchzen geschüttelt:

»Mir armem Teufel aber bricht das Herz entzwei.«

Begütigend spricht Becke auf ihn ein:

»Legen Sie sich zur Ruhe, Mozart. Der Schlaf wird Ihnen wohltun.«

»Der Schlaf? … Und die Träume?«

»Die werden Sie aus der Verstrickung lösen und Sie zurückführen in die Welt des reinen Klanges, der Ihre Seele erfüllt.«

»Ich glaub es nicht. Ich glaub überhaupt an nichts mehr, weder an Liebe, noch an Gerechtigkeit, noch an Glück. Ich bin ein verlorener Sohn. Mein Vater hat recht, wenn er mich verabscheut, verstößt.«

»Sie irren, teurer Freund. Ihr Vater wartet mit dem sehnsüchtigsten und liebevollsten Herzen auf den Heimkehrenden. Ich weiß es genau. Wie sollte es anders sein! Wer könnte dem reinsten, edelsten und besten Menschen zürnen, wenn er schuldlos in die Irre ging.«

»O Becke, mir graut vor Salzburg, mir graut vor meinem Vater, mir graut vor der ganzen Zukunft!«

»Mit Unrecht, Mozart. Ich sehe keinen Grund.«

»Doch, doch! Niemand will mich haben, weder Wien, noch München, noch Mannheim, noch Paris. Nur dieses elende Salzburg, das ich hasse wie die Hölle. Mein Stern geht unter ...«

»Um mit neuem Glanz aufzugehen. Vertrauen Sie, Mozart, auf Gott und auf Ihr Genie.«

»Sie sind mir ein wackerer Tröster, Freund, und richten gestürzte Schlösser wieder auf. Nun lassen Sie mich schlafen. Ich fühle meine Sinne nicht mehr beisammen.«

IX

Bedrückend lasten die Münchner Tage auf Mozarts Gemüt. Weder die liebevolle Besorgnis seines Gastgebers noch die Heiterkeit der Mannheimer Kollegen Cannabich, Wendling und anderer vermögen die dunklen Gewalten zu bannen, die seine frohen Lebensgeister hemmen. Und doch zögert er auch jetzt wieder mit der Heimreise. Was ist die Ursache? – Er hat in der Unruhe seines Herzens das Bäsle gebeten, nach München zu kommen, als erhoffe er von dem frischen heiteren Wesen dieses Mädchens eine Aufmunterung seines Gemüts, ehe er das Vaterhaus betritt. Und siehe da – die Gerufene erscheint, und sie wirkt in der Tat auf ihn wie eine aufmunternde Erfrischung. Schon als sie seine Leichenbittermiene gewahrt, lacht sie aus vollem Halse auf und schilt ihn in so neckischer Weise einen Sauertopf, Trauerkloß und Grillenfänger, daß er selbst herzhaft in ihr Gelächter einstimmen muß. Ihr schüttet er denn auch seine Herzenspein aus, und da zeigt es sich bald, daß das Bäsle nicht nur eine amüsante Spaßpartnerin ist, mit der man sich allerhand derbe Scherze erlauben kann, sondern auch eine verständnisvolle Beichtigerin, die den Nagel gleich auf den Kopf trifft, indem sie sagt:

»Dummes Zeug, man läßt nicht gleich wegen einer verkrachten Liebe den Kopf hängen, Herr Vetter. Wenn ein Weibsbild nicht will, hat der feurigste Liebhaber sein Recht verloren. Da pustet er ihr eins und sagt sich: Ich find schon 'nen anderen Schatz; was brauch ich die hochmütige Pute, in unseres Herrgotts Garten gibt's genug hübsche Hühnchen, die treu, brav und zutunlich sind.«

Da geht Mozart ans Klavier und spielt ihr seine Variationen zu dem Liedchen »Ich lass' das Mädel gern, das mich nicht will« und singt dazu seinen selbstgedichteten burschikosen Text.

»So ist's recht. Nun erkenn ich den Herrn Vetter wieder.«

Als das Bäsle gar sich bereit erklärt, mit ihm auch bis Salzburg zu fahren und dem Herrn Vater die Unmutsfalten auf der Stirn zu glätten, ist er vollends befriedigt und zögert mit der Heimfahrt nicht länger.

Das Bäsle hat sich den von Wolfgang gefürchteten Vater vorgestellt als einen richtigen Haustyrannen, zum mindesten als einen Brummbären, und ist darum nicht wenig überrascht über den freundlichen, ja herzlichen Empfang. Auch Nannerl, der man wohl ansieht, daß auch ihre Tage unter der väterlichen Obhut nicht immer in Sonnenschein verliefen, ist froh, nicht nur über die Heimkehr des Bruders, sondern auch über den mitgebrachten Gast, der in die Einförmigkeit ihres Daseins eine heitere Abwechslung bringt.

Die Wochen, die das Bäsle in Salzburg weilt, sind infolgedessen eine Kette von angenehmen Tagen, die keine verdrießliche Stimmung aufkommen lassen, wofür das frische heitere, nie um ein passendes Scherzwort verlegene Mädchen reichlich sorgt, und Wolfgang bieten sie die Möglichkeit, sich leichter, als er befürchtete, an die Salzburger Luft zu gewöhnen. Was Wunder, wenn des Bäsleins Abreise eine traurig empfundene Lücke in der Familie Mozart hinterläßt.

Aber ganz ohne Wehmut, wie man nach der zur Schau getragenen Heiterkeit annehmen könnte, verläßt das Bäsle auch nicht die Verwandten. In dem Herzen der Abreisenden hat das Plätzchen, das der närrische Vetter schon seit ihrer Bekanntschaft einnimmt, während des Salzburger Aufenthalts nur an Festigkeit gewonnen. Doch hat sie mittlerweile erkannt, daß ihre geheimsten Wünsche kaum jemals in Erfüllung gehen dürften, solange wenigstens die andere, die Abtrünnige und Unwürdige, alle seine Gedanken und Gefühle trotz der Beteuerungen, er wolle nichts mehr von ihr wissen, immer noch in Anspruch nimmt. Nur einen Trost schöpft sie aus ihrer gesunden Natur – eine enttäuschte Liebe ist halt auch eine Krankheit, die mit der Zeit verwunden wird, und dann ist das Herz frei und einer neuen Neigung zugänglicher als bisher. Sollte sie nicht die Auserkorene sein, dann hat's eben der Herrgott nicht bestimmt. Man muß es nehmen, wie es kommt.

X

Indessen hat sich Mozart in sein neues Amt als Domorganist hineingefunden. Die Antrittsvisite bei seinem Brotgeber war kurz und förmlich. Der Erzbischof berührte kaum die hinter dem Künstler liegende Reise. Er bemerkte nur, daß er hoffe, der Heimgekehrte werde die in der Fremde gemachten Erfahrungen gebührend ausnutzen für seine künftige Tätigkeit, die er ihm übertrage in der Erwartung, einen würdigen Nachfolger seiner verdienstvollen Vorgänger in ihm gefunden zu haben.

Daß die Aussicht auf bescheidene Versorgung den von leidenschaftlicher Sehnsucht nach höherer künstlerischer Stellung beseelten Jüngling keinesfalls befriedigt, wird man ihm nachfühlen können. Aber die Enttäuschungen haben ihn so zermurbt, daß er sich gehorsam den ihm zugewiesenen Pflichten beugt. Was ihm als einziger Trost nach der Rückkehr in die Fron bleibt, ist der schöpferische Wille zur Gestaltung der Musik, die er in seiner Seele trägt, und ihn läßt er auch wie in den Jahren vor der Pariser Reise ausgiebig walten. Seine kirchlichen Obliegenheiten regen ihn zu emsiger Betätigung auf sakralem Gebiet an. So entstehen Kompositionen, in denen die Orgel – jetzt sein Hauptinstrument – eine bevorzugte Stellung behauptet: kleine Kirchenmusiken, wie Vespern, Litaneien, Orgelstücke, daneben die sogenannte Krönungsmesse aus Anlaß einer kirchlichen Feier in Maria-Plein. Auch an neuen Opern, diesmal mit deutschen Texten, von denen Schachtner sogar einen verfaßt, versucht er sein musikalisches Können, allein ohne Aussicht auf Aufführung. Man kann nach diesem vergeblichen Bemühen die Freude des nunmehr vierundzwanzigjährigen Tonschöpfers ermessen, als er von München den Auftrag erhält, für die bevorstehende Karnevalszeit eine Oper zu schreiben, bietet er ihm doch die ersehnte Gelegenheit, der drükkenden Enge seiner Vaterstadt wenigstens für einige Monate zu entweichen. Ja, eins ist ihm in den anderthalb Jahren seiner Domorganistentätigkeit, man kann sagen, von Monat zu Monat deutlicher bewußt geworden: Salzburg ist für ihn nur ein Hemmnis für sein weiteres Fortkommen. Aber er schluckt seinen Unwillen über diese Bindung nicht mehr in sich hinein wie in früheren Jahren, sondern gibt ihm im Verkehr mit seinen früheren Freunden Schachtner und Haydn öfters entrüsteten Ausdruck. Da klingen beängstigende Worte einer heftigen Auflehnung aus seinem Innern auf, wie sie nur ein Mensch äußert, der hart an der Grenze der Verzweiflung steht. In solchen Fällen haben es die Vertrauten schwer, die Wogen seiner Empörung zu besänftigen, und es bedarf dazu behutsamer und liebevoller Behandlung. Mozart ähnelt in diesen Jahren einem von schwerer Krankheit Genesenen mit einer außerordentlichen Reizbarkeit des Empfindens, den schon irgendein geringfügiger äußerer Anlaß in üble Laune versetzen kann, aber wer es versteht, ihn richtig zu nehmen, stellt das erschütterte Gleichgewicht seiner Seele auch schnell wieder her. Das Bölzelschießen oder der Abendschoppen im Peterskeller sind nur flüchtig heilende Beschwichtigungsmittel seiner grüblerischen Melancholie. Nannerl dagegen ist die Kunst, nachhaltiger auf ihn einzuwirken, geläufiger, weil sie über die Geschicklichkeit verfügt, die Ursachen seiner Bekümmernisse ihm zu entlocken und durch vernünftigen Zuspruch die Dämonen seines Unmuts zu verscheuchen.

»Du solltest mit nach München kommen, Nannerl«, sagt der Bruder zu ihr, als sie wieder mal das wohltätige Amt einer Trösterin ausgeübt hat. »Da hätt' ich jemand, der mir meine Grillen verscheucht. Bäsle tat's mit ihrem lustigen Schnick-Schnack, du aber machst es halt mit der schwesterlichen Liebe.«

Aber Nannerl schüttelt ablehnend den Kopf. Sie könne den alten Vater nicht im Stich lassen.

»Willst du denn deine ganze Jugend hier vertrauern und wie die Danzmeister-Mitzerl ein altes schrumpfliges Jungferl werden?«

»Wenn's der Herrgott im Sinne hat, wird mir wohl nichts anderes übrigbleiben«, sagt Nannerl und bemüht sich zu lächeln. »Sobald man den Dreißig sich nähert, findet sich kaum noch der passende Mann.«

»Armes Hascherl, hast dich eben zu lange für andere geopfert und zu wenig an dich gedacht. Deine Freundinnen, die Barisanis, haben klüger getan und sind rechtzeitig unter die Haube gekrochen. Sind sie denn wenigstens zufrieden mit ihrer Wahl?«

»Toni und Sefi schon, aber nicht die Resl.«

»So, die Resl also nicht?«

»Es fehlt halt die Liebe in ihrer Ehe. Sie hat nach der Mutter Willen, aber nicht nach dem Herzen geheiratet.«

»Wohl einen adligen Herrn?«

»Ja, einen hohen Beamten in Innsbruck, dreißig Jahre älter als sie.«

»Schade um sie. Ich hätt' ihr ein besseres Leben gewünscht. Aber da ist nix zu machen. Die Wege des Schicksals laufen nicht immer so, wie wir armseligen Erdenbürger es uns wünschen. Hab ich nicht recht? Wer weiß, was das Schicksal mit mir vorhat!«

»Um dich ist mir nicht bange, Wolferl. Nur rate ich dir eins: nimm nicht zu schwer, was dir mißfällt oder gar dich kränkt.«

»Ja, wenn ich's bloß könnte, Herzensschwesterchen!«

XI

Mit einem sechswöchigen Urlaub in der Tasche setzt sich Mozart Anfang November in die Postkutsche und fährt nach München. Das von dem Grafen Seeau in Auftrag gegebene Werk ist eine Opera seria unter dem Titel »Idomeneo«. Sie beruht auf einem alten französischen Text, der schon vor siebzig Jahren vertont worden ist. Der Salzburger Hofkaplan Gianbattista Varesco hat ihn ins Italienische übertragen und ihm durch Hinzudichtung eine geschmeidigere Form zu geben versucht, allein mit geringem Erfolg; denn der Italiener ist weiter nichts als ein geschickter Versemacher, aber beileibe kein Dichter. So steht Mozart abermals vor einer Aufgabe, die von vornherein in sich das Merkmal des Undankbaren trägt. Längst überdrüssig der antiken Helden und Götter, sieht er sich wider Willen abermals in diese ihm wesensfremde sagenhafte Welt versetzt. Aber er ist nicht mehr der Komponist, der sich sklavisch an den ihm dargebotenen Text hält. Er verlangt, vom Musikalischen ausgehend, eine Anzahl Änderungen, die der eingebildete und sich für einen zweiten Metastasio haltende Varesco gezwungenermaßen vornehmen muß.

Mozart hat seit seinen frühen Jugendopern viel gesehen und viel dazugelernt. Besonders die Mannheimer Eindrücke sind nicht spurlos an ihm vorübergegangen. Er wahrt in der Grundhaltung durchaus den ihm vertrauten italienischen Opernstil, und nur in der Ouvertüre und vor allem in den Chorszenen folgt er behut-

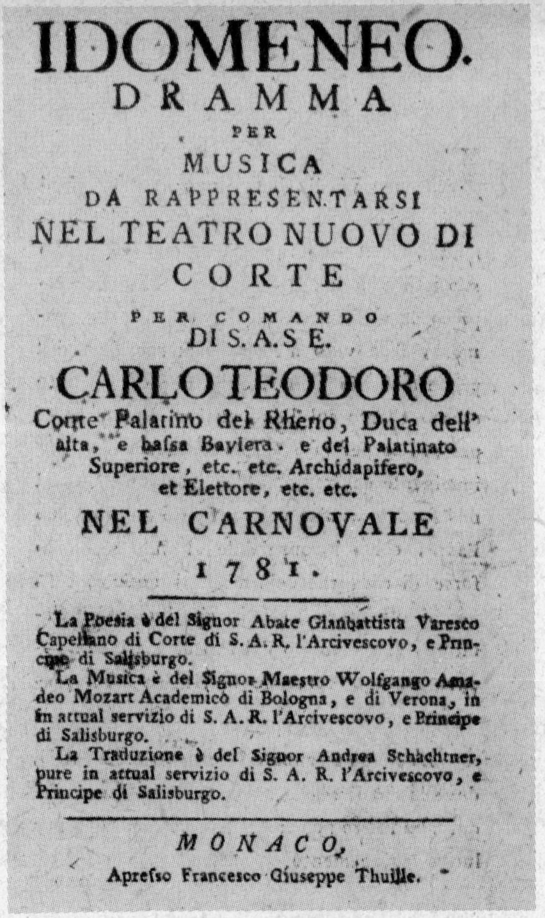
IDOMENEO.
DRAMMA
PER
MUSICA
DA RAPPRESENTARSI
NEL TEATRO NUOVO DI
CORTE
PER COMANDO
DI S. A. S E.
CARLO TEODORO
Conte Palatino del Rheno, Duca dell' alta, e bassa Baviera, e del Palatinato Superiore, etc. etc. Archidapifero, et Elettore, etc. etc.
NEL CARNOVALE
1781.

La Poesia è del Signor Abate Gianbattista Varesco Capellano di Corte di S. A. R. l'Arcivescovo, e Principe di Salisburgo.
La Musica è del Signor Maestro Wolfgango Amadeo Mozart Academico di Bologna, e di Verona, in attual servizio di S. A. R. l'Arcivescovo, e Principe di Salisburgo.
La Traduzione è del Signor Andrea Schachtner, pure in attual servizio di S. A. R. l'Arcivescovo, e Principe di Salisburgo.

MONACO,
Apresso Francesco Giuseppe Thuille.

Titelblatt des Librettos

sam der von Gluck gewiesenen Bahn, aber in der farbenprächtig leuchtenden, aufs reizvollste die Klangwirkung der Instrumente ausschöpfenden Orchesterführung bekennt er sich zum bedingungslosen Anhänger der Mannheimer Schule. Was jedoch den »Idomeneo« vor allen seinen früheren Opernwerken auszeichnet, ist das trotz des konventionellen und schalen Textes aus den dramaturgischen Vorgängen schimmernde starke Selbsterlebte. Kein

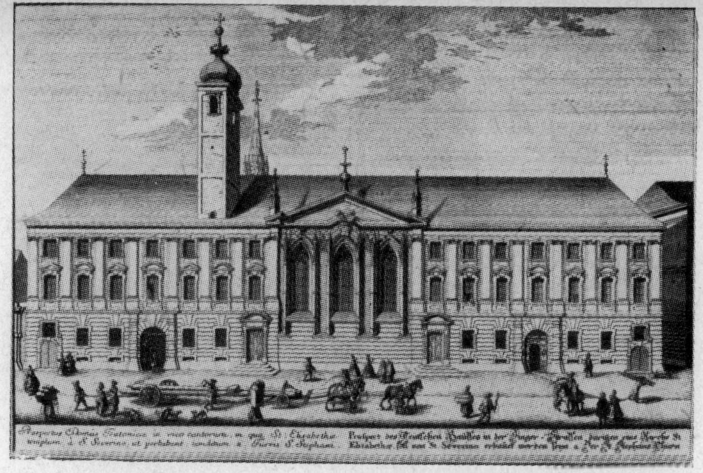

Das Deutsche Haus in Wien. Stich nach J. A. Corvinus

Zweifel, »Idomeneo« steht hoch über allem bisherigen Opernschaffen Mozarts als verheißungsvoller Beginn zur Meisterschaft aufsteigender Reife.

Um so schmerzlicher empfindet der Komponist die überaus flaue Aufnahme der Oper bei der Uraufführung, die fast einer Niederlage gleichkommt. Trotzdem zögert er mit der Rückreise, obwohl sein Urlaub längst abgelaufen ist. Was hält ihn also in München? Die Familie Weber gewiß nicht; denn ob auch in seinem Herzen das Aschenhäuflein seiner Liebe immer noch schwelt, so weilt doch die einst Geliebte schon seit dem Herbst in Wien, wo sie am Nationalsingspiel eine Anstellung gefunden hat. Also ist es wieder das Grauen vor der Rückkehr nach Salzburg.

Da trifft Anfang März 1781 ein erzbischöflicher Befehl ein, sich unverzüglich nach Wien zu begeben, wohin der Kirchenfürst zur Beisetzung der Kaiserin Maria Theresia Anfang Dezember gefahren ist und wo er sich aus irgendeinem Grunde zur Zeit noch aufhält. Der Befehl hat einen strengen gebietenden Ton, als wolle er bedeuten, daß eine Nichtbefolgung die schlimmsten Folgen nach sich ziehen könne. Mozart erschrickt wie immer, wenn eine Hiobsbotschaft ihn aus seiner äußeren Ruhe aufstört, zaudert diesmal aber nicht, sondern fährt nach Wien und meldet sich im »Deutschen Hause«, wo der Erzbischof mit seinem Gefolge Wohnung genommen hat. Sehr bald geht ihm die Erkenntnis auf, daß er nur bestellt worden ist, um mit dem Kastraten Cecarelli und dem Geiger Brunetti vor Verwandten und befreundeten Familien seines Landesherrn zu musizieren. Kein Wunder, daß ihn diese auf Bestellung zur Unterhaltung dienende »Scheißmusik«, wie er sie bezeichnet, aufs höchste verdrießt, zumal ihm dadurch Konzerte in wirklich musikalischen Adelshäusern entgehen.

Mittlerweile hat er, von Sehnsucht nach der einst Geliebten getrieben, seine Beziehungen zu der Familie Weber wieder aufgenommen, die im Hause »Auf dem Peter im Auge Gottes« wohnt. Der gutmütige, ihm wohlgesinnte Vater Fridolin lebt zwar nicht mehr, und Aloysia, die jetzige Frau Hofschauspieler Lange, ist durch ihre Heirat dem Familienkreis entrückt, aber Madame Weber und ihre drei unverheirateten Töchter üben, Erinnerungen an glückliche Tage seiner stürmischen Leidenschaft weckend, genügend Anziehung auf ihn aus.

Die Witwe Cäcilie Weber hat es mit dem Lebensunterhalt der immer noch vierköpfigen Familie nicht leicht. Sie muß auf die Beschaffung der nötigen Mittel zur Bestreitung des Hauswesens ständig bedacht sein, und sie tut es durch Zimmervermieten und Mittagstisch, und die Töchter helfen ihr dabei mit: die älteste, Josepha, die über eine angenehme Stimme von bescheidenem Umfang verfügt, als Chorsängerin und die beiden anderen, Konstanze und Sophie, mit ihrer Hände Arbeit. Dabei spinnt sie mit wohlüberlegter Taktik insgeheim Fäden, wie sie einen aussichtsreichen Freier für das eine oder andere ihrer ledigen Mädchen in das Netz der Ehe verstricken kann. Aber wie sie ihre Einwilligung zu Aloysias Verheiratung an den Schwiegersohn gegen ein Jahrgeld von siebenhundert Gulden verkaufte, spekuliert sie natürlich auch damit, das gleiche Verfahren bei den anderen Töchtern anzuwenden, sobald sich ein aussichtsreicher Bewerber für sie findet.

Eigentlich kommt Mozart in das Haus »Auf dem Peter im Auge Gottes« nur in der stillen Hoffnung, Aloysia zu sehen – oft vergebens, aber manchmal mit Erfolg. Auch sie ist eine andere geworden, wenigstens äußerlich in ihrem Betragen. An Stelle jener verletzenden Kälte, die ihm in München so tief in die Seele schnitt, hat ein freundlicher Ton Platz ergriffen. Mozart spürt es, doch mit Wehmut, weil Unwiederbringliches verlorenging. Auch Konstanze, die jetzt Neunzehnjährige, hat sich entschieden zu ihrem Vorteil verändert. Sie ist ebenso hübsch wie ihre ältere Schwester, doch liegt mehr Anmut in ihrer schlanken Erscheinung, und diese entbehrt nicht gewisser anziehender sinnlicher Reize. Außerdem ist ihr Gefühlsleben stärker ausgeprägt als bei der Schwester, deren Empfindungen stets von verstandesmäßiger Kühle überdeckt werden. Kurzum, sie besitzt mehr Gemüt, und Mozart hat ihr den teilnehmenden Händedruck in München nicht vergessen. Darum fühlt er sich jetzt zu ihr hingezogen.

Indessen geht sein Aufenthalt in Wien zu Ende. Eines Tages erscheint der erzbischöfliche Läufer und kündigt ihm den Befehl des Kirchenfürsten an, sofort sein Zimmer zu räumen und sich für die Abreise bereitzuhalten, die auf einen bestimmten Tag festgesetzt ist. Aber Mozart, der mittlerweile bei Madame Weber Unterkunft gefunden hat, hält den Termin nicht ein. Da läßt der Erzbischof ihn kommen und überschüttet ihn gleich mit Vorwürfen:

»Wann geht Er, Bursche?«

»Ich habe heute nacht gehen wollen«, erwidert Mozart, »aber der Platz in der Ordinaire war bereits besetzt, hochfürstliche Gnaden.«

»Er lügt. Er hätte sich früher darum kümmern sollen. Er will mir einen Possen spielen. Er ist der liederlichste Flegel, der mir je unter die Augen kam.«

Der Erzbischof gerät immer mehr in Zorn.

»Stell Er sich nicht als Unschuldsengel hin. Ich hab Seine Impertinenzen ein für alle Male satt. Was denkt sich der Laffe, der Lausbub!«

Mozart fühlt sich tief gedemütigt und gekränkt. Mit mühsam unterdrücktem Groll sagt er:

»Ich sehe, daß Euer hochfürstliche Gnaden mit mir unzufrieden sind.«

»Unzufrieden? Empört bin ich, aufs höchste empört.«

»So müssen sich wohl unsere Wege trennen?«

»Wie, Er droht mir, der Fex! Dort ist die Tür. Scher Er sich zum Teufel! Ich will mit einem solchen elenden Buben nichts zu tun haben.«

»Gut. Morgen werden Euer Gnaden es schwarz auf weiß haben.«

Und erhobenen Hauptes schreitet Mozart hinaus.

Die Bindung ist zerrissen. Es gibt für ihn kein Zurück mehr.

Anderen Tages reicht er sein Abschiedsgesuch ein, das der junge Graf Karl Arco, der jetzt die personellen Angelegenheiten betreut, in Empfang nimmt.

»Haben Sie sich diesen Schritt auch gut überlegt. Herr Domorganist?«

»Ich sehe nach dem Vorgefallenen keinen anderen Ausweg.«

»Sie dürfen die in augenblicklicher Erregung gefallenen Worte nicht allzu schwer auf die Waagschale legen. Der Erzbischof meint es im Grunde genommen gut mit Ihnen.«

»Davon habe ich nichts verspürt.«

»Er hält Sie für einen höchst hoffärtigen Menschen.«

»Mag sein. Wie der Kuckuck in den Wald ruft, so schallt's zurück. Ich bin der beste Kerl von der Welt, wenn man mich gut behandelt. Aber wenn ich sehe, daß mich jemand geringschätzt, bin ich stolz wie ein Pavian.«

Graf Arco verzieht das Gesicht zu einem spöttischen Lächeln.

»Ein seltsamer Vergleich«, sagt er ironisch. »Ihr Künstler seid empfindlich gleich Mimosen, und wenn euch etwas wurmt, verwandelt ihr euch in stachlige Disteln.«

Damit schließt die kurze Unterredung. Mozart wartet vergeblich auf eine Antwort. Unterdessen erfüllt er gewissenhaft die ihm auferlegten Musikverpflichtungen. Endlich, nach Wochen, erhält er sein Abschiedsgesuch unbewilligt zurück. Schon regt sich in ihm das Mißtrauen, daß Arco es dem Erzbischof überhaupt nicht überreicht habe. Kurz entschlossen schreibt er ein neues und bringt es ihm hin.

»Nun, was führt Sie zu mir, Herr Domorganist?« fragte jener trocken.

»Ich komme, um Aufklärung zu erbitten, warum mein Gesuch ohne zustimmendes Votum Seiner hochfürstlichen Gnaden retourniert worden ist.«

»Ganz einfach, der Erzbischof hat es nicht anzunehmen geruht.«

»Das verwundert mich, da mir bedeutet wurde, mich zum Teufel zu scheren. Ich habe die entsprechenden Folgerungen daraus gezogen. Es fällt mir nicht ein, mein Vorhaben zu ändern. Allein um dem Anstand zu genügen, überreiche ich Ihnen mein Anliegen in nochmaliger Ausfertigung mit der Bitte, es Seiner hochfürstlichen Gnaden vorzulegen.«

»Ich finde Ihr Benehmen reichlich aufdringlich und außerdem

Ihrer dienstlichen Stellung am Salzburger Hofe höchst unangemessen, Herr Mozart.«

»Ich weiß, was Sie damit sagen wollen. Wir Musikanten gelten bei dem Erzbischof als Lakaien und haben nach seiner Auffassung keine Ehre im Leibe. Sollten andere meiner Kollegen sich das gefallen lassen, ich jedenfalls tue es nicht. Das verbietet mir mein Gewissen und das Ansehen, das ich als Musicus und Komponist genieße. Sagen Sie Ihrem Landesherrn, ich betrachte mit diesem Gesuch mein Dienstverhältnis als gelöst.«

»Unerhört! Welche Sprache führen Sie im Munde! Der Erzbischof hat völlig recht, wenn er Sie als unverschämten Flegel und Lausbuben bezeichnet.«

»Schweigen Sie«, herrscht Mozart den Grafen an. »Ich habe keine Lust, Sottisen Ihres Landesherrn auch von Ihnen anzuhören.«

»Hinaus!« brüllt der Graf und versetzt dem Zögernden einen Fußtritt in sein Gesäß, daß er fast stolpert.

In der Tür dreht Mozart sich um und sagt:

»Wären Sie nicht der Bruder der von mir so hoch verehrten Gräfin van Eyck, so würde ich Sie als den unflätigsten Lümmel auf Gottes Erdboden bezeichnen.«

Dann schlägt er die Tür hinter sich zu.

XII

Während der Konflikt zwischen Mozart und dem Erzbischof sich immer mehr zuspitzte und Formen annahm, die eine gütliche Lösung ausschlossen, berichtete der Sohn ausführlich und genau über die Wiener Vorgänge nach Salzburg. Vater Leopold sah mit Erschrecken, daß Wolfgang im Begriff war, eine große Dummheit zu begehen und eine leidlich fundierte, feste Anstellung zugunsten der Freiheit und ungewissen Zukunft aufzugeben, und er sparte darum nicht mit ernsten Mahnungen, von einem solchen Vorhaben abzulassen. Als er nun gar von dem eingereichten Entlassungsgesuch vernahm, bestand er dringend darauf, daß der Sohn es zurückzöge. Aber hier stieß er auf unerschütterlichen Widerstand. Lieber wollte der in seiner Ehre so tief Verletzte den schweren Kampf um das tägliche Brot, Elend und Sorge vorziehen, als sich von neuem unter das Joch des Erzbischofs beugen. Schmerzlich empfand der Vater die völlige Einbuße seiner Autorität, und traurig berührt war der Sohn über dessen unerklärliche Forderung, welche die Subordination höher stellte als die Ehre.

Was Leopold Mozarts Ungehaltensein vermehrt, ist Wolfgangs erneute Anknüpfung seiner Beziehungen zur Weberschen Familie. Daß er nun gar zu ihnen übersiedelte, betrachtet er als eine Selbsterniedrigung, die nach seiner Auffassung schwerer ins Gewicht falle als die dem Sohne vom Erzbischof und dem Grafen Arco zugefügten Beleidigungen. Schon sieht er im Geist das Schlimmste kommen: daß sich der gutmütige und leicht den Lokkungen Amors erliegende Jüngling in den Netzen der »verworfenen« Kupplerin fangen lassen werde. Und sein Verdacht ist nicht unbegründet; denn Mutter Weber begünstigt das sich anbahnende Verhältnis ihres Zimmerherrn zu Konstanze in recht auffälliger Weise. Das fördert natürlich das zunächst harmlos erscheinende Liebesspiel und wandelt es bald aus seinem Stadium des Scherzens und Schäkerns zu einer die Sinne erregenden Liebelei, aus welcher der leidenschaftliche Umwerber, angestachelt durch Konstanzes freundliches Entgegenkommen, immer kühnere Forderungen zieht, die schon die Grenzen des Geziemenden überschreiten. Das mütterliche Auge Madame Webers hat diesen Zustand zum Überschäumen drängender Siedehitze des Verliebten wohl bemerkt und schiebt im rechten Moment den Vormund der noch unmündigen Tochter vor – den Rechnungsrevisor am k. k. Nationaltheater, Johann Thorwart, einen kaltherzigen und auf Vorteil bedachten Menschen –, damit er mit seinem Namen als Wächter der Ordnung Ehre einlege. Der kriecherische Heuchler tritt Wolfgang eines Tages in den Weg, als er sich eben anschickt auszugehen.

»Nur auf ein Wort, Herr Ritter von Mozart«, sagt er mit schleimiger Höflichkeit.

»Bitte, aber lassen Sie das ›Ritter‹ und ›von‹ künftig beiseite.«

»Wie belieben«, erwidert Thorwart sich verneigend. »Eine diskrete und delikate Angelegenheit führt mich zu Ihnen. Sie wissen, daß ich als Vormund von Demoiselle Konstanze die Verantwortung für Glück und Wohlergehen meines Mündels trage ...«

»Nun und ...?«

»Nehmen Sie mir's nicht übel. Ich erfülle halt nur meine Pflicht. Sie sind regulièrement, mit Verlaub zu sagen, verliebt in die scharmante junge Dame, was Ihnen niemand verdenken kann. Aber sie ist ein züchtiges, unerfahrenes Geschöpf, dem die schmeichelhaften Komplimente eines temperamentvollen Kavaliers leicht das Köpfchen verwirren können.«

»Was soll das alles, Herr Thorwart?«

»Sie werden mich verstehen, wenn ich, verantwortlich für die jungfräuliche Ehre und den guten Ruf der Dame, von Ihnen eine bündige Erklärung verlange, ob Sie geneigt sind, Demoiselle Weber zu ehelichen. Ich habe zu diesem Behuf ein Schriftstück mitgebracht, das Sie, falls Sie die ernstliche Absicht einer Heirat erwägen – was ich nach Ihrem Verhalten voraussetze –, gütigst unterschreiben werden.«

Dabei entfaltet er einen sehr akkurat ausgeführten Ehekontrakt, der Mozart die Verpflichtung auferlegt, Konstanze Weber binnen drei Jahren zu heiraten, doch sofern er seine Gesinnung ändern sollte, ihr zeitlebens eine jährliche Abfindung von dreihundert Gulden zu zahlen. Mozart liest das Schriftstück durch und fragt:

»Und was geschieht, wenn ich die Unterschrift verweigere?«

»Dann müßt' ich als Vormund zu meinem Bedauern Sie ersuchen, jeden Verkehr mit Fräulein Konstanze abzubrechen.«

»Also Sie setzen mir, sozusagen, die Pistole auf die Brust, Herr Thorwart. Das ist nicht kavaliersmäßig von Ihnen gehandelt. Ich für meine Person stehe zu meinem gegebenen Wort. Da Ihnen das jedoch nicht genügt, bin ich zu Ihrer Beruhigung bereit, die Unterschrift zu leisten.«

»Nicht anders habe ich es von Ihnen erwartet«, sagt Thorwart beim Empfang des Eheversprechens und empfiehlt sich.

Mozart ist nun de jure und de facto Bräutigam. Die anscheinend überglückliche Madame Weber umarmt ihn mit wahrhaft mütterlicher Herzlichkeit und drückt ihm gar, Tränen der Rührung im Auge, einen Kuß auf die Stirn. Die Schwestern nehmen von diesem Familienereignis auf verschiedene Weise Kenntnis: Josepha, die älteste, zuckt nur die Achseln und spricht dem Verlobten trocken den üblichen Glückwunsch aus; Aloysia dagegen zieht ein schiefes Mäulchen – es verdrießt sie, daß die Schwester, mit der sie ohnehin schlecht steht, sich von ihr verscherzte eigene Anrechte anmaßt – und schmollt; das Nesthäkchen Sophie wiederum sieht sich um eine Hoffnung gebracht, die sie selbst in ihrem Herzen nährte.

Und die Braut? Ihr ist bei dieser inszenierten Komödie gar nicht wohl zumute. Die ganze Machenschaft kommt ihr wie eine

Erpressung vor. Darum ruht sie nicht eher, als bis sie das peinliche Schriftstück der Mutter abgerungen hat. Die nächste Gelegenheit, da die Verlobten allein sind, benutzte sie, um ihr Gewissen zu erleichtern.

»Glaube nicht, daß ich mit diesem Vertrag einverstanden bin.«

»Wieso?« fragt er verdutzt. »Willst du mich nicht heiraten?«

Da empört sie sich gegen diese Zumutung und berichtet ihm, daß jenes sie in ein seltsames Licht rückende Schriftstück hinter ihrem Rücken entstanden sei, daß sie sich dessen schäme, weil es Zweifel an seiner Liebe aufkommen lasse, und daß sie es deshalb vor seinen Augen zerreiße. Mozart ist gerührt über solchen Edelmut, der seine Neigung für Konstanze noch mehr festigt. Eilig berichtet er dem Vater diesen bemerkenswerten Zug ihres Herzens, um dadurch seine Voreingenommenheit gegen sie zu beseitigen, und entwirft zugleich von ihr ein liebevolles Porträt.

»Sie ist nicht häßlich, aber auch nichts weniger als schön. Ihre ganze Schönheit besteht in zwei kleinen schwarzen Augen und in einem schönen Wachstum. Sie hat keinen Witz, aber gesunden Menschenverstand genug, um ihre Pflichten als Frau und Mutter erfüllen zu können. Sie ist nicht zum Aufwand geneigt – das ist grundfalsch! Im Gegenteil, sie ist gewohnt, schlicht gekleidet zu sein; denn das wenige, was die Mutter ihren Kindern hat tun können, hat sie den zwei andern – Aloysia und Josepha – getan, ihr aber niemals. Das ist wahr, daß sie gern nett und reinlich gekleidet geht. Das meiste, was ein Frauenzimmer braucht, kann sie sich selbst machen. Und sie frisiert sich auch alle Tage selber, versteht die Hauswirtschaft, hat das beste Herz von der Welt. Ich liebe sie, und sie liebt mich von Herzen. Sagen Sie mir, ob ich eine bessere Frau wünschen könnte? Das muß ich Ihnen noch sagen, daß damals, als ich den erzbischöflichen Dienst quittierte, diese Liebe noch nicht war, sondern erst durch ihre zärtliche Sorge und Bedienung, seit ich im Hause wohne, geboren wurde.«

Den mißtrauischen Vater vermag auch diese Verteidigung nicht zu beruhigen. Hinter der ganzen abgefeimten Komödie geistern ihm die gewissenlose Kupplerin und ihr schändlicher Handlanger, die er am liebsten in Eisen geschlagen mit einem Schilde »Verführer der Jugend« am Halse durch die Straßen Wiens geschleift sähe, und auch Wolfgangs ritterliches Eintreten für die Schwiegermama – »sie trinkt, und zwar mehr als eine Frau trinken sollte, doch besoffen habe ich sie noch nie gesehen« – entlockt ihm nur ein höhnisches Gelächter. Gebieterisch verlangt er, daß der Sohn die Lasterhöhle verlasse und sich ein anderes Quartier nehme. Diesen Befehl befolgt er, indem er sich ein möbliertes Stübchen am Graben mietet, seine Tage ausfüllend mit Stundengeben und Arbeit an einer neuen Oper. Die Besuche in dem Hause »Auf dem Peter im Auge Gottes« sind die einzige Abwechslung, die er sich gönnt. Aber allmählich fallen ihm jene Stunden der Entspannung zur Last; denn Mutter Weber beginnt ihr Betragen gegen ihn zu ändern, indem sie ihm immer wieder kleine Nadelstiche versetzt, das heißt ihm zu verstehen gibt, daß er die an Wien geknüpften Versprechungen, sich hier eine geachtete und gut bezahlte Position zu erringen, nicht einlöse und daß wohl Konstanze eine ewige Braut bleiben werde. Sie selber bekommt diese Vorwürfe der Mutter, unterstützt von dem in das gleiche Horn blasenden Vormund, noch viel deutlicher zu hören und klagt dem Verlobten oft tränenden Auges ihr Leid. Schließlich wird das ständige Sticheln und Quengeln auch Konstanze zuviel, und sie wünscht sich nichts sehnlicher als die Befreiung von dem unleidlichen Zustand. Da faßt Mozart nach kurzer Überlegung einen Entschluß. Unter seinen adligen Schülerinnen befindet sich die Baronin Martha Elisabeth von Waldstädten, eine Verwandte seines Freundes und Gönners, die getrennt von ihrem Gatten lebt. Sie ist eine lebenslustige Mondäne mittleren Alters, zwar etwas oberflächlich, aber ihrem jugendlichen Musiklehrer in aufrichtiger Freundschaft zugetan. Ihr offenbart er seine Herzensnot, und er findet sofort verständige Teilnahme. Eigentlich nur gesonnen, Rat von ihr, der lebenserfahrenen Dame, zu erbitten, auf welche Weise er am besten die peinliche Situation meistern könne, kommt sie ihm, nachdem er die prekären Verhältnisse wahrheitsgetreu geschildert hat, mit dem liebenswürdigen Anerbieten zuvor, Konstanze bei sich aufzunehmen. Beglückt über eine solche hochherzige Hilfsbereitschaft, nimmt Mozart ihren Vorschlag dankbar an, und Konstanze zieht zu ihr. Die Baronin bringt ihr von vornherein eine so gastfreundliche Gesinnung entgegen, daß sie sich sehr schnell heimisch fühlt. Beide Frauen haben in ihren Naturen eine gewisse Wesensverwandtschaft, zum mindesten was ihre unbeschwerte, den lockenden Reizen des Daseins zugeneigte Lebensauffassung anbelangt; beide lieben das Angenehme, die Sinne Umschmeichelnde, ob es sich um das *corriger la beauté* oder diskrete Toilettengeheimnisse handelt oder ob es die Genüsse des Gaumens betrifft, und beide ziehen eine prikkelnde, von Pikanterie gewürzte Unterhaltung einem ernsten Gespräch vor; nur erscheint Konstanze, verglichen mit der die Lebensart meisternden Baronin, noch als eine unbeholfene Anfängerin. Mozart sieht dieses Anpassungsbemühen mit sichtlichem Unbehagen, und es regt sich in ihm auch zuweilen die Eifersucht, wenn er gelegentlich gewahrt, wie seine Braut von dem Schwarm der im Hause der Baronin verkehrenden Kavaliere sich hofieren läßt. Aus solchen Anlässen kommt es zuweilen zu kleinen, nicht einer gewissen vorwurfsvollen Schärfe auf beiden Seiten entbehrenden Aussprachen, welche fast die gefährliche Nähe eines Bruchs heraufbeschwören.

Solche Verstimmungen sind jedoch meist von kurzer Dauer. Man schmollt ein paar Tage, geht sich aus dem Wege, um dann bei einer von beiden gesuchten Begegnung durch Lächeln und verstohlene Blicke eine Annäherung herbeizuführen und sich nach reumütiger Aussprache gerührt in die Arme zu sinken.

Da zwingt ein unvermutetes Ereignis Mozart schließlich zu beschleunigtem Handeln. Als er eines Abends heimkehrt, berichtet ihm die Magd seiner Zimmerwirtin, daß Sophie dagewesen sei und sie unter Tränen gebeten habe, ihm zu sagen, er möge ungesäumt ihre Schwester veranlassen, zu der Mutter zurückzukehren, denn sie würde sie sonst mit der Polizei holen lassen. Diese schlimme Botschaft versetzt den Bräutigam in größte Aufregung. Die unerhörte Blamage, die ihm die ganze Niedertracht seiner Widersacher enthüllt, muß unbedingt verhindert werden. Unter keinen Umständen darf Konstanze etwas davon erfahren. Sofort schreibt er an die Baronin, enthüllt ihr das Ränkespiel und ersucht sie wieder um Rat und Beistand. Während er sie über alles unterrichtet, reift in ihm schon der Entschluß, die Heirat schnellstens zu vollziehen, auch ohne väterliche Einwilligung. Die Gönnerin stimmt seinem Vorhaben zu und erklärt sich obendrein bereit, die Hochzeit auszurichten.

Nun kann Mozart seine Braut in das sorgsam gehütete Geheimnis einweihen. Konstanze fällt aus allen Wolken, als sie erfährt, daß ihre Hochzeit so nahe bevorstehe, und vermag sich diesen plötzlich gefaßten Entschluß gar nicht zu erklären, da der Bräutigam ihr den wahren Beweggrund verschweigt. Aber sie macht sich nicht weiter darüber Gedanken. Die Freude, von dem bedrückenden Zustand einer wer weiß wie lange wartenden Braut befreit zu werden, überwiegt selbst die Bedenken, ob der Gatte in der Lage sein dürfte, eine Frau zu ernähren.

Schnell ist auch eine kleine bescheidene Wohnung im zweiten Stock des Hauses »Zum roten Säbel« entdeckt, wo Mozart während seines letzten Aufenthaltes in Wien mit den Eltern und Nannerl gewohnt hat, und am 4. August 1782 findet, nachdem tags zuvor der Ehevertrag unterzeichnet wurde, die Trauung im Stephansdom statt. Außer Madame Weber und ihrer jüngsten Tochter sind nur der Vormund Thorwart und als Trauzeugen der Landrat von Cetto und ein Bekannter Mozarts aus Salzburg namens Franz Gilowski, ein leichtsinniger Lebemann, bei der feierlichen Handlung zugegen. Braut und Bräutigam werden von Rührung so ergriffen, daß sogar der einsegnende Priester ihr verfällt. Bei der Baronin Waldstädten erwartet das junge Paar und die wenigen Gäste ein opulenter Schmaus, der Mozart »mehr fürstlich als baronisch« erscheint. Der gute Wein tut das seinige, die Geister des Frohsinns zu entfesseln. Die Schwiegermutter und der nunmehr emeritierte Vormund betragen sich so liebenswürdig, daß man sie gar nicht wiedererkennt, und Mozart spült allen in ihm aufgespeicherten Groll gegen sie mit dem Rebensaft aus seiner Seele fort und ist heiter bis zur Ausgelassenheit. Nur zuweilen schwebt ein Schatten des Unmuts über seine frohe Stimmung: das Schweigen des Vaters. Aber der nächste Morgen enthebt ihn dieser Sorge. Mit einem Glückwunschschreiben von Nannerls Hand trifft auch die väterliche Einwilligung ein.

XIII

Einige Wochen nach Mozarts Hochzeit erhält die verwitwete Gräfin Aurora Schlick, die seit zwei Jahren bei ihrem verheirateten Sohn in einer kleinen steirischen Garnisonstadt lebt, von dem Baron Ignaz von Waldstädten einen Brief. Der bald siebzigjährige, sie von Zeit zu Zeit über bemerkenswerte Ereignisse unterrichtende schöngeistige Edelmann hat lange geschwiegen und erst auf die besorgte Erkundigung der Gräfin nach seinem Befinden sich zu einer Antwort aufgerafft. Er schreibt:

»Teuerste Freundin!
Sie sind durchaus im Recht, wenn Sie mich einen säumigen Briefschreiber schelten, der seine Freundespflichten unverantwortli-

cherweise vernachlässigt. Darum lassen Sie mich meinen heutigen Brief mit einem ehrlichen reumütigen ›pater peccavi‹ beginnen. Je älter man wird, desto einförmiger wird das Leben und desto mehr zieht man sich, wie die Schnecke in ihr Gehäuse, in sein Eigenbrötlerdasein zurück und nimmt an Begebenheiten, die einen früher gar lebhaft interessierten, nur geringen Anteil.

Ich kann mir deutlich vorstellen, wie Sie in der zwar landschaftlich schönen, aber sonst fremden Umwelt unter der Vereinsamung leiden, obwohl Ihr vortrefflicher Sohn, Ihre scharmante Schwiegertochter und die lieblichen kleinen Enkelkinder gewiß darin wetteifern, Ihnen diese zu verscheuchen. Aber ich kann auch verstehen, daß Sie, gewohnt, großzügige Gastfreundschaft zu pflegen, deren ich in so reichem Maße teilhaftig geworden bin, und an intimer feinsinniger Geselligkeit sich zu erfreuen, diese Vorzüge unseres Erdendaseins schmerzlich vermissen.

Sie fragen mich nach dem Ergehen der Familie Mozart. Nun, über die skandalöse Affäre mit dem Erzbischof in allen ihren Details sind Sie wohl durch Gräfin van Eyck unterrichtet worden. Sie gereichte dem jungen Künstler eher zum Nutzen als zum Schaden; denn man erinnerte sich plötzlich in Wien des längst vergessenen Wunderknaben und stellte ihm aus der guten Gesellschaft ein paar voll Begeisterung ihm ergebene Schülerinnen. Aber die beste Empfehlung für seinen Aufstieg zu neuem Ansehen erwarb er sich mit der Oper ›Die Entführung aus dem Serail‹, zu der ihm der Oberinspektor Gottlieb Stephan, auch ›Stephanie der Jüngere‹ genannt, das Textbuch nach einem Lustspiel des Leipziger Poeten Christoph Bretzner lieferte.

Schon die Ouvertüre offenbart uns mit ihren fremdartigen, die Ohren umschmeichelnden Klängen die Zauberstimmung des Morgenlandes, in die uns beim Aufgehen des Vorhangs die Handlung führt. Sie entrollt vor unsern Augen eine nicht ungeschickt zusammengestellte und mit einer tüchtigen Dosis Humor gewürzte Entführungsgeschichte, die sich in dem Harem eines liebestollen Sultans abspielt und die nicht ohne Zutun der Großmut des morgenländischen Herrschers mit zwei glücklichen Liebespaaren – Belmonte und Constanze, Pedrillo und Blondchen – und einem genasführten Haremswächter endet.

Aber wie köstlich hat der Komponist diese Vorgänge musikalisch zu untermalen verstanden, wie lebensecht die Personen mit der Macht der Töne gestaltet! Den in Sehnsucht sich verzehren-

Theaterzettel der Uraufführung

den Schwärmer Belmonte, von unserem Valentin Adamberger gesungen, in seinen hingebungsvollen Herzensbekenntnissen, deren Lispeln und Seufzen, Zittern und Zagen man bereits aus dem Con-sordino-Spiel der Geigen und Klagen der Flöten vernimmt; die arme Constanze – eine Rolle, der Caterina Cavalieri wie auf den Leib geschrieben – in den ihr trauriges Schicksal beklagenden Bravour-Arien des ersten und zweiten Aktes; den von unverwüstlichem Lebensmut besessenen Schalk Pedrillo, seine würdige weibliche Partnerin Blondchen, die mit ihrem munteren Gezwitscher den Brummbären Osmin – eine burleske Gestalt par excellence – so schelmisch zu nasführen weiß. Dieser bramarbasierende und polternde Schmerbauch, hinter dessen rauher Schale sich ein gutmütiger Kern verbirgt, ist nicht der herkömmliche zu Hunderten von Exemplaren auf der deutschen Bühne sich tummelnde Spaßmacher, sondern eine blutwarme menschliche komische Figur. Wie meisterhaft hat Mozart jede drollige Nuance seines Wesens ins Musikalische umgesetzt, ob er ›beim Barte des Propheten‹ schimpft und poltert, ob er im ›Saufduett‹ mit Pedrillo seiner derben Lebenslust die Zügel schießen läßt, ob er, mit dem resoluten Blondchen schäkernd, sich als täppischer Faun enthüllt oder ob er, im Vorgenuß bevorstehender Henkersfreude wollüstig schwelgend, immer wieder zu dem Leitthema seiner Arie zurückkehrt: ›Ha! Wie will ich triumphieren!‹ Wahrlich, ein Prachtkerl humoristischer Erfindung, der – davon bin ich überzeugt – nicht nur Ludwig Fischer, sondern manchem Buffo-Bariton der Zukunft seine Lieblingsrolle werden wird.

Die Premiere der ›Entführung‹, an der Mozart fast ein Jahr gearbeitet hat, fand vor etwa vier Wochen, am 16. Juli, im Burgtheater statt. Der Beifall war stark, aber nach meinem Empfinden nicht stark genug, wie es die Oper verdiente. Es gab eine Anzahl Enthusiasten, doch auch die Nörgler fehlten nicht. Der Graf Karl von Zinzendorf fand, daß die Musik ›zusammengestohlen‹ sei. Ich hatte deswegen einen scharfen Disput mit ihm. Auch der Kaiser soll sich zurückhaltend geäußert haben. Mozart erzählte mir, er hätte gesagt: ›Gewaltig viel Noten, lieber Mozart!‹ Nun, darüber kann man verschiedener Meinung sein. Ich sehe in diesen Noten, die so lebendig und farbig im Orchester die Gestalten charakterisieren, eine Weiterentwicklung der Oper.

Was den stärksten Eindruck auf mich macht, ist die aus dieser Musik strömende Erlebnisfülle. Ich habe es dem jungen Tonschöpfer ins Gesicht gesagt, ich spürte in dem Fluß der Melodien den Pulsschlag seine Blutes. ›Ja‹, erwiderte er, ›Sie haben recht. Für mich ist die Situation wichtiger als der Text. Mit dem Seelenzustande der auftretenden Personen stellt sich bei mir die Musik ein, und wie der Dichter sie schildert, betrachte ich als nebensächlich.‹ Sehen Sie, verehrteste Freundin, das ist das echte naturwüchsige, musikalisch-dramatische Genie, das den Reichtum eigenen Erlebens in eine von außen dargebotene fremde Umwelt hineinträgt und es dort zum Erklingen bringt.

Und er hat viel erlebt – Leid und Kummer, Enttäuschung und Verzweiflung –, dieser im Umgang mit seinen Mitmenschen seine Innenwelt so verschließende, doch sorglos und heiter sich gebende Künstler. Nun hat er ja auch geheiratet. Ich kenne seine Eheliebste zwar nur flüchtig. Sie ist weder geistreich noch schön, aber sie hat etwas Angenehmes in ihrem Wesen. Doch er fühlt sich glücklich, trägt sein Stanzerl auf Händen und glaubt an die Zukunft. Gott helfe ihm dazu!

Bleiben Sie, gütigste Gräfin, auch fürderhin eine treue Freundin Ihrem Sie verehrenden

Ignaz von Waldstädten.

Wien, den 20. August 1782«

Als Gräfin Aurora die Lektüre des Briefes beendet, tritt ihr Sohn in das Zimmer und bemerkt, wie die Mutter sich ihre feuchten Augen wischt.

»Sie haben wohl unerfreuliche Nachrichten aus Wien erhalten, Mama?«

»Das gerade nicht, aber der Brief ruft Erinnerungen wach, die das Herz etwas schmerzlich berühren.«

»Ich verstehe. Der gute Waldstädten hat gewiß sonnige Tage heraufbeschworen und mit ihnen auch den jüngsten Erfolg des großen Zauberkünstlers im Reich der Musik.«

»Du hast das Richtige getroffen, Franzl. Wie gern hätt ich's miterlebt!«

Sie sagt es mit einem Seufzer.

»Nun, so werden wir das Versäumte nachholen, wenn die nächste Oper über die Bretter geht. Nicht wahr, liebe Mama?«

»Du bist gütig. Aber werde ich die weite Reise vertragen?«

»Um Mozart zu hören, ist keine Reise zu weit.«

Da lächelt sie und drückt, dem Sohne zunickend, innig seine Hand.

XIV

Die bescheidene Wohnung in dem Hause »Zum roten Säbel«, deren Ausstattung die Baronin Waldstädten mit einem Kostenaufwand von fünfzehnhundert Gulden bestritten hat, umschließt das junge Eheglück Mozarts und Konstanzes nicht lange; denn schon vier Monate später ziehen sie ein paar Häuser weiter in den dritten Stock eines unscheinbaren Gebäudes, ja, sie werden in ihrem ersten Ehejahr noch zweimal das Quartier wechseln und werden auch später, nie lange einer festen Wohnung sich erfreuend, häufig umziehen. Man braucht die Gründe dieses zigeunerhaften Gebarens nicht umständlich zu suchen, sie liegen auf der Hand: Mangel an wirtschaftlichem Sinn und Unvermögen des Sparens, um mit Hilfe von Rücklagen über Zeiten karger Einkünfte, wie sie ein freies Künstlertum mit sich bringt, ausgleichend hinwegzukommen – Eigenschaften, die beiden gänzlich fehlen.

In diesem ständigen Wechsel zwischen heute reich, morgen arm rinnen die Jahre der jungen Ehe hin, äußerlich betrachtet, trotz der öfters vorüberziehenden Wolken der Alltagssorgen, von den Sonnenstrahlen des Glücks umspielt.

Der Erfolg seiner Oper »Die Entführung aus dem Serail« ist entschieden für Mozart ein Lichtblick für die Zukunft. Die Theater außerhalb Wiens sind aufmerksam geworden. Prag, Mannheim, Frankfurt am Main, Bonn, Leipzig bemühen sich um sie und führen sie im nächsten Jahr auf. Aber außer den hundert Dukaten, die Wien bezahlte, springt nicht viel dabei für ihn heraus. Schwerer jedoch als das Ausbleiben einer angemessenen pekuniären Entlohnung für sein Schaffen wiegt die ideelle Enttäuschung. Mozart war mit großen Hoffnungen nach Wien gekommen, allein von Monat zu Monat wird sein Urteil gedämpfter, nüchterner. Von der »Entführung« verspricht er sich gar eine feste gesicherte Anstellung als Kapellmeister oder Hofkomponist, jedoch umsonst.

Das entscheidende Wort von maßgebender Stelle – dem Kaiser – bleibt unausgesprochen.

Wie ist das zu erklären?

Zweifellos gehört Joseph II. zu den gebildeten und der Kunst mit aufrichtiger Neigung zugewandten Fürsten seiner Zeit. Er selbst verfügt über ein beachtliches musikalisches Können, spielt Viola, Cello und Klavier und hat eine angenehme Baßstimme. Es gehört zu seinen Gepflogenheiten, nachmittags mit seinem Hausquartett – Musikern zweiten und dritten Ranges, unter denen sein Kammerdiener Strack als Cellist in bezug auf die Programmgestaltung eine einflußreiche Rolle spielt – eine Stunde zu musizieren, und es finden auch intime Hofkonzerte statt, die von namhaften Musikern bestritten werden. Ein einziges Mal wird Mozart Weihnachten 1781 zu einem solchen Hofkonzert befohlen, um vor der russischen Großfürstin Maria Fjodorowna, einer württembergischen Prinzessin, die mit ihrem Gatten, dem späteren Kaiser Paul, in Wien zu Besuch weilt, mit dem italienischen Virtuosen Muzio Clementi einen Wettstreit am Klavier auszutragen. In Erinnerung an die erstaunlichen pianistischen Fähigkeiten des Wunderknaben hat der Kaiser mit der Großfürstin gewettet, daß Mozart aus dieser Talentprobe als Sieger hervorgehen werde. Und er gewinnt die Wette sowohl als Solist wie im Zusammenspiel mit dem Italiener und erhält dafür fünfzig Gulden. »C'est un talent décidé«, äußert der Kaiser darauf bei der Tafel.

In einem mehrere Jahre später mit dem Komponisten Carl Dittersdorf geführten Gespräch kommt der Kaiser auf diese Begebenheit noch zurück.

»Haben Sie den Mozart spielen gehört?« fragt er den Musiker.

»Schon dreimal.«

»Wie gefällt er Ihnen?«

»Wie er jedem Kenner gefallen *muß*.«

»Haben Sie auch Clementi gehört?«

»Ich hab ihn auch gehört.«

»Einige ziehen ihn dem Mozart vor. Was ist Ihre Meinung darüber? Gerade heraus!«

»In Clementis Spiel herrschen viel Kunst und Tiefsinn, in Mozarts aber nebst viel Kunst und Tiefsinn außerordentlich viel Geschmack.«

»Das nämliche sag ich auch.«

Der Klaviervirtuose Mozart erfreut sich also der unbeschränkten Bewunderung des Kaisers, allein für den Komponisten vermag er sich nicht zu erwärmen. Er ist allzusehr auf italienischen Stil eingeschworen und wird in dieser Hinsicht von seinem Hofkapellmeister Salieri gestärkt. Selbst der einflußreiche Kammerdiener Strack, den sich Mozart durch eine für ihn komponierte Nachtmusik gewogen macht, vermag den Kaiser nicht zu Mozarts Gunsten umzustimmen. Der alte Fürst Kaunitz ist darüber höchst ungehalten und äußert einmal zu dem Erzherzog Maximilian:

»Solche Männer wie Mozart kommen nur alle hundert Jahre auf die Welt, und darum soll man sie festhalten, besonders wenn man das Glück hat, sie in der Residenz zu besitzen.«

Mozarts Bemühungen, den Posten eines Klavier- und Gesangslehrers bei der Prinzessin von Württemberg, der mutmaßlichen Braut des Erzherzogs Franz, zu erhalten, schlägt ebenfalls fehl, obwohl er gelegentlich eines Hauskonzerts das Entzücken der jungen Dame erregt hat. Aufgebracht erscheint er einige Wochen später bei der Baronin von Waldstädten und offenbart ihr mit leidenschaftlichen Worten sein neues Mißgeschick:

»Die Wiener sollen nun ja nicht glauben, daß ich wegen Wien allein auf der Welt bin. Ich diene niemandem lieber als dem Kaiser, aber erbetteln will ich mir nicht meinen Dienst; denn so viel glaube ich wert zu sein, daß sich kein Hof meiner zu schämen braucht.«

»Die Aspekte hinsichtlich der Musiklehrerstelle bei der Prinzessin stehen wohl schlecht?« fragt die Baronin ein wenig bestürzt.

»Schlecht? Ich habe nichts zu hoffen. Der Erzherzog Maximilian hat bei seinem Bruder die Stimme für mich heiser geredet, aber Seine Majestät haben entschieden, daß Georg Summer die Position erhält.«

»Wie? Man zieht Summer, diesen geringen Musiker, einem Mozart vor?«

Augenscheinlich habe der Kaiser, fährt er in seinem Bericht fort, zu Summer als Gesangslehrer größeres Zutrauen als zu ihm, der zu viel Noten schreibe. Aber er wisse, daß kein anderer als Salieri die Hände in der Angelegenheit habe.

»Ich sagen Ihnen, liebste beste Baronin, solange Salieri in Wien die Musik kommandiert, kann ich nichts, gar nichts hier erwarten. Das ist mir klar. Nun gut, wenn mich mein geliebtes Vaterland nicht mag, so muß ich eben mein Glück in der Fremde versuchen, in Frankreich, in England.«

Die Baronin vernimmt diese Drohung mit Bekümmernis. Sie muß an den vor wenigen Tagen von seinem Vater erhaltenen Brief denken, in dem der ihr unbekannte alte Herr, sich in der liebenswürdigsten chevalereskesten Form für die seinem Sohn bei der Hochzeit erwiesene Unterstützung bedankend, den Satz eingeflochten hat, daß ihm das ungeduldige und allzu hitzige Wesen seines Sohnes große Sorge bereite. Sie greift darum diese Bemerkung auf und versucht in ihrer scharmanten Art, ihrem Lehrer wegen seines Ungestüms Vorhaltungen zu machen.

Schüchtern wagt Mozart einzuwenden, daß seine Einnahmen aus Unterricht und Konzerten leider nicht zur Bestreitung seines Haushalts ausreichen und daß er darum mit Sorgen in die Zukunft blicke, wenn er gar eine Familie zu ernähren haben werde.

»Wer wird gleich bei Ihrer Leistungsfähigkeit und dem Ruf, den Sie durch Ihre Werke erstritten haben, an solche Möglichkeiten denken! Ihr Ruhm wächst von Tag zu Tag. Sehen Sie nicht, wie ›Die Entführung‹ die Häuser füllt und der Kreis Ihrer Verehrer von Vorstellung zu Vorstellung sich vergrößert? Ist das nicht ein gewaltiger Ansporn zu weiterem Schaffen? Und sind nicht die Konzerte, die Sie veranstalten, stets gut besucht? Und was ficht Sie Salieri an? Sie verdunkeln schon jetzt sein Renommee. Bald wird er eine Schattenfigur sein, und die Wiener werden nur einen Liebling haben – Mozart. Darum, lieber Freund, nicht den Kopf hängenlassen oder gar fahnenflüchtig werden! Wien ist und bleibt der Schauplatz Ihrer künftigen Triumphe!«

»Sie machen einem das bekümmerte Herz wahrhaftig leicht, allerwerteste Baronin. Man kriegt wieder den Glauben an sich selber.«

Als Mozart sich von ihr verabschiedet, trägt sie ihm einen Gruß an Konstanze auf mit dem Zusatz, ihr auszurichten, ob sie über den Flitterwochen sie wohl ganz vergessen hätte, und richtet an ihn zum Schluß noch eine freundschaftliche Ermahnung.

»Fallen ein paar Dukaten mehr als üblich ins Haus, nicht sie gleich allesamt vertun, sondern a bissel haushälterisch sein und einen oder zwei in den Strumpf stecken, wie der Bauer sagt, damit was bleibt, wenn sich Schmalhans Küchenmeister einstellt. Das erspart manche Sorge. Ihr jungen Eheleute habt mir 'ne allzu leichte Hand, was das Geldausgeben anbelangt. Ein bissel Sparsamkeit wäre schon am Platz. Das wird auch den alten Herrn in Salzburg erfreuen. Hab ich nicht recht?«

»Sie haben immer recht, liebste Baronin und unvergleichliche Gonnerin. Verbindlichsten Dank für die empfangene Lektion und ein baldiges ›au revoir‹ in unserer bescheidenen Klause.«

Beschwingten Schrittes geht Mozart heim. Konstanze ist überrascht, statt einem übelgelaunten und zorngeladen fortgegangenen Gatten einem zurückkehrenden, dem der Frohsinn aus allen Poren des Gesichts lacht, die Tür zu öffnen. Wer mag diese Wandlung vollbracht haben? Sie braucht nicht zu fragen. Er faßt sie an den Armen, wirbelt sie im Kreise und verlangt von ihr ein Strümpferl. Als sie kopfschüttelnd ihm das Gewünschte bringt, nimmt Mozart das Strümpferl, hält es mit den Fingerspitzen hoch und läßt durch die Öffnung einen Gulden hineinfallen.

»Schau, liebstes bestes Weibchen, der ist jetzt für uns beide unsichtbar und unantastbar. Den opfere ich von meiner letzten Einnahme den mageren Kühen der Zukunft. So will ich fortan in diese Schatzkammer von jedem Erlös meiner Arbeit, ob klein, ob groß, ein Scherflein stiften, das wir nur entnehmen dürfen, wenn die Not am größten ist. Ich will mir den Ruf eines sparsamen Hausvaters erwerben.«

Er sagt es mit so feierlichem Ernst, daß Konstanze auflacht.

»Hast du auch an den in einigen Tagen fälligen Mietzins gedacht?«

»Den Mietzins?« wiederholt er und sieht Konstanze mit großen Augen an. »An den habe ich wirklich nicht gedacht.«

Und er greift eilig in die Tasche, bringt eine Handvoll Münzen hoch, schätzt sie flüchtig und sagt kleinlaut:

»Für die Hälfte wird's langen.«

»Siehst du, und da willst du noch einen Gulden opfern.«

»Ja, der Mietzins muß beschafft werden. Auf die Straße setzen lasse ich mich nicht. Mir kommt ein Gedanke. Weißt du, wir geben am Letzten bei uns eine Akademie, ich spiele meine neuesten Klaviersonaten, lade meine Schülerinnen und unsere Freunde ein, und wir sind aller Sorgen enthoben.«

»Wie willst du eine Akademie veranstalten, wo wir nur ein halbes Dutzend Stühle besitzen, und in unserer größten Stube bringen wir notfalls zehn Personen unter?«

»Ach, diese verfluchte Armut und Enge! Ja, ja, für eine Akademie reicht der Raum nicht aus. Wir müssen uns unbedingt nach einer repräsentableren Wohnung umsehen mit einem großen Saal. Wenn wir die Noblesse zu Gast haben wollen, darf auch der Dekor nicht fehlen.«

»Da wird aber wohl für das Spar-Strümpferl nichts abfallen.«

»Das fürcht ich auch, Stanzerl. Aber ein guter Vorsatz bleibt selten ohne Lohn.«

XV

Allmählich beginnt die Luft Wiens Mozart wieder zu behagen. Der Kreis der Schülerinnen erweitert sich. Es sind Damen aus der besten Gesellschaft, wie die Gräfinnen Rumbeck, Pálffy und Zichy, keineswegs Dilettantinnen, die nur um des guten Tons willen das Klavierspiel treiben, sondern nicht unbegabte und von ehrlicher Begeisterung für die Musik erfüllte Frauen. Auch halten ihm seine talentvollsten Schülerinnen – die Baronin Waldstädten und Josephine von Aurnhammer – unvermindert die Treue. So sehr ihm die Baronin gefällt, so abschreckend erscheint ihm die andere durch ihre Häßlichkeit, aber das Talent tröstet ihn über jenen äußerlichen Mißstand. »Sie ist zwar ein Scheusal, aber sie spielt zum Entzücken«, pflegt er zu sagen. Und in der Tat erfüllt er Josephines ehrgeizige Hoffnung, mit ihr zusammen aufzutreten, und überläßt ihr gelegentlich einer Akademie im Theater den zweiten Klavierpart in seinem bereits in Salzburg geschriebenen Konzert für zwei Klaviere.

Die von einem musikbegeisterten jungen Regensburger namens Jakob Martin mit einem guten Dilettanten-Orchester veranstalteten Konzerte in dem an Stelle der alten Favorite in der Leopoldstadt angelegten Augarten, der sich schnell die Beliebtheit eines Volksparks erworben hat, eröffnen Mozart die Möglichkeit, vor einem breiteren Publikum, als seine Akademien es ihm bieten, sich Geltung zu erringen und außerdem seine Einkünfte zu verbessern. Mit Begeisterung geht er deshalb auf die Einladung zur Mitwirkung an ihnen ein. Allein die erhofften guten Einnahmen bleiben aus, und so erlahmt auch allmählich das anfangs lebhaft lodernde Interesse unseres Komponisten für diese Veranstaltungen. Nur einen Gewinn verdankt er diesen Augarten-Konzerten: die Bereicherung seines Schaffens um zwei Bläserserenaden in Es-Dur und c-Moll. Bei der letzten wird der Serenadencharakter schon völlig gesprengt.

Der Augarten in Wien. Stich von Kratky

Das ist nicht mehr übliche nächtliche Ständchenmusik, das ist eine von Leidenschaft durchpulste Kammermusik im Freien mit einem Thema, das aus düsterer, beinahe schauerlicher Stimmung emporwächst und in hoffnungslosem Entsagen endet – alles in allem ein Bekenntniswerk seines leidvollen, oft mit Verzweiflung ringenden Seelenzustandes, der deutlich die Kämpfe widerspiegelt, die in den letzten Monaten vor der Hochzeit sein Inneres aufwühlten.

Während der Fastenzeit des Jahres 1783 plant Aloysia Lange

ein Konzert im Theater. Sie weiß, daß der Name ihres Schwagers gutes Publikum heranziehen kann; denn soviel hat sie doch wahrgenommen, daß Mozart in den hohen Kreisen Wiens sich eines besonderen Ansehens erfreut. Zugleich will sie ihm zeigen, daß sie, die gefeierte Diva, für den Entdecker ihres Talents noch etwas Dankbarkeit verspürt. Als sie ihm das Vorhaben mitteilt und ihn um seine Mitwirkung bittet, ist er zunächst ein wenig überrascht und meint bitter:

»Wie soll ich armseliger Musikant durch meine bescheidene Kunst zu dem ohnehin glanzvoll verlaufenden Triumph einer ausgezeichneten Sängerin etwas beitragen können?«

»Setzen Sie sich nicht herab, Schwager. Jeder, der was von Musik und Gesang versteht, weiß, daß Sie Umlauf, Salieri und wie Ihre Rivalen heißen mögen, weit in den Schatten stellen.«

»Das aus Ihrem Munde zu hören, macht mich allerdings fast an mein Talent glauben. Was wollen Sie denn von mir singen?«

»Natürlich ›Non sò d'onde viene‹.«

»Non sò d'onde viene«, wiederholt Mozart langsam und wie in Gedanken versunken, »ja, das ist schon lange her, daß ich diese Arie schuf. Aber sie ist gut. Wer soll sie denn dirigieren?«

»Kein anderer als Sie.«

»Ich? – Es wird mir schwerfallen, aber ich tu's – der Erinnerung zuliebe.«

Und er sieht Aloysia mit traurigen Augen an. Sie jedoch lächelt ihm zu und sagt fast schmelzend weich:

»Vergessen Sie doch, lieber Mozart, daß ich – einmal sehr, sehr töricht war. Es läßt sich nichts ändern.«

Das Aloysia-Lange-Benefiz wirkt sich zu einem vollen Erfolg sowohl für die Sängerin wie für Mozart aus. Niemals habe sie so schön gesungen, behaupten ihrer Verehrer, und die Arie »Non sò d'onde viene« muß sie zweimal wiederholen. Der Komponist wiederum erstreitet sich mit einem der drei in Wien geschriebenen und vor kurzem auf Subskription erschienenen Klavierkonzerte, die er selbst als »Mittelding zwischen zu schwer und zu leicht, sehr brillant, angenehm in die Ohren, natürlich ohne in das Leere zu fallen« bezeichnet, allgemein begeisterten Beifall. Sogar der anwesende Gluck gibt seine sonst bedächtige und kühle Haltung auf, kargt nicht mit Lob gegenüber Komponist und Sängerin und lädt beide Ehepaare zu einem Mittagessen ein, das an Üppigkeit nichts zu wünschen übrigläßt.

Der fast siebzigjährige Greis ist sehr gesprächig, doch es waltet in allem, was er sagt, die ihm eigene etwas steife Grandezza, die auch auf die an Komponist und Sängerin ausgeteilten Komplimente abfärbt. Es fehlt die Wärme aufrichtiger Überzeugung, und Mozarts feinfühliges Gehör verspürt es deutlich. Im Grunde genommen, raunt ihm eine innere Stimme zu, hält er dich doch trotz aller geschwollenen Worte für einen dürftigen Könner, gegen den er der große unerreichbare Meister ist. Das legt sich kränkend auf sein Gemüt, lähmt seine sonst munter sprudelnde Lebhaftigkeit, die auch der reichlich dargebotene Wein nicht anzuregen vermag, und macht ihn zu einem wortkargen Gesprächspartner, der mit Ungeduld das Ende der Mahlzeit herbeisehnt.

»Merkwürdig«, sagt Gluck zu seiner Frau, als seine Gäste sich verabschiedet haben, »man hat mir immer erzählt, dieser Mozart sei ein sehr unterhaltsamer, lustiger Gesellschafter, der nur so sprudele vor lauter Fröhlichkeit. Nach seiner Oper ›Die Entführung‹ habe ich das erwartet. Aber ich bin enttäuscht. Man muß ihm geradezu mit der Zange jedes Wort aus dem Munde ziehen. Und übrigens, was er verlauten ließ, zeugt nicht gerade von hohem Geist.«

»Mein Gott, Christoffel, er schämt sich halt vor deinem Genie«, versetzt seine Frau trocken, eine behäbige, mächtig aufgedonnerte und auffällig geschminkte Wiener Matrone.

»Hm. Was braucht er sich zu schämen? Schließlich kann er viel! Zwar mein Erbe wird er nicht antreten.«

Daheim angekommen, sagt Mozart zu Konstanze:

»Weißt du, Stanzerl, die Fresserei war ja fürstlich – mir ist jetzt noch der Bauch zum Platzen voll – und der Wein auch, aber mir ist a Würstel mit Sauerkraut und ein ehrlicher Kerl dazu noch lieber. Ordensbrüderliche Gefühle hat der Gluck nicht in mir erweckt.«

Ermuntert durch Aloysias Benefiz betreibt Mozart eifrig die Vorbereitungen zu seiner eigenen Akademie, die kaum zwei Wochen später im Theater stattfindet. Das Haus ist bis auf den letzten Platz gefüllt; denn es hat sich herumgesprochen, daß der Kaiser zugegen sein werde. Infolgedessen stellt sich auch die Noblesse in stattlicher Zahl ein. Das Konzert verspricht, ein gesellschaftliches Ereignis ersten Ranges zu werden. Sorgfältig bereitet Mozart das Programm vor. Als Hauptattraktion bringt er seine im vergangenen Sommer komponierte Haffner-Sinfonie, so

Eintrittskarte

genannt, weil er sie aus Anlaß einer Festlichkeit dem Salzburger Bürgermeister Haffner widmete, für den er bereits vor Jahren eine Serenade geschrieben hatte – ein Werk, das wirklich überstrahlt ist von Festesglanz und mit seinen kontrapunktischen Feinheiten und geistreichen Einfällen zeigt, daß der Tonschöpfer sich in den Wiener Stil bereits hineingefunden hat. Adamberger, die Teyber und Aloysia Lange tragen Arien aus seinen älteren Opernwerken vor. Der Komponist selbst brilliert durch freies Phantasieren am Klavier. Der Kaiser, der solche Improvisationen besonders liebt und sich außerdem in animierter Stimmung befindet, gibt mit heftigem Händeklatschen den Anstoß zu einem stürmischen Applaus, der Mozart zwingt, Erfindung und Einbildungskraft nochmals in einer Zugabe walten zu lassen, für die er als Thema Glucks Arie »Unser dummer Pöbel meint« aus seiner Oper »Die Pilgrime von Mekka« wählt und damit die helle Freude des anwesenden Komponisten entfacht.

»Der Mozart ist doch ein Kopf voll Esprit«, sagt er zu seiner danebensitzenden Gattin. »Ein solches verblüffendes Figurenwerk von Variationen macht ihm so leicht niemand nach.«

Diese Akademie ist nach der »Entführung« der zweite *große* öffentliche Erfolg des Komponisten Mozart in Wien. Er kann mit ihm auch materiell zufrieden sein, beträgt doch die Einnahme rund sechzehnhundert Gulden, von denen nach Abzug der Unkosten immerhin ein erklecklicher Gewinn für ihn verbleibt. Was Wunder, daß er, dem Fortuna in den Jahren seiner Selbständigkeit noch nie eine so ansehnliche Summe in den Schoß warf, sich als ein Krösus vorkommt und, alle guten Vorsätze des Sparens über den Haufen werfend, aus dem vollen schöpft und mit seinem Stanzerl das Leben genießt! Die Gewißheit, daß es ihm gelang, die Sympathie der Wiener bis zu den höchsten Stufen des Thrones zu gewinnen, erfüllt ihn mit neuer Zuversicht.

XVI

Es ist einer der rührenden Züge in Mozarts Charakter, daß er trotz aller Mißstimmigkeiten mit dem Vater diesem unvermindert seine Anhänglichkeit bezeigt. Er hat deshalb das heftige Verlangen, den Vater mit seiner Heirat auszusöhnen, durch nähere Bekanntschaft mit seiner Frau die bestehende Voreingenommenheit zu verscheuchen. Die bereits bald nach der Hochzeit geplante Reise muß wegen eingegangener Verpflichtungen verschoben werden. Dann verzögert sie sich abermals, weil Konstanze sich in anderen Umständen befindet. Am 17. Juni erblickt der erwartete Sprößling das Licht der Welt. Bereits vorher hat Mozart den Vater gebeten, die Gevatterschaft zu übernehmen: »Mag das Kind generis masculini oder feminini sein, es heißt halt Leopold oder Leopoldine.« Jetzt bei der Meldung von der Geburt muß er jedoch seine Bitte rückgängig machen; denn er hat sein Söhnchen ›Raimund‹ getauft, und zwar mit der Begründung, daß sein früherer Hauswirt, der Baron Raimund von Wetzlar, als er das Kind in der Wiege erblickt, sich zum Gevatter angeboten habe. Dieser an sich belanglose Vorgang ist ein kleiner kennzeichnender Beitrag zu Mozarts Charakterbild. Er rückt seine Gutmütigkeit in das rechte Licht. Nur weil der Herr Baron ihm vielleicht einmal den Mietzins erließ, auf seine Konzerte subskribierte oder irgendeine andere Gefälligkeit erwies, vermag er dessen aufdringliches Anerbieten nicht abzulehnen.

Nun steht dem Reisevorhaben kein Hindernis mehr entgegen. Oder doch? – Die Angst vor dem Erzbischof. Der ehemalige Domorganist fürchtet nämlich arretiert zu werden, weil er sein Dienstverhältnis ohne die Zustimmung seines Landesfürsten löste. Erst als der Vater diese Besorgnis zerstreut, setzt er sich Ende Juli mit Konstanze in die Postkutsche und fährt nach Salzburg.

Mit einigem Herzklopfen nähert er sich der Stadt seiner Kindheit, die er vor bald drei Jahren verlassen hat, und vor allem bangt ihm, wie seinerzeit bei der Rückkehr aus Paris, vor dem Wiedersehen mit dem Vater, obwohl er jetzt nach dem Erfolge der »Entführung« und dem erworbenen Ansehen in Wien ganz anders dasteht als dazumal.

Wohl ist der Empfang ihm gegenüber herzlich, aber, was Konstanze betrifft, nur formell freundlich, ohne rechte Wärme. Mozart spürt deutlich die Kühle, doch er tröstet sich damit, daß Vater und Schwester erst durch näheres Sichkennenlernen die Fremdheit zur Schwiegertochter und Schwägerin überwinden müssen. Er zieht darum alle Register seines Frohsinns auf, ist unerschöpflich im Erzählen und gibt sich dazwischen mit den ihm von München her bekannten Kindern des Theaterdirektors Marchand, Margarethe und Heinrich, und der neunjährigen Johanna Brochard ab, denen der Vater je nach Begabung Gesangs-, Klavier- oder Geigenunterricht erteilt und die alle drei bei ihm wohnen.

Die ersten Tage des Aufenthalts benutzt er, um Konstanze Salzburg zu zeigen, und streift auch bisweilen allein durch die Stadt. Sie wirkt auf ihn, wie er vermutet hat, entmutigend und ernüchternd. Selbst die früheren Erinnerungen, die sonst die Schatten der Kindheit bei späteren Besuchen mit einem leuchtenden Schimmer umkleiden, vermögen seine Seele nicht zu erwärmen. Und wie mit der steinernen Umwelt, geht es ihm auch mit den Menschen. Er besucht liebe alte Bekannte, ein paar seiner früheren Kollegen aus dem Orchester, aber es ist immer das gleiche: er findet keinen Kontakt mehr zu ihnen. Sie erscheinen ihm wie Gestalten aus einer überlebten Zeit, eingesponnen in die Enge kleinstädtischer Verhältnisse. Selbst Andreas Schachtner, so aufrichtig er sich auch über das Wiedersehen freut, ist nach Mozarts Ansicht ein anderer geworden. Wohl strömt aus seinem Wesen noch der alte herzhafte Humor, die unverminderte Teilnahme an dem Schicksalsweg seines Lieblings, aber er stellt sich zu ihm nicht mehr als Freund zum Freunde, sondern wie ein kleiner Musiker zu einem großen Meister.

Nur Michael Haydn enttäuscht Mozart nicht. Er ist der unveränderte gradlinige, ehrliche, seine Meinung unverblümt äußernde

Mensch, anerkennend, was er des Lobes wert hält, und tadelnd, was ihm mißfällt. Im Zusammensein mit ihm verspürt der frühere Schüler keine unsichtbare trennende Schranke, die sich ihm beim Umgang mit anderen alten Bekannten entgegenstellt. Was ihn bekümmert, ist Haydns schlechtes Aussehen, das Kennzeichen einer an ihm zehrenden inneren Krankheit. Während der sich entwikkelnden Unterhaltung verstärkt sich dieser Eindruck, und Mozart bemerkt, wie dem Freunde das Sprechen manchmal schwerfällt und wie die Müdigkeit ihn übermannt.

»Du bist, weiß Gott, immer noch der brave alte Haydn, aber dein Gesicht gefällt mir nicht. Was ist in dich gefahren?« fragt Mozart.

»Was soll schon in mich gefahren sein! Irgendein Wurm sitzt mir im Eingeweide. Die Ärzte wissen's selber nicht. Ich bin halt immer schlapp und müde. Auch das Arbeiten geht nicht von der Hand. Da soll ich für den Erzbischof zwei Duette für Violine und Bratsche schreiben. Schon wochenlang plag' ich mich damit ab. Allein es kommt nix dabei heraus.«

Schon faßt Mozart im stillen einen Vorsatz.

»Gib mir Notenpapier«, sagt er.

»Was willst du damit?«

»Das wirst du sehen. Mir fällt grad was ein, und wenn ich's nicht niederschreibe, vergess' ich's. Du aber ruhst dich derweilen aus.«

Mit einem an Besessenheit gemahnenden Eifer geht Mozart an die Arbeit, und die Noten tanzen nur so im Geschwindschritt über das Papier. Nach einer geraumen Weile tritt Frau Maria Magdalena ein. Die Jahre sind an ihr zwar auch nicht gänzlich spurlos vorübergegangen, aber sie sieht immer noch recht nett aus, und das bezaubernde Lächeln spielt immer noch verführerisch um ihre Lippen.

»Nun, Herr Mozart, die Luft Salzburgs scheint Sie ja mächtig zu inspirieren. Ist eine neue Oper im Werden?«

»Leider nicht. Es fehlt mir ein Textbuch.«

»Oh, das ist schade! Ihre ›Entführung‹ soll ja in Wien ungeheuer Furore gemacht haben. Man munkelt am Theater, daß man sie im nächsten Jahr auch hier bringen wird.«

»In Salzburg! Wäre das möglich?«

»Allen Ernstes. Cecarelli hat es mir neulich gesagt. Und er hat es aus bester Quelle – von unserm neuen Kapellmeister Gatti.«

»Das wäre ja ein Grund, sich mit Salzburg zu versöhnen.«

»Ist auch ein Röllchen für mich dabei?«

»Aber gewiß, Madame. Das Blondchen ist für Sie wie geschaffen. Ein reizender Schelm, der einem täppischen Haremswächter eine Nase dreht und zwei Liebende zusammentut. Ich bin überzeugt, Sie werden die Teyber noch ausstechen.«

»Das klingt ja sehr verheißungsvoll. Aber nun will ich nicht länger stören. Wir werden uns ja, wie ich hoffe, noch öfters sehen.«

Frau Maria Magdalena entschwindet mit der gleichen leichtbeflügelten Grazie und dem gleichen bestrickenden Lächeln, das vor dreizehn Jahren sein Knabenherz betörte. Einen Augenblick verliert er sich in Träumereien, dann aber greift er wieder zu Tinte und Feder und schreibt. Als Haydn nach einem ausgedehnten Schläfchen in die Stube tritt, sieht er Mozart zurückgelehnt im Sessel sitzen, als döse er vor sich hin.

»Das war ein vortrefflicher Schlaf«, sagt Haydn und reckt die Glieder. »So wohl ist mir seit langem nicht zumute. Aber wie ich sehe, hast auch du geschlummert. Die Muse wollte sich wohl nicht einstellen?«

»Nein, ich habe die Ruhe der Arbeit vorgezogen.«

Haydn wirft einen Blick auf sein Schreibpult.

»Was ist denn das? Da liegt ja ein Stoß beschriebenes Papier?«

Er nimmt die Bogen in die Hand.

»Das werden wohl die Heinzelmännchen geschrieben haben, derweilen wir beide in den Gefilden des Schlafes weilten.«

»Das ist doch deine Handschrift! Zwei Duos für Violine und Bratsche!«

Er vertieft sich in das Manuskript und kommt, wie sein Kopfschütteln andeutet, aus dem Staunen nicht heraus.

»Man möchte es nicht für möglich halten, wenn es nicht schwarz auf weiß hier stünde. Du hast ja meinen Stil bis ins kleinste getroffen. Ja, ist denn so was möglich? Sogar meine schrulligen Einfälle hast du mir abgelauscht. Weiß Gott, du bist doch ein Hexenmeister.«

»Um kurz zu sein: es ist ein musikalischer Spaß, mit dem ich dich erfreuen wollte. Die Dingelchen sind, wie du siehst, noch keineswegs fertig – ich habe manches bloß skizzenhaft angedeutet –, füge noch was dazu und lege dann die Duos dem Erzmufti vor.«

»Aber da würde ich mich ja mit fremden Federn schmücken.«

»Nimm's nicht so genau, Michael. Wie oft habe ich mich mit *deinen* Federn geschmückt, da halte ich es nur für recht und billig, wenn du dich einmal mit *meinen* verzierst. Das Ganze ist ja nichts weiter als ein bescheidener Dank für das, was ich von dir gelernt habe.«

»Herzensjunge! Komm an meine Brust. Du bist doch eine Seele von Mensch!«

Und gerührt umarmt der Meister seinen ehemaligen Schüler.

Frau Maria Magdalena tritt gerade im rechten Augenblick durch die Tür und bleibt verwundert stehen.

»Was muß ich sehen!« ruft sie aus. »Das ist ja gerade wie eine Theaterszene!«

»Von Theater kann keine Rede sein, Marimagdl«, sagt der Gatte. »Zwei wackere Kampfgenossen haben nur ihre Freundschaft aufs neue herzhaft besiegelt.«

Man setzt sich an den Kaffeetisch, und die Unterhaltung nimmt einen munteren Verlauf, gewürzt durch Haydns kräftigen Humor, der dem Gast besonderes Behagen einflößt, wo er lokale Verhältnisse unter die Lupe nimmt oder an gemeinsamen Bekannten sich ausläßt. Frau Maria Magdalena aber ist nicht wenig über die plötzlich erwachte Gesprächigkeit ihres Gatten überrascht.

»Ich erkenne meinen Mann kaum wieder. Sie sind ein Wunderdoktor, Herr Mozart. Was die Ärzte mit allen ihren Arzeneien in wochenlangen Kuren nicht vermochten, haben Sie allein durch Ihre Gegenwart an einem Nachmittage fertiggebracht.«

»Ja, siehst du, Marimagdl, was den Wurm in den Eingeweiden anbelangt, so ist das nur ein blödes Geschwätz. Der Kern aller Krankheit liegt in der Seele, und wer die richtig anzupacken weiß, macht dem Übel den Garaus. Der hier versteht es – der Herzensjunge, der Hexenmeister.«

XVII

Oft kehrt Mozart während seines Salzburger Aufenthaltes bei seinem Freunde Haydn ein, und jedes Zusammensein ist für ihn wie eine Stunde Sonnenschein in einer Reihe von trüben, wolkenverhangenen Tagen; denn er fühlt sich in der Atmosphäre des Vaterhauses bedrückt. So sehr er sich auch bemüht, das Eis zu schmelzen, in das die Seele des Vaters eingebettet zu sein scheint, seine eigene ihm gewissermaßen auf Händen entgegenhaltend, es will ihm nicht gelingen. Fest eingewurzelte Vorurteile, Mißtrauen, Verärgerung, starre Versteifung von Lebensgrundsätzen sowie eigensinniges Beharren an eingefleischten Ansichten des Vaters machen dem Sohn es unmöglich, das gelockerte Band zwischen beiden wieder zu festigen. Was ihn noch bekümmert, ist auch die zwischen ihm und der Schwester eingetretene Entfremdung. Wie frisch und frei von der Leber weg konnte er doch einst alles, was ihn erfreute oder quälte, ihr offenbaren, und welche verständnisvolle Anteilnahme wurde ihm jederzeit zuteil! Jetzt kommt ihm Nannerl vor wie eine in ihr Gehäuse eingekapselte Schnecke. Und mit Erschrecken nimmt er wahr, daß die Ursache ihrer Verschlossenheit seine Ehe ist, ja, daß sie in dieser Hinsicht noch den Vater an Starrköpfigkeit überbietet.

Da trifft Ende August eine traurige Nachricht in Salzburg ein. Madame Weber teilt mit, daß der kleine Raimund, den die Eltern vor ihrer Abreise einer in gutem Leumund stehenden Pflegerin in Obhut gegeben hatten, an der »Gedärmfreis« verstorben sei. Der erlittene Verlust greift Mozart zu Beginn schmerzlich ans Herz, aber die ihm eigene stoische Gelassenheit, harte Schicksalsschläge als unabwendbare, von Gott verfügte Prüfungen hinzunehmen, überwindet schnell seine Trauer, wogegen Konstanze sich völlig ihrem Leid überläßt und jedem tröstenden Zuspruch unzugänglich bleibt. Zum ersten Male klingen aus Nannerls Munde wärmere Gefühlstöne gegenüber der Schwägerin auf, und auch der Vater bemüht sich vergeblich, sie aufzurichten. Doch sie scheint diese vielleicht unbewußte Anbahnung eines besseren Verhältnisses zu ihr völlig zu überhören. Einige Tage versenkt sie sich ganz in ihrem Gram und ist für niemand sichtbar, außer für ihren Mann. Als sie sich ein wenig beruhigt hat und er, in der Annahme, durch einige zärtliche Worte ihr die Rückkehr zu neuer Lebensfreude zu erleichtern, äußert:

»Stanzerl, du kannst mit deinen Tränen unsern Raimundl nicht wieder zum Leben erwecken; du machst ihm nur seine kleine Seele dadurch schwer«, fährt sie zornig hoch:

»Das weiß ich. Ich hätte den Kleinen nimmer aus den Händen geben dürfen. Ich bin schuld, aber die Hauptschuld trägt diese verfluchte Salzburger Reise. Wärst du doch allein hergefahren zu deinen Leuten, die so tun, als sei ich ein hergelaufenes Frauenzimmer, und mich aus tiefstem Grunde ihrer Seele verabscheuen.«

Mozart erschrickt, weil er so aufgebracht seine Frau noch niemals sah. Und bestrebt, ihren Grimm zu besänftigen, streichelt er sie sanft über das Haar und sagt voll Milde:

»Du hast recht, Stanzerl. Ich habe leichtsinnig und unverantwortlich gehandelt. Vergib mir und mache mich nicht unglücklich.«

Da schweigt Konstanze, sieht ihn traurig an, und die Tränen hören auf zu rinnen.

XVIII

Obgleich die Verhältnisse in Salzburg eigentlich dazu drängen, die Rückreise nach Wien anzutreten, zögert Mozart von Woche zu Woche. Glaubt er, daß sich das Verhalten des Vaters und der Schwester gegen Konstanze mit dem längeren Aufenthalt noch ändern werde? – Ja, er scheint es wirklich anzunehmen, bis ein Ereignis ihm die letzte Hoffnung nimmt. Er hat den Vater gebeten, Konstanze die auf den Konzertreisen erhaltenen Geschenke zu zeigen, hoffend, daß er bei dieser Gelegenheit ihr ein Schmuckstück verehren werde. Aber nichts dergleichen geschieht, obwohl sie mit begehrenden Augen bald eine Brosche, bald einen Ring betrachtet hat. Die Sachen werden vom Vater nach der Besichtigung wieder sorgfältig eingepackt und verschlossen. Nach dieser Enttäuschung gibt der Sohn alle im stillen gehegte Erwartung auf eine Annäherung der Seinigen an Konstanze endgültig auf und beschließt, Salzburg zu verlassen.

Einige Tage vor der Abreise besucht ihn die blinde Wiener Pianistin Maria Theresia Paradies, die er in Paris kennengelernt und deren Können einen tiefen Eindruck auf ihn gemacht hat. Sie hat, in Salzburg weilend, vernommen, daß Mozart anwesend sei, und das heiße Verlangen, ihm ihre Hochachtung zu bezeigen, treibt sie zu ihm. Als die Künstlerin, von ihrer Gesellschafterin geführt, den Musiksaal im Tanzmeisterhaus betritt, sitzt der Meister am Klavier und phantasiert.

»Das ist Wolfgang Amadé«, flüstert sie ihrer Begleiterin zu, »so spielen kann nur er.« Und sie bittet Nannerl, die den Gast dem Bruder melden will, es nicht zu tun. So verharrt sie stehend, bis er seine Phantasie beendet hat. Dann erhebt sie ihre schönen schmalen Hände zum Applaus. Mozart wendet sich um, gewahrt die Beifallspenderin, eilt auf sie zu, ergreift ihre Hände und küßt sie:

»Madame, welch außerordentliche Freude, sie hier zu sehen.«

»Ich glaube, die Freude, Sie zu hören, ist noch viel größer«, erwidert sie, während ein glückliches Lächeln ihr ebenmäßiges, durchgeistigtes Gesicht verklärt.

Er reicht ihr den Arm und geleitet sie zu einem Sessel.

»Sie müssen mir viel erzählen, von Ihren Triumphen, von Paris.«

»Ich glaube, da läßt sich nicht allzuviel berichten. Wer wie ich die Welt nur durch die Ohren vernimmt, lebt abgeschlossen von allen großen Vorgängen, welche die Menschen erfreuen oder erschüttern, und ist nur in dem kleinen Winkel seiner Seele wirklich daheim.«

»Gerade in diesen Winkel begehre ich zu schauen; denn er ist so unendlich reich an tiefem Erleben.«

Da gibt sie seiner Bitte nach und erzählt ihm von den Zuständen in Paris, die nicht erfreulich seien, weil die Salongeselligkeit unter der unheilschwangeren politischen Stimmung empfindlich leide, was der Pflege der Künste schade. Sie verkehre eigentlich nur noch bei der Malerin Vigée-Lebrun, dieser vortrefflichen Meisterin der Palette, die in ihrem bescheidenen Appartement allabendlich ein Dutzend Künstler und schöngeistige Damen versammle, und wo man auch gediegene Musik der neueren Komponisten zu hören bekomme. Von Madame Vigée-Lebrun erfahre sie auch, was in der großen Welt vorgehe. Sie sei eine begeisterte Theaterliebhaberin und habe ihr erzählt, daß sie in einer Privataufführung die Komödie eines gewissen Beaumarchais »Die Hochzeit des Figaro oder Der tolle Tag« gesehen hätte, eine amüsante und gestreiche Komödie.

»›Figaros Hochzeit‹ sagten Sie, das muß ich mir merken.«

»Ja, ›Figaros Hochzeit‹. Aber ich bin so ins Plaudern geraten und langweile Sie gewiß mit meinem Bericht, verehrter Meister. Das sind ja ganz belanglose Begebenheiten, die ich Ihnen offenbare, verglichen mit den großen Erlebnissen, aus denen Sie schöpfen können.«

»Oh, überschätzen Sie, Madame, nicht die Gaben, mit denen das wankelmütige Fatum mich beschenkte. Es hat mir keineswegs immer Rosen auf den Weg gestreut, sondern oft, sehr oft ihn mit stachelichten Disteln reichlich besteckt. Aber wozu wollen wir uns, Madame, die Herzen in nüchternen Bekenntnissen ausschütten, da wir doch beide über eine Sprache verfügen, die besser als das Wort unsere Gefühle zum Ausdruck bringt? Darum spielen Sie, bitte, eine Sonate oder sonst, was Sie wollen.«

Freudig erfüllt die Pianistin seinen Wunsch. An dem ersten Takt erkennt Mozart sofort seine Pariser Klaviersonate in a-Moll und horcht auf. Er steht ihr gegenüber mit verschränkten Armen, die Augen auf das edle Antlitz der Spielerin gerichtet. Es ist seine liebste Sonate, die beredte Künderin seiner Seelennöte, als er sie schrieb: Ausdruck des Schmerzes um den Tod der Mutter, leidenschaftlicher, schon von beklommenen Gedanken getrübter Sehnsucht nach Aloysia und wehmütiger Resignation über die Mißerfolge in Paris. Und wie die Paradies sie spielt! Alle ihn damals durchflutenden Stimmungen lockt sie mit ihrem seelenvollen Vortrag aus den Tönen hervor. Gebannt hängt sein Blick an ihrem Gesicht. Die toten Augen stören ihn nicht. Was sie, wenn sie lebten, zu sagen vermöchten, enthüllen die Mienen, die schön geformte Stirn, das zarte Wangenrot, das leichte Vibrieren der Nasenflügel, die halbgeöffneten Lippen des feingeschnittenen Mundes. Das ganze in dem Tonstück aufgehende Innenleben scheint sich in diesem Antlitz zu offenbaren. Kaum ist der letzte Satz mit seiner unruhig flackernden Beweglichkeit gleich einem Geisterspuk vorübergerauscht, als Mozart auf die Künstlerin zugeht und ihre Hände ergreift. Kein bewunderndes Lob fällt von seinen Lippen, er sagt nur:

»Ich werde für Sie ein Klavierkonzert schreiben, Madame. So Gott will, soll's mein schönstes werden.«

Gerührt drückt die Pianistin ihm die Hand, steht auf und weist mit einer einladenden Bewegung auf den leeren Stuhl hin. Er versteht den Wink, setzt sich und spielt seine im vergangenen Jahr komponierte Phantasie in d-Moll, die mit aufgerollten Akkorden langsam präludierend beginnt, dann in ein zart klagendes Lied ohne Worte übergeht, von einem heiteren graziösen Allegretto abgelöst wird und nach einer festlichen Kadenz mit der Reprise des Bekenntnisses zur Lebensfreude schließt. Andächtig lauscht Madame Paradies dieser schlichten und doch gerade in ihrer Schlichtheit die Meisterschaft verratenden Phantasie.

»Eine tönende Perle!« sagt sie. »Wie reich sind Sie, Meister! Alle Könige der Erde mit ihren Schätzen sind nicht so reich wie Sie.« Dann zu ihrer Begleiterin sich wendend, einem schüchternen Mädchen, das die ganze Zeit über in stummer Bewunderung verharrte: »Behalte diese Stunde im Gedächtnis, Marion. Sie war eine der glücklichsten meines Lebens.«

»Sie tun mir zu große Ehre an, Madame.«

»Möge die Muse Ihnen noch viele solcher Perlen schenken. Leben Sie wohl, verehrter Meister, und auf Wiedersehen in Paris.«

»Vielleicht eher in Wien.«

Er geleitet die Künstlerin bis unten an den Wagen, der sie hergebracht hat, wo sie nochmals voll Rührung ihm dankt. Als er heraufkommt, findet er den Vater, Nannerl und Konstanze, die im Nebenzimmer mit den Marchand-Kindern gelauscht haben, im Musiksalon vor.

»Sie spielt ja wirklich unübertrefflich«, sagt Vater Leopold.

»Sie macht, was ich weder von der Jeunehomme noch von Clementi, noch von Ignaz von Beecké vernommen habe, die Musik zu einem tönenden Bekenntnis des Herzens«, bestätigt der Sohn.

Das Spiel der Paradies hinterläßt bei Mozart eine gehobene Stimmung, die ihm die letzten Salzburger Tage noch mit einem lichten Glanz umkleidet. Als er von dem Abbate Varesco, dem Textdichter des »Idomeneo«, den ersten Akt zu der bei ihm bestellten Oper »L'oca del Cairo« (Die Gans von Kairo) erhalten hat, findet die Abreise statt. Mit Genugtuung hat Wolfgang wahrgenommen, daß Vater und Schwester, vielleicht im Hinblick auf die bevorstehende Trennung, wärmere Herzenstöne gegenüber der Schwiegertochter und Schwägerin angeschlagen haben, und ist bei seiner versöhnlichen Natur geneigt, alles zu vergessen, aber Konstanze nicht. Diese Wochen sind ihr eine Qual gewesen, und mit Ungeduld ersehnt sie gleich einer Erlösung von unaufhörlicher Pein den Tag der Abreise. Während in der Familie sich jene Betrübnis einfindet, der die Tränen nicht mehr fern sind, ist sie allein frohgemuter Stimmung und stellt sogar ihre Freude herausfordernd zur Schau, als ob sie ihre Gastgeber deutlich merken lassen wolle, wie angenehm ihr der Abschied sei. Und als die Postchaise sich in Bewegung setzt, äußert sie fast triumphierend:

»Gottlob, die peinliche Prüfung ist vorüber. Ich weiß, daß ich sie nicht bestand. Mir einerlei, Salzburg sieht mich nicht wieder.«

»Vergiß es, Stanzerl«, sagt Mozart, ihre Hand sanft streichelnd. »Das Leben ist nun halt mal so. Es reicht einem nicht immer Zuckerkandl, sondern auch bisweilen Bitterwasser. Das muß man hinunterschlucken, obwohl's nicht schmeckt.«

XIX

Der Hauch der Einsamkeit umwittert die Heimgekehrten. Das kleine, dicke Buberl, das mit seinem Geschrei und Getue aller Augen auf sich zog und seine Betreuer fortgesetzt beschäftigte, fehlt überall. Mozart sucht seinen Kummer wie immer durch Komponieren und Musizieren zu betäuben. Er ist in den Wiener Salons ein gern gesehener Gast, weil er sich, abhold aller Arroganz, aus eigenem Antrieb, ohne sich lange bitten zu lassen, an das Klavier setzt und im freien Phantasieren seine große Begabung leuchten läßt und weil er außerdem ein unterhaltender Plauderer ist. In zwei Salons fühlt er sich besonders wohl – bei der Gräfin Wilhelmine Thun, die ihn durch ihre jeden Standesdünkels bare Urbanität, aus dem Herzen strömende Liebenswürdigkeit und ihren natürlichen Charme lebhaft an seine unvergeßliche Gönnerin in Linz erinnert, und bei Therese von Trattnern, der Gattin des reichen Buchdruckers, seiner Lieblingsschülerin, die an Musikalität die Gräfin Thun noch übertrifft. Kein Wunder, daß sich zwischen dieser empfindsam veranlagten Dame und ihrem gefühlvoller Schwärmerei leicht unterliegenden Lehrmeister bald eine Seelenfreundschaft anbahnt, die man auch als eine verschwiegene Liebe bezeichnen kann und die, was Mozart betrifft, nicht ganz frei von Sinnlichkeit ist. Es kostet ihn viel Selbstüberwindung, die Dämonen seines Blutes zu bändigen. Aber an der hoheitsvollen Reinheit dieser Frau zerschellen alle unkeuschen Begierden.

Männer sind oft wie Kinder, die ihre Geheimnisse preisgeben, ohne daß sie sich dessen bewußt werden. Aber der in dieser Hinsicht außergewöhnlich feine weibliche Instinkt errät sie aus leicht hingeworfenen Bemerkungen oder aus den Mienen. Und besonders zur Eifersucht neigende Naturen haben dafür ein hellhöriges Empfinden und einen scharfen Blick. So ist auch Konstanzes Wachsamkeit immer auf der Lauer. Sie kennt das schnell in Wallung geratende Blut ihres »Mandl«, das ihn triebhaft zu Zärtlichkeiten und Küssen hinreißt. Mehr als einmal hat sie ihn ertappt, wenn er der jeweiligen Magd in die Wangen kniff oder gar ein Busserl auf den Mund drückte. Aber diese Ehemanns-Seitensprünge bereiten ihr keinen Kummer. Sie nennt sie »Stubenmädeleien« und reagiert auf sie allenfalls mit einer sanften Gardinenpredigt. Doch wehe, sobald sie merkt, daß eine Dame von Stand ein Liebesflämmchen in seinem Herzen entzündete! Da kann sie ungemütlich werden, da beginnt ihr sonst ziemlich kühles Temperament zu sieden und das Mündchen loszupoltern.

Sie hat längst wahrgenommen, daß Therese von Trattnern eine Sonderstellung unter den Schülerinnen des Gatten einnimmt. Warum streicht er sonst bei jeder Gelegenheit ihre Vorzüge so auffällig heraus, rühmt ihre Begabung, ihre Schönheit, ihre Seeleneigenschaften? Warum erscheint er stets so heiter beschwingt, wenn er ihr eine Stunde gab oder von einem Konzert in ihrem Hause heimkehrt?

Einmal befremdet es sie, daß er an seiner Klaviersonate gegen seine Gewohnheit mit ungewöhnlicher Ausdauer arbeitet, immer wieder ändert und feilt. Tagelang beschäftigt sie ihn, und er ist in dieser Zeit des Schaffens von einer Melancholie befallen, die ihn verschlossen und wortkarg macht. Endlich hat er die letzte Formulierung gefunden, und als scheinen alle trüben Schatten aus seiner Seele entwichen zu sein, leuchtet sein Antlitz plötzlich vor übermütiger Freude.

»Stanzerl! Allerherzigstes Weibchen!« ruft er. »Komm, ich spiel dir was vor, was Köstliches, was Exzellentes.«

Und Stanzerl kommt, die Küchenschürze umgehängt und die Hände mehlbestäubt.

»Kann das nicht später sein? Die Knödeln verkochen mir sonst.«

»Hol der Teufel die Knödeln!«

»Schau, schau, seit wann sind dir die Knödeln so gleichgültig?«

»Halt's Goscherl und sperr dafür die Ohren auf«, sagt er in geheucheltem Unmut und hält ihr die Hand beschwichtigend vor den Mund.

Und er spielt die eben vollendete Sonate in c-Moll, jenes Klavierwerk, das mit der etwa ein halbes Jahr später geborenen Phantasie in der gleichen Tonart eine harmonische Einheit bildend, das Merkmal der Unsterblichkeit in sich trägt. Formvollendet bis in die feinsten Verästelungen ihres melodischen Baus, enthüllt sie ein Tongemälde, das die Seelenvorgänge seines Schöpfers in wundervoller Klarheit spiegelt. Schon der erste Satz zeigt mit seiner auflodernden Wildheit und dem sie beschwichtigenden zarten Flehen, daß es sich um einen tiefen Konflikt zwischen Leidenschaft und Mäßigung handelt. Immer wieder bricht er hervor und beherrscht mit fast eigensinniger Verbissenheit, durch herrliche Harmonien und Modulationen sich durchwindend, den ganzen

Satz. Es ist ein unaufhörliches, bald energisch forderndes, bald müde nachlassendes Ringen der Macht des Blutes mit der mahnenden Stimme des Gewissens, bis es in düsteren Baßtönen immer tiefer absinkend, leise den ausweglosen Verzicht offenbart. Wie ein klagendes Lied unerfüllten Sehnens und schwermütiger Träumerei folgt ihm das Adagio mit seiner berückenden Tonsprache, die Grundstimmung des Leidens im Ausdruck der Empfindung steigernd, um in einem zarten Geflüster zwischen Baß und Diskant fast verhauchend auszuklingen. Aber die Leidenschaft ist nicht erloschen. Sie wacht im Schlußsatz von neuem elementar auf, und das unbändige Verlangen, sie sieghaft über alle weichen Abwandlungen des Gemüts triumphieren zu lassen, verkünden gebieterisch die immer wieder die sanfte melodische Linie jäh unterbrechenden heftig hämmernden Akkorde mit der sie begleitenden aufregenden Stille der Fermaten. Allein in der Erkenntnis, daß es aus dieser zermürbenden Seelenpein kein Entrinnen gibt außer einem bedingungslosen Verzicht, schließt auch dieser Satz, freilich nicht mit Hinabsinken in fatalistische Resignation, sondern mit letztem sich aufbäumendem und schnell ermattendem Trotz.

Mozart blickt Konstanze fragend an, als wolle er aus ihren Mienen den Eindruck der Sonate ergründen. Doch ihre Mienen bezeugen weder Begeisterung noch Ergriffenheit. Nur eine leichte Aufregung glaubt er an ihr zu bemerken. Da geht sie an das Klavier, wendet die Notenblätter um und entdeckt auf dem vordersten die Aufschrift »Frau Therese von Trattnern in Verehrung zugeeignet«. Brennende Röte färbt ihre Wangen. Die Eifersucht packt mit schmerzhaften Krallen ihr Herz.

»Warum sagst du kein Wort, ob dir mein neuestes Werk gefällt, Stanzerl?«

»Es ist schön«, erwidert sie kühl, »aber deine Fugen gefallen mir mehr.«

Und als fürchte sie, durch weitere Worte den in ihr tobenden Sturm zu offenbaren, verläßt sie schleunigst das Zimmer, den Gatten verdutzt stehenlassend. Als sie das Mittagsmahl zusammen einnehmen, gewahrt er an ihren geröteten Augen, daß sie geweint hat. Erst jetzt dämmert die Ahnung in ihm auf, daß er eine Unvorsichtigkeit beging, als er die Widmung auf das Notenblatt schrieb. Und er versucht, die mißliche Situation zu retten, indem er einen heiteren Ton anschlägt.

»Mauserl, deine Knöderln schmecken vortrefflich. Ich glaub, in ganz Wien gibt's keine Hausfrau, die solche Knöderln macht. Hab sie mir auch redlich verdient; denn die Sonate – das kannst du mir glauben –, wenn sie dir auch nicht so wie meine Fugen gefällt –, hält deinen Knöderln wacker stand. – Weißt du, ich bin recht froh, daß ich sie der Trattnern zu eigen gemacht habe. Besser konnte ich meinen pflichtschuldigsten Dank für all die erwiesenen Freundlichkeiten nimmer abstatten. Wäre in arger Verlegenheit gewesen, wenn sie mir nicht ihren schönen Saal auf der Mehlgrube für die Akademien zur Verfügung gestellt hätt! Meinst du nicht auch?«

»Wenn's bloß der Dank wär, aber ich fürchte, es steckt mehr dahinter.«

»Wie magst du so was nur denken, mein Knallerballerchen!« sagt Mozart vorwurfsvoll. »Da muß man sich ja regulièrement gekränkt fühlen. Aller Appetit geht einem perdu.«

Und er legt entrüstet das Eßbesteck hin.

»Nun, nun, spiel nicht das Unschuldslämmchen, als ob du kein Wässerchen trüben könntest. Ich weiß, daß dein Herz ein Strohbündel ist, das lichterloh brennt, wenn ein Paar schöne Äugelchen Funken sprühen.«

»Ei, schau, da müßt' es halt schon längst verbrannt sein.«

»Wer kennt sich bei euch Künstlern aus! Ihr habt eben viele Herzen.«

»Nun sprichst du wenigstens vernünftig. Ja, viele Herzen hab ich schon. Allein eins ist feuerfest und schlägt nur für dich.«

Jetzt muß Konstanze lachen.

»Laß die Knöderln nicht kalt werden und iß. Aber das sag ich dir: Magst techtelmechteln, wieviel du willst, nur die wahre Lieb' zieh nicht hinein ins Spiel. Das vertrag ich nicht.«

»Soll auch nimmer geschehn. Da seh ich mich schon vor.«

In solchen Neckereien verläuft das Tischgespräch, bis ein herzhafter Kuß das gestörte Einvernehmen wiederherstellt.

XX

Wie ist nur Konstanze dazu gekommen, zu sagen, daß die Fugen ihr besser gefielen als die Sonate? Hat sie es ehrlich gemeint? – In dem Augenblick ihrer Erregung gewiß nicht. Aber sie besitzt wirklich eine Vorliebe für die Fuge, was immerhin auf ein gutes musikalisches Empfinden deutet, hört gern zu, wenn der Ehemann Bach und Händel spielt, und ermuntert ihn immer wieder zu Kompositionen in dieser Gattung der Musik.

Mozarts Annäherung an Johann Sebastian Bach setzt sehr spät ein; erst in Wien. Den Anstoß dazu gibt ihm der Baron Gottfried van Swieten, Sohn des berühmten Leibarztes der Kaiserin Maria Theresia. Swieten ist ein weitgereister Mann, der in Brüssel, Paris, Warschau und zuletzt in Berlin Gesandtenposten bekleidete, ehe er in Wien Vorsitzender der Oberhofstudienkommission wurde, zweifellos ein sehr weltgewandter Herr, aber auch ein Mensch von stark ausgeprägtem Selbstbewußtsein, eingebildet auf sein Wissen und Können. Er hat während seines Berliner Aufenthaltes, wo die Pflege Händels, Bachs und dessen Schüler sich besonderer Neigung erfreute und wo er mit Bachs begabtem Sohn Philipp Emanuel in freundschaftliche Beziehungen trat, die Erkenntnis gewonnen, daß diese Meister die wahren Vertreter einer hohen Tonkunst seien, und diese ist ihm zu einem starren Glaubenssatz geworden, die alle von der Richtung jener Tonschöpfer abweichende Musik schroff ablehnt. So sucht er denn auch in Wien, sich als gewichtiger Musikkenner aufspielend, mit großsprecherischer Gelehrsamkeit für die beiden großen frühklassischen Meister Verständnis zu wecken, und zieht zu seinen sonntäglichen Hausmusiken, die vornehmlich ihrer Pflege gewidmet sind, jüngere begabte Künstler heran, darunter auch Mozart, den er zwar schätzt, aber noch für einen der Betreuung bedürftigen Komponisten hält. In diesen Hausmusiken erschließt sich dem Salzburger die Welt Bachs, und das hat wiederum zur Folge, daß er sich mit wahrem Behagen in die Kunst der Fuge vertieft und selbst, an ihrer Art sich bildend, Tonstücke schreibt, für die Konstanze sich so begeistert.

Und auch die sechs Streichquartette, an denen er jetzt arbeitet, lassen die Ernte dieser Beschäftigung in der kontrapunktischen Durchbildung der einzelnen Stimmen deutlich erkennen. Sie sind Tribut der Verehrung und Ausdruck des Dankes an den Freund Joseph Haydn, von dem sein der Vollendung entgegenreifendes Schöpfertum so tiefe Anregungen erhielt.

Sie treffen beide nicht oft zusammen. Aber wenn Haydn aus seiner burgenländischen Wirkungsstätte Eisenstadt nach Wien kommt, so besucht er stets Mozart, und das ist jedesmal für jenen ein besonders freudiges Ereignis; denn zu niemandem spricht er sich so offenherzig aus wie zu seinem teuren »Papa« Haydn. Bei einer solchen Gelegenheit zeigt er dem lieben Gast eines der erwähnten Streichquartette und bittet ihn um sein Urteil. Haydn sieht die beschriebenen Notenblätter aufmerksam durch, ohne eine Miene zu verziehen. Dann legt er sie auf den Tisch, sieht Mozart mit seinen klugen Augen an und fragt:

»Wie alt bist du jetzt?«

»Achtundzwanzig.«

Haydn nickt nachdenklich mit dem Kopf.

»So alt war ich, als ich meine erste Sinfonie schrieb, und was die Kammermusik betrifft, hatte ich überhaupt noch nichts geleistet. Und du bist schon dort, wo ich mit meinen fünfzig Jahren noch nicht angelangt bin.«

»Verkleinere dich nicht in deiner übergroßen Bescheidenheit.«

»Was heißt verkleinern? Ich spreche nur Tatsachen aus. Was hast du an Opern schon geschrieben! Und wie viele sind unter meinen Fingern entstanden, ohne daß eine einzige auch nur im entferntesten einen Erfolg erstritten hat, der sich mit der ›Entführung‹ messen könnte!«

»Ich glaube, du hast wie ich zuviel Kraft an untaugliche Texte verwendet. Aber daran sind wir beide nicht schuld. Das liegt an dem Mangel guter deutscher Poeten, die Operntexte dichten können, und leider auch an der Neigung unseres Publikums für die Italiener.«

»Warum komponierst du, Söhnchen, nicht eine neue Oper, wie die ›Entführung‹, die gewiß ihr gleichwertig sein, wenn nicht gar sie übertreffen würde. Die Theaterprinzipale müßten sie dir aus den Händen reißen.«

»Hab's ja versucht, lieber Papa. Hatte mir aus Salzburg ein Libretto mitgebracht, freilich erst als Torso. Aber ich sah bald ein, daß ich zu dieser dummen ›Gans von Kairo‹, wie das Ding heißt, nur eine so alberne Musik schreiben könnte, daß man sie mit Zischen und Pfeifen von der Bühne jagen würde, und da brach ich die nutzlose Arbeit ab.«

Haydn lacht aus vollem Halse auf.

»Armer Leidensgefährte!« sagt er. »Gibt es denn in Wien keine einzige geschickte Feder, die dir helfen könnte?«

»Es heißt wohl, ein gewisser Da Ponte, der aus Dresden hierhergekommen sei, habe das Zeug zu einem tüchtigen Opernlibrettisten im Blute. Aber gesehen oder gelesen habe ich noch nichts von ihm. Außerdem soll ihn schon Salieri so für sich beschlagnahmt haben, daß kein anderer an ihn herankann. Und du weißt ja, wenn der eingebildete Italiener jemand in seinen Fängen hat, so ist er für uns arme Sterbliche verloren.«

»Immerhin, ich würde nichts unterlassen, um den Kerl zu gewinnen.«

»Ja, wenn's mir gelänge!« seufzt Mozart. »Aber ich gehöre nicht zu den Lieblingen des Glücks. Unheimliche Dämonen kreuzen immer meinen Weg, wenn ich mich ihm nahefühle. Ich werde wohl als Schiffbrüchiger in die Grube fahren.«

Er sagt das mit so unglücklicher Miene, daß Haydn Rührung überkommt.

»Das verhüte Gott, mein Söhnchen!« entgegnet er und packt ihn mit beiden Händen an den Schultern, ihm liebevoll in die Augen blickend. »Du hast ein wundervolles Gut in deiner Seele: einen herrlichen Lebensmut. Wahre dir den und laß ihn dir durch keine Niedertracht des Schicksals zerstören!«

XXI

Bald nach diesem Gespräch mit Haydn wirft eine schwere Erkältung Mozart auf das Krankenlager. Konstanze läßt Dr. Siegmund von Barisani rufen, der schon vor einem Jahr bei einer ähnlichen Erkrankung des Gatten ihn wiederhergestellt hatte. Seitdem besteht zwischen dem Arzt und seinem Patienten ein freundschaftliches Verhältnis. Dr. Barisani ist ein ehrlicher Bewunderer der Kunst Mozarts. Begünstigend auf seine Neigung zu dem Komponisten kommt hinzu die Erinnerung an die Liebesepisode seiner jüngsten Schwester, die er zwar nur vom Hörensagen kennt, weil er damals in Wien studierte, als sie sich abspielte. Er berührt sie freilich nie im Gespräch, aber aus seinem ganzen Verhalten läßt sich schließen, daß ihm der geniale Tonschöpfer als Schwager lieber gewesen wäre als der verknöcherte amusische Hofrat in Innsbruck. Als er den Kranken untersucht hat, fragt ihn dieser sterbensmatt:

»Glauben Sie, daß es zu Ende geht?«

»Aber, lieber Freund, warum soll ich das glauben?« erwidert er beruhigend. »Eine Erkältung, weiter nichts, bissel schwerer als üblich, weil Ihre körperliche Konstitution für derartige heimtükkische Feinde der Gesundheit besonders anfällig ist. Wir werden sie jedoch bald verjagen. Sie müssen nur Geduld haben und gewissenhaft meine Vorschriften befolgen.«

Dr. Barisani kommt täglich, um nach dem Patienten zu schauen, und er sieht mit Befriedigung, daß sich dessen Befinden wohl langsam, aber merklich bessert. Als eine Woche vergangen ist, zwitschert ihm beim Eintreten ein Star aus seinem Käfig entgegen.

»Ei, schau, da hat sich ja ein munterer Gesellschafter eingestellt.«

»Das untätige Liegen macht Langeweile. Da hat mir meine Frau das Starmätzle gebracht, das ich mir im Frühjahr gekauft habe. Ich liebe so Tiere, das hängt mir seit meiner Kindheit an. Erst wollte der Schalk gar nicht singen, und nun flötet er in einem fort. Ist's nicht, als möchte er die geliebte Musik mir ersetzen, weil er weiß, wie ich sie entbehre?«

Ein müdes Lächeln begleitet seine letzten Worte.

Plötzlich gewahrt der Arzt auf dem Bett ein Blatt Papier, das eine mit Bleistift hingeworfene Notenskizze enthält.

»Nun, so ganz scheinen Sie die Musik doch nicht zu entbehren, lieber Freund. Das gibt es aber auf keinen Fall.«

Und er reicht das Blatt der danebenstehenden Konstanze.

»Siehst du, Mandl«, bemerkt sie, »ich hab dich gewarnt.«

»Ehe Sie wieder Frau Musica huldigen dürfen, wird noch ein Weilchen vergehen. Jetzt heißt es streng Ruhe für Körper und Geist wahren.«

Nach zwei Wochen gestattet Dr. Barisani dem Patienten aufzustehen, aber mit der Mahnung, haushälterisch mit seinen Geisteskräften umzugehen. Er habe sich zweifellos im vergangenen Winter überarbeitet. Als er erfährt, daß Mozart einundzwanzig Akademien und Konzerte veranstaltet habe, schüttelt er mißbilligend den Kopf und meint, das sei zuviel.

»Und dabei haben Sie uns immer wieder durch neue große Werke beglückt. Besonders Ihr Bläserquintett mit Klavier hat es mir angetan. Mir ist auf dem Gebiet der Kammermusik nie etwas Schöneres begegnet. Ich habe meiner jüngsten Schwester Therese, die – wie Sie wissen – ein feines Ohr für Musik hat, darüber berichtet, und sie schrieb mir ganz traurig, sie beneide mich darum, weil sie es nicht hören könnte.«

In den blassen Wangen Mozarts schimmert eine leichte Röte auf.

»Ihre Frau Schwester nimmt also Anteil an meinem Schaffen?«

»Oh, einen großen. Ich muß ihr immer jedes von Ihnen veröffentlichte Tonstück schicken, und ich tu es mit besonderem Vergnügen.«

Mozart greift nach seiner Hand und drückt sie schweigend.

Nachdem der Arzt seinem Patienten noch allerhand Verhaltungsmaßregeln gegeben und ihm besonders empfohlen hat, für sein körperliches Wohlbefinden durch regelmäßige Bewegung zu sorgen, verläßt er ihn. Die gleich darauf eintretende Konstanze wird zu ihrer Überraschung mit frohgemuter Laune empfangen.

»Der Barisani ist ein prachtvoller Mensch. Nicht nur, daß er mir den Teufel aus dem Leibe gejagt hat, er will mich auch künftighin vor ihm schützen. Weißt du, Stanzerl, was er mir rät? – Ich soll reiten.«

»Reiten? Du?«

»Ja, bald siehst du mich als stolzen Reitersmann hoch zu Roß.«

»Ei, das dürfte ein köstlicher Anblick für die Wiener sein. – Wolfgang Amadé im Sattel! Hahaha.«

»Lache nicht. Wart's nur ab. Du wirst dich wundern, wie ich mein Roß bändige. Ja, und Billard spielen und kegeln soll ich und spazierengehen. Alle Sonntage machen wir unsere Promenade im Prater.«

»In meinem Zustand? Das glaubst du selber nicht. Nein, da müßtest du dir schon eine andere schönere Begleiterin wählen.«

»Ach ja, hab's ganz vergessen. Daß mich auch mein Gedächtnis so im Stich läßt. Alles nur die verdammte Krankheit. Wenn aber das Buberl oder Madl, das uns der liebe Gott zugedacht hat, in der Wiege kreischt, dann nehmen wir's im Wägelchen halt mit. Haben dann 'ne doppelte Freud.«

Er schlingt seinen Arm zärtlich um Konstanzes Schulter.

»Meinethalben. Doch dürft's 'ne gute Weile noch dauern, ehe das Buberl oder Madl flügge wird.«

Von Tag zu Tag wird es mit Mozarts Gesundheitszustand besser. Jetzt kann er auch seine Bruderpflichten gegenüber Nannerl erfüllen und sie zu ihrer im August stattfindenden Vermählung mit dem Freiherrn Berchthold zu Sonnenberg beglückwünschen. Er tut es in einem herzlich gehaltenen Brief, den er mit einem Gedicht schließt:

»Du wirst im Eh'stand viel erfahren,
was dir ein halbes Rätsel war;

bald wirst du aus Erfahrung wissen,
wie Eva einst hat handeln müssen,
daß sie hernach den Kain gebar.
Doch Schwester, diese Eh'standspflichten
wirst du von Herzen gern verrichten,
drum glaube mir, sie sind nicht schwer.
Doch jede Sache hat zwo Seiten;
der Eh'stand bringt zwar viele Freuden,
allein auch Kummer bringet er.
Drum, wenn dein Mann dir finstre Mienen,
die du nicht glaubtest zu verdienen,
in seiner üblen Laune macht:
so denke, ›das ist Männergrille‹,
und sag: ›Herr, es gescheh' dein Wille
bei Tag – und meiner in der Nacht!‹«

Und fast einen Monat später, am 21. September, tritt ein anderes freudiges Familienereignis ein: Konstanze gebiert ihr zweites Kind, einen Knaben, der in der Taufe den Namen Karl Thomas erhält, und zwar so benannt nach dem Gatten von Mozarts Lieblingsschülerin, dem k. k. Buchdrucker Johann Thomas Edler von Trattnern, in dessen Hause am Graben jetzt die Mozarts wohnen. Es liegt dieser Patenwahl beim neugeborenen Sohn wieder das Bedürfnis der Abtragung einer Dankesschuld vor. Außerdem ist der Pate Logenbruder. Auch Mozart hat sich unlängst dem Freimaurertum angeschlossen, dieser aus dem Geist der Aufklärung geborenen, von der Idee verinnerlichter Humanität getragenen Bewegung, die sich immer weiter ausbreitet. Er, der durch seinen häufigen Aufenthalt im Ausland längst die Beschränktheit kleinbürgerlicher Anschauungen abgestreift und ein der Weltweite zugewandtes Denken erworben hatte, fühlte sich zu diesen Kreisen brüderlicher Eintracht und freiheitlicher Gesinnung hingezogen, um so mehr als auch in seiner Stellung zur Kirche eine Wandlung vor sich gegangen war. Die unduldsame starre Dogmatik des Gottesdienstes vermag ihm keine innere Befriedigung mehr zu gewähren. Nicht, daß er die seit Kindesbeinen ihm eigentümliche Frömmigkeit eingebüßt hätte oder gar in das Lager der Abtrünnigen vom christlichen Glauben geraten wäre – er bleibt zeitlebens ein tief religiöser Mensch –, nur sein Verhältnis zu Gott hat sich geändert. In ihm sieht er den Allesschaffenden und Allerhaltenden, den hohen Inbegriff des Guten, und in der innigen Hingabe des Gefühls an diesen Glauben erscheint ihm nicht die Befolgung der von Menschen aufgestellten rituellen Vorschriften des Gottesdienstes, sondern die Ausübung gottgefälligen Handelns in selbstloser Hilfsbereitschaft und Nächstenliebe als das Wesentliche christlicher Gesinnung. Und da in der Loge, die viele vorzügliche gebildete Männer vereinigt, nach seiner Ansicht dieser Geist echter Brüderlichkeit waltet, trat er in die Loge »Zur gekrönten Hoffnung im Orient in Wien« ein.

XXII

Seit Nannerls Hochzeit und ihrer Übersiedlung nach St. Gilgen beginnt Leopold Mozart seine Einsamkeit in der großen Wohnung bedrückend zu spüren. Dieses Gefühl ist auch aus den Briefen an die Kinder herauszulesen. Das weiche Herz des Sohnes empfindet voll Anteilnahme die väterliche Bedrängnis, und schon beschließt er, den Vereinsamten ganz zu sich nach Wien zu nehmen, da Nannerl, die einen Witwer mit fünf Kindern geheiratet hat, nicht in der Lage zu sein scheint, den Haushalt um eine Person noch zu bereichern. Aber gegen die Übersiedlung nach Wien sträubt sich der alte Vater. Wohl ist er bereit, auf mehrmaliges Drängen besuchsweise zu kommen; denn begreiflicherweise reizt es ihn, Einblick in die veränderte Umwelt seines Sohnes zu gewinnen. So macht er sich Ende Januar 1785 in Begleitung seines fünfzehnjährigen Schülers Heinrich Marchand, dem Wolfgang Mozart ein Konzert in Aussicht gestellt hat, auf die Reise.

Leopold Mozart scheint mit dem Augenblick, da er die Wiener Luft atmet, um zehn Jahre verjüngt. Auch in seinem Wesen drückt sich das aus. Konstanze ist über diese Wandlung angenehm überrascht: statt der früheren, immer gleichbleibenden kühlen Höflichkeit, die sie in Salzburg so verdrießlich stimmte und ihre Meinung begründete, daß dieser Mann keines warmen Gefühls fähig sei, klingen jetzt in seinem Gespräch mit ihr echte Herzenstöne auf. Mit nicht wenig Stolz betrachtet er sein Enkelchen, das ihn aus seinem Wiegenbettlein stets freundlich anlächelt, sobald er sich mit ihm abgibt, und das ihn mit seinen Gesichtszügen auffallend an den kleinen Wolferl erinnert. Der große Wolferl wiederum ist fortwährend besorgt, durch Konzerte und Theatervorstellungen dem Vater seinen Wiener Aufenthalt genußreich zu gestalten, so daß sich der alte Herr vorkommt wie

Sindbad, der Seefahrer, der aus einem Wunderland in das andere gelangt. Den stärksten Widerhall in der Seele Leopold Mozarts wecken Wolfgangs auf Subskription veranstaltete Akademien. Gleich in der ersten Akademie vernimmt er das vor kurzem entstandene herrliche d-Moll-Klavierkonzert mit seiner wundervollen Mischung von grüblerischem Sinnen und verklärter Innigkeit. In der nächsten spielt der Sohn das der blinden Pianistin gewidmete B-Dur-Konzert, das den Vater durch die Mannigfaltigkeit der Instrumentation besonders fesselt. Auch hat er Gelegenheit, den Kaiser unter den Zuhörern zu sehen, der nach dem Vortrag sich in der Loge erhebt, den Hut schwenkt und »Bravo, Mozart!« ruft. Bei einer der nächsten Akademien vermag der junge Marchand seine Kunst als Geiger zu zeigen, indem er ein Violinkonzert von Mozart spielt.

Zwölfmal muß der Flügel während des Vaters Anwesenheit aus der schönen Wohnung in der Schulerstraße, die Mozarts im vergangenen Herbst bezogen haben, nach dem Theater oder dem Trattnerschen Musiksaal auf der Mehlgrube getragen und wieder zurückbefördert werden.

Zwischendurch erfolgen Einladungen zu Gastereien, die durch die Üppigkeit der aufgetragenen Fleischspeisen in Anbetracht der Fastenzeit Vater Leopolds Verwunderung erregen. Aber er läßt sich trotzdem das gute Essen behagen und rühmt in seinen Briefen an Nannerl fortwährend die gute Küche. Selbst Madame Weber, bei der er einmal mit der Familie als Mittagsgast weilt, steigt infolge des »unvergleichlich zubereiteten« Fasans erheblich in seiner Achtung, wie überhaupt der nähere Umgang mit den »Weberischen« seine Meinung über sie zu ihren Gunsten beeinflußt. Ja, Aloysia gewinnt durch ihren Scharm und Gesang geradezu seine Sympathie, und er beginnt zu begreifen, daß der Sohn einst leidenschaftlich für sie entflammt war.

Zu einem beglückenden Erlebnis wird ihm eines Abends eine intime häusliche Kammermusik, an der Joseph Haydn als Mitwirkender teilnimmt. Er spielt die erste Geige, Wolfgang die Bratsche, und zwei musikbegabte junge adlige Herren haben die zweite Geige und das Violoncello übernommen. Auf dem Programm stehen die drei letzten der dem großen Freunde gewidmeten Streichquartette. Das vortrefflich aufeinander abgestimmte Zusammenwirken der vier Musiker, gepaart mit der feurigen Hingabe an die aufgeführten Werke, bereiten dem lauschenden Vater einen erlesenen Ohrenschmaus. Nach vollbrachter Leistung, ehe man das von Konstanze bereitete Mahl einnimmt, knüpft Haydn mit dem abseits sitzenden Vater Leopold ein Gespräch an.

»Nun, Herr Kapellmeister, was sagen Sie zu diesen jüngsten Musenkindern Ihres Sohnes?«

»Ich bin noch ganz benommen. Wahrlich, ich staune immer wieder über die neuen Harmonien und Modulationen, die mein Sohn erfindet. Er hat doch in Wien ungeheuer viel zugelernt.«

»Kein Wunder. Seit er seine Freiheit sich erwarb, sind die stummen Saiten seiner Seele erst zum Klingen gekommen, tönt alles frei und gelöst. Es war die höchste Zeit, daß er die Fron brach.«

»Meinen Sie?«

»Natürlich. Wo stünde er, wenn er in der Salzburger Enge geblieben wäre? Seien Sie froh, daß er den Mut zu diesem Entschluß aufbrachte.«

»Ihre anerkennenden Worte räumen die letzten Bedenken fort, die mir sein kühner Schritt verursachte. Gott gebe, daß er dank seinen Erfolgen hier auch eine feste, seinen Fähigkeiten angemessene Position finde.«

»Wozu bedarf er dessen! Sein Genie ist die sicherste Position, die sich denken läßt. Ich sage Ihnen vor Gott als ein ehrlicher Mann, Ihr Sohn ist der größte Komponist, den ich von Person und dem Namen nach kenne. Er hat Geschmack und überdies die größte Kompositionswissenschaft.«

In diesem Augenblick erschallt Wolfgangs Stimme:

»Geruhen Euer Liebden den Diskurs zu unterbrechen. Die Atzung ruft. Mein Stanzerl vergeht schon vor Ungeduld. Der Kapaun wird kalt und der Champagner warm.«

»Das wollen wir uns nicht zweimal sagen lassen, gelt, Herr Mozart?« versetzte Haydn, reicht Vater Leopold den Arm und schreitet mit ihm würdevoll in das Speisezimmer voran, wo sich ihnen ein prächtiger, knusprig gebratener Kapaun auf der Tafel im Kerzenschein präsentiert.

XXIII

Mit erleichtertem Herzen kehrt Leopold Mozart nach Salzburg zurück. Er hat sich davon überzeugt, daß Wolfgangs Schilderungen keineswegs Schönfärbereien waren, wie er seinem mißtrauischen Wesen nach angenommen hatte. Er sah – von den großen künstlerischen Erfolgen ganz zu schweigen – ein einträchtiges Familienleben, ein geordnetes Hauswesen, eine repräsentative Wohnung und gute Einnahmen, die nach seiner Berechnung eine recht erhebliche Summe ergeben. Freilich, daß der größte Teil davon für die Bezahlung der Schulden aufgeht, blieb ihm verborgen; denn die Einkünfte einzuteilen und Ersparnisse zu machen, hat das junge Ehepaar in dreijähriger Ehe noch nicht gelernt und wird es auch nie lernen, weil sich immer wieder Wünsche und Bedürfnisse einstellen, die man ohne Bedenken befriedigt. So hat sich Mozart ein Reitpferd angeschafft zur Ausübung des von Dr. Barisani vorgeschriebenen Morgenritts. Am liebsten reitet er hinaus nach Laxenburg oder Schönbrunn. Da ist er weniger kritischen Kennerblicken ausgesetzt als im Prater; denn den Eindruck eines Sonntagsreiters kann er nie ganz verwischen. Obzwar sein Reitpferd kein Bukephalos, sondern eher ein sanftmütiger Rosinante ist, fühlt er sich immer etwas unsicher im Sattel, was ihm das Merkmal des Unbeholfenen verleiht, und mancher vorüberreitende Matador auf dem Pferderücken unterdrückt nur ein mokantes Lächeln, weil er den unübertrefflichen Meister der Töne in dem Reiter erkennt.

Das größte Vergnügen für die Eheleute sind die Sonntagnachmittage im Prater mit seinem bunten Menschengewimmel, seinen Cafés, Schaubuden und allerhand Lustbarkeiten. Er ist für sie stets ein verlockender Anziehungspunkt. Da werfen sich die beiden in ihren Sonntagsstaat, schließen ihre Alltagssorgen für ein paar Stunden in die Rumpelkammer der Vergessenheit und huldigen ausgiebig, solange die Gulden im Tascherl klimpern, den dargebotenen Genüssen, bald Zuckerkandeln und sonstigen Lekkerli, bald gebackenen Hähndln bei einem Schoppen Heurigen. Zwischendurch läßt man sich auf dem Karussell tüchtig drehen oder von der Schaukel hoch in die Lüfte wippen, wohnt einer Kasperle-Vorstellung bei und belustigt sich über Bänkelsängerlieder oder tut sich mit Bekannten zusammen und huldigt frohgemut dem Tanze. Zuweilen, wenn ihn die Ausgelassenheit packt, improvisiert er aus dem Stegreif auch ergötzliche Verslein im Wiener Dialekt und erfindet gleich dazu die Melodie. So entstehen seine burlesken Dichtungen »G'rechtel's enk«. »Itzt gehn ma in'n Proda«, »O du eselhafter Peierl« und das niedliche, auf ein verlorenes, von einem Kavalier gefundenes und der Inhaberin erst nach emsigen Bemühungen, es zu erhaschen, wiedergegebenes Bändchen sich beziehende »Bandl-Terzett«, die er in Kanonform vertonte – reizende Zeugnisse launigen Übermuts.

In diesem Sommer wendet er auch dem Lied seine Aufmerksamkeit zu, hauptsächlich seinem Stanzerl zu Gefallen, die über eine zwar kleine, doch liebliche Stimme verfügt. Unter diesen Liedern nimmt Goethes »Veilchen« eine Sonderstellung ein. Mozart wählte es, weil ihn der balladeske Einschlag fesselte. So entkleidete er es auch seiner volksmäßigen Schlichtheit und gab ihm einen dramatischen Akzent. Was jedoch seine Vertonung besonders kennzeichnet, ist, außer der Loslösung von der musikalischen Untermalung des Textes, wie man sie bisher gewohnt war, die Verselbständigung der Phantasie des Tonschöpfers. Mit ihr weist Mozart unbewußt der künftigen Entwicklung des deutschen Liedes den Weg.

XXIV

An einem Junitage überrascht Konstanze den Gatten bei der Niederschrift eines Lustspiels. Es sind zwar erst der Titel »Die Liebesprobe«, das Personenverzeichnis und einige Seiten Text vorhanden, die sie zu der Bemerkung veranlassen, daß ihr Mandl wohl die Absicht habe, unter die Theaterschreiber zu gehen, weil die Musik nichts mehr einbringe. Mozart stimmt ihr zu. Er habe zwar zunächst an den Da Ponte gedacht, aber der braue ja auch nur »so 'nen welschen Wischiwaschi« wie die anderen zusammen. Als Konstanze äußert, daß der Baron von Wetzlar immerhin große Stücke auf ihn halte, erhält sie zur Antwort:

»Was weiß Wetzlar davon, wie Operntexte aussehen müssen, wenn die Musik reüssieren soll.«

Trotzdem gehen ihm beide nicht aus dem Kopf. Und da die Arbeit an der »Liebesprobe« bald ins Stocken gerät, entschließt er sich doch, Baron von Wetzlar, dem Paten seines verstorbenen Erstgeborenen, einen Besuch abzustatten. Der kleine korpulente Herr mit der auffallend großen Nase und den immer lustig zwinkernden Augen sowie ungewöhnlich lebhaften Gebärden begrüßt seinen Gast übersprudelnd von Liebenswürdigkeit.

»Ei, welch exzellenter Einfall, mon cher ami! Sie hawwe sich awwer rar gemacht. Man sieht Ihne ja nur noch auf dem Podium. Freilich, versteh schon, viel Arbeit, Konzerte, komponiere – das frißt Zeit. Awwer die alte Freinde wolle halt auch a bissel was von Ihne hawwe, net? Wie geiht's denn, mei Liewer? Alleweil gesund? Und die très chère épouse? Und das kleine Buberl? – Mein Gott, daß das Raimundl, das süße Engelche, so schnell hat abflattre misse. Awwer der Herrgott hat's gegäwwe und hat's genomme. Da muß man sich halt schicke ins Unvermeidliche. Nun sage Sie mir, mei Freind, womit kann ich Ihne diene?«

Mozart, der nur mit Mühe sich das Lachens enthalten kann über das possierliche Gemisch von hessischem Heimatdialekt mit einem Zusatz von Wienerisch, bringt zögernd vor, daß es ihm sehr daran gelegen sei, die nähere Bekanntschaft des Herrn Da Ponte zu machen. Kaum hat er es ausgesprochen, als ihn der redselige Hausherr unterbricht:

»Den Da Ponte wollen S' also beaugenscheinige. Comprend, comprend! Mechten S' mit ihm, sozusage, kupoliere, er als Textator, und Sie als Compositeur. Das mache wir, das mache wir. Das trifft sich ausgezeichnet, erwart' ihn jeden Augenblick. Bin schon ganz zwazzelig, weil er noch net da is. Derweil, liewer Freund, trinken S' mit mir ein gutes Weinche.«

Der Diener serviert den Wein, und der gesprächige Baron setzt das Geplauder, fast ausschließlich das Wort führend und sich über Musik, Oper, Künstler, Kulissenintrigen, gesellschaftliche Vorkommnisse bunt durcheinander verbreitend, in seiner lebhaft schwafelnden Ausdrucksweise fort, bis der ungeduldig erwartete Lorenzo Da Ponte erscheint.

Zwei schon in ihrer äußeren Erscheinung grundverschiedene Männer erneuern ihre Bekanntschaft: der kleine schmächtige Salzburger mit auffallend großem Kopf, stark hervortretender Nase, träumerischen mattblauen Augen, seidenweichem, feinem, sorgsam frisiertem blondem Haupthaar und fast kränklich blasser Hautfarbe; und daneben der mittelgroße wohlbeleibte Italiener, dessen gebräuntes, starkknochiges Gesicht mit der gut gewölbten Stirn, den buschigen Augenbrauen und den lebhaft sprühenden schwarzen Augen einen Mann von Lebenserfahrung und Willenskraft kennzeichnet, einen Menschen, der sich durch sicheres Auftreten in der Welt zurechtzufinden weiß. Und so grundverschieden ist auch das Wesen dieser beiden Männer: dem schüchternen, beinahe scheuen Naturell des Tonschöpfers steht das selbstbewußte Draufgängertum eines in Abenteuern gehärteten Glücksritters gegenüber.

Nachdem Mozart ihre erste flüchtige Begegnung in Erinnerung gebracht hat, zugleich darauf anspielend, daß ihm damals von dem in der Poesie so trefflich bewanderten Zeitgenossen ein Libretto in Aussicht gestellt worden sei, geht er in der italienisch geführten Unterhaltung ohne Umschweife auf sein Anliegen über und fragt Da Ponte, ob ihm die Komödie »Le mariage de Figaro« bekannt sei.

»Gewiß. Ich habe das Buch erst neulich gelesen. Eine vortreffliche Komödie – wie geschaffen für eine zugkräftige Oper.«

»Man sagt, sie enthalte Spitzen gegen den Adel. Glauben Sie, daß der Kaiser sie genehmigen wird?«

Da Ponte schweigt einen Augenblick. Dann sagt er:

»Ich kann Ihnen verraten, daß eine deutsche Theatergesellschaft bereits um die Erlaubnis nachgesucht hat, sie hier spielen zu dürfen, und daß Seine Majestät sie nicht erteilt haben.«

»Also schaltet sie von vornherein aus.«

»Keineswegs. Lassen Sie das meine Sorge sein. Sie wissen vielleicht nicht, daß ich mich des besonderen Wohlwollens Seiner Majestät erfreuen darf. Wir werden die Schärfen mildern, und ich bin fest überzeugt, daß wir die Genehmigung erhalten werden.«

Baron von Wetzlar horcht auf. Immerhin reicht sein Italienisch aus, um zu verstehen, daß die erwähnte Komödie Spitzen gegen den Adel enthält. Bei der Geringschätzung des baronisierten Nabobs durch den österreichischen Hochadel ist das Wasser auf seine Mühle.

»Ich bitte Sie, meine Herren«, sagt er triumphierend und mit sichtlichem, doch vergeblichem Bemühen, den Wiener Jargon zu treffen, »das ist doch die schmackhafte Würze vom Ganzen – ich meine, halt, die Sottisen –, schon um ihretwillen sollte man die Oper schreibe, damit sich unsere hochmögenden Herren net gar zu unantastbar fühle. Und wenn's dem Kaiser net ganz anständig für ein gutgesittetes Publikum vorkömmt, ei, dann laß ich's halt in Paris und London aufführe. Das Honorar für die Dichtung zahl ich Ihnen, mei liewer da Ponte, fragt sich nur, ob unser Meister der Töne mitmacht. Was meinen S', teirer Freind?«

»Oh, ich bin schon bereit, Baron Wetzlar.«

»Na schön, dann is ja alles in bester Ordnung, und es bleibt uns nur noch übrig, mit einer solennen Mahlzeit und einem Tokayer von Gottes Gnaden das Abkommen zu besiegeln.«

XXV

Mozart liest zunächst die Komödie von Beaumarchais, und sie gefällt ihm. Der Stoff besitzt nach seiner Ansicht alle eine Vertonung herausfordernden Reize: farbige Handlung, amüsante Liebesintrige, lebensechte Gestalten, drollige und sentimentale Situationen, kurzum, was ein musikalisches Lustspiel braucht. Im Grunde genommen läßt sich der Kern des Bühnengeschehens in einem Satz zusammenfassen: Ein amouröser Standesherr, der vor seiner Vermählung in leichtfertiger Laune von Großmutsanwandlung auf das ihm zustehende Recht der ersten Liebesnacht mit einer Hörigen verzichtet hat, möchte sich dieses bei dem reizenden Kammerzöfchen seiner Gemahlin vor deren Hochzeit nicht entgehen lassen und ersinnt allerhand Listen, sie zu ködern, stößt jedoch auf die ihm weit überlegene Verschlagenheit des Bräutigams, seines Kammerdieners Figaro, und erkennt nach mancherlei Irrungen und Wirrungen schließlich beschämt, daß er der Überlistete ist. Doch welch eine Fülle von entzückenden und spannenden Episoden umrankt diesen mit den Waffen der Schlauheit ausgetragenen Zweikampf zwischen Herrn und Diener! Und welcher ergötzliche Reigen aus vielfältig schillernden, prächtig gezeichneten Personen fügt sich in das unterhaltende Ränkespiel ein! Auch sieht er von vornherein die großen musikalischen Möglichkeiten, die der Stoff bietet. Aber er gewahrt auch die gefährliche Klippe, an der er leicht stranden kann, wenn es ihm nicht gelingt, ihr geschickt auszuweichen. Diese Klippe – das Kernstück von Beaumarchais' Sittenkomödie – ist die Fehdeansage des dritten Standes an die führende Schicht des Adels, ist die Anklage des nach Menschenrechten schreienden Bürgertums, verkörpert durch Figaro, gegen eine privilegierte Gesellschaft. So sehr Mozart als Bürgerlicher dem geistreich seinen Angriff führenden Autor innerlich beistimmt, erkennt er trotzdem bei dem gegenwärtigen Regime die Unzulässigkeit einer solchen Brüskierung der maßgebenden Kreise an. Aber Da Ponte hält sein Versprechen, geht der geistreichen Sittenkomödie mit dem Rotstift gründlich zu Leibe, streicht alle scharfe Satire, setzt an Stelle von Figaros heftigem politischem Ausfall gegen die Gesellschaft eine köstliche Strafrede auf die Weiber, bricht dem Werk das Rückgrat und verwandelt es in ein unterhaltendes galantes Lustspiel.

In fieberhaftem Wetteifer zwischen Librettisten und Komponisten geht die Arbeit an der jetzt in italienischer Textgestaltung »Le Nozze di Figaro« (»Die Hochzeit des Figaro«) betitelten Oper vonstatten. Sobald Da Ponte eine Szene geschrieben hat, bringt er sie Mozart und umgekehrt: vertont dieser eine Arie oder ein Duett, so unterrichtet er den Italiener über den Fortgang des musikalischen Baues. Es ist ein ganz anderes gemeinsames Schaffen, als es bisher zwischen ihm und einem seiner Textdichter bestand, kein getrenntes, sondern anregend gegenseitig sich befruchtendes Arbeiten an einem Werk. Der zweifellos sehr geschickte und der Gesetze der Bühnenwirksamkeit kundige Literat gibt dem Komponisten manchen klugen Wink, wie auch Da Ponte dessen musikalischen Wünschen sich bereitwillig fügt. Den Dichter bekümmert nur eins: er hat einem anderen begabten Komponisten, dem jungen zur Zeit in Wien lebenden Spanier Vincente Martín y Soler, ebenfalls ein Libretto zugesagt und weiß nicht, wie er beide zur Eile drängenden Tonschöpfer befriedigen soll, ohne den einen oder den anderen vor den Kopf zu stoßen. Als er dem Spanier offenherzig seine Beklemmung gesteht, daß er gleichzeitig zwei Herren dienen müsse, von denen jeder seinem Herzen nahestehe, erhält er zu seiner Beruhigung den ritterlichen Bescheid, daß er selbstverständlich vor einem so großen Meister wie Wolfgang Amadé Mozart gern zurücktrete.

Nun kann Da Ponte ohne Verzögerung das Textbuch vollenden, woran ihm auch deswegen besonders gelegen ist, weil der Baron von Wetzlar es großzügig honoriert, und noch vor Jahresende liegt die Oper bis auf einige Kleinigkeiten aufführungsfähig bereit. Ehe sie sich der Öffentlichkeit präsentieren darf, muß zwar noch die Genehmigung dazu erfolgen. Daß der Intendant Graf Rosenberg sich nachdrücklich für sie einsetzen werde, ist kaum anzunehmen; erstens, weil er Da Ponte nicht recht leiden mag und seinen Rivalen Casti ihm bei weitem vorzieht; und, zweitens, weil auch Mozart keine gute Note bei ihm hat. Der Theatergraf steht ganz unter dem Einfluß der italienischen Clique mit Salieri an der Spitze. Nur ein Machtwort des Kaisers kann infolgedessen die Frage der Aufführung entscheiden. Deswegen vermeidet Da Ponte geflissentlich den Weg über die Intendanz und wartet eine günstige Gelegenheit ab, um dem Kaiser persönlich die Angelegenheit zu unterbreiten. Mit feinem Spürsinn benutzt er einen Zufall, als beim Theater gerade ein Mangel an neuen Opernpartituren herrscht, und begibt sich mit Mozarts Werk in den Händen zum Kaiser. Er hat das Glück, gleich vorgelassen zu werden.

»Nun, was führt Sie zu mir, Da Ponte?«

»Majestät, ich bringe eine neue Oper.«

»Von wem?«

»Mozart.«

»Wie? Sie wissen doch, daß Mozart, so ausgezeichnet er in der Instrumentalmusik ist, nur eine Oper geschrieben hat und von keinem besonderen Wert.«

»Ich hätte an seiner Statt auch nur eine geschrieben, wenn ich mich nicht der Gewogenheit Eurer Majestät erfreute.«

»Hm. Wie heißt denn die Oper?«

»Die Hochzeit des Figaro.«

Der Kaiser stutzt.

»Unmöglich. Ich habe doch vor kurzem erst einer deutschen Schauspielertruppe verboten, die aufreizende Komödie aufzuführen. Da kann ich sie doch nicht Ihnen und Mozart gestatten.«

»Wenn aber alles, was gegen Anstand und Sittlichkeit verstößt, von mir gestrichen wurde und das in eine Oper umgewandelte Lustspiel nichts mehr enthält, was anstößig wirken könnte, falls Eure Majestät die Aufführung durch höchstderoselbe Gegenwart beehren sollten? Was die Musik betrifft, so ist sie nach meinem Urteil von wunderbarer Schönheit.«

Der Kaiser durchmißt nachdenklich mit einigen Schritten das Kabinett und bleibt dann vor Da Ponte stehen.

»Va bene! Ich verlasse mich in bezug auf die Musik auf Ihren guten Geschmack und hinsichtlich des Textes auf Ihre Klugheit. Lassen Sie die Partitur schleunigst abschreiben.«

Der glückliche Textdichter hat nun nichts Eiligeres zu tun, als die freudige Nachricht Mozart mitzuteilen. Fast atemlos langt er in dessen Wohnung an. Der Komponist sitzt gerade am Klavier und unterhält sich mit einem jungen Schotten namens O'Kelly, der seit zwei Jahren an der Oper als Tenorbuffo tätig ist, eine aufrichtige Verehrung für den deutschen Tonschöpfer hegt und oft bei ihm zu Gast weilt. Schon befürchtet Mozart angesichts des aufgeregten Italieners eine schlimme Nachricht. Um so beglückender wirkt auf ihn die frohe Botschaft, die der Überbringer in kurzen, lebhaften Sätzen verkündet. Freudig bewegt schließt Mozart Da Ponte in die Arme und sagt nicht ohne Beiklang von Rührung:

»Warum hat mir Gott sie nicht schon zehn Jahre früher gesandt? Mir wäre viel unnötige Arbeit und viel Verdruß erspart geblieben. Ich bin Ihnen zu großem Dank verpflichtet. Möge der ›Figaro‹ der Grundstein zu einem unzertrennlichen Bündnis zwischen uns werden, nicht wahr?«

»Come vuole. Ci avro piacere.«

XXVI

Das kaiserliche Machtwort hat zwar die Gefahr des Verbots der Oper abgewendet, aber die Frage der Aufführung steht noch offen. Jetzt beginnt jenes am Theater übliche Intrigenspiel hinter den Kulissen, der Kampf um Bevorzugung eines Werkes vor anderen, an dem die Bühnenangehörigen, in Parteien der einzelnen Komponisten aufgespalten, rege teilnehmen. Diesmal entbrennt ein besonders heißer Kampf; denn fast gleichzeitig mit der »Hochzeit des Figaro« sind zwei Opern entstanden, eine von Righini und eine von Salieri, und alle drei Komponisten möchten begreiflicherweise zuerst an die Reihe kommen, und jeder hat seine Fürsprecher und Gegner. Über diesen hinter den Kulissen tobenden Streit wird Mozart durch O'Kelly auf dem laufenden gehalten. Als er besonders scharfe Formen annimmt, kommt der Schotte zu ihm und berichtet:

»Righini ist, glaube ich, schon abgetan. Seine Anhänger vermindern sich zusehends. Trotzdem wühlt er wie ein Maulwurf im verborgenen und setzt Hölle und Teufel in Bewegung. Allein, es wird ihm nichts nützen. Die Rivalität Salieris fällt schon bei der Gunst, der er sich seitens des Kaisers erfreut, schwerer ins Gewicht. Außerdem sind drei unserer Hauptkräfte auf seiner Seite. Freilich soll sein Librettist Casti nicht mehr Persona grata an allerhöchster Stelle sein.«

»Dieses Gebaren ist mir aufs höchste zuwider«, unterbricht ihn Mozart. »Entweder man erkennt den Wert eines Werkes und behandelt es demgemäß, oder man erkennt ihn nicht und verzichtet auf seine Aufführung. Mögen sie doch Salieris ›La grotta die Trofonio‹ den Vorzug geben, wenn es ihnen mehr gefällt als mein ›Figaro‹. Aber das schwöre ich dir, O'Kelly, kommt der ›Figaro‹ nicht zuerst heraus, so werfe ich die Partitur ins Feuer.«

Er sagt es so bestimmt und so zornig, daß O'Kelly erschrickt.

»Ums Himmels willen, Meister. Sie werden doch nicht ein solches Verbrechen an Ihrem Werk begehen!«

»Ich meine es ernst.«

»Unterschätzen Sie keineswegs ihre Partei – Benucci, Mandini, Nancy Storace, die Laschi, mich unbedeutenden Tenorbuffo eingeschlossen, die für Sie mit Löwenmut in die Bresche springen. Und schließlich spricht ja auch in diesem Falle der Kaiser das ausschlaggebende Wort.«

»Ach was, der Kaiser! Der mag meine Opern nicht und wird sie nie mögen, weil mein Stil seinem Geschmack mißfällt.«

»Sie sind heute aufgebracht, Meister.«

»Du hast recht. Setzen wir uns lieber ans Klavier. Mag den ›Figaro‹ der Teufel holen. – Du brachtest mir neulich ein Liedchen nach einem Text von Metastasio. Ich habe ein paar Variationen dazu gemacht.«

Und er spielt die schlichte Weise mit ihrer reizenden Folge geistreicher Abwandlungen, die seine Meisterschaft kontrapunktischer Durchführung offenbaren, voll Anmut und Wärme vor. O'Kellys Entzücken steigert sich von Variation zu Variation. Als Mozart seinen Vortrag beendet hat, ruft er begeistert aus:

»Oh, was für ein Stümper bin ich doch gegen Sie, verehrter Meister! Wenn ich bloß den zehnten Teil von Ihrem kontrapunktischen Können hätte! Was würde ich dafür geben!«

»Ist gar nicht nötig, guter Junge. Das hättest du lernen müssen, als du in Neapel warst. Die Natur hat dich zu einem Liederkomponisten und Sänger bestimmt. Jetzt würde das Studium des Kontrapunktes dich nur beunruhigen und verwirren. *Melodie ist und bleibt das Wesen der Musik.* Einen guten Melodienschöpfer vergleiche ich mit einem edlen Rennpferd, die Kontrapunktisten mit Mietkutschpferden. Wenn man die Mathematik der Töne nicht beherrscht wie der große Bach, führt sie zu nichts Gutem. Darum rate ich dir, halte dich von ihr fern und denke an das Sprichwort: Chi sa più, meno sa. So, und nun spielen wir eine Partie Billard. Da bist du mir weit überlegen. Hast du Lust?«

»Und wie!« …

Mozart braucht die Partitur seiner Oper nicht in die Flammen zu werfen. Eine Woche später erhält er von der Intendanz die Nachricht, Seine Majestät hätten geruht zu befehlen, daß mit den Proben der »Nozze di Figaro« unverzüglich begonnen werde. Also hat er doch den Sieg über Righini und Salieri davongetragen. Berechtigter Stolz schwellt seine Brust, und von einer drückenden Sorge befreit, atmet er auf.

»Der Graf entdeckt den Pagen«.
Illustration aus der Erstausgabe des »Figaro« von Beaumarchais.
Stich nach J. P. J. de Saint-Quentin

Bei der ersten Bühnenprobe erscheint er in karmoisinrotem Mantel und einem mit goldener Schnur versehenen hohen Hut. Voll Anmut gibt er den Musikern im Orchester die Tempi an. Benucci als Figaro ist vortrefflich. Schon bei der Kavatine

»Se vuol ballare, signor contino,
il chitarrino le suonerò ...«
(»Will der Herr Graf ein Tänzchen nun wagen,
mag er's mir sagen, ich spiel' ihm auf ...«)

weiß jedermann, daß der Sänger am rechten Platz steht. Und als Figaro im ersten Akt die im italienischen Text meisterhaft aufgebaute Arie »Non più andrai« (»Nun vergiß leises Fleh'n«) mit seiner sonoren Stimme anhebt, sie wundervoll steigernd bis zu ihrem marschmäßigen Ausklang, die dem Komponisten während des Vortrags immer wieder den Zuruf »Bravo, bravo, Benucci!« entlockt, braust ein Sturm der Begeisterung auf. Darsteller und Musiker bringen ihm eine begeisterte Ovation dar. Und sie wiederholt sich bei den Arien der Susanne und der Gräfin – Storace und Laschi –, bei Basilios von O'Kelly mit kunstgerechtem Stottern gesungener Arie von der Eselshaut, bei dem Finale des zweiten Aktes und dem heiteren Sextett im dritten Akt. Am Schluß der Probe gibt es wohl keinen Mitwirkenden, der nicht überzeugt davon wäre, daß dieses Werk eine unerhörte Bereicherung der Opernbühne sei. Mozart selbst kann vor Rührung kaum sprechen. So übermannt ihn das Gefühl der Freude, in jeder Rolle Sänger und Sängerinnen gefunden zu haben, die mit wahrer Hingabe des Herzens ihr Können in den Dienst des Werkes stellen.

Am 1. Mai 1786 findet die Premiere statt, natürlich – wie bei der »Entführung« – vor ausverkauftem Hause. Der Kaiser ist zwar nicht anwesend, allein er hat der Generalprobe beigewohnt und sich dabei weder zustimmend noch ablehnend geäußert. Der Erfolg ist ungeheuer, wie ihn Wien selten erlebte. Fast jede Gesangsnummer muß wiederholt werden. So erhält die Aufführung ihre doppelte Länge. Als Mozart, ganz erschöpft von den vielen Hervorrufen und Glückwünschen seiner Verehrer, mit Konstanze das Theater verläßt, wendet er sich zu seinem getreuen O'Kelly und fragt: »Hab' ich nun endlich meine Geltung in Wien errungen oder ist es nur eine Laune Fortunas, die mich mit diesem Abend über meine vielen Mißgeschicke trösten will?«

»Nein, Meister, dieser Triumph ist nur der Anfang einer endlosen Kette von Triumphen, welche die Oper begleiten werden überall, wo sie erklingt«, erwidert jener im Ton verzückter Begeisterung.

Da sagt Mozart lächelnd:

»Hoffentlich hast du recht, mein braver Junge. Ich glaub's noch nicht.«

XXVII

Am nächsten Tage veranstaltet Baron Waldstädten zu Ehren Mozarts ein Diner in seinem Heim, zu dem acht Personen geladen sind. Ehe die Gäste erscheinen, prüft der alte Herr mit seinem

Diener Franzl Anordnung und Schmuck der Tafel, gibt seine Anweisungen für die Blumendekoration, greift selbst hier und da mit eigener Hand ein, um das malerische Bild zu vervollkommnen, geht auch zwischendurch in die Küche und ermahnt den gemieteten Koch, nur ja kunstgerecht seines Amtes zu walten. In seinem ganzen Wesen drückt sich die Aufregung aus, die einen des Arrangements solcher häuslichen Festlichkeiten ungewohnten Junggesellen überkommt aus Furcht, als Gastgeber eine Ungeschicklichkeit zu begehen.

Die ersten eintreffenden Gäste sind die Gräfin Schlick und ihr Sohn, der Oberst Franz Christian, der sein Versprechen, die Mutter bei der Uraufführung einer neuen Oper von Mozart nach Wien zu bringen, eingelöst hat. Als Waldstädten bei der Begrüßung seine Besorgnis äußert, die lang ausgedehnte gestrige Vorstellung hätte seine Freundin um die Nachtruhe gebracht, erwidert sie:

»Ich verspüre nicht die geringste Müdigkeit und würde die Oper gleich noch einmal gern gehört haben. Diese Vielfalt bezaubernder Melodien, von denen sich jede unvergeßlich ins Gedächtnis prägt! Wie ist es nur möglich, daß ein solcher Quell von Schönheit in ständigem Fluß aus einem menschlichen Hirn sprudelt? Das ist mir das große Rätsel ...«

»... das man nie ergründen wird«, fällt Waldstädten ein, »mögen die Gelehrten noch so tief in die Geheimnisse der Seele hineinleuchten.«

Das Gespräch wird durch das Eintreten der Tochter und des Schwiegersohnes unterbrochen. Frau Adelaide ruft bereits im Näherkommen:

»Natürlich Mozart! Meine teure Mama kennt in Wien kein anderes Thema!«

Auf die Frage des Hausherrn, ob sie nicht zu den Bewunderern des Komponisten gehöre, entgegnet sie lebhaft:

»O gewiß. Mozart ist für mich der Shakespeare der Musik. Ich wollte nur mein Mutterl etwas necken.«

Man kommt, den Faden der Unterhaltung weiterspinnend, auf die in angenehmer Erinnerung verbliebenen Tage im Linzer Schlößchen mit ihren Darbietungen Mozartscher Musik zu sprechen und damit auch auf jene Teilnehmer, die inzwischen verstorben sind: den Grafen Schlick und die Gräfin van Eyck.

»Wie gern hätte ich unsern lieben Herberstein heute hier gehabt, um den Kreis der aufrichtigen Mozartfreunde zu schließen«, sagt Waldstädten. »Allein er schrieb mir, er sei als Bischof von Passau durch seine geistlichen Obliegenheiten so sehr in Anspruch genommen, daß ihm für die weltlichen keine Muße verbliebe, was man nicht etwa so deuten möge, als habe er jedem edlen weltlichen Genuß entsagt. Mit der besseren Hälfte seines Ichs werde er bei der Feier zugegen sein.«

In diesem Augenblick öffnet Franzl die Flügeltüren und läßt eine etwas korpulente, elegant gekleidete Dame mittlerer Jahre in Begleitung eines großen schlanken älteren Herrn eintreten. Der Hausherr begrüßt die neuen Gäste und stellt sie als seine Kusine Baronin Waldstädten und den Hofkapellmeister Joseph Haydn vor. Durch die Anwesenheit der ehemaligen temperamentvollen Schülerin Mozarts gewinnt das Gespräch sofort an Lebhaftigkeit und nimmt eine Wendung vom Musikalischen zum Allgemein-Menschlichen; denn sie weiß gleich einige ergötzliche Anekdoten über ihren teuren Meister zu berichten. Da wirft Gräfin Aurora die Frage auf:

»Ja, wo ist denn eigentlich der Gefeierte des Tages?«

»Darüber mache ich mir schon seit einer Weile Gedanken. Er wird doch nicht etwa im Taumel seines Triumphes meine Einladung vergessen haben?«

»Das wäre nicht unmöglich«, bemerkt Haydn. »Jüngst waren wir bei dem Hofrat von Kees eingeladen, und mein Freund Mozart hatte versprochen, ein Lied für die Dame des Hauses zu komponieren. Aber wer nicht kam, war er. Man schickte einen Bedienten nach ihm. Der traf ihn nicht daheim an, spürte in der ganzen Nachbarschaft herum und fand ihn schließlich – wo? – in einem Gasthaus beim Billardspielen. ›Herr Mozart, die Herrschaften warten schon zwei Stunden auf Sie.‹ – ›Auf mich? Um's Himmels willen, das habe ich ja ganz verschwitzt.‹ – ›Haben S' das Lied?‹ – ›Welches Lied?‹ – ›Nun, was Sie der gnädigen Frau versprochen haben.‹ – ›Richtig. Das muß ich noch schnell fertigbringen.‹ Und er zieht ein Blatt Notenpapier, das er immer bei sich hat, aus der Tasche, setzt sich nieder und schreibt. Nach kaum einer halben Stunde ist er fertig. ›So, Peperl, jetzt gehn ma, sonst bleibt mir von dem schönen Kapauni nix übrig. Und i bin hungrig wie ein Wolf.‹ Er erschien, als gerade die Reste des Kapauns fortgetragen wurden. Sie hätten sein Gesicht sehen sollen. Zum Steinerweichen war's. ›Den Kapauni habt ihr verzehrt, der-

›weil ich das Dessert bereitet hab‹, sagt er kläglich. ›Mög's euch ebenso munden!‹ Und damit überreicht er das Lied der Hausfrau.«

»Ein Dessert hab ich heute zwar net mitg'bracht, aber dafür mich selber und mein Stanzerl dazu«, tönt es plötzlich aus dem Hintergrunde, und aller Augen wenden sich nach der Tür, wo Mozart im roten Frack mit seiner niedlich angeputzten Ehehälfte Arm in Arm steht. »Pardonnez, Mesdames et Messieurs«, äußert er beim Näherkommen, »ich hab's diesmal net grad vergessen, aber wohl verschlafen. Net wahr, Stanzerl?«

»Ja, mein Mann war sehr, sehr ermüdet.«

»Sie hören's, cher ami, aus zuverlässigem Zeugenmunde.«

Herzlich begrüßt Mozart die Anwesenden, jedem ein scherzhaftes Wort widmend, aber mit besonderer Wärme Gräfin Aurora, deren Gegenwart ihn aufs höchste beglückt. Bei dem nun beginnenden Diner entfaltet sich eine lebhafte Unterhaltung. Mozart, zwischen Gräfin Aurora und Baronin Waldstädten sitzend, muß bald seiner Nachbarin zur Rechten, bald zur Linken Rede stehen, und die beiden Damen haben eine Fülle von Fragen auf dem Herzen, besonders hinsichtlich der gestern aus der Taufe gehobenen Oper. Artig, oft ein schalkhaftes Bonmot einflechtend, beantwortet der Komponist jede Frage, wenngleich es einem aufmerksamen Auge nicht entgehen kann, daß ihm dieses Ausforschen der Geheimnisse seines Schaffens allmählich etwas lästig wird; denn ab und zu gleitet ein beinahe neidischer Blick zu seinem zwischen Konstanze und Adelaide sitzenden Visavis Haydn hinüber, der, gemächlich in die dargebotenen lukullischen Genüsse vertieft, sich nur sehr flau um die Unterhaltung seiner Nachbarinnen kümmert, wogegen die beiden Schwäger auf der Basis der Politik ein Thema gefunden haben, das sie voll Eifer erörtern. Waldstädten gewahrt die durch das Kreuzfeuer der Fragen bedrängte Lage Mozarts und lenkt das Gespräch, einen Einwurf Frau Adelaides aufgreifend, warum denn »Figaros Hochzeit« nicht wie »Die Entführung« mit deutschem Text aufgeführt wurde, geschickt auf die Zustände des Wiener Theaterwesens. Damit schneidet er ein Thema an, das dem Komponisten Gelegenheit gibt, seinem Groll über die verfahrene Lage Luft zu machen. Er erzählt, wie das unter der Regierung des Kaisers so verheißungsvoll begründete deutsche Nationalsingspiel infolge der Untüchtigkeit der Direktoren, aber auch mangels allgemeinen Interesses jetzt nur noch ein kümmerliches Dasein am Kärntnertor-Theater friste, nachdem man seine besten Gesangskräfte zu der welschen Oper hinübergezogen habe. Außerdem meide es die Noblesse, die – trotz Gluck – den Salieri, Righini und die edlen Herren italienischen Geblüts bevorzuge. Aus diesen Gründen und weil alle Voraussetzungen zu einer befriedigenden Aufführung daselbst fehlten, sei ihm nichts anderes übriggeblieben, als seinen »Figaro« mit italienischem Text über die Bretter gehen zu lassen. Auch Haydn schaltet sich ein, indem er Mozarts Ausführungen beipflichtet und dazu bemerkt, daß es eines Herkules bedürfe, um die eingewurzelte Voreingenommenheit in Dingen des Geschmacks zu brechen.

»Auch der könnte nichts ausrichten«, ruft Mozart voll Feuer, »solange wir Deutschen nicht endlich anfangen, deutsch zu denken, deutsch zu handeln und gar deutsch zu singen.«

»Bravo, Meister«, ruft Frau Adelaide. »Sie haben mir aus der Seele gesprochen.«

Mozart verneigt sich gegen sie.

»Nun, eine Bresche in die Mauer des Unverstandes hast du mit deinem ›Figaro‹ entschieden geschlagen«, meint Haydn.

Da Franzl gerade das Dessert serviert und der Champagner zum Einschenken bereitsteht, nimmt der Gastgeber diesen Augenblick wahr und erhebt sich zu einer kurzen Rede, in der er, das Bild von der Bresche in der Mauer aufgreifend, es weiter in der Weise ausführt, daß durch sie der Blick in eine herrliche blühende Landschaft enthüllt worden sei, die uns zeige, zu welchen Wundertaten die Musik fähig sei. Man werde den »Figaro« in allen Kultursprachen spielen, und so lange es Menschen gebe, die Gemüt haben, über Geschmack und Esprit verfügen und sich für das Schöne begeistern, werden sich Tausende und aber Tausende an dem Wohlklang seiner Melodien erfreuen, werden die wahren Musikenthusiasten die Kunstfertigkeit der Arien, Duette, Terzette und Sextette preisen. Und er schließt seine Rede mit den Worten: »Sie haben, lieber Freund, mit Ihrer Oper die Herzen der Wiener gewonnen, haben die bleibende Geltung errungen, um die Sie so lange gekämpft haben. Mögen Sie aus dem beglükkenden Gefühl des Sieges die Anregung zu neuen herrlichen Werken schöpfen! Und so ergreife ich dieses Glas Champagner und trinke auf Ihr Wohl. Unser Meister Wolfgang Amadeus Mozart lebe hoch!«

Die Gäste stehen auf und trinken dem Gefeierten zu, der sich nach allen Seiten verneigt. Einen Augenblick scheint es, als wolle er sprechen, sich bedanken. Aber er setzt sich und verharrt in Schweigen. Als der Hausherr die Tafel aufhebt und die Gäste in den Salon bittet, geht Mozart an den Flügel, präludiert, spielt und singt die erste Strophe seiner für Aloysia komponierten Arie »Nehmt meinen Dank, ihr holden Gönner«. Dann beginnt er, die reizende Melodie in eine bunte Folge von bald besinnlich-ernsten oder elegisch-verträumten, bald neckisch-scherzhaften oder ausgelassen-heiteren Variationen umzuwandeln und erregt damit allgemeines Entzücken.

»Nehmen Sie, lieber Hausherr und werte Gäste, mit diesem bescheidenen Dank vorlieb«, sagt Mozart schlicht. »Als Musikant vermochte ich ihm nur in Tönen Ausdruck zu geben.«

Waldstädten eilt auf ihn zu, drückt ihm gerührt die Hand, greift ihm unter den Arm und geleitet ihn zu seinem Sessel. Während Franzl den Kaffee serviert, kommt die Unterhaltung wieder in munteren Gang, getragen von den Fittichen einer gehobenen Stimmung. Haydn würzt sie durch lustige Einfälle und sarkastische Witzworte. Mozart unterstützt ihn dabei wacker und enthüllt die Fähigkeiten seines scharmanten Fabuliertalents in so ergötzlicher Weise, daß die Damen fast Tränen lachen. Das meiste Vergnügen hat entschieden Gräfin Aurora, die, sonst eingesponnen in eine nüchterne Garnisonstadt und entfremdet dem witzigen Geplauder Wiener Salons, sich nun um Jahre verjüngt fühlt.

Als sich in dem anmutigen Wortgefecht die nie ausbleibende Pause der Ermüdung einstellt, steht Mozart auf und bittet den Hausherrn, er möge entschuldigen, wenn er jetzt die Geselligkeit störe und mit seiner Frau aufbrechen müsse. Ein dem Baron von Wetzlar gegebenes Versprechen, an einer Feier zu Ehren aller in seiner Oper Mitwirkenden teilzunehmen, zwinge ihn leider dazu. Der Hausherr sieht die Wichtigkeit dieser Einladung ein und drückt dem sich verabschiedenden Ehepaar nochmals seinen Dank aus. Im Flur wird es von Franzl empfangen. Und während er dem berühmten Gast den karmoisinroten Mantel hinhält, sagt er schüchtern zu ihm:

»Gestatten, Herr von Mozart, mir ein offenes Wort.«

»Bitte, sprechen S' nur frei aus.«

»Ich war gestern auch in der Oper. Es war, glauben S' mir, mein schönster Theaterabend. Sie haben mit Ihrem ›Figaro‹

meine Zunft für alle Zeiten unsterblich g'macht. Dafür mecht' ich Ihna von ganzem Herzen danken. Nehmen S', bitte, dies kleine Lorbeerkränzel als a bescheidenes Zeugnis meiner Hochachtung und Verehrung.«

Dabei treten dem alten Diener die Tränen in die Augen.

»Gern, Franzl«, sagt Mozart, den Kranz in Empfang nehmend, sichtlich gerührt. »Diese Auszeichnung wird mir ein teures Andenken sein, teurer als all die anderen Kränze; denn ein braver, ehrlicher Kerl hat sie mir verliehen.«

Vierter Teil

TRAGISCHES FINALE

I

Nach der Aufführung des »Figaro« steht Mozarts Ruhm im Zenit. In diesem Sommer ist er das Tagesgespräch der Wiener. Man reißt sich förmlich um die Eintrittskarten. Tagelang vorher sind die Vorstellungen schon ausverkauft, und es vergeht keine, in der nicht mindestens die Hälfte der Gesangsnummern wiederholt werden muß, bis ein kaiserlicher Erlaß die Da-capo-Rufe verbietet, weil die Sänger zu sehr strapaziert werden.

Aber im Herbst erscheint die Oper »Cosa rara« – von dem Spanier Martin, der so edelmütig seinem Kollegen Mozart das Vorrecht eingeräumt hat – auf dem Spielplan und hat einen sensationellen Erfolg, an dem auch der geschickte Librettist Da Ponte redlichen Anteil hat.

Eines Tages erscheint O'Kelly sichtlich niedergeschlagen bei Mozart. Und als dieser ihn fragt, warum er ein so bekümmertes Gesicht mache, erhält er die Antwort:

»Ach, Meister, ich bringe eine schmerzliche Nachricht. ›Die Hochzeit des Figaro‹ wird nicht mehr gespielt.«

Stumm richtet Mozart seinen Blick auf ihn, ohne eine Miene zu verziehen. Aber man sieht ihm den Schmerz an.

»Warum spielt man sie denn nicht mehr?« fragt er gedrückt.

»Martins ›Cosa rara‹ erhält das Vorrecht, weil sie angeblich den Wienern mehr zusage«, versetzt O'Kelly bitter.

»Ach so!« sagt Mozart, und in seinen Mundwinkeln zuckt ein spöttisches Lächeln auf. »Martín y Soler ist ein lieber Mensch, und vieles in seiner Musik ist hübsch, wirklich hübsch, aber in zehn Jahren wird sich niemand mehr um sie kümmern.«

Einen Augenblick schweigt Mozart in sich gekehrt, dann wendet er sich wieder zu O'Kelly.

»Und was willst du tun, mein unvergeßlicher Basilio? In der ›Cosa rara‹ ist ja keine Rolle für dich.«

»Ich reise nach England.«

»Nach England. Du Glücklicher! Könnt' ich doch mit dir reisen!«

»Tun Sie es, Meister. England wird Sie mit offenen Armen empfangen.«

Mozart hört die Lockung, die sich angenehm in seine Ohren schmeichelt, aber gleich sieht er Schwierigkeiten sich vor ihm auftürmen, obwohl O'Kelly ihm beteuert, zusammen mit seinen Landsleuten Attwood und der Storace den Boden zu einer Konzert-Entreprise für ihn vorzubereiten. Als der Meister den Namen Attwood vernimmt, sagt er bestürzt:

»Wie? Auch Thomas, mein Lieblingsschüler, will mich verlassen?«

Eigentlich sollte das vorläufig ein Geheimnis bleiben, denn Attwood ist nichts schmerzlicher als der Abschied von seinem verehrten Meister. Aber da es nun unbeabsichtigt ausgeplaudert war, muß der Schotte auch gestehen, daß sein Freund einer guten Organistenstelle in London verlustig gehe, falls er nicht bald käme. Das sieht Mozart ein, und er tröstet sich damit, daß der Abschied erst in zwei Monaten bevorstehe.

Eins hat O'Kelly bei seinem flüchtigen Besuch wahrgenommen: der Meister leidet wieder unter einer schweren seelischen Depression. Wie könnte es auch anders sein, hat er doch vor kurzem sein Söhnchen Johann Thomas Leopold verloren, das Konstanze am 18. Oktober geboren hatte. Dazu kommt der Verdruß über das Ausbleiben einer Anerkennung des Kaisers durch die Gewährung einer festen besoldeten Position, die er so sehnlich erhofft, und nicht zuletzt die trübe Aussicht auf befriedigende Einnahmen. Immer mehr sieht er sich trotz seines außergewöhnlichen Könnens in das kümmerliche Dasein eines Durchschnittsmusikanten hineingedrängt, und das frißt wie Feuer an seiner Seele und lähmt seine Schaffenskraft.

Da trifft in diesen Tagen gleichsam als Weihnachtsgeschenk kurz vor dem Fest ein Schreiben aus Prag ein. Es enthält die Mitteilung, daß der »Figaro« eben in der böhmischen Landeshauptstadt mit glänzendem Erfolg aufgeführt worden sei, und zugleich die Einladung »des Orchesters und einer Gesellschaft großer Kenner und Liebhaber« an den Komponisten, persönlich einer Vorstellung beizuwohnen. Selten wirkte eine Nachricht so auffrischend wie diese. Er ist plötzlich wie umgewandelt. Mit dem Schreiben in der Hand eilt er in die Küche.

»Stanzerl, bestes Weibchen, wir reisen nach Prag«, ruft er jubelnd. »Schau! Lies!«

Sie blickt in den Brief. Ein Widerschein seiner eigenen Freude leuchtet in ihrem Gesicht auf. Allein gleich verflüchtigt er sich.

»Wie sollen wir denn reisen?« versetzt sie ernst. »Hast du mir nicht selbst gestern gesagt, mit deiner Börse stünde es Matthäi am Letzten, du wüßtest nicht, wie du über die Feiertage kämst?«

»Laß das meine Sorge sein! Habe ich nicht gute Freunde – Jacquin, Puchberg, Trattnern, Waldstädten? Die helfen mir bestimmt in einem solchen außerordentlichen Fall. Heute noch mache ich mich auf die Suche.«

»Ich wünsche dir Glück, Mandl. Niemand würde sich mehr darüber freuen als ich. Aber wie willst du nur das Geborgte zurückzahlen?«

»Das findet sich schon«, beruhigt er sie. »Mir ahnt, daß in Prag die Goldgulden an den Bäumen hängen. Ich brauche nur nach ihnen zu greifen.«

»Dann laß uns keinen Tag länger zögern, wenn du das glaubst.«

Und schon greift Mozart nach Mantel, Hut und Stock und ist im nächsten Augenblick auf und davon. Nach einigen Stunden steht er plötzlich lachend vor Konstanze und hält ihr einen gefüllten Geldbeutel hin.

»Sagte ich es nicht«, berichtet er freudestrahlend. »Die guten Freunde lassen mich nicht im Stich.«

II

Eine lustige Gesellschaft langt am 11. Januar 1787 in Prag an. Sie muß während der dreitägigen Fahrt in aufgeräumter Stimmung gewesen sein. Das bestätigen die phantastisch-putzigen Spitznamen, die sie sich unterwegs zugelegt haben oder die vielmehr Mozart, der solche harmlose Scherze liebt, ersonnen hat. Er selbst nennt sich Punkitititi, Konstanze hat die Ehre, Schabla Pumfa gerufen zu werden, der Geiger Franz Hofer – ein bescheidener, talentierter und von Mozart oft zur Mitwirkung an seinen Akademien herangezogener Musiker, der seiner ältesten Schwägerin Josepha den Hof macht – führt den Namen Rozka Pumpa, der Diener Joseph heißt Sagadarata und der Hund Guckerl – Schomantzky. So berichtet wenigstens der Meister seinem Freunde Gottfried Freiherrn von Jacquin. Und dieser Brief erzählt noch vieles andere – von üppigen Gastereien, die ihm schon in den ersten Tagen geboten wurden, von der durch ein Hausorchester ausgeführten Musik, mit der sein alter Gönner Graf Thun täglich nach der Tafel seine bei ihm wohnenden Gäste regaliert, von einem Ball, auf dem die erlesensten Prager Beautés mit ihren Toiletten glänzten. »Ich tanzte nicht und löffelte nicht«, schreibt er. »Das erste, weil ich zu müde war, und das letztere aus meiner angeborenen Blöde. Ich sah aber mit Vergnügen zu, wie alle diese Leute auf die Musik meines ›Figaro‹, in lauter Kontretänze und Teutsche verwandelt, so innig vergnügt herumsprangen; denn hier wird von nichts gesprochen als vom ›Figaro‹, nichts gespielt, nichts geblasen, gesungen und gepfiffen als – ›Figaro‹, keine Oper besucht als – ›Figaro‹ und ewig ›Figaro‹!«

Die Karlsbrücke in Prag. Stich nach J. A. Scotti

Daß Mozart die Einladung nach Prag hauptsächlich dem Ehepaar Franz und Josepha Duschek verdankt, wird ihm erst allmählich bewußt. Er war Josepha, der Tochter des Apothekers Hambacher in Prag, zum ersten Male vor vielen Jahren in Salzburg begegnet, als der Stern ihres Sängerinnenruhms gerade aufzugehen begann, und sie hatte durch ihre stattliche Erscheinung und schöne Stimme das leicht entzündbare Herz des Jünglings zu einem flüchtigen Brande entfacht. Auch später, nachdem sie den Pianisten Duschek geheiratet hatte, sah er sie zuweilen in Wien, und jedesmal forderte sie ihn beim Abschied auf, sie in Prag zu besuchen. Merkwürdigerweise nahm er die Einladung nur als höfliche Redensart hin. Erst jetzt erkennt er aus Josephas Verhalten, daß er in ihr eine aufrichtige Gönnerin besitzt, ja, daß sie ihre Hände im Spiel hatte, als seinerzeit die »Entführung« bald nach Wien auch in Prag auf die Bühne kam. Deshalb liegt für ihn die Vermutung nahe, auch der »Figaro« sei auf ihr Betreiben in den Spielplan aufgenommen worden. Er sagt es ihr sogar auf den Kopf zu. Sie weicht jedoch mit einem schelmischen Lächeln aus und spricht nur von einem bescheidenen Scherflein, das sie beigetragen hätte.

»Das nennen Sie bescheiden, teure Gönnerin! Es ist mehr, als ich in meinen kühnsten Träumen je erhofft habe.«

»Übertreiben Sie nicht. Habe ich Ihnen nicht immer gesagt, daß Prag ein guter Boden für Sie ist? Aber Sie wollten's mir nie glauben.«

»Leider, leider! Zu spät erkenne ich meinen Irrtum.«

»Nicht zu spät. Warten Sie erst die nächste Aufführung des ›Figaro‹ ab und deren Folgen.«

Mozart stellt sich den Pragern zunächst in einem Konzert vor, bei dem er besonders durch sein freies Phantasieren am Klavier, das dem Publikum etwas völlig Neues ist, einen ungeheuren Applaus erntet, der ihn immer wieder zu neuen Improvisationen ermuntert, bis er, als aus einer Loge der Ruf »Figaro!« ertönt, die herrliche Arie »Non più andrai!« zum Anlaß einer Folge von entzückenden Variationen nimmt und damit geradezu einen Jubelsturm entfesselt: Am nächsten Abend dirigiert er den »Figaro«. Schon bei den ersten Takten verspürt er den feurigen Eifer der Mitwirkenden, und es scheint ihm, als wolle niemand im Orchester und unter den Gesangskräften den andern nachstehen und jeder einzelne sein bestes Können zeigen. Kein Wunder, daß das Publikum, angesteckt von dem Enthusiasmus der Künstlerschar, in Verzückung gerät und seine Ovationen auf diesen Ton abstimmt.

Die anschließenden Tage offenbaren Mozart seine Beliebtheit in Prag. Die Karnevalszeit ist angebrochen und mit ihr eine überschäumende Lustigkeit, die auch ihn und Konstanze in ihren Trubel zieht und sie bei Schmaus und Tanz aller Trübsal der letzten Monate in Wien vergessen läßt. Sie können sich der Einladungen zu Gesellschaften und Bällen in vornehmen Häusern kaum erwehren. Überall werden sie mit höchster Zuvorkommenheit empfangen. Zu einem von dem böhmischen Magnaten, dem

Grafen Johann Pachta, veranstalteten Ball, der die Hautevolee von Prag vereinigt, möchte Mozart nicht ohne würdiges Gastgeschenk erscheinen. So überreicht er vor dem Diner dem Hausherrn eine Suite von sechs »deutschen Tänzen«, die er eine Stunde zuvor niedergeschrieben hat. Der Empfänger fühlt sich sehr geehrt und läßt sie sofort für sein Orchester abschreiben, das sie zum Entree der Tanzbelustigungen spielt. Als die Anwesenden aus dem Munde des Gastgebers vernehmen, daß es sich um die jüngste Komposition Mozarts handelt, erheben sich auch die ältesten Damen und Herren und treten zum Tanz an.

Ehe die Wiener Gäste das karnevaltolle Prag verlassen, geben die Duscheks ihnen noch eine Abschiedsfeier intimen Charakters in ihrem Heim, zu der alle im »Figaro« mitwirkenden Kräfte des Theaters geladen sind. Das gastfreie Ehepaar sorgt mit rührender Umsicht für einen netten Verlauf der Gesellschaft, der Hausherr gemäß seinem stillen, besinnlichen Wesen auf die Mannigfaltigkeit künstlerischer Darbietungen bedacht, die temperamentvolle Gattin dagegen um allgemeines Behagen der Gäste bemüht. In einem Augenblick, da Mozart, von einem Flor junger Damen umringt, sie mit allerhand Schnurren unterhält, greift Duschek ihm unter den Arm, flüstert ihm etwas ins Ohr und führt ihn in das Nebenzimmer, wo der Theaterdirektor Bondini und sein Regisseur Guardasoni bei einer Flasche Wein sitzen.

»Ich habe unseren verehrten Meister den Komplimenten des schönen Geschlechts entzogen. Nach so vielen Süßigkeiten werden ihm ein guter Trunk und ein ernsthaftes Gespräch unter Männern entschieden wohltun«, sagt Duschek und nimmt mit seinem Gast Platz.

Bald ist eine lebhafte Unterhaltung im Gang. Die beiden Bühnenfachleute fragen Mozart über die Opernverhältnisse in Wien aus, und er schildert sie anschaulich, Vorzüge und Mängel erwähnend, und versäumt auch nicht, Schmeichelhaftes über die Prager Aufführung seines »Figaro« in seinen Bericht hineinzuflechten.

»Haben Sie eine neue Oper in Arbeit?« fragt Bondini.

»Vorläufig noch nicht«, erwidert Mozart.

»Aber gedenken Sie eine zu schreiben?«

»Sofern mir der Auftrag dazu erteilt wird, ungesäumt.«

Der Theaterdirektor und sein Regisseur wechseln verstohlen Blicke.

»Haben Sie schon einen guten Stoff?« fragt Guardasoni.

»Nun, Da Ponte ist um einen solchen nicht verlegen.«

»Da Ponte ist ein ausgezeichneter Textdichter«, bemerkt der Regisseur. »Er kennt den Geschmack des Publikums. Mit seiner ›Cosa rara‹ hat er es von neuem bewiesen. Sie war ein großer, großer Erfolg.«

»Ganz gewiß«, sagt Mozart mit einem feinen Lächeln. »Aber glauben Sie, daß die Musik nicht auch dazu beigetragen hat?«

»Natürlich«, verteidigt sich der andere. »Auf die Musik entfallen bei einer Oper zwei Drittel des Erfolges.«

»Würden Sie, hochgeschätzter Meister, sich bereit finden, auch für unser Theater eine Opera zu schreiben?« wirft Bondini ein.

»Warum nicht, wenn ich ein angemessenes Honorar erhalte.«

»Was Wien zahlt, zahlen wir auch. Dazu die Einnahmen aus einer Benefiz-Vorstellung für den Komponisten. Ich führe die Oper außer in Prag auch in Leipzig auf, wo ich im Sommer zu gastieren pflege.«

»Wohlan, ich bin einverstanden.«

»Dann könnten wir den Vertrag gleich abschließen«, versetzt Bondini und holt aus seiner Tasche ein Schriftstück hervor. »Sie sehen, wir haben mit Ihrer Einwilligung schon gerechnet.«

»Va bene«, sagt er und unterzeichnet ihn.

»Alla sua salute!« rufen fast gleichzeitig Direktor und Regisseur und trinken ihm zu.

Nachdem man den Termin der Aufführung für den kommenden Herbst vereinbart hat, erheben sich alle vier und kehren in den Salon zurück, wo mittlerweile schon Terpsichore das Szepter führt. An den heiteren Mienen der Eintretenden bemerkt Josepha sofort, daß Komponist und Theaterdirektor sich geeinigt haben. In der nächsten Tanzpause pirscht sie sich an Mozart heran, der versonnen in die wogende Menge schaut, und flüstert ihm zu:

»Glauben S' noch, lieber Freund, daß Sie zu spät nach Prag kamen?«

»Doch. Denn es wäre mir sonst nicht die Gönnerin verborgen geblieben. Und das hätte mir früher schon viele Enttäuschungen erspart.«

»Nun, die Zukunft wird Sie halt für das Verlorene reichlich entschädigen.«

»Das hoffe ich auch, seitdem ich weiß, daß hier in Prag ein gutes, an den Nöten eines Musikanten teilnehmendes Herz schlägt.«

Er ergreift Josephas Hand und drückt sie herzlich. Da erklingt im Nebenzimmer, von mehreren Mitgliedern des Theaterorchesters gespielt, einer der für den Grafen Pachta komponierten deutschen Tänze.

»Jetzt würde ich gar gern sehen, ob Punkitititi auch so gut tanzt, wie er seine Tänze schreibt«, sagt Josepha und sieht ihn lachend an. »Schauen S', mein Mann hat bereits Ihre Schabla Pumfa am Arm.«

»Da sollt's mir eine Ehre sein, Ihnen den meinigen zu bieten, Madame.«

»Aber mit Vergnügen.«

III

In gehobener Stimmung kehrt das Ehepaar Mozart mit seinem Gefolge nach Wien zurück. Und mit Recht! Der Ausflug nach Prag hat sich verlohnt. Aber ein Kummer trübt Mozarts gute Laune. Wenige Tage nach der Rückkehr erscheinen die Freunde aus dem britischen Inselreich – O'Kelly, Attwood und die Storace –, um sich von ihm zu verabschieden. Jedem von ihnen gibt er ein musikalisches Segenssprüchlein mit auf den Weg, jedem auch ein paar liebevolle Grußworte für den alten Vater, den sie bei ihrer Rückreise besuchen wollen.

»Wann werden wir die Freude haben, Sie in London zu begrüßen, Meister?« fragt Attwood, der künftige Organist, ein frischer, rotwangiger Jüngling, dem Jugend gleichsam aus dem Gesicht sprüht.

Mozart blickt eine Weile sinnend vor sich hin.

»Ja, wann? – Noch weiß ich es nicht. Vorläufig muß ich ja die Oper schreiben, die mir Prag aufgetragen hat. Vielleicht im Spätherbst, vielleicht auch erst im Winter. Nimm dir Zeit, Thomas, und bereite alles gut vor. Das ist das einzige, worum ich dich bitte.«

»Seien Sie versichert, daß ich alles tun werde, was in meinen Kräften steht«, erwidert Attwood.

»Davon bin ich überzeugt, mein braver Junge. Und Sie, meine vortreffliche ›Susanne‹«, wendet er sich zu Nancy Storace, »sorgen Sie dafür, daß mein ›Figaro‹ in England nicht eine ›Cosa rara‹ sondern eine ›Cosa spessa‹ wird?«

»Das ist mein heißester Wunsch, Meister. Ich habe keine Rolle lieber gesungen als die Susanne.«

»Danke, danke. Und du, mein lieber Michael, was soll ich dir in dein treues Herz legen?«

»Ihre Liebe, Meister«, antwortet O'Kelly.

»Die hast du mit allem, was drum und dran«, sagt Mozart, umarmt ihn und küßt ihn auf die Stirn. »Glückliche Reise!«

Einige Tage ist Mozart recht wehmütig gestimmt. Namentlich die Trennung von O'Kelly geht ihm ans Herz; denn keiner hing mit so ehrlicher Zuneigung an ihm, und mit niemandem konnte er sich so gut verständigen wie mit ihm. Dann ermuntert er sich und unternimmt einen Besuch bei Da Ponte. Er findet ihn am Schreibtisch in vollem Schaffenseifer.

»So fleißig, erlauchter Da Ponte«, redet er ihn an.

»Ach, ihr compositori macht einem das Leben schwer. Ich ersticke fast in Manuskripten. Alle wollen sie von mir Texte und das prestissimo, als ob ich ein Zauberer wäre, hoffentlich nicht auch Sie?«

»Deswegen komme ich zu Ihnen.«

»Mio Dio, cio e troppo.«

»Das ist nicht zuviel. Sie können, wenn Sie wollen. Ich appelliere an Ihr Genie und an Ihre Freundschaft. Es gibt keinen Dichter unter der Sonne, der das schreiben kann, was ich brauche. Sie besitzen das, was anderen Poeten fehlt: das Gefühl für die Sprache der Musik.«

Mozart schildert zunächst den Erfolg des »Figaro« in Prag, nicht ohne die Mitarbeit seines Librettisten gebührend herauszustreichen, da er dessen Empfänglichkeit für Schmeicheleien kennt. Jener hört ihn aufmerksam an und äußert schließlich mit Bedauern, daß ihm wegen Überlastung die Zeit fehle, seinen Wunsch zu erfüllen, habe er doch bereits zwei Libretti in Arbeit, eines für Salieri, das andere für Martin. Die bekümmerte Miene, die der hoffnungslose Bescheid in dem Gesicht des Tonschöpfers hervorruft, macht Da Ponte nachdenklich. Er schätzt diesen mit ewiger Frühlingskraft aus dem verborgenen Quell seines tönenden Innern schöpfenden, von einer elementaren Freudigkeit des Schaffens leidenschaftlich besessenen Künstler und stellt ihn über alle Komponisten seiner Zeit. Darum lenkt er ein:

»Es ist nicht leicht, carissimo amico, für Sie einen geeigneten Stoff ausfindig zu machen. ›Die Hochzeit des Figaro‹ war ein glücklicher Zufall. Was haben Sie denn im Sinn?«

»Ich bin in der Poesie ein Unwissender, wie Ihnen bekannt.

Darum verlasse ich mich ganz auf Ihren Geschmack. Am liebsten wäre mir ein Stoff, der so wie in Ihrem ›Baum der Diana‹ die Liebe in den Vordergrund stellt, die Liebe mit ihrer dämonischen Macht.«

Da Ponte horcht auf. Eine Weile sinnt er nach. Dann sagt er: »Va bene, ich werde mir den Fall überlegen. Aber lassen Sie mir Zeit. Mehr kann ich Ihnen heute nicht versprechen.«

Fast verzweifelt kehrt Mozart heim; denn er sieht in Da Pontes letzten Worten nur eine höflich verbrämte Absage, und traurig gesteht er Konstanze, daß er ein verlorener Mann sei, wenn der Italiener ihm kein Libretto schreibe. Sie sucht ihn zu trösten, indem sie ihm zuredet, in Geduld den Verlauf der Dinge abzuwarten, aber es könne nicht schaden, meint sie – und hier zeigt sich bei ihr zum erstenmal eine Anwandlung von Sparsamkeit –, wenn man den Haushalt verkleinere, den Joseph und die Stephie entlasse und nach einem billigeren Quartier Ausschau halte.

Wochen zwischen Hangen und Bangen vergehen, aber Da Ponte läßt nichts von sich hören. In dieser Zeit seelischer Bedrängnis weilt Mozart oft bei der Familie des Universitätsprofessors Joseph Franz von Jacquin, des Direktors vom Botanischen Garten, eines Gelehrten von Ruf auf dem Gebiet der Pflanzenkunde. Der alte Herr, ein Liebhaber der Musik, hatte den genialen Tonschöpfer schon als Wunderknaben in sein Herz geschlossen und ihn später zum musikalischen Mentor seiner beiden jüngsten Kinder bestellt. Für die siebzehnjährige Franziska, die sich unter seiner Leitung zu einer guten Pianistin heranbildet, schreibt Mozart während einer Kegelpartie das melodiöse »Kegelstatt-Trio« für Klavier, Klarinette und Bratsche, das gelegentlich einer gesellschaftlichen Veranstaltung im Hause Jacquin zuerst erklang, und den neunzehnjährigen Gottfried schult er im Gesang und widmete ihm das reizende Bandl-Terzett.

Mozart liebt diesen feurigen Jüngling, dessen Herz so schnell in Flammen lodert, wenn die Liebe es entzündet. Es erinnert ihn an sein eigenes den Lockungen Amors leichtes Erliegen im gleichen Alter, und er macht sich ein Vergnügen daraus, die Rolle eines Beichtigers zu spielen, wenn der verliebte Schwärmer ihm seine neueste Liaison offenbart, und in der Maske eines Moralisten mit sanfter Strafpredigt ihm ins Gewissen zu reden.

Eines Morgens zu Frühlingsbeginn steht er ziemlich zeitig vor dem Pförtchen des Jacquinschen Hauses im Botanischen Garten und pfeift ein Motiv aus dem Bandl-Terzett. Im ersten Stock öffnet sich ein Fenster, und es erscheint das verschlafene Gesicht Gottfrieds.

»Teurer Meister, so früh – zu nachtschlafender Zeit!« ruft er von oben herab.

»Das nennen Sie ›nachtschlafend‹, wenn das Vogelorchester schon zwitschert? Sie haben wohl bei einem Rendezvous die Nacht verbusselt? Kommen S' nur herunter. Sie Schwerenöter, damit ich ihnen den Kopf wasche.«

»Ich bin ja noch gar nicht angezogen ...«

»Tut nichts. Kommen S' so, wie Sie sind, meinetwegen wie der Herrgott Sie geschaffen hat. Ich nehm's Ihnen nicht übel.«

Es ist kaum eine Minute verstrichen, als Gottfried im flatternden Schlafrock zum Gartenpförtchen eilt, dem frühen Gast die Hand schüttelt, mit jungenhafter stürmischer Gebärde ihm unter den Arm greift und ihn zum Verweilen auffordert.

»Nein, nein«, wehrt Mozart ab. »Ihr seid alle Langschläfer, ausgenommen der Herr Vater, den ich schon von fern bei seinen Alpenpflanzen tätig sah. Ich bin nämlich auf der Wohnungssuche. Und da hab ich auf der Landstraße gegenüber der Augustinerkirche, gar nicht weit von euch, ein reizendes Häuschen inmitten eines Gärtleins entdeckt, das mir ausnehmend gefällt, abgesehen von dem mürrischen Hauswirt.«

»Oh, das ist ja herrlich!« sagt Gottfried. »Da werden wir das Vergnügen haben, Sie im Sommer öfters bei und zu sehen, lieber Meister.«

»Nun, dem kann ich heute noch nicht so unbedingt beipflichten. Ich werde sommersüber tüchtig in der Arbeit stecken. Das ist, sozusagen, die zweite Neuigkeit, die mir im Herzen brennt. Gestern war – jetzt sperren Sie die Ohren auf, Gottfried – der Da Ponte bei mir und offerierte mir einen neuen Opernstoff. Ich sage Ihnen – können's mir glauben oder nicht – ein Stoff, der mir schon jetzt den Schlummer raubt, ein Stoff, der – wie soll ich's ausdrücken – die verborgensten Töne meiner Seele zum Erklingen bringt.«

»Was behandelt er denn?«

»Eigentlich sollte das ein Geheimnis bleiben, aber da auf Da Ponte kein Verlaß ist und halb Wien gewiß schon jetzt weiß, was wir im Sinn haben, will ich es Ihnen verraten: er behandelt die Abenteuer des verruchten Herzensbrechers Don Giovanni.«

»Welch ein herrlicher Stoff! Das wird eine Oper nach meinem Gusto!«

»Glaub's schon, sind ja selber der löbliche Embryo eines solchen illustren Wüstlings, Sie unbelehrbarer Schwärmer.«

Gottfried fordert den Meister auf, dieses interessante Thema doch bei einem Morgenkaffee weiter zu erörtern, aber Mozart wehrt ab mit der Begründung, daß daheim ein neuer Schüler auf ihn warte, und als der Jüngling fragt, wer der neue Schüler sei, erhält er die Antwort:

»Er kommt aus Bonn, ist sechzehn Jahre alt und heißt Ludwig van Beethoven – ein eigentümlicher Bursche mit einem für sein Alter ungewöhnlichen Ernst. Der Graf Waldstein hat ihn mir geschickt, auf daß ich ihn zu einem guten Gefolgsmann der Frau Musica ausbilde. Nun, im Klavierspiel wird er noch manches von mir lernen, aber phantasieren kann er, wenn man ihm ein Thema aufgibt, schon jetzt wie ein fertiger Meister. Also verstehen Sie, carissimo Gottfredo, die Pflicht duldet keinen Aufschub.«

IV

In der letzten Zeit kränkelt Konstanze bedenklich. Ihr Befinden bereitet Mozart ernste Sorgen. Er bittet infolgedessen seinen Freund Barisani, mit dem ihn seit einiger Zeit Duzbrüderschaft verbindet, um ärztlichen Rat. Der Herbeigerufene findet nach eingehender Untersuchung kein ernstes Leiden, sondern nur eine allgemeine körperliche Schwäche, und verschreibt eine stärkende Medizin. In dem anschließenden Gespräch unter vier Augen läßt er die Bemerkung fallen, daß er, der Gatte, ihm größere Sorge bereitet, und zwar sei ihm in letzter Zeit dessen gedrücktes Wesen aufgefallen, was er sonst an ihm gar nicht kenne. Erst nach mehrfachem Zureden entringt sich Mozart das Geständnis:

»Du hast recht. Es ist gar viel, was mich zuweilen bedrückt, vor allem, daß alles, was ich komponiere, wie Spreu im Winde verweht. Man führt meine Werke auf, man applaudiert mir, man feiert mich, aber wenn meine Opern kaum mehr als ein dutzendmal gegeben wurden, meine Konzerte und Sinfonien zwei- oder dreimal erklungen sind, bettet man sie in das Grab der Vergessenheit. Unaufhörlich muß ich Neues schaffen, damit die Leute wissen, daß ich noch lebe. O Barisani, das reißt Wunden auf, an denen meine Seele langsam verblutet.«

Einmal ins Erzählen gekommen, offenbart er dem Freunde auch seinen Kummer, daß von den annähernd fünfhundert Werken, die er bisher komponiert hätte, noch nicht ein Zehntel veröffentlicht sei. So wenig gelte er den Musikverlegern. Seine übrigen Werke seien verurteilt, zu vergilben und zu verstauben, soweit sie nicht in den Händen einiger Schüler und Freunde sich befänden, die sie vielleicht in pietätvoller Erinnerung, solange sie leben, aufheben werden. Nur einen kenne er, der jedes in seinem Besitz befindliche Blatt sorgsam wie seinen Augapfel hüte – seinen Vater –, aber nach den letzten Nachrichten werde seine Lebensuhr bald abgelaufen sein. Wie er das sagt, glaubt Barisani in Mozarts Augen Tränen wahrzunehmen. Als der Arzt ihm auseinandersetzt, daß der Tod in diesem Fall nur der Vollstrecker eines erfüllten Lebens sei, ein Mensch wie sein Freund Wolfgang, der noch nicht einmal den Zenit seines Daseins erklommen habe und dem so gewaltige schöpferische Kraft innewohne, sich nicht in solche Grübeleien über den Tod verlieren dürfe, versetzt Mozart:

»Glaube nicht, daß der Tod für mich etwas Schreckhaftes hat. Schon lange habe ich mich mit ihm befreundet; ich erkenne in ihm den wahren Schlüssel zur Glückseligkeit jener von allen Widerwärtigkeiten des Lebens ungetrübten Seelenruhe. Ich lege mich nie zu Bett, ohne zu bedenken, daß ich vielleicht – so jung ich bin – am nächsten Morgen nicht mehr erwachen werde. Und doch wird man keineswegs sagen können, daß ich deswegen im Umgang mit meinen Mitmenschen ein unausstehlicher Griesgram sei. Freilich, heute hast du mich in einer schlechten Stunde angetroffen: die Sorge um Stanzerl, die deine tröstliche Auskunft nun beschwichtigt hat, die schlimmen Nachrichten von des Vaters Krankheit und allerhand anderes, nicht zu vergessen der Abschied von einem Schüler, den ich kaum bekommen, auch schon verloren habe.«

»War er so untüchtig, daß du ihm den Laufpaß gabst?«

»Er war mein begabtester. Das habe ich bereits nach der dritten Stunde feststellen können. Er mußte Wien verlassen, weil der Tod seiner Mutter ihn zur Rückkehr nach Bonn zwang. Aber ich sage dir, dieser verschlossene, niemals lächelnde, von Willenskraft zusammengeballte Jüngling mit einem Haupt, aus dem die Magie des Göttlichen spricht, wird noch viel in der Welt von sich reden machen. Er schied von mir mit ehrlichem Bedauern. Merke dir seinen Namen für die Zukunft – Ludwig van Beethoven.«

Barisani steht auf. Als pflichtbewußter, um das Wohl seiner Patienten besorgter Arzt glaubt er, schon viel zu lange bei dem Freunde verweilt zu haben. Aber dieser hält ihn noch zurück.

»Heute kommst du mir nicht fort, ehe du dich in mein Stammbücherl eingetragen hast.«

»Muß es unbedingt heute sein?«

»Ja, wenn du mich lieb hast. Sonst gerät's wieder in Vergessenheit.«

Und er holt das Stammbuch und legt es vor ihn hin. Barisani nimmt es, blättert darin und stößt auf die letzte, erst vor drei Tagen erfolgte Eintragung: »Wahres Genie ohne Herz ist Unding – denn nicht hoher Verstand allein, nicht Imagination, nicht beide zusammen machen Genie – Liebe! Liebe! ist die Seele des Genies.«

»Er hat gar nicht so unrecht, der junge Jacquin«, sagt Barisani. »Für einen Zwanzigjährigen eine respektable Weisheit.«

Dann zückt er den Federkiel und schreibt:

»Wenn deines Flügels Meisterspiel
den Briten, der, selbst groß an Geist,
den großen Mann zu schätzen weiß,
dahinreißt zur Bewunderung;
wenn deine Kunst, um welche dich
der welsche Komponist beneidt
und wie er kann und mag verfolgt;
wenn deine Kunst, in der dir nur
ein Bach, ein Joseph Haydn gleicht,
dir längst verdientes Glück erwirbt,
vergiß da deines Freundes nicht,
der sich mit Wonne stets und stets
mit Stolz erinnern wird, daß er
als Arzt dir zweimal hat gedïent
und dich der Welt zur Lust erhielt,
der aber noch *weit* stolzer ist,
daß du sein Freund bist, so wie er

dein Freund Sigmund Barisani.«

»Mit Philosophie hat dieses ex tempore improvisierte Gedicht zwar nichts zu tun«, fügt der Dichter hinzu, während er das Stammbuch seinem Inhaber zurückgibt, »es ist nichts weiter als ein Bekenntnis des Herzens. Und nun gehab dich wohl, carissimo

Amadeo. Nimm das Leben, wie es kommt, und bemühe dich, das Schwere leicht zu tragen, und grüble nicht darüber nach, sondern schreibe an deiner Oper. Soll sie ein Meisterwerk werden wie der ›Figaro‹, so jage alle Kümmernisse aus den Winkeln deiner Seele zum Teufel!«

V

Ja, die Oper ist jetzt in der Tat die Aufgabe, der sich Mozart mit voller Hingabe widmet. Als in dem schmucken Gärtlein, das die bescheidene neue Zuflucht »an der Landstraße« umsäumt, der Flieder blüht und duftet, bringt Da Ponte die ersten Szenen seines Librettos. In seiner Gegenwart liest der Komponist das Manuskript, er liest es nicht, sondern durchfliegt es mit fast atemloser Hast, und der Dichter spürt es an jeder Miene seines Gesichts, wie der Text Besitz von seinem Innern ergreift. Welche grandiose Einführung! denkt Mozart. Dieser maulende Diener Leporello, der keine Ruhe bei Tag und Nacht findet, weil sein Herr mit seinen Aventüren ihn nicht dazu kommen läßt, diese leidenschaftliche, wie ein nächtlicher Gespensterspuk vorüberhuschende kurze Auseinandersetzung zwischen dem in der Maske des Bräutigams eingeschlichenen, nun fliehenden Verführer und seinem stolzen betrogenen Opfer und diese Einmischung des in seiner Ehre gekränkten herbeieilenden Vaters, der den Degen zieht und in kurzem Zweikampf fällt – sind sie nicht der Auftakt zu einem Drama, wie man es nicht spannender und aufregender sich vorzustellen vermag? – Mozart kennt das literarische Vorbild, nach dem Da Ponte sein Textbuch arbeitet: die Tragödie des spanischen Mönches Tirso di Molina »Der Verführer von Sevilla oder der steinerne Gast«. Der Dichter hat es ihm vorher zu lesen gegeben. Aber er erkennt es nicht wieder. Die ganze umständliche Breite der dortigen Exposition ist von der geschickten theaterkundigen Hand des Librettisten gestrichen worden, und der Zuschauer wird hier sofort auf die knappeste und eindrucksvollste Weise mit Wesen und Gebaren des Helden vertraut. Mozart spart nicht mit fast überschwenglichen Lobesworten, und Da Ponte, stolz darauf, drei Komponisten gleichzeitig genügen zu können, verkündet prahlerisch, daß er morgens Martín befriedige und zu diesem Zweck sich in den Petrarca vertiefe, abends sich mit dem Tasso zu der Arbeit für Salieri inspiriere und nachts, durch Dantes »Inferno« gründlich vorbereitet, am »Don Giovanni«

schreibe; denn er meint, wenn sein Held vor dem großen Poeten der »Göttlichen Komödie« gelebt hätte, würde er bestimmt in den achten Kreis der Hölle verbannt worden sein. Auf Mozarts Frage, wann er denn eigentlich schlafe, erwidert Da Ponte: »Zwischendurch – am Tage«, fügt jedoch gleich hinzu, daß er dieses Libretto in angenehmer Gesellschaft schaffe; denn ein entzückendes junges Mädchen, in den Liebeskünsten wie eine Thaïs bewandert, verkürze ihm aufs angenehmste die Zeit. Ein vortrefflicher Tokayer und eine Pfeife mit Sevillatabak trügen das ihrige zur Erhöhung der Stimmung bei.

»Dann wünsche ich nur, daß Tokayer und Tabak nicht ausgehen und Ihre reizende Muse Ihnen treu bleibe«, bemerkt Mozart.

Die Zusammenarbeit zwischen Textdichter und Komponisten verläuft wie beim »Figaro« auch jetzt in gutem Einvernehmen, nur nicht, wie damals, in fast ununterbrochenem Fluß, weil traurige Umstände und widrige Ärgernisse hemmend dazwischentreten. So umschattet die Nachricht von dem Ableben des Vaters eine Zeitlang Mozarts Gemüt. Alle früheren Unstimmigkeiten zwischen den beiden Männern verblassen, und das Bild des Hingeschiedenen erscheint ihm nun, von allen Schattenseiten seines Charakters befreit, in der Helligkeit des ständig um sein Fortkommen bemühten und auf sein Wohlergehen bedachten Erziehers und Freundes.

In diese Tage der stillen Trauer um den Entschlafenen fallen die ersten Streitigkeiten mit seinem neuen Hauswirt, der auf pünktliche Einhaltung des Mietzinses besteht und mit Pfändung und Hinauswerfen droht. Er verwünscht bereits das Tuskulum, das ihm anfangs so verlockend schien. Erst als der Schwager in St. Gilgen ihm aus der Erbschaft des Vaters tausend Gulden sendet, kann er den hartnäckigen Gläubiger befriedigen und noch andere dringliche Schulden begleichen. Aber in dieser Zeit wirtschaftlicher Bedrängnis komponiert er die »Kleine Nachtmusik«, jene entzückende Serenade, deren Reichtum an bleibenden Melodien sich zu zauberhaft leichter Anmut entfaltet. Die Oper dagegen schreitet nur langsam vorwärts. Das beunruhigt ihn; denn der Sommer neigt sich bald seinem Ende zu, und der Termin der Aufführung rückt heran. Da sind es wieder die Prager Freunde – die Eheleute Duschek –, die helfend eingreifen, indem sie ihn einladen, mit Frau und Kind sich auf den Weg zu machen und das unfertige Manuskript als Reisegepäck mitzubringen, auf daß es inmitten schöner frühherbstlicher Umgebung in ihrem Landhaus Bertramka seine aufführungsreife Form erhalte. Wie ein Wink des Himmels erscheint Mozart dieser Lockruf aus Böhmen, der ihn mancher Sorge enthebt. Aber ehe die Reise vonstatten geht, erleidet er noch einen großen Schmerz: sein Arzt Barisani wird nach kurzem Krankenlager vom Tode dahingerafft. Tief erschüttert liest er an seinem Sterbetage die vor viereinhalb Monaten in sein Stammbuch eingetragene Widmung des Mannes, der ihm immer ein wohlgesinnter Ratgeber und warmherziger Tröster war, und schreibt darunter:

»Heute am 2. September dieses nämlichen Jahres, war ich so unglücklich, diesen edlen Mann, liebsten besten Freund und Erretter meines Lebens, ganz unvermutet durch den Tod zu verlieren. Ihm ist wohl! Aber wir – und – uns allen, die ihn genau kannten – uns wird es niemals wohl werden, bis wir so glücklich sind, ihn in einer besseren Welt wieder und auf Nimmerscheiden zu sehen.

Mozart«

VI

Mit echter Herzensfreude werden die Mozarts von ihren liebenswürdigen Gastgebern empfangen. Ihr Söhnchen haben sie allerdings nicht mitgebracht, das hat die Großmutter Weber solange unter ihre Obhut genommen. Sie beziehen zunächst ihr Quartier in dem Gasthof »Zu den drei Löwen« am Kornmarkt, das der Theaterdirektor Bondini für sie auserkor. Das reizende idyllische Landhaus Bertramka in den Weinbergen vor den Toren Prags übt jedoch auf Mozart eine größere Anziehungskraft aus als das in der Stadt gelegene Asyl. Es scheint mit seinem in beginnender Herbstespracht leuchtenden Garten und seiner besinnlichen Stille wie vorausbestimmt, um hier ein Meisterwerk zu vollenden. Was Wunder, daß der Komponist den Aufenthalt in dem anheimelnden Buen Retiro bevorzugt, und zwar meist allein hier verweilend. Oft sieht man ihn zwischen den leuchtenden Blumenbeeten wandern, die farbenfrohen Astern oder den in Blütenfülle schwelgenden Phlox betrachtend, dann sich hin und wieder auf eine Bank niederlassend, einen Bogen Notenpapier hervorziehend und schnell einige Skizzen auf ihm vermerkend. Oder er sitzt auf der von wildem Weinlaub umrankten Veranda, grübelnd und schreibend, den Blick verträumt auf die hinter den Bergen untergehende Sonne gerichtet. Zuweilen geht er auch in den entzükkenden kleinen, mit erlesenem Geschmack ausgestatteten Musiksalon mit dem munter knisternden, die Abendkühle verscheuchenden Feuer im Kamin, prüft das Niedergeschriebene am Klavier, und die durch das offene Fenster strömenden Töne verwandeln den schlummernden Garten in ein geheimnisvolles Zauberreich. Mancher zufällig des Weges daherkommende Spaziergänger bleibt an dem Pförtchen stehen und lauscht andächtig den bald schwermütig klagenden, bald leidenschaftlich aufbrausenden Klängen, die gleichsam mit unsichtbaren Händen seine Seele liebkosen.

Als ein, allerdings stattliches, Bruchstück hat Mozart seine Oper nach Prag mitgebracht. Der größte Teil des Textes ist bereits in Wien vertont worden: die dramatische Eingangsszene, das Wiedersehen Don Giovannis mit einem früheren Opfer seiner Sinnenbegierde – Elvira –, Leporellos humordurchsetzte, die Eroberungen seines Herrn aufzählende Arie – eine der musikalischen Kostbarkeiten der Oper –, Don Giovannis Werben um die Dorfschöne – Zerline – in einem galanten, sinnlich durchglühten Duettino »Là ci daram la mano« (»Reich mir die Hand, mein Leben«) als Auftakt zu dem glanzvollen Fest im Schloß, aber es sind auch noch empfindliche Lücken vorhanden; denn der Tonschöpfer Mozart schafft nicht mit pedantischer Anlehnung an den Verlauf der Handlung. Als ausgeprägter Stimmungsmensch greift er hier und da eine Szene heraus, die gerade zu seinem jeweiligen Seelenzustand paßt, und gibt ihr die musikalische Gestalt.

Gott Amor, der Schelm, der mit seinen launischen Tücken so viel Unheil unter den Menschen anrichtet, hat diesmal, zu seiner Ehre sei's gesagt, sich ein Verdienst um die Kunst erworben, indem er als geschickter Regisseur Babettchen, dem bildhübschen Töchterlein des die Bertramka betreuenden Hausmeisters, die Rolle einer Muse zuteilte. Ihr frisches, naturhaftes Wesen, ihre unbefangene Mädchenhaftigkeit, ihre unbeschwerte Fröhlichkeit bei der Verrichtung der zum Wohlsein des berühmten Gastes dienenden Obliegenheiten, wobei sie gar nicht in devoter Haltung vor dem Komponisten des »Figaro« erstirbt, sondern ihn als einen gleichwertigen Kameraden behandelt, entfesselt ein reizendes Verhältnis zwischen beiden, das, durchaus den Codex des Sittsamen wahrend, in gegenseitigen Neckereien, gelegentlichen

Umarmungen, ja auch herzhaften Küssen sein Genüge findet. An einem Abend, da der Mond als freundlich gesinnter Vertrauter seine verführerischen Zauberstrahlen durch die Zweige der alten ehrwürdigen Bäume auf die kiesbestreuten Wege wirft, schenkt sie sogar dem im Rausch des Schaffens nach Entspannung dürstenden Künstler ein, ach, zu schnell entfliehendes Schäferstündchen in der Rosenlaube. Mozart, weit entfernt davon, sich das Gebaren seines Helden anzumaßen und Babettchen mit Zerline zu verwechseln, genießt das ihm dargebotene Stelldichein mit dem Entzücken jünglingshaft erwachter Erotik. Doch die prickelnde sinnliche Reizung, die ihm verbleibt, als der süße Kobold sich seinen Armen und Küssen entwunden hat und in sein Kämmerlein geflüchtet ist, zittert in ihm nach, zwingt ihn an die Arbeit, und so wirft er im Zustand fiebernder Wonne das Ständchen aller Ständchen »Deh vieni alla finestra, o mio tesoro« (»Feinsliebchen, komm ans Fenster ...«) auf das Papier. Nicht genug damit, schildert er in Tönen die nächtliche Verwirrung beim Erscheinen von Zerlines Bräutigam Masetto und der Bauernburschen, die den Verführer strafen wollen, aber das Gegenteil erreichen, nämlich daß der als Leporello verkleidete Schloßherr den Tölpel Masetto gründlich verbleut und Zerline nunmehr, ihren verlorenen Bräutigam mit der Laterne in der Hand suchend, zu ihrem Erstaunen einen Verwundeten am Boden entdeckt. Auch jetzt ruht noch nicht Mozarts Feder. Ein unbändiges Verlangen glüht in ihm auf, Da Pontes schelmische, von verhaltener Sinnlichkeit durchströmte Worte, mit denen die um ihre Hochzeitsnacht gebrachte Zerline ihren Masetto weckt und tröstet, in Musik zu übertragen, und mit genialer Intuition findet er für das zärtliche Girren und heimliche Herzklopfen die überzeugende von Anmut beflügelte Sprache der Töne:

»Vedrai, carino, se sei buonino
che bel rimedio ti voglio dar ...«

(»Ich weiß ein Mittel, das dir, mein Schätzchen,
wenn du fein fromm bist, Heilung verschafft ...«)

Als die liedhafte Weise mit den untermalenden Stimmen der Instrumente vor ihm auf dem Papier steht und er mit ihr den Anschluß an das bereits vorhandene Meistersextett erreicht, das mit seiner unvergleichlichen Mischung von Tragik und Komik die nächtliche Maskerade entwirrt, den geprellten Leporello in den

Vordergrund rückend, auf den sich aller Zorn der hintergangenen Männer und Frauen entlädt, während der wahre Anstifter der Komödie unsichtbar bleibt, bemerkt Mozart mit Erstaunen, daß es inzwischen Tag geworden ist. Eine Weile fesselt ihn das veränderte Bild des im Morgentau leuchtenden Gartens. Dann übermannt ihn plötzlich die Müdigkeit. Gähnend erhebt er sich und schleicht behutsam die Treppe hinauf in sein Schlafgemach, wo er halb ausgekleidet in sein Bett kriecht und gleich in tiefen Schlummer versinkt.

Stunden sind vergangen. Der Schläfer erwacht. Ein seltsames Stimmengewirr dringt zu ihm empor. Noch völlig eingesponnen in den undurchsichtigen Schleier seines der Wirklichkeit entrückten Bewußtseins, dünkt er sich zu träumen. Da erklingen die silbrigen Töne eines Spinetts, und gleich darauf fällt eine strahlende weibliche Stimme mit ihrem Gesang ein. Mozart öffnet groß die Augen und lauscht. Kein Zweifel – es ist Zerlines Arie »Ich weiß ein Mittel, das dir, mein Schätzchen ...« Flugs springt er aus dem Bett, stürzt ans Fenster und reißt es auf. Da weiß er, daß Josepha Duschek die Sängerin ist. Nie hat er schneller und flüchtiger die Morgentoilette besorgt als jetzt. Wie sie gerade die letzten Takte singt, steht er schon unbemerkt hinter ihr, applaudiert und ruft: »Da capo!« Da wendet sie sich um und sagt:

»Ah, haben wir den lieben Langschläfer aus den Federn geholt! Nur mit seinen eignen Tönen kann man ihn den Armen des Morpheus entreißen.«

»Ist es anders möglich, wenn einem Orpheus die Nachtruhe raubt? Aber um so mehr beglückt es mich, aus einem Bärenschlummer auf so angenehme Weise geweckt worden zu sein«, erwidert Mozart und küßt Josepha die Hand. »Wie spät ist es eigentlich?«

»Just die rechte Zeit, um einen Nachmittagskaffee bei Ihnen einzunehmen.«

»O Gott, da hab ich mich aber in der Zeit geirrt.«

Mittlerweile sind die übrigen Gäste herangekommen: Franz Duschek, Konstanze, Bondini, seine Frau Caterina – die erste Zerline –, Guardasoni, die hübsche Micelli – die erste Elvira.

»Sie sehen, lieber Meister, eine stattliche Gesellschaft. Walten Sie also Ihres Amtes als Gastgeber.«

Mozart will enteilen, um die nötigen Anweisungen zu geben. Da hält ihn Konstanze am Rockschoß fest.

»Aber, Mandl, deine Perücke sitzt ja schief. Und wo steckt das Jabot?«

»Ach, Stanzerl, nimm's mir net übel. Der verflixte ›Don Giovanni‹ bringt mich noch ganz außer Rand und Band.«

Und während Konstanze die Perücke zurechtrückt und das heruntergerutschte Jabot unter dem Kinn befestigt, erscheint bereits Babettchen mit dem Kaffeegeschirr.

»Sie sehen, die Heinzelmännchen haben schon vorgesorgt«, sagt Josepha.

Jetzt nimmt Bondini das Wort: »Die Atmosphäre der Bertramka scheint Ihnen vortrefflich zu bekommen, caro Signore Amadeo. Guardasoni und ich waren so indiskret und warfen einen Blick in die Partitur Ihrer Oper. Oh, Sie waren fleißig! Ich gesteh offen, ich habe in den letzten zwei Wochen manche unruhige Nacht gehabt.«

»Es war nicht zum Aushalten«, bestätigt seine Frau. »Alle Augenblicke jammerte er im Traum oder im Wachen ›Die Oper! Die Oper! Dio, wenn sie nicht fertig wird! Ich bin ruiniert!‹«

Während man den Kaffee einnimmt und den Torten zuspricht, kommt der besorgte Principale noch immer nicht zur Ruhe. Er befürchtet, daß die Oper zum vorgesehenen Termin, der Durchreise des jungvermählten Fürstenpaares – des Prinzen Anton von Sachsen und der Erzherzogin Maria Theresia – nicht fertig sein werde. Der Komponist sucht ihn zwar zu beschwichtigen, aber insgeheim bangt ihm selbst vor der Nichteinhaltung seines Versprechens, in einer Woche das Werk zu vollenden. Der Abschluß der Oper steht gleich einem gigantischen steilen Felsen vor ihm, den er erklimmen soll. Und doch, trotz des quälenden Zustandes zwischen Hoffnung und Zweifel, Wollen und vielleicht Versagen, scherzt und lacht er, ja, als die Gäste sich zur Heimfahrt anschikken, schwingt er sich im letzten Augenblick auf den Bock des zweiten Landauers, der das Ehepaar Duschek und Konstanze hergebracht hat, und fährt mit ihnen in die Stadt zu einem lustigen Finale des verflossenen Tages.

VII

Der Sommer scheint in diesem Jahr nicht enden zu wollen. Vor seinem Scheiden schenkt der September noch eine herrliche von Sonne durchglühte Woche. Es ist so heiß, daß Mozart, der es liebt, im Garten auf und ab zu wandeln, die Töne seiner Phantasie zu erlauschen, um sie dann in der Laube zu skizzieren, seinen Rock abgeworfen hat und in Hemdsärmeln arbeitet. Zwischendurch serviert Babettchen einen kühlenden Trank, da er weidlich ins Schwitzen gerät, nicht nur infolge der hochsommerlichen Temperatur, sondern auch infolge der Anstrengungen, die ihm das Ersteigen der Felsenklippen seines Schaffens bereitet. Aber die rechte Befriedigung über das Erreichte will sich nicht einstellen. Die helle und heitere Atmosphäre der Tage eignet sich so gar nicht zu der düsteren Grabesstimmung, auf die der Text hinweist. Das auf Wunsch des Komponisten dazwischen immer wieder in Erscheinung tretende buffoartige Gepräge muß, der inneren Notwendigkeit des Dramas gehorchend, nun vor den Forderungen des Tragischen zurücktreten und statt seiner, entsprechend der unheimlich düsteren Introduktion der Oper, das Gericht der Rache über dem gewissenlosen Frevler walten. Denn »Don Giovanni« ist ungeachtet allen unterhaltenden komischen Beiwerks eine Tragödie.

Niemals hat Mozart während seines bisherigen Opernschaffens Gelegenheit gehabt, die echte aus der Seele quellende Tragik musikalisch zu gestalten. Immer trat sie ihm, von seinen frühen Anfängen in der Opera seria begonnen, nur in äußeren Merkmalen blutloser papierner Helden entgegen. Jetzt aber spürt er ihren heißen, versengenden Atem, spürt er, wie der feurige Hauch seine Seele erhitzt. Es ist etwas Ungewohntes, vor dem er steht, und darum macht es ihn befangen, ja ratlos, obwohl es ihn mit innerster Gewalt packt. Was er erfindet, flüchtig skizziert, genügt ihm nicht, wird verworfen; denn der Ehrgeiz, etwas Besonderes, noch nicht Dagewesenes in diesen letzten Szenen zu gestalten, steigert seine Ansprüche an sich selbst bis zum Ausmaß des Höchsten. Und hinter allem geistert das Gespenst des unerbittlichen »Muß«, diese letzte Aufgabe bis zur gestellten Frist zu bewältigen.

Fast sieht er sich eines Nachmittags der Verzweiflung nahe, als alle Versuche nicht das ergeben, was ihm vorschwebt. Soll er wirklich an dieser Aufgabe scheitern und damit die ganze Oper zu Fall bringen? – Eine ausweglose Melancholie bemächtigt sich seines Gemüts, gefördert durch die drückende Schwüle, die auf der Natur ringsum lastet. Zugleich überkommt ihn eine Unruhe, die ihn zu ziellosem Herumwandern treibt. Schließlich geht er in die Laube, stetzt sich an den Tisch, stützt den Kopf in die Hand und versucht zu schlummern. Und bald umfängt ihn ein tiefer Schlaf. Plötzlich erwacht er, von einem dumpfen Grollen geweckt. Verwundert schaut er sich um – die gleißende Helligkeit ist einer düsteren Dämmerung gewichen –, am Himmel hängen schwere dunkle Wolken, die ihm bis zu den Kronen der Bäume herabzureichen scheinen. Da zuckt ein greller Blitz aus dem unheimlichen Gewölk auf und schießt dicht hinter dem Haus nieder, daß Mozart erschrocken zusammenfährt, und schon im nächsten Augenblick vernimmt er einen ohrenbetäubenden schneidenden Knall, als stürze ein Gebäude mit gewaltiger Wucht zusammen. Hastig ergreift er das Notenpapier und eilt nach der Veranda. Eine Weile bleibt er unter ihrem schützenden Dach wie angewurzelt stehen. Aber die sich gleichsam jagenden Blitze mit ihrem wütenden Gefolge von ununterbrochenen bald nah, bald fern einfallenden Donnerschlägen treiben ihn fluchtartig in sein Arbeitszimmer.

Der Hausmeister und seine Tochter erscheinen, beide mit ängstlichen Mienen, und erkundigen sich nach seinen Wünschen. Mozart hört nicht, was sie sagen – so benommen ist er von dem eben Erlebten. Erst als Babette eine brennende Lampe gebracht und die Fensterläden geschlossen hat, dämmert die Wirklichkeit in ihm auf, und wie durch eine Scheidewand schallen an seine Ohren die Worte des Hausmeisters:

»Es hat zweimal eingeschlagen ganz in der Nähe – erst in die Eiche auf der Höhe und dann in die Laube.«

Mozart springt auf:

»Wie sagten Sie?« ruft er mit bebender Stimme. »In die Laube?«

»Ja, aber nur ein kalter Schlag. Überhaupt hat's, wie mir scheint, nur kalte Schläge gegeben. Ich habe ja schon manches Gewitter erlebt, aber so stark – in dieser Jahreszeit – noch keines. Jetzt wird's wohl bald vorüber sein. Wollen sich der Herr Hofkapellmeister nicht zur Ruhe begeben?«

»Nein, nein, ich bleibe auf. Aber wenn Mamsell Babette mir einen Punsch, einen recht starken bereitete, dann wäre ich sehr dankbar.«

»Gern«, sagt sie und verschwindet, um das Gewünschte anzurichten.

Als Mozart allein ist bei Punsch und Lampenschein, kommt sein stürmisch klopfendes Herz allmählich zur Ruhe. Das Grollen des Donners tönt nur noch aus weiter Ferne. Aber dafür prasselt der Regen in Wasserstürzen hernieder, und der Wind peitscht die Tropfen an die Fensterläden, daß man meint, es werfe jemand ständig Haufen von kleinen Kieselsteinen nach ihnen. Allmählich weicht auch die bleierne Benommenheit, und die Phantasie regt zögernd ihre Schwingen.

Die schauerliche Kirchhofsszene mit der Verhöhnung des Standbildes vom Komtur, der, im Vollmondschein sich zu gigantischer Größe aufreckend, dem Spötter die Mahnung entgegenschleudert »Ribaldo! Audace lascia ai morti la pace!« (»Verwegener, entweiche! Gönne Ruh den Toten!«), beginnt sich in ihrer Schauermischung von Ergötzlichem und Gespenstischem in Tönen zu beleben. Entsprechend der dramatischen, sich zuspitzenden Handlung, die in der an den Komtur gerichteten Einladung zum Festmahl die Tollkühnheit Don Giovannis bis zum Äußersten steigert, flackert das buffoartige Gepräge in der Begleitmusik schon seltener auf, und das Tragische, besonders unterstützt durch die Bläser, drängt sich immer mehr in den Vordergrund. Das Dämonische zwingt den Tonschöpfer übermächtig in seine Gewalt. Da hält er im Schreiben inne und lauscht in die Nacht hinaus. Eine atemlose Stille umgibt ihn. Nach dem tosenden Aufruhr der Elemente wirkt dieses Grabesschweigen nicht besänftigend, sondern beängstigend auf sein Gemüt. Die Zimmerluft wird ihm unerträglich. Er springt auf, geht ans Fenster und reißt die Läden auf. Der Garten liegt in unbeweglicher Ruhe, vom matten, durch dünnen Wolkendunst schimmernden Mondschein an einzelnen Stellen erhellt. Unwillkürlich zieht die Laube im Hintergrund seine Blicke an sich, dieselbe Laube, in die der Blitz gefahren sein soll. Schwarz und unkenntlich verschwimmt sie mit dem nächtlichen Dunkel. Aber je länger Mozart auf sie hinstarrt, dünkt es ihm, als treten ihre Umrisse immer deutlicher hervor und als leuchte auch ein fahler Lichtschein in ihrem Innern auf. Was durchschauert ihn plötzlich? – Sitzt dort nicht eine menschliche Gestalt? Gebannt bleibt sein Blick an ihr haften, und je schärfer er sie ins Auge faßt, desto mehr verliert sie ihre Verschwommenheit, hebt sich der Kopf aus dem Rumpf heraus, und das totenblasse Antlitz eines Greises taucht vor ihm auf. – »Mein Vater!« haucht qualvoll sein Mund, und seine Augen schließen sich in jähem Erschrecken. Als er sie wieder öffnet, hat die Finsternis die Laube verschlungen.

»Gastmahl-Szene« aus Molieres »Le Festin de Pierre«
Stich nach J. M. Moreau d. J.

Mit zitternden Händen riegelt Mozart die Fensterläden wieder zu, wankt wie ein von unendlichem Leid Gebrochener an den Schreibtisch zurück und sinkt in seinen Sessel. Nicht die Geistererscheinung seines verstorbenen Vaters hat seine Seele erschüttert, sondern die Vision des Todes. ›Ein Wink des Schicksals, daß meine Erdentage sich dem Ende nähern‹, sagt er sich. ›Vielleicht ist dies mein Schwanengesang.‹ Und als durchströmte ihn plötzlich der trotzige Lebenswille eines Helden, dessen Finale nach Gestaltung schreit, trinkt er den schon kalt gewordenen Rest seines Punsches in einem Zuge und beginnt, mit einem schmetternden D-Dur-Akkord introduzierend, die Vertonung des Festmahls. Seine eigene starke Sinnenfreude ergießt er in die Tafelmusik, die Don Giovanni zur Ermunterung seiner Stimmung aufzuspielen befiehlt, und scheut dabei nicht vor Selbstverspottung zurück, indem er Melodien aus seinem »Figaro« in sie hineinflicht. Alles drängt jetzt zur Erscheinung des geladenen steinernen Gastes. Die Natur unterstreicht das Schauerliche des Augenblicks mit zuckenden Blitzen und heftigem Donnergetöse, in das die Posaunen des Orchesters, gleich schmetternden Fanfaren des Jüngsten Gerichts, unheilverkündend einfallen.

Mit galanter Gebärde fordert Don Giovanni den Komtur auf, an der Tafel Platz zu nehmen. Aber der lehnt es ab. Das Vibrato der Geigen und das Tremolo der Bässe verleihen seiner Weigerung den Nimbus des Überirdischen. Nun ist er der Einladende: der Gastgeber möge mit ihm die weite Straße wandern, die er gekommen sei. Die weite Straße? Ein neues Abenteuer? – Gleich ist Don Giovanni dazu bereit. Doch als der steinerne Gast die Bekräftigung seines Entschlusses durch Handschlag verlangt und ihm die Rechte hinstreckt – das entscheidende, von einem g-Moll-Akkord mit dem stärksten Fortissimo gekennzeichnete Schicksalsmoment –, durchschauert es Don Giovanni beim Ergreifen der eiskalten Marmorhand. Jetzt weiß er – er hat den Tod berührt. Der Kampf mit dem unerbittlichen Würger beginnt, ein ungeheuerlicher Kampf, von dem vollen Orchester mit allen erdenklichen musikalischen Ausdrucksmitteln leidenschaftlich, hinreißend und erschütternd geschildert, ein Kampf, in dem nicht Mensch gegen Mensch, sondern Dämon gegen Dämon steht und keiner von beiden weichen will. Unnachsichtig beharrt der Geist auf seinem »Pentiti, sederato!« (»Beug deinen Sinn, Verruchter!«), und ebenso entschlossen tönt des Gegners hartnäckiges »No!«. Hier wächst Don Giovanni ins Gigantische hinein, hier wird der leichtfertige Frauenbetörer zum Urbild des unersättlichen sinnlichen Lebenstriebes. Da schallen aus dem Munde des Komturs bedächtig und eindringlich die schicksalverkündenden Worte: »Ah tempo più non v'è!« (»Jetzt naht dein Strafgericht!«). Er öffnet die eiserne Klammer seiner Faust, den Widerspenstigen freigebend, und entschwindet. Zum ersten Male packt Don Giovanni die Verzweiflung, regt sich sein Gewissen, erbebt er in Angst, Höllenschlünde gähnen ihm in der erhitzten Einbildung plötzlich abgrundtief entgegen, düstere Geisterstimmen glaubt er zu vernehmen, durch die Adern rast wie ein wilder Strom das Blut, es reißt und wühlt in seinen Eingeweiden, und Sturm, Blitz und Donner erhöhen, das Grauen steigernd, seine Seelennot. Da bricht er tot zusammen, und über ihm stürzt das Gebäude ein, während der zitternde und jammernde Leporello voll Entsetzen entflieht.

In einer alles um sich vergessenden Erregung und Verzückung gestaltet Mozart das grandiose Finale. Er spürt kaum noch den Federkiel in seiner Hand – so willenlos gleitet er, von einer unsichtbaren Kraft geführt, über das Papier. Doch als die letzten Akkorde mit ihrer gebietenden Majestät den Abschluß des Werkes bezeichnen, löst sich die stundenlange, bis zum Äußersten getriebene, geistige Spannung und weicht völliger Erschlaffung. Als Babette in vorgerückter Morgenstunde in sein Zimmer tritt, findet sie ihn, das Kinn auf die über Kreuz gelegten Hände gestützt, am Tisch eingeschlafen. Da holt sie den Vater, der sich bemüht, mit ermunternden Worten den Schläfer zu wecken, und, als es ihm nicht gelingt, berührt er sanft dessen Schulter. Nun hebt jener den Kopf und stiert mit halbgeöffneten Augen den Störenfried an, der auf ihn einspricht:

»Herr, Sie sehen blaß und müde aus. Soll ich Sie nicht nach oben in Ihr Zimmer bringen?«

Mozart schüttelt den Kopf. Völlig apathisch sagt er nur:

»Kaffee ... starken Kaffee ... und ein Fuhrwerk.«

Dann fällt ihm das Haupt auf die Schulter, und er schläft wieder ein. Vater und Tochter gehen. Draußen flüstert er ihr zu:

»Ich glaube, er hat sich überarbeitet. Wunderlicher Mensch!«

VIII

Die Proben zu »Don Giovanni« haben begonnen. Fristgemäß hat Mozart die Partitur Bondini abgeliefert – bis auf die Ouvertüre. Die Einstudierung der Oper, die der Komponist persönlich leitet, geht nicht leicht vonstatten. Das Personal ist nicht so routiniert wie das in Wien, und es bedarf vieler Wiederholungen, ehe manche Szene den Wünschen des Komponisten entspricht. So bringt Frau Bondini den Hilfeschrei Zerlines im ersten Finale nicht wirklichkeitsgetreu genug, trotz eifrigen Bemühens. Da verläßt Mozart das Dirigentenpult, geht hinter die Bühne, schleicht unbemerkt an die Sängerin heran und umfaßt sie plötzlich so ungestüm, daß sie aufschreit. »So ist's recht!« ruft er, und der Zweck ist erreicht. Ein andermal jammert Bassi, der Darsteller des Giovanni, daß er im ersten Akt außer dem Champagnerlied keine richtige Arie habe, und Mozart muß sich bequemen, das erste Duett seines Helden mit Zerline mehrmals zu ändern, ehe es die Zustimmung des Sängers findet. Besonders schwer macht es ihm die Micelli als Elvira, weil sie das erforderliche Parlando nicht zu treffen vermag. Aber er läßt nicht locker, bis sie – schon mißvergnügt über die unaufhörliche Belehrung – endlich doch ihn zufrieden stimmt. Und wie die Darsteller, bereiten auch die Orchestermitglieder Sorgen; so muß zum Beispiel, als die Posaunisten plötzlich erklären, daß sie die Stelle, wo der Komtur den frechen Schmäher verweist, nicht blasen können, der Komponist Holzinstrumente zur Erzielung der schauererregenden Wirkung einfügen.

An sich hat Mozart keinen Grund zu Klagen über die künstlerischen Qualitäten der Sänger und Sängerinnen und des Orchesters. Und doch kostet es den Komponisten, den Regisseur und den inzwischen aus Wien eingetroffenen Librettisten viel Geduld und Mühe, ihnen alle Feinheiten des Ausdrucks und der Darstellung beizubringen, weil sie vor Schwierigkeiten stehen, wie sie ihnen bisher noch nie geboten wurden. Bondini stellt fast verzweifelt fest, daß der »Don Giovanni« zum vorgesehenen Termin, das heißt zum Empfang des durchreisenden Fürstenpaares, nicht gegeben werden könne und daß er um zwei Wochen verschoben werden müsse. Statt dessen dirigiert Mozart an jenem festlichen Abend seinen »Figaro«.

Als am 28. Oktober endlich die Generalprobe stattfindet – Da Ponte hat inzwischen zur Einstudierung der von ihm geschriebenen und von Salieri vertonten Oper »Axur« nach Wien zurückkehren müssen – und die letzten Vorkehrungen auf der Bühne getroffen werden, kommt Bondini mit einem ältlichen hochgewachsenen Herrn auf Mozart zu und stellt ihn vor als Monsieur Giacomo Casanova, Chevalier de Saingalt, Schloßbibliothekar des Reichsgrafen Josef von Waldstein in Dux.

Der Fremde verneigt sich mit steifer Grandezza und sagt auf Französisch:

»Ich bin aus meiner ländlichen Einöde nach Prag gekommen, angezogen durch die verlockende Aussicht, hier die Premiere einer Oper zu erleben, deren Inhalt mich aufs lebhafteste interessiert, zumal den Text mein Landsmann Da Ponte geschrieben hat. Würden Sie mir gestatten, Monsieur, schon an der Generalprobe teilzunehmen?«

»Aber bitte, gern«, erwidert Mozart ein wenig befangen. »Ich freue mich, einen so berühmten Gast begrüßen zu können.«

Eine begreifliche Neugier blinzelt aus seinen Augen. Wer hat nicht schon von Casanova, dem galanten Abenteurer, allerhand Ergötzliches vernommen? – Auch Mozart ist der Name mehrmals zu Ohren gekommen. Er entsinnt sich, daß Da Ponte bei der Arbeit an dem Libretto ihn zuweilen erwähnte mit dem Hinweis, wenn ein Zeitgenosse dem Urbild des Don Giovanni entspräche, so sei es dieser Venezianer. Nur hat Mozart sich ihn ganz anders vorgestellt – jünger, feuriger, betörender, als eine Gestalt von dämonischer männlicher Schönheit, als einen Kavalier von souveräner Eleganz und nicht als einen alten Mann mit zerfurchtem rostbraunem Antlitz, kleinen stechenden Augen und zahnlosem Munde, dazu angezogen – dünkt es ihn, wie der greise Voltaire. Trotzdem macht dieses Wrack eines ehemaligen Glücksritters par excellence schon bei flüchtiger Bekanntschaft Eindruck auf ihn. Öfters gleitet sein Blick während des Dirigierens nach der Loge, wo der originelle Gast, anscheinend interessiert, das Bühnengeschehen verfolgt.

Die Generalprobe verläuft ohne nennenswerte Unterbrechungen. Das Orchester spielt mit einer Inbrunst und Begeisterung wie nie zuvor, und die Darsteller geben sich alle Mühe, ihr Bestes zu leisten. Als der letzte Akkord verklungen und der Vorhang niedergerauscht ist, geht er gleich wieder hoch, sämtliche Mitwirkenden treten an die Rampe und rufen im Chor »Evviva il maestro! Evviva Mozart!« Das Orchester spielt einen Tusch. Don Giovanni und Leporello heben den Komponisten auf die Bühne, und flugs greifen Elvira und Zerline ihm unter die Arme, während die schöne Donna Anna ihm um den Hals fällt und ihn vor dem gesamten Personal küßt. Auch der einsame Zuschauer in der Loge erhebt sich und applaudiert. Bondini und Guardasoni sind außer sich vor Freude.

Als Mozart, nachdem er jedem einzelnen – bis auf den geringsten Kulissenschieber – die Hand geschüttelt hat, das Theater verlassen will, tritt Casanova auf ihn zu, verneigt sich mit steifer Grandezza und fragt, ob der Maestro ihm die Ehre erweisen wolle, mit ihm zusammen zu soupieren. Mozart sagt mit Vergnügen zu und empfiehlt eine vortreffliche Trattoria in der Nähe, wo es einen ausgezeichneten Chianti gebe und man außerdem gut speisen könne. Bondini, der daneben steht, benutzt den Augenblick, um den Meister an die noch ausstehende Ouvertüre zu erinnern.

»Keine Sorge. Die Ouvertüre ist morgen früh fertig. Schicken Sie um sieben Uhr den Kopisten.«

»Kann ich mich wirklich darauf verlassen?«

Aber Mozart ist schon mit seinem Begleiter auf und davon.

»Die Theaterdirektoren sind merkwürdige Leute«, wendet er sich zu Casanova. »Sie denken, weil sie im Versprechen groß und im Erfüllen klein sind, müßten wir Musiker ebenso unzuverlässig sein.«

In wenigen Minuten ist der von Mozart als vortreffliche Trattoria bezeichnete Keller im Tempelgäßchen erreicht, der den verwöhnten Genießer aus Dux zunächst durch sein ärmliches und wenig einladendes Interieur enttäuscht. Allein, als der Wirt sich bereit erklärt, die umständlichen und erlesenen kulinarischen Ansprüche des bestellenden Gastgebers zu seiner vollen Zufriedenheit zu erfüllen, und als auch der zur Probe servierte Wein sich als vorzüglicher Tropfen erweist, verflüchtigt sich die mißmutige Miene Casanovas.

»Ich bewundere Ihre Musik, Monsieur Mozart«, leitet er das Gespräch ein. »Ich habe während meines Lebens viele Opern gesehen in allen großen Städten Europas. Doch ich habe keinen Komponisten gefunden, der die erotischen Reize des schönen Geschlechts so bezaubernd und wahr mittels der Sprache der Töne auszudrücken weiß wie Sie. Entschuldigen Sie meine kecke Behauptung: sie haben viel geliebt.«

Verblüfft über diese Offenherzigkeit lächelt Mozart verlegen.

»Sie brauchen es mir nicht zu bestätigen«, fährt Casanova fort. »Die Champagnerarie Ihres Helden und die herrliche Registerarie seines Dieners, Leporello, in dem ich meinen eigenen Diener, den Schelm Costa, wiedererkenne, sagen mir genug. Das kann nur jemand komponiert haben, der aus dem Becher der Liebe oft einen Labetrunk genoß.«

»Aber berücksichtigen Sie, daß es nicht immer ein süßer Labetrunk ist, sondern zuweilen einer mit sehr bitterem Nachgeschmack.«

»Oh, ich verkenne das nicht. Auch diese schmerzliche Enttäuschung glaubte ich aus Ihrer Musik mehr als einmal deutlich herauszuhören. Befürchten Sie nicht, daß ich Sie nach den Geheimnissen Ihres Herzens aushorche. Ich begnüge mich gleich Leporello mit einer Gesamtbeichte und rufe Ihnen zu, mein Glas erhebend: die Damen sollen leben!«

Mozart erwidert lächelnd seinen Zutrunk.

»Meine Bewunderung für Ihre Gestaltungskraft ist um so größer, als der Text so herzlich wenig dazu bietet. Bondini gab ihn mir.«

Mozart horcht auf. Dieser seltsame Mann mit der auffallend zurückfliehenden Stirn und dem ungemein lebhaften Mienenspiel beim Sprechen beginnt ihn immer mehr zu fesseln. Welches souveräne Selbstbewußtsein in jeder seiner Äußerungen! Was wird er über den Don Giovanni enthüllen?

»Sie sprachen eben, Monsieur Casanova, eine Ansicht aus, die ich nicht ganz verstehe. Wollen Sie sich bitte deutlicher erklären?«

»Ich behaupte: der Don Giovanni Da Pontes entspricht nicht Ihrer Musik. Er ist nichts weiter als ein Wüstling und verwegener Abenteurer, aber kein Mann unseres aufgeklärten Jahrhunderts. Es hat ihn einmal zweifellos vor Zeiten gegeben.«

»Wie hätte denn der Don Giovanni nach Ihrer Ansicht sein müssen?«

»So, wie er unter uns heute lebt: kein rücksichtsloser Vernichter und Zerstörer, sondern ein Epikuräer im Gewande des Kavaliers, kein Feind des weiblichen Geschlechts, sondern sein Freund, ein weiser Genießer aller seiner Reize, mit einem Wort, ein Lebenskünstler comme il faut. Ein so gearteter Mensch kann allerdings nicht wie der von Tollkühnheit überspannte Wirt des steinernen Gastes vom Teufel geholt werden. Um seinen toten Körper werden keine garstigen Lemuren in satanischer Wildheit herumspringen, sondern schöne Frauen werden aus den Gefilden der Seligen herniedersteigen und seine Stirn mit Rosen bekränzen.«

Casanova schweigt. Er hat sich so in Rage geredet, daß er darüber ganz das Essen vergaß.

»Diese verfluchten Gastwirte!« ruft er plötzlich voll Entrüstung. »Da versprechen sie das Blaue vom Himmel und servieren eine kalte Poularde.«

»Ich habe die meinige warm verzehrt«, meint Mozart lachend, »und außerdem mit doppeltem Genuß; denn Sie haben ihr mit Ihrer Lektion noch eine besondere Würze verliehen.«

»Ja, das Thema ist außerordentlich interessant.«

»Freilich ergibt sich für mich eine betrübliche Tatsache: daß ich das tragische Finale vergeblich geschrieben habe; denn nach Ihrer Auffassung müßte die Oper in eine Apotheose des Helden ausklingen.«

»Lassen wir das Göttliche aus dem Spiel und bleiben wir beim Irdischen. Eine Oper soll die Augen entzücken und die Ohren betören. Wozu der grausige gespenstische Spuk am Ende? Das verstimmt das Publikum, das eine heitere Laune, wie nach einem exquisiten Souper nach Hause nehmen will. Ihre Musik, Monsieur le célèbre compositeur, befriedigt den verwöhntesten Geschmack. Daran ist nichts zu deuteln. Aber offerieren Sie zum Schluß kein schwer verdauliches Ragout, möge es eine noch so vortreffliche mélange des comestibles sein, sondern bieten Sie Austern und Champagner, und Sie werden sehen, daß die Leute mit schmunzelnden Gesichtern und schnalzender Zunge das Theater verlassen. Ich habe mir darum das Vergnügen gemacht, das Sextett im zweiten Akt umzudichten.«

Er überreicht Mozart ein beschriebenes Blatt.

»Lesen Sie es, und sagen Sie mir, was Sie davon halten.«

Endlich findet Casanova, während sein Gast das Manuskript liest, Gelegenheit, seine kalt gewordene Poularde zu verspeisen. Die Entzifferung der kleinen, fast minutiösen Handschrift bereitet augenscheinlich dem Leser Schwierigkeiten; denn es dauert ziemlich lange, ehe er's dem Eigentümer zurückgibt.

»Ihre Ansicht, daß das weibliche Geschlecht der eigentliche Verführer sei, indem es Herz und Seele Don Giovannis verzaubert habe, ist zweifellos sehr reizvoll und gibt unserem Helden ein ganz anderes Gesicht. *Sie* hätten das Libretto schreiben müssen, Monsieur Casanova!«

»Ja, dann wäre es eben eine Komödie und nicht eine Tragödie geworden. Und mit vollem Recht; denn das Leben ist nun mal eine Komödie und keine Tragödie. Die eine Tragödie aus ihm machen, sind selbst schuld.«

»Aber ich hätte auch eine andere Musik schreiben müssen.«

»Beileibe nicht. Ich sagte Ihnen schon: Ihre Musik ist die Sprache eines Don Giovanni der Gegenwart. Sie allein macht Da Pontes Text erträglich. Ja, sie läßt einen mit ihrer sinnlichen Macht und dem Geist, der sie durchflutet, die Worte vergessen, die, Gott sei Dank, das Publikum größtenteils nicht vernimmt.«

Es ist schon Mitternacht, als Mozart das immer noch im Fluß befindliche Gespräch unterbricht und erklärt, er müsse zu seinem Bedauern jetzt nach Hause eilen und die Ouvertüre niederschreiben, es sei die höchste Zeit. Casanova versteht durchaus die Dringlichkeit dieses Vorsatzes und bietet sich an, den Meister bis zu seinem Gasthof zu begleiten. Allein die Möglichkeit, daß der redselige Schloßbibliothekar, der mittlerweile das Thema seiner amourösen Erlebnisse am Theater angeschnitten hat, nicht so bald ein Ende im Erzählen finden werde, veranlaßt Mozart, das Anerbieten dankend abzulehnen.

»Mandl, wo bleibst du?« empfängt ihn Konstanze in dem Gasthof. »Zweimal ist der Guardasoni dagewesen und hat sich nach dir erkundigt.«

»Aha! Die Ouvertüre brennt ihm unter dem Hintern«, ruft Mozart. »Die beiden hochmögenden Bühnengewaltigen glauben, ich würd's nicht schaffen. Aber ich schaff's, Stanzerl. Der kuriose Mann aus Dux, der Casanova, hat mir ganz den Kopf verdreht. Er meint, Da Ponte hätte einen völlig verfehlten Don Giovanni geschildert.«

»Was du sagst!« unterbricht sie ihn erschrocken.

»Reg dich nicht auf, Weibchen. Mein Don Giovanni bleibt so wie er ist. Aber nun bereite mir schnell einen Punsch. Und dabei erzählst du mir von Aladins Wunderlampe.«

Konstanze bereitet den Punsch und beginnt ihres Amtes als Scheherezade zu walten. Und siehe da – die Wirkung bleibt nicht aus: Takt fügt sich an Takt, erst hastig und schnell, dann langsamer und zögernder, schließlich steht die Feder still und will nicht mehr weiter. Behagliche Atemzüge deuten an, daß der Komponist aus dem Reich der Töne in das Reich des Schlafes geflüchtet ist. Es tut Konstanze leid, ihn zu wecken, aber sie muß es tun.

»Mandl – die Ouvertüre!«

»Himmelsakra!« ruft er aufspringend. »Der verfluchte Wein!«

Da überredete sie ihn, sich ein Stündchen aufs Kanapee zu legen, sie werde ihn rechtzeitig ermuntern. Allein aus dem Stündchen werden zwei, weil ihr selbst indessen die Lider zugefallen sind. Doch hat der kurze Schlaf Mozart erfrischt. Die Arbeit geht ihm nun prestissimo von der Hand. Als der Morgen graut und der Hausdiener den Kopisten meldet, erhält er die Ouvertüre. Gegen Mittag sitzt Mozart bereits am Dirigentenpult und probiert die Ouvertüre mit dem Orchester. Schon nach der zweiten Wiederholung sagt er:

»Meine Herren, ich danke Ihnen. Ich bin zufrieden.«

Bondini und Guardasoni, die sich im Zuschauerraum eingefunden haben, kommen auf ihn zu, und beide drücken ihm die Hand.

»Wahrhaftig, Meister, man kann sich auf Ihr Wort verlassen«, sagt der Direktor. »Möge der Erfolg Sie reichlich für Ihre Mühe entlohnen! Das Theater ist ausverkauft. Hunderte mußten wir auf die nächste Aufführung vertrösten.«

Am selben Abend, dem 29. Oktober, geht der »Don Giovanni« – wie Mozart an seinen Freund Jacquin schreibt – mit lautestem Beifall in Szene. Es ist eines der großen glücklichen Ereignisse in seinem Leben. Der sonst etwas vorsichtig seine Anerkennung äußernde Guardasoni kann diesmal seine Begeisterung nicht verhehlen:

»Alle Impresarii, alle Künstler müssen Sie und Da Ponte in den Himmel heben! Denn solange solche Männer leben, wird man vom Theaterelend nichts wissen.«

Interessiert erkundigt sich Mozart nach Casanova.

»Ja, er war in der Loge mit einer jungen, sehr hübschen Dame«, erwidert der Regisseur. »Aber vor dem Finale soll er mit seiner reizenden Begleiterin das Theater verlassen haben.«

IX

Mozart hat mit seinem »Don Giovanni« einen beispiellosen Erfolg errungen. Die vornehmen Prager überschütten ihn und seine Frau geradezu mit Einladungen zu häuslichen Festlichkeiten. Aber Mozart lehnt diesmal alle ab, denn er sehnt sich nach Ruhe und Erholung von den Strapazen der letzten Wochen und fühlt sich nur in dem behaglichen Heim der Duscheks wohl, die in edlem Wettstreit alles tun, dem Ehepaar die Erinnerung an den Prager Aufenthalt zu verschönen.

Als Mozart wieder einmal – wenige Tage nach der Premiere des »Don Giovanni« – Josepha mit galanten Komplimenten traktiert und sie seiner ewigen Freundschaft versichert, äußert sie, sie beginne an seinen Beteuerungen zu zweifeln, und, nach dem Anlaß eines solchen kränkenden Vorwurfs befragt, gesteht sie, daß sie noch immer auf die längst versprochene Arie warte. Mozart fühlt sich bei einer Unterlassungssünde ertappt, möchte jedoch seine Vergeßlichkeit nicht zugeben und begründet die Nichterfüllung seines Versprechens mit der Ausflucht, alle seine bisherigen Versuche der Vertonung hätten ihm mißfallen, sie seien einer göttlichen Josepha nicht würdig. Aber er trage den gewählten Text stets bei sich, auf die richtige Eingebung harrend. Und er zieht zum Beweis ein schmales Bändchen hervor, das verschiedene italienische Texte enthält. Die Sängerin blättert darin und fragt: »Welcher ist es denn?«

»Das bleibt vorläufig Komponistengeheimnis.«

»Darf ich das Geheimnis enträtseln?«

»Gern. Bis zu unserer Abreise haben Sie Zeit.«

Am Nachmittag vor der Abreise – es ist der 3. November und außerdem ein Tag, an dem der Herbst seine letzte Wärme über die buntgesprenkelte Landschaft ausgießt – laden die freundlichen Gastgeber das Ehepaar Mozart zu einer Spazierfahrt nach der Bertramka ein, die der Komponist seit der Vollendung des »Don Giovanni« nicht betreten hat. Frohgelaunt kommen sie vor dem lieblichen Buen Retiro an. Während Franz Duschek, mit den Gästen plaudernd, durch den Garten wandelt, ist Josepha in das Haus gegangen, um ihre Anweisungen für die Abschiedsjause zu geben. Nach einer Weile kommt sie vom Haus her den Spaziergängern heiter gestimmt entgegen und ruft schon von fern:

»Denkt euch, unserm Babettchen ist der Don Giovanni nicht bekommen. Ei, ei, Mozart, was haben Sie angerichtet?«

»Ich?« fragt Mozart völlig perplex.

»Du sprichst in Rätseln, Peperl«, bemerkt ihr Gatte.

»Also hört: Unser Babettchen wollte durchaus den Don Giovanni sehen und hören – das verstehe ich, weil er ja zum großen Teil unter ihrer Obhut entstanden ist. Sie putzt sich hübsch an und wandert nach Prag. Aber, o Schreck! Es war keine Eintrittskarte mehr vorhanden. Traurig stand sie da. Plötzlich erschien ein eleganter alter Herr, fragte nach ihrem Kummer und lud sie in seine Loge ein. Die Neugier war stärker als ihre Schamhaftigkeit. So erlebte sie die Oper an der Seite eines vornehmen Kavaliers, der sie auch sehr liebenswürdig unterhielt. Freilich verstand sie nur das wenigste, weil er sehr schlecht deutsch sprach. Dann hätte er plötzlich gesagt, die Oper sei zu Ende, und sei mit ihr fortgegangen, und zwar in einen Gasthof, wo er sie zum Speisen eingeladen habe, worauf sie aus Dank für seine Gefälligkeit eingegangen sei.«

»Ha!« ruft Mozart. »Das war kein anderer als Casanova!«

»Das denken *Sie*, lieber Freund, aber unser Babettchen glaubt steif und fest, es könne niemand als der Don Giovanni gewesen sein, der sie habe verführen wollen. Sie fand ihn anfangs höchst anziehend, aber mit der Zeit wurde er ihr unheimlich. Schließlich packte sie die Angst, und in einem Augenblick, da ihr redseliger Kavalier gerade hinausgegangen war, huschte sie fort und entfloh. Ganz verstört soll sie mitten in der Nacht angekommen und von einem heftigen Fieber befallen worden sein. Obwohl seit dem Schreck sechs Tage vergangen sind, fühlt sie sich immer noch matt und spricht fortwährend von dem Erzlumpen Don Giovanni, dem Teufel in Menschengestalt, der sie gewiß in die Hölle habe zerren wollen. Kurz und gut, ich tröstete den bekümmerten Vater und auch Babettchen, indem ich ihr auseinandersetzte, daß das alles ja nur Einbildung sei. Wie mir schien, half meine feurige Beredsamkeit; denn sie lächelte plötzlich, und wenn ein junges Mädchen lächelt, so nimmt es eine Sache nicht mehr ernst. Für mich war es jedenfalls interessant festzustellen, wie Don Giovanni, teurer Freund, auf ein reines naives Mädchengemüt wirkt. Jetzt aber wollen wir noch die Sonne wahrnehmen, solange sie scheint. Ich schlage darum den Weg nach der Höhe vor, wo wir einen herrlichen Rundblick genießen.«

Gesagt, getan. Das seltsame Vorkommnis bildet auch während der Wanderung zum Ziel den Gesprächsstoff. Franz Duschek will in ihm ein auffälliges Beispiel der Magie der Musik sehen; Mozart jedoch, der sich nicht dazu äußert, denkt: der Casanova hat nicht so unrecht – die Oper erzeugt ihre erschauernde Wirkung bereits ohne den Schluß mit Blitz und Donnergetön. Gut, daß er ihn der lieben Kleinen vorenthielt.

Indessen hat man die Höhe erreicht, die ein Pavillon mit geschlossenen Fensterläden krönt. Dieser Rundbau hat etwas Tempelartig-Geheimnisvolles. Merkwürdig, denkt Mozart, daß meine Schritte sich nie bis hierher verloren. Welch ein idealer Aufenthalt zum Sinnen und Komponieren! Neugierig betrachtet er das Gebäude.

»Bitte, treten Sie nur ein, Meister«, sagt Josepha mit einladender Gebärde, nachdem sie die Tür aufgeschlossen hat.

Er folgt ihrer Aufforderung und befindet sich in einem fast sakral anmutenden Raum, von dessen gewölbter Decke ein brennender Lüster herunterhängt über einem runden Tisch, vor dem ein bequemer Sessel steht. Er blickt sich um und wundert sich, daß er allein ist, niemand ihm folgte. Da gewahrt er auf dem Tisch unbeschriebenes Notenpapier, Tinte und Federkiel, außerdem das Büchlein, das er am Vormittage Josepha gab. Ferner liegt obenauf ein beschriebener Zettel. Er nimmt ihn und liest:

»Wer diesen Raum betritt, der ist gefangen
und bleibt es, bis er seine Pflicht verrichtet:
erfüllt der Hausfrau heftiges Verlangen
und eine Arie in Noten dichtet.«

Ein Lächeln spielt um seinen Mund. Er wendet sich um und greift nach der Türklinke. Kein Zweifel – die Tür ist verschlossen.

Nun weiß er, was er zu tun hat. Er nimmt den Federkiel und beginnt zu schreiben.

Draußen gesteht Josepha ihren Schelmenstreich. Der Gatte scheint etwas ungehalten darüber zu sein, daß seine Frau auf solch erpresserische Weise dem Freunde die Erfüllung seines Versprechens abnötige. Zum mindesten, äußert er, hätte man erst die Jause einnehmen müssen. Dem widerspricht Josepha mit der Begründung, es wäre dann zu spät für ihren listigen Einfall geworden. Im stillen befürchtet jedoch auch sie, der Freund könne ihr diese heimtückische Zwangsmaßnahme verübeln. Aber Konstanze weiß sie sofort zu beruhigen; sie kenne ihren Mann zu genau, um zu wissen, daß er sich durch diese originelle Art der Mahnung niemals verletzt fühlen werde, eher glaube sie an eine besonders günstige Wirkung der ersonnenen Falle, in die er geraten sei.

Man hat in der Nähe auf einer Bank Platz genommen und genießt, munter plaudernd, die Schönheit der Herbstlandschaft im rötlichen Abendsonnenschein. Da dröhnt plötzlich ein gewaltiges Pochen an die verschlossene Tür. Josepha erhebt sich und schreitet nach dem Pavillon.

»Was begehrt der Herr Arrestant?« ruft sie laut hinein.

»Freilassung! Denn ich habe meine Pön verbüßt«, tönt es zurück.

Da dreht sie den Schlüssel im Schloß um und läßt Mozart heraus. Mit den beschriebenen Notenblättern in der Hand tritt er ihr gravitätisch entgegen. Sie will nach ihnen greifen, doch er entzieht sie ihrem Zugriff.

»O nein!« sagt er. »So leichten Kaufes gebe ich die in Hunger und Schweiß geschaffene Arbeit nicht her. Nur unter der Bedingung, daß Sie die Arie a prima vista fehlerfrei gleich singen.«

Josepha nimmt das Notenmanuskript in Empfang und sieht es flüchtig durch. Plötzlich stutzt sie und jammert:

»O Gott! O Gott! *Sie* stellen aber Anforderungen an die Stimme! Diese Intervalle im Andante! Das sind ja akrobatische Sprünge. Und der Grundcharakter so unsäglich traurig. Bella mia fiamma, addio!«

»Eine Bravourarie ist sie nicht«, versetzt Mozart, »aber sie verlangt einen Vortrag großen Stils, über den Sie, verehrte Freundin, meisterhaft verfügen. Und kann sie anders als traurig sein, da der bevorstehende Abschied mir schon jetzt das Herz zerreißt?«

»Ereifert euch nicht über das Wie und Aber, sondern bringt uns die Arie zu Gehör«, mischt sich Franz in das Gespräch und gibt damit das Zeichen zum Aufbruch nach dem Landhaus.

Dort erwartet die vier die längst gedeckte Kaffeetafel, und auch Babettchen steht zur Bedienung bereit. Ihr freundliches Lächeln deutet an, daß sie die ausgestandenen Don-Giovanni-Aufregungen überwunden hat. Aber ehe man sich zu der Jause verfügt, greift Josepha ihrem Freunde Mozart unter den Arm und zieht ihn in den Musiksalon an das Spinett.

»So, bitte, nun walten Sie Ihres Amtes. Ich will mir meine Arie erst verdienen.«

Und Josepha beginnt zu singen. Sie singt mit einer Inbrunst und Wärme des Ausdrucks, als berühre der Inhalt des Textes in seiner Vertonung die zartesten Saiten ihres Gemüts, dieser Inhalt, der nur die schmerzliche Trennung eines Kriegers von der Geliebten schildert, ehe er in den Tod geht. Aber der Komponist läßt die ganze Skala der Empfindungen von glühender Leidenschaft bis zum herben Entsagen in seiner Musik aufklingen, und dieser Sprache des Herzens gibt die Sängerin hinreißende Gestalt. Wie sie das »o cara, addio per sempre« bringt, ist unvergleichlich schön. Welche Zaubermacht der Töne erschließt das kleine Werk!

Hochbeglückt stammelt er nach dem Vortrag, die Sängerin umarmend:

»Danke! Danke! Josepha!«

»Leb wohl, Teurer«, raunt sie ihm zu, »aber nicht für immer, sondern nur für kurze Zeit.«

»So Gott es will«, sagt er, mehr geflüstert als gesprochen.

Da glaubt Josepha wahrzunehmen, daß Mozarts Augen feucht schimmern.

X

Wieder empfängt die Heimkehrenden die Fremdheit einer neuen Wohnung, diesmal in der Stadt »unter den Tuchlauben«. Das idyllische Tuskulum »auf der Landstraße« bleibt infolge der Bedrängnis durch den geldgierigen Hauswirt als ein böser Traum im Gedächtnis seiner Sommerbewohner zurück. Wieder richtet sich das Künstlerehepaar in seiner neuen Häuslichkeit ein, kauft mancherlei Hausrat dazu; denn die Prager Entreprise hat die Börse angenehm gefüllt, so gut, daß sogar Stanzerl das längst schon in Salzburg versprochene Armband zum Präsent erhält. Überhaupt kennt Mozarts Freigebigkeit, wenn er Geld hat, keine Grenzen. Dem Grundzug seines Wesens, Güte, entspricht seine ständige Bereitwilligkeit, Menschen zu erfreuen und zu beglücken. So ziehen auch seine Schwiegermutter und jüngste Schwägerin aus dieser Neigung ihre Vorteile. Die größte Freude bereitet ihm das Wiedersehen mit seinem Söhnchen. Auch für ihn ist die Tafel mit Gaben reichlich gedeckt. Der kleine Karl ist ein munteres Bürschlein. Er scheint auch an der Musik Freude zu empfinden, freilich nicht mit jener Besessenheit, die der kleine Wolfgang Amadeus bezeigte. Er hört gern zu, wenn der Vater spielt, aber er hat kein Bedürfnis zu eigener Betätigung. Um so stärker regt sich in ihm ein anderes Erbteil – die Liebe zu Tieren. Nichts bereitet ihm mehr Vergnügen, als wenn er sein Terrarium oder Aquarium um ein kleines Lebewesen bereichern kann. Hier finden Vater und Sohn eine gemeinsame Basis andächtiger Beschäftigung.

Noch sind die Mozarts mitten im Einrichten der neuen Wohnung, als die Kunde die Stadt durcheilt, daß der Ritter Christoph Willibald von Gluck verschieden sei. Der den Tafelfreuden ergebene Genießer war bei einem Gastmahl vom Schlage gerührt worden. Dem berühmten Tonschöpfer Wiens wird ein ehrenvolles Begräbnis zuteil. Unter dem zahlreichen Geleit befinden sich auch Mozart und Joseph Haydn. Beim Heimwärtsgehen nach der Begräbniszeremonie kommen sie ins Gespräch.

»Ich bin gespannt, wer die Nachfolge Glucks als Hofkompositeur antreten wird«, sagt Haydn.

»Nun, Salieri natürlich – wer sonst?« erwidert Mozart.

»So weit wird doch der Kaiser nicht gehen, daß er trotz seiner Vorliebe für die welsche Musik dieses Ehrenamt einem Italiener gibt, der – nebenbei bemerkt – nur einer unter vielen ist.«

»Was willst du? Salieri ist für den Kaiser und Rosenberg ein musikalisches Genie erster Güte.«

»Na, bei der Verleihung eines solchen Amtes kann man nicht so selbstherrlich walten und einen Hanswurst zum Hohenpriester machen. Nach meiner Ansicht kommst nur du für diesen Ehrenposten in Frage.«

»Ich? Daß ich nicht lache! Ich – der Mann mit den zu vielen Noten, der die Keckheit besaß, einen ›Figaro‹ und ›Don Giovanni‹ zu vertonen! Nein, Papa, da bist du regulièrement auf dem Holzweg.«

Diesmal täuscht sich jedoch Mozart. Es sind kaum drei Wochen seit Glucks Bestattung vergangen, als ein Hofbeamter erscheint und ihm eine Urkunde überbringt, die auf allerhöchste Verfügung seine Ernennung zum k. k. Hofkammermusikus enthält bei Bewilligung eines Jahresgehalts von achthundert Gulden. Konstanze ist fast mehr erfreut als der Gatte, sieht sie doch in dem »k. k. Hofkammermusikus« eine unerwartete, ihrer Eitelkeit schmeichelnde Rangerhöhung. Nur die Summe macht sie stutzig.

»Eins begreife ich nicht, Mandl«, sagt sie. »Achthundert Gulden ist doch ein bißchen wenig für einen kaiserlich-königlichen Hofkammermusikus.«

»Da hast du recht, Stanzerl«, erwidert der Gatte. »Gluck bezog zweitausend. Versteh schon, man will mich nicht auf eine Stufe mit ihm stellen. Er war ja auch eine Weltberühmtheit«, fügt er bitter hinzu. »Und was bin ich? Ein Klavierlehrer und Komponist, der drei Opern schrieb, die in Wien und in Prag aufgeführt wurden, von denen jedoch die übrige Welt nichts weiß.«

Worüber Mozart sich völlig im unklaren befindet, ist die Funktion, die ihm der neue Titel auferlegt. Immerhin überläßt er hoffnungsvoll die Lösung dieser Frage der Zukunft, bescheidet sich mit der Tatsache, unverhofft zweihundert Gulden als erste Quartalsrate erhalten zu haben, schreibt seinen pflichtschuldigen Dank an den gütigen Spender und sieht in übermütiger Stimmung dem bevorstehenden Weihnachtsfest entgegen, an dem

Konstanze ihre Niederkunft erwartet. Und in der Tat stellt sich, gleichsam vom Christkind geschenkt, ein Töchterchen ein, das nach seiner Taufpatin, Frau von Trattnern, den Namen Theresia erhält. Als Mozart sie um die Patenschaft bittet, zu der sie sich sofort bereit erklärt, berührt sie im Gespräch auch seinen Unterricht und fragt ihn auf Ehre und Gewissen, ob dieser, nach dem großen Erfolg des »Don Giovanni« und bei den Ansprüchen an seine schöpferische Tätigkeit nicht eine zeitvergeudende Belastung für ihn sei.

Das Stundengeben, erwidert er, sei ihm gewiß manchmal eine Last gewesen, namentlich, wenn es sich um Schüler von Durchschnittsbegabung gehandelt hätte; aber außer Theresia habe er ja nur noch zwei Schüler: seit dem Herbst den neunjährigen Johann Nepomuk Hummel, ein Talent allerersten Ranges, der ein hervorragender Pianist zu werden verspreche, und den einundzwanzigjährigen Franz Xaver Süßmayer, der bemerkenswerte Anlagen zum Komponieren zeige. Er verbirgt ihr auch nicht, daß die Enttäuschung, die er mit seinen letzten Akademien erlitten hätte, bei denen er oft kaum auf seine Kosten gekommen sei, ihn tief bekümmere und daß er schon aus diesem Grunde persönlicher Rücksicht halber seinen Unterricht nicht aufgeben könne.

»Aber mit meiner unerschütterlichen Neigung, alles, was mir das Schicksal auferlegt, als Fügung des Himmels anzusehen, gebe ich den Glauben an eine Wendung zum Guten nicht auf und hege den einzigen Wunsch, der gütige Gott wolle mir meine schöpferische Kraft noch eine Weile erhalten.«

XI

Wenn Mozart anfangs nach seiner Ernennung zum Hofmusikus, womit de facto »Hofkompositeur« gemeint war, sich der Hoffnung schmeichelt, seiner Komponistentätigkeit würde durch ehrenvolle Aufträge von höchster Stelle eine neue Blüte beschieden werden, so muß er zu seiner Betrübnis erkennen, daß er irrte. Nichts dergleichen erfolgt, außer einigen Bestellungen der Hoftheaterdirektion, für die bevorstehende Karnevalszeit zu den Maskenbällen aller Stände in den k. k. Redoutensälen Tänze zu schreiben. Seiner in allen künstlerischen Dingen waltenden Gewissenhaftigkeit gemäß, auch an geringfügige Aufgaben mit verantwortungsvollem Ernst heranzutreten, nimmt er diese der Unterhaltung dienenden Gelegenheitsaufträge in Arbeit, als handle es sich um bedeutsame Werke, und schafft eine Anzahl entzükkender Menuette, Contretänze und Ländler. Und doch ist die Hoffnung auf größere schöpferische Leistungen keineswegs unberechtigt, schon in Erwägung dessen, daß er pro forma die Nachfolge Glucks angetreten hat, der kaiserlichen Kammer angehört und, wie er der Schwester schreibt, die Berechtigung habe, sich »Kapellmeister in wirklichen Diensten seiner k. k. Majestät« zu nennen. Was Wunder, wenn er einem von ihm geforderten Steuerbekenntnis die Randbemerkung beifügt: »Zuviel für das, was ich leiste, zuwenig für das, was ich leisten könnte.«

Immerhin wird Mozart für das vergebliche Warten auf den größeren Auftrag ein kleiner Trost zuteil: die Hoftheaterdirektion entschließt sich, im Frühjahr seinen »Don Giovanni« aufzuführen, nachdem man allerhand Rühmenswertes über die Oper aus Prag erfahren hat. Freilich muß der Komponist zuvor einige Änderungen vornehmen und außerdem noch etliche Gesangseinlagen beisteuern, wofür er insgesamt – die Aufführung inbegriffen – das lächerliche Honorar von hundert Gulden erhält, lächerlich schon deswegen, weil Da Ponte, der ohnehin bereits mit einem stattlichen Sümmchen abgefunden wurde, als Sondergeschenk vom Kaiser hundert Zechinen in die Tasche steckt. Mozart geht nur mit Widerwillen an die gewünschten Änderungen, die ihm durchaus überflüssig erscheinen – wie sich auch später zeigt – und überläßt einen Teil davon seinem Schüler Süßmayer. Die Cavalieri als Elvira und der vortreffliche Figaro Benucci als Leporello wirken mit; Aloysia Lange singt die Donna Anna. Allein trotz einer guten Aufführung ist die Aufnahme kühl, nicht zu vergleichen mit der, die einst »Die Entführung« und der »Figaro« fanden.

Mozart ist schwer enttäuscht. Das hätte er nach dem Prager Erfolg nicht erwartet. Sollte er auch als Komponist die Zuneigung der Wiener eingebüßt haben? In seiner bedrückten Stimmung besucht er seinen alten Gönner Baron Waldstädten und schüttet ihm sein Herz aus. Der rührende väterliche Freund, der natürlich die gewaltige Steigerung der musikalischen Gestaltungskraft des Komponisten im »Don Giovanni« erkannte, versucht ihn damit zu trösten, daß das ungeheuerlich Neuartige vorläufig noch das Publikum verblüffe, welches sich allmählich erst daran gewöhnen müsse. Da lächelt Mozart schmerzlich und sagt:

»Sollte der Kaiser recht haben?«

»Inwiefern?«

»Er hat nämlich zu Da Ponte geäußert: ›Die Oper ist köstlich, ist göttlich, sie ist vielleicht besser noch als ‚Figaro', aber sie ist keine Speise für meine Wiener.‹«

»Vorläufig, vorläufig«, wiederholt Waldstädten. »Warten Sie nur ruhig das Weitere ab.«

»Sie meinen, man müsse ihnen Zeit lassen, sie zu kauen?«

»Ja. Vergessen Sie nicht, lieber Freund, alles Große in der Kunst braucht Zeit, ehe es die ihm gebührende Anerkennung findet. Das ist beinahe ein ehernes Gesetz der Entwicklung. Denn ihr Künstler von Rang schreitet ja immer mit Meilenstiefeln eurer Zeit voraus. Ehe das Publikum Verständnis für euer Schaffen hat, muß es erst umgelernt haben. Das geht nicht von heute auf morgen. Die leichte gefällige Ware findet immer bei den Zeitgenossen Anklang, weil sie keine Probleme zum Nachdenken stellt. Sie sehen das an Dittersdorf, dessen ›Doktor und Apotheker‹ und ›Liebe im Narrenhaus‹ allabendlich die Theater füllen. So sind die Wiener. Sie wollen Unterhaltung und wollen lachen.«

»Das ist es nicht allein, verehrter Gönner. Dittersdorf hat einen Vorzug vor mir, den man nicht hoch genug bewerten kann: er komponiert nach *deutschen* Texten, welche auch der schlichte Bürger versteht, ich aber muß mich mit italienischen Texten behelfen, die nur einem Teil des gebildeten Publikums zugänglich sind, und dieser Teil ist sehr gering. Gäbe es einen deutschen Dichter, der so geschickt wie Da Ponte sein Handwerk verstünde, oh, ich sage Ihnen, ich brauchte nicht bei jeder meiner Opern zu zittern, daß sie nach einem Dutzend Vorstellungen für immer von der Bühne verschwindet, und ich würde jenes gräßliche Gefühl, ständig zwischen Hoffnung und Angst zu leben, endlich los sein.«

Waldstädten erkennt mit Erschrecken die Fruchtlosigkeit seiner Trostworte. Zum erstenmal wird ihm die tiefe Tragik in der Seele dieses seinem Herzen so nahe stehenden Menschen deutlich bewußt. Was er nicht erfährt, sind die äußeren Ursachen der Depression; denn merkwürdigerweise hat Mozart eine schamhafte Scheu davor, Waldstädten seine wirtschaftlichen Nöte im Kampf um das Dasein zu offenbaren, als fürchte er, dadurch in der Achtung des väterlichen Freundes zu sinken.

Und diese Nöte treten wieder mit ihrer bitteren Härte an ihn heran, als es Sommer wird. Die letzten Ersparnisse sind dahingeschwunden, und keine neuen Einkünfte stehen in Aussicht. Aber er weiß auch, daß ihm mit kleinen Summen, wie er sie gelegentlich zur momentanen Aushilfe borgt, nicht gedient sei. Er braucht ein größeres und langfristiges Darlehn, das ihm für geraume Zeit ein ruhiges, sorgenfreies Schaffen gewährleistet. Und dieses glaubt er am ehesten nicht von einem ihm nahestehenden Freunde zu erlangen, sondern von einem Manne, der ihm innerlich fremd ist, aber ihn schätzt und außerdem über die Mittel verfügt, um ihm ohne Bedenken beizustehen. Er kennt in der Loge eine Anzahl solcher Männer, und unter ihnen scheint ihm der reiche Handelsherr Michael Puchberg, ein zwar kühl rechnender Geschäftsmann, aber ein Mensch, der sich als Bruder seiner Pflicht der Nächstenliebe bewußt ist, der richtige zu sein. An ihn wendet sich Mozart, doch nicht mündlich, sondern schriftlich.

Er legt seine Lage offen dar, schildert, wie schwer es ihm sei, unter bedrückenden Verhältnissen zu schaffen, und bittet ihn um ein Darlehn von ein- bis zweitausend Gulden »gegen gebührende Interessen« für die Dauer von höchstens zwei Jahren. Dem vorsichtigen Kaufmann Puchberg erscheint jedoch eine solche Summe zu hoch; darum streckt er ihm vorläufig erst zweihundert Gulden vor. Das ist bei den aufgelaufenen Schulden nur ein Tropfen auf einen heißen Stein. Zehn Tage später sieht sich Mozart genötigt, sein Anliegen zu wiederholen, diesmal schon mit dringlich flehendem Ton. Aber da Puchberg schweigt, muß er verschiedene Gegenstände versetzen: Die Versatzzettel sollen jenem zeigen, wie schlimm es um ihn steht; er schickt sie ihm und fügt die Worte hinzu: »Verzeihen Sie meine Zudringlichkeit, aber Sie kennen meine Lage. Ach! hätten Sie doch das getan, um was ich Sie bat! – Tun Sie es noch – so ginge alles nach Wunsch.« Jetzt läßt sich Puchberg erweichen und schickt dem Bedrängten abermals eine Summe, zumal er erfuhr, daß Mozart am 29. Juni sein halbjähriges Töchterchen Theresia durch den Tod verloren hat.

Nichts beleuchtet greller die bejammernswürdigen wirtschaftlichen Nöte Mozarts als diese hilfeflehenden, in einem Zustand zwischen Angst und Verzweiflung geschriebenen Briefe. Welche unerhörte Willenskraft ist dazu erforderlich, um sich von ihnen nicht zermürben zu lassen und den Schaffenstrieb aufrechtzuerhalten! Ja, er bricht in diesem leidvollen Sommer mit leidenschaftlicher Gewalt hervor, als wolle er den Sorgenbeladenen über sein Elend trösten, die Unbill des Schicksals ihn vergessen machen. Drei Sinfonien entstehen in Monatsabständen, die letzten, die er komponiert: erst die verträumt-schwärmerische, von einem feierlichen Adagio eingeleitete Es-Dur-Sinfonie mit der wundervollen Klarinetten- und Flötenzwiesprache im Trio, dann die elegische, von einer düsteren Grundstimmung ausgehende, im Menuett jedoch sich trotzig aufbäumende Sinfonie in g-Moll und endlich die strahlende, von Geist sprudelnde Sinfonie in C-Dur. Daß mit Ausnahme der schwermütigen Färbung des zweiten Werkes in den anderen beiden Sinfonien keine weltschmerzliche Resignation vorwaltet, sondern im Gegenteil eher eine über die Widerwärtigkeiten des Alltags triumphierende Zuversicht, zeigt, wie Mozart die Dämonen seines Inneren zu bändigen weiß, wie sein Genie die Unzulänglichkeiten des Lebens sieghaft überwindet.

XII

Die Not vermögen auch diese Sinfonien nicht zu mindern; denn es findet sich weder ein Mäzen, der ein Ehrenhonorar für sie zahlt, noch ein Verleger, der sie dem Komponisten abkauft. Niemals schien ihm die nächste Zukunft mit so dunklen Schleiern verhangen zu sein wie jetzt bei Anbruch des Herbstes. Von neuem sieht Mozart sich genötigt, Unterricht wieder in größerem Maßstabe zu geben. Er tut es nur widerstrebend, aber mit zweihundert Gulden Komponistengehalt pro Quartal kann er kaum viele Sprünge machen; es reicht nicht einmal zum Allernotwendigsten für seine kleine Familie. Sein bester Schüler, der kleine Hummel, hat es durch seine Riesenfortschritte bald so weit gebracht, daß er die Pianistenlaufbahn einschlagen kann. Er verläßt denn auch im Herbst seinen Meister und tritt mit seinem Vater eine Konzertreise an. So verbleiben ihm von Begabten nur Therese von Trattnern und Süßmayer. Er muß infolgedessen nach neuen Schülern Umschau halten.

Seine Bemühungen haben etwas Erfolg. Auf Veranlassung der Gräfin Wilhelmine Thun stellt sich ihr Schwiegersohn, der junge Fürst Karl Lichnowsky, als Schüler bei ihm ein. Er gehört zu jenen Aristokraten, deren Liebe zur Musik größer ist als ihr Können. Allein er besitzt den nicht zu unterschätzenden Vorzug, daß er den Fähigkeiten des Genies gebührende Achtung bezeigt und demgemäß die Stunden angemessen hoch honoriert. Und eine

Schülerin kommt noch hinzu: Magdalena, die Frau des Justizkanzlisten Franz Hofdemel – eine hübsche Person, die ihre Äugelchen kokett zu drehen versteht und die ihrem Mentor mehr imponiert durch ihre pikanten körperlichen Reize als durch die Geläufigkeit ihrer Finger auf den Tasten. Der Unterricht entbehrt infolgedessen auch bald des gewichtigen Ernstes und wandelt sich in einen neckischen Flirt mit Schäkern und Kosen, das die Grenzen des Geziemenden reichlich überschreitet. Nur ist der Hofmacher diesmal vorsichtiger und enthüllt seine Verliebtheit Stanzerl nicht in einer verräterischen Komposition oder Widmung.

Gegen Ausgang des Winters eröffnet der Fürst Lichnowsky eines Tages Mozart, daß er dringend eine Reise nach Berlin machen müsse und ob er ihn als Gast dorthin begleiten wolle; er hoffe, daß die Anknüpfung mit dem Berliner Hofe, die er vermitteln würde, für die Aufbesserung der wirtschaftlichen Lage seines verehrten Lehrers gewiß von Nutzen sein könne. Mozart geht auf das freundliche Anerbieten, das ihm in diesem Augenblick als Geschenk des Himmels erscheint, natürlich voll Begeisterung ein. Weniger begeistert ist Konstanze darüber, daß sie nicht mitfahren darf, weil kein Platz im Wagen frei sei. Es kostet den Gatten einige Mühe, die sich zurückgesetzt Fühlende und Schmollende zu beschwichtigen. Da es mit Überredungskunst nicht gelingt, besteigt er den Pegasus und legt ihr beim Mittagessen ein Zettelchen neben den Teller. Sie nimmt ihn und liest:

»Wenn ich werde nach Berlin ver- reisen,
hoff' ich mir führwahr viel Ehr und Ruhm.
Doch acht' ich geringe alles – Preisen,
bist du, Weib, bei meinem Lobe stumm;
wenn wir uns dann wiedersehen, küssen,
drücken, o du wonnevolle Lust!
Aber Tränen – Trauertränen – fließen
noch bevor – und spalten Herz und Brust.«

Da lacht Konstanze und sagt:

»Du bist doch ein ausgemachter Schelm. Wer kann dir lange grollen?«

Aber der Schelm gibt sich mit diesem Poesieerguß nicht zufrieden. Zum Abschied beschwört er die Geister des Humors und komponiert in der Art des Bandl-Terzetts ein lustiges Quartett »Caro mio – Druck und Schluck«, das in einem derben Gemisch von Italienisch und Deutsch eine kleine, durch Eifersucht verursachte Eheszene schildert, an der zwei Kavaliere beteiligt sind – eine belanglose Kleinigkeit, in der jedoch Funken seiner Genialität aufblitzen und durch die vor allem die von keinen Schicksalstücken niederzuzwingende Frohnatur ihres Schöpfers schimmert. Als er das Quartett Konstanze schenkt, bemerkt er dazu:

»Studiert's mir ein und singt's mir bei meiner Heimkehr vor.«

Ehe die Reise vonstatten geht, besinnt sich Mozart darauf, daß er doch ohne einen Taler in der Tasche, nur auf die Freigebigkeit des Fürsten angewiesen, sie nicht antreten könne. Flugs schreibt er an den Justizkanzlisten Hofdemel und geht ihn um ein Darlehn von hundert Gulden an. Hofdemel, keineswegs begütert, aber sehr ehrgeizig und bestrebt, durch die Fürsprache des Herrn Hofkompositeur in die Loge aufgenommen zu werden, gibt dem Anliegen Gehör. Allein als vorsichtiger Mann läßt er sich einen Viermonatswechsel ausstellen. So fühlt Mozart wenigstens sich neben seinem reichen Reisegefährten nicht ganz als armer Schlucker.

XIII

Am 8. April 1789 verlassen Fürst und Künstler in prächtigem Viergespann mit zwei Kammerdienern in Livree auf dem Sitz hinter dem Fond das vom ersten Lenzesgrün geschmückte Wien. Mozart kommt sich vor, als sei er selbst ein Magnat; so vornehm hat er sich noch nie auf eine Reise begeben. In Budweis, gelegentlich des Pferdewechsels, schreibt er das erste Brieflein an sein »liebstes Weibchen«: »Habe keine Sorge meinetwegen, denn auf dieser Reise weiß ich nichts von Ungemach, von Verdrießlichkeiten, nichts außer Deiner Abwesenheit, was, da es nun nicht anders sein kann, nicht zu ändern ist.«

Nach einem kurzen Aufenthalt in Prag treffen die Reisenden am ersten Osterfeiertag in Dresden ein, wo niemand sich mehr über das unverhoffte Wiedersehen freut als Josepha Duschek, die einige Tage zuvor hier angekommen ist. Mit der ihr eigenen Rührigkeit vermittelt sie Mozart die Bekanntschaft einflußreicher Männer und führt ihn in schöngeistige Häuser ein, auch in das des Oberappellationsrates Körner. Die ihm hier entgegenströmende literarische Atmosphäre berührt ihn zwar fremdartig, weil er Namen wie Goethe und Schiller vernimmt, die ihm bei seinen geringen Kenntnissen in der deutschen Dichtung nur Namen ohne tiefere Bedeutung sind. Aber Körners Schwägerin Dora Stock weiß ihn so gefällig über sie zu unterrichten, daß er aufmerksam ihrer Erzählung lauscht. Sie möchte ihn in einer Silberstiftzeichnung porträtieren und bittet ihn darum, ihr etwas vorzumusizieren. Mozart entspricht ihrem Wunsche und setzt sich an das Klavier. Bald stellen sich auch die anderen Familienmitglieder ein und lauschen andächtig seinen Phantasien. Darüber wird das bereits fertige Mittagessen kalt. Aber Mozart spielt und spielt. Schließlich bezeigt der knurrende Magen Ungeduld. Dora Stock tritt an den ganz in seine musikalischen Träumereien Versunkenen heran, legt ihm sanft die Hand auf die Schulter und sagt:

»Herr Mozart, wir gehen zu Tisch; wollen Sie nicht mit uns speisen?«

»Komme gleich, meine Gnädige«, erwidert er und spielt weiter.

Man begibt sich in das Nebenzimmer, aber Mozart hört immer noch nicht auf. So verzehrt man das Mahl ohne die Gegenwart des Gastes, allein mit dem Bewußtsein, eine erlesene Tafelmusik zugleich mit den Speisen zu genießen. Erst als die Familie nach beendetem Mahl sich wieder im Musikzimmer eingefunden hat, bricht Mozart sein Spiel ab, steht auf und blickt verwundert die Anwesenden an.

»Entschuldigen Sie«, sagt er, »mir ist die Zeit unter den Fingern entschwunden. Die Suppe ist doch hoffentlich nicht kalt geworden?«

»Oh, die Suppe und der Braten sind schon verzehrt«, sagt Dora lachend. »Aber für Sie, Meister, kommen sie noch warm auf den Tisch. Sie werden mir doch gestatten, daß ich dabei Ihr Porträt beende.«

Und so entsteht eins der besten Bildnisse des Meisters aus seinen letzten Lebensjahren, nicht ohne einen schwermütigen Zug im Gesicht.

Ein öffentliches Konzert kommt in Dresden nicht zustande. Doch gelingt es Mozart, vor der kurfürstlichen Familie eine Akademie zu absolvieren, bei der er unter anderem sein vor kurzem komponiertes herrliches D-Dur-Klavierkonzert spielt. Als Auszeichnung erhält er eine kostbare goldene Dose, was er hocherfreut seinem Stanzerl mitteilt, freilich ihren Inhalt von hundert Dukaten verschweigend. Diese Briefe an sie, in denen er seine Reiseerlebnisse schildert, sind reizende Zeugnisse vorsorglicher Gattenliebe und übermütiger Laune. So heißt es in einem:

»Wenn ich Dir alles erzählen wollte, was ich mit Deinem lieben Porträt anfange, würdest Du wohl oft lachen – zum Beispiel, wenn ich es aus seinem Arrest herausnehme und sage: Grüß Dich Gott, Stanzerl! Grüß Dich Gott, Spitzbub – Knallerballer – Spitzignas – Bagatellerl – schluck und druck! Und wenn ich es wieder hineintue, so lasse ich es nach und nach hineinrutschen und sage immer Nu – Nu – Nu – Nu –! aber mit dem gewissen *Nachdruck*, den dieses so viel bedeutende Wort erfordert, und bei dem letzten schnell: Gute Nacht, Mauserl, schlaf gesund.«

Sehr günstige Eindrücke von dem Musikleben Dresdens nimmt Mozart nicht mit. Er findet die Oper »wahrhaft elend« und die Messe des Hofkapellmeisters Naumann, die der Komponist zu seinen Ehren dirigiert, »sehr mittelmäßig«. Dafür bietet ihm Leipzig bei einem nur halbtägigen Aufenthalt mehr. Er besucht die Thomaskirche und wird von dem greisen Kantor Doles, einem ehemaligen Schüler Johann Sebastian Bachs, aufs herzlichste willkommen geheißen. Dann musiziert er zum Entzücken des alten Herrn an der Orgel, der seinen verewigten Lehrer zu hören vermeint, und vernimmt, von den Thomanern gesungen, Bachs zweichörige Motette »Singet dem Herrn ein neues Lied«. Mozart lauscht andächtig den Gesängen und äußert begeistert:

»Das ist doch einmal etwas, woraus sich etwas lernen läßt.«

Als ihm Doles erzählt, daß sämtliche Motetten in Stimmenabschriften vorhanden seien, bittet er sie sich aus, verteilt sie auf die Knie und ringsum auf die Stühle und studiert sie mit einem Eifer, der ihn alles in seiner Umgebung vergessen macht. Darüber geht der Vormittag hin. Plötzlich erscheint der Kammerdiener des Fürsten und mahnt zum Aufbruch; denn die Reise soll noch am selben Tage weitergehen. Darauf allgemeines Bedauern der anwesenden Musikfreunde, daß sein Aufenthalt so kurz bemessen sei. Aber Mozart tröstet sie mit der Aussicht, daß er bei der Rückkehr länger in Leipzig verweilen wolle und daß er dann auch vielleicht ein Konzert geben werde. Ja, eigentlich rechnet er damit bestimmt; denn er hat Josepha beim Abschied ein gemeinsames Auftreten in Leipzig so gut wie zugesagt.

Am 25. April treffen Lichnowsky und Mozart in der königlichen Residenz ein. Friedrich Wilhelm II. hat die Musikliebe von seinem Oheim geerbt. Er spielt selbst Violoncello, besitzt eine Neigung für die Italiener – kurz zuvor ist Boccherini von ihm zum Hofkomponisten ernannt worden –, schätzt aber auch Hän-

Der Schloßplatz in Berlin. Stich von J. Rosenberg

del und Gluck und vor allem Haydn, woraus hervorgeht, daß er keine bestimmte Richtung der Tonkunst bevorzugt.

Fürst Lichnowsky stellt seinen Reisegefährten dem König vor. Dieser sagt ihm einige schmeichelhafte Worte sowohl über seine »Entführung« wie über seine Kammermusik, damit andeutend, daß ihm Mozart kein Unbekannter sei, und lädt ihn zu seinen intimen Hofmusiken ein, bei denen ihm auch Gelegenheit geboten wird, sich am Flügel zu produzieren. Nach einem dieser Kammerkonzerte fragt der König ihn:

»Was halten Sie von meiner Kapelle?«

»Majestät, sie ist die größte Vereinigung von Virtuosen in der Welt«, erwidert Mozart. »Aber wenn die Herren alle *zusammen* spielten, so könnten sie es noch besser machen.«

Der König stutzt, sieht ihn dann lächelnd an und sagt:

»Sie sind ein aufrichtiger Mann. Das gefällt mir.«

Der Aufenthalt in Potsdam dauert nur sechs Tage; denn Lichnowsky erklärt plötzlich seinen Entschluß zur Abreise. Mozart, dem dieser hastige Aufbruch gar nicht behagt, äußert offenherzig, daß die Berliner Entreprise bisher jedes greifbaren Erfolges für ihn entbehre und die Bekannten ihm ein längeres Verweilen anraten.

»Nun, so begleiten Sie mich wenigstens bis Leipzig. Sie haben ja Ihren Freunden dort ein Konzert in Aussicht gestellt. Und fahren Sie dann nach Berlin wieder zurück.«

Dieser Vorschlag findet Mozarts Beifall. Er verabschiedet sich deshalb weder vom König noch von seinen Bekannten und sagt nur zu ihnen, er müsse dringend für ein paar Tage verreisen. Aus den paar Tagen werden zwei Wochen. Leipzig hält ihn diesmal länger fest. Josepha ist mit ihren Dresdner Freunden eingetroffen, und so fühlt er sich hier nicht gar so fremd, zumal sein Verehrerkreis von Tag zu Tag wächst. Am 12. Mai findet seine öffentliche Akademie statt. Bei der Vorprobe spielt das Orchester das Allegro seines C-Dur-Konzerts sehr schleppend. »Ancora!« ruft Mozart und schlägt mit seinem Klavierpart ein schnelleres Tempo an. Da das nicht hilft, stampft er den Takt mit dem Fuß so kräftig, daß seine silberne Schuhschnalle in Stücke zerspringt. Dann schreit er wieder »Ancora!«, und beim dritten Versuch erreicht er schließlich das Tempo, das er haben will. Nach der Probe äußert er sich zu einigen der anwesenden Musikkenner:

»Wundern Sie sich nicht über mich. Es war keine Caprice. Ich sah jedoch, daß die meisten Musiker schon ziemlich bejahrte Herren sind. Es wäre des Schleppens kein Ende gewesen, wenn ich sie nicht erst ins Feuer getrieben und böse gemacht hätte. Vor lauter Ärger taten sie nun ihr Möglichstes.«

Das Konzert weist leider sehr schwachen Besuch auf. Das behagt ihm gar nicht, da er ungern vor leeren Stühlen spielt. Darum gibt er Anweisung, den draußenstehenden großen Haufen auf freien Eintritt hoffender Musikenthusiasten einzulassen. Er spielt zwei seiner Klavierkonzerte, Josepha singt einige seiner Arien, und zuletzt brilliert er durch freies Phantasieren am Klavier. Obwohl man ihn mit Beifall überschüttet, befriedigt ihn der Abend nicht. Im Künstlerzimmer winkt er den Sologeiger Karl Gottlieb Berger zu sich heran und flüstert ihm zu:

»Kommen Sie. Ich will Ihnen daheim vorspielen. Sie verstehen's besser als all die Leute, die mir heute applaudiert haben.«

Und in der Tat phantasiert er bis Mitternacht bei Berger am Klavier. Dann springt er auf und reicht ihm die Hand:

»So. Jetzt haben Sie Mozart gehört. Das übrige können andre auch. Gute Nacht.«

Als Mozart am 19. Mai nach Berlin zurückkehrt, erwartet ihn eine Überraschung. Man hat auf allerhöchsten Befehl »Die Entführung« neu einstudiert. Da sich seine Ankunft schnell herumgesprochen hat, wird die Oper noch am gleichen Abend angesetzt. Der Komponist erscheint etwas spät, nachdem sie bereits begonnen hat, und stellt sich im Parkett dicht hinter dem Orchester auf. Von allen Mitwirkenden fesselt ihn am meisten die Darstellerin des Blondchen, ein hübsches Persönchen mit entzückendem Scharm in Stimme und Bewegung. Er scheint nur Auge und Ohr für sie zu haben. Da bemerkt er, daß die zweiten Violinen in der Arie des Pedrillo »Frisch zum Kampfe! Frisch zum Streite!« ständig dis statt d spielen. Erregt ruft er ihnen zu:

»Wollt ihr verfluchten Kerls endlich richtig d spielen!«

»Das kann nur Mozart sein«, geht es wie ein Lauffeuer durch das Orchester. Nachdem der Vorhang niedergegangen, erfahren es auch die anderen Mitwirkenden. Die zwanzigjährige Henriette Baranius fällt fast in Ohnmacht und erklärt, nicht weiter singen zu wollen. Da holt der Dirigent in seiner Verzweiflung den Komponisten hinter die Kulissen.

»Aber, Madame«, sagt der, »was machen Sie für Geschichten. Sie haben herrlich, einfach herrlich gesungen – und damit sie es ein andermal noch besser machen, will ich die Rolle mit Ihnen durchnehmen.«

Das tröstet die Aufgeregte, und der zweite Akt geht ohne Zwischenfall über die Szene. Das entzückende Blondchen, das aber auch eine kleine Circe ist, unterzieht sich in den nächsten Tagen willig den Unterweisungen des Komponisten, und ihre Kollegen wissen bald zu berichten, daß sie nicht nur den Bühnenliebhaber Pedrillo, sondern auch den Schöpfer der Oper in ihre Zaubernetze verstrickt habe. Aber dafür spielt sie bei der nächsten Aufführung ihre Rolle mit solcher Leidenschaft, daß alle ihre Verehrer vor Begeisterung toben.

Zu einem öffentlichen Konzert Mozarts in Berlin kommt es nicht, angeblich weil der König derartige Veranstaltungen nicht mag. Aber zwei Tage vor seiner Abreise wird Mozart zu Hof befohlen, um vor der Königin zu musizieren. Er entledigt sich dieser Aufgabe mit seinem üblichen Programm, dem freien Phantasieren einen wesentlichen Teil einräumend. Aber diese höfische Akademie verläuft in einer etwas steifen Atmosphäre. Als Anerkennung läßt ihm Seine Majestät hundert Friedrichsdor (siebenhundert Gulden) überreichen und gibt ihm den Auftrag, sechs Streichquartette für ihn und ebensoviel leichte Klaviersonaten für seine Tochter, die Prinzessin Friederike, zu schreiben.

Am 29. Mai tritt Mozart – jetzt allein und in einer Postkutsche – über Dresden seine Rückreise an. Vorher hat er seinem Stanzerl schon angekündigt, daß sie sich mehr auf ihn als auf das Geld freuen möge. Und im Grunde genommen ist der Ertrag seiner zweimonatigen Konzertreise auch ziemlich dürftig. Zu guter Letzt hat ihn sein Reisegefährte, »weil sein Beutel abnahm«, wie er schreibt, daselbst noch um hundert Gulden erleichtert. Schon geistert wieder nach zwei Monaten seelischer Entlastung die graue Sorge als drohendes Gespenst durch seine nächste Zukunft und flößt ihm Bangen ein.

XIV

Obwohl die Freude des Wiedersehens beiden Ehegatten zunächst einige ungetrübte idyllische Sommerwochen beschert, so melden sich doch bald düstere Vorzeichen an: Konstanze wird von einem Fußleiden befallen. Aber neben diesen Beschwerden ist ihr ganzer körperlicher und seelischer Zustand unbefriedigend. Dr. Closset, der sie behandelnde Arzt, empfiehlt allgemeine Stärkung durch eine Badekur in Baden bei Wien. Sehr gut, denkt Mozart, aber wo das Geld dafür hernehmen? Abermals greift Puchberg als Helfer in der Not auf dringende Bitten ein, freilich nicht ausreichend.

Konstanze, in das bunte Getriebe eines Kurorts mit seinen geselligen Lockungen versetzt und nach Monaten der Vereinsamung und des Darbens während der Abwesenheit des Gatten keineswegs gewillt, sich asketisch von allen Freuden des Daseins abzuschließen, findet auf der Suche nach Zerstreuung bald Kavaliere, die sich an sie attachieren. Doch sind es anscheinend etwas fragwürdige Kavaliere. Jedenfalls berichtet ein Wiener Gentleman, der das Getue beobachtet hat, seinen Bekannten allerhand über Konstanzes Betragen, was nicht gerade zu ihren Gunsten spricht. Flugs dringt auch der Klatsch zu Ohren des Ehemanns und entzündet seine Eifersucht. Sofort macht er sich auf zu einer Fahrt nach Baden, um der Pflichtvergessenen gründlich die Leviten zu lesen. Aber da er weiß, daß er in Gegenwart der bemitleidenswerten Patientin, wenn sie die Augen reumütig niederschlägt, nicht den Mut dazu finden werde, tut er es brieflich schon tags zuvor, indem er ihr streng ins Gewissen redet. In der Tat, das Wiedersehen lötet das brüchig gewordene Band wieder zusammen. Konstanze gibt zu, etwas über die Stränge geschlagen zu haben, und verspricht Besserung, doch sacht den Vorwurf hineinflechtend, daß ja auch er oft genug Seitensprünge mache. Versöhnt kehrt der Gatte heim zu den Aufgaben, die ihm unter den Nägeln brennen. Aber die Arbeit will in diesem Sommer nicht recht gedeihen. Von den sechs in Auftrag gegebenen Quartetten für den Preußenkönig kommen nur drei zustande, und sie tragen keineswegs das Meistergepräge seiner früheren Haydn-Quartette, und statt der sechs leichten Klaviersonaten für die Prinzessin wird nur eine fertig.

Da bringt der August einen Lichtstrahl: der »Figaro« erscheint von neuem auf der Bühne und mit dem gleichen Erfolg wie vor dreieinhalb Jahren. Und dieser Wiedererweckung folgt im Herbst ein angenehmes Nachspiel: er erhält auf allerhöchsten Befehl den Auftrag, für die nächste Karnevalszeit eine Oper leichten Genres zu schreiben, und zwar mit dem ausdrücklichen Wunsch, daß keine aus der Literatur vertraute Gestalt oder Begebenheit bei der Formung des Textes verwendet werde. Als Honorar sind zweihundert Dukaten vorgesehen. Wieder wendet er sich an Da Ponte. Diesmal ist der federgewandte Librettist gleich bereit, einesteils, weil es ihm in letzter Zeit an Aufträgen fehlte, andernteils, weil er mit einer neuen Opernkraft, der hübschen Adriana Ferraresi del Bene, ein Liebesverhältnis angeknüpft hat und ihr gern eine Rolle sozusagen auf den Leib schreiben möchte. Schnell hat Da Ponte in Boccaccios »Dekameron« die Anregung zu der Oper gefunden – die Prüfung der Weibertreue. So schreibt er ein Libretto, in dem zwei Schwestern von ihren beiden Liebhabern hinsichtlich ihrer Treue dadurch auf die Probe gestellt werden, daß sie, nachdem sie unter dem Vorwand, zum Heer einberufen worden zu sein, von ihnen Abschied genommen haben, bei den jungen Damen als Albanier verkleidet sich einfinden, um ihre Gunst werben und sie finden. Der Hagestolz Don Alfonso lacht sich zum Schluß ins Fäustchen; denn er hat, die Treue der beiden Schönen anzweifelnd, nun seine Wette mit den betrogenen Kavalieren gewonnen, bringt jedoch, nachdem ihm der Beweis »Così fan tutte« (»So machen's alle«) bestens geglückt ist, die notwendige Eintracht zustande.

Als Mozart diese in der Erfindung dürftige, an Phantasie matte, aber nicht ungeschickt gebaute Komödie liest, findet er trotz der Mängel Geschmack an ihr. Warum soll er nicht, nachdem er die Liebe empfindsam (Entführung), galant (Figaro) und dämonisch (Don Giovanni) dargestellt hat, sie auch einmal mit ihrem lockeren Flattersinn vertonen? So denkt er und geht an die Arbeit. Er greift keck in die verklungene Welt des Rokokos, deren völlige Zertrümmerung auf der Arena der Politik gerade in Paris begonnen hat, übernimmt aber nur ihre leichtfertige Lebensmaxime, ihren funkelnden Esprit, ihre tänzelnde Grazie, und erfüllt sie mit der Fülle seiner erfahrenen Gestaltungskraft. Da nur sechs Personen die Handlung bestreiten, sieht er sich veranlaßt, vorwiegend Ensembleszenen zu schreiben, doch aus diesen Duetten, Terzetten, Quartetten, Quintetten und Sextetten heben sich Kabinettstücke musikalischer Charakterisierungskunst heraus.

An dieser Oper zeigt sich so recht, wie die Meisterschaft der Musik die Armseligkeit und Leere des Textes überwindet. Wie groß muß die Fülle innerer Visionen des Tonschöpfers sein, daß sie ein solches faszinierendes Leuchten hervorbringt! Denn er schreibt »Così fan tutte« in einer Zeit, da ihm das Herz oft zum Zerbrechen schwer ist, nicht nur wegen äußerer Bedrängnisse, sondern auch infolge anderer Gründe. Konstanzes Badekur war nicht ohne Erfolg. Sie kehrt im Herbst ziemlich frisch und frohgemut nach Wien zurück. Aber Mitte November wird sie von einem totgeborenen Mädchen entbunden. Die Geburt strengt sie so an, daß sich wieder die Symptome ihres Leidens bemerkbar machen. Die Sorge um die Erkrankte beginnt von neuem an der Seele des Gatten zu nagen. Fieberhaft arbeitet er trotz bekümmerter Stimmung an der fröhlichen Oper weiter. Gegen Ende des Jahres ist sie fertig.

Am Silverstervormittag spielt sie Mozart, nachdem er sich von Puchberg dreihundert Gulden zur Bezahlung der »Apotheker und Doctores« geliehen hat, ihm und Joseph Haydn in seiner Wohnung vor. Dem musikliebenden Kaufmann gefällt die Musik durch ihre Melodienfülle; er muß nur immer daran denken, warum ein Mann mit solchem gottbegnadeten Können von berufener Stelle nicht eine angemessene, ihn aller Sorgen enthebende Entlohnung erhält. Haydn dagegen, der genießerisch alle deliziösen Einzelheiten der Harmonik und Melismatik verfolgt, bedauert insgeheim das auf eine unansehnliche Aufgabe verschwendete Talent. Als Mozart sein Vorspielen beendet hat, sagt Puchberg aufstehend:

»Ich danke Ihnen, lieber Bruder, für den ungewöhnlichen Genuß, den Sie mir bereitet haben. Nun kann ich die bevorstehende Aufführung mit größerem Verständnis in mich aufnehmen.«

Haydn dagegen macht nicht viel Worte und bemerkt nur kurz: »Wenn du nur den ›Don Giovanni‹ gemacht hättest, wäre es genug.«

XV

Am 26. Januar 1790, dem Vorabend von Mozarts vierunddreißigstem Geburtstag, geht »Così fan tutte« auf der Bühne des Hofburgtheaters in Szene. Die Aufführung befriedigt den Komponisten nicht. Außer dem vortrefflichen Benucci, der den Guglielmo singt, findet er die anderen Mitwirkenden unzureichend, besonders die Ferraresi, der jegliche schauspielerische Fähigkeiten fehlen. Aber dem Publikum gefällt die Oper, und die Lebemänner Wiens sagen: »Endlich eine richtige Karnevalsoper!« Allein in die Karnevalsfreuden fällt ein schmerzliches Ereignis: Kaiser Josef II., schon seit dem Herbst kränkelnd, verscheidet am 20. Februar an einem Lungenleiden. »Così fan tutte» wird wegen der Hoftrauer natürlich abgesetzt und kommt erst wieder nach Monaten auf den Spielplan, erreicht aber insgesamt nur die bescheidene Zahl von zehn Vorstellungen.

Mozart sieht sich durch den Tod des Kaisers vor eine neue Situation gestellt: Wird sein Nachfolger, der Bruder des Verstorbenen, Großherzog Leopold von Toscana, ihm seine Gunst bezeigen? Wird er, der vor zwanzig Jahren in Florenz ihm freundlich begegnete, sich überhaupt noch seiner erinnern? In diesem Zustand von Hoffnung und Beklemmung, gefördert durch die unerquickliche Lage, immer wieder bei Puchberg Darlehn aufzunehmen, um dringliche Schulden zu begleichen, und ohne Aussicht auf größere Einnahmen, verrinnen die nächsten Monate. Erst im Frühjahr flammt neue Hoffnung in ihm auf. Swieten will sich beim neuen Kaiser dafür einsetzen, daß man Mozart zum zweiten Hofkapellmeister ernenne. Um diesen Bemühungen Nachdruck zu verleihen, wendet jener sich mit einem Gesuch auch an den Erzherzog Franz und bittet ihn um seine Fürsprache. Aber alles Warten ist vergeblich. Kaiser Leopold scheinen überhaupt Musik und Theater vorläufig nicht zu interessieren. Jedenfalls läßt er alles beim alten, und auch das Hofkomponistengehalt wird Mozart pünktlich wie bisher gezahlt, aber nicht erhöht. Von Woche zu

Woche verschlechtert sich seine wirtschaftliche Lage. Er weiß bald nicht aus noch ein. Er, der vor nicht allzu langer Zeit den Unterricht völlig aufgeben wollte, um ausschließlich seiner schöpferischen Tätigkeit zu leben, hält jetzt nach Schülern sehnsüchtig Ausschau. Nur zwei sind ihm geblieben – Süßmayer, ein armer Bursche, der ohnehin nicht viel zahlen kann, und Magdalena Hofdemel, die er unterrichten muß, weil er auf diese Weise seine Schulden an ihren Gatten abträgt. Therese von Trattnern und der Fürst Lichnowsky haben ihre Unterrichtsstunden bei ihm mittlerweile aufgegeben. »Ich möchte es gern auf acht Scholaren bringen – suchen Sie es auszustreuen, daß ich Lektionen annehme«, schreibt er in seiner Verzweiflung an Puchberg. Allein weder dessen noch anderer Bemühungen führen zum Ziel.

Zu allem Ungemach kommt Konstanzes Kränklichkeit, die dringend wieder eine Badekur benötigt. Für ihn wäre sie ebenso erforderlich; denn zweimal wurde seine Gesundheit in diesem Sommer heftig angegriffen. Er überwindet zwar diese Attacken schnell, aber er fühlt sich so schwach und matt, daß er manchmal glaubt, bei einem neuen Anfall widerstandslos erliegen zu müssen. Seine Lungen sind ohnehin schadhaft, und die zermürbenden Sorgen haben seine Lebenskraft erschöpft. Doch was kümmert ihn das, wenn bloß sein Stanzerl, »sein bestes Weibchen«, wieder gesund wird. Sein jammervoller Zustand rührt den nieversagenden Geldgeber, und er rückt in Anbetracht solcher Not des lieben Logenbruders eine größere Summe heraus, die ihm nicht nur die Badekur für seine Frau, sondern auch die Existenz für die nächsten Wochen sichert.

Einige Male besucht Mozart Konstanze in Baden, doch nur zu kurzem Aufenthalt. Nervöse Unruhe treibt ihn schnell wieder nach Wien zurück, als fürchte er, durch seine Abwesenheit dort etwas zu versäumen. Er hat gehört, daß die Krönungsfeierlichkeiten für den Herbst in Frankfurt angesetzt seien und daß Salieri mit einem stattlichen Stabe von Musikern den künftigen Kaiser dorthin begleiten soll. Was liegt näher als die Hoffnung, man würde ihn ebenfalls mitnehmen. Das könnte seine Rettung sein. Außerdem erwartet Leopold Schwager und Schwester, den König und die Königin von Neapel, zu Besuch. Da werde man ihn doch gewiß bei den Hoffestlichkeiten nicht übersehen. In der Tat trifft das Königspaar Mitte September in Wien ein. Aber keine Einladung, bei Hofe zu musizieren, erfolgt. Wohl vernimmt er durch den Klarinettisten Anton Stadler, für den er das herrliche Klarinettenquintett im vergangen Herbst geschrieben hat, daß eine Sinfonie von Haydn gespielt worden sei und daß der König den Komponisten nach Neapel eingeladen und ihm Aufträge erteilt habe. Zum erstenmal regt sich in ihm die Eifersucht gegen den lieben Freund und Mitkämpfer. Als dann noch Salieris »Axur« als eine der Festvorstellungen vor dem Hof und seinen Gästen aufgeführt wird, kennt sein Zorn keine Grenzen, wandelt sich sein nie erloschener Groll gegen den Nebenbuhler in lodernden Haß. Um seine Wut auszutoben, stürzt er zu Baron Waldstädten und berichtet ihm mit tränenerstickter Stimme von der ihm angetanen Schmach.

»Jetzt weiß ich bestimmt, warum ich hier in Wien nie auf einen grünen Zweig komme und nie kommen werde, solange dieser Italiener die Musik kommandiert. Salieri ist mein Todfeind. Er trägt die Schuld, daß man mich nicht gebührend ästimiert. Am liebsten würde er mich vergiften.«

Waldstädten bemüht sich in seiner gewohnten väterlich-liebevollen Weise ihn zu beruhigen, versucht auch dabei, Salieri in Schutz zu nehmen, indem er äußert, daß er ein derartig unkollegiales Verhalten nach allem, was er über den Mann wisse, ihm nicht zutraue. Außerdem habe er vernommen, seine Stellung sei keineswegs gefestigt, wie es zur Zeit scheine, ja, Salieri trüge sich sogar mit Rücktrittsabsichten.

»Er – zurücktreten?« ruft Mozart höhnisch. »Eher glaube ich, daß die Welt in Trümmer fällt. Ich sage Ihnen, lieber Baron, er und kein anderer steckt hinter den Machenschaften, die mich von der Reise ausschließen. Ich fahre aber auf eigene Kosten nach Frankfurt. Ich werde den Herren zeigen, daß Mozart noch nicht gestorben ist.«

Das ist kein aus mißmutiger Laune geborener Einfall, das ist sein fester Vorsatz. Zwar weiß er noch nicht, wie er ihn ausführen soll; seine ganze Barschaft beträgt kaum fünfzig Gulden – alles übrige gab er Konstanze –, aber er macht den Entschluß wahr. Er greift zu einem Mittel, das er bisher noch nie angewendet hat; er nimmt ein Darlehn von tausend Gulden bei fünfprozentiger Verzinsung gegen Verpfändung seines Mobiliars auf, aber nicht bei Puchberg, der bei seiner anständigen Gesinnung nie darauf eingegangen wäre, sondern bei einem ihm ziemlich fremden Manne namens Heinrich Lakenbacher. Am 22. September setzt er sich mit dem Geiger Franz Hofer, der vor zwei Jahren sein Schwager geworden ist, in die Postchaise und fährt nach Frankfurt.

Das Komödienhaus in Frankfurt am Main. Stich von J. D. Frey

Die alte Reichsstadt am Main strahlt in Anbetracht der bevorstehenden Krönungsfeierlichkeiten im Festesglanz. Die Gasthäuser sind mit Fremden überfüllt. Es wird viel geboten an Unterhaltung aller Art. Drei Theater stehen miteinander im Wetteifer, und die kurmainzische Truppe führt sogar zu Ehren der Komponisten den »Figaro« auf. Er selbst setzt seine ganze Hoffnung auf das eigene Konzert, für das er als mitwirkende Kraft eine ausgezeichnete Sängerin, Margarethe Schick von der Mainzer Oper, gewonnen hat. Obwohl er ein sehr reichhaltiges Programm bietet, darunter zwei Klavierkonzerte, ist die Akademie, wahrscheinlich infolge der Übersättigung des Publikums durch zu viele Veranstaltungen, schwach besucht. So fällt sie, »von seiten der Ehre herrlich, aber in betreff des Geldes mager« aus, berichtet er seinem »liebsten, besten Weiberl«. Er hat erkannt, »daß die Leute hier noch mehr Pfennigfuchser als in Wien« sind, und das veranlaßt ihn, den Plan einer zweiten Akademie, zu der ihn verschiedene

Verehrer ermuntert haben, aufzugeben und die Heimreise anzutreten. In München erlebt er jedoch die Genugtuung, daß er auf Veranlassung des Kurfürsten bei Hof in Gegenwart des Königs von Neapel eine Akademie geben darf, was ihm die bitteren Worte entlockt: »Eine schöne Ehre für den Wiener Hof, daß mich der König in fremden Landen hören muß.«

Mit großen Erwartungen war Mozart zur Reise nach Frankfurt aufgebrochen, von der er hoffte, einen Beutel voll Dukaten mitzubringen, und enttäuscht kehrt er im November heim. Bald nach seiner Ankunft erhält er von dem Direktor der Italienischen Oper in London, O'Reilly, die Einladung, für ein halbes Jahr nach der britischen Hauptstadt zu kommen und dort für ein Honorar von dreihundert Pfund Sterling zwei Opern zu komponieren. Mozart liest den Brief und denkt: Kein schlechtes Angebot. Für ein paar Monate wäre ich meiner Misere los und ledig, erwürbe mir neues Ansehen im Ausland, und meine Wiener würden große Augen machen. Und wie es bisweilen im Menschenleben geschieht, daß auf eine Zeit sich häufender Fehlschläge plötzlich lichte Schicksalswinke eine Wendung zum Guten verheißen, kommt etwa zwei Wochen später der Bonner Geiger und Impresario Johann Peter Salomon ebenfalls aus London nach Wien, um Joseph Haydn durch ein verlockendes Engagement für eine Anzahl Konzerte mit neuen Werken zu verpflichten. Er besucht auch Mozart, überbringt ihm Grüße von O'Kelly, Attwood und der Storace, die sich alle auf das Wiedersehen mit ihrem Meister freuen, und unterbreitet ihm das gleiche Angebot, allerdings erst nach Ablauf von Haydns Gastspiel, also kaum vor einem Jahre. Vielleicht, erwägt der Komponist, kann man beide Projekte irgendwie vereinigen? Er entläßt deshalb den Geiger mit den Worten:

»Ich werde mir die freundliche Einladung überlegen und zu gegebener Zeit auf sie zurückkommen. Vorläufig eilt es ja nicht.«

Haydn hat den Vertrag unterzeichnet und beabsichtigt, Mitte Dezember abzureisen. Vor Antritt seiner Fahrt nimmt er von Mozart Abschied.

»Wir könnten so schön zu zweien uns auf den Weg machen, teurer Freund«, sagt er zu ihm. »Warum schlägst du O'Reillys Angebot aus?«

»Ich habe es nicht ausgeschlagen, sondern nur hinausgeschoben. Dir kann ich's sagen, Papa, mir fehlt der Mut. Ich bin am Ende meiner Kräfte.«

auf der Wieden, Emanuel Schikaneder. Er ist ein großer stattlicher, stets nach der neuesten Mode gekleideter Mann mit eleganten Allüren, dem man äußerlich nicht ansieht, daß er aus ganz ärmlichen Verhältnissen stammt und in einem abenteuerlichen Wanderkomödiantenleben die wechselvollen Kurvenwindungen des Schicksals durchgemacht hat. Mozart kennt den Gast schon lange; denn Schikaneder hatte bereits vor sechs Jahren als Leiter des kurz zuvor begründeten Kärntnertor-Theaters, das vornehmlich das deutsche Singspiel pflegte, in Wien Fuß zu fassen versucht, allerdings ohne Erfolg. Nach mehreren Kreuzundquerfahrten seiner Wandertruppe, mit der er neben ernsten deutschen Zeitdramen auch Spektakelstücke aufführte, die ihm viel Geld einbrachten, war er vor zwei Jahren wieder nach Wien gekommen, hatte sich mit seiner geschiedenen Frau, die das neue Theater auf der Wieden hatte, ausgesöhnt und dessen Führung übernommen. Da er es vortrefflich versteht, sich mit seinen Stücken dem Geschmack des bürgerlichen Wiens anzupassen und das Volkstümliche zu bringen, hat er allabendlich volle Häuser, und seine Bühne ist eine gefährliche Konkurrenz für Marinellis Lokalpossentheater in der Leopoldstadt. Außerdem kennt Mozart Schikaneder als Logenbruder, und da der Theaterdirektor ein genußfreudiger Lebemann ist, der auch gern manchmal die Zeche für andere bezahlt, haben beide gemeinsam zuweilen Gott Bacchus ihre Reverenz bezeigt und in weinseliger Stimmung Brüderschaft getrunken.

»Wundre dich nicht über meinen frühen Morgenbesuch, lieber Bruder«, redet Schikaneder den im Schlafrock erscheinenden Mozart an. »Ich habe eine große Sache auf dem Herzen. Meine Ware zieht nicht mehr. Der Marinelli schnappt mir die Leute mit seinen Hanswurstiaden weg. Wenn du mir nicht hilfst, geht mir in ein paar Wochen die Luft aus.«

»Wie soll ich dir denn helfen, da ich arm wie eine Kirchenmaus hin?«

»Aber du wirst reich werden wie eine Kellerratte, wenn du mir hilfst.«

»Möchte wissen wie?«

»Du sollst mir eine Oper schreiben – eine Oper, wie sie noch nie über die Bretter ging. Das Textbuch ist schon fast fertig.«

»Hast *du* es geschrieben?«

Schikaneder räuspert sich.

»Na, sagen wir: teils, teils. Den Stoff habe ich jedenfalls entdeckt, und der dramatische Aufbau ist natürlich auch von mir. Ja, und die Verse hat Gieseke geschrieben, derselbe Gieseke, der den Text für Wranitzkys Oper ›Oberon, König der Elfen‹ verfaßt hat.«

»Ja, ich entsinne mich; habe sie in Frankfurt gesehen.«

»Und wie ist sie?«

»Nun, recht gut. Mal was Neues, wie es mir schon lange vorschwebt.«

»Da komme ich ja wie gerufen.«

»Wie heißt denn deine Oper?«

»Sie hat einen glänzenden Titel«, sagte Schikaneder geheimnisvoll, »einen Titel, in dem schon zwei Drittel des Erfolges stecken. Sie heißt – ›Die Zauberflöte‹.«

»Der Titel ist nicht schlecht. Aber wie steht's mit der Bezahlung?«

»Bruder, was wollen wir darüber Worte verlieren! Du kennst mich als einen Mann, der gern und gut lebt und der auch gern andere gut leben läßt. Frage meine Schauspieler. Sie werden's dir bezeugen. Ich zahle dir brockenweise, aber ich zahle dir im Ganzen gewiß mehr als Rosenberg und Bondini dir je gezahlt haben würden. Das ist Ehrensache.«

»Gemach. Ich schreibe dir in Gottes Namen die Oper. Wenn wir Malheur haben, so kann ich nichts dafür; denn ich habe noch keine Zauberoper komponiert. Aber du versprichst mir, die Partitur keinem Theater auszuhändigen. Sie gehört mir.«

»Das will ich dir von ganzem Herzen versprechen.«

Als Mozart das »so gut wie fertige« Textbuch von Schikaneder liest, sieht er, daß es noch ein sehr dürftiges Fragment ist. Und auch die Handlung – die übliche Geschichte von dem bösen Zauberer, der einer schönen Fee außer einem köstlichen Kleinod auch die Tochter geraubt hat, und von dem Prinzen, den die gekränkte Mutter aussendet, um das Kleinod zurückzugewinnen, der auch seine Mission erfüllt und als Lohn dafür die Tochter zur Gemahlin erhält – wirkt nicht besonders anreizend auf ihn. Das einzige, was seinen Beifall findet, ist die von der Fee dem Prinzen mitgegebene Zauberflöte, deren Klang alle Herzen zu seinen Gunsten wendet. Mozart tadelt, was ihm an dem vorhandenen Text mißfällt, und Schikaneder wäre kein routinierter Bühnenfachmann, wenn er nicht die Berechtigung der Rügen einsähe. So

gehen beide unter Mithilfe von Gieseke an die Umarbeitung: die schöne Fee verwandelt sich in eine feierliche Königin der Nacht, der Mohr Monostatos als Inkarnation abstoßender Lüsternheit vertritt die drastische Komik, und das verliebte, kindlich-keusche Vogelfängerpärchen Papageno – Papagena bringt einen volkstümlichen Zug in die Oper. Da ereignet sich etwas ungemein Aufregendes, das Textdichter und Komponisten aufs höchste bestürzt: Marinelli führt in seinem Theater am 8. Juni ein Singspiel auf, das den Titel führt »Kaspar der Fagottist oder die Zauberzither« von einem gewissen Wenzel Müller, und sie hat einen Riesenerfolg, der alle Abende die Kasse füllt. Es stellt sich heraus, daß der Librettist Perinet aus der gleichen Quelle geschöpft hat wie Schikaneder, nämlich aus einer von Wieland herausgegebenen Zaubermärchensammlung »Dschinnistan«, freilich das meiste possenhaft dargestellt. Mozart sieht die einzige Möglichkeit für die Rettung der »Zauberflöte« in einer Umwandlung des Inhalts nach der ernsten und volkstümlichen Seite hin, und zwar, indem man ihn mit den sittlichen Idealen des Freimaurertums verschmilzt. Er erinnert sich, daß er vor vielen Jahren in Salzburg die Musik zu den Chören der Tragödie »Thamos König von Ägypten« eines gewissen Gebler schrieb, und da das Oberhaupt der Loge Ignaz von Born sich für einen guten Kenner der ägyptischen Mysterien hält, holt er sich bei jenem Rat. So erhält die Oper inhaltlich ein ägyptisches Kolorit, wobei vor allem die Welt Sarastros eine Umwandlung erfährt. Der böse Zauberer Sarastro wird zum Hohenpriester edelster Humanität und seine Getreuen zu geweihten Jüngern einer Ordensgemeinschaft von gleichgesinnten Brüdern, verbunden durch ein altehrwürdiges freimaurerisches Ritual.

Während diese Pläne gären und allmählich Form annehmen, weilt Konstanze, die einer baldigen Niederkunft entgegensieht, mit ihrem Sohn wieder zur Erholungskur in Baden, die ihr der Gatte mit Hilfe magerer Vorschüsse von Schikaneder ermöglicht hat. Hin und wieder erscheint er selbst zu flüchtigem Besuch; denn die Trennung von ihr fällt ihm diesmal besonders schwer. Als er einmal einige Tage bei ihr verweilt, beglückt er seinen dortigen Bewunderer, den Schullehrer und Chormeister Stoll, mit der in Baden niedergeschriebenen unvergänglichen Motette »Ave verum«. Als er sie auf der Orgel ihm vorspielt und dazu singt, ist zufällig ein älterer Mönch anwesend, der dem Spiel und Gesang andächtig lauscht. Beim Verlassen der Kirche fragt er den Küster nach dem Namen des Orgelspielers und Komponisten und erfährt dabei, daß beides Mozart sei.

»Mozart!« sagt der Mönch überrascht. »Oh, welche Erinnerung wird in mir lebendig! Vor dreißig Jahren hörte ich ihn als sechsjähriges Knäblein an der Orgel in unserem Kloster. Pater Ambrosius prägte damals das Wort ›Der klingende Garten Gottes‹. Wahrlich, er hat recht. Ein holder Abendfrieden strömt aus seiner Musik, in dem alle Verdrießlichkeiten des Lebens versinken und jedes irdische Leid schweigt.«

Daheim in Wien, da plagen die Verdrießlichkeiten Mozart desto mehr, und aller in die Briefe an Stanzerl ergossene Übermut ist nur ein gewaltsames Mittel, sie zu vertuschen. Ja, er hat sich während seiner Strohwitwerschaft recht in ein ungeordnetes Junggesellenleben eingesponnen, hat das Dienstmädchen Lori entlassen, findet Genüge in den wenigen Hilfsdiensten, die der wackere Hausmeister Deiner ihm leistet, speist unregelmäßig, manchmal überhaupt nicht, trinkt viel starken Kaffee, um den schlaffen Geist immer wieder zu ermuntern, indessen er an der Oper arbeitet. Dazwischen erscheint Schikaneder in dem hölzernen Gartenhäuschen auf dem Hofe des Starhembergschen Freihauses dicht hinter dem Theater, wo Mozart hauptsächlich die »Zauberflöte« komponiert, und bringt auch jedesmal den belebenden Champagner mit, der ihn die Hinfälligkeit seines Körpers für ein paar Stunden vergessen macht. Kein Zweifel, in seinen Eingeweiden nisten gefährliche Feinde, die nur auf den günstigen Augenblick lauern, um ihn heimtückisch zu überfallen. Er selbst will es sich nicht eingestehen, allein, wenn er in den Spiegel blickt, ist er oft erschrocken über die Wachsbleiche seines Gesichts.

Etwa zwei Wochen vor ihrer Niederkunft kehrt Konstanze nach Wien zurück. Das vermißte häusliche Behagen scheint wieder einzukehren. Mozart lebt sichtlich auf. Es ist ihm zumute, als habe Stanzerl durch ihre Gegenwart eine beschwichtigende Arznei für seine entsetzliche Unruhe mitgebracht.

Einige Tage später schellt die Glocke im Flur. Konstanze geht hinaus, öffnet die Tür und gewahrt einen älteren, hageren, sehr ernst aussehenden Herrn in grauem Anzug, der um die Freundlichkeit bittet, den Herrn Hofkammermusikus sprechen zu dürfen. Er wird von dem Gatten empfangen.

»Entschuldigen Sie bitte die Störung. Ich komme im Auftrage eines sehr angesehen Mannes und habe ein Anliegen an Sie.«

»Darf ich fragen, wer Sie zu mir schickt?«

»Mein Auftraggeber will ungenannt bleiben.«

»Um was handelt es sich?« fragt Mozart befangen.

»Es handelt sich um ein Requiem, das Sie für den Herrn komponieren sollen. Er wünscht damit dem Todestag seiner verstorbenen Gemahlin eine besondere Weihe zu geben. Wollen Sie die Arbeit übernehmen?«

»Gern«, erwidert nach einigem Zögern der Gefragte.

»Zur Erläuterung bemerke ich noch: mein Auftraggeber ist ein großer Musikkenner, doch überläßt er Ihnen völlige musikalische Freiheit. Bis wann glauben Sie, das Werk fertigzustellen?«

»Das kann ich Ihnen nicht genau versprechen. Sobald als möglich.«

»Gut. Ich werde mir erlauben, gelegentlich mich über den Verlauf der Arbeit zu unterrichten. Noch eins. Was fordern Sie als Honorar?«

»Fünfzig Dukaten«, erwidert Mozart nach kurzem Besinnen.

»Hier sind sie«, sagte der Unbekannte und zählt ihm das Geld auf den Tisch. »Nach Vollendung des Werkes wird mein Auftraggeber Ihnen gewiß noch die gleiche Summe bezahlen. Und so darf ich mich wohl empfehlen.«

Mozart steht wie versteinert, als der Fremde sich entfernte. Konstanze, die an der Tür gelauscht hat, tritt eilends herein:

»Ei, Mandl, das ist ja ein unerhörtes Glück.«

»Glück?« fragt der Gatte tonlos und blickt sie traurig an.

»Freut's dich denn gar nicht? So viel Geld hat dir noch niemand für ein ungeschriebenes Werk bezahlt.«

Zerstreut antwortet er:

»Da hast du recht, Stanzerl. Ich bekomme ja sogar noch mehr. Gewiß, gewiß, es freut mich, es freut mich sogar sehr ... wenn's bloß kein Requiem wäre.«

XVII

Der Auftrag des geheimnisvollen Unbekannten löst zwiespältige Stimmungen in Mozarts Seele aus: bald aufgeschlossene Herzensfreudigkeit, in der er die ganze Welt umarmen möchte, bald an Verzweiflung grenzende Niedergeschlagenheit. Während einer solchen Anwandlung von Bekümmernis tritt er an die Wiege seines Jüngstgeborenen, der zu Ehren seines treuen Famulus Süßmayer die Vornamen Franz Xaver erhielt, blickt in das winzige Puppengesicht des Kleinen und denkt: Werde ich dich auch verlieren nach flüchtigem kurzem Menschendasein wie deine vier Geschwister, oder wirst du mir erhalten bleiben, um das zu vollenden, was mir versagt bleibt? – Ein tiefer Seufzer entringt sich seiner Brust. Eines steht fest, die dunkel gefärbten schwermütigen Stunden stellen sich jetzt häufiger ein als die hellen, beglückenden, möglicherweise gefördert durch ein spürbares Nachlassen seiner Gesundheit, und das offenbart auch sein Schaffen. Die Arbeit an der Oper tritt immer mehr zurück hinter dem neuen Werk, das er unter die Feder nimmt. Nur die ernsten sakralen Sarastro-Partien mit ihrer Weisheit um die letzten Dinge erfahren unter der Einwirkung des sachte entstehenden Requiems sichtbare Fortschritte, aber nur sie.

Da trifft abermals eine unerwartete Botschaft gegen Mitte August ein, diesmal aus Prag: Guardasoni erteilt auf Veranlassung der böhmischen Stände Mozart den Auftrag, für die Krönung des Kaisers zum König von Böhmen am 6. September eine Oper zu schreiben, verspricht ein Honorar von zweihundert Dukaten und schickt das Textbuch gleich mit, das den Titel führt »La Clemenza di Tito« (»Titus«). Mozart erschrickt zuerst. Wie soll er in knapp drei Wochen eine Oper schreiben und sie in dieser kurzen Frist auch einstudieren? Übersteigt das nicht alle menschliche Kraft? Aber die ehrenvolle Aussicht, nun endlich bei einer solchen außergewöhnlichen Angelegenheit sein Können dem Kaiserpaar vorzuführen, und die verlockende Bezahlung überwinden alle Bedenken, und so entschließt er sich ungesäumt zu der Reise, diesmal jedoch nicht ohne Konstanze. Auch Süßmayer und der Klarinettist Stadler müssen ihn begleiten. Die Kinder bleiben währenddessen unter der Obhut der Großmutter.

Als Mozart mit Konstanze gerade in den Wagen steigt, steht plötzlich der Bote des geheimnisvollen Unbekannten am Wagenschlag und fragt:

»Was wird aus dem Requiem, Herr Mozart?«

Bestürzt über das Erscheinen des Fremden, entgegnet er:

»Ein kaiserlicher Befehl zwingt mich, für einige Wochen Wien zu verlassen. Haben Sie wegen des Requiems keine Sorge. Es wird meine erste Arbeit nach der Rückkehr sein.«

»Ich danke Ihnen für die Auskunft. Entschuldigen Sie meine Wißbegierde«, sagt der Fremde, verbeugt sich und geht.

Es ist diesmal keine so heitere Fahrt wie einst zu der Premiere des »Don Giovanni«. Mozart bleibt während der ganzen Reise schweigsam und ernst. Die neue Oper, deren Textbuch er bereits flüchtig gelesen hat, geht ihm durch den Kopf. Schon unterwegs entwirft er flüchtige Skizzen, aber immer glaubt er, die Gestalt des geheimnisvollen Fremden zu spüren, der in seine niedergeschriebenen Noten blickt. Wieder stellen ihm die Freunde Duschek ihr idyllisches Landhaus Bertramka zur Verfügung, und hier entsteht in achtzehn Tagen der »Titus«. Aber nicht leicht fällt ihm die Arbeit; denn er sieht sich von neuem in die ihm fremd gewordene Welt Metastasios mit ihren von Edelmut triefenden Rokoko-Römern und Rokoko-Römerinnen versetzt, jetzt, da er in der »Zauberflöte« auf völlig neuen Bahnen wandelt. Kein Wunder, daß ihn die Arbeit öfters anwidert und daß er einzelne Partien, namentlich die Secco-Rezitative, Süßmayer zur Vertonung überläßt.

Für die Einstudierung der Oper bleiben nur vier Tage. Aber eine Freude wird ihm zuteil: am Einzugstage, dem 2. September, darf er vor dem Kaiserpaar seinen »Don Giovanni« dirigieren, der sehr beifällig von den hohen Herrschaften aufgenommen wird. Ganz anders fällt dagegen die Uraufführung des »Titus« vier Tage später aus. Sie schließt nicht mit einem ausgesprochenen Mißerfolg – das verbietet der offizielle Charakter der Festvorstellung –, allein sie findet eine überaus kühle Aufnahme. »Una porcheria tedesca« (»eine deutsche Schweinerei«) – nicht etwa auf den Text, sondern auf die Musik bezogen –, lautet das vernichtende Urteil der Kaiserin, das Mozart natürlich schnellstens hinterbracht wird. Es wirkt auf ihn niederschmetternd und nimmt ihm jede Lust, länger in Prag zu verweilen.

»Was wollt ihr«, sagt er, »ich habe eine Niederlage erlitten. Es bleibt mir nur die Möglichkeit, durch einen Sieg die Schlappe auszugleichen, und vielleicht bringt ihn mir die ›Zauberflöte‹. Darum entlaßt mich und lebt wohl.«

Als er anderen Tages vor dem Einsteigen in den Wagen die Duscheks umarmt und ihnen für alle erwiesenen Freundlichkeiten dankt, verliert er die Fassung und weint wie ein Kind. Es ist ihm zumute, als nehme er von ihnen Abschied für immer.

Bei seiner Rückkehr nach Wien findet Mozart einen Brief von Da Ponte aus Triest vor, der ihn veranlassen will, die undankbare Kaiserstadt zu verlassen und mit ihm nach London zu fahren. Er werde für ihn einen neuen Operntext schreiben, und sie werden beide, davon sei er überzeugt, ersprießlichere Lorbeeren drüben in England ernten als in Wien und Prag. Und plötzlich in aufquellender Lebensfreude umarmt er Konstanze und sagt:

»Wieder einer, der nach London lockt – Da Ponte, nun schon der dritte. Weißt du, Stanzerl, ich überleg es mir, ob ich im nächsten Jahr, wenn Haydns Vertrag abläuft, auf Salomons Angebot vielleicht doch eingehe. Laß mich nur erst die ›Zauberflöte‹ und – das Requiem beenden. Dann fahren wir gemeinsam einem neuen Glück entgegen.«

»Ach, schön wär's, Mandl, aber du mußt dich recht schonen und auch eine Kur gebrauchen. Das Geld dazu haben wir jetzt.«

»Ja, das will ich tun. Nur laß erst die ›Zauberflöte‹ über die Bretter gehen.«

Schikaneder hat Mozart schon mit großer Ungeduld erwartet. Er will bereits Mitte September mit den Proben beginnen. Es bleibt jedoch noch mancherlei zu tun, vor allem einzelne bereits fertige Gesangsnummern musikalisch zu verbinden. An diese Arbeit tritt der Komponist nun mit großem Eifer heran, freilich auch mit äußerster Anspannung seiner erlahmenden Körperkräfte. Schon stellen sich als Folge seiner Schwäche gelegentliche Schwindelanfälle ein, macht sich die Ermüdung seines Geistes bemerkbar, die er durch starken Kaffee und Champagner zu bannen sucht. Aber der hagere, graue, gebieterisch das Requiem für den Ungenannten fordernde Bote kommt ihm nicht aus dem Sinn. In einer solchen Stimmung visionärer Ahnung des Todes schreibt er in italienischer Sprache die Antwort auf Da Pontes Brief.

»Wohl möchte ich Ihren Rat befolgen – aber wie soll ich dahingelangen? Mein Kopf ist ein Chaos. Ich habe getan, was in meinen Kräften stand. Doch das Bild des Unbekannten will nicht vor meinen Augen weichen. Ich sehe ihn ohne Unterlaß. Er bittet mich, er dringt in mich, er verlangt von mir die Arbeit. Darum fahre ich fort, sie niederzuschreiben. Es ermüdet mich weniger als das Ausruhen. Eigentlich brauche ich vor nichts mehr zu zittern. Ich fühle dies derart, daß ich keines Beweises bedarf. Die Stunde schlägt. Ich bin im Begriff zu sterben. Ich höre auf, mich meines Könnens zu freuen. Wie war das Leben schön! Meine Laufbahn hat mit den prächtigsten Ausblicken begonnen. Aber seinen Stern kann keiner ändern. Niemand ist Herr seiner selbst. Heiteren Sinnes muß man sein, zu was einen die Vorsehung zu bestimmen geruht. Und so beende ich meinen Grabgesang. Ich darf ihn nicht unvollendet lassen.«

XVIII

Am 30. September erlebt die »Zauberflöte« im Theater auf der Wieden ihre Uraufführung. Der Komponist leitet sie selbst. Im Zuschauerraum sitzt nicht das Publikum, das er vom »Figaro« und »Don Giovanni« her gewöhnt ist – das vornehme und gebildete Wien. Es fehlen natürlich nicht seine Freunde, die nächsten Bekannten und geschworenen Verehrer, auch nicht der oder jene Logenbruder, aber der größte Teil der Anwesenden setzt sich zusammen aus jener Schicht des Bürgertums, das nur an tränenauslösender Rührseligkeit, handfestem Bühnengeschehen und derber burlesker Komik auf der Bühne sich erfreut. Für diese Leute mit bescheidenen künstlerischen Ansprüchen sind begreiflicherweise der lieblich sich einschmeichelnde Humor Papagenos, die kunstvollen Kantilenen Taminos und der Königin der Nacht – übrigens recht gefällig von Mozarts Schwägerin Josepha dargestellt und gesungen – sowie überhaupt die musikalischen Feinheiten eine fremde und deswegen nicht gleich mundende Kost. Der Beifall nach dem ersten Akt ist daher sehr flau. Mozart stürzt bleich und verstört hinter die Kulissen zu Schikaneder, dem possierlich herausgeputzten Papageno, und verkündet aufgeregt:

»Alles umsonst! Unsere Oper ist ein Reinfall.«

Schikaneder schüttelt seinen mit Pfauenfedern geschmückten Turban.

»Sachte, sachte, lieber Bruder und Compagnon«, sagt er. »Wart's nur ab. Ich kenne meine Wiener. Sie sind bloß erstaunt, daß man ihnen statt eines süffigen Heurigen den neumodischen Champagner vorsetzt. Sie werden ihm schon Geschmack abgewinnen.« Und er singt ihm leise ins Ohr:

»Glüht der Champagner
in Wangen und Herzen ...«

Mozart, eben noch fast verzweifelt, muß über den unverwüstlich gutgelaunten »Compagnon« hell auflachen. Dieser winkt einen der Knaben aus Sarastros Hofstaat heran und heißt ihn, den bereitstehenden Sorgenbrecher zu kredenzen. Papageno-Schikaneder ergreift sein Glas und sagt zu Mozart:

»Spül deine Grillen hinunter, Liebling der Frau Musica, auf daß du mir nicht den zweiten Akt schmeißt. Für alle Fälle, Henneberg, stehst du mir bereit, in die Bresche zu springen«, flüstert er seinem Kapellmeister zu, während der Komponist sein Glas leert. Dann zu den anderen: »Trinkt, liebe Kinder, Sarastro, Pamina, Tamino! Auch du, schwarzer Wüstling Monostatos! Habt eure Sache gut gemacht. Macht sie im zweiten Akt noch besser. Auch du, holde Königin der Nacht, ermuntere dich aus dem göttlichen Bronnen und schmettere deine Rachearie aus der Kehle, daß dem Publikum das Gruseln durch das Gebein läuft!«

Schikaneder behält recht. Im zweiten Akt zeigen sich die Zuschauer schon zugänglicher und folgen mit aufgerissenen Augen und gespannten Ohren dem nun zu feierlichem Ernst übergehenden Verlauf der Handlung, der auch den schlichten Galeriebesucher erkennen läßt, daß hier auf der Szene etwas geschieht, was er noch nie sah und vernahm. Als dann der Vorhang niederrauscht, sprießt aus einem zunächst andächtigen Schweigen der Beifall des Publikums auf, nicht jener von spontaner Begeisterung eingegebene frenetische Beifall, sondern ein verhaltener, aus respektvoller Bewunderung und erhabener Stimmung aufgehender Beifall. »Mozart! Mozart!« ruft es aus Parkett und Logen. Aber der Komponist ist nicht zu finden. Schließlich entdeckt man ihn in einem Versteck, und Sarastro und Papageno zerren den schmächtigen Mann im blauen Frack auf die Bühne, wo ihn ein einmütiger Applaus umbraust.

Am nächsten Abend, wo er auch seine Oper selber dirigiert, ist die Zustimmung des Publikums fast noch stärker, ja, sie steigert sich von Aufführung zu Aufführung, als Henneberg bereits die Leitung übernommen hat und der Komponist sein Werk öfters von Parkett oder Loge aus als Zuschauer miterlebt. Es ist rührend zu lesen, wie er seinem bald nach der Premiere mit ihrem Jüngsten abgereisten und in Baden weilenden Stanzerl den wachsenden Erfolg in seinen Briefen schildert. Bald erfreuen ihn das ständig ausverkaufte Haus und der *stille* Beifall, den die Oper jedesmal auslöst, was er als ein gutes Omen bezeichnet; bald meldet er Konstanze, daß er Mutter Weber am nächsten Abend in das Theater bringen werde. »Bei der Mama wird's wohl heißen: die *schaut* die Oper, aber nicht: die *hört* die Oper.« Bald nimmt er seinen siebenjährigen Karl mit und berichtet, welche Freude er dem Buben damit bereitet habe. Die schönste Genugtuung bietet sich

Schikaneder als Papageno. Stich von I. Alberti

ihm jedoch, als er Salieri auf dessen Wunsch im Wagen abholt und ihn und die Cavalieri in seine Loge führt. »Sie sagten beide«, schreibt er, »eine *operone*, würdig bei der größten Festivität vor dem größten Monarchen aufzuführen – und sie würden sie gewiß oft sehen, denn sie haben noch kein schöneres und angenehmeres Spektakel gesehen.« So versöhnen die Klänge der »Zauberflöte« zwei Rivalen, bei denen das Gefühl der Feindschaft zweifellos in dem jüngeren stärker als in dem älteren war.

Gewiß trägt die Freude an dem Erfolg der »Zauberflöte« viel

dazu bei, daß sich Mozarts körperliches Befinden bessert. Es kommen sogar Tage sprühender Munterkeit, da er an seinem Requiem arbeitet, dazwischen auch eine Freimaurerkantate komponiert, die er am 15. November in der Loge noch persönlich dirigiert. Aber dann fällt ihn die Krankheit plötzlich mit jäher Gewalt an. Konstanze, die vor kurzem heimgekehrt ist, tritt eines Morgens an sein Bett, um ihn zu wecken, und gewahrt mit Erschrecken sein kreidebleiches Gesicht, den völlig abwesenden Blick und den kalten Schweiß auf seiner Stirn. Eine Ohnmacht hat ihn beim Aufstehen plötzlich überrascht.

»Ich glaube, heute werde ich wohl liegen bleiben müssen«, sagt er. »Ich bin so sterbensmatt. Vielleicht hat man mich vergiftet.«

»Aber Mandl, wer soll dich denn vergiftet haben?« fragt sie erschreckt.

»Wer weiß es? Ich habe viele Feinde – Salieri, Martini, Wenzel Müller …, sie gönnen mir nicht den Erfolg.«

Jetzt spürt Konstanze, daß er irre redet. Sie läßt Dr. Closset rufen, der dem Kranken Beruhigungsmittel gibt, die ihn einschläfern. Als er nach einem langen Schlaf erwacht, fühlt er sich etwas gekräftigt und verlangt nach dem Requiem. Konstanze will es ihm nicht geben; denn der Arzt habe strenge Ruhe anbefohlen.

»Ich muß, ich muß es vollenden …, schreib's ja für mich … für keinen andern … Die Stunde schlägt … Ich habe nicht viel Zeit.«

Konstanze bricht in Tränen aus. Bange Tage stellen sich ein mit Stunden völliger Ermattung, dann wieder mit Stunden anscheinenden Wohlbefindens, in denen er immer wieder nach dem Requiem verlangt und Süßmayer zu sich ruft, einzelnes mit ihm besprechend. Dr. Closset kommt täglich und versucht verschiedene Heilmittel, ohne sich über die Krankheit genau im klaren zu sein. Lungen, Nieren, alle Eingeweide scheinen in Mitleidenschaft gezogen zu sein, nur das Herz schlägt noch normal. Konstanze ist ratlos. Manchmal, wenn sie mit ihm redet, glaubt sie, er sei auf dem Wege der Genesung, und dann wieder, vor allem abends, wird sein Zustand so bedenklich, daß sie nachts sein Ableben erwartet. Ihre Schwester Sophie ist ihr in diesen schweren Tagen eine treue Helferin. Rührend bemüht sie sich um die Pflege des Kranken, und jedesmal, wenn sie erscheint, hellt sich sein Gesicht auf, verscheucht sie doch, wie er ihr sagt, »den Todesgeschmack von seiner Zunge«. Als Dr. Closset sieht, daß keine

Besserung im Befinden des Patienten eintritt, zieht er seinen Kollegen Dr. Sallaba, den Nachfolger Barisanis, zu Rate, und beide stellen ein »hitziges Frieselfieber« fest, erkennen aber auch, daß ihre ärztliche Kunst nichts mehr nützen könne.

So schleichen zwischen Hoffen und Bangen die ersten Dezembertage hin, ohne daß der Kranke auch nur für einen Augenblick seine Besinnung verliert. Seine engsten Freunde besuchen ihn und führen mit ihm kurze Gespräche. Jede erfreuliche Nachricht, zum Beispiel, daß die »Zauberflöte« nach wie vor das Haus füllt, nimmt er mit sichtlichem Behagen auf. Eines Abends verfolgt er, die Uhr vor sich, im Geist die Vorstellung, immer kurz andeutend, welche Szene zu der jeweiligen Zeit gespielt werde, und sagt zu dem neben ihm sitzenden zweiten Theaterkapellmeister Roser:

»Einmal möchte ich noch meine ›Zauberflöte‹ hören!«

Da geht Roser ans Klavier, spielt und singt das Vogelfängerlied. Und Freudentränen feuchten die Augen des Meisters.

Eine ähnliche Freude bemächtigt sich seiner, als Konstanze ihm am nächsten Tage einen Brief des ungarischen Adels vorliest, der ihm eine jährliche Pension von tausend Gulden anbietet, damit er in Ruhe schaffen könne. Er hört die Nachricht lächelnd an, nimmt ihre Hand, streichelt sie und sagt:

»Nun werden wir, Stanzerl, doch noch vermögende Leute – die Pension – London – die Zauberflöte ...«

Er bricht ab und verliert sich in Träumereien, bis ein leichter Schlaf ihn übermannt. In den frühen Nachmittagsstunden stellen sich ein paar Sänger vom Theater ein. Der Kranke empfängt sie mit freundlichem Lächeln.

»Ihr kommt zur rechten Zeit. Wollen wir das Requiem probieren?«

Er winkt Süßmayer heran, der ihm die Partitur bringt, die während seiner Krankheit immer in seiner Nähe liegen muß, richtet sich empor und zeigt auf das »Lacrimosa dies illa«, an dem er zuletzt arbeitete. Süßmayer reicht die Partitur den Sängern, Benedikt Schack, der Tamino, übernimmt die Sopranstimme, Franz Gerl, der Sarastro, den Baß und Mozarts Schwager Franz Hofer den Tenor. Er selbst, der Komponist, behält sich die Altpartie vor. Leise ertönt das »Lacrimosa«, von der Hand des Kranken dirigiert. Aber bald erlahmt sie, und sein Körper fällt müde auf das Lager zurück. Der Gesang verstummt, und einer nach dem andern, außer Süßmayer schleicht behutsam hinaus.

Völlig apathisch liegt Mozart eine gute Weile, starr den Blick wie in eine unsichtbare Ferne gerichtet. Konstanze kommt ab und zu und sieht mit angsterfüllten Augen bald auf ihn, bald auf Süßmayer, der traurig daneben sitzt. Aber der Leidende scheint weder sie noch ihn zu bemerken. Nur die blutleeren Lippen bewegen sich, ohne zu sprechen. Erst als Sophie erscheint und ihn etwas aufzumuntern versucht, bewegt er sich und murmelt einige Worte vor sich hin:

»Gut, daß du da bist. Ich glaube, es geht zu Ende.«

Dann wendet er sich an Süßmayer und beginnt, die Worte mühsam suchend, sein »Lacrimosa« zu erläutern. Derweilen schickt Konstanze nach dem Arzt, der nicht gleich gefunden wird. Als er sich endlich einstellt, findet er den Patienten mit fieberheißem Kopf vor. Sofort verordnet er kalte Umschläge, die einen Schüttelfrost zur Folge haben und ihm das Bewußtsein rauben, das nur zuweilen in wirren Phantasien wieder aufflackert. Um Mitternacht richtet er sich noch einmal halb auf, starrt die Umstehenden mit irren Augen an und sinkt sterbensmatt in die Kissen zurück. Ohne sichtbaren Todeskampf geht Mozart zur ewigen Ruhe ein.

XIX

»Teuerste Freundin!

Sie werden aus den Gazetten erfahren haben, daß Wolfgang Amadeus Mozart, *unser* Mozart, in noch nicht vollendetem sechsunddreißigsten Lebensjahr in der ersten Stunde des 5. Dezember verschieden ist. Die Nachricht wird Sie ebenso erschüttert haben wie mich, obwohl ich auf sie gefaßt war. Sein durch Not und Sorgen, aber auch durch übermenschliche geistige Anstrengungen geschwächter Körper konnte der schon lange an ihm zehrenden Krankheit nicht widerstehen.

Wir beide, die wir seinen Werdegang als Künstler von Anbeginn bis zur vollendeten Meisterschaft miterleben durften, verloren mit ihm einen Menschen, den wir schätzten und liebten. Aber der Verlust, den die deutsche Tonkunst infolge seines Todes erfuhr, ist noch schmerzlicher; denn ich bin überzeugt, daß er, der Bahnbrecher einer neuen Musik, gewiß der größte deutsche Tonschöpfer geworden wäre, wenn ihm das Schicksal ein längeres Leben beschieden hätte. Sein letztes Werk, dessen Aufführung ich im Herbst beigewohnt habe – ›Die Zauberflöte‹ –, zeigt, über welche gewaltigen Kräfte er noch verfügte. Ich glaube mich nicht zu täuschen, wenn ich es ausspreche: dieses Werk leitet die Ära eines neuen deutschen Opernstils ein.

Nun ist der unerschöpfliche Born seiner Musik versiegt. Wer tritt das Erbe an? Ich wüßte niemand, der ihm einigermaßen gleichwertig wäre – auch Haydn nicht. Aber wer mag sich erkühnen, in den Schoß der Zukunft zu blicken! Vielleicht wandelt der Nachfolger schon unter uns Lebenden.

Eines tröstet mich. Er war bis kurz vor seinem Tode noch bei voller Besinnung und immer beschäftigt, zuletzt mit einem Requiem, das er für einen unbekannten Auftraggeber schrieb. Seltsam, nun ist es sein eigenes Requiem geworden.

Ich hatte die feste Absicht, dem lieben Verstorbenen das letzte Geleit zu geben und hatte mir einen Wagen bestellt. So folgte ich fahrend dem kleinen Trauerzuge, der aus seinen nächsten Angehörigen und einigen Männern mit Namen von Klang, wie Salieri, van Swieten und anderen bestand. Aber da ein schauderhaftes Schneegestöber einsetzte, beschwor mich mein Franzl umzukehren, zumal ich einige Tage bettlägerig gewesen war. Ich bedaure es; denn, wie ich später erfuhr, haben alle seine angeblichen Freunde vor dem Stubentor, vom Wetter abgeschreckt, kehrtgemacht. Oder vielleicht schämten sie sich, weil – Sie werden es nicht für möglich halten, aber es ist die volle Wahrheit – sein Sarg mit zwanzig anderen Särgen in ein gemeinsames *Armengrab* auf dem Friedhof zu St. Marx versenkt wurde. So bestattete man einen Mann, der Kaiser und Könige mit seinem Spiel beglückte und mit seiner Musik sich viele Tausende von Bewunderern erwarb, ehrte man die irdische Hülle eines Sterblichen, der Unsterbliches schuf!

Leben Sie wohl, verehrteste Gräfin, und verzeihen Sie einem bald achtzigjährigen Greis die Trockenheit und Kürze seines Berichts.

Ihr bis ans Ende seiner Tage

treu ergebener
Ignaz von Waldstädten

Wien, den 15. Dezember 1791

An die Gräfin Aurora Schlick in Graz«